Olaf Thumann

SPQR
OUTBACK

Ferne Welten

(Teil 1 des Lemuria Zyklus)

© 2023, Olaf Thumann
Herstellung und Verlag:
BoD – Books on Demand, Norderstedt
ISBN: 9783752667899

Gewidmet unseren Eltern. Unseren Großeltern und den Generationen vor ihnen. Die sich ihr Leben lang bemüht haben ihren Nachkommen Wohlstand, Wissen, Bildung und Kultur zu hinterlassen.
So sollte es auch unsere Generation tun. Ungeachtet der oftmals lautstark geäußerten Meinung von einigen realitätsfernen Weltverbesserern, die nie im Leben etwas wirklich sinnvolles geleistet oder aber ernsthaft gearbeitet haben.
Unsere Kinder sind der einzig wichtige Grund für unsere eigene Existenz.
Dies sollten wir niemals vergessen und bisweilen an unsere Eltern und deren Beweggründe denken.

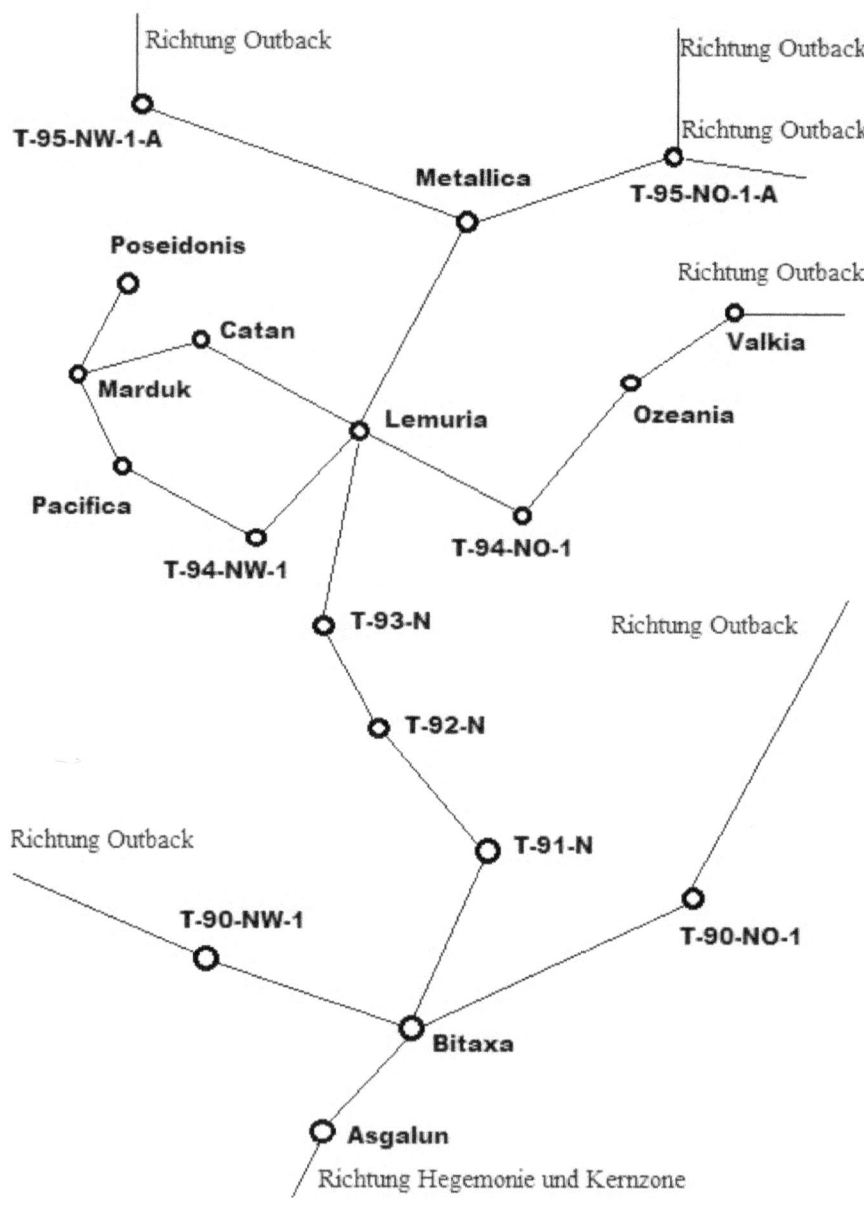

Kartenausschnitt, Outback, der LEMURIA-SEKTOR

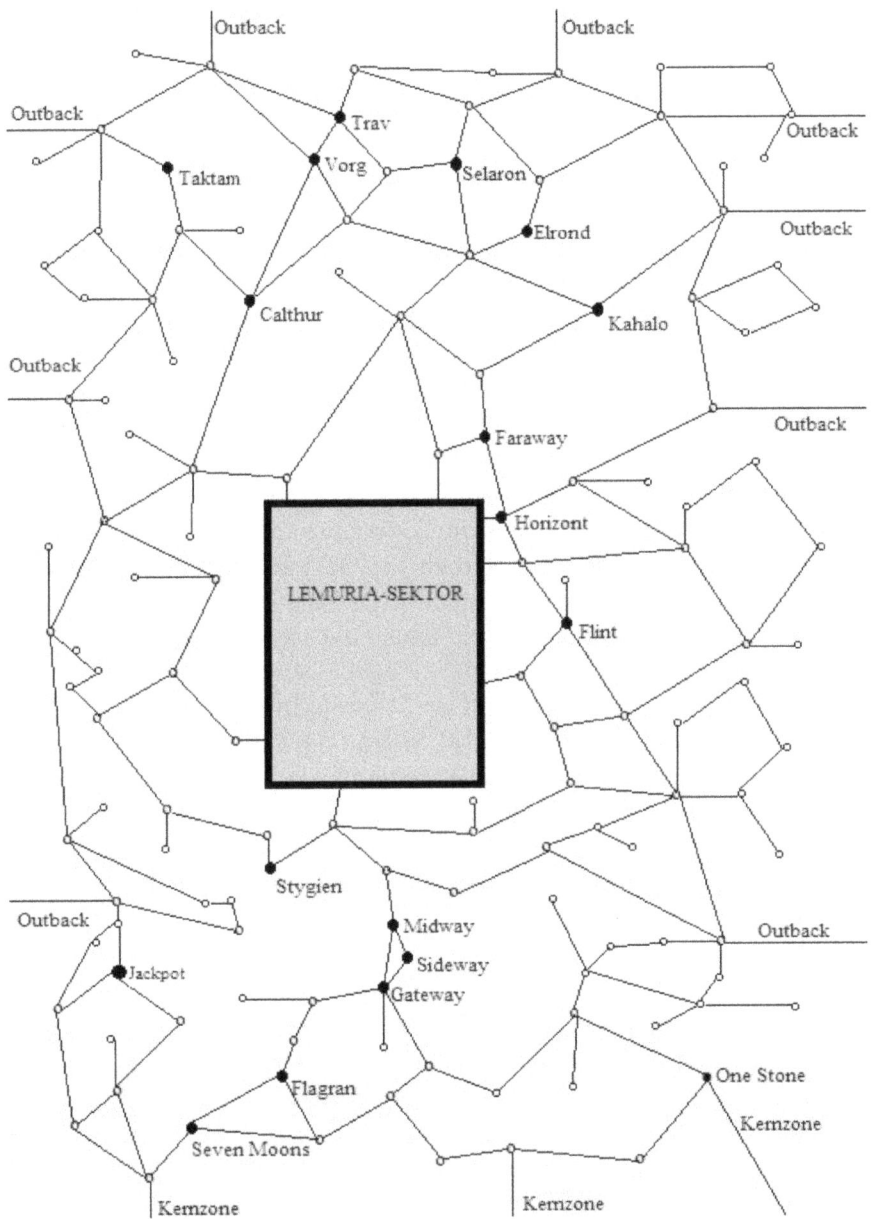

KARTENAUSSCHNITT, OUTBACK

1.

EX-17 (Explorer Corps)
System T-Nord-95-C, 15.07.2125 Bordzeit 23 Uhr

Leise seufzend signierte Commander Arnold Gustav Reling den letzten Eintrag in seinem Notebook, sendete die Daten an den Zentralrechner des Schiffs und schob es dann zur Seite. Die Scanndaten für dieses System waren nun endlich ebenfalls dokumentiert ... genauso, wie es die Bürokraten und das Procedere des Explorer-Corps verlangten.

Reling streckte sich ächzend und schloss für einen kurzen Moment müde seine Augen. In gut acht Stunden würden die drei noch verbliebenen Sonden, die sich bereits auf dem Rückweg zum Schiff befanden, wieder an Bord genommen sein und man würde endlich die Heimreise antreten. Endlich ... nach drei Jahren und fünf Monaten fern der Heimat die man mit anstrengender Vermessungsarbeit im Outback zugebracht hatte um dort neue Sprungpunkte zu erkunden, neue Sternensysteme zu erkunden und geeignete Welten zu finden, auf denen die Menschheit neue Kolonien gründen konnte.

Trotzdem war Reling zufrieden. Der Missionsauftrag war erfüllt. Mehr als erfüllt eigentlich, denn die *EX-17* war an die Grenzen dessen gelangt, was man dem Schiff abverlangen konnte, ohne Gefahr zu laufen in den Weiten zwischen den Sternen zu stranden weil die Ressourcen für die Rückkehr nicht mehr ausreichten. Aus seiner Sicht konnte der Auftrag somit mit Recht als Erfolg gewertet werden, zumal man das gefunden hatte, was er gesucht hatte.

Die *EX-17* hatte sich über Athen, Naukratis, Palmyra und Utopia kommend in das sogenannte Outback begeben, das im Galaktischen Norden von Terra lag. Gemäß Missionsbefehl hatte man dann in diesem Sektor neue Sprungpunkte vermessen, diese dann für die weitere Reise genutzt und die somit neu erreichten, bis dato unerforschten Sternsysteme sorgfältig gescannt und kartographiert. Zumindest so sorgfältig, wie es die bestehenden Missionsvorgaben ermöglichten, die eine maximale Aufenthaltsdauer von gerade einmal zehn Tagen pro Systemaufenthalt vorgaben, damit das Schiff mit den vorhandenen

Ressourcen möglichst viele neue Systeme erfassen konnte, bevor die Besatzung gezwungen war die lange Heimreise anzutreten. Nach dem Erreichen der Grenze, des bereits Kartographierten Raumes, hatte die *EX-17* bisher 236 neue Systeme vermessen von denen rund ein drittel Himmelskörper vorweisen konnte, auf denen man sich irgendwann in der Zukunft Kolonien der Menschheit vorstellen konnte. Teilweise war dies jedoch wohl nur möglich, wenn die fraglichen Himmelskörper unter massiver Nutzung von Kapital, Wissenschaft und Technik und dort dann zu errichtenden autarken Lebensräumen besiedelt wurden, da es den zukünftigen Siedlern sonst wohl nicht möglich wäre auf gewissen Planetoiden, Monden oder Planeten zu überleben. Die Menschen benötigten nun einmal Temperaturen die sich in einem gewissen, eng begrenzten Spielraum bewegten. Wasser war ebenfalls notwendig und ohne Sauerstoff war an ein Überleben ebenfalls nicht zu denken. Den dafür benötigten Sauerstoff konnte man auf den Planeten, Monden oder Planetoiden mit genügend Energie natürlich problemlos aus Wasser oder Wassereis gewinnen. Jedoch zogen die meisten Kolonisten es vor, eine Umwelt vorzufinden, die nicht von den Mauern begrenzt wurde, die durch irgendwelche hermetisch abgeriegelten, subplanetaren Bauwerke oder aber autarken und genauso versiegelten Druckkuppeln, vorgegeben wurde. Planeten oder Monde, mit einer Atmosphäre die für Menschen verträglich war und sich dazu vorzugsweise innerhalb der habitablen Zone bewegten waren selten und stellten für die sich vermehrende und ausbreitende Menschheit die Kronjuwelen des Universums da. Nicht nur Platzmangel auf Terra, der Ursprungswelt der Menschen, war zu einem Problem geworden, sondern vor allem die Ressourcen die notwendig waren um der eigenen Spezies ein Weiterbestehen und eine Ausbreitung zu ermöglichen.

Terra selbst hatte sich in großen Gebieten bis heute nicht vollständig von den Folgen des 3.Weltkriegs erholt, der die Menschheit beinahe vernichtet hatte. Es war nur dem Glück zu verdanken gewesen, dass es noch besonnene Köpfe gegeben hatte, die damals gerade noch rechtzeitig vor der völligen Eskalation eingriffen und den Wahnsinn stoppten, indem sie Befehle verweigerten und es dadurch anderen mutigen Leuten ermöglichten, den Konflikt auf diplomatischem Wege zu beenden. Zu diesem Zeitpunkt fanden die Geheimdienste damals auch etwas verblüfft

heraus, wem man denn diese Eskalation eigentlich zu verdanken hatte und wer für die Auslösung dieser Gewaltspirale letztendlich verantwortlich war, die diesen beinahe letzten, finalen Krieg durch finstere Machenschaften somit zu verantworten hatte ... Es war damals sehr knapp gewesen. Fast hätte die Menschheit sich selbst ausgelöscht.
Seinerzeit, am 17. Mai 2055, wäre die Menschheit fast durch den Befehl des fanatisch religiösen, damaligen US-Präsidenten, Gordon-Tyrell ausradiert worden, der den Befehl zum nuklearen Erstschlag gegen die "Vereinigten Asiatischen Republiken" gab, die von China kontrolliert wurden. Letztendlich ausgelöst wurde diese Spirale des Wahnsinns dadurch, dass die Politisch schon seit Jahren brisante Situation durch heimtückische, gezielte und geplante Terrorakte, von fanatischen, fundamentalistischen Islamisten zu deren Vorteil genutzt wurde. Diese hatten den irrsinnigen Plan, die damaligen Supermächte, mit all deren abhängigen und verbündeten Staaten und Staatenbunden sich gegenseitig vernichten zu lassen um letztendlich selber die einzigen noch handlungsfähig bleibenden Überlebenden dieses Irrsinns zu sein. Dazu wurden von den Islamisten einige Kommandos entsendet deren Selbstmordattentäter mehrere nahezu zeitgleiche Nukleare Anschläge verübt, die ganze Großstädte vernichteten. Der letzte dieser Sprengsätze explodierte in Paris. Diese Bomben waren der Auslöser dazu, den bereits labilen US-Präsidenten, der zeitweise in seiner eigenen religiösen Traumwelt lebte und stark medikamentenabhängig war, endgültig in den Wahnsinn zu treiben. Die Menschheit hätte sich beinahe mit den Waffen die sie selber erschaffen hatte ausgelöscht, als der final Konflikt eskalierte. Deshalb eskalierte, weil ein unfähiger und gänzlich für seine Position ungeeigneter Politiker, wie Gordon-Tyrell, nicht rechtzeitig von den eigenen Leuten gestoppt wurde
Nach Beilegung der Kämpfe trat ein weltweiter politischer Wandel ein. Die Gegner von einst reichten sich nun die Hände ... allerdings über die rauchenden Trümmer ihrer Zivilisation hinweg, da große Teile der USA, Chinas und auch weite Teile Europas im nuklearen Orkan von Erstschlag und Gegenschlägen verwüstet waren.
Doch es gab einen Hoffnungsschimmer. Bereits 2050 gelang es einigen Physikern erst rechnerisch und kurz darauf dann auch messtechnisch die Existenz von später so genannten Sprungpunkten im Weltall nachzuweisen, an denen ein entsprechend ausgerüstetes Raumschiff,

unter gewissen Voraussetzungen, durchaus in der Lage war, das Raumkontinuum zu durchbrechen und somit imstande war, auf diesem Wege andere, weit entfernte Sonnensysteme zu erreichen. Bedingt durch die schweren Verwüstungen auf der Erde und die Tatsache, dass die bis dahin schon existierenden Niederlassungen auf dem Mars und einigen Monden im Sonnensystem nicht völlig autark waren schuf man aus der Not eine Tugend und entsandte Forschungsschiffe um die stellare Umgebung zu erkunden. Die Menschheit benötigte dringend neuen Siedlungsraum. Es stellte sich dabei schnell heraus, dass nur ein kleiner Teil der Sterne über Sprungpunkte verfügte, die einen Zeitverlustfreien Übergang von einem Sonnensystem in ein anderes ermöglichten. Weiter erkannte man, das bei weitem nicht jedes Sonnensystem über Himmelskörper verfügte die eine Kolonisation ermöglichten. Diese Sonnensysteme, die jedoch den Weg zu weiteren Sonnensystemen möglich machten nannte man Transfersysteme. Auch die Anzahl der jeweiligen Sprungpunkte war wechselhaft. Einige Sonnensysteme hatten nur einen Sprungpunkt, was sie somit zu einer Einbahnstraße machte, andere hingegen verfügten über zwei, drei, vier oder sogar fünf Sprungpunkte.

Es dauerte nur wenige Jahrzehnte bis erste Gruppen von Siedlern sich aufmachten, um sich zwischen den Sternen eine neue Heimat zu erbauen. Schiffsraum war im Verhältnis billig und so war es nicht verwunderlich, dass eine recht große Anzahl von Kolonien gegründet wurden. Diese wurden fast zwangsläufig von Menschen bevölkert, die sich häufig nach Ethnien, politischen Ansichten oder religiösen Motiven zusammen fanden. Andere Gruppen wollten nur weit genug weg von Terra, um sich und ihren Familien, dort zwischen den fernen Sternen ein neues Leben aufzubauen, ohne dabei von der Regierung beständig reglementiert zu werden.

Doch das Weltall war groß. Eine Größe, die den Menschen erst jetzt in vollem Umfang bewusst wurde. Um die umliegenden Sterne zu erkunden und neue Siedlungsplaneten zu finden hatten die Regierung auf Terra deshalb das Explorer-Corps gegründet, dessen noble Aufgabe es nun war, neue Sprungpunkte zu finden, unbekannte Sonnensysteme zu kartographieren und geeignete Planeten für Siedler zu finden.

Im bereits erkundeten Raum den man gemeinhin die Kernzone nannte hatten sich schnell prosperierende Kolonien gebildet die weitere Siedler anzogen. Doch wo Licht war, da war auch Schatten. Der Wohlstand des einen zog schnell den Neid eines anderen an und so war es auch nicht verblüffend, dass sich schnell Banden von Raumpiraten bildeten, um das Hab und Gut anderer ohne eigene Arbeit zu erlangen. Auch verlief die Kolonisation der diversen Planetensysteme, deren Kolonisten sehr schnell auf ihre Unabhängigkeit von Terra bestanden, nicht immer völlig ohne jede interne Meinungsverschiedenheiten, die dann nach Siedlermanier häufig handgreiflich geregelt wurden. Vor allem in den ersten Jahren nach der jeweiligen Gründungsphase war es bereits mehrfach dazu gekommen, dass unzufriedene Kolonisten ihre ursprünglichen, planetaren Regierungen absetzten ... teilweise mit dem Nachdruck von Waffengewalt. Einige dieser ehemaligen Planetaren Regierungen ... zumindest diejenigen die dann nach ihrer Entmachtung dazu noch in der Lage waren oder aber diejenigen Planetaren Regierungen die bereits im Vorfeld gewisse Vorsichtsmaßnahmen ergriffen hatten, da sie realisiert hatten was sich auf den von ihnen regierten Planeten, aufgrund gewisser Unzufriedenheiten tat ... waren dann geflohen, bevor die erbosten Bürger sich ihrer bemächtigen konnten. Für diese lichtscheuen Gestalten waren die nur spärlich erforschten Randgebiete des Outback ein idealer Zufluchtsort. Zwar gab es auch dort Kolonien oder Siedlungen aber diese waren weit verstreut und in der Regel klein. Der ideale Ort also, wo man sich erfolgreich verstecken konnte und auch verhältnismäßig sicher vor seinen jeweiligen Häschern war.

Einige der früh besiedelten Sternensysteme der Kernzone schlossen sich, aufgrund sich überschneidender Interessen oder Anschauungen, schnell zu interstellaren Bündnissen oder Sternenreichen zusammen, um somit gemeinsam effektiver agieren zu können.

Vor vier Jahren ... Anfang 2122 ... hatten die gemeinsamen Bedürfnisse und Bemühungen dann dazu geführt, dass auf Terra der Koloniale Senat überein gekommen war ein neues Staatswesen zu gründen, dass die Befugnis und auch die Macht haben sollte Recht und Gesetz durchzusetzen und quasi über den einzelnen Planeten und den Planetenbünden stand. So wollte man jetzt, mit einer gemeinsamen Erklärung, der Grand Charta, die Hegemonie gründen, deren Aufgabe es war Frieden zwischen den Sternen und für die neuen Nationen zu gewährleisten. Die einzelnen Kolonien und natürlich auch die neuen

Sternennationen stellten Senatoren die dann auf Terra ihre jeweiligen Interessen vertreten sollten. Zum Schutz der einzelnen Kolonien gab es zwar diverse Arten von bewaffneten Raumschiffen, die natürlich von den Kolonisten Bemannt waren und in Ihren Heimatsystemen oder Interessensphären die entsprechenden Gesetze durchsetzen sollten, jedoch lag das Mandat für Friedenserhalt zwischen den einzelnen Kolonien klar bei der Hegemonie, die dazu eine ständig wachsende Flotte unterhielt, die von den Mitgliedern der Hegemonie, also den angeschlossenen Kolonien, gemeinsam getragen wurde. Da dies gewissen protokollarische und auch logistische Schritte verlangte, die nicht von heute auf morgen umzusetzen waren waren die Senatoren überein gekommen, die Gründung der Hegemonie zum 01. Juni 2127 in Kraft treten zu lassen. Auch wenn dies nur der offizielle Termin war und man vielerorts bereits daran arbeitete alle notwendigen Vorbereitungen für diesen Schritt abzuarbeiten. Viele Kolonien versuchten nun, in dieser Vakuumzone des Gesetzes, noch Vorteile für sich zu sichern. Nicht wenige dieser Bemühungen tendierten in die Grauzone der gültigen Rechtsprechung.

Auch verlief die Kolonisation der diversen Planetensysteme, deren Kolonisten sehr schnell auf ihre Unabhängigkeit zu Terra bestanden, nicht immer ohne kämpferische Auseinandersetzungen ab, zumal die Kolonisten sich geschützt wissen wollten um nicht als wehrlose Opfer dazustehen wenn denn mal Besuch vorbei schaute, der übles im Sinn hatte. Nicht verblüffend also, wenn die Kolonien nun im Kolonialen Senat auf Terra beständig und lautstark nach dem Schutz der Kolonialen Flotte riefen. Diese allerdings war erst im Aufbau begriffen und zudem weit verstreut. Es würde noch einige Jahre dauern, bis ausreichend Flotteneinheiten verfügbar waren um den Konvoischutz, die effektive Sicherungen der Kolonialsysteme und natürlich auch den notwendigen Patrouillendienst zu gewährleisten.

Generell war die *EX-17* auf ihrer Mission immer in die primäre Richtung Galaktisch-Nord gereist. Vor allem deshalb, weil ihre beiden Schwesterschiffe, die *EX-9* und die *EX-11*, die beiden angrenzenden Sektoren erkunden und vermessen sollten. Anders jedoch als die *EX-17* deren Auftrag eher die Fernerkundung mit Hauptrichtung Galaktisch-Nord war, sollten die beiden Schwesterschiffe ihr Hauptaugenmerk auf die Bereiche legen, die sich dichter an der Kernzone befanden. Hinzu

kam, dass von diesen drei Schiffen nur die *EX-17* in der Lage war länger als ein Jahr ununterbrochen im Einsatz zu stehen. Um dies zu ermöglichen war die *EX-17* extra umgerüstet worden, bevor sie auf diese Reise ging.
Kein bekanntes Schiff war jemals offiziell weiter in das Unbekannte vorgestoßen als die *EX-17*. Direkt vor dieser Mission war die *EX-17* im Orbit von Terra auf einer der großen Orbitalwerften speziell umgerüstet worden. Ein zweiter, leistungsstarker Antimateriereaktor war eingebaut worden, zusätzlich hatte man in der Werft die Zahl der Lagermodule für die Antimaterie von vier auf vierzehn erhöht. Die Sensoren des Schiffs waren ebenfalls massiv nachgerüstet worden und entsprachen, nach der Fertigstellung des Umbaus, in ihrer Leistung, denen eines schweren Kreuzers der Flotte. Mit ihren 390.000 Tonnen benötigte die *EX-17* für ihre Mission jedoch nur eine Besatzung von 400 Leuten, was für ein Schiff dieser Größe und mit diesen Missionsparametern ein absolutes Novum war. Nicht zuletzt hatte man das Personal einsparen können, weil es an Bord des Raumschiffs deutlich mehr Droiden gab, als es normalerweise üblich war. Dieses Droidenkontingent war aufgrund des besonderen Auftrags noch weiter erhöht worden um effektiver agieren zu können, was sich vor allen in den Bereichen Instandsetzung, Wartung und Reparatur bemerkbar machte.
Dies alles funktionierte natürlich nur, wenn man an anderer Stelle Abstriche machte. Die Werft hatte auf Anweisung des Flottenbauamtes die Schiffsbewaffnung auf ein gefährlich geringes Minimum reduziert. Lediglich zwei der leichten Zwillings-KSR-Werfer waren jetzt noch verblieben … von ursprünglich einmal sechs. Die hierzu gehörige Munitionskapazität war auf gerade einmal jeweils acht Salven reduziert worden. Die mittleren Zwillings-Laser Türme hatte man von vier auf jetzt noch zwei reduziert und die Point-Defense-Cluster mit jeweils einem leichten Zwillings-Laser sowie einer 20mm Gatlingkanone, von denen es ursprünglich acht gab waren auf vier reduziert worden, wobei die Munitionskapazität der Gatlings derart reduziert worden war, dass sie in drei Minuten durchgeschossen waren. Die beiden Torpedorohre waren zwar noch vorhanden, konnten jedoch nur noch zum Ausstoß der Meß- und Ortungssonden genutzt werden, die ein Forschungsschiff nun einmal benötigte. Das es an Bord keine der leichten Torpedos mehr gab, die ursprünglich Standard gewesen waren brauchte kaum noch erwähnt

werden. Der für den Umbau und die Umrüstung zuständige Sachbearbeiter des Flottenbauamtes war zu der überaus glorreichen Erkenntnis gelangt, die Geschwindigkeit, die von der *EX-17* erreicht werden konnte ... und mit der sie zugegebener maßen fast jedem anderen Schiff notfalls entkommen könnte ... würde Schutz genug sein, zumal kein Pirat sich bewusst mit einem Schiff anlegen würde, das über seine IFF-Signatur die Transponder-ID der Flotte abstrahlte. Laut der umfassenden Erkenntnisse dieses Sachbearbeiters sollten zudem im geplanten Missionsgebiet keine fremden Schiffe oder Piraten anzutreffen sein. Wozu also eine Bewaffnung einbauen, die nur unnötig die Ausrüstungskosten erhöhte. Somit war die Kampfkraft des Schiffs nur noch als kümmerlich zu betrachten. Commander Reling dankte Gott im stillen fast täglich dafür, das er keinen Kontakt mit den zwar selten vorkommenden aber durchaus vorhandenen Piraten hatte, die sich im Outback nahezu frei bewegen konnten und dort ihren Geschäften nachgingen, die da Raub und Plünderung hießen. Der nun frei gewordene Raum im Schiff war mit Ersatzteil- Material- und Rohstofflagern deutlich besser genutzt ... so zumindest die Meinung des Flottenbauamtes ... oder genauer gesagt, die fachliche Meinung des Sachbearbeiters der dafür verantwortlich war und dem die orbitale Werft unterstand, die Umrüstung und Umbau der *EX-17* vornahm. Das ohnehin schon überschaubar kleine Beibootkontingent des Schiffs war ebenfalls reduziert worden. Lediglich eine Barkasse und eines der Shuttles waren verblieben. Die so frei gewordenen Hangarräume waren allerdings dazu genutzt worden um dort einen kleinen Fabrikator sowie mehrere 3-D-Drucker aufzustellen. Dies erlaubte es dem Schiff und seiner Besatzung im Notfall kleinere bis mittlere Reparaturen selber durchzuführen und im Notfall nicht auf eine Werft angewiesen zu sein, derer es natürlich im Outback sowieso keine gab ... zumindest könnte man dies tun, solange das notwendige Grundmaterial und die Ersatzteile noch vorhanden waren.
Erst vier Tage vor der Abreise der *EX-17* waren Commander Reling und seine Besatzung an Bord gekommen und hatten mit Erschrecken festgestellt, in welchem Umfang die Arbeiten ausgeführt worden waren. An der Qualität der Arbeiten gab es allerdings nichts auszusetzen, da die Arbeiter der Werft wirklich alles in ihrer Macht stehende getan hatten um die Effizienz des verfügbaren Equipments, das auf dem Schiff jetzt vorhanden war, auf das höchstmögliche Niveau zu heben. Commander

Reling hatte sich seinerzeit umgehend mit dem Vorsitzenden des Aufsichtsrats der Explorerflotte in Verbindung gesetzt ... und dieser war dann knapp zwölf Stunden später auf der Werft eingetroffen.
Nach der ursprünglichen Planung der Explorerflotte hätte die *EX-17* eine deutlich stärkere Bewaffnung erhalten sollen. Die vorgenommenen Änderungen waren vom Flottenbauamt ... genauer gesagt von Captain J.Spahn, der als Sachbearbeiter für diesen umfangreichen Umbau verantwortlich war und dem diese Werft unterstand ... nicht an das Aufsichtsgremium der Explorerflotte weiter gemeldet worden. Er hatte das augenscheinlich eigenmächtig entschieden. Der daraufhin folgende Wutausbruch des Vorsitzenden dieses Gremiums, des Grafen von Rabenswalde, hatte schon fast legendären Charakter gehabt. An diesen Moment dachte Reling stets mit Freude zurück. Der Captain war einer dieser Offiziere der seinen Rang ausschließlich seinen politischen Verbindungen zu verdanken hatte. Er hatte keinerlei Erfahrung als Kämpfer, Ingenieur oder Techniker. Er war lediglich ein nicht sehr talentierter Verwaltungsbeamter ... einer dieser Aktenstapler und Paragraphenreiter wie man ihn nur selten fand. Die Abreise konnte jedoch nicht verschoben werden. Man hatte diese ganz spezielle Mission jahrelang geplant und würde diese Gelegenheit wohl nie wieder bekommen ... und innerhalb der kommenden neun Monate hatte keine andere Werft Kapazität frei. Zumal der derzeitige Werftliegeplatz der jetzt noch von der *EX-17* belegt war für den Neubau eines Zerstörers für die Flotte benötigt wurde. Der Graf hatte innerhalb eines Tages dafür gesorgt, dass man der *EX-17* zumindest anstatt der zivilen Variante der Barkasse nun eine der schwer bewaffneten Varianten der Flotte zuteilte. Auch das zivile Shuttle wurde gegen ein Militärshuttle getauscht. Als sich herausstellte, dass die ursprünglich für die *EX-17* vorgesehenen Waffen und die demontierten Waffen des Schiffs zwischenzeitlich auf einem Schiff eingebaut worden waren, das sich bereits auf dem Weg zu einem Kolonialplaneten befand um dort die Kolonieeigenen Streitkräfte zu verstärken, informierte der überaus wütende Graf kurzerhand das Flottenoberkommando. Zwei Stunden später bekam Captain Spahn in seinem Büro Besuch von einigen Angehörigen der Militärpolizei. Sein neuer Nachfolger kam gleich mit und sichtete im Beisein der Militärpolizisten den Computer des Captains. Die aufgefundenen Daten waren aufschlussreich und absolut eindeutig. Der Captain hatte

augenscheinlich seine Position dazu genutzt um gewisse Gruppierungen mit Material zu versorgen, dass diese ohne sein Zutun nicht erhalten hätten. Eine schnelle Überprüfung und eine sofortige Durchsuchung seiner erstaunlich luxuriösen Wohnung auf Terra bewies, dass J.Spahn für diese Dienste gut bezahlt worden war. Die berufliche Zukunft des Captains war damit zumindest in der Flotte von Terra beendet. Doch Reling vermutete, dass man diesen schmierige Kerl lediglich aus der Flotte ausgestoßen würde und er keine Haftstrafe, beispielsweise als verurteilter Zwangsarbeiter in den Kristallminen auf Triton, erhalten würde. Seine engen politischen Verbindungen würden ihn wohl davor bewahren. Reling würde fast darauf wetten, dass J.Spahn wohl sehr zeitnah auf den Planeten Karthago umsiedeln würde. Auf eben den Kolonialplaneten, der so sehr von den Zuwendungen des Captains profitiert hatte und sich für diese Dienste finanziell ausgesprochen erkenntlich gezeigt hatte, wie die Ermittler der Militärpolizei und des ebenfalls eingeschalteten JAG (Judge Advocate Generals Corps) innerhalb weniger Stunden heraus fanden.

Trotzdem war Commander Reling mit den technischen Modifikationen prinzipiell zufrieden ... abgesehen natürlich von der fast fehlenden Bewaffnung. Bei all dieser akribischen Planung hatte man im Planungsstab auf Terra jedoch übersehen, dass die Besatzung ebenfalls noch Platz benötigte. Das Resultat war eine Enge an Bord, die einen Klaustrophobiker wohl in kürzester Zeit in den Wahnsinn getrieben hätte. Da die Entfernungen eine Kommunikation zwischen den drei Schiffen, einem Außenposten oder sogar einer Kolonie technisch leider völlig unmöglich machte, war die *EX-17* seit einer gefühlten Ewigkeit von jeder Kommunikation mit anderen Menschen abgeschnitten. Das zehrte an der Psyche der Besatzung. Nicht wenige hatten das Gefühl, ihr Schiff wäre alleine im unendlichen Universum.

Wenn man die weiteste Entfernung zu Grunde legte, die ein entdecktes System vom bisher besiedelten Kernraum entfernt lag, dann war es dieses Sonnensystem, in dem sich das einsame Forschungsschiff derzeit noch befand ... 95 Sprünge weit von Terra entfernt, wenn man die direkteste Verbindung nutzte die möglich war. Eine Entfernung zu Terra, die alles übertraf, was man in Raumfahrerkreisen derzeit als sinnvoll oder nützlich betrachtete.

Das Weltall ... Unendliche Weiten

Die *EX-17* mit ihrer Besatzung war nun an einem Punkt angelangt, der die Heimreise notwendig machte. Nur mit Mühe war Terra noch zu erreichen. Weitere Umwege durften jetzt keine gemacht werden. Die noch verbleibende Antimaterie für die beiden Reaktoren erlaubte dies einfach nicht mehr. Mit den Nahrungsmitteln sah es nicht viel besser aus und auch Ersatzteile für diverse Systeme lagen ebenfalls dicht am Sicherheitslimit oder waren bereits kaum noch vorhanden.

Prinzipiell jedoch war Commander Reling mehr als zufrieden mit dem Verlauf seiner Mission. Sein Schiff hatte sich bewährt. Jedoch würde dies wohl die letzte Mission sein, die dieses Schiff für das Exlorer-Corps absolvierte. Das Schiff war nun fast 30 Jahre alt und einfach nicht mehr zeitgemäß, was die Konstruktion und Technik betraf. Basierend auf den später nicht in Serie gegangenen Entwurf eines leichten Kreuzers hatte man die *EX-17* seinerzeit, nach den Vorgaben des Explorer-Corps, für die extreme Fernerkundung umgebaut. Die Wissenschaft und Technologie hatte sich jedoch in den letzten 30 Jahren in sehr vielen Bereichen rasant weiter entwickelt und heutige, moderne Schiffe waren gänzlich anders Konstruiert, da die Menschheit auf ihrem langen Weg zu den Sternen zwischenzeitlich entsprechende Erfahrungen sammeln konnte. Teilweise waren dies schmerzliche Erfahrungen, die so manche mutige Besatzung schon mit ihrem Leben bezahlen musste ... aber das war nun einmal der Preis für derartige Entwicklungen und den Weg zu den Sternen.

Acht Stunden später durchquerte das Schiff den Sprungpunkt, der es in dieses System gebracht hatte. Endlich, zur ungeteilten Freude der Besatzung und seines Kommandanten, befand sich die *EX-17* wieder auf dem Heimweg, nach Terra. Es würde allerdings einige Monate dauern, bis man das Reiseziel erreichte.

Die *EX-17* war auf ihrer Mission bisher erfolgreich gewesen. Doch das Weltall war groß. Sogar unermesslich groß, nach den Maßstäben die ein Mensch sich vorstellen konnte und die Menschheit hatte bisher trotz ihres Forschungseifers erst einen winzigen Bruchteil davon erkundet. Commander Reling dachte häufig daran, was das Universum wohl an Vielfältigkeit, Überraschungen und Geheimnissen bisher vor der Menschheit verborgen hielt. Viele Generationen von Forschern und Entdeckern würden noch in die unendlichen Weiten aufbrechen und neue Welten entdecken, Wunder erkunden und sich zu Recht fühlen wie jemand der zuerst an einem ganz bestimmten Ort anwesend war. Es war ein Zeitalter der Wunder und Entdeckungen.

Reling dachte kurz an die Sprungkristalle, deren Entdeckung im Jahre 2110 erst die sinnvolle Nutzung des Sprungantriebs möglich gemacht hatte. Vorher waren Raumschiffe auf immens große Batteriekomplexe angewiesen, die leider oft Schwankungen unterworfen waren. Auch wenn diese Schwankungen minimal waren, so war der Effekt der Schwankungen eine Gefahr für das springende Raumschiff. Die *EX-17* war seinerzeit eines der ersten Raumschiffe gewesen die, nach dem notwendigen Umbau, mit Sprungkristallen ausgestattet wurden, die dann die notwendige Energie für den Sprung speicherten. Reling dachte mit Schaudern an die Risiken, die vorher fast schon als normal angesehen worden waren. Unfälle waren damals an der Tagesordnung und dutzende von vermissten Raumschiffen bezeugten dies. Die Gefahren der Raumfahrt waren längst nicht alle beseitigt worden. Noch immer gab es einen kleinen Prozentsatz von unaufgeklärten Unfällen.

Commander Reling blickte nachdenklich auf den großen Sichtschirm der Zentrale. Sein offizieller Auftrag war erfüllt ... was seinen ganz besonderen und streng geheimen Auftrag betraf, den er in der Heimat erhalten hatte, blieb noch abzuwarten, wie die Ergebnisse dieser Reise ausgenutzt wurden. Es würde sich bei der Ankunft auf Terra erweisen, ob die Pläne umsetzbar waren, die gewisse Leute auf dem fernen Heimatplaneten der Menschheit hatten ... und in die er selbst bereits seit fast 8 Jahren ebenfalls involviert war. Plänen, deren Umsetzung er sich mit Leib und Seele verschrieben hatte.

Erst diese etwas ungewöhnlichen, mutigen Pläne, die von einer kleinen, sehr verschwiegenen Gruppe willensstarker Menschen ersonnen waren, hatten letztendlich zu dieser ganz speziellen Mission der *EX-17* und ihres Kommandanten geführt. Captain Reling war stolz, zu diesen Menschen zu gehören. Der Graf von Rabenswalde gehörte auch zu dieser Gruppe und nahm darin einen wichtigen Platz ein. Er war es auch gewesen, der Arnold G.Reling seinerzeit für die Pläne der Gruppe rekrutiert hatte. Reling lächelte versonnen. So weit er es derzeit beurteilen konnte waren er und seine Auftraggeber dem geplanten Ziel ein gutes Stück näher gekommen.

Nun jedoch galt es die Heimat wieder anzusteuern. Ein gewisses Zeitfenster musste, laut der Planung, unbedingt eingehalten werden.

Da die Sprungpunkte, die ein Raumschiff auf seiner Reise zwischen den Sternen benutzte, sich in der gravitationsarmen Region zwischen Kuipergürtel und Oortsche Wolke befanden, ergab sich für gewöhnlich eine durchschnittliche Reisezeit von etwa sechs bis sieben Tagen zum nächsten Sprungpunkt. Dies jedoch unter der Voraussetzung, dass man mit einer Geschwindigkeit von 0,2c das jeweilige System durchquerte. Da die Sprungpunkte bekannt waren, die man für die Reise nutzen wollte, war es durchaus möglich ein gewisses Zeitfenster für die Ankunft im heimatlichen System von Terra einzuhalten. In diesem Fall sollte die *EX-17* Terra spätestens in der Zeit zwischen September und November 2125 wieder erreichen. Es würde etwas knapp werden, allerdings war der vorgegebene Zeitplan noch gut einzuhalten, wenn es nicht zu unvorhergesehenen Verzögerungen kam.

Reling ging nochmals die Daten durch. So wie bereits unzählige male vorher. Die Route für die Rückreise lag fest. Wenn alles planmäßig verlief, dann sollte das Schiff irgendwann Anfang September Terra wieder erreichen. Eigentlich sollten sie jetzt bereits auf der Rückreise sein aber Reling hatte die Zeit nutzen wollen um die hier liegenden Sprungpunkte und Sternensysteme noch etwas genauer zu erkunden. Die Auslegung der geheimen Befehle ließ dies durchaus zu und Reling war kein Mensch, der nur oberflächliche Ergebnisse schätzte. Zudem war Commander Arnold Gustav Reling durchaus bewusst, dass man auf Terra genaue Daten schätzte. Dies war für den Erfolg der geheimen Mission notwendig, zu der die Reise der *EX-17* beitragen sollte.

Reling schmunzelte verhalten. Er hätte zu Beginn dieser Reise nicht vermutet, so erfolgreich zu sein. Die Sternensysteme, die man hier angetroffen hatte entsprachen dem, was insgeheim gesucht worden war, in nahezu jeder Hinsicht. Einige andere Sternensysteme, die man auf der Reise entdeckt hatte, entsprachen den Vorgaben der streng geheimen Missionsziele beinahe … aber eben nur beinahe.

Uninformierte Menschen wären zutiefst erstaunt gewesen, wenn sie diese geheimen Befehle gekannt hätten, die gänzlich unterschiedlich von den offiziellen Befehlen waren. Diese streng geheimen Befehle jedoch, die zudem nirgendwo schriftlich fixiert worden waren, stellten auch den eigentlichen Grund da, für die hiesige Anwesenheit der *Ex-17*. Deshalb hatte Reling sich entschlossen, die Reise weiter auszudehnen. Bis an das Limit dessen, was er dem Schiff und der Besatzung zumuten konnte. Letztendlich hatte er gefunden, was man sich erhoffte. Auf Terra würden seine Vorgesetzten zufrieden sein.

2.

Landgut Möwenschrei, 31.12.2126, Mitternacht

Rot leuchtend strahlten die Feuerwerkskörper am dunklen Himmel über dem alten Familienanwesen. Immer neue Leuchterscheinungen kamen hinzu und brachten nun auch zahlreiche grüne, weiße, blaue und gelbe Lichtkugeln dazu, die nur langsam verblassten.

Alexander Graf von Rabenswalde achtete nicht auf das Lichtspektakel, das sich, wie jedes Jahr an diesem Tag, am abendlichen Himmel abzeichnete. Ihm waren derartige Partys zutiefst zuwider. Seine Frau sah das anders. Konnte sie sich doch somit jedes mal aufs neue in den Mittelpunkt ihrer Bekannten und Freunde bringen, zumal die eingeladene Meute der Presse mit Sicherheit auch das eine oder andere wohlwollende Wörtchen schreiben würde und somit den Prominentenstatus betonen würden, den Alexanders Frau so schätzte.

Alexander schnaubte verächtlich, während er über die Terrasse zu einer Gruppe von Gästen blickte, die alle zum Umfeld seiner Frau gehörten. Mit seinen 42 Jahren war er ein Mann, der sofort auffiel. Schlank mit Schnauzbart und Glatze entsprach er durchaus dem allgemein gängigen Erscheinungsbild, das die mächtigen Medien heutzutage gerne mit einem Preußischen Offizier der Kaiserzeit in Verbindung brachten. Es fehlte eigentlich nur noch ein Monokel um dem Klischee vollends zu entsprechen. Das beachtliche Vermögen seiner Familie, dass sein Großvater und sein Vater mühsam erwirtschaftet hatten war durch sein umsichtiges Handeln noch deutlich angewachsen.

Vor 15 Jahren hatten er und einige andere angefangen an einem Plan zu arbeiten der sich langsam immer mehr entwickelt hatte und nun von ihnen "DER GROßE PLAN" genannt wurde. Nur Alexander und elf weitere Personen waren vollends in die weitläufige und langfristige Planung eingeweiht. Sie bildeten den inneren Kreis. Alexander und die anderen Angehörigen des inneren Kreises waren dazu bereit und willens ihren Plan mit sämtlichen ihnen zur Verfügung stehenden Mitteln umzusetzen. Dabei schreckten sie, wenn es notwendig war, auch durchaus nicht vor Schritten zurück die man, wenn man es denn ehrlich betrachtete, nur noch sehr schwerlich oder überhaupt nicht mehr als

Gesetzeskonform bezeichnen konnte. Diese Realität war natürlich den Beteiligten durchaus bewusst. Es wurde aber von ihnen bewusst in Kauf genommen, um das Ziel zu erreichen.

Auch Alexanders Vater hatte zum inneren Kreis gehört, war jedoch vor sieben Jahren durch einen Unfall verstorben. Der damals 65 jährige Mann wurde von allen nur "Der alte Graf" genannt. Vor allem seiner Weitsicht, Planung und Willensstärke war es zu verdanken, dass der Plan heute so weit fortgeschritten war. Auch Alexanders Ehe mit seiner 10 Jahre älteren Frau war damals vom alten Grafen eingefädelt worden, der nahezu fanatisch an dem Plan gearbeitet hatte und skrupellos alle Möglichkeiten ausschöpfte um ihn zu realisieren, obwohl er sich bewusst war, dass er selber den angestrebten TAG-X wohl nicht mehr erleben würde an dem der Plan erfolgreich vollzogen wurde bzw. in die PHASE-2 überging. Durch die Heirat gelangte Alexanders Vater an die Kontrolle über das Vermögen und den Einfluss von Alexanders Frau Konstanze. Konstanze hatte von ihren Eltern einen Großkonzern geerbt, der in der Oberliga der Schwerindustrie Terras rangierte. Zudem gehörte zu diesem finanzstarken Konzern auch eine der Orbitalwerften, die im entfernten Orbit von Terra kreisten. Die Einflussnahme auf diese Orbitalwerft mit der dazu gehörigen planetaren Industrie war es gewesen, die Alexanders Vater zu diesem Schritt bewogen hatte, die Heirat zwischen Alexander und Konstanze einzufädeln, die selber eher als extravaganter Paradiesvogel der High-Society galt und die Führung ihres Konzerns, den sie von ihren Eltern geerbt hatte, einem Schwarm von gut bezahlten Managern überließ. Ihr war es nur wichtig, jederzeit über genug Kapital zu verfügen um sich ihren Lebensstandard zu sichern, der zumeist etwas exzessiv und extravagant war. Die einstige, stille Hoffnung von Alexanders Vater, man könnte Konstanze in den Plan mit einbinden hatte sich bereits innerhalb von wenigen Wochen nach der Heirat gründlich zerschlagen. Zu unterschiedlich waren Konstanzes Ansichten von denen des alten Grafen und auch Alexander war teilweise erschrocken vom praktizierten Gutmenschentum und der bisweilen erschreckend uneinsichtigen Naivität die Konstanze an den Tag legte. Nicht das Konstanze wirklich dumm war … aber die hellste Kerze auf der Torte konnte man sie auch nur sehr schwer nennen. Alexanders und seine Frau Konstanze waren bereits kurz nach ihrer Heirat übereinstimmend eine reine Zweckgemeinschaft eingegangen, um dann jeder für sich selber agieren zu können. Konstanze hatte nie echtes Interesse an Alexander oder dessen Vermögen gehabt sondern lediglich dessen uralten Adelstitel als Goldene Eintrittskarte in die gehobene Gesellschaft des Adels gesehen, in der sie sich seitdem fortwährend bewegte. Alexander war dies nur recht so, da Konstanze ihm schnell zuwider wurde. Oftmals wusste er nicht recht, ob er lachen oder weinen sollte, wenn er die neuesten Pressemeldungen über seine Frau erfuhr. Sein Vater, der Konstanze völlig ignorierte, kümmerte sich seit derweil um die Konzernleitung, und brachte so schnell wie möglich fähige und vollends vertrauenswürdige Personen an die richtigen Posten im Konzern. Die machtvolle Position des Kapitals und der enormen Wirtschaftsmacht der beiden nun zusammen gehörenden Familienkonzerne, deren direkter und auch indirekter Einfluss über Beteiligungen an zahlreichen anderen Konzernen noch verstärkt wurde, ermöglichte es Alexander, in der Folgezeit, politisch den Notwendigen Druck aufzubauen um den Weg zu seiner jetzigen, einflussreichen Position im Explorer-Corps zu erlangen. Eine Position, die letztendlich entscheidend und ausschlaggebend für das Gelingen des Plans war.

Lediglich aus diesem Grund bekleidete Alexander derzeit den Posten als Leiter des Aufsichtsgremiums des Explorer-Corps, den er nun bereits fünf Jahre inne hatte. Nur so war Alexander in der Position gewisse Informationen zu beschaffen, die für den Erfolg des Plans ausschlaggebend waren. Um diesen wichtigen Schritt in ihrem Plan zu realisieren zu können waren seinerzeit beachtliche Mengen an Geldern geflossen und wo es nicht anders möglich war hatten die Mitglieder des inneren Kreises wenn nötig auch vor Erpressung nicht halt gemacht um ihre Ziele zu erreichen. Die Tatsache, dass Alexander studierter Ingenieur und Physiker war sowie drei Doktortitel vorweisen konnte, die er sich redlich verdient hatte, machte ihn als "Mann vom Fach" und vor allem als Ehemann von Konstanze deren politische Tendenzen allgemein bekannt waren … zumindest in den Augen von gewissen mächtigen Personen in der politischen Landschaft … quasi zu einer Idealbesetzung des Leitenden im Aufsichtsgremium des Explorer-Corps. Vor allem da gewisse Politiker von der irrigen Vermutung ausgingen, Alexander würde politisch in den gleichen Bahnen denken wie seine Frau. Der Tod seines Vaters hatte Alexander damals tief getroffen und kurzfristig hatten er und der Rest des inneren Kreises Zweifel daran, ob sich der Plan jetzt noch wie geplant umsetzen ließ, nachdem der Unermüdliche, alte Graf fehlte. Alexanders Vater war derjenige gewesen, der seinerzeit in der Anfangsphase des Plans die notwendige Entschlusskraft und Skrupellosigkeit besaß, damit der Plan nicht bereits scheiterte bevor überhaupt erst das Fundament dazu geschaffen war. Es hatte sich aber gezeigt, dass der alte Graf auch für den Fall seines eigenen Todes Notfallpläne geschmiedet hatte. Die rund drei Dutzend Personen die er auf den wichtigsten Schlüsselpositionen des Konzerns eingesetzt hatte ermöglichten jetzt den reibungslosen Fortschritt der bereits erreichten Schritte, da sie alle selber zu diesem Projekt gehörten und es nahezu fanatisch unterstützten. Sie berichteten nun lediglich nicht mehr an den alten Grafen sondern direkt an den inneren Kreis.

Alexander blickte sich um, als er langsame Schritte vernahm, die sich ihm näherten. Erleichterung machte sich auf seinem Gesicht breit als er Jean Gauloises und Francis Mountbatton auf sich zukommen sah. Die drei waren seit ihrer Jugendzeit im Internat miteinander befreundet. Der untersetzte, etwas füllig wirkende Jean Gauloises stammte aus einer französischen Familie die man gemeinhin als den "alten Geldadel" bezeichnete. Jean selbst war der Welt allgemein als Lebemann bekannt. Nur sehr wenige Menschen erkannten, dass sich hinter den sanften, gutmütigen Gesichtszügen ein eiskalter Verstand verbarg der teilweise an eine Mensch gewordene Rechenmaschine erinnerte. So war er auch im Internat zu dem Spitznamen Droide gekommen, da er kaum zu erschüttern war und einen einmal gefassten Entschluss eisern verfolgte. Sein Geschick im Umgang mit Finanzen war immer wieder erstaunlich und es war ihm zum großen Teil zu verdanken, dass der Plan nun in die Endphase von Phase-1 gehen konnte und TAG-X jetzt in greifbare Nähe rückte. Francis Mountbatton entsprach vom Äußeren in jeglicher Art dem Bild das die Mehrheit der Bevölkerung von einem Britischen Offizier des Viktorianischen Zeitalters hatte. Groß, schlank, schneidig stets beherrscht und äußerlich kühl, teils arrogant wirkend, war Francis in der Regenbogenpresse wohl einer der am häufigsten abgelichteten Junggesellen Europas. Der Zweig seiner Familie war einer der wenigen Familien aus der Oberschicht, die frei von Skandalen und gut situiert die turbulenten letzten Jahrzehnte überstanden hatten, die wie eine Flut durch das ehemalige Großbritannien geschwappt war. Seine elitären familiären

Verbindungen hatten dem inneren Kreis einiges erleichtert. In seiner Heimat wurde seine Familie noch immer hoch angesehen und von den Menschen der unteren Schichten teils fast verehrt. Wenn es auf den Britischen Inseln oder in Teilen des ehemaligen Comonwealth wie beispielsweise Kanada, Australien oder Neuseeland Probleme gab, dann war Francis meist die Lösung dafür. Es war bisweilen höchst erstaunlich, was er mit einem kurzen persönlichen Gespräch bei einigen Leuten bewirken konnte. Er war durch diese Fähigkeit sozusagen der Problemlöser des inneren Kreises ... solange zumindest bis es nachhaltigerer, drastischer Schritte bedurfte um die Pläne des inneren Kreises durchzusetzen, da es leider nicht immer ausreichte mit Leuten nur zu sprechen. In einigen Fällen musste man auf andere Mittel zurück greifen ... entweder waren dies "Zuwendungen" also ganz schlicht gesagt Bestechung oder aber, in ganz seltenen Fällen, reine Erpressung. Wobei es nicht selten vorkam das erst ersteres und später zweites angewendet wurde. In ganz seltenen Fällen hatte man auch zu letztendlich finalen Lösungswegen greifen müsse. Dies in den vergangenen 15 Jahren nun dreimal vorgekommen. Der Vater von Alexander hatte seinerzeit nur mit den Schultern gezuckt und mit unbewegtem Gesicht gesagt "Wo gehobelt wird da fallen Späne".

Kaum jemand würde diese drei Leute vermissen. Alle drei galten als rücksichtslos und hatten sich völlig ihrer Karriere in der Politik verschrieben. Bestechlichkeit und Raffgier waren von diesen Leuten beständig und skrupellos genutzt und praktiziert worden. Zumindest so lange, bis sie an den alten Grafen geraten waren ... eine finale Erfahrung für jeden dieser drei Politiker.

Alexander, Jean und Francis waren diejenigen die in stiller und unausgesprochener Übereinkunft die Führung des inneren Zirkels inne hatten. Sie drei waren die Anführer und ihre Entscheidungen waren dann bindend für den Rest des Zirkels. Diskussionen tauchten dabei nicht auf, da das Trio diese nicht zuließ.

Während Francis also die sanfte Hand des inneren Kreises war, so nahm Karl Scheer bei Bedarf die Funktion der eisernen Faust ein und sorgte für die Sicherheit des inneren Kreises und ihres Plans. Scheer nahm sich auch der Probleme an, die ein direkteres und deutlich massiveres Vorgehen erforderten. Heute war er nicht anwesend, da er sich auf die Anordnung von Alexander hin um einige Details kümmerte die für den

Abschluss von Phase-1 unerlässlich waren.
Alexander wartete bis seine beiden Freunde dicht bei ihm standen. "Die Raumortung hat gemeldet, dass die *EX-17* vor zwei Tagen in unser System eingetreten ist. Ein vorläufiger Bericht des Kommandanten enthält unseren Schlüsselsatz und lässt somit darauf schließen, dass er mit seiner ganz besonderen Mission Erfolgreich war. Ich erwarte Commander Reling in neun Tagen zum Missionsbericht in der Zentrale des Explorer-Corps in Genf. Ein entsprechender Befehl wurde ihm bereits übermittelt und von ihm bestätigt. Die *EX-17* wird vorerst im Orbit um Luna verbleiben bis wir drei dann entscheiden welche Schritte unsere nächsten sein werden."
Zustimmendes Nicken antwortete ihm, bevor Jean sich leise zu Wort meldete. "Weist du denn schon genaueres?" Alexander seufzte und schüttelte bedauernd den Kopf. "Nein … nicht wirklich. Leider hat es anscheinend bei der Rückreise im nahen Outback Probleme mit einem einzelnen Piratenschiff gegeben aber auch darüber weis ich derzeit kaum Details. Karl kümmert sich bereits darum uns die Informationen zu beschaffen, die an das Flottenkommando gegangen sind. Warten wir einfach noch die paar Tage ab bis Commander Reling uns Bericht erstattet. Aufgrund der Überfälligkeit der *EX-17* war ich genauso beunruhigt wie ihr auch. Der Piratenangriff ist die Erklärung dafür. Anscheinend hat die *EX-17* bei dem Gefecht diverse Schäden erlitten, die eine Reparatur erforderte, die mit Bordmitteln deutlich länger gebraucht hat, als in einer Flottenwerft. Ich persönlich bin froh, dass wir die *EX-17* nicht als Verlust abschreiben müssen, wie wir das bereits befürchtet hatten. Reling hat jedoch gemeldet, man wäre zufrieden, wieder in der Heimat zu sein."
Francis nickte bestätigend. "Dann kann man das wohl derzeit nicht ändern. Warten wir also zwangsläufig … obwohl ich wirklich neugierig bin was der Commander zu berichten hat. Aber das hat ja nun noch ein wenig Zeit und da er den Schlüsselsatz für den Erfolg der Mission gesendet hat können wir bereits anfangen Vorkehrungen für TAG-X zu treffen um keine unnötige Zeit zu verlieren. Wenn er dann in Genf ist kann er uns alles berichten. Zuerst wird er natürlich bei dir erscheinen müssen um seinen offiziellen Bericht abzugeben. Schließlich bist du ja sein Vorgesetzter als Leiter des Aufsichtsgremiums. Sein Erscheinen bei dir ist also für alle uneingeweihten Personen unverdächtig, da es lediglich

nach der üblichen Befehlsroutine aussieht. Gerade die Flotte legt viel Wert auf die Einhaltung ihrer Routinen. Das Explorer-Corps ist aufgebaut wie ein Zweig der Flotte und seinerzeit auch aus dieser hervorgegangen. Du bist dort der Chef. Damit ist doch eigentlich alles so wie es sein sollte."
Alexander runzelte die Stirn. "Noch bin ich es. Aber nicht mehr lange. Deshalb ist es auch so wichtig dass wir nun zügig die Planungen zu einem Ende bringen. Unser Zeitfenster schließt sich langsam. In sechs Monaten ist die Umsetzung unseres Planes nicht mehr möglich. Zumindest nicht wenn wir so verfahren wollen wie wir es bisher geplant haben ... und ich muss gestehen, ich habe nicht das Bedürfnis noch länger zu warten, bis wir hier verschwinden. Vor allem, da die politische Situation auf Terra von Woche zu Woche unangenehmer für Menschen wie uns wird. Die derzeitige Regierung ist durch und durch korrupt. Man verrennt sich in ideologische Wunschgebilde, die unmöglich zu realisieren sind und ist nicht gewillt auch nur annähernd rational zu denken, da dies der so sehr gepflegten eigenen Ideologie widersprechen würde. Ich persönlich rechne damit, dass die dicht bevorstehenden Hegemoniewahlen zu einem Wechsel in der Politik führen werden. Es wird jedoch viele Jahre dauern bis sich wirklich entscheidendes verändert. Diese Leute, die derzeit auf den wirklich entscheidenden Regierungsposten sitzen, habe bereits seit Jahren ihre Anhänger auf Positionen befördert, wo diese seit dem als Mitläufer und Unterstützer, tätig sind. Diese vielen Personen alle irgendwann durch unbestechliche Menschen zu ersetzen wird Zeit benötigen."
Zustimmendes Nicken antwortete ihm. Die drei Männer blickten mit nachdenklichen Mienen zu den Feuerwerkskörpern empor die immer noch vereinzelt am Nachthimmel erblühten. Ein neues Jahr brach an. Ein Jahr, dass sie endlich ihrem Ziel und ihren Träumen näher brachte, die sie seit Jahren verfolgten.

3.

Genf, Zentrale des Explorer-Corps, 09.01.2127

Der Sitzungssaal leerte sich langsam. Nur wenige Personen blieben zurück und besprachen leise die Ergebnisse der Mission, die ihnen von Commander ... nun Captain Reling vorgetragen worden waren. Begleitet wurde er von seinem XO dem ehemaligen Lieutenant Commander, nun Commander, Framus Allison. Nach dem Ende von Relings Vortrag und einer kurzen Fragestunde dazu, die den bisher nicht vollständig Informierten der Anwesenden dazu diente, kurze Detailfragen zu stellen, war man zügig zum zweiten und damit auch letzten Tagespunkt übergegangen.

Der Vorsitzende des Aufsichtsrats der Explorerflotte, Alexander Graf von Rabenswalde informierte die Anwesenden nun offiziell darüber, dass der Senat beschlossen hatte, die Explorerflotte zeitnah und vollständig in die Hegemonieflotte zu integrieren. Als Termin hatte man dafür den 01.06. dieses Jahres vorgegeben. Das Personal des Explorer-Corps sollte dabei nahtlos und unter Beibehaltung ihrer Ränge in den Dienst der TDF (Terran Defence Force) übernommen werden.

Graf von Rabenswalde trat auf Captain Reling zu. "Ich gratuliere ihnen nochmals zu ihrer Beförderung. Sie haben sich dies reichlich verdient Captain. Sie und auch ihre Besatzung sind unter großen Persönlichen Risiken dazu bereit gewesen, ihren Dienst für das Explorer-Corps zu leisten." Der Graf blickte sich kurz um und senkte seine Stimme. "Ich lasse sie und ihren XO heute Abend um 20 Uhr abholen. Bringen sie ihre Daten mit und bereiten sie sich schon darauf vor, dem inneren Kreis und einigen weiteren Schlüsselpersonen einen umfassenden Bericht über ihren Einsatz zu erstatten. Ich habe die Daten bereits kurz gesichtet, die sie mir im Vorfeld zukommen ließen und bin überaus zufrieden."

Am Abend wurden Reling und sein XO Punkt 20 Uhr durch ein komfortables Bodenfahrzeug von ihrem Hotel abgeholt, das von einem Fahrer und einem Beifahrer besetzt war. Der Fahrer des Fahrzeugs sprach kein Wort während der Fahrt. Sein ebenso schweigsamer Beifahrer machte auf Reling nicht den Eindruck als wäre er ein Angestellte des Fahrdienstes sondern wirkte eher wie ein gut geschulter Security-Mann.

Die Fahrt führte aus dem Zentrum von Genf weg und endete an einem luxuriösen Anwesen, das rund 40 Km außerhalb von Genf lag. Es fiel Capain Reling auf, dass die Organisatoren dieses Treffens augenscheinlich gesteigerten Wert auf Sicherheit legten. Auch seinen für diese Dinge ungeschulten Augen, fielen die rund ein Dutzend Männer und Frauen auf, die am Eingangstor sowie auf dem Dach des modern wirkenden, mehrstöckigen Hauses verteilt waren und ihre Umgebung beobachteten. Auf dem weitläufigen Parkplatz vor dem Gebäude parkten etwa zwanzig Fahrzeuge und Reling konnte auch ein Landefeld für Helikopter und Gravgleiter erkennen, wo ebenfalls diverse Fahrzeuge abgestellt waren. Kaum hielt ihr Bodenfahrzeug vor dem Eingang des Hauses da eilte bereits ein Bediensteter herbei und öffnete dienstbeflissen die Seitentür der Limousine, damit Reling und sein XO aussteigen konnten.

In der Eingangstür des Hauses, die schon fast das Ausmaß eines kleinen Tores hatte stand Graf Alexander von Rabenswalde und erwartete die beiden Raumfahrer. Er schüttelte den beiden kurz die Hand zur Begrüßung während sie in das innere des Hauses gingen. "Die anderen sind bereits eingetroffen. Ihr seid die letzten die noch gefehlt haben." Der Graf schmunzelte verhalten. "Allerdings wäre es unsinnig gewesen ohne euch mit der Besprechung anzufangen, da ihr eine sehr wichtige Rolle in unseren Plänen spielt ... aber das wisst ihr ja."

Die drei schritten eine breite Treppe empor in den ersten Stock des Gebäudes, gingen einen kurzen Gang entlang und betraten dann einen Raum der augenscheinlich für Konferenzen ausgelegt war. Captain Reling blickte sich kurz um und stellte fest, dass sich rund 30 Personen hier aufhielten, die in lockeren Gruppen zusammen standen. Ein langer Konferenztisch dominierte den Raum, an dessen einer Stirnseite ein großer Bildschirm neuester Fertigung aufgestellt war, der auf dem Prinzip der Hologrammprojektion arbeitete. Reling blickte kurz zur Seite. Sein XO, Commander Allison nickte ihm kurz zu. Auch er war schon lange in die Planung involviert. Man hatte ihn damals nahezu zeitgleich mit Captain Reling für das wagemutige Projekt rekrutiert, nachdem sich Arnold Gustav Reling mit Leib und Seele dem Plan dieser willensstarken Männer und Frauen verschrieben hatte. Der Captain war es auch gewesen, der dem Grafen von Rabenswalde diesen hervorragenden Offizier empfohlen hatte. Relings sah sich auch jetzt, Jahre später, in seiner damaligen Einschätzung was Framus Allison betraf, voll bestätigt. Dieser junge und intelligente Offizier, der auch als sein Stellvertreter fungierte, hatte das in ihn gesetzte Vertrauen niemals enttäuscht. Er war, genau wie auch Captain Reling, dem Plan nahezu fanatisch zugetan.

Ein Bediensteter, der zweifelsfrei der Security angehörte, schloss die Tür hinter ihnen und postierte sich dann vor dieser. Er hatte den Auftrag niemanden diesen Raum betreten zu lassen. Genauso, wie auch die anderen Bediensteten in diesem Haus, gehörte auch er zu der Gruppe von Menschen die auf irgendeine Weise in den Plan involviert waren. Der Graf schritt mit den beiden Raumfahrern zur Stirnseite des Tisches und nahm dort Platz. Reling und sein XO setzten sich auf zwei Stühle links von ihm die ihnen kurz vom Grafen zugewiesen wurden. Die im Raum versammelten Männer und Frauen hatten ihr Eintreten bemerkt und nahmen ebenfalls Platz. Bei vielen von ihnen leuchteten die Augen erwartungsfroh. Eine fast greifbare Entschlossenheit lag über den Anwesenden.

Alexander wartete einen kurzen Moment, bis völlige Ruhe eingetreten war, bevor er tief Luft holte. "Ich freue mich, euch alle hier und heute begrüßen zu können. Lange Jahre haben wir an unserem Plan gearbeitet. Im Verborgenen handelnd haben wir es geschafft, dass der große Tag nun in greifbare Nähe gerückt ist. Die meisten unter euch kennen den einen oder anderen der anwesenden. Dies ist das erste mal, das alle Leute in einem Gebäude zusammentreffen, die die wichtigsten Schlüsselfunktionen in unserer Organisation einnehmen. Hier und heute werden wir die letzten Schritte planen, bevor wir in die letzte Phase unseres Plans gehen … Zumindest hier auf Terra. Alles weitere liegt dann in den Sternen. Und das ist dann wortwörtlich zu nehmen." Leises Gelächter erklang im Raum und einige der Anwesenden lehnten sich schmunzelnd in ihren gepolsterten Stühlen zurück. Hier und heute waren der innere Kreis und ihre wichtigsten Entscheidungsträger versammelt. Etwas, dass es in dieser Form zuvor nie gegeben hatte.

"Lassen sie mich ein klein wenig ausholen, bevor Captain Reling und sein XO, Commander Allison ihren Bericht abgeben … Vor rund 15 Jahren wurde unser Plan geboren. Anfangs stand mein Vater uns noch zur Seite und ich bedaure zutiefst, dass er den heutigen Tag nicht mehr miterleben kann. Vor allem in der Anfangsphase war er es, der mit seiner Willensstärke und seiner Weitsicht dazu beitrug, dass der Plan ein stabiles Fundament erhielt. Heute, nach all diesen Jahren, sind wir hier, um die Ernte einzufahren, die seine und unsere Arbeit über Jahre hinweg erst möglich gemacht hat ... Einige von ihnen gehören bereits seit Anfang an zu uns, andere sind erst später im Laufe der Zeit hinzu gekommen. Die letzten von Ihnen vor acht Jahren." Dabei nickte Alexander kurz einer blonden Frau zu, die Mitte bis Ende der dreißig sein mochte. Kristina Weber war stets unnahbar erscheinende Frau, der man nachsagte, sie wäre die wohl fähigste Finanzmanagerin des Planeten. Sie war als letzte der hier anwesenden Personen für das Projekt rekrutiert worden. Jean Gauloises hatte das Genie der Frau erkannt und sie dann, nach ihrer Rekrutierung gefördert. Nach außen hin arbeiteten die beiden für Konzerne die eher als Rivalen einzustufen waren. Jedoch gehörten beide Großkonzerne zusammen, was jedoch keinem Außenstehenden bekannt war. Heute waren TERRA-TECHNOLOGIE, allgemein nur kurz TERRA-TECH genannt, und INTERNATIONAL RESEARCH AND DEVELOPMENT der breiten Öffentlichkeit bekannt, als IRD zwei der wohl mit deutlichem Abstand finanzstärksten Konzerne Terras. Ermöglicht hatte das seinerzeit die Planung und das Handeln von Alexanders Vater, der den Zweiten Konzern über Strohmänner finanziert und aufgebaut hatte. Über den Kauf von Aktien sowie massiven Insiderhandel, den Kauf und Verkauf von Unternehmensbeteiligungen und Unternehmenszweigen auf der ganzen Welt hatte man so, in wenigen Jahren, einen Großkonzern geschaffen, der sich vornehmlich mit Technologie beschäftigte, jedoch auch in diversen Bereichen nach außen hin durchaus mit TERRA-TECH konkurrierte. IRD hatte seit seiner Gründung immer mehr an Einfluss gewonnen und dominierte heute weite Teile der Forschung. Jean Gauloises stand ganz offiziell dem Konzern TERRA-TECH als nahezu allmächtiger Chef des Aufsichtsrates eines Konzerns vor, der auch die Mehrheitsanteile des Hauses Rabenwalde vertrat. Kristina Weber war bereits kurz nach Gründung von IRD auf eine ähnliche, dort vergleichbare Position gehoben worden und fungierte seitdem, mit eiserner Hand, als das allseits bekannte Gesicht des mächtigen Techno-Konzerns. TERRA-TECH beschäftigt sich zwar auch mit Technologie und Forschung, legte seinen Schwerpunkt jedoch deutlich auf die Schwerindustrie sowie die Raumfahrttechnologie mit Raumschiffbau. Eine der Werften im Sonnensystem, in deren Docks gleichzeitig vier Schiffe gebaut oder überholt werden konnte, gehörte dem Konzern. Während man TERRA-TECH allgemein eher als Konzen betrachtete, dessen weit überwiegende Aktienmehrheit von einzelnen Familien gehalten wurde, dominierten bei IRD Kapitalmanager dutzender Kapitalfonds die dort entscheidend in die Firmenstruktur und die Firmenpolitik einwirkten. Die Tatsache, das diese Kapitalmanager genau das taten, was der innere Kreis und somit die hier Anwesenden Personen ihnen vorgaben war für Außenstehende nicht ersichtlich … und das war durchaus so gewollt.

Alexander stand auf und begann nun langsam auf und ab zu schreiten, während er sprach. "Die Expedition der *EX-17* war ein Erfolg. Das Schiff hat augenscheinlich ein Sonnensystem gefunden, dass unseren Vorgaben entspricht und somit eine erfolgreiche Kolonisierung möglich macht. Captain Reling wird ihnen nun einen Bericht über den Verlauf seiner Reise präsentieren und dabei auch näher auf signifikante Details eingehen. Einige dieser Details sind von elementarer Wichtigkeit für die erfolgreiche Umsetzung unseres Projektes."

Alexander nickte Captain Reling kurz zu und setzte sich wieder, während dieser jetzt aufstand, den Anwesenden kurz zunickte und nun seinen Bericht präsentierte. "Meine Damen und Herren … Ich freue mich ihnen hier und heute meinen Bericht vortragen zu dürfen. Wie sie alle wissen startete die *EX-17* zu einer Mission um einen Teil des Outback zu erkunden und zu kartographieren, der bisher unbekannt war. Dies war zumindest der offizielle Auftrag durch das Explorer-Corps. Und diesen Auftrag haben wir auch ausgeführt. Der inoffizielle Auftrag, den mir Graf von Rabenswalde, vor unserer Abreise, mündlich erteilte, lautete dahin gehend, ein Sonnensystem mit einem Planeten zu finden, das zur Kolonisierung geeignet war und einige Voraussetzungen erfüllte, die etwas ungewöhnlich waren … Die erste Voraussetzung lautete, das System sollte, auf der kürzesten denkbaren Route, mindestens 80 Sprünge weit von Terra entfernt sein. Weiterhin war eine Vorgabe, das System dürfe sich nicht in einer sprungtechnischen Sackgasse befinden sondern soll den weiteren Transfer zu anderen Sonnensystemen ermöglichen, also ein Durchgangssystem mit mindestens zwei oder mehr Sprungpunkten sein. Weiterhin lautete eine der Vorgaben, das System solle über mindestens einen Planeten verfügen, der sich innerhalb der habitablen Zone befindet und über eine Atmosphäre verfügt, die zum Atmen geeignet ist, sodass man bei der Kolonisierung dieses Planeten

nicht auf überkuppelte Siedlungen angewiesen sein muss. Als letzte Voraussetzung wurde gewünscht, dass sich andere, ebenfalls zur Kolonisierung geeignete Planetensysteme nicht weiter als maximal drei Sprünge von diesem entfernt befinden sollen. Somit soll eine spätere Besiedelung, der näheren stellaren Umgebung unserer neuen Heimat, ermöglicht werden, ohne den Zusammenhang zu unserer Kernkolonie zu verlieren. Ich darf ihnen heute erfreut melden, wir haben ein Sonnensystem entdeckt, dass all diesen Voraussetzungen entspricht."
Captain Reling wandte sich zu dem Hologramm-Projektor und schob einen Speicherkristall in den dafür vorgesehenen Port. Sogleich baute sich ein dreidimensionales Bild von rund zwei Metern Höhe auf, das den Anwesenden eine Sternenkarte anzeigte. "Unser Schiffscomputer hat die Transfersysteme mit einer Buchstaben- und Zahlenkombination gekennzeichnet. Die Systeme die uns eine Kolonisierung ermöglichen können hat der Schiffscomputer mit Namen versehen. Das letzte von uns erreichte System ist das System T-95-NO-1-A. Die Kennzeichnung setzt sich zusammen, wie folgt ... T für Transfer, 95 weil dies die Sprungpunktentfernung zu Terra ist, NO weil es sich im Galaktischen Norden befindet und nordöstlich des vorherigen Transfersystems liegt, 1 bedingt dadurch dass es das erste der von dort abzweigenden Transfersysteme ist und A weil es auf dieser möglichen Route noch weitere Systeme gibt die erreicht werden können. ... Es ist ein Transfersystem das den Zugang zu weiteren zwei Systemen ermöglicht. Aufgrund unserer schwindenden Antimaterievorräte und weil wir zu diesem Zeitpunkt das in unseren Augen optimale System bereits gefunden hatten kehrten wir dort um und traten die Heimreise an."
Captain Reling lächelte und gab den Anwesenden kurz die Zeit das Hologramm intensiver zu betrachten. "Das System welches uns am geeignetsten für unser Unternehmen erscheint ist Lemuria, wie wir dieses System tauften." Während er dies sagte leuchtete besagtes Sonnensystem im Hologramm kurz auf.
Wieder lies Captain Reling den interessiert lauschenden einen kurzen Moment Zeit um das Hologramm zu betrachten. "Wie sie gut erkennen können ist Lemuria umgeben von mehreren Systemen die von uns als mögliche spätere Kolonialsysteme gekennzeichnet wurden. Eine Reise zu diesen Systemen ist über die vorhandene Sprungpunktgeographie gut zu ermöglichen.

Unterhalb des Systems Asgalun befinden sich Transfersysteme die dann den weiteren Weg zur Kernzone möglich machen. Von dort werden wir in diesen Quadranten kommen, den wir den Lemuria-Quadranten getauft haben ... Das Lemuria-System besitzt eine Sonne der Spektralklasse G. Der Stern hat fünf Planeten, von denen einer ein Gasriese mit 24 Monden ist, des weiteren gibt es in dem System zwei Asteroidenringe von erheblichen Ausmaßen. Lemuria selbst, wie wir den Planeten genannt haben der zur Kolonisation vorgesehen ist, erweist sich anscheinend als ein echtes Juwel unter den Planeten. Der Planet hat einen Mond der durchaus dem irdischen Mond ähnelt. Wir haben auf unserer Mission 236 neue Systeme vermessen von denen rund ein drittel Himmelskörper vorweisen konnte. Nicht eines der von uns kartographierten Systeme kann günstigere oder zumindest gleichwertige Ausgangsgrundlagen für unser großes Projekt vorweisen als das Lemuria-System."

Reling wartete einen Moment und lies seine Worte auf seine Zuhörer einwirken, bevor er weitersprach. "Auf unserer Rückreise hatten wir, fünf Sprünge von der Kernzone entfernt, im galatischen Norden, oberhalb von Utopia einen Zwischenfall mit einem Schiff das sich als Pirat erwies. Bei diesem Gefecht wurde das gegnerische Schiff von uns schwer beschädigt und zur Flucht gezwungen. Eine Vernichtung des bereits angeschlagenen Gegners war uns nicht möglich, da wir zu diesem Zeitpunkt über keinerlei Raketen mehr verfügten. Unsere beiden bewaffneten Beiboote waren bei dem Gefecht vom Gegner vernichtet worden und die *EX-17* hatte mehrere Treffer erhalten. Wir haben bei dem Gefecht 42 Besatzungsmitglieder verloren. Acht waren an Bord des Shuttles und der Barkasse, die übrigen kamen durch die Treffereinwirkung des Piratenangriffs ums Leben die wir auf der *EX-17* hinnehmen mussten. Ich möchte hier betonen, dass es uns mit einer besseren Schiffsbewaffnung, so wie sie ursprünglich geplant war, zweifellos gelungen wäre den Angriff abzuwehren ohne das wir selber Beschädigungen und Verluste zu erleiden hätten. Lediglich die bewaffnete Barkasse und das ebenfalls bewaffnete Shuttle haben uns ermöglicht den Gegner zu vertreiben. Hätten die Piraten zu diesem Zeitpunkt geahnt, dass wir waffentechnisch nahezu wehrlos waren dann hätten sie uns zweifelsfrei aufbringen können. Ich möchte hier nochmals darauf hinweisen, dass eine sinnvolle und starke Bewaffnung unserer Schiffe die wir entsenden wollen nicht nur zweckmäßig sondern überlebenswichtig ist. Das Piratenschiff war ursprünglich ein leichter Frachter der *Market*-Klasse der dann später massiv mit zusätzlichen Waffensystemen nachgerüstet wurde. Laut allem was ich an Informationen besitze sind Schiffe dieser Baureihe im nahen Outback verhältnismäßig häufig anzutreffen, da sie für unabhängige Händler aufgrund ihrer Größe und ihrer verhältnismäßig günstigen Kosten derzeit optimal sind. Die Größe von nur rund 100.000 Tonnen genügt bei dem derzeit sehr geringen Frachtaufkommen der dortigen Niederlassungen und Kolonialen Siedlungen vollkommen, ist jedoch für die weiter kernwärts liegenden Systeme bereits klar überaltert. Es ist damit zu rechnen, dass diese Schiffsklasse in naher Zukunft durch ein Folgemodell ersetzt wird das größer ist."

Reling sammelte sich einen Moment und ließ seine Augen über die im Raum versammelten schweifen. "Wir haben jedoch den Vorteil, die durch das harte Gefecht erlittenen Beschädigungen am Schiff nutzen zu können, um unserem Plan einen weiteren Sicherheitsfaktor hinzu zu fügen. Die augenscheinlichen Beschädigungen von Direkttreffern, diese hauptsächlich durch Beschuss von Laser und Massegeschossen, sowie einige nachweisliche Nahtreffer von Raketen haben mich in die Lage gebracht, die internen Gefechtsschäden als Grund zu nennen, die zur Beschädigung unseres Schiffscomputers führten. Dabei wurden einige der Speicherdateien durch Kurzschlüsse ausgebrannt und gelöscht. Zu meinem Bedauern befanden sich in diesen Dateien auch die Daten der Systeme, die weiter als 31 Sprünge von Terra entfernt liegen. Laut meinem offiziellen Bericht, der bei unserer Rückkehr nach Terra an das Zentralkommando des Explorer-Corps ging, haben wir lediglich das Transfersystem näher untersucht, das sich einen Sprung weiter befand und in besagtem Sonnensystem dann dringend notwendige Reparaturen sowie diverse Instandhaltungsarbeiten durchgeführt die aufgrund von massivem Ersatzteilmangel deutlich länger dauerten als normal üblich. Der Bericht an sich ist schlüssig und weist keine Gründe auf, seine Vollständigkeit anzuzweifeln. Somit brauchen wir die Daten nicht verschwinden lassen und auch von einer Manipulation können wir Abstand nehmen, da dies jetzt unnötig geworden ist. Die routinemäßige Kontrolle des zentralen Schiffscomputers, sowie das Auslesen der dort gespeicherten Daten, ist durch das Flottenkommando standardmäßig erfolgt, sobald die *EX-17* Terra erreicht hatte. Die offiziellen Stellen sind also ahnungslos, was das Raumgebiet betrifft, welches sich weiter als einen Sprung jenseits der offiziell durchgeführten Sprünge befindet. Derzeit befindet sich die *EX-17* im Orbit von Luna und soll laut der mir zugestellten Befehle in zwei Wochen in ein Werftdock der Flotte verbracht werden, um dort die Schäden auszubessern, die von uns mit Bordmitteln bisher nur notdürftig durchgeführt werden konnten. Die Besatzung, mit Ausnahme meines XO und mir ist, soweit überlebt, noch vollständig an Bord. Die Leichen der auf der Mission gefallenen Besatzungsmitglieder sind bereits mittels Shuttle von der Flotte nach Terra überführt worden. Hiermit ist mein Bericht abgeschlossen."

Captain Reling setzte sich wieder, während das Hologramm weiterhin für alle sichtbar im Raum schwebte. Die Gesichter der Versammelten drückten durchweg Zuversicht und Zufriedenheit aus.
Graf von Rabenswalde erhob sich. "Ich habe die echten und auch vollständigen Daten bereits im Verlaufe des Tages von dem Captain erhalten, als er in der Zentrale des Explorer-Corps seinen offiziellen Bericht abgab. In der Zwischenzeit sind diese Daten von unseren Fachleuten geprüft worden und kurz bevor unsere heutige Konferenz anfing erhielt ich das abschließende Ergebnis der Datenauswertung. Das System Lemuria ist optimal für unser ehrgeiziges Unterfangen geeignet. Ich habe meinen Planungsstab bereits angewiesen alles notwendige in die Wege zu leiten, sodass wir nun TAG-X, den Tag unserer Abreise, genau definieren können."
Zustimmendes Gemurmel erklang im Raum. Alexander hob die Hand und augenblicklich herrschte wieder Ruhe. "Es ist nun eine Frage des Zeitmanagements alle noch notwendigen Vorbereitungen abzuschließen und in die Endphase zu treten. Am 01.Juni diesen Jahres wird die Hegemonie offiziell gegründet. Das Explorer-Corps wird zu diesem Zeitpunkt in die Flotte der Hegemonie eingegliedert, die unter dem Namen TDF die Verteidigung und Sicherung der Hegemonie inklusive aller davon abhängigen sowie der angegliederten Planeten und auch der Planetenbünde gewährleisten soll. Die autonomen Planeten und die Planetenbünde die das Mandat der Hegemonie anerkennen und Senatoren in den Hegemonialen Senat, nach Terra, schicken werden, sind ebenfalls mit inbegriffen. Das betrifft natürlich auch die vielen Transfersysteme zwischen den einzelnen Sternensystemen, die dann ebenfalls in die

Zuständigkeit der Hegemonie fallen werden. Die Hegemoniale Flotte, genannt die TDF, ist den Verteidigungs-und Sicherungskräften ihrer, dann unter dem Dach der Hegemonie vereinten Systeme übergeordnet, wird aber später sehr eng mit diesen zusammen arbeiten ... Die Wahlen zum ersten Senat der Hegemonie werden am 01.Mai dieses Jahres stattfinden. Die gewählten Senatoren werden dann einen Monat später, am 01.Juni auf Terra zur Gründungssitzung des Senats zusammentreffen. An diesem Tag wird dann auch offiziell der Großsenat alle Regierungsgeschäfte übernehmen. Die Senatoren die von Terra stammen werden an diesem Tag die jeweiligen Regionalen Regierungen Terras von ihren Ämtern entbinden ... Der Wahlkampf ist derzeit voll entbrannt und viele der derzeit an der Macht befindlichen Politiker sichern sich in dieser Zeit noch schnell persönliche Vorteile oder versuchen, für ihre Parteigänger denen sie etwas schuldig sind oder von denen sie in der Zukunft Zuwendungen erwarten, bequeme und sichere Posten in der zukünftigen Verwaltung der Hegemonie zu ergattern. Ich gedenke, die derzeitige Situation auszunutzen und sicher zu stellen, das wir am 20.Mai, mit den beiden Schiffsgruppen die dafür vorgesehen sind, von Terra aus starten."
Applaus brandete durch den Konferenzraum. Einige der Anwesenden standen von ihren Stühlen auf und reckten triumphierend ihre Fäuste in die Höhe. Graf von Rabenswalde lächelte und hob kurz seine Hände um Ruhe einkehren zu lassen. "Über die Zusammensetzung dieser beiden Schiffsgruppen sind sie bereits alle informiert ... mit Ausnahme von Captain Reling und Commander Allison, die ja bekanntlich die letzten Jahre nicht auf Terra waren und von daher in dieser Hinsicht noch einige Wissensdefizite haben ... Dieses Wissensdefizit werde ich im Anschluss an diese Konferenz jedoch beheben."
Alexander von Rabenswalde räusperte sich kurz. "Die meisten von ihnen werden Terra bereits mit diesen beiden Schiffsgruppen verlassen. Ich selber werde natürlich ebenfalls an Bord eines dieser Schiffe gehen. Zusammen werden wir unseren Traum erfüllen und eine neue Heimat erbauen. Da wir im inneren Führungskreis Bedenken haben, ob alles wirklich plangemäß verläuft und um eine gewisse Sicherheit, für Notfälle, in der Hinterhand zu besitzen wird das dritte Kontingent wie geplant zehn Jahre später starten. Wie sie alle wissen besteht der Plan der zweiten Kolonistenwelle bereits seit mehreren Jahren. Unsere Analytiker sind der festen Überzeugung, dass gerade diese zweite Kolonistenwelle,

die dann mit deutlicher Zeitverzögerung an unserem Zielort eintreffen wird, das Gelingen unseres Planes sichert und garantiert."
Alexander blickte sich kurz im Raum um. Zustimmendes nicken war zu sehen. Alle hier Anwesenden hatten sich voll und ganz dem Plan verschrieben und waren bereit dazu, Terra zu verlassen und fernab der Zivilisation ein neues Leben aufzubauen.
Francis Mountbatton trat neben Alexander und legte ihm die Hand auf die Schulter. "Meine Freunde ... Das, wofür wir so lange und unter derart viel Mühen, im Verborgenen gearbeitet haben, ist nun greifbar nahe. Wir dürfen uns glücklich schätzen, dass Graf von Rabenswalde unser Führer auf unserem Weg zu den Sternen ist."
Zustimmende Rufe erklangen und erneut setzte ehrlich gemeinter Applaus ein. Francis Mountbatton lächelte kurz bevor er mit seiner geschulten Stimme weitersprach. "Zuerst werden wir unsere Pioniere entsenden die sich, verteilt auf zwei Flotten, zu unserer neuen Heimat aufmachen werden, um dort die Kolonisierung zu beginnen. In zehn Jahren werden dann die Schiffe unserer letzten Flotte Terra verlassen und sich, über Olont, Sparta und Byzanz in das Outback begeben, das im Galaktischen Osten von Terra liegt. Nach einer Reihe von Sprüngen werden diese Schiffe dann den endgültigen Kurs auf unsere neue Heimat einschlagen. Diese Flotte wird umfassen, den bewaffneten Tender der *Goliath*-Klasse, *Midas* sowie drei ebenfalls stark bewaffnete Frachter der *Cargo*-Klasse. Diese Schiffe sind die *Northern Star*, die *Mars Traveller* und die *Mondschatten*, die unseren Konzernen gehören. Für den Transport unserer Leute nutzen wir das letzte Kolonistenschiff der *Leviathan*-Klasse, das unserem Konzern gehört, die *Exodus*, die auch das letzte der drei Schiffe dieser Klasse ist. Diese fünf Schiffe werden bis unter die Decken der Frachtcontainer und Frachträume vollgestopft sein mit allem, was die Hegemonie zu diesem Zeitpunkt an neuen Erfindungen und neuer Technik hergibt. Die *Exodus* wird 150.000 Kolonisten in Stasisbehältern transportieren und überdies große Mengen genetisches Material von Flora und Fauna zu uns in die neue Heimat bringen. Wir werden niemanden hier zurück lassen, der zu uns gehört oder sich uns noch anschließt. Die bereits bekannten und anscheinend bewährten Auswahlverfahren für die Kolonisten auf dieser Reise werden ebenso nach den Maßstäben getroffen werden, die wir auch für die bereits abgereisten Schiffe zugrunde legen. Ausnahmen wird es dabei

nicht geben. Bei den Kolonisten die wir bereits für die erste Reise ausgewählt haben hat es bisher keine Rückschläge gegeben. Alle wurden entweder direkt rekrutiert oder aber aufgrund ihrer psychologischen Profile und Sozialprofile als Kolonisten von unserem Planungsstab akzeptiert. Wir rechnen bei unserem Auswahlverfahren mit einer sehr geringen Versagerquote, die nicht höher als 0,5 Prozent liegen dürfte. Offiziell werden diese Kolonisten einen Planeten im Galaktischen Osten von Terra besiedeln wollen. Entsprechende Schritte zur Tarnung dieses letzten Schrittes unserer Kolonisationspläne sind bereits eingeleitet. Eine entsprechende Gesellschaft zur Kolonisierung eines Planeten wurde bereits notariell gegründet. Wie es bereits im offiziellen Archiv des Kolonisationsamtes vermerkt ist, beabsichtigen diese Leute einen Planeten zu besiedeln, den sie New Dublin nennen wollen. Natürlich sind genaue Positionsangaben, wie üblich bei derartigen Kolonialen Vorhaben, nicht hinterlegt worden. Um den vollen Umfang dieser Flotte zu verschleiern werden die Frachter von verschiedenen Systemen starten und sich zu einem vorher bestimmten Zeitpunkt, in einem vorher festgelegten System, drei Sprünge weit im Outback, mit dem Kolonistenschiff und dem Tender vereinen. Erst dann soll diese Flotte die weitere Reise zusammen zurücklegen. Um die Entfernung überbrücken zu können, ohne dass die Antimaterievorräte zur Neige gehen, werden diese Schiffe im Vorwege von uns mit zusätzlichen Antimateriespeichern ausgerüstet werden. Wir wollen unter allen Umständen vermeiden, dass irgendwer auf die Idee kommen könnte, dass jemand … in diesem Fall wir … einen derartigen Plan ersonnen haben könnte und eine unabhängige Kolonie fernab des bekannten Siedlungsraumes gründet."

Francis Mountbatton schaute die Gruppe der Anwesenden kurz an und ließ ihren Gesichtsausdruck auf sich wirken. Überall erkannte er Zustimmung und Zuversicht. "Es ist nun an der Zeit, dass wir zügig agieren um etwaige Probleme noch rechtzeitig beheben zu können, die bei der finalen Ausrüstung unserer Pioniere auftreten könnten. Ich bin jedoch zuversichtlich, dass wir alle Hürden meistern werden. Dazu werden wir alles tun, was notwendig ist. Jeder von ihnen hat sein eigenes Ressort das er … oder sie … nun mit Nachdruck bearbeiten muss. Wir können und dürfen uns keine Fehler leisten. Eine zweite Chance werden wir nicht bekommen."

Einige Stunden später befanden sich nur noch wenige Menschen in dem Konferenzraum. Neben Captain Arnold Reling und seinem Xo, Commander Allison waren noch Graf von Rabenswalde, Jean Gauloises, Francis Mountbatton, Kristina Weber sowie Karl Scheer, Edward Wagner und Larry Niven anwesend. Edward Wagner war der leitende Koordinator für die Logistik der Raumschiffe, die für den Plan vorgesehen waren. Er war letztendlich für die Planung der Beladung zuständig. Eine Aufgabe die ihn, in den letzten zwei Wochen, teilweise zu 48-Stunden-Schichten trieb. Larry Liven war derjenige des inneren Kreises, der die Auswahl ihrer Kolonisten überwachte und steuerte. Die Führer der Kolonisten hatten Wert darauf gelegt nur diejenigen Leute für ihren Plan anzuwerben, die sowohl von der Befähigung, ihrem Intellekt als auch vom Gedankengut und der mentalen Einstellung für das Projekt geeignet waren. Gerade in Bezug auf die künftige Bevölkerung ihrer neuen Heimat wollte niemand ein Risiko eingehen, dass sich vermeiden ließ.

Mit einem tiefen Seufzer stellte Edward Wagner seine Kaffeetasse ab und rieb sich müde die Augen. "Fassen wir das ganze noch einmal zusammen. Unsere beiden Kolonistenschiffe, die *Thor Heyerdahl* und die *Marco Polo* sind bereit ... beides Schiffe der *Leviathan*-Klasse mit einer Masse von 6.000.000 Tonnen. Beide Schiffe haben Stasiszylinder für jeweils 150.000 Kolonisten an Bord. Hinzu kommen noch die Stasiszylinder für die Besatzungsmitglieder. Beide Schiffe liegen bereits seit etwas mehr als sechs Monaten im Orbit von Luna und sind von uns in dieser Zeit sorgsam beladen worden. Mein Persönliches Hauptaugenmerk dabei galt den Pflanzensamen und dem genetischen Material das wir an Bord genommen haben. Speziell bei dem tierischen Genmaterial habe ich mich vorher lange und intensiv mit unseren Fachwissenschaftlern auseinander gesetzt. Sowohl Flora als auch Fauna sind von uns genetisch angepasst worden, um unseren Vorstellungen mehr zu entsprechen. Die entsprechenden Wissenschaftler sprachen mir gegenüber dabei von Optimierungen die insbesondere die Resistenz und Wachstumsrate betrafen. Dies betrifft sowohl die Fauna als auch die Flora. Tierische Embryonen sind millionenfach in Stasis eingelagert und befinden sich bereits auf den Kolonieschiffe. Die pflanzlichen Stasiscontainer sind heute Morgen ebenfalls an Bord verbracht worden und wurden verstaut. Ich möchte erwähnen, dass wir auch rund 50

Millionen menschliche Embryonen in Stasis eingelagert haben, die zusammen mit insgesamt 5.000 Uterusreplikatoren auf die beiden Kolonieschiffe verbracht wurden."

Wagner gähnte. "Verzeihen sie mir bitte. Die letzten Tage waren etwas zeitraubend ... Wo waren wir gerade ... Ach ja, ich weis wieder. Geben sie mir bitte einen kleinen Moment, um mich zu sammeln."

Wagner setzte sich etwas gerader in seinem Stuhl hin. Die Erschöpfung war ihm anzusehen. "Die Schiffe der *Leviathan*-Klasse sind echte Monster was ihre Größe betrifft. Sie haben eine Länge von 3000 Meter, eine Breite von 1000 Meter und eine Höhe von 1500 Meter. Für mich sehen sie aus, wie fliegende Ziegelsteine, wenn sie den Ausdruck bitte entschuldigen mögen. Das Raumvolumen dieser Schiffe ist auch heute noch für mich schwer vorstellbar ... Wir haben an Bord dieser Schiffe bereits genügend dehydrierte Nahrung eingelagert um unsere mutigen Kolonisten für 18 Monate zu ernähren. Weiterhin befinden sich auf jedem dieser Schiffe 14.000 Droiden der unterschiedlichen Klassen, um die Kolonie aufzubauen, während die Kolonisten selber noch in Stasis liegen. Modernste Fabrikatoren und 3-D-Drucker sind ebenfalls an Bord. Betrachten sie die Kolonieschiffe gerne als Fabriken im Weltall. Solange wir ausreichend Rohstoffe zufügen können wir dort, mit ausreichend Zeit natürlich, alles produzieren, was wir benötigen. Vom Schuh über den Computer bis zu ganzen Shuttles ist alles möglich. Da unser Zielsystem über genügend Asteroiden verfügt sollten wir keinen Mangel an Rohstoffen haben. Wir müssen diese lediglich zum Ort der Produktion bringen. An Bord der *Quartermain*, eines ehemaligen Flottentenders der *Goliath*-Klasse befindet sich alles, was wir zum Aufbau einer kleineren Asteroiden-Bergbaustation benötigen. Dazu brauchen wir diese noch nicht einmal im Asteroidengürtel selbst errichten. Die 16 Schlepper, die wir außen am Tender verankert haben können die Asteroiden an jeden gewünschten Punkt in einem Sonnensystem bringen. Zeit haben wir genug, wenn wir erst an unserem Zielort sind. So ein Tender der *Goliath*-Klasse ist mit seinen 500.000 Tonnen nicht klein. Da ist ein enormes Fassungsvermögen vorhanden. Allerdings sind die Kolonieschiffe und auch der Tender nicht mehr zeitgemäß. Die modernen Reparatur-Tender der Flotte sind deutlich größer und gehen in einigen Jahren in Serie. Das ist auch der Grund weshalb wir dieses Schiff erwerben konnten. Eigentlich sollte es ausgemustert werden. Uns jedoch genügt dieses

Schiff vollkommen. Damit lassen sich bei Bedarf andere Schiffe vor Ort reparieren oder sogar komplette, neue Schiffe bauen ... alles eine Frage der Zeit und der Materialien die zur Verfügung stehen. Die Kolonieschiffe der *Leviathan*-Klasse sind ebenfalls überaltert. Ein Nachfolgemodel gibt es bereits. Die neuen, auf Newton ausgearbeiteten, Konstruktionspläne für die *Conquistador*-Klasse sind deutlich größer dimensioniert. Ich war beeindruckt davon, als ich entsprechende Pläne dazu eingesehen habe. Der in meinen Augen jedoch größte Schatz den wir haben, sind die Sprungkristalle. Es hat uns 10 Jahre vorsichtiger Planung und massive Bestechung gekostet, diese selten vorkommenden Kristalle in unsere Hände zu bekommen. Wir haben 15 Kristalle der Klasse sechs erhalten, die für Schiffe bis 450.000 Tonnen ausreichen. Hinzu kommen noch 12 Kristalle der Klasse vier die für Schiffe bis 250.000 Tonnen ausreichen. Die Kristalle sind, sorgsam verpackt, gleichmäßig auf unsere beiden Kolonieschiffe und den Tender verteilt worden. Wir haben also ... rein theoretisch zumindest ... später die Möglichkeit, eigene Sprungschiffe zu bauen. Als vorletzten Punkt haben wir dann noch unsere beiden Frachtschiffe der *Cargo*-Klasse, mit jeweils 750.000 Tonnen. Es ist für einen Laien nur schwer vorstellbar, wie viel man in die jeweils 1200 Container der MARK-IV-Klasse hinein bekommt. Dort sind nicht nur Ersatzteile und Fertigprodukte verstaut sondern auch neun Fabrikatoren die im Grunde jeder für sich eine eigenständige kleine Fabrik sind. Hinzu kommen dort 60.000 Droiden, die vorgefertigten Bauteile für vier komplette Fusionskraftwerke, schweres Baugerät und Maschinen. Fünfzig moderne 3-D-Drucker unterschiedlicher Größe runden das ganze ab. Die beiden Frachter haben eine Fracht an Bord, die uns vom Wert her, beinahe an die Grenze unsere Möglichkeiten gebracht hat. Alle Schiffe sind in den vergangenen drei Jahren mit zusätzlichen Antimaterie-Speichern nachgerüstet worden. Die Schiffe können also ohne den Transfer von Antimaterie nicht nur 25 Sprünge durchführen, wie es bei anderen Schiffen Standard ist sondern, da wir in jedes Schiff jeweils 5 zusätzliche Speichereinheiten für die zur Energieerzeugung notwendige Antimaterie eingebaut haben, insgesamt 125 Sprünge. Dies ermöglicht es uns überhaupt erst, unsere neue Heimat zu erreichen. Wir werden jedoch auf unserer geplanten Route trotzdem einmal die Antimaterievorräte auffrischen müssen. Die notwendigen Vorräte wird unser Werfttender mitführen. Die dortige Besatzung kann den Transfer der Antimaterie dann in einem noch zu bestimmenden Leersystem vornehmen. Zeit genug dafür haben wir. Somit wäre das Problem der Reichweite als erledigt zu betrachten, sodass wir da keine Probleme zu erwarten haben. Ich gehe davon aus, dass in Zukunft die Effektivität unserer Sprungtriebwerke noch deutlich gesteigert werden kann. Zumindest lassen mich derzeitige Forschungsergebnisse dies vermuten. Wir selber werden jedoch davon keinen Nutzen mehr haben, da wir zu diesem Zeitpunkt unser fernes Ziel bereits erreicht haben werden. Möglicherweise kann unsere letzte Flotte später einige dieser neuen und zu erwarteten Errungenschaften mitbringen ... Als Schlusslicht unserer Flotte kommt dann noch die *EX-17*. Dieses Schiff wird uns auf dem Weg durch das Outback beschützen. Zwar sind auch die anderen Schiffe bewaffnet aber nur die *EX-17* ist ursprünglich als Kampfschiff konzipiert worden ... Ich würde hierzu gerne eine Einschätzung von Captain Reling haben, was uns im schlimmsten Fall erwarten könnte und wie man Vorsorge treffen kann, um nicht unangenehm überrascht zu werden ... Es wäre fatal, wenn unser Unternehmen ausgerechnet daran scheitern sollte."

Reling nickte gedankenvoll. "Ich habe mir dahin gehend bereits einige Gedanken gemacht ... Der Angriff auf unser Schiff erfolgte damals überraschend und wäre beinahe ein Erfolg für die Piraten gewesen, die uns wohl kapern wollten ... Im Nachhinein betrachtet kann ich mir nur vorstellen, dass die Piraten uns vermutlich geortet haben, als wir in das Transfersystem einsprangen, das wir auf unserem Rückweg VOR dem System durchquerten indem der Angriff stattfand. Da wir sofort nach unserem dortigen Eintreffen das System, mit hoher Energie scannten, waren wir natürlich selber leicht zu entdecken, da wir auf jedes andere Schiff im System ortungstechnisch quasi wie ein Leuchtfeuer wirken mussten. Unsere Ortung war auf die Asteroiden gerichtet, die wir auf dem Hinweg in diesem System bereits entdeckt hatten. Wir wollten zusätzliche Informationen sammeln. Das Piratenschiff muss dieses System, von uns leider unbemerkt, durch den jenseitigen Sprungpunkt verlassen haben und hat dann im Folgesystem auf uns gelauert. Als wir dort eingesprungen sind waren wir ahnungslos und lediglich den vorgeschriebenen Routinen der Flotte ist es zu verdanken, dass wir den Kampf nicht verloren haben. Eigentlich würde ich das Gefecht im Nachhinein eher als eine Pattsituation beschreiben als einen Sieg für uns.

Beinahe hätten die Piraten Erfolg gehabt. Wenn die Piraten das Gefecht nicht abgebrochen und eilig die Flucht angetreten hätten, dann würde ich heute zweifellos nicht hier stehen."

Reling holte tief Luft, bevor er weiter sprach. "Wir sind in das System eingesprungen, um es zu durchqueren. Die Piraten hatten uns bereits erwartet und lauerten kurz hinter dem Sprungpunkt. Sie müssen dort wohl schon eine ganze Weile auf uns gewartet haben und hatten sich wohl auch gut auf den Überfall vorbereitet. Unsere Schutzschirme bauten sich, nach dem Sprungvorgang gerade erst wieder auf ... dazu muss ich hierbei nochmals erwähnen, dass die *EX-17* lediglich über die normalen Meteorschirme verfügt und nicht über die beim Militär sonst üblichen Schutzschirme, die durchweg Standardmäßig eine erheblich höhere Wirksamkeit und Resistenz besitzen. Eine Ausstattung mit militärischen Schutzschirmen ist seinerzeit vom Flottenamt abgelehnt worden, da die *EX-17* als ein Schiff gedacht war das lediglich einem langen Forschungsauftrag nachgeht und keinesfalls dazu gedacht war militärisch zu agieren. Wie dem auch sei ... Bei unserem Eintritt in das dortige System befanden sich das Piratenschiff in einer Distanz von etwa fünf Lichtsekunden hinter unserem Austrittspunkt und ergriff sofort die Initiative. Bevor unsere Sensoren wieder arbeiteten wie gewohnt, hatten die Piraten bereits eine Salve von vier leichten KSR gestartet und unmittelbar darauf mit ihren drei mittleren Lasergeschützen auf uns gefeuert, als die Gefechtsreichweite dies zuließ. Unser Bordcomputer, der den Sprung standardmäßig überwachte, setzte unsere Point-Defense ein und konnte alle einkommenden Raketen bis auf eine abwehren. Diese bescherte uns einen Beinahetreffer, der dabei einen erheblichen Teil unserer Backbordsensoren zerstörte und auch kleinere Schäden an der Hülle verursachte. Der Laserbeschuss ließ unsere geschwächten Schirme vollends zusammenbrechen und beschädigte zudem eines unserer Antriebsaggregate. Das Piratenschiff beschleunigte stark, um zu uns aufzukommen. Anscheinend wollte man uns entern, zumindest jedoch die effektive Gefechtsentfernung verringern, was bei der überraschend starken Laserbewaffnung des Piratenschiffs ein sinnvoller Plan war, der gegen ein normales Handelsschiff sicherlich auch Erfolg gezeigt hätte. Unser Bordcomputer hatte die Verteidigung übernommen und schleuste nun unser Shuttle und unsere Barkasse im Notfallverfahren aus, um mit diesen beiden Beibooten den Gegner anzugreifen. Der Gegner erkannte schnell, dass wir keines der üblichen Handelsschiffe waren, die man in den dortigen Bereichen erwarten würde. Die Piraten feuerten nun eine massive Salve von KSR ab und versuchten auch ihren Kurs zu ändern, während sie uns mit ihren Lasern weiterhin unter Feuer hielten. Es gelang uns jedoch, mit unserer Point-Defense, die einkommenden Raketen dieser Salve abzuwehren. Unsere Beiboote waren den Piraten nun recht nah und griffen mit ihrer Bewaffnung jetzt in den Kampf ein. Es gelang die Beibooten vier der acht leichten KSR-Werfer der Piraten zu beschädigen oder völlig zu zerstören, bevor sie selber, nahezu zeitgleich, vom Gegner durch Raketenbeschuss vernichtet wurden. Zwei weitere Salven KSR wurden auf uns abgefeuert und wir nutzten jetzt zusätzlich unsere eigenen KSR um diese abzufangen. Eine gegnerische KSR kam durch und fügte uns, durch einen Nahtreffer weiteren Schaden im Antriebssegment zu. Dieser Nahtreffer erzeugte auch einige stärkere Sekundärschäden durch Energierückschläge und Kurzschlüsse, die dann auch zu der schon bekannten Teilbeschädigung unseres Bordcomputers führten. Sowohl die Piraten, als auch wir selber setzten innerhalb dieser Zeit den Beschuss durch Laserwaffen auf den Gegner fort. Es gelang uns dem Piratenschiff mehrere Treffer beizubringen, die dabei teilweise die gegnerische Schiffshülle durchschlagen haben müssen. Im Gegenzug gelang es den Piraten jedoch uns ebenfalls zwei Treffer zu verpassen, die unsere Außenhülle durchdrangen. Aufgrund unseres erlittenen Treffers im Antriebssegment waren wir nicht in der Lage den Gegner zu verfolgen oder selber die Flucht zu ergreifen. Wir waren gezwungen zu kämpfen. Zu diesem Zeitpunkt waren unsere KSR alle verschossen, die knappe Munition unserer Point-Defense-Gatlings war durchgeschossen und bedingt durch die Nahtreffer waren unsere Sensoren zu einem erheblichen Teil zerstört. Die Piraten hatten jedoch nicht mit einer derartigen Gegenwehr gerechnet, selber zahlreiche, teils heftige Beschädigungen einstecken müssen und flohen nun, von Kampfgeschehen. Glücklicherweise, wie ich bemerken darf, da wir selbst kaum noch in der Lage zu einer effektiven Gegenwehr waren. Auch unsere offensiven Möglichkeiten waren stark eingeschränkt. Erschwerend hinzu kam dabei unser massiver Verlust an Sensorfähigkeit und unsere Triebwerksbeschädigung ... So blieb uns also nichts übrig, als frustriert zuzusehen, wie die Piraten sich eilig entfernten und dann unseren Sensorbereich verließen. Hätte unser Gegner konsequent versucht uns weiter zu bekämpfen, dann hätten wir kapitulieren müssen oder wären vernichtet worden. Glücklicherweise hat man beim Gegner, zu diesem Zeitpunkt, unsere Schlagkraft anscheinend überschätzt und zog sich deshalb eilig zurück. Ich möchte fast vermuten, dass unsere Gegner erschrocken waren, als sie feststellen mussten, dass sie sich mit einem Flottenschiff angelegt hatten. Die überraschende Flucht der Piraten werte ich als eine Panikreaktion. Hätten unsere Gegner erkannt, wie gering unsere Waffenkapazität wirklich zu diesem Zeitpunkt war, hätten sie das Gefecht mit Sicherheit nicht abgebrochen ... Abschließend möchte ich hier anmerken, dass die uns zur Verfügung stehende Ausstattung zur elektronischen Kampfführung, sowohl ECM als auch ECCM, definitiv für ein Schiff in den dortigen Regionen absolut ausreichend war. Unsere eigene Schutzschirmkapazität war jedoch absolut unzureichend, wie bereits bemerkt. Im Gegensatz zu ECM und ECCM entsprach unsere Schirmkapazität mehr dem, was ein ziviles Schiff in der dortigen Region vorzuweisen hat und ich glaube anmerken zu können, dass die meisten der dort verkehrenden zivilen Schiffe wohl von ihren Eignern noch nachgerüstet werden und damit überlegen sind, was durchaus verständlich sein dürfte, wenn man in einem Raumabschnitt verkehrt, in dem diverse Piraten bekanntlich unterwegs sind ... Von unserer Bewaffnung möchte ich hier nicht erst anfangen, da diese Thema bereits bei Antritt unserer Mission bekannt war. Gerade bei der Bewaffnung sollte dringend einiges geändert werden. Unser Bordcomputer hat zwar prinzipiell seinen Zweck erfüllt, jedoch sehe ich auch hier den dringenden Bedarf nach einer effektiven Verbesserung. Wir haben die geringen Beschädigungen des Antriebs glücklicherweise mit unseren Bordmitteln reparieren können. Sonst wären wir dort im Nirgendwo gestrandet. Ich muss gestehen, damals hatten wir, direkt nach dem Gefechtsende, diese wenig erfreuliche Befürchtung. Eine Situation an die ich nicht gerne zurück denken mag. Glücklicherweise waren die Beschädigungen an unserem Antrieb aber nur oberflächlich und betrafen keine wichtigen Teile. Die Reparatur der Schäden war trotzdem nicht einfach. Hätten wir den Fabrikator und die 3-D-Drucker nicht an Bord gehabt, dann wären wir dort zwischen den Sternen gestrandet. Wir hatten viel Glück."

Graf von Rabenswalde hatte dem Vortrag schweigend zugehört und nickte jetzt zustimmend. "Das deckt sich mit dem, was wir bereits ebenfalls analysiert haben. Aufgrund dieser Analysen haben wir bereits vor zwei Jahren die beiden Frachter heimlich nachgerüstet und dort Schilde sowie ECM und ECCM auf Militärstandard gebracht. Da die Frachter bisher nur die Kernbereiche bereist haben ist dies auch niemandem aufgefallen, da wir peinlich genau auf die Benutzung dieses nachgerüsteten Equipments verzichtet haben. Auch auf den beiden Kolonieschiffen sind diese Elemente in den vergangenen sechs Monaten nachgerüstet worden. Unser Werkstatttender war ursprünglich ein Flottenschiff, sodass die grundsätzlich erforderlichen Bauteile dort bereits vorhanden waren. Jedoch haben wir das dortige Equipment in den letzten sechs Monaten ebenfalls auf den neuesten Stand der Technik gebracht, ohne das Außenstehende davon Kenntnis erlangen konnten. Wir müssen uns also nur noch um die *EX-17* kümmern. Es ist allgemein bekannt ... und auch durch die Medien gegangen ... dass die *EX-17* bei ihrer Mission Beschädigungen erlitten hat. Wir nutzen dies nun aus, um bei diesem Schiff einige Umbauten zu veranlassen."

Alexander schmunzelte. "Nun ja ... zumindest werden wir es uns jetzt zu Nutze machen, dass es gewisse Politiker gibt, die etwas realitätsfern sind. Dies ermöglicht es uns jetzt, das Schiff umzubauen und seinem endgültigen Verwendungszweck zuzuführen, ohne dass irgendwer darüber stolpert, weshalb denn besagte Umbauten und Nachrüstungen notwendig sind. Der Befehl zur Verlegung in die Orbitalwerft wird innerhalb der kommenden zwölf Stunden an die *EX-17* abgefasst werden. Dort wird das Schiff dann umgehend umgerüstet. Im Vorfeld werden wir seitens des Explorer-Corps die Nachricht verbreiten, dass die *EX-17* von uns ausgemustert wird, da die Beschädigungen eine Reparatur für uns unsinnig erscheinen lässt und wir das Schiff deshalb an eine der beiden Kolonistengruppen verkauft haben, die derzeit hier im Sonnensystem alles für ihre Abreise vorbereiten. Da sich besagte Kolonisten im Outback ansiedeln wollen ist es nur verständlich, dass sie ihre neue Heimat gegen Piraten schützen wollen. Zumal es in den kommenden Jahren mehr als fraglich ist, ob die Flotte der Hegemonie dort in dem Ausmaß präsent sein wird wie viele der Politiker sich das gerne vorstellen. Eine letzte kleine Überraschung habe ich aber noch. Sie hatten uns davon berichtet, dass der Bordcomputer nicht dem Optimum dessen entspricht, was sie persönlich sich vorstellen. Ich darf ihnen mitteilen, dass wir in der Computertechnik seit ihrer damaligen Abreise signifikante Fortschritte gemacht haben. Wie wir alle wissen existieren seit dem 3.Weltkrieg bereits KI. Seit einiger Zeit sind wir nun in der Lage, diese auch dort einzusetzen, wo es vorher nicht angedacht oder nicht ratsam war. Heute ist unsere Technik soweit, dass wir unsere Raumschiffe nun mit KI ausstatten können um eine weitaus höhere Effizienz zu erreichen, als es uns mit normalen Computern möglich wäre. Es ist unseren Wissenschaftlern endgültig gelungen gewisse Sicherungen in der Programmierung zu implementieren um uns davor zu schützen, dass eine derartige KI sich verselbstständigt. Diese Programmsicherungen können von diesen KI nicht umgangen werden, da es sonst automatisch zu einer Selbstlöschung kommt, die dann die KI stilllegt und zu einer elektronischen Lobotomie der KI führt. Die KI sind nicht in der Lage diese Grundbefehle zu umgehen oder zu missachten. Sie stellen also eine automatische Sicherung da, die zwangsläufig eingreifen würde, wenn so etwas droht. Die *EX-17* wird das erste Schiff sein, das eine derartige KI erhält. Weitere KI sollen noch, in den kommenden Wochen, auf den übrigen Schiffen unserer Kolonieflotte eingebaut werden. Diese KI werden uns mit Sicherheit in der Zukunft eine enorme Hilfe sein, wenn wir zu unserer neuen Heimat aufbrechen und uns dort ein neues Leben aufbauen. Der Plan sieht vor, die ersten dieser neuartigen KI mitzunehmen und mit der späteren Verwaltung unserer neuen Kolonie zu betrauen. Unsere Experten sind völlig sicher, dass sie diese KI vollumfänglich nutzen können und deren "Eigenintelligenz" mit der Zeit noch wachsen wird. Vor allem die Versuchs-KI, die wir mitnehmen werden sollte uns in unserer neuen Heimat sehr behilflich sein. Unsere Fachleute sind schlichtweg begeistert, was diese eine spezielle KI für ein Potential hat."

Alexander schmunzelte verhalten, als er fortfuhr. "Auch wenn wir in der Vergangenheit einige Schwierigkeiten hatten so waren wir doch bisher im Endeffekt stets erfolgreich und konnten unseren Plan immer weiter vorantreiben. Zwar werden wir noch einige Schwierigkeiten zu meistern haben aber auch das sollte uns gelingen, da wir den festen Willen zum Erfolg haben … Ich bin zuversichtlich, dass wir unseren Plan auch in Zukunft erfolgreich umsetzen können."

Reling nickte nachdenklich. "Ich muss gestehen, dass ich es kaum noch erwarten kann aufzubrechen. Die Veränderungen, die in den Jahren hier auf Terra statt gefunden haben mögen vielen nicht aufgefallen sein. Da meine Besatzung und ich selbst jedoch jahrelang auf Mission waren fällt es uns natürlich auf. Das ganze ist ein schleichender Vorgang, der bereits seit vielen Jahren statt findet. Begriffe wie Pflicht, Ehre, Treue und auch Loyalität, Ehrlichkeit und Integrität sind Dinge die von der herrschenden Schicht unserer Politiker bewusst und konsequent ins lächerliche gezogen werden. Die meisten Medien sind diesen Politikern völlig hörig und blasen ins gleiche Horn. Das habe ich feststellen können, als ich die Meldungen der Presse durchgegangen bin und war darüber zutiefst erschüttert. Ich bin davon zutiefst angeekelt und meine Besatzung empfindet es ähnlich, wenn auch die Reaktionen der einzelnen Besatzungsmitglieder teilweise nur Wut und Unverständnis widerspiegeln. Eigentlich ist das nicht weiter verwunderlich, da diese Leute von uns im Vorwege sorgsam ausgesucht wurden und zumindest in den Grundstrukturen ihres Empfindens so empfinden wie wir anderen auch, die an diesem Projekt teilhaben dürfen ... Um unnötigen Risiken aus dem Weg zu gehen werde ich jedoch veranlassen, dass einige Mitglieder der Besatzung zeitnah wieder an Bord befohlen werden, die ein etwas impulsiveres Naturell besitzen. Ich möchte vermeiden, dass sie sich hier in Schwierigkeiten bringen, die unser Unterfangen möglicherweise gefährden könnten."

Alexander dachte kurz nach, bevor er langsam nickte. "Tun sie was sie für richtig halten, ich verlasse mich ganz auf ihr Urteil. Auf keinen Fall darf etwas geschehen, was unseren Plan auch nur annähernd gefährden könnte. Ich bin keinesfalls gewillt irgendwelche Risiken einzugehen, zumal wir so kurz vor unserer Abreise in das Outback stehen."

Alexander überlegte kurz und kicherte dann gehässig. "Wenn wir jetzt die Vorkommnisse und das derzeit herrschende, politische Klima ausnutzen, dann sollte es uns gelingen weitaus mehr militärisches Equipment zu beschaffen, als ich es noch vor einigen Monaten für möglich gehalten habe. Diverse Politiker, die derzeit noch mächtig sind, versuchen momentan viel, um sich in der Öffentlichkeit als wohlwollende und mitfühlende Förderer zu präsentieren. Es sollte uns gelingen, dies auszunutzen und so an diverses Equipment zu gelangen, dass sonst nur sehr schwer erhältlich wäre. Trotz meiner Stellung gibt es gewisse Probleme alle von uns vorgesehenen Umbauten zeitgerecht in die *EX-17* einzubauen oder überhaupt zu erhalten. Mit genügend öffentlichem Druck ist das jedoch durchaus realisierbar. Dies werden wir nun ausnutzen und in den Medien unauffällig forcieren. Die Mittel und Möglichkeiten dafür stehen uns zur Verfügung ... Von daher sehe ich den Piratenangriff als einen Glücksfall für unsere Planung. Nutzen wir also die Gunst der Stunde und schmieden das Eisen, solange es noch heiß ist."

Es sollte sich zeigen, dass Alexander mit seiner Prognose recht hatte. In der darauf folgenden Zeit erschienen immer neue Medienartikel, die es als wünschenswertes Ziel ansahen, die *Ex-17* umzurüsten, um den Kolonisten etwas wehrhaftes mit auf den Weg in die tiefen des Alls zu geben. Oftmals wurde auf die vielfältigen Gefahren hingewiesen, die sich in den weiten Bereichen des Outback, vor allem in der Form von Piraten, tummelten. Wieder einmal zeigte es sich, dass der Mainstream seine ganz eigene Macht besaß ... vor allem, wenn er unauffällig gelenkt wurde, um ein ganz spezielles Ziel zu erreichen. Eine Tatsache, die bereits im ersten Drittel des einundzwanzigsten Jahrhunderts von vielen weitschauenden Menschen erkannt worden war.

Wenn etwas nur oft genug und lautstark genug in den Medien wiederholt wurde und immer wieder durch sogenannte "Expertenmeinungen" mit unterstützt wurde, dann nahmen es viele Menschen als Realität an. Dabei wurden dann auch gerne Leute mit anderen Meinungen öffentlich durch den Schmutz gezogen. Wie so oft galt gerade in der Medienlandschaft, vor allem wenn kräftige Kapitalunterstützung und persönlicher Druck auf einzelne Journalisten vorhanden war, der ewig alte und oft genutzte Grundsatz: "Der Zweck heiligt die Mittel".

4.

19.Mai 2027, System Terra, Kolonialschiff Marco Polo

Orbit von Luna, Die Explorer (Ehemals EX-17)

Captain Arnold Gustav Reling blickte zufrieden aus dem breiten Sichtfenster des Quartiers, in dem Graf von Rabenswalde dieses abschließende Meeting, an Bord des Kolonieschiffs abhielt. Hinter ihm unterhielten sich leise sein XO, Commander Allison, der auf dieser Reise

als Kommandant des Kolonieschiffs fungieren würde und der Graf von Rabenswalde. Vor ihm, im Orbit von Luna, schwebte SEIN SCHIFF, die ehemalige *EX-17*. Der Anblick war einfach grandios.
Die vergangenen Wochen waren ausgefüllt gewesen mit Arbeit. Es gab Zeiten, da hätte Captain Reling fast verzweifeln mögen. Es hatte aber funktioniert. Den Arbeiter der Orbitalen Werft war es gelungen, alle Arbeiten termingerecht fertig zu stellen. Jetzt endlich nahte der Tag der Abreise. Man schrieb auf Terra heute den 19.Mai 2127.
Auf Terra selbst war es in den letzten Monaten und Wochen auch nicht ruhiger gewesen. Die Wahlen zum ersten Senat der Hegemonie waren einher gegangen mit Skandalen in die diverse Politiker verwickelt waren. Die Tatsache, dass die Medien unter einem enormen Druck standen und alles andere als jederzeit neutral und objektiv in ihrer Berichterstattung waren, wurde immer deutlicher. Nach den Wahlen würde dann die große Abrechnung kommen … Die Nacht der langen Messer, wie es in gewissen Kreisen bereits sorgenvoll genannt wurde. Nicht verblüffend also, dass diverse Politiker jetzt "aus Altersgründen" oder "Persönlichen, familiären oder gesundheitlichen Gründen" der Politik den Rücken kehrten. Teils auffällig hastig Umzüge auf eine der nahe liegenden Kolonialwelten waren in der letzten Zeit bei dieser illustren Berufsgruppe anscheinend in Mode gekommen.
Einige der Politgrößen, die derzeit noch die Schlagzeilen der Presse füllten würden in der Versenkung und der Vergessenheit versinken. Mit anderen würden ihre Gegner abrechnen. Wie immer jedoch in derartigen Zeiten kamen nun auch diejenigen Gestalten ans Licht der Öffentlichkeit gekrochen, die bisher jahrelang geschwiegen hatten, alles abnickten, was höheren Ortes beschlossen wurde und lautstark gut geheißen hatten, was sich da völlig realitätsfremde Politiker in ihrem ideologischen Wahn einfielen ließen und forderten, solange sie selbst davon profitierten. Nun jedoch, da sich die Zeiten änderten, wechselten diese Gestalten die Fronten um nicht urplötzlich auf der Seite der Verlierer zu stehen. Ein altes und stets wiederkehrendes Prozedere, das es bereits seit Menschengedenken immer wieder dann gab, wenn die etablierten Machtverhältnisse sich änderten. Die Ratten verlassen das sinkende Schiff meinte die Bevölkerung dazu. Leise allerdings nur, da die Mehrheit der Bürger Angst vor Repressalien seitens der Obrigkeit hatte. Jedoch wurden diese Stimmen jetzt zunehmend lauter und zahlreicher …

trotz der allgegenwärtigen Medien die, gelenkt von den Politikern, die an den Hebeln der Macht saßen, dies zu negieren versuchten. Den Politikern, die dies zu negieren versuchten, um die eigene Haut zu retten, was in derartigen Zeiten des Umbruchs auch geschichtlich betrachte immer wieder das übliche, sich wiederholende Prozedere war.
Das alte Regierungsgefüge war massiv im Umbruch. In Europa hatte Angie Markel mit ihrer Partei die Wahl verloren. Sie würde wohl zu den meist gehassten Personen der Europäischen Geschichte werden. Durch ihre Unfähigkeit hatte sie es geschafft, einigen Gruppierungen von sozialliberalen Gutmenschen und ökologischen Phantasten den Zugang zu politischen und wirtschaftlichen Positionen zu ermöglichen, die diese selber, aufgrund von mangelnder Intelligenz, niemals aus eigener Kraft geschafft hätten. Durch Angie Markels politisches Missmanagement waren bereits seit einigen Jahren Leute in politische Positionen aufgerückt, denen kaum ein erfolgreicher, selbstständiger Unternehmer eine Führungsposition anvertraut hätte, wenn er nicht stockbetrunken gewesen wäre. Unternehmerisches Denken sowie reales wirtschaftliches und volkswirtschaftliches Handeln, die Übernahme echter sozialer Verantwortung und eine Planung die weiterführend als lediglich bis zur nächsten Wahlperiode angelegt war, war diesen wirren Lichtgestalten zumeist völlig fremd. Die meisten dieser Leute waren ideologisch derart verdreht, dass sie die Gefahren überhaupt nicht erkennen konnten oder wollten, die sie selber konstruierten. Jetzt aber saßen diese weltfremden Phantasten und Gutmenschen in Positionen, von denen aus sie Dinge bewegen konnten, die sich mittelfristig und langfristig gesehen, als fatal für die Bevölkerung erweisen würden. Kein Wunder also, wenn jährlich zehntausende und hunderttausende von Menschen Terra verließen, um anderswo eine neue Heimat zu suchen. Es würde im günstigsten Falle wohl mindestens ein Jahrzehnt vergehen, bis irgendwann diese Leute von den Posten und Ämtern, die sie derzeit noch inne hatten, entfernt wurden … zumindest mit demokratischen und auch rechtsstaatlichen Mitteln wie beispielsweise Wahlen. Andere Möglichkeiten gab es auch, wie die Geschichte gezeigt hatte. Da waren dann derartige Parasiten von den wütenden Bürgern kurzerhand an die Wand gestellt worden, wenn sich die politische Lage zu drastisch und zu schnell änderte und diejenigen, die denn bisher auf die Bevölkerung teils verächtlich herab geblickt hatten, nun selber einer ganz neuen Realität ins Auge schauen mussten

und keine Zeit mehr hatten, sich in sichere Gefilde abzusetzen. Schaut man sich die Geschichte der vergangenen 2000 Jahre an, dann zeigt es sich, dass derartige Dinge sich in gewissen Abständen wiederholen. Mit allen Konsequenzen. Das große Problem das dann danach kam, war das die politisch-gesellschaftlichen Lücken wieder gefüllt werden mussten, die durch eine Gewehrkugel, einen Strick, eine Streitaxt ein Bajonett, ein Messer oder einen Speer soeben geschaffen wurden. Nicht immer waren diejenigen, die dann später diese Lücken füllten auch diejenigen, die vom persönlichen Intellekt, ihrer Integrität und auch von ihrer Kompetenz wirklich am besten dazu geeignet waren. Auch dies lehrte die Geschichte. Derzeit war die Gesellschaft auf Terra in sich selbst tief gespalten. Ein Zustand, der sich in den vergangenen 15 Jahren zusehends verschärft hatte und von gewissen Politikern in diesem Zeitraum massiv gefördert worden war. Hatte man keine Feindbilder von außerhalb, dann schuf man künstlich diese Feindbilder innerhalb der eigenen Gesellschaft. Das dieses Vorgehen, zumindest kurzfristig, Erfolg versprach hatte die Geschichte bereits mehrfach bewiesen.
Nicht zuletzt diese Entwicklung war es gewesen, die den inneren Kern der Menschen um Graf von Rabenswalde erst dazu gebracht hatte sich mit der Umsetzung ihres Plans zu beschäftigen. Erst waren es nur Diskussionen bei einem Glas Wein gewesen, aber sehr schnell hatten sie erkannt, dass man handeln musste. Daraus war dann relativ schnell der verwegene Plan entstanden, selber eine Kolonie zu gründen. Zumal man theoretisch über die Möglichkeiten dazu verfügte. Ab diesem Moment war vieles lediglich eine Sache der verfügbaren Mittel und der Planung. Eine Planung die nun in die nächste Phase gehen sollte. So wie es der verstorbene, alte Graf seinerzeit einmal zu Captain Reling gesagt hatte. "Viele kleine Ideen vereinigen sich und werden zu etwas großen … und daraus kann dann etwas überragendes erwachsen, wenn man denn all dies nur konsequent bündelt. Dazu bedarf es aber stets Menschen, die dies auch als ihre Aufgabe ansehen."
Ein leiser Glockenton erklang und meldete somit, dass ein Besucher den Raum betreten wollte. Captain Reling hörte das Schott aufgleiten und blickte sich um. Kenji Nisimura, der Mann, der nach außen hin, für die Öffentlichkeit, der Leiter dieses Kolonieprojektes war betrat soeben die Brücke. Nishimuras Asiatische Wurzeln waren unübersehbar. Der Öffentlichkeit war er als ein überzeugter Ökojünger bekannt, der seine

Meinung stets sachlich vertrat. Offiziell war er vor rund einem Jahr aus der Firma IRD ausgeschieden, wo er vordem die Leitung der geheimen Computerentwicklung und KI-Forschung inne hatte. Diejenigen aber die Nishimura wirklich kannten, wussten dass er alles andere als einer dieser Ökojünger war, die sich in den letzten Jahren überall verstärkt in die Öffentlichkeit gedrängt hatten. Er war ein überzeugter Technokrat und dem Projekt und dem Grafen seit langer Zeit treu verschrieben. Nishimura war ein sportlich aber auch asketisch wirkender Mann von etwas über 60 Jahren. Der Asiate war mehrfacher Doktor und Professor und mit Abstand einer der weltweit fähigsten Fachleute seiner Branche. Seine Forschung auf dem Gebiet der Quantencomputer und der KI-Entwicklung hatte ihm bereits zweimal zum Nobelpreis verholfen. Erst durch seine geniale Weiterentwicklung der Quantencomputer war es Wissenschaftsteams möglich geworden wirklich KI zu erschaffen, die diesen Namen auch verdienten. Kenji Nishimura war ein langjähriger Freund des verstorbenen, alten Grafen gewesen. Nishimura begrüßte die Anwesenden mit einem Lächeln. "Ich habe soeben letztmalig die Funktionen unserer neuen Bord-KI überprüft. Man sieht mich wirklich zufrieden. Die KI arbeitet absolut einwandfrei. Die acht zusätzlichen Speichermodule mit den Bibliotheksspeichern sind jetzt angeschlossen. Das gesammelte Wissen und alle Erkenntnisse unserer Zivilisation ist für uns nun jederzeit abrufbar und stehen uns zur Verfügung."
Nishimura hatte allen Grund zufrieden zu sein. Nicht umsonst wurde er von der Fachpresse als der Vater der KI-Wissenschaft bezeichnet. Die KIs die, in den vergangenen zehn Tagen, von seinem Team auf den beiden Kolonieschiffen, dem Tender sowie der ehemaligen *EX-17* installiert und getestet worden waren, stellten in der Entwicklung der Computertechnologie einen Quantensprung da. Zwar war man in den vergangenen drei Jahren dazu übergegangen auf allen Neubauten der Flotte Bord-KIs einzubauen aber diese waren bei weitem nicht derart leistungsfähig, wie die neuen Konstruktionen, die Nishimuras Team hier verwendet hatte. Diese vier KI waren die letzten Erzeugnisse der Forschung und Entwicklung von IRD. In den Jahrzehnten nach dem 3.Weltkrieg war es der Wissenschaft gelungen großartige Fortschritte im KI-Bereich zu erringen. Das Problem war aber stets die Kontrolle und die Gewährleistung der Loyalität der KI gewesen. Niemandem war an einer KI gelegen, die ihre eigenen Ziele verfolgte und sich gegen ihre Schöpfer

auflehnte. Dieses Programmiertechnische Problem war erst vor einigen Jahren endgültig beseitigt worden. Einer KI war es nun nicht mehr möglich, die Loyalitätskonditionierung zu unterlaufen oder auszuhebeln. Derartiges Handeln würde bei den heutigen KI zu einer sofortigen Zwangsabschaltung durch sie selbst führen. Die rechnerische Leistung der neuesten Quantencomputer war schier unglaublich. Gerne wurde der Vergleich genannt, dass ein 2030 erbautes Rechenzentrum, vom Volumen der großen Pyramide von Gizeh, die gleiche Kapazität besitzen würde, wie ein heutiger Quantencomputer der lediglich so groß wäre wie Würfel mit einer Kantenlänge von vier Zentimeter. Die KI selbst waren so groß, wie ein Würfel mit einer Kantenlänge von 20 Zentimeter. Gab man diesen KI nun noch die Möglichkeit auf mehr Daten zuzugreifen, als jede Rechenanlage oder jeder Rechnerverbund der Vergangenheit und berücksichtigte dazu noch, dass diese neuen KI eine Verarbeitungsgeschwindigkeit besaßen, die um einige Potenzen höher waren als selbst der hochmoderne, auf Quantenbasis konzipierte ehemalige Bordcomputer der *EX-17*, dann war das Ergebnis dieser neuen Generation von KI mehr als verblüffend. Die acht Module, die von Nishimura und seinem Team, auf diesem Schiff der Kolonialflotte installiert worden waren, hatten jeder die Ausmaße eines MK-I Containers. Entsprechend groß war die dort enthaltene Datenmenge. Hinzu kam nun noch das Volumen des im Schiff eingebauten Datenkern mit der Schiffs-KI. Dieser hatte ebenfalls das Ausmaß eines MK-I Containers, womit hier nun ein abrufbarer Datensatz hinterlegt war, der wohl einmalig in der Geschichte der Menschheit war. So etwas hätte man prinzipiell von einem "normalen" Computer auch erwarten können, wenn auch diese deutlich langsamer in der Datenverarbeitung und Datenauswertung waren, als eine KI. Die neuen KI waren jedoch in der Lage, aufgrund ihrer Programmierung, eigenständig zu denken und dann diese Ergebnisse auch eigenständig zu nutzen. Zumindest soweit, wie es ihnen im Rahmen ihrer Programmierung erlaubt war. Vollständig selbstständig und völlig unabhängig von den Menschen sollten diese KI keinesfalls werden, da viele Wissenschaftler und Ingenieure darin ein geradezu erschreckendes Gefahrenpotential sahen, falls eine dieser KI sich gegen ihre Schöpfer wenden sollte. Derartiges wollte man unter allen Umständen vermeiden.

Graf von Rabenswalde nickte zustimmend und deutete dann auf die Sessel, die um einen länglichen Konferenztisch gruppiert waren. Die Anwesenden setzten sich und der Graf betätigte einen Schalter. Mit einem leisen Zirpen bauten sich mehrere lebensgroße Hologramme auf, die den Kommandanten des Tenders und den Kommandanten des zweiten Kolonieschiffs zeigten. Weitere Hologramme bauten sich auf und zeigten Jean Gauloises, Kristina Weber sowie Sergej Kutusov, den nun amtierenden, logistischen Leiter der Gruppe. Kutusov war schon über 80 und man sah ihm sein Alter an. Graf von Rabenswalde wusste, dass Kutusov unheilbar krank war. Die Informationen darüber hatte er von Karl Scheer erhalten, der alle Mitglieder der Führungsriege durch seine Agenten überwachen ließ. Scheer war fast schon paranoid zu nennen, wenn es um die Sicherheit der Führungsmitglieder oder aber des Plans ging. Das Thema der operativen Sicherheit des Plans war ein fester Bestandteil seines Lebens, dem Scheer schon beinahe religiösen Fanatismus entgegen brachte. Die Fachärzte schätzten die derzeit für Kutusov noch verbleibende Lebensdauer auf fünf bis maximal acht Jahre. Er würde wohl den Abflug der letzten Flotte nicht mehr erleben. Trotz seiner Krankheit schien Kutusov über ungeahnte Kraftreserven zu verfügen, die er immer wieder mobilisierte, um seine wichtige Aufgabe abzuschließen. Zudem waren seine Fähigkeiten unverzichtbar für die Planung und seitdem der Alte Graf ihn seinerzeit, vor nun etwas mehr als zwölf Jahren, für den Großen Plan rekrutierte, war die Arbeit für die Umsetzung des Plans für Kutusov zu einem Lebensziel geworden. Sein Enkel sowie seine Enkelin und auch deren Ehemann würden die lange Reise antreten und befanden sich bereits an Bord eines der beiden Kolonieschiffe, der Marco Polo, wo die Kolonisten jetzt bereits in ihren Stasiskammern schliefen. Alexander von Rabenswalde würde den alten Mann schmerzlich vermissen, da zwischen ihnen beiden ein Band existierte, dass zutiefst von gegenseitigem Vertrauen geprägt war. Darüber hinaus erinnerte Kutusov den Grafen häufig an dessen Vater, der in der Art seiner Bewegungen und Gesten viel Ähnlichkeit mit Kutusov gehabt hatte. Edward Wagner, der diese Position innerhalb der Gruppe bisher inne hatte war ebenfalls unter den Kolonisten und würde diese Reise, genau wie alle anderen Kolonisten ebenfalls, schlafend in einer Stasiskammer zurücklegen.

Lediglich ein Hologramm blieb nebelhaft. Nach einigen Sekunden baute auch dieses Hologramm sich auf und Karl Scheer erschien. Alle Abbilder blickten erwartungsvoll. Alexander begrüßte die Holografisch Anwesenden mit einem kurzen Nicken. "Es ist soweit. Die Gruppe 2, bestehend aus unserem Tender und dem Kolonieschiff, wird in sechs Stunden Kurs auf den Sprungpunkt nehmen und diesen entsprechend unserer Planung durchqueren. 48 Stunden später wird dann auch die Gruppe 1, bestehend aus diesem Kolonieschiff sowie der *EX-17* ... die nun bekanntlich den Namen *Explorer* trägt ... aus dem Orbit starten und das Sonnensystem ebenfalls verlassen. Die beiden Frachter sind bereits vor sechs bzw. vor neun Tagen aufgebrochen und steuern bereits auf unterschiedlichen Routen unseren Treffpunkt an, der sich fünf Sprünge hinter dem Lhasa-System befindet. Von dort aus werden wir dann gemeinsam weiter in Richtung Outback reisen. Nach einigen weiteren Sprüngen Richtung Outback werden wir dann unseren Kurs ändern, um die Kernzone zu umrunden und schließlich auf unseren endgültigen Kurs zu gehen. Alle Schiffe sind mit zusätzlichen Waffen nachgerüstet worden. Hierbei haben wir das Hauptaugenmerk auf Laserbewaffnung gelegt. Zusätzlich wurden jeweils acht leichte KSR-Werfer außenbords angebracht. Die Raketen stellen jedoch nur eine absolute Notfalllösung da. Nach zwei Salven sind wir ohne Raketen. Die einzige Ausnahme ist die *Explorer*, die über zwölf leichte Zwillingswerfer verfügt und mit diesen dann acht Salven abfeuern kann. Die Schilde und Ortungsanlagen unserer Schiffe bewegen sich nun auf der höchstmöglichen militärischen Stufe und sowohl ECM als auch ECCM entsprechen jetzt dem neuesten Militärstandard. Nach meinem Ermessen und der Meinung unserer Analysten sollte uns kein einzelner Pirat gefährlich werden können. Auch die Erfolgschancen für zwei gemeinsam und koordiniert agierende Piratenschiffe tendieren jetzt gegen null ... Soweit ich die Meldungen verfolgt habe sind unsere Kolonisten ausnahmslos eingetroffen und befinden sich in den Stasiskammern. Auch unsere Fracht ist bereits vollzählig an Bord verbracht worden. Wir sind also startbereit. Gibt es von Terra irgendwelche neuen Nachrichten die mir bisher unbekannt sind und uns betreffen könnten?"
Karl Scheer hob kurz seine Hand. Sein Gesicht, das sonst nie eine Emotion erkennen ließ wirkte verkniffen. "Ich befürchte, wir könnten Probleme mit der Beschaffung zusätzlicher Sprungkristalle bekommen,

die wir dann mit unserer 3.Flotte mitnehmen wollten. Der ehemalige Abteilungsleiter der Kristallminen ist einer unserer Leute und macht diese Reise ebenfalls als Kolonist, an Bord der *Thor Heyerdahl* mit. Sein Stellvertreter, der ebenfalls zu uns gehörte und diese leitende Position nun seit drei Monaten inne hatte, wurde vor zwölf Stunden bei einem Unfall tödlich verletzt. Es ist noch ungewiss, wer diese für uns relevante Position jetzt einnehmen wird. Die drei wahrscheinlichsten Kandidaten, die für diese Position in Frage kommen, sehe ich dabei als ungeeignet für unsere Zwecke an. Ich arbeite bereits daran, eine Person unserer Wahl auf diese Position zu setzen. Das ist jedoch momentan relativ problematisch, da dieser Posten wohl mit einem Angehörigen der Hegemonialen Streitkräfte besetzt werden soll und wir derzeit dort kaum noch Einflussmöglichkeiten besitzen. Sollten meine Bemühungen Erfolg haben, dann könnte es trotzdem mindestens sechs Monate oder bis zu einem Jahr dauern bis wir wieder Zugriff auf die Sprungkristalle haben, da wir nicht zu auffällig agieren können. So lange werden wir keinen Einfluss auf die Kristallminen und deren Ausbeute haben. Ich habe bereits ein Team in Marsch gesetzt, um mögliche Spuren unserer Tätigkeit zu beseitigen und zu überprüfen, ob es wirklich ein Unfall war oder aber ob dort gezielt jemand unseren Mann beseitigt hat. Die Umstände des Unfalls erscheinen mir persönlich etwas merkwürdig. Im schlechtesten Fall werden wir unsere dortigen Tätigkeiten leider sehr schnell, vollständig und wohl auch final einstellen müssen, da der Flottensicherheitsdienst sich jetzt anscheinend ebenfalls sehr für die Umstände des Unfalls interessiert. Entsprechende Vorkehrungen, für den Abbruch unserer dortigen Tätigkeiten und die Beseitigung aller damit verbundenen, möglichen Spuren habe ich in den vergangenen zwei Stunden bereits in die Wege geleitet. Für den Notfall befindet sich eines meiner Teams in der Nähe um eingreifen zu können, wenn die Beseitigung von Spuren, die wir möglicherweise hinterlassen haben, notwendig erscheinen sollte. Ich rate in dieser Angelegenheit zur Eile. Ich habe irgendwie ein ungutes Gefühl bei der Angelegenheit und meine Erfahrung hat mich gelehrt auf derartigen Signalen meines Unterbewusstseins zu vertrauen. Ich kann es nicht beschreiben warum aber ich habe das ungute Gefühl, irgendwo ist irgendwer auf uns aufmerksam geworden. Ich kann mich natürlich irren, aber ich möchte unter allen Umständen vermeiden zum derzeitigen Zeitpunkt das geringste Risiko einzugehen, dass unser Agieren erkennbar werden lässt."

Alexander blickte einen Moment nachdenklich das Hologramm an. "Das ist eine unangenehme Nachricht. Hoffen wir, dass unsere Pläne nicht unverhofft kompromittiert werden. Leiten sie alle notwendigen Maßnahmen ein. Ich habe volles Vertrauen in ihre Fähigkeiten."

Es zeigte sich, dass dieses Vertrauen gerechtfertigt war. Scheer wurde seinem Ruf wieder einmal gerecht. Umgehend wurden im ganzen Solaren System alle Spuren beseitigt, die auch nur ansatzweise einen Zusammenhang mit der Führungsriege der zukünftigen Kolonisten aufzeigen könnten. Ebenso wurde von Scheer sorgsam darauf geachtet, dass auch die Konzerne der Beteiligten nicht kompromittiert werden konnten. Mehrfach war Alexander sehr kurz davor, Scheer zurecht zu weisen, da dieser mit wahrhaft erschreckender Effizienz und ohne Skrupel jeden Faden durchschnitt, der einen Ermittler auf die richtige Spur führen könnte. Die Methoden, die Scheer und seine Leute dabei anwandten, waren oft meilenweit von der Legalität entfernt. Alexander beschloss Scheer gewähren zu lassen, wies diesen jedoch ausdrücklich an. Um Himmels Willen niemand zu töten. Das ausdruckslose Gesicht und die kalten Augen von Scheer, als Alexander ihm diesen Befehl erteilte, ließen Alexander frösteln. Letztlich sagte Scheer ihm zu, sich gemäß dieser Anweisung zu verhalten. Alexander hatte jedoch das Gefühl, als wenn Scheer ihm nun das eine oder andere nicht mitteilte, um Alexander damit nicht zu belasten … und selbst frei zu agieren.

Die Tatsache, dass Scheer die Grenzen der Legalität oft überschritt, war Alexander durchaus bewusst. Jedoch erst in diesem Moment wurde Alexander vollends klar, wie fanatisch Scheer sich dem Projekt verschrieben hatte. Alexander akzeptierte dies, wenn auch innerlich zähneknirschend. Es gab Zeiten, in denen Vorgesetzte nicht alles wissen wollten, was ihre Untergebenen taten, um das Ziel zu realisieren. Dies war nicht schön aber es war die Realität … und der musste Alexander sich nun beugen, um das Projekt nicht zu gefährden.

5.

An Bord der Kolonialflotte, Die Reise nach Lemuria

In den Wochen, die seit dem Aufbruch von Terra vergangen waren, verlief die Reise ohne Komplikationen. Seit vier Tagen waren nun alle Schiffe der Kolonialflotte vereinigt und man überprüfte soeben, auf den sechs Schiffen, ein letztes Mal alle Bordsysteme. Die beiden Frachter waren als letztes eingetroffen. Der eine über Newton und Kobe kommend, der andere über Karthago, Lhasa und Kobe. Das Schiff, dass über Newton angereist war, hatte dort noch einige der neuen Droiden an Bord genommen, die auf Newton gefertigt wurden. Newton hatte allgemein den Ruf in Bereichen der Technik und der Forschung führend zu sein. Nicht zu unrecht, wie sich in den letzten zehn Jahren gezeigt hatte. Die dort erzielten Ergebnisse, in vielen Bereichen der Forschung und Entwicklung, würden Newton sicherlich langfristig zu einer gewissen Marktposition und deutlichen Vormachtstellung in diesen Bereichen verhelfen.

Captain Reling blickte nachdenklich aus dem Brückenfenster. In einigen Stunden würde die Flotte sich in Marsch setzen. Derzeit befanden sich die sechs Schiffe im Zenit, fast zwei Lichtstunden oberhalb der Ekliptik diese unbewohnten Transfersystems. Die normale Flugroute die von Raumschiffen genutzt wurde, die dieses System durchqueren, sollte eine zufällige Ortung ausschließen. Derzeit waren keine anderen Schiffe im System und es war auch unwahrscheinlich, dass ein Schiff innerhalb der kommenden acht Tage hier einspringen würde ... Zumindest sagten das die vorhandenen Informationen so aus. Wenn denn Trotzdem ein Schiff einspringen sollte, so wäre dies kein Schiff der Hegemonialen Flotte. Deren Flugpläne waren Relings Stab bekannt, dank der Informationen die man sich beschafft hatte, und deshalb war bereits im Vorwege die eigene Flugroute entsprechend geplant worden. Reling wurde fast schwindelig, wenn er an all die Details dachte, die im Vorwege zu erledigen gewesen waren. Es hatte sich erwiesen, dass der Graf die richtigen Leute mit der vielschichtigen Planung beauftragt hatte. In den Augen von Arnold Gustav Reling waren die Vorbereitungen nahezu perfekt verlaufen. Das die Umsetzung dieser Planungen bisher derart verlaufen waren, war nicht zuletzt der fanatischen Hingabe der vielen beteiligten Personen und der, wo es denn notwendig wurde, auch skrupellosen Umsetzung der notwendigen Maßnahmen zu verdanken.

Wehmütig dachte Captain Reling an seinen alten LI, Ole Pederson, der die Reise der *EX-17* als leitender Ingenieur mitgemacht hatte, war bei dem Gefecht mit den Piraten seinerzeit, auf der Rückreise, schwer verletzt worden. Er war das einzige Besatzungsmitglied der *EX-17*, das nach der Rückkehr nach Terra aus dem Dienst ausgeschieden war und die Reise nicht mitmachte. Reling hatte Verständnis für die Entscheidung des Mannes. Der Verlust seiner beiden Beine und eines Lungenflügels, bedingt durch einen der Nahtreffer, hatten Pederson auch emotional schwer verletzt. Ole Pederson, der sonst immer die Ruhe in Person gewesen war, war psychisch nicht mehr in der Lage sich auf einem Raumschiff aufzuhalten. Graf von Rabenswalde hatte keine Kosten gescheut dem Ingenieur finanziell zu helfen ... und die Prothesen waren wirklich hervorragend ... jedoch war es auch den besten Psychologen nicht gelungen das Trauma des Ingenieurs zu beseitigen. Reling hatte Ole Pederson einmal kurz vor ihrer Abreise besucht. Pederson lebte in der Nähe von Stockholm, in einem Haus, das seiner Familie bereits seit einigen Generationen gehörte. Dabei hatte Captain Reling auch die Haushälterin kennen gelernt, die Pederson eingestellt hatte, um ihm im Haushalt zu helfen. Captain Reling schmunzelte bei dem Gedanken daran, wie Pederson und seine Haushälterin sich gegenseitig angesehen hatten. Die beiden hatten eindeutig ein deutlich tieferes Verhältnis als nur von Arbeitgeber zu Arbeitnehmer. Reling würde darauf wetten, das Ole Pederson innerhalb der kommenden sechs Monate seine Haushälterin heiraten würde. Er gönnte es Ole von Herzen. Beide waren sie erst Ende der dreißiger, mochten sich gegenseitig und Svenja, die Haushälterin schien wirklich eine nette, intelligente Frau zu sein. Wahrscheinlich würden sie in den kommenden Jahren einen Schwung Kinder in die Welt setzen. An der Verschwiegenheit seines alten LI hatte Captain Reling keine Zweifel. Auch der Graf von Rabenswalde und vor allem der ewig misstrauische und in dieser Hinsicht fast schon paranoide Karl Scheer waren sich der Loyalität von Ole Pederson sicher. Reling traute es jedoch Karl Scheer ohne weiteres zu, einen Mann einfach zu beseitigen, um mögliche Spuren zu verwischen oder eine Gefährdung des Plans zu verhindern. Zwar war Karl Scheer sich der Loyalität von Pederson sicher, zumal die beiden über einige Ecken herum miteinander verwandt waren und sich gut kannten, jedoch würde er ihn trotzdem nicht aus den Augen lassen. Die Operative Sicherheit des Plans und seine persönliche Loyalität zu Graf Alexander von Rabenswalde hatte für Scheer schon fast religiösen Charakter.

Die Gründung der Hegemonie und die Planung die Militärangehörigen Terras in die neue TDF, die Terran Defense Force zu übernehmen, hatte bei vielen Angehörigen des terranischen Militärs dazu geführt, dass sie ihren Dienst quittiert hatten. Nicht wenige dieser ehemaligen, gut ausgebildeten Soldaten zogen es in Betracht, nach Rom auszusiedeln, wo man Veteranen und aktiven Soldaten deutlich mehr Respekt und Wertschätzung entgegenbrachte als auf Terra. Grundsätzlich ist es nicht wirklich allzu verwunderlich, wenn realitätsfremde Politiker jeglicher politischer Neigung eines Tages dann feststellen müssen, dass ihre Soldaten nicht länger begeistert waren, dass man ihren Dienst nicht würdigte ... und daraus dann ihre Konsequenzen zogen. Nicht wenige Soldaten stellten irgendwann ernüchtert für sich fest, dass diese Nation nicht mehr die Nation ist, der man sich zugehörig fühlt und die man verteidigen will oder soll. Eine Nation, in der dieser Dienst oder das persönliche Opfer für diese Nation, der sie aufopferungsvoll und mit Hingabe dienten, von der Gesellschaft weder geschätzt noch gewürdigt wird. Eine Gesellschaft, die Treue und Opferbereitschaft erwartet ... ja es sogar lautstark fordert und dies von den Diensttuenden als eine pure Selbstverständlichkeit ansieht ... selbst jedoch diese Aufopferung verlachen und verspotten, den Glauben an Werte, Traditionen, geltendes Recht und Ehrgefühl ins lächerliche ziehen und als veraltet ansehen, sich sogar lautstark öffentlich derart äußern und dann erstaunt sind, wenn nicht alle der besagten Diensttuenden dann sofort und euphorisch vollends ihrer Meinung zustimmen. Dies verstimmte die tapferen Männer und Frauen, die daraus irgendwann ihre Konsequenzen zogen.
Auch an Bord der beiden gigantischen Kolonieschiffe, schlafend in den Stasiskapseln, waren mehrere hundert ehemalige Soldaten, die nun eine neue, ferne Welt besiedeln würden. Teilweise waren diese Soldaten bereits seit langem Mitarbeiter des Projektes gewesen, was gewisse

Vorbereitungen erleichtert hatte. Andere hingegen hatten schon lange auf den Rekrutierungslisten für dieses Kolonieprojekt gestanden, waren aber erst kürzlich direkt von den Männern und Frauen angesprochen worden, die sie dann rekrutierten. Diese ehemaligen Soldaten, die im Regelfall über spezielle Kenntnisse oder Fertigkeiten verfügten, waren im Vorwege, von Karl Scheers Spezialisten sowie von einem kleinen Stab eingeweihter Psychologen sorgsam durchleuchtet worden. Wer als unzuverlässig oder aber für das Projekt als ungeeignet galt wurde gar nicht erst kontaktiert. Diejenigen, die sich gegen eine Anwerbung entschlossen hatten waren nun der Überzeugung, man hätte sie für ein Kolonieprojekt anwerben wollen, das einige Sprünge hinter Lhasa lag.
Allgemein war die Öffentlichkeit der festen Überzeugung, die beiden Kolonieprojekte würden Systeme besiedeln wollen, die im galaktischen Westen von Terra lagen. Dahin gehend waren in den Medien genügend Informationen verbreitet worden. Die Kolonisten der *Thor Heyerdahl* wollten angeblich eine Minenkolonie errichten und sich lediglich auf die Ausbeutung von mehreren Monden konzentrieren die über besonders hohe Vorkommen seltener Metalle verfügten und um einen Gasriesen kreisten. Es wurde auch vermutet, die Kolonisten würden möglicherweise dort eine Lagerstätte mit Sprungkristallen ausbeuten wollen. Somit war niemand wirklich verblüfft, das diese Kolonisten einen ehemaligen Werkstatttender der Flotte erworben hatten, der eigentlich abgewrackt werden sollte. Für eine neue Kolonie, die sich lediglich auf orbitalen und lunaren Bergbau konzentrieren wollte, war ein derartiges Schiff ein Gottesgeschenk … So zumindest die Meinung, die auf Terra in den Medien vertreten war. Angeblich wollten die Kolonisten ihr Zielsystem auf den Namen Twin, also Zwilling taufen, was von den Medien so aufgefasst wurde, das es sich wohl um zwei Monde handeln würde, die dort besiedelt werden sollten.
Die Kolonisten der *Marco Polo* wollten angeblich noch rund ein Dutzend Sprünge weiter, in den galaktischen Westen des Outback vorstoßen und dort eine Welt besiedeln, auf der sie dann "Im Einklang mit der Natur" leben wollten. Da diese angebliche Siedlungswelt weit außerhalb der Kernzone lag war es verständlich, dass die Kolonisten einen gewissen Schutz für sich in Anspruch nehmen wollten, um sich gegen etwaige Überfälle von Piraten oder Plünderern zu schützen. Das waren zumindest die Argumente gewesen, die Kenji Nishimura ins Feld geführt hatte um

für die Kolonisten die staatliche Genehmigung für den Erwerb der ehemaligen *EX-17* zu erhalten. Letztendlich jedoch ausschlaggebend für die staatliche Zustimmung, zum Erwerb des Schiffs, war das lautstarke Engagement von Lenchen Börbock gewesen. Diese Politikerin, die ihren Aufstieg und den Aufstieg ihrer politischen Fraktion letztendlich nur dem völligen politischen Versagen von Angie Markel zu verdanken hatte, war eine dieser weltfremden und ideologisch verbohrten Ökosozialisten, die derzeit an die Macht gekommen waren. Doch selbst unter oft erschreckend realitätsfremden Ökosozialisten war diese Frau wirklich eine seltene Erscheinung. Die Tatsache, dass sie es mit der Wahrheit nicht ganz so genau nahm war bei Politikern im allgemeinen nicht selten. Lenchen Börbock jedoch hatte aus der Findung und Kreierung von "alternativen Realitäten" schon fast eine Wissenschaft gemacht. Ihre völlige Unkenntnis von technischen Möglichkeiten und deren Umsetzbarkeit, die sie trotzdem mit wichtigem Gesichtsausdruck bei zahllosen Pressekonferenzen von sich gab war erschreckend und sorgte häufig bei den anwesenden Vertretern der Presse für betretenes Schweigen ... Fremdschämen hätte man dazu in vergangenen Zeiten gesagt. Vor einiger Zeit hatte diese Lichtgestalt sich auch als Schriftstellerin versucht und eine Biographie über sich selbst heraus gebracht. Das Ergebnis war ausgesprochen ernüchternd gewesen und man hatte sich gezwungen gesehen diesen Literarische Orgasmus klammheimlich und schnell wieder vom Markt zu nehmen.

Vor ihrer Abreise von Terra waren Captain Reling und Kenji Nishimura sowie Graf von Rabenswalde zu einer Zeremonie geladen worden. Bei dieser Zeremonie sollte, offiziell und Pressewirksam, die *EX-17* an die Kolonisten übergeben werden. Captain Reling dachte mit Abscheu an diese Zeremonie zurück, zu der er seinerzeit erscheinen musste. Die Initiatorin dieser Zeremonie war natürlich niemand geringeres als Lenchen Börbock gewesen, die in besagter Zeremonie eine Gelegenheit sah, wieder einmal in den öffentlichen Medien zu erscheinen um sich dort dann pressewirksam zu präsentieren und dabei vollmundig ihr Gutmenschentum und ihre politische Meinung zu verbreiten.

Die Zeremonie fand an einem Ort statt, der früher einmal Wattenscheid hieß. In den Tagen des 3.Weltkriegs war die gesamte Region durch Nuklearwaffen völlig verheert worden. Noch heute waren die Bilder unvergessen, die damals um die Welt gegangen waren. In Wattenscheid hatten sich damals zehntausende Menschen eingefunden, um dort lautstark für den Weltfrieden und die Beendigung der Belagerung von Taipeh, durch die Chinesischen Invasionstruppen der 11.Chinesischen Armeegruppe zu demonstrieren. Schlagartig beendet wurde diese Demonstration, zu der damals ein Zusammenschluss von ökologischen und linkssozialen Parteien aufgerufen hatte, durch den Bombenabwurf des letzten noch einsatzfähigen Geschwaders von schweren Stratosphärenbombern der Chinesischen Luftwaffe, die den Auftrag hatten die um Wattenscheid gelegenen Industriegebiete zu vernichten. Die Kamerateams waren damals auf Sendung und man konnte deutlich die Bomber erkennen, die hoch am Himmel ihre Bahn zogen. Auch die abgeworfenen Bomben waren zu erkennen, die zur Erde hinab stürzten, während dort die Menschen der lautstark demonstrierende Menge ihre selbstgemalten Plakate gen Himmel reckten ... nur um dann, zusammen mit der Stadt Wattenscheid und der ganzen umliegenden Region, schlagartig in einem Flammenmeer zu vergehen. Letztendlich hatten die Chinesischen Truppen, sieben Tage später, die Belagerung der Stadt Taipeh beendet. Sie beendeten die Belagerung damit, indem sie Taipeh mit Artillerie dem Erdboden gleich machten. Von der Zivilbevölkerung Taipehs und den verteidigenden Truppen überlebten lediglich einige Tausend den Feuersturm der Artillerie und das anschließende Massaker, als die Truppen der Belagerer den letztendlich zusammen gebrochenen Verteidigungsring durchbrachen und gnadenlos jeden töteten, der bisher das Artilleriebombardement und die dann nachfolgenden, verbissen geführten aber aussichtslosen Straßenkämpfe noch überlebt hatte. Lediglich die Menschen, Pflegepersonal, Ärzte und Verletzte, die durch das enorme Artilleriebombardement, in den letzten zwei unterirdischen Sanitätszentren verschüttet worden waren überlebten diese letzten 48 Stunden von Taipeh. Drei Tage später endete der Krieg ... erst durch einen Waffenstillstand, bedingt durch die Befehlsverweigerung von Offizieren auf beiden Seiten der Fronten, die endgültig genug vom sinnlosen Töten hatten, später dann durch die besonnenen Politiker, die den Friedensvertrag von Zürich aushandelten und besiegelten. Zum Zeitpunkt dieses Waffenstillstands waren, auf beiden Seiten der Kriegsgegner, rund 80% der Truppen, beinahe 90% der konventionellen Waffen, sowie die einst mächtigen Kriegsflotten vernichtet. Vernichtet mit nahezu einem Drittel der Weltbevölkerung und es gab tatsächlich noch Politiker, auf beiden Seiten der Front, die über die Einsetzbarkeit von Biologischen, Chemischen und Nuklearen Waffen ernsthaft nachdachten ... vor allem die Angst vor Biologischen und Chemischen Waffensystemen waren es, die letztendlich die verbleibenden Soldaten dazu bewegten ihre Befehle konsequent zu verweigern. Durch diese Befehlsverweigerung wäre es dann jedoch beinahe zum letzten, finalen Schlagabtausch mit Nuklearen Waffen gekommen. Dieser wurde dann aber durch den bewaffneten Widerstand des dort eingesetzten Personals jeder Befehlsebene verhindert. Zeitgleich und auf beiden Seiten der Front, wie die Politiker später bemerkten, als man wieder miteinander sprachen. Beinahe hätte die Menschheit sich selbst ausgelöscht.

Dort wo einst Wattenscheid seine Hochhäuser in den Himmel reckte war nur noch verbrannte und verstrahlte Einöde. Erst seit 2113 wurde diese Region wieder rekultiviert.

Vor dieser Kulisse, die immer noch die Narben des Krieges trug, sollte die Übergabezeremonie der *EX-17* vollzogen werden. Captain Reling erinnerte sich noch an das völlig unbewegte Gesicht des Grafen von Rabenswalde. Lediglich die zeitweise angespannte Gesichtsmuskulatur ließ Schlüsse darauf ziehen, wie der Graf über die Leute aus Börbocks Gefolge dachte, die da durch die Gegend liefen und entzückt und mit pathetischem Gehabe irgendwelchen Insekten hinterher schauten, die dort flogen oder krabbelten. Kurz bevor die hierfür angereiste Presse die Übergabezeremonie verewigte, hatte Lenchen Börbock sich kurz mit Kenji Nishimura unterhalten und ihn gefragt, ob er denn keine Bedenken hätte, die Besatzung der *EX-17* für sein nobles Anliegen zu verpflichten, da diese als Flottenangehörige ja eigentlich Soldaten und somit selbstverständlich auch sanktionierte Mörder wären. Nishimura hatte ihr lächelnd geantwortet, die Raumfahrer der *EX-17* wären in den Weiten des Universums zu der Erkenntnis gelangt, nur im Einklang und in Harmonie mit der Natur würde ein Leben wirklich lebenswert sein. Laut Nishimura, so äußerte er sich zumindest gegenüber der Politikerin, wäre die gesamte Besatzung sogar zu Veganern geworden, da sie den Verzehr von tierischen Teilen in ihrer Nahrung jetzt nicht mehr mit ihrem Gewissen vereinbaren könnten. Weiterhin, so hatte Nishimura der andächtig zuhörenden Menge, die sich nun hinter Lenchen Börbock versammelt hatte, steinern lächelnd erklärt, das Gemüse und Obst würde bei sanften Klängen von Harfenmusik geerntet werden, um so eine innigere

Verbindung und tiefer gehende Harmonie mit der Natur zu erhalten. Daraufhin war die Menge hinter Börbock fast in Tränen der Rührung und Entzückung ausgebrochen. Nur so, so hatte Nishimura weiterhin argumentiert, könne die Harmonie und der Einklang mit der Natur sowohl auf spiritueller, als auch auf körperlicher Ebene, von den Menschen, wirklich erreicht werden. Die versammelte Menge hatte diesen Äußerungen jubelnd zugestimmt und Lenchen Börbock hatte sich eine Träne der Rührung aus den Augenwinkeln gewischt. Das war dann der Zeitpunkt gewesen, als Graf von Rabenswalde dem Captain beruhigend die Hand auf die Schulter gelegt hatte, um diesen von unbesonnenen Handlungen abzuhalten.

Zum Abschluss der Zeremonie hatte Lenchen Börbock dann Nishimura ein großes Behältnis überreicht, welches mehrere hundert Borkenkäfer enthielt, die in Stasis gelagert wurden. Nishimura hatte sich mit einer tiefen Verbeugung für dieses denkwürdige Geschenk bedankt ... und den Borkenkäfern dann umgehend die Freiheit gegeben, als er endlich ihren Helikopter erreichte, der ihn, den Grafen und Captain Reling vom Ort der Zeremonie zum Hamburger Raumhafen brachte. Nachdem Nishimura den nun leeren Behälter unter einem der Sitze verstaut hatte bemerkte er sarkastisch "Damit ist die Operation Borkenkäfer jetzt auch erfolgreich abgeschlossen. Gebe Gott, dass ich nie wieder derart weltfremden Idioten begegnen muss. Ich begreife nicht, wie man eine Ideologie derart verzerrt und naiv in reale politische und wirtschaftliche Gegebenheiten einzubinden versucht, obwohl es doch der gesunde Menschenverstand jedem sagen muss, dass es Hirngespinste sind, die sich mit deren Mitteln so nicht umsetzen lassen." Die Abreise der drei Männer kam schon beinahe einer Flucht gleich.

Das war nun beinahe vier Monate her. Vier Monate, von denen die Zeit auf Terra wirklich ausgesprochen ereignisreich gewesen waren. Drei Tage nach der Zeremonie war Graf von Rabenswalde, zusammen mit fast einem Dutzend weltweit der führenden Wissenschaftlern und Ingenieuren bei einem tragischen Schiffsunfall, in der Nähe der Bahamas umgekommen. Seine Luxusjacht war bei einem heftigen Sturm gesunken. Trotz einer schnell einsetzender und ausdauernden Suche konnten keine Überlebenden gefunden werden. Die Bilder seiner trauernden Witwe gingen tagelang durch die Medien ... So zumindest die offizielle Version. In Wahrheit war bei dem Unglück niemand zu Schaden

gekommen. Alle Personen die sich an Bord befunden hatten, waren rechtzeitig von einem Helikopter aufgenommen worden, bevor die Luxusjacht vom Autopiloten in das Sturmgebiet gesteuert wurde und dort versank. Karl Scheer hatte zusätzlich eines seiner Teams entsendet, die dafür sorgten, dass die Schäden der Jacht wirklich so aussahen, als wären sie durch den Sturm mit den dadurch einher gehenden hohen Wellen verursacht worden. Niemand war misstrauisch geworden. Noch bevor die Suche nach Überlebenden überhaupt eingesetzt hatte, waren der Graf und seine Begleiter bereits unerkannt an Bord eines Shuttles, das sie zum Kolonieschiff *Marco Polo* brachte. Der Graf hatte die Bilder seiner symbolischen Beerdigung gelassen angesehen. Seine Ehefrau war finanziell abgesichert und jedes normale Paar hätte sich unter den gleichen familiären Voraussetzungen längst scheiden lassen. Die Firmenanteile die der Graf von TERRA-TECH besaß, wurden nun von einer Kanzlei für eine Stiftung vertreten, wie es testamentarisch bereits lange vorher festgelegt worden war. Diese Stiftung wurde durch Jean Gauloises kontrolliert, der deren einziges Vorstandsmitglied war, jedoch nach außen hin nicht in Erscheinung trat. Überhaupt war es erstaunlich, wie viele Ingenieure, Wissenschaftler und hoch qualifizierte Techniker in den folgenden drei Wochen an tragischen Unfällen verstarben. Teilweise sogar mit ihren ganzen Familien … offiziell zumindest. In der Wahrheit befanden diese Menschen sich in den Stasiskapseln an Bord der beiden Kolonieschiffe und warteten darauf, sich als Kolonisten ein neues Leben aufzubauen. Fernab des erkundeten Weltraums, auf einem Planeten namens Lemuria. Niemandem fiel es auf, dass sich diese Unfälle gerade jetzt häuften. Terra war ein großer Planet und ein Unfall in Moskau, der eine Familie auslöschte war für Menschen in London oder Toronto völlig uninteressant. Deshalb schöpfte niemand Verdacht, als diese Menschen verschwanden.
Die meisten der Kolonisten jedoch gingen ganz offiziell an Bord der beiden Kolonieschiffe. Jedem der Kolonisten war eine persönliche Frachtkapazität von einem Kubikmeter gestattet worden. Das hörte sich nicht nach viel an, jedoch musste man bedenken, dass sich auf jedem der beiden Kolonieschiffe 150.000 Kolonisten in ihren Stasiskammern befanden. Hinzu kam, dass wirklich in jedem Abteil wo noch Platz vorhanden gewesen war, nun Material gelagert wurde, welches man mitnehmen wollte. Darunter viele Kunstschätze, die an sich schon ein

unschätzbares Vermögen darstellten. Graf von Rabenswalde hatte nicht gezögert, ein schier unglaubliches Vermögen auszugeben und Dinge zu erwerben, die es auf dem neuen Planeten für lange Zeit nicht geben würde, auf die man keinen Zugriff mehr hätte oder auf die man aus den unterschiedlichsten Gründen nicht verzichten wollte.

Um die enormen Kosten des Kolonieprojektes aufzubringen hatte man lange an einer Lösung gearbeitet. Die Kolonisten hatte ihr persönliches Vermögen eingebracht und würden in ihrer neuen Heimat dann nach einem zuvor festgelegten Schlüssel Landbesitz, Material und Güter dafür erhalten. Der Großteil des Kapitals jedoch wurde den beiden Kolonien von den börsennotierten Unternehmen TERRA-TECH und IRD als Kredit mit einer Laufzeit von 50 Jahren bewilligt. Die hierbei zugesicherte und vertraglich festgelegte Rendite betrug 15% pro Jahr. Zahlbar bei Ablauf der Kreditzeit, also erst nach 50 Jahren. Nicht weiter verblüffend also, dass die entsprechenden Aktien der beiden Unternehmen quasi über Nacht geradezu Höhenflugartig an Wert gewannen, da viele Fonds und reiche Privatanleger dort eine gute Chance sahen ... zumal gewisse Informationen durchgesickert waren, die besagten, auf den beiden neu zu errichtenden Kolonien würde es unglaublich reiche Bodenschätze geben, die eine derartig hohe Gewinnspanne förmlich garantierten. Die Tatsache, dass nun gewisse Aktienfonds versuchten, so viele Aktien wie nur irgend möglich zu erwerben tat seinen Teil zu diesem Hype dazu. Allerdings waren einige dieser besagten Fonds und Fondsgesellschaften fest unter der Kontrolle von IRD und TERRA-TECH ... und diese entscheidende Tatsache war der Öffentlichkeit nicht bekannt, da man es in der Vergangenheit sorgsam daran gearbeitet hatte dies zu verschleiern. Vielmehr war den meisten Aufsichtsratsmitgliedern dieser Fondsgesellschaften diese Tatsache nicht einmal bekannt, da die entsprechenden Aktienpakete über Anwaltskanzleien erworben und verwaltet wurden, die rund um den Globus verteilt waren. Diese ganz bewusst unbekannt bleibenden Großaktionäre steuerten dann die entsprechenden Fonds nach eigenem Ermessen ... also nach den Vorgaben von IRD und TERRA-TECH. Trotzdem hatte die Ausrüstung der Kolonieexpedition IRD und auch TERRA-TECH an den Rand des Konkurses gebracht. Die notwendigen Investitionen lagen in einer Höhe, die das jährliche Bruttosozialprodukt von Terra fast überstiegen. Dies war vor allem dem Erwerb der Güter zuzuschreiben, die an Bord der beiden Frachter war. Auch an Bord der beiden Kolonieschiffe sowie des Tenders gab es Ausrüstung, die offiziell nicht existierte. Doch war diese Ausrüstung rein wertmäßig weitaus geringer als die Fracht an Bord der beiden Frachter. Bei der Ladung auf den beiden Frachtern war man extrem vorsichtig gewesen und hatte besagte Güter über mehrere Jahre hinweg erworben und dabei sorgsam jegliche Verbindung zu den beiden Konzernen verschleiert. Für die breite Öffentlichkeit existierte die extrem kostspielige und umfangreiche Fracht an Bord dieser beide Schiffe nicht ... und auch die zwei Schiffe selber ließen sich nicht zu den beiden Konzernen zurück verfolgen. Über Jahre hinweg waren Frachtpapiere verschwunden oder abgeändert worden oder aber die Fracht war einfach ohne jegliche Aufzeichnung an Bord verbracht worden. Die beiden Schiffe selbst waren auf Karthago registriert und gehörten angeblich zwei unbedeutenden, kleinen Redereikonsortien ... So war zumindest die Informationslage auf Terra, was diese beiden Frachter betraf. Diese Redereikonsortien existierten auch wirklich. Dort hatte jedoch niemand Kenntnis vom Besitz dieser beiden Schiffe, zumal diese in deren Firmenunterlagen nicht erfasst wurden, da sie dort gänzlich unbekannt waren. Allerdings war es eher unwahrscheinlich, dass sich irgendwer tatsächlich die Mühe machen würde in den kommenden Jahren bezüglich dieser Tatsachen Recherchen anzustellen. Selbst wenn es so kommen würde, so würden diese Nachforschungen erfolglos im Sande verlaufen. Karl Scheer hatte lange und außerordentlich sorgfältig an diesen Details arbeiten lassen.

Captain Relings Blick suchte und fand die Schiffe die, in geringer Entfernung von der *Explorer*, im Weltall schwebten. Normalerweise achtete man auf einen deutlich größeren Sicherheitsabstand. Hier und jetzt jedoch lagen die Schiffe nur wenige Dutzend Kilometer von einander entfernt und waren, auch mit bloßem Auge, problemlos erkennbar. Deutlich konnte Reling die 18 Schlepper ausmachen, die Außenbords des Tenders verankert waren. Acht Frachtshuttles waren daneben ebenfalls verankert worden und gaben nun dem ohnehin nicht wirklich eleganten Design des Tenders ein buckeliges Aussehen. Die beiden Frachter und die beiden Kolonieschiffe sahen nicht besser aus. An beiden Frachtern waren jeweils 14 Leichter verankert, mit denen die Container später vom Schiff auf Planeten befördert werden konnten.

Zusätzlich hatten die Ingenieure noch jeweils vier Frachtshuttles und vier Barkassen an den Frachtern verankert. Die Barkassen waren jedoch keine zivilen Modelle sondern ausgemusterte, leicht bewaffnete, Barkassen der militärischen Baureihe *Stormcrow-MK-II*, die für Gefechtslandungen konzipiert waren und Truppen sowie Material in umkämpften Zonen absetzen konnten. Das Baumuster hatte sich bewährt, war jedoch heutzutage überaltert und wurde nun, nach und nach, von der Flotte gegen neuere Konstruktionen ausgetauscht. Die ausgemusterten Barkassen waren auf dem freien Markt relativ günstig zu bekommen und wurden, aufgrund ihrer guten Defensivfähigkeiten sowie ihrer vielseitigen, jedoch nur leichten Offensivbewaffnung gerne von Raumschiffskapitänen genutzt, die sich im Outback bewegten. Die 200 Droiden, die der eine Frachter auf Newton noch zu geladen hatte, waren von der Schiffsbesatzung, mangels Platz in zwei der Barkassen verstaut worden. Den Droiden war es letztendlich egal, wo sie die Reise in deaktiviertem Zustand zurück legten. Wenn schon die Außenhüllen der Frachter und des Tenders fast wie der Alptraum eines betrunkenen Ingenieurs wirkten so wurde dieses Erscheinungsbild durch die beiden Kolonieschiffe zweifellos noch deutlich überboten. Dicht an dicht waren dort jeweils dreißig Frachtshuttles verankert. Zusätzlich erkannte Captain Reling noch die jeweils hundertachtzig MK-III und MK-IV Frachtcontainer, die überall an der Außenhülle der Kolonieschiffe verankert waren. Es wirkte fast so, als hätte ein wahnsinniger die Außenhülle der Schiffe wahllos bepackt. In diesem scheinbaren Wahnsinn lag jedoch eine Methodik, die nur Ingenieure und Experten erkennen konnten.
Lediglich die *Explorer* führte keine zusätzliche Fracht an ihrer Außenhülle mit. Ihre Aufgabe bestand darin, voll kampftauglich zu sein und den Rest der Flotte zu beschützen. Auch war die Explorer das einzige Schiff, das andere Raumschiffe genauer zu Gesicht bekommen sollten. Lediglich aus diesem Grund hatten die Planer der Operation, wenn auch schweren Herzens, letztendlich darauf verzichte auch auf ihrer Außenhülle zusätzliche Fracht oder Shuttles zu verankern.

Auf Captain Relings Konsole blinkte ein Lämpchen auf und zeigte ihm eine eingehende Übertragung von der *Marco Polo* an. Reling betätigte einen Schalter und auf einem seiner Bildschirme erschien das Bild von

Commander Allison, des Kommandanten der *Marco Polo*. Reling lächelte seinen alten XO an, der eindeutig erschöpft aussah. "Hallo Commander Allison. Wie ist denn das Leben als Kommandant eines Kolonieschiffs heutzutage? Sie wirken ausgesprochen erholt auf mich."
Allison lache kurz. Einen derartigen Satz hatte er schon erwartet. "Ich kann mich nicht über Langeweile beklagen, Sir. Soeben gehen die letzten Techniker von Nishimuras Team in ihre Stasiskammern. Alle Tests und Überprüfungen verliefen zu Nishimuras voller Zufriedenheit. Unsere KI scheint seinen hohen Ansprüchen zu genügen. Wir sind jetzt also ebenfalls bereit für die nächste Phase der Reise."
Captain Reling nickte erleichtert. Die anderen Schiffe hatten ihm bereits vor einer Stunde ihre Abmarschbereitschaft übermittelt. Die Flotte hatte ein gewisses Zeitfenster, das eingehalten werden musste, wenn sie nicht auf reguläre Schiffe der Hegemonialen Flotte treffen wollte. Deren Flugpläne für die kommenden Wochen lagen Reling vor und waren vom Planungsstab für die Ausarbeitung der Flugroute genutzt worden. Die einzigen Schiffe die ihnen nun auf ihrer Reise begegnen sollten wären entweder private Händler oder aber Piraten. Ihren letzten Kontakt zu einem fremden Schiff hatten sie vor drei Sprüngen gehabt, als die *Marco Polo* und die *Explorer* in einem Transfersystem einen kleinen Frachter geortet hatten, der anscheinend auf dem Rückweg aus dem Outback war. Man hatte kurz Ortungsdaten ausgetauscht und war dann seiner Wege gegangen. Der gegenseitige Austausch von Nachrichten und Ortungsdaten war im Outback eine Selbstverständlichkeit und diente nicht nur dazu, neue Nachrichten weiterzugeben, sondern viel wichtiger war es zu wissen, ob irgendwo Piraten geortet worden waren, die den jeweiligen Handelsschiffen gefährlich werden konnten. Den Daten des Händlers zufolge waren die Systeme die dieser durchquert hatte, zum Zeitpunkt seines jeweiligen Aufenthalts dort, frei von anderen Schiffen. Man hatte sich nach dem Informationsaustausch Glück gewünscht und die Reise fortgesetzt. Seitdem waren keine anderen Schiffe mehr geortet worden und die kleine Flotte hatte sich unauffällig und ohne fremde Augen in diesem System vereinen können.
Reling dankte dem Commander für seine Meldung und schaltete dann die Übertragung ab. Reling blickte zur Signalstation hinüber. Der Funkoffizier, Leutnant Michael Crichton sah ihn erwartungsvoll an. Reling seufzte leise. Er konnte die Nervosität das jungen Leutnants

verstehen. "Leutnant geben sie an die Schiffe der Flotte den Befehl aus. Operation Maskerade startet jetzt. Start der Flotte in zehn Minuten gemäß ausgegebener Einsatzorder."

Wenige Minuten später befanden sich die Schiffe auf Kurs zu dem Sprungpunkt, durch den sie dieses Sonnensystem verlassen würden. Die *Explorer* flog zwei Lichtsekunden vor den beiden Frachtern und den zwei Kolonieschiffen, die in jeweils 100.000 Kilometer Abstand von einander eine Rautenformation gebildet hatten. Das Schlusslicht machte der Tender, der sich 80.000 Kilometer hinter der Flotte befand und dessen Sensoren den rückwärtigen Raum abscannten. Alle Schiffe hatten ihre Schirme voll aktiviert. ECM und ECCM sowie Ortung waren voll hoch gefahren. Alle verfügbaren Waffensysteme waren feuerbereit und die Schiffe waren bereit, notfalls sofort kämpfen zu können, wenn sich ein Gegner zeigen sollte. Jedes Schiff dem sie von nun an begegneten und jede Station die sie passieren würden, registrierte nun die ID-Signatur und IFF-Kennung die von den Schiffen abgestrahlt wurde und die diese Schiffe jetzt als TASK FORCE GOLD ZWEI identifizierte. Als eine Kampfgruppe der Hegemonialen Flotte, die anscheinend hier im Outback auf einer Mission war. Kein Händler und keiner der vereinzelt vorkommenden Prospektoren würde es wagen den Unmut des Kommandanten dieses Verbands herauf zu beschwören, da man tunlichst darauf verzichteten würde, das Interesse der neuen Hegemonie auf sich zu lenken. Jedes der Schiffe hatte mehrere falsche ID-Signaturen zur Verfügung, die genutzt werden konnten, wenn es notwendig erschien. Die Beschaffung dieser falschen Signaturen war einfach gewesen. Die *Explorer* beispielsweise strahlte derzeit die ID-Signatur eines leichten Kreuzers ab. Nach außen hin erschien das Schiff allen anderen jetzt als die *CL-69 Rodger Young* ... Ein Schiff, das eigentlich nicht existierte. Diese Tatsache konnte jedoch nur anderen Schiffen oder Dienststellen der Hegemonialen Flotte auffallen. Für alle anderen Raumschiffe, Stationen oder aber Kolonien war dies augenscheinlich ein Schiff der TDF ... und niemand würde auf die Idee kommen diese Daten anzuzweifeln, zumal die anderen fünf Schiffe der Flotte ebenfalls die Hegemonialen Codes abstrahlten. Ganz davon abgesehen legte niemand in den Regionen des Outback Wert darauf, das nähere Interesse eines solchen Kampfverbands der neu formierten Hegemonialen Flotte zu erlangen. Zumal dieser

Kampfverband hier wohl nicht nur einfach zum Zeitvertreib unterwegs war.
Ihr Kurs führte die Flotte in einem Bogen um den dichter besiedelten Kernbereich herum. Nach mehreren Monaten erreichten die Schiffe ein System, das im Galaktischen Norden von Terra lag, mehrere Sprünge entfernt von Utopia, im Galaktischen Nordosten des Outback. Von hier aus folgte die Flotte dem Kurs, den die *EX-17* seinerzeit eingeschlagen hatte als sie von Lemuria zurück gekehrt war.
Nur ein einziges mal war ihnen auf ihrer Reise bisher ein anderes Schiff begegnet. Der Kapitän des kleinen Frachters hatte keinerlei Fragen gestellt, als er die eingehende Nachricht von der *Marco Polo* erhielt. Für den Kapitän des Händlerschiffs war dies allerdings die eingehende Nachricht des schweren Kreuzers *CA-24 Richard Lionheart*. Der Handelskapitän wurde in dieser Nachricht, von einem Commodore Nightingale, mit knappen und sehr bestimmten Worten angewiesen, unverzüglich alle verfügbaren Ortungsdaten der vergangenen drei Wochen vollständig zu übermitteln und einen Abstand zur Task-Force von mindestens zwanzig Lichtsekunden keinesfalls zu unterschreiten. Die Tatsache, dass ein leichter Kreuzer, der laut ID-Signatur die *CA-69 Rodger Young* war auf das kleine Handelsschiff eindrehte und an Bord des Handelsschiffs der Zielerfassungsalarm schrille Warnsignale gab, veranlasste den Kapitän des Handelsschiffs dazu allen Anweisungen schweißgebadet und ohne Fragen nachzukommen. Das der angebliche Commodore Nightingale von der KI des sendenden Schiffs als ein Hologramm künstlich erzeugt wurde war für den Frachterkapitän nicht zu erkennen. Er sah lediglich auf seinem Sichtschirm den Kopf und den Oberkörper von einem fremden Mann der sichtbar gereizt in seinem Kommandosessel saß und dessen äußere Erscheinung man mit dem Wort "Eisenfresser" passend umschreiben würde. Der Frachterkapitän verzichtete verständlicherweise darauf, die sechs Schiffe genauer zu Scannen, zumal man dort sowohl ECCM und ECM als auch Ortung und Zielerfassungssysteme mit Werten nutzte, die darauf hindeuteten, dass diese Kampfgruppe hier durchaus mit Gegnern rechnete, die es zu bekämpfen galt. Davon abgesehen wären die Sensoren des Handelsschiffs auch nicht in der Lage gewesen nähere Daten der sechs Schiffe zu erhalten, da deren elektronische Gegenmaßnahmen dies spielend verhinderten und eine elektronische Blase erzeugten, die alle

Schiffe der Kampfgruppe schützend umgab. Lediglich der leichte Kreuzer kam näher, hielt das Handelsschiff permanent in seiner Zielerfassung und war dann, auf dem Punkt der dichtesten Annäherung, auch optisch als ein leichter Kreuzer älterer Bauart zu identifizieren. Als das Handelsschiff das ansonsten leere System eilig durch den Sprungpunkt verließ, durch den einige Stunden zuvor diese starke Kampfgruppe eingesprungen war, wurden an Bord des kleinen Handelsschiffs Nerven als Kiloware gehandelt.
Die Sprungabfolge der kleinen Flotte war in jedem System die gleiche. Zuerst sprang die *Explorer* und zog dann, mit Höchstbeschleunigung sofort in den Zenit hoch. 60 Sekunden später folgte der Tender und imitierte das gleiche Manöver, jedoch in die Nadirebene, also um 180 Grad versetzt. Dann folgten, zwei Minuten später, in Abständen von jeweils zwei Minuten die übrigen vier Schiffe, nach dem selben Muster. Sobald alle Schiffe in das neue System eingesprungen waren, nahmen sie umgehend wieder ihre Marschformation ein und setzten ihren Kurs fort. Durch diese Sprungabfolge wollte man vermeiden, von Piraten überrascht zu werden, die möglicherweise hinter einem Sprungpunkt auf ein Opfer lauerten. Sollte trotzdem ein Pirat diesen Trick versuchen, dann würde der als zweites einspringende Tender diesen Piraten, der zu diesem Zeitpunkt bereits mit der *Explorer* im Gefecht stehen würde, ebenfalls unter Feuer nehmen. Im Kreuzfeuer von zwei kampfbereiten Schiffen, die ursprünglich als Militärschiffe konzipiert worden waren und nun auch wieder über eine entsprechende militärische Hardware verfügten, hätte wohl kaum ein Piratenschiff eine Überlebensdauer die wirklich nennenswert war.
In einem der Leersysteme des Outback, rund ein Dutzend Sprünge von der Kernzone entfernt, wurden die Antimaterievorräte der Flotte vom Tender aufgefrischt. Das nicht ungefährliche Prozedere dauerte fast 48 Stunden. Eine Zeitspanne, in der Captain Reling mehr als nur nervös war. Der Captain wurde erst dann ruhiger, als die Arbeiten alle beendet waren und die Flotte das System wieder verließ, um die Reise fortzusetzen.

Fünf Systeme weiter orteten die Sensoren der *Explorer* die Überreste eines fast völlig zerstörten Schiffs, das im Orbit eines kleinen Mondes schwebte. Ein deutlicher Beweis dafür, dass dieser Sektor des Weltalls nicht ungefährlich war. Das fremde Schiff musste sich bereits seit vielen

Monaten hier befinden. Eine kurze Untersuchung des Wracks ergab, das die Schäden durch einschlagende Raketen verursacht worden waren. Mehrere tote Besatzungsmitglieder wurden aufgefunden, die anscheinend während des Kampfes gefallen waren. Das Wrack war systematisch geplündert worden. Alles, was auf dem unglücklichen Schiff wirklich von Wert gewesen war hatten die Angreifer nach ihrem Sieg mitgenommen. Hierzu gehörte zu Captain Relings Leidwesen auch den Sprungkristall. Das Wrack war nicht viel mehr als eine leere Hülle, die nun als Grab für fast ein Dutzend tote Raumfahrer diente. Wer die Angreifer gewesen waren, die diesen unabhängigen, harmlosen Handelsfahrer angegriffen und geplündert hatten war nicht mehr festzustellen. Alle Sensordaten des angegriffenen Schiffes waren nachträglich gelöscht worden. Das gleiche galt für die Schiffs-KI, des Handelsschiffs, die zudem noch stark beschädigt worden war. Captain Reling gab infolge dieses Fundes den Befehl aus, noch sorgsamer die Sensoren zu kontrollieren und die Waffenstationen, auf den einzelnen Schiffen, jederzeit gefechtsbereit zu halten. Ein Befehl, der eigentlich überflüssig war, da auf allen Schiffen der kleinen Flotte diese Stationen ständig voll besetzt waren, seitdem man in das Outback eingedrungen war. Es zeigte aber, welche Nervosität an Bord aller Schiffe herrschte. Niemand war willens, auch nur das kleinste Risiko einzugehen. Wäre ihnen zu diesem Zeitpunkt ein fremdes Schiff begegnet, dann hätte durchaus die Möglichkeit bestanden, dass man erst geschossen hätte ohne sich zu vergewissern, ob es sich nicht möglicherweise um einen harmlosen Handelsfahrer handeln könne, der sich dort in den Tiefen des Outback bewegte und nur versuchte legalen Handel zu betreiben.
Je weiter die Flotte sich in das unbekannte Outback hinaus bewegte desto angespannter reagierten die Mitglieder der Besatzungen, auf kleinste Vorfälle. Die Bordärzte gaben bereits routiniert und frustriert diverse Beruhigungsmittel an die Mehrzahl der Männer und Frauen der Besatzungen aus. Dies war ein Zustand, der Captain Reling alles andere als glücklich stimmte. Es gefährdete die Mission, die erst im Erreichen ihres Zielortes als beendet anzusehen war … zumindest für ihn. Wenn die Flotte endlich den fernen Planeten Lemuria erreicht hatte, dann nahte die Stunde der zahlreichen Spezialisten, deren Aufgabe es war die notwendige Infrastruktur für die Kolonie zu errichten.

Captain Reling dachte mit absoluter Hochachtung an diese Leute, die förmlich aus dem Nichts heraus die industriellen Grundlagen für ihr späteres Überleben aufbauen sollten. Zwar wurden alle nur denkbaren Gerätschaften mitgeführt, um den erfolgreichen Aufbau einer Kolonie zu gewährleisten aber gewisse Faktoren warfen derartige Planungen manchmal innerhalb von Sekunden um. Es blieb abzuwarten, ob der Planungsstab wirklich alles bedacht hatte. Trotzdem war Reling sehr zuversichtlich. Die unglaublich detaillierte Planung hatte Jahre in Anspruch genommen und war immer wieder sorgsam überprüft und, wenn nötig angepasst worden. Erst die Daten, die von der *EX-17*, nach Terra zurück gebracht worden waren, hatten es ermöglicht letzte Details einzuplanen und sich entsprechend vorzubereiten.

Reling selbst war Soldat und Raumfahrer. Von den vielfältigen und höchst komplizierten Verknüpfungen die notwendig waren um das industrielle und wirtschaftliche Überleben einer neuen Kolonie, und deren Bewohnern, zu ermöglichen, verstand er nur kleine Bruchteile. Er wusste dies und akzeptierte es auch völlig. Seine Weltanschauung war aus seiner Sicht einfacher, als die von Technikern und Ingenieuren und Biologen, die sich mit völlig anderen Problemen beschäftigen mussten, als der Kapitän eines Raumschiffs.

Vor allem die Biologen und Virologen spielten eine wichtige Rolle bei einer erfolgreichen Kolonisierung eines neuen Kolonialplaneten. Oft schon war man unangenehm überrascht worden, wenn sich auf neu besiedelten Planeten neue, bis dahin unbekannte Krankheiten in der Bevölkerung ausbreiteten. Die zahlreichen, von Sonden und Droiden gesammelten und später sorgsam ausgewerteten Boden, Wasser und Luftproben von Lemuria hatten ergeben, dass es einen einheimischen Virustyp gab, der für Menschen gefährlich werden konnte. Ein Gegenmittel gegen diesen Virus war jedoch noch während der Rückreise der *EX-17* von den Biologen des Forschungsschiffs gefunden worden. Eine einfache Impfung garantierte, dass dieser Virus den so Geimpften nicht mehr gefährlich werden konnte. Später, bei der Datenauswertung auf Terra, hatten Biologen und Virologen, diese Schutzimpfung sogar als Überflüssig erklärt. Die einmalige Einnahme einer kleinen Pille reichte nun vollkommen aus, damit das Virus dem Menschen nicht mehr gefährlich werden konnte. Alle Menschen, die nun auf der Reise nach Lemuria waren, hatten das Medikament bereits erhalten und waren nun immunisiert. Es erstaunte Reling auch heute noch, was für gewaltige Fortschritte die Medizin in den letzten Jahrzehnten gemacht hatte. Dies war zu einem nicht geringen Teil den medizinischen KI's zu verdanken, die mit in die Forschung einbezogen wurden.

Die weitere Reise der kleinen Flotte verlief ohne Zwischenfälle. Nur quälend langsam näherte man sich dem Raumsektor, der die neue Heimat der Kolonisten werden sollte. Noch schliefen die Kolonisten in ihren Stasiskammern und Reling fragte sich häufig, ob diese Menschen wohl von ihrer neuen Heimat träumten.

Abends, wenn Reling mit seine Offizieren zusammensaß diskutierten sie häufig über die neue Heimat, die sie aufbauen wollten. Dabei stellte Reling bisweilen erstaunt fest, dass gerade seine Junioroffiziere dem Projekt geradezu fanatisch ergeben waren. Einerseits beruhigte diese Tatsache Reling, andererseits war er bisweilen sogar erschreckt davon, wie kompromisslos diese Offiziere dachten, um das Projekt erfolgreich zu vollenden. Die meisten dieser Junioroffiziere waren sogar bereit dazu, ihr eigenes Leben zu opfern, sollte dies notwendig sein, um das Gelingen des Projektes zu gewährleisten. Mit dieser fanatischen Einstellung waren die Junioroffiziere nicht alleine. Reling stellte fest, dass sein IO ebenso dachte und den ihm untergebenen Offizieren gegenüber seine Gedanken in dieser Hinsicht klar kundtat. Reling, der selbst fest an den Sinn des Projektes glaubte, war verblüfft darüber, dass sich andere Leute noch sehr viel mehr mit dem Projekt identifizierten als er selbst. Andererseits freute es Reling, dass er mit seiner Hingabe nicht allein war und die ihm untergebenen Menschen ähnlich dachten, wie er selbst.

6.

System Lemuria, Anfang der Kolonisierung

Die Ankunft der Flotte im Lemuria-System war völlig unspektakulär. Eine sofortige, sorgsame Sensorauswertung ergab keinerlei fremde Schiffe oder Stationen. Eine Tatsache die, obwohl durchaus auch so erwartet, die Besatzungen der Schiffe zutiefst erleichterte. Auf der ganzen Reise war die Furcht vor Entdeckung oder einem Gegner, der sie angreifen könnte, ein beständiger Begleiter der Besatzungen gewesen. Jetzt endlich kam die Erleichterung, die Reise sicher beendet zu haben und am ersehnten Ziel angelangt zu sein.

An Bord der Schiffe befanden sich 300.000 zukünftige Siedler im Stasisschlaf. Hinzu kamen noch die Besatzungen der Schiffe. 400 Leute waren an Bord der *Explorer*, wo sie als Besatzung ihren Dienst versahen. Hinzu kamen jeweils 120 Personen an Bord der beiden Frachter, jeweils 850 Besatzungsmitglieder auf den Kolonieschiffen sowie 4750 Personen als Besatzung und notwendiges Fachpersonal an Bord des Werkstatttenders. Zusammen waren es insgesamt 307.090 Personen die als Siedler, hier im Lemuria System, ihre Zukunft neu erschaffen wollten und deshalb diese lange und ungewisse Reise ins Unbekannte gewagt hatten.

Zwölf Tage nach ihrem Eintritt in das System erreichte die kleine Flotte den Orbit von Lemuria.

Die *Explorer* war dem Restverband, beim Erreichen des Zielsystems vorausgeeilt. Daten wurden von einer Überwachungssonde abgerufen, die man im Orbit von Lemuria zurück gelassen hatte. Auch wurden nun Unmengen von Daten und verschiedenste Forschungsergebnissen von der Planetenoberfläche abgerufen, wo seit dem letzten Besuch mehrere Droiden damit beauftragt worden waren, Messungen und zahlreiche Forschungsprojekte zu überwachen und zu initiieren. Die Biologen der ehemaligen *EX-17* hatten nachdrücklich dazu geraten, um möglichst viele Langzeitdaten zur Verfügung zu haben, wenn man dieses System wieder ansteuerte. Hierzu gehörten auch Projekte mit ausgesetzten Tieren, aus den Bordlabors des Forschungskreuzers. Die hierzu frei gesetzten Kaninchen hatten sich in der neuen Umgebung nicht nur sehr wohl gefühlt sondern auch prächtig vermehrt. Natürliche Fressfeinde gab es hier nicht und die Tiere wurden in ihren weitläufig umzäunten Gehegen zudem von diversen Sicherheitseinrichtungen überwacht. Sowohl die Biologen als auch die Geologen und Meteorologen waren schlichtweg begeistert von den Ergebnissen der Daten.

Nur wenige Stunden nachdem die beiden Kolonietransporter, die Frachter und der Werkstatttender in einen stabilen Orbit eingeschwenkt waren wurden deren Besatzungen bereits aktiv. 12 Schlepper nahmen Kurs auf den sonnenwärtigen Asteroidengürtel um von dort Asteroiden mit möglichst großem Metallgehalt herbei zu schaffen. Die übrigen Schlepper waren damit beschäftigt die Einzelteile der vorgefertigten und für die Reise zerlegten Asteroidenbergbaustation auszuladen und jetzt zusammen zu setzen. Grundsätzlich war der Zusammenbau dieser Anlage eine einfache Aufgabe. Quasi nach dem Prinzip, Zapfen A-47 in Nut B-69. Trotz der sorgsamen Vorausplanung würde es aber rund vier Wochen dauern, bis diese Anlage betriebsbereit war und den Hunger der neuen Kolonie nach Metallen stillen konnte. Simultan dazu wurden direkt neben dieser größtenteils automatisierten Anlage zwei Orbitale Fabriken nach dem selben Schema zusammen gesetzt und an die Bergbaustation angekoppelt. Dort, in diesen automatischen Fabriken, sollten dann von Fabrikatoren unterschiedlicher Größen und Dutzenden von hochmodernen 3-D-Druckern, die notwendigen Fertiggüter für die Kolonie erzeugt werden. Das Material für diesen Fertigungsprozess wurde hier jetzt, quasi kostenlos, durch die Asteroidenbergbaustation zu Verfügung gestellt, die wiederum von den Schleppern durch die Asteroiden mit einem unerschöpflichen Strom an Rohmaterial versorgt wurde. Größere Asteroiden wurden einfach mittels Lasern in handliche Stücke zerteilt. Diese wurden dann automatisch in der Bergbaustation zerkleinert und verarbeitet. Die Droiden, die der eine Frachter bei der Abreise noch auf Newton an Bord genommen hatte, waren neue Konstruktionen, die speziell für diese Arbeiten konzipiert waren. Das taube Gestein, welches man nicht benötigte und das zwangsläufig am Ende des Materialgewinnungsprozesses übrig blieb wurde, mittels Kraftfeldern, zu Klumpen gepresst und einfach mit Kurs auf die Sonne dieses Systems auf eine Reise ohne Wiederkehr geschickt. Praktisch angewandte Müllentsorgung im Weltraum sagten die Ingenieure dazu. Frachtshuttles und Leichter brachten am Ende dann die produzierten

Materialien und Fertigprodukte zur Oberfläche des Planeten. So war zumindest die Fernplanung. In der Realität sah es so aus, dass von den Fabrikatoren und 3-D-Druckern zuerst einmal die Teile für weitere Fabrikatoren und 3-D-Drucker gefertigt wurden, die dann umgehend in den Fertigungsprozess eingebunden wurden. Maschinen erschufen Maschinen. So erhöhte sich relativ schnell die Produktionskapazität die den Kolonisten grundsätzlich zur Verfügung stehen konnte.

Während der folgenden fünf Tage, nach dem Eintritt in den Orbit Lemurias, wurden der Planet und sein Mond sorgsam kartographiert. Sonden wurden gestartet, die sowohl das Lemuria System genau untersuchten, als auch den Planeten Lemuria selbst. Zudem starteten mehrere Shuttles um nun weitere Bodenproben und Wasserproben von Lemuria zu holen und diese zu analysieren.

Zeitgleich erweckte man nun die Führungsriege der Kolonisten sowie weitere, rund 100 Wissenschaftler und Ingenieure aus ihrem langen Schlaf in ihren Stasiskammern. Die Fachwissenschaftler werteten die gewonnenen Daten, mit Hilfe der KI der *Marco Polo* aus und entschieden sich dann sehr schnell, absolut übereinstimmend und nahezu schon fast begeistert, für einen Platz an dem die erste Siedlung errichtet werden sollte.

Als sie ihre Empfehlung dem Grafen und den übrigen Mitgliedern des Führungsstabes vorlegten und argumentierten, warum gerade dieser Ort ihrer Meinung nach als Ort der ersten Ansiedlung geeignet war, ernteten sie durchweg Zustimmung. Der Ort den die Wissenschaftler auserkoren hatten, und so vehement anpriesen, befand sich auf rund 35Grad Nord, an der westlichen Küste des Hauptkontinents. Laut der Untersuchungen des Geologenteams war dort vor etwa 100 Millionen Jahren ein Asteroid eingeschlagen und hatte dabei einen Krater hinterlassen, dessen Durchmesser bei fast 450km lag. Dieser Krater war immer noch deutlich aus dem Orbit erkennbar. Der Ringwall des Kraters betrug noch heute stellenweise bis zu 1500m Höhe, oberhalb der Meeresoberfläche. Die Breite des Kraterwalls lag im Mittel bei 35km. Der innere Bereich des Kraters konnte beinahe mit einem kleineren Meer verglichen werden. An drei Stellen hatte sich die Natur, im Verlaufe der Zeit ihren Weg gebahnt, sodass dieser innere Bereich heute mit dem Ozean verbunden war. Ein Fluss mündete in den Krater, der über fast 3000km schiffbar war und in das Innere des Hauptkontinents führte. Hier, weit im Hauptkontinent und fast 1500km vom Ozean entfernt, waren die Krater von zwei weiteren, jedoch deutlich kleineren, Asteroideneinschlägen erkennbar. Der Fluss, durchquert auf seinem Weg zum Ozean diese Krater, die hier, zusammen mit weiteren Seen, eine weitläufige Seenplatte bildeten. Die Wissenschaftler waren einhellig der Überzeugung, der Asteroid, der seinerzeit den Hauptkrater verursacht hatte, wäre in drei Teile zerbrochen, die dann diese insgesamt drei Krater hinterlassen hatten. Gestützt wurde diese These von der Tatsache, dass die drei Krater auf fast dem selben Breitengrad lagen. Das nahezu vollständige Fehlen von Landlebewesen, wobei man die Insekten als einzige noch existierende Gattung der Landlebewesen betrachtete, die auf Lemuria existierte, ließ laut der Wissenschaftler den Schluss zu, der Asteroid hätte seinerzeit ein planetares Massensterben der Landlebewesen ausgelöst. Diese These wurde wenig später durch die KI der *Marco Polo* bestätigt, die sich dabei auf die Bodenproben von zahlreichen Bohrungen stützte und auch diverse aufgefundene Versteinerungen als Beweis heran zog.

Die weitläufigen, relativ flachen Regionen rund um die Seenplatte herum waren hervorragend dafür geeignet, um der Kolonie als landschaftliche Nutzfläche zu dienen und boten sich geradezu als spätere Kornkammer der Kolonie an. Der Hauptkontinent zog sich wie ein annäherndes langgezogenes Oval um den Großteil der äquatorialen Region von Lemuria. Vier weitere, deutlich kleinere Kontinente und eine wahre Unzahl von kleinen Inseln waren im weltumspannenden Ozean Lemurias verteilt. An den beiden Polarkappen waren kleine, dauerhafte Eismassen vorhanden. Bereits auf den ersten Blick war diese Welt deutlich als geeignet für Kolonisten einzustufen. Zumindest, was die Verteilung der Landmassen und das Vorhandensein von Wasser betraf. Die Mediziner und Biologen waren schnell sicher, dass der Planet keine unerfreulichen Überraschungen für die Kolonisten bereit hielt. Trotzdem würde man in den ersten Jahrzehnten sehr vorsichtig sein, um mögliche Epidemien zu vermeiden, die bisweilen auf neuen Koloniewelten ausbrachen. Die Menschheit hatte gerade bei bislang unbekannten Mikroorganismen und Viren, auf neu kolonisierten Planeten unliebsame Erfahrungen machen müssen. Hier wollte man ähnliches vermeiden und führte deshalb Unmengen von Tests durch.

Bereits zwei Tage später starteten die ersten Shuttles mit Material, Droiden und Ingenieuren um jetzt am Ufer des Ozeans, im inneren des großen Asteroidenkraters, eine neue Stadt für die Kolonisten zu errichten. Die Teams der Geologen und Landvermesser bestimmten einen Platz, rund 50km von der Mündung des einfließenden Flusses entfernt als Ort der ersten Bauten. Später hätte die geplante Stadt dann genügend Platz um sich an den Ufern des Kraters und in das Landesinnere auszudehnen. Das kleine Kontingent von 300 Kampfdroiden schützte die gelandeten Kolonisten Tag und Nacht vor möglichen Gefahren. Im Nachhinein stellte man fest, dass diese Kampfdroiden nicht benötigt wurden, da es keine Gefahren durch Flora oder Fauna für die Kolonisten gab. Trotzdem taten diese bewaffneten Droiden weiterhin ihren Dienst. Man wollte notfalls auf Überraschungen vorbereitet sein. Die tausenden von übrigen Droiden, die von den Kolonisten mitgeführt wurden, waren für andere Aufgaben konzipiert. Von diesen zivilen Typen wurden nun ebenfalls rund 10.000 Stück angelandet und nahmen unverzüglich ihre Arbeit auf. Während die Droiden unter der Leitung von Ingenieuren am Flussufer, unweit der Stelle an der der Fluss in das Meer mündete, ein Fusionskraftwerk errichteten, dessen Bauteile man mit auf die Reise genommen hatte, flogen von den beiden Kolonieschiffen beständig Shuttles zum Planeten um Material, Droiden und menschliches Personal zu landen. Die KI der *Marco Polo* war in die Planung der neuen Stadt mit einbezogen worden und koordinierte alle notwendigen Schritte. Nur mit der Hilfe der großartigen KI konnte ein derart schneller Fortschritt der Baumaßnahmen erreicht werden, wie er sich nun zeigte. Planvoll und hervorragend koordiniert arbeiteten die Droiden entsprechend des Masterplans, den der Führungsstab einst festgelegt hatte und den die KI nun in Perfektion umsetzte. Jeder Ingenieur wusste, was seine Aufgabe war, bis wann er diese zu erledigen hatte und was dann seine nächste Aufgabe war. Dabei wurden die Ingenieure von zahlreichen Droiden unterstützt, die bei diesen Arbeiten die zahlreichen körperlichen Arbeiten ausführten. Das Tempo verlangte den Pionieren, die sich auf Lemuria befanden, hohen Einsatz ab. Um dem eng gestalteten und ambitionierten Zeitplan gerecht zu werden, wurde in drei Schichten von jeweils 10 Stunden gearbeitet, die sich überschnitten. Den Droiden war dies natürlich egal. Sie waren permanent im Einsatz und unterbrachen ihre jeweilige Arbeit nur, um ihre Energiezellen neu aufzuladen. Sobald der Aufladevorgang beendet war wurde die jeweilige Arbeit umgehend fortgesetzt. Maschinenwesen kannten keine Ermüdung. Sie operierten ausschließlich entsprechend ihrer Befehlsparameter ... Tagein, Tagaus immer wieder. Wie gut geölte Maschinen ... und nichts anderes waren diese Droiden. Auch wenn die Technik in den vergangenen Jahrzehnten enorme Fortschritte gemacht hatte und diese Droiden imstande waren, innerhalb gewisser Parameter, eigenständig zu agieren, so waren sie trotzdem nicht in der Lage wirklich eigenständig zu handeln. Dies ließ ihre Programmierung nicht zu. Die Droiden folgten lediglich ihren Grundbefehlen und den differenzierteren Befehlen, die sie von den Technikern als zusätzliche Programmierung erhalten hatten. Zu mehr waren die Droiden trotz ihrer integrierten KI nicht in der Lage. Doch trotz ihrer Leistungsfähigkeit, die vor wenigen Jahrzehnten noch jeden Techniker oder Ingenieur an den Rand eines Herzinfarktes gebracht hätte, waren diese grandiosen Schöpfungen der Forschung und der Technik, nur hochwertige technischen Wunderwerke, die nicht alleine existieren konnten. Sie waren nur Maschinen. Wenn sie keine Energie mehr hatten, dann waren sie lediglich noch eine bewegungslose und teure Ansammlung von Metall und Technik. Ohne eine lenkende Leitstelle, in diesem Fall die KI der *Marco Polo*, waren sie untätig und hilflos.

Auch wenn die KI`s der Droiden sehr viel weiter fortgeschritten waren als ein Techniker oder Programmierer sich dies im ersten Drittel des 21.Jahrhunderts vorzustellen vermocht hätte, so waren sie trotzdem nur Maschinen, deren integrierte KI nicht ansatzweise an die enorme Leistungsfähigkeit einer der neuartigen Raumschiffs-KI heran reichte. Ein gutes Beispiel dafür lieferte die KI der *Marco Polo*, die allem was auf Terra derzeit bekannt war um mehrere Potenzen überlegen war. Diese neu entwickelte KI war eigentlich der Prototyp für neuartige KI gewesen, der in den abgeschotteten und geheimen Forschungszentren von IRD entwickelt worden war. Kenji Nishimura und sein Team, das diese Reise nach Lemuria ebenfalls angetreten hatte, hatten dafür gesorgt, dass der Prototyp auf der Marco Polo eingebaut wurde. Natürlich war diese ganz spezielle KI im Vorwege sorgsam und über einen langen Zeitraum hinweg immer neuen Tests unterzogen worden. Nishimura sah in der Erschaffung dieser KI die Krönung seines persönlichen Lebenszieles. Vor Ihrer Abreise waren alle Hinweise auf die Herstellung und Existenz dieser KI sowie alle damit zusammen hängenden Forschungsergebnisse und natürlich auch die umfangreichen Konstruktionshinweise vernichtet worden.

Die Duplikate aller Forschungsergebnisse, sowie die umfangreichen konstruktiven Details und technischen Einzelheiten jedoch waren zur *Marco Polo* transferiert worden. Niemand auf Terra, mit Ausnahme der Mitglieder des inneren Kreises, die sich derzeit noch auf Terra aufhielten, ahnte etwas von der Existenz dieser KI. Dieses Vorgehen war ganz bewusst so vom inneren Kreis beschlossen worden.
Auf das intensive Insistieren von Astrogeologen und Astrophysikern hin, starteten zwei der mitgeführten Barkassen zu einer Mission die der Planung zufolge rund neun Monate beanspruchen würde. Ziel dieser Mission war es, das volle Ausmaß und die genaue Beschaffenheit des hiesigen Kuipergürtels und der Oortschen Wolke des Systems zu erfassen und nach der Rückkehr entsprechend auszuwerten. Die Astrogeologen und die Wissenschaftler des Fachbereiches Astrophysik versprachen sich von dieser Mission umfassende und für dieses System wichtige Erkenntnisse, die den Kolonisten in der nahen und auch der fernen Zukunft nützlich sein würden.

Vier Monate nach der ersten Landung auf dem Planeten waren die Grundlagen der Infrastruktur geschaffen, die notwendig waren um mit dem Bau der ersten Stadt zu beginnen. Das Fusionskraftwerk lieferte mehr Energie als benötigt wurde, obwohl es nur auf einem Bruchteil seiner Kapazität arbeitete. Energie würde in der Zukunft kein Problem darstellen. Seit acht Wochen produzierte eine Keramikbetonfabrik alle notwendigen Bauteile am Fließband. Bisher schliefen die Kolonisten, die sich auf dem Planeten befanden, in Druckzelten. Jetzt sollten auch Wohngebäude errichtet werden, die ihren Bewohnern großzügigen Wohnraum boten. Platzmangel war etwas, dass es auf diesem Planeten noch nicht gab und entsprechend großzügig waren auch die Planungen für alle zu errichtenden Gebäude ausgelegt. Später würden dann die geplanten Verwaltungsgebäude und weitere Gebäude folgen, die dann Geschäfte, Gastronomie, Büros und Manufakturen unterschiedlicher Größe fassen sollten. Auch für die kulturellen Aspekte waren Gebäude vorgesehen, die wie alle anderen Bauten ebenfalls, von den Architekten in einem Klassisch-Modernen Stil geplant waren. Diese Planungen existierten bereits seit einigen Jahren in den Datenspeichern. Die ersten Wohngebäude, für die Kolonisten, die aus robusten Formteilen der Keramikbetonfabrik erbaut wurden und jeweils vierzig Wohnungen, verteilt auf zehn Stockwerke aufwiesen, würden in weniger als zwei Wochen bezugsfertig sein. Noch schneller ging es nicht. Diese Gebäude sollten unweit des Meeresufers am dem fast endlos erscheinenden, weißen Strand erbaut werden und den späteren Bewohnern eine herrliche Aussicht auf das Meer ermöglichen. Der oft vernachlässigte Freizeitfaktor, um den Menschen seelische Ruhe und Entspannung zu gewährleisten, war hier mit in die Planung eingeflossen.

Zu diesem Zeitpunkt waren auch die umfassenden Untersuchungen bezüglich Bodenbeschaffenheiten, planetare Flora und Fauna sowie der planetaren Meteorologie abgeschlossen. Deshalb drängten die Biologen und Botaniker jetzt darauf, die "Saatschiffe" auszusenden, die nun die zahlreichen, sorgsam ausgewählten und unter Stasis eingelagerten Pflanzensamen sowie die vielfältigen Tiersorten auf dem Planeten verteilen sollten.

Zuerst wurden die zahlreichen wasserlebenden Tiersorten, an sorgsam ausgewählten Plätzen ausgesetzt. Das heimische Plankton eignete sich hervorragend als Nahrung für die terrestrischen Meeresbewohner. Zudem strotzten die Meere von einer Unzahl von Pflanzen diverser Sorten, die ebenfalls reichlich Nahrung boten und für den problemlosen Verzehr durch entsprechende terrestrische Fischsorten geeignet waren. Die planetare Biologie war mit der von Terra kompatibel. Landlebende Tiere waren aber erst für einen späteren Zeitpunkt geplant. Da diese auf Nahrung, also Pflanzen, angewiesen waren, die natürlich erst einmal wachsen musste und nun von den "Saatschiffen" auf dem Planeten verteilt wurde. Die auf Lemuria heimischen Pflanzen, die auf dem Land wuchsen, eigneten sich für terrestrische Tierwelt nur sehr begrenzt und war zudem nicht sehr reichhaltig vorhanden, obwohl der Boden, laut übereinstimmender Aussagen der Biologen und Geologen überaus fruchtbar war. Die KI der *Marco Polo* hatte rechnerisch überzeugend, anhand der vorhandenen Daten das Ergebnis errechnet, dass beim damaligen Einschlag der Asteroiden über einen erheblichen Zeitraum Feuerstürme und Hitzewellen den Planeten umrundet hatten. Laut der KI war es direkt danach, bedingt durch die Aschewolken und den aufgewirbelten Staub zu einer kurzen aber sehr intensiven Eiszeit gekommen. Nahezu alles landgebundene Leben, ob Flora oder Fauna war dadurch ausgelöscht worden und musste sich erst neu entwickeln. Lediglich in den Meeren war zum Zeitpunkt der Katastrophe das

Überleben von Flora und Fauna möglich gewesen. Die Geologen hatten nachgewiesen, dass Lemuria vor dem Zeitpunkt der Katastrophe einst eine überaus reichhaltige Flora und Fauna besessen haben musste. Endsprechende Ablagerungen waren in Bodenproben nachweisbar. Mehrere reichhaltige und gut zugängige Erdölfelder waren aufgefunden worden und boten den Kolonisten die Rohstoffe, für alle Erzeugnisse die petrochemische Erzeugnisse zu ihrer Produktion erforderten. Eine Förderung dieser Rohstoffe sollte keine Probleme aufwerfen und eine kleine Gruppe von Droiden und Ingenieuren war bereits seit einer Woche mit dem Bau einer entsprechenden Anlage beschäftigt.

Als die Barkassen von ihrer Mission zurück kehrten war der ersehnte Zeitpunkt für den nächsten Schritt der bereits ungeduldigen Biologen gekommen. Terrestrische Insekten wurden ausgesetzt um auf dem Planeten Fuß zu fassen und ihr naturgegebenes Werk zu verrichten. Die Botaniker überschlugen sich zu diesem Zeitpunkt förmlich vor Begeisterung über die bisherigen Resultate. Die von den "Saatschiffen" ausgesäten Pflanzen hatten sich zwischenzeitlich erfolgreich etabliert und waren in einem regelrechten Wachstumsboom verfallen. Mangels natürlicher Fressfeinde wuchsen jetzt nahezu überall auf dem Planeten terrestrische Pflanzen und verdrängten dabei konsequent die heimische Pflanzenwelt wo immer sie Fuß fassten. Die verschiedenen Arten der ausgesetzten terrestrischen Meereslebewesen entwickelten ebenfalls prachtvoll und besser als erwartet, was die Biologen durchaus zu Recht zu optimistischen Prognosen veranlasste. Sowohl Biologen als auch Botaniker stimmten damit überein, dass der angehende Frühling auf dem Hauptkontinent des Planeten der optimale Zeitpunkt gewesen war um die "Saatschiffe" mit ihrer Arbeit beginnen zu lassen. Somit hatten die Pflanzen die Möglichkeit sich sinngerecht auszubreiten und wurden dabei von dem Zyklus der Jahreszeiten unterstützt.

Über den Zeitraum von drei Wochen hinweg hatten hunderte von Droiden unermüdlich mehrere Millionen kleiner Baumsetzlinge von unterschiedlichen Sorten gepflanzt, die irgendwann in der Zukunft den Grundstock für spätere Wälder bilden sollten.

Mittlerweile waren fast alle der mitgeführten Droiden auf dem Planeten angelandet worden. Lediglich einige Dutzend spezielle Konstruktionen waren noch in ihren Transportbehältern verblieben. Auch hatte man nun schon weitere 8000 Kolonisten aus ihrem Stasisschlaf geweckt, damit sie in den beginnenden Produktionsablauf integriert werden konnten. Die Wohnmöglichkeiten für diese Anzahl von Kolonisten waren, dank der unermüdlich arbeitenden Droiden, jetzt bereits vorhanden und von Tag zu Tag entstanden entlang der Küste nun mehr Gebäude.

Über Langeweile und Arbeitsmangel konnten sich die Kolonisten kaum beklagen. Viele von ihnen arbeiteten weit länger, als es ihre Schichten verlangten und legten dabei einen wahren Feuereifer an den Tag. Die Gründe dafür lagen auf der Hand. Sie erschufen hier ihre Zukunft und konnten, dank der unermüdlichen Arbeit der zahllosen Droiden, den Fortschritt der Anstrengungen deutlich erkennen.

Auf der Uferpromenade des sanft ansteigenden, einige hundert Meter breiten Standes waren bereits zahlreiche Bauplätze für eine Unzahl von Restaurants, Cafes, Bars und Tanzlokalen abgesteckt. Teilweise war deren Bau bereits begonnen worden, um den bereits erweckten Kolonisten möglichst zeitnah die Möglichkeit zu bieten in ihrer, zugegebenermaßen sehr geringen Freizeit, wenigstens ein wenig Entspannung zu finden. Hinter diesem Bereich der sich rund 200m in das Landesinnere erstreckte sollte zu einem späteren Zeitpunkt ein parkähnlich angelegter, rund 500m breiter Grünbereich zum Wandern und Lustwandeln anhalten. Direkt dahinter anschließend, in einer Höhe von 20m über dem Meeresspiegel, waren die Wohneinheiten errichtet worden, in denen nun bereits die ersten der geweckten Kolonisten wohnten. Da die Tidenunterschiede auf Lemuria im Mittel rund 4m betrugen, was dem Vorhandensein des Mondes des Planeten geschuldet war der sich in einer mittleren Entfernung von rund 380.000km von Lemuria um seine Planeten drehte, reichte diese doch relativ geringe Höhe über dem Meeresspiegel ohne Probleme aus, um eine mögliche Überflutung der ufernahen Gebäude zu vermeiden. Der Mond, der den Namen Lemuria-Trabant erhalten hatte, wurde von den Kolonisten nur kurz Trabant genannt. Trabant hatte eine deutlich größere Masse als der irdische Mond. Dies machte sich auch in den Effekten von Ebbe und Flut klar sichtbar, zumal die Küstenstreifen der flachen Ozeane zumeist sehr flach ins Wasser liefen und somit naturgemäß, in den Zeiten der Ebbe weithin begehbar waren.

Angegliedert an diesen ersten Streifen von Wohnhäusern waren für die Zukunft ein Streifen von Geschäften, Büros und Manufakturen sowie mehrere weitere Streifen von Wohnhäusern geplant. Das Ganze sollte dann übergehen in einen Bereich, in dem sich die kommunalen und kulturellen Einrichtungen sowie die notwendigen Verwaltungsgebäude und Regierungsbauten erhoben. Alle diese Stadtsektoren sollten laut der kolonialen Planer von Parkanlagen durchzogen werden. Man wollte damit bereits in der Planungsphase vermeiden, dass sich diese Stadt, ähnlich vieler vergleichbarer Städte auf der Erde, später zu einem reinen Betondschungel entwickelte.

In der Nachbarschaft des Fusionskraftwerks entstanden bereits einige kleine Fabriken. Darunter auch eine Fabrik in der Droiden hergestellt wurden. Auch wenn die Produktion momentan lediglich 100 Droiden pro Tag betrug war es lediglich eine Frage der Zeit, bis es zu einem Überschuss der benötigten Droiden kommen müsste. Man musste lediglich Geduld haben. Zudem war die Droidenfabrik darauf ausgelegt noch deutlich weiter ausgebaut zu werden und in naher Zukunft eine deutlich höhere Produktionskapazität zu erreichen. Sollten die derzeit existierenden Planungen und Prognosen der Ingenieure dieser Fabrik zutreffen, dann würde sich das Produktionsvolumen in den kommenden zehn Monaten vervierfachen. Da das Basismodell dieser Droiden als Modulares Grundmodell konzipiert worden war, dessen verschiedene Module dem jeweils erforderlichen Einsatzzweck entsprach und innerhalb kürzester Zeit problemlos von den jeweiligen Droiden ausgetauscht werden konnten, standen jetzt jederzeit genug Droiden für die verschiedensten Einsatzzwecke zur Verfügung.

Die Rückkehr der Barkassen von ihrer Mission in den Außenbereich des Systems und die darauf folgende Auswertung der erlangten Daten entsprach dem, was seitens der Astrogeologen und Astrophysiker bereits erwartet worden war. Da sich die Sonne des Lemuria-Systems fast 12 Lichtjahre vom nächstgelegenen Sonnensystem entfernt befand, waren sowohl der hiesige Kuipergürtel als auch die Oortsche Wolke stark ausgeprägt. Bereits vor vielen Jahrzehnten hatten Wissenschaftler prognostiziert, dass sich diese beiden Astronomischen Phänomene nur bei Sonnensystemen bildeten, die weit genug von einem weiteren Sonnensystem entfernt waren. Lagen die Sonnensysteme zu dicht beieinander, so sorgten die Gravitationskräfte der Sonnensysteme dafür, dass sich weder ein Kuipergürtel noch eine Oortsche Wolke bilden konnten, da die Gravitationskräfte dann förmlich wie ein Magnet wirkten und die umlaufend schwebenden Partikel und Gesteinsbrocken in die

Systeme zogen, wo sie meistens in Form von Asteroidenringen eine dauerhafte Heimat fanden. Die Fachwissenschaftler waren daher der Überzeugung, dass im Zentrum der Milchstraße wo die Sonnen sehr dicht beieinander standen, quasi keinerlei Kuipergürtel oder Oortsche Wolken existieren würden. Die Außenbereiche der Milchstraße, wo die Sonnen deutlich weiter von einander entfernt lagen, waren hingegen deutlich vorteilhafter für die Bildung von Kuipergürteln und Oortschen Wolken. Zumindest dann, wenn die dortigen Sterne den erforderlichen Voraussetzungen entsprachen, was aber sehr oft der Fall war.

Die Barkassen hatten vor dem Antritt ihrer Rückkehr nach Lemuria mehrere Sonden gestartet, die in einer Langzeitmission über Jahre hinweg Daten sammeln würden, bevor auch sie dann den Rückflug nach Lemuria antreten würden. Diese Daten waren allerdings lediglich noch zur Verfeinerung der bereits vorhandenen Daten gedacht. Es wurde, seitens der Fachwissenschaftler, jedoch nicht damit gerechnet, zu wirklich überraschenden neuen Erkenntnissen zu gelangen.
Das reichhaltige und vielfältige Material, das sowohl im Kuipergürtel als auch in der Oortschen Wolke enthalten war, würde in der Zukunft einen nahezu unerschöpflichen Vorrat für die Orbitale Industrie der Kolonisten bieten. Vorerst würde sich die geplante Ernte der Rohstoffe jedoch auf die beiden Asteroidengürtel konzentrieren, da diese räumlich besser erreichbar waren und es sich förmlich aufdrängte sich vorerst ausschließlich den in den Asteroidenringen vorhandenen Vorkommen zu widmen. Dies war wirtschaftlich sinnvoller und auch zeitlich sehr viel schneller zu bewältigen.
Der Faktor, dass die in diesem System vorhandenen Asteroidengürtel, außerordentlich dicht und reichhaltig waren, erfreute die Fachleute der verschiedenen Fachbereiche, die ihren Aufgabenbereich in der effektiven Ausbeutung dieser Himmelskörper sahen. Die notwendigen Materialien für die Erstellung der orbitalen Infrastruktur befanden sich quasi in Griffweite, was natürlich gewisse Prozesse in der Beschaffung des benötigten Materials deutlich erleichterte. Zudem konnten die Ingenieure sich, aus der Vielzahl der Asteroiden, gezielt diejenigen Asteroiden aussuchen, deren Zusammensetzung ihnen als geeignet erschien um so die am dringendsten benötigten Rohstoffe zeitnah zu erhalten. Die schier unglaubliche Anzahl der vorhandenen Asteroiden machte dieses

Vorgehen erst möglich. Ein Faktor, der den einen oder anderen Ingenieur dazu brachte, täglich bei Antritt der Ruhephase Dankgebete für das überreichliche Vorhandensein der Objekte in den Asteroidengürteln, zu sprechen.

Der Grundsätzliche Ausbau der Kolonie schien ohne größere Probleme möglich zu sein. Von Tag zu Tag war das Wachstum sichtbar. Sichtbar für jeden Kolonisten, was bewirkte, dass alle auf das höchste motiviert waren, da die Resultate für jedermann erkennbar waren. Deutlich sichtbar auch dadurch, weil überall die zahllosen Droiden unermüdlich arbeiteten und der nicht enden wollende, reichhaltige Fluss der zahlreichen, dringend notwendigen Rohmaterialien ununterbrochen für Nachschub sorgte.

Ein Rädchen griff in das andere. Hier zeigte es sich deutlich, wie viel eine gut durchdachte Planung bewirken konnte, wenn die Umstände und Voraussetzungen zuließen, dass diese Planungen umsetzbar waren. Nicht zuletzt jedoch war es vor allem ein Verdienst der Kolonisten, die unermüdlich daran arbeiteten, eine neue Heimat zu schaffen. Für sich selbst aber vor allem auch für ihre Familien. Die Kolonisten sahen hier die Möglichkeit ihren Kindern und Enkeln etwas zu erschaffen, was auf dem fernen Terra oder den von der Hegemonie kontrollierten Welten in dieser Form wohl kaum möglich wäre … Ein Leben in einer Freiheit, die sie sich selbst erschaffen konnten und dies dann mit gerechtfertigtem Stolz an ihre Nachkommen weiter geben konnten.

7.

System Lemuria, fünf Jahre nach der Ankunft im System

Lemuria, zweiter Planet des Lemuriasystems. Ein Mond. Zentralstern des Systems ist die Sonne Lemur, ein Stern der Klasse M der ähnliche Charakteristika wie Sol aufweist, jedoch minimal größer ist. Lemuria wurde 2125 von der EX-17 entdeckt und als ideal für die Besiedelung eingestuft. Die erste Kolonistenflotte traf 2129 im Lemuria-System ein. Die planmäßige Besiedelung erfolgte ab 2130.

Umfang: 43.600 Km
Durchmesser: 13.900 Km
Schwerkraft: 1,1 Standard gemessen an Erdstandard entspricht 1,08 G
Tagzyklus: 24,29 Stunden Terranorm
Jahr: 412 Tage
Zusammensetzung: Hauptsächlich Nickel-Eisen, Silikate
Sateliten: Lemuria-Trabant (Trabant), 1,8 fache Masse des Erdmondes

Die Atmosphäre von Lemuria ähnelt stark der irdischen, weist jedoch in Meereshöhe den 1,12fachen Druck auf. 45% des Planeten wird von Wasser bedeckt. Die Meere haben bis auf wenige Ausnahmen eine Tiefe die 2500m nicht überschreitet (siehe hierzu östlicher Meeresgraben). Höchster Berg ist der Mount Majestic in der nördlichen Bergkette des Hauptkontinents mit einer Höhe von 6428m über Normalnull.
Die Einheimischen Lebensformen sind fast vollständig im Wasser anzutreffen. Die hohe Konzentration gelösten Sauerstoffs im Wasser macht dies zu einem idealen Lebensraum für irdische Spezies und ermöglichen ein hochaktives Ökosystem welches diverse Fischartige, überwiegend kleine Spezies hervorgebracht hat, die für Menschen verzehrbar sind. Hauptsächlich besteht die Aquarische Flora aus einem Äquivalent zu terrestischem Plankton, welches in großen Mengen und Unterarten vorkommt (siehe Lemuriakrebse). Diese kleinen Krebsartigen Wesen sind in allen Teilen des Meeres anzutreffen, halten sich jedoch zumeist in den höheren Wasserschichten auf. Die nicht meereslebende Fauna beschränkt sich auf wenige Arten, die jedoch das Stadium von

primitiven Insekten nicht überschritten hat. Die Flora auf den Kontinenten setzt sich überwiegend aus Moosen, Flechten und verschiedenen Sorten von Farnen zusammen. Irdische Flora und Fauna, die bei der Besiedelung von Lemuria angesiedelt wurde, verdrängt die heimischen Spezies zusehends.
Bedingt durch den erheblichen Einfluss des einzigen Mondes von Lemuria ergeben sich in den meist flachen Küstengewässern erhebliche Tidenunterschiede die im Mittel rund 4m betragen.
Lemuria-Trabant (Trabant) wird derzeit als Flottenbasis ausgebaut und dient ausschließlich den Belangen der Raumflotte, der Armee und der Regierung, die hier umfangreiche Bauvorhaben tätigen. Der Mond ist derzeit für Zivilpersonen gesperrt. Änderungen werden hierbei jedoch in kurzer Zeit erwartet.
Die durchschnittlichen Temperaturen auf Lemuria gleichen denen auf Terra und vereinfachen damit die Kolonisierung sowie das Ausbringen und Gedeihen von terrestischer Flora und Fauna.
Das Lemuria System verfügt über 5 Planeten. Darunter ein Gasriese (Zeus, Planet 4) mit 24 Monden. Zwei der Monde haben annähernd die Größe des irdischen Mondes Luna (siehe Zeus 9 und Zeus 11). Auf beiden Monden existieren kleinere Stationen. Die anderen Monde sind deutlich kleiner und derzeit unbesiedelt. Zwei dichte Asteroidengürtel sind vorhanden und werden für die Gewinnung von Rohstoffen genutzt (Anordnung der Asteroidenringe ist Ring-A zwischen 2. und 3.Planeten, Ring-B zwischen 3. und 4.Planeten.).
Planet Lemur 1 ist vergleichbar mit dem solaren Merkur, Planet Lemur 3 ähnelt dem solaren Mars, verfügt jedoch über eine dünne, aber durchaus noch atembare Sauerstoffatmosphäre. Auf Lemur 3 sind verschiedene Lebensformen anzutreffen, welche sich jedoch auf primitive Flechten beschränken (siehe Lemur 3).
Planet Lemur 5 ist ein öder Felsbrocken ohne Atmosphäre, mit einem Durchmesser von rund 8.000 Km.
Das Lemuriasystem verfügt über fünf Sprungpunkte welche zu weiteren Sternensystemen führen (siehe hierzu Sprungpunkt-Topographie des Lemuriasystems).
Das System weist sowohl einen Kuipergürtel als auch eine Oortsche Wolke auf. Der hiesige Kuipergürtel des Lemuria-Systems zählt zu den dichtesten der bisher bekannten Kuipergürtel. Gleiches gilt auch für die

Oortsche Wolke. Laut Aussage der Fachwissenschaftler liegt dies unter underem daran, dass Lemuria mehr als 11 Lichtjahre vom nächsten Stern entfernt liegt und sich sowohl Oortsche Wolke als auch der Kuipergürtelsomit bilden konnten, ohne dass andere Sterne mit ihrer Gravitation Teile davon absorbierten.

H.O.Meisners Enzyklopädie des Lemuria Systems und der umliegenden Systeme, Kaiserliche Bibliothek von Lemuria, erste Auflage 2150.

Mittlerweile waren alle Kolonisten aus ihrem Stasisschlaf geweckt worden und auf dem Planeten Lemuria gelandet. Die mitgeführte Fracht war bereits seit zwei Jahren vollständig entladen worden und der orbitale Komplex der Asteroidenbergbaustation mit ihren beiden angeschlossenen orbitalen Fabriken produzierte nun seit seinem ersten Arbeitstag konstant und störungsfrei die Materialien und zahlreichen Fertigprodukte oder Teilfabrikate die von den Kolonisten täglich auf neue benötigt wurden. Der notwendige Transfer der entsprechenden Produkte verlief problemlos mittels Frachtshuttle oder Leichter.

Ein zweiter, jedoch deutlich größer und umfangreicher konzipierter Anlagenkomplex, nach demselben Grundmuster, befand sich nun schon seit mehreren Monaten im der Bauphase. Man rechnete mit einer Fertigstellung in 48 bis 50 Monaten. Dann würde sich der orbitale Output von Erzeugnissen sich vervielfachen.

Vor zwei Jahren hatte der Werkstatttender, die von der Führung der Kolonie dringend verlangten, zwei orbitalen Verteidigungsstationen fertig gestellt. Die beiden Stationen befanden sich seitdem oberhalb der Pole von Lemuria in einem stabilen Orbit. Das Vorhandensein der beiden Stationen vermittelten den Kolonisten ein Sicherheitsgefühl, das von einem Großteil der Kolonisten, bis zur Indienststellung der zwei Stationen, vermisst worden war. An Bord jeder der beiden Stationen war beständig eine Besatzung von 20 Soldaten. Die Besatzungen die auf den Stationen eingesetzt waren taten jeweils dreißig Tage Dienst. Dann wurden sie abgelöst und die nächste Besatzungsschicht übernahm den Dienst. Das System hatte sich als erfolgreich erwiesen. Die meisten Systeme der 75.000 Tonnen großen Stationen waren automatisiert. Aus diesem Grund war die kleine Besatzungsstärke der Stationen überhaupt möglich, ohne das dadurch die Einsatzbereitschaft der Kampfstationen beeinträchtigt wurde. Die beiden Stationen verfügten jeweils über ein Offensivpotential von zwei mittleren Zwillingslasern, vier mittleren und vier leichten Zwillings-KSR.Werfern. Die Fernbewaffnung wurde von einem leichten Zwillings-LSR-Werfer gewährleistet. Die defensive Bewaffnung der Stationen bestand aus jeweils vier leichten Lasern und vier 20mm Zwillings-Gatlings die in zwei Clustern zusammen gefasst waren. Die beiden Stationen verfügten über Hochleistungsgeräte für die Ortung und starke Schutzschirme. Die Besatzung der Stationen konnte im Bedarfsfall durch ein Shuttle evakuiert werden, das im jeweiligen Hangar der Station bereit stand. Die beiden Kampfstationen waren auf die Namen *ZENIT* und *NADIR* getauft worden.

Um die Sicherheit des Lemuria Systems gegenüber Eindringlingen zu gewährleisten, die aus der Richtung des besiedelten Raums in das System eindringen wollten, war geplant am dortigen Sprungpunkt ebenfalls zwei kampfstarke Stationen zu stationieren.

Die Sprungpunktstationen glichen im Aufbau den beiden bereits fertig gestellten planetaren Kampfstationen, waren jedoch geringfügig erweitert und umkonstruiert worden, da die operativen Aufgaben der Sprungpunktstationen dies erforderten. Die Besatzung dieser Stationen war auf 50 Personen erhöht worden, da der operative Auftrag der Sprungpunktstationen anders geartet war als die Parameter nach denen die im Orbit stationierte Planetaren Kampfstationen agierten. Die erste dieser Stationen war bereits vor sechs Monaten von Schleppern an ihren Standort verbracht worden und schwebte nun dort im Weltraum. Seitdem hielt diese Kampfstation zehn Lichtsekunden hinter dem Sprungpunkt Wache. Die Station war mit mehreren Anbausegment versehen worden, um Raum für zusätzliche Munition und Vorräte sowie Quartiere und einen zusätzlichen Hangar zu erhalten. Dieser zusätzliche Hangar barg eine schwer bewaffnete Barkasse, mit der es dem Marineteam der Station bei Bedarf möglich war, fremde Schiffe zu kontrollieren und notfalls dort Boarding-Operationen durchzuführen. Die zweite dieser Sprungpunktstationen war bereits im Bau und würde in sechs Monaten fertig gestellt sein. Dann würde diese Kampfstation von Schleppern an ihren Stationierungsort verbracht werden der sich, systemeinwärts des Sprungpunktes, in einer Entfernung von ebenfalls zehn Lichtsekunden vom Sprungpunkt befand. Sollte ein fremdes Schiff einspringen, dann würde dieses fremde Raumschiff sich bei seiner Rematerialisierung im

System zwangsläufig zwischen diesen beiden Kampfstationen befinden und konnte simultan von beiden bekämpft werden, wenn dies nötig werden sollte. Um den zwei am Sprungpunkt stationierten Stationen zusätzliche defensive Kapazität zu geben waren umfangreiche ECM und ECCM Systeme für diesen beiden Stationen vorgesehen. Die Masse der Kampfstationen betrug durch die Anbauten und zusätzlichen Systeme nun jeweils 120.000 Tonnen. Langfristig war es geplant, die Kampffähigkeit und Flexibilität der Stationen noch durch mehrere separate Waffenplattformen zu erhöhen, die dann im Einsatz durch die beiden Kampfstationen kontrolliert, gesteuert und eingesetzt werden konnten. Als Namen für die Kampfstationen hatte man für die bereits bestehende Station den Namen *SCHWERT* gewählt. Die zweite Station würde den Namen *SCHILD* erhalten, sobald sie einsatzbereit an ihrem Zielort eintreffen würde und dort ihren Dienst aufnahm. Ein Wechsel der dortigen Besatzungen würde in einem Turnus von 180 Tagen erfolgen. Sollte ein fremdes Schiff in das System einspringen und sich als feindlich erweisen, dann würde diesem Schiff eine ausgesprochen unangenehme Überraschung bevorstehen, wenn es sich plötzlich und unverhofft vor den jederzeit gefechtsklaren Stationen der Sprungpunktverteidigung wiederfand. Vor allem deshalb, da sich die Schutzschirme eines Schiffes nach der Rematerialisierung erst einmal wieder aufbauen mussten und sich somit ein einspringendes Schiff sich nicht auf deren gewohnten Schutz verlassen konnte. Eine Tatsache, die sich fatal auf ein Raumschiff auswirken konnte.

Auf den beiden größten Monden des Gasriesen der die Sonne Lemur umrundete waren innerhalb der vergangenen zehn Monate kleine Stationen entstanden, die derzeit sowohl der Raumüberwachung als auch diversen Forschungsprojekten dienten. In den dort bereits existierenden, unterirdisch angelegten Stationen, lebten jeweils rund 100 Menschen von denen etwa die Hälfte militärisches Personal waren. Langfristig würde man diese derzeit noch kleinen Stationen deutlich vergrößern müssen um den Anforderungen gerecht zu werden, die in der Zukunft auf diese Außenposten der Kolonisten zukamen. Dadurch das die Kolonisten in den vergangenen drei Monaten fast 120 Ortungssatelliten im System verteilt ausgebracht hatten war nun eine weitflächige Raumüberwachung möglich. Diese Überwachung des Systems wurde von den Stationen auf den beiden Monden jetzt sorgsam koordiniert. Zudem hatten diese Stationen die Aufgabe, Kuipergürtel und Oortsche Wolke detailliert zu katalogisieren.

Seit nunmehr etwas mehr als zehn Monaten war der leblose Mond des Planeten Lemuria nicht mehr so leblos wie vorher. Die Kolonisten waren fieberhaft bestrebt den Mond Trabant als Basis für ihre zukünftige Raumflotte auszubauen. Forschungslaboratorien und für im Notfall wichtige Ausweichquartiere ihrer Regierung wollten Lemurias Kolonisten ebenfalls auf dem Mond entstehen lassen. Dies alles sollte möglichst geschützt erbaut werden um bei Angriffen dem Gegner nicht nur als große Zielscheibe zu dienen. Deshalb verlagerten die Ingenieure alle wichtigen Bauten in eine Tiefe von mindestens 5000m unter der Oberfläche des Mondes. An der Oberfläche würden sich lediglich Raumhäfen, notwendige Strukturen der Startbasen und die unzähligen Verteidigungsstellungen mit ihren entsprechenden Waffen befinden. Trabant war als massive Raumabwehrfestung für den Planeten und das System konzipiert worden. Der Ausbau des Mondes würde selbst nach den optimistischen Schätzungen der Ingenieure mindestens 50 Jahre dauern. Die Kolonisten ließen sich davon nicht abschrecken sondern waren mit Begeisterung an ihre Aufgabe heran gegangen.

Die notwendigen Bohrungen bis in eine Tiefe von 5000m zu bringen und diese Bohrungen dann als provisorische Schächte zu nutzen war ingenieurtechnisch das kleine 1x1. Später würden diese Schächte mit geschmolzenem Gestein verschlossen werden um zukünftigen Gegnern kein direktes Eindringen in die unteren Ebenen zu ermöglichen, wo die wichtigsten Sektoren der Mondfestung entstehen sollten. Hier, auf diesen untersten Ebenen der zukünftigen Mondfestung, wurden von den Ingenieurtrupps und den Droiden zu diesem Zeitpunkt bereits mehrere Fusionskraftwerke installiert, um später bei Bedarf jederzeit genügend Energie zur Verfügung zu haben. Als Absicherung wurden alle diese Kammern und Kavernen der verschiedenen Ebenen mit mindestens zwanzig Meter starkem Keramikbeton ummantelt. Wichtige Sektoren sollten einen noch stärkeren Mantel erhalten. Die Verbindung zwischen den einzelnen Ebenen geschah über breite, serpentinenartig angelegte Zugangstunnel und Röhren in denen Vakuumrohrbahnen pendelten. Entsprechend der Planung befassten sich die verschiedenen Teams derzeit vorrangig mit der untersten Ebene und der obersten Ebene. Der

Ausbau der Zwischenebenen war zu einem deutlich späteren Zeitpunkt geplant.

Die unterste Ebene war als Ausweichquartier der Regierung und des Oberkommandos für den Katastrophenfall gewählt worden. Es war ebenfalls geplant, die KI der *Marco Polo* in einem separaten Sektor auf dieser Ebene zu installieren. Auf den mittleren Ebenen würden später Forschungsanlagen, Lagerräume, Gewächshäuser und Wohnbereiche entstehen. Die oberste Ebene, die tiefe Starthangars und Landeröhren bekommen sollte war von den Planern dazu bestimmt worden, gewisse Forschungsanlagen, diverse Fabriken und zahlreiche Fertigungsanlagen sowie noch zusätzliche Lagerräume zu beherbergen. Derzeit arbeiteten auf dem Mond Trabant zwar nur rund 300 Ingenieure, Techniker und Spezialisten, jedoch wurden diese Kolonisten bei ihrer Arbeit von fast 5000 Droiden und schwerem Baugerät unterstützt. Trotz des Einsatzes modernster Technik wäre die Bewältigung dieser Mammutaufgabe nicht möglich gewesen gewesen, wenn man nicht auf die Droiden zurück gegriffen hätte. Speziell bei diesem, wahrhaft gigantischen und langfristig ausgelegten, Bauvorhaben zeigten sich wieder einmal deutlich die Vorteile dieser Maschinenwesen, die auch dort noch unermüdlich weiter arbeiteten, wo Menschen längst überfordert waren und körperlich ihre Grenzen erreichten.

Sobald die Zugänge fertig gestellt waren, die von den mittleren Ebenen zur tiefsten Ebene führten, sollten die derzeitigen Zugangsschächte zu dieser untersten Ebene größtenteils wieder verschlossen werden, um diese tiefe Ebene zu sichern. Den Prognosen der Ingenieure zufolge sollte dieser Zeitpunkt in frühestens drei Monaten erreicht sein.

Auf Lemuria entwickelte sich die Kolonie derzeit schneller als viele der Kolonisten dies anfänglich für möglich gehalten hatten. Bereits die erste Ernte der ausgesäten Nutzpflanzen hatte einen erstaunlich hohen Ertrag eingebracht. Das Lemuriajahr war deutlich länger als ein Jahr auf der alten Heimat, Terra. Dadurch und auch begünstigt von den ausgesprochen vorteilhaften klimatischen Verhältnissen auf Lemuria, war es jetzt den Kolonisten möglich, in den Regionen in denen sie sich angesiedelt hatten, pro planetarem Jahr zwei Ernten einzufahren. Die landlebenden Wildtiere die bereits von den Biologen ausgesetzt worden waren vermehrten sich bereits sprunghaft, da auch hier natürliche Fressfeinde fehlten. Das gleiche Phänomen galt für Vögel und vor allem für die Meereslebewesen die sich seit ihrer Aussiedelung fast explosionsartig in allen Ozeanen, Flüssen und Seen ausbreiteten und vermehrten. Die verschiedenen Arten der landlebenden Tiere die für die grundsätzliche Fleischversorgung der Kolonisten sorgen sollten, wie beispielsweise Rinder, Schweine, Hühner, Truthähne oder Schafe waren derzeit zahlenmäßig noch gering vertreten, wurden jedoch konsequent heran gezüchtet. Um den Bestand dieser Nutztiere weiter zu vermehren verzichtete man weitgehend noch auf Schlachtungen und setzte auch die Klontechnik gezielt ein, um später ausreichend Schlachtvieh zu erhalten. In spätestens zwei Jahren sollte aber, laut Aussagen der Biologen, auch hier keinerlei Mangel mehr existieren und eine stabile, ausreichende Population erreicht sein.

Rund um die große Seenplatte des Hauptkontinents waren die Betriebe angesiedelt worden, die zukünftig die Kolonisten mit Lebensmitteln versorgen sollten. Einige kleinere Siedlungen waren an den Ufern der hiesigen Seen ebenfalls entstanden. In einigen Jahren würde diese Region des Planeten durch die unterirdischen Vakuumbahnen ebenfalls mit der Hautstadt verbunden sein. Derzeit mussten die Kolonisten jedoch noch andere Transportmittel für den Gütertransport nutzen. Der Transfer der hier erzeugten Güter verlief deshalb derzeitig zumeist mittels Schiff, da der Fluss von hier bis zur Hauptstadt an der Küste problemlos schiffbar war. Entladen wurden die zahlreichen Güter, von den Schiffen an der Flussmündung, wo ein kleiner Hafen entstanden war, von dem aus bereits die ersten kleineren Fischtrawler Richtung Ozean fuhren um von dort mit vollen Laderäumen zurück zu kehren.

Der Warenverkehr zwischen dem Hafen und der nahen Hauptstadt verlief fast ausschließlich über die schnellen Vakuumbahnen, die im Pendelverkehr zwischen der Stadt und dem Hafen verkehrte. Die Arbeiter und Angestellten die rund um den Hafen mit den dort liegenden Fabriken ihre Arbeitsstätten hatten, wohnten in der Stadt und konnten ihre Arbeitsplätze, unter Nutzung der unterirdisch angelegten Vakuumbahnen, innerhalb kurzer Zeit problemlos erreichen. Der Transfer mit diesen Verkehrsmitteln war prinzipiell kostenfrei.

Die Hauptstadt des Planeten war innerhalb kürzester Zeit zu einer kleinen Metropole heran gewachsen. Jeglicher Güterverkehr und auch der Transfer von Waren und Produkten wurde über die unterirdisch angelegten, weit verzweigten Tunnelrouten für Lastenfahrzeuge oder durch die zahlreichen, ebenfalls unterirdisch angelegten Röhren der schnellen Vakuumbahnen abgewickelt. Oberhalb des Erdbodens waren kaum Fahrzeuge zu erblicken. Die breiten Fahrbahnen zwischen den Wohnsektoren und den anderen Sektoren der Stadt wurden von den Kolonisten zumeist als Fußwege genutzt, hatten jedoch den Zweck, im Bedarfsfall, Rettungsfahrzeugen und Einsatzfahrzeugen den schnellen Transfer zu ihren Einsatzorten zu ermöglichen. Auch Fahrzeuge oder Droiden der Stadtverwaltung die beispielsweise Müll entsorgte waren teilweise auf diese oberirdisch angelegten Wege angewiesen und nutzten sie deshalb. Die Sauberkeit ihrer Stadt war den Kolonisten wichtig. Niemand wollte sich türmende, stinkende Müllberge sehen. Derartige Mängel gab es schon seit Jahrzehnten vielerorts auf Terra und niemand wollte hier eine vergleichbare Wiederholung dessen erleben.

Das für die Kolonisten wohl am meisten und am heftigsten diskutierte Thema der vergangenen Jahre war die zukünftige Regierungsform der Kolonie von Lemuria gewesen. Einige verschiedene Regierungsformen waren diskutiert worden und letztlich war vor drei Monaten über einen Volksentscheid das Ergebnis entschieden worden. Mit einer Mehrheit von fast 85% hatten die Kolonisten sich dazu entschieden, in dichter Anlehnung an die alte englische Regierungsform in der Zukunft durch eine konstitutionelle Monarchie regiert zu werden. Auf Grund seiner allgemeinen Beliebtheit bei den Kolonisten sowie seiner unermüdlichen Tätigkeit als weit vorausplanender, überaus erfolgreicher Organisator der Kolonisierung und als bisheriger Leiter der Kolonie war es nicht weiter verblüffend, dass Graf Alexander von Rabenswalde von den Kolonisten zum ersten Herrscher Lemurias gewählt wurde. Angelehnt an die Epoche um den Kaiser Napoleon, im historischen Frankreich um 1800, ernannten deshalb symbolisch fünfzig Kolonisten, die von ihren übrigen Mitkolonisten als ausgewählte Abgeordnete fungierten, ihren neuen Kaiser in einer öffentlichen Zeremonie, vor dem breiten Portal des neu fertiggestellten Regierungsgebäudes der Kolonie.
Auf dem großen Platz vor den breiten Stufen des Regierungsgebäudes hatten sich zehntausende von Kolonisten eingefunden, um Zeuge dieser Zeremonie zu sein, die über ihre politische Zukunft entschied. Die fünfzig Abgeordneten standen auf den unteren Treppen während ihr Sprecher zwei Stufen weiter oben stand. Vor den breiten, geöffneten

Torflügeln stand Graf von Rabenswalde und hörte dem Sprecher, mit ausdrucksloser Miene zu, der mit weit tragender Stimme die Ausrufung des Grafen zum Kaiser vollzog.

"Im Namen und im Auftrage der Kolonisten auf allen Himmelskörpern, sowie Stationen, Satelliten und Raumschiffen des als Lemuriasystem bekannten Sternensystems erwählen wir, das Volk dieses Systems, am heutigen Tag, den Grafen Alexander von Rabenswalde zu unserem Kaiser. Möge er lange und gesund Leben, weise und gerecht Herrschen und unser Volk in eine glanzvolle Zukunft führen … Gott schütze den Kaiser." … So hieß es nun in der Proklamation der Kolonie, mit der Graf Alexander zum Kaiser ernannt worden war.

Der neue Kaiser ging unverzüglich ans Werk, der Kolonie eine stabile und beständige Regierung zu formen. Die grundsätzlichen Strukturen der zukünftigen Regierung, ihrer Verwaltung und sowie des dafür notwendigen Beamtenapparates waren durch die bereits bestehende, koloniale Verwaltungsstruktur schon vorhanden. Darauf konnte der neue Kaiser nun problemlos aufbauen.

Das Parlament sollte sich zusammensetzen aus dem Oberhaus, das zehn Personen umfasste, die direkt vom Kaiser aufgrund ihrer Verdienste zu Adeligen erhoben wurden, sowie dem Unterhaus. Das Unterhaus bestand aus zwanzig weiteren Personen, die vom Volk in direkter Wahl gewählt wurden und aus verschiedenen Regionen des Planeten und des Systems kamen, wo dann auch ihre entsprechenden Wahlbezirke lagen. Der Premierminister wurde vom Oberhaus und vom Unterhaus gemeinsam gewählt und benötigte zur erfolgreichen Wahl 25 der 30 verfügbaren Stimmen. Weiterhin gab es eine kleine Anzahl von Ministern, die vom Kaiser direkt ernannt wurden. Die Ministerien waren bewusst gering gehalten um der Kolonie eine schlanke Verwaltung zu gewährleisten, da man in der Vergangenheit schlechte Erfahrungen mit einer großen unflexiblen Verwaltung und einer ebenso unflexiblen und übermäßig aufgeblähten Beamtenstruktur gewonnen hatte. Die Minister wurden zwar durch den Kaiser ernannt, jedoch mussten Oberhaus und Unterhaus dieser Ernennung mit mindestens 20 Stimmen zustimmen. Die Minister selbst hatten kein Stimmrecht sondern waren eher als Beamte anzusehen, die dem Kaiser sowie Oberhaus und Unterhaus gegenüber Rechenschaft abzulegen hatten.

Ministerien gab es folgende: Das Ministerium für Wirtschaft und Finanzen, was letztlich alles umfasste, was mit der Erwirtschaftung von Kapital zusammen hing. Egal ob es sich dabei um staatliche Institutionen oder Unternehmen oder private Unternehmen handelte. Hierzu gehörten auch alle Unternehmungen die sich mit der Gewinnung oder der Veredelung von Rohstoffen oder Nahrung befassten. Auch das so ungeliebte Ressort Steuer gehörte zu diesem Ministerium. Das Ministerium für Bildung, Kultur und Forschung, dazu zählte alles, was in diese Bereiche gezählt werden konnte. Das Ministerium für Kolonisierung sowie Aufbau und Infrastruktur, wobei der Name für dieses Ministerium selbsterklärend für die Zuständigkeit dieses Ministeriums war. Das Kriegsministerium, welches zuständig war für alle militärischen Belange und die Erkundung des Weltraums sowie der verschiedenen Sternensysteme. Der Minister dieses Ministeriums wurde durch den Oberkommandierenden der Streitkräfte gestellt, wobei erwähnenswert war, dass Angehörige der Streitkräfte nicht wahlberechtigt waren. Hinzu kam noch das Ministerium für Sicherheit, Kommunikation und Medizin, welches zuständig war für alle Rettungsdienste, Notdienste auch die Sicherheitsdienste. Die Gesamtsumme aller Kommunikation, incl. Medien jeder Art, sowie die medizinische Versorgung der Kolonisten. Auch der Bereich der Gesetzgebung und Rechtsprechung unterstand diesem Ministerium.

Die Gesetzgebung wurde strikt überarbeitet und neu zusammengefasst. In deutlich weniger Paragraphen und einfach formuliert, um für alle verständlich zu sein. Die berühmten "Gummiparagraphen" welche in der Vergangenheit häufig von diversen Anwälten genutzt worden waren verschwanden gänzlich. Der wesentliche Inhalt dieses Gesetzeswerkes war die Gleichheit aller Bürger vor dem Gesetz, Freiheit für jeden Bürger, die Festsetzung der allgemeinen Grundrechte, den Schutz des Privateigentums und Trennung von Kirche und Staat. Grundsätzlich setzte man in der Rechtsprechung sowie der Umsetzung der Gesetze auf den gesunden Menschenverstand. Die Gesetze waren formuliert: IM NAMEN DES KAISERS UND DES VOLKES, FÜR DAS VOLK UND DURCH DAS VOLK.

Die Grundvoraussetzung für alle Angehörigen des Oberhauses und des Unterhauses war INTEGRITÄT. Die Begriffe wie EHRE, TREUE, PFLICHT und LOYALITÄT waren nicht nur Worte sondern wurden von den Kolonisten gelebt. Jederzeit und überall. Nicht verblüffend also, wenn die Kolonisten gesteigerten Wert darauf legten, dass diese Werte gerade von denen verkörpert wurden, die in der Regierung tätig waren und für ihre Mitmenschen Verantwortung übernehmen sollten. Vor allem da die Kolonisten auf Terra schlechte Erfahrungen mit der Regierung und den Regierungsorganen gemacht hatten legte man nun, in der neuen Heimat, Gewicht auf diese Werte, die auf Terra oft als verpönt gegolten hatten und nicht selten belächelt und verlacht wurden. Die Berufung in das Oberhaus oder das Unterhaus wurde als große Ehre und als Dienst für Nation und ihre Mitmenschen empfunden. Niemand von den Kolonisten würde sich diesem Ruf widersetzen, da sie es als eine Pflicht gegenüber ihrer Gesellschaft ansahen.

Wahlberechtigt waren alle Bürger des Kaiserreiches, wenn sie ein Alter von achtzehn Jahren nach Lemurianischer Zeitrechnung erreicht hatten, geistig voll zurechnungsfähig waren und nicht in den Streitkräften dienten. Die Idee, dass Soldaten nicht wahlberechtigt sein sollten, stammte von den Angehörigen der Streitkräfte selbst. Auf Terra hatte sich das Militär, in der Vergangenheit, oft in die politischen Geschicke ihrer Nationen eingemischt, wie die Geschichtsschreibung zeigte. Dies wollte man hier verhindern und somit auch den Bürgern beweisen, dass die Militärangehörigen sich als echte Diener der Nation sahen und auch verstanden fühlen wollten. Ein Gedanke, den das Volk von Lemuria verstand, respektierte und würdigte.

Auch das Steuersystem wurde vereinfacht und war bewusst simpel gehalten. Es gab lediglich eine einzige Steuer, welche besagte, jeder Gewinn habe mit 15% versteuert zu werden ... und dies lediglich ein einziges mal. Versteckte Doppelbesteuerung war damit aus der Welt. Steuerliche Abschreibemodelle die ausuferten waren mit dem neuen Steuergesetz jedoch auch nicht mehr existent.

Medizinische Versorgung und Bildung waren für alle frei verfügbar und vollständig kostenlos. Da die durchschnittliche Lebenserwartung durch die medizinischen Fortschritte der vergangenen Jahrzehnte nun bei 110 Jahren lag wurde das Rentenalter auf 75 Jahre fest gesetzt. Im Regelfall waren die Leute, wenn sie in Rente gingen, so agil, wie ein Mensch des frühen 21.Jahrhunderts der etwa 55 Jahre alt war. Die moderne Medizin machte es möglich. 10% der Löhne und Gehälter wurden für die Rente abgezogen und durch den Staat verwaltet.

Finanzierbar war dies alles nur, weil der überwiegende Teil der derzeit schon existierenden Unternehmen im Besitz des Staates war und deren Gewinne somit der Staatskasse zugute kamen. Alle diese Unternehmen wurden nach marktwirtschaftlichen Grundlagen geführt. Sparten wie Verwaltung, Medizin, Bildung, Kultur und die vielfältige Forschung waren jedoch von der Effektivität der Marktwirtschaft ausgenommen, da man hier den Schwerpunkt grundsätzlich auf erreichbare Ergebnisse zum Wohle der Bevölkerung setzte.

Vor allem die orbitale Industrie, die von Jahr zu Jahr stetig wuchs, erwirtschaftete permanent gute Renditen, die es gestattete dem Staat beständig Kapital zuzuführen. Ein Großteil der Arbeiten in diesen Anlagen wurde durch die Droiden erbracht. Menschen waren hier nur als Kontrolleure oder für administrative Arbeiten tätig. Dies bewirkte natürlich, dass die im Orbit erzeugten Produkte und Materialien unschlagbar günstig erwirtschaftet werden konnten, ohne ein tiefes Loch in die Staatskasse zu reißen. Droiden und Maschinen waren hier diejenigen, die die eigentliche Arbeit verrichteten … und das rund um die Uhr, jeden Tag, in den fast vollständig automatisierten orbitalen Anlagen, die den Hauptteil der Materialien und Produkte bereit stellten, der auf Lemuria benötigt wurde.

Um möglichst wenige Beamte nutzen zu müssen war man der Überlegung gefolgt, dass Maschinen und Computer ebenfalls Arbeiten übernehmen konnten. Gerade durch die leistungsfähigen Droiden und den vielseitig möglichen Einsatz von KI's waren völlig neue Strukturen denkbar. Dies zeigte sich beispielsweise täglich in den notwendigen Kommunalen Tätigkeiten. Dinge wie Müllentsorgung oder Städtische Reinigung wurden vollständig von Droiden übernommen und durch KI's koordiniert. Mit dieser Vorgehensweise hatte man bisher durchweg positive Ergebnisse erzielt. Aus diesem Grund würden noch deutlich mehr Droiden zum Einsatz kommen um beispielsweise den Pool der Staatlichen Angestellten im Kommunalen Bereich so klein wie nur irgend möglich zu halten. Zudem waren Droiden deutlich effektiver in Einsatzbereichen wie beispielsweise der notwendigen Stadtreinigung und Müllentsorgung. Droiden arbeiteten ohne Ruhezeiten, benötigten keine freien Tage und mussten naturgemäß nicht als Kranke oder Rentner berücksichtigt werden. Lediglich zum Aufladen der Energie und für regelmäßige Wartung fiel ein klein wenig Zeit an.

Der Großteil der Kolonisten lebte in der Hauptstadt der Kolonie. Das Leben pulsierte förmlich auf den breiten Straßen und Wegen der Stadt. Der Baustil wurde geprägt vom strahlenden Weiß und dem Glas der Gebäude die bei den zivilen Bauten durchweg "Klassisch-Modern" war. Öffentliche Gebäude und vor allem die Staatliche Bauten tendierten eher in eine heroisch wirkende Stilrichtung die stark angelehnt war an die monumentale Architektur lange vergangener Zeitepochen. Überall im Bereich der Stadt waren Grünflächen anzufinden. Eine Vielzahl von Bäumen war gepflanzt worden und würde mit der Zeit wachsen und Schatten spenden. Vorherrschend dabei waren Kiefern und andere Nadelbäume. Entlang der Wege in den vielfältigen kleinen Parkanlagen würden Denkmäler errichtet werden. Einige dieser Denkmäler standen bereits und erinnerten an bereits lange verstorbene Dichter, Denker und Soldaten aus allen Zeitepochen. Irgendwelchen Moralaposteln oder debilen Gutmenschen, denen aufgrund ihrer politischen Neigung auf Terra ein Denkmal errichtet werden würde, waren hier keine Denkmäler gewidmet worden und das würde sich in der Zukunft auch nicht ändern, da die Kolonisten derartige Denkmäler, für solche Menschen, nicht wollten. Diejenigen Denkmäler die von den Kolonisten errichtet wurden waren anderen Persönlichkeiten gewidmet. Die lebensgroßen Statuen von Plato, Leonardo da Vinci und Charles Darwin standen genauso in den gepflegten Parks wie die Statuen von Fürst Bismarck oder dem alten Generalfeldmarschall Helmuth von Moltke, der über weiten einen Platz hinweg auf den ebenso berühmten Generalfeldmarschall Erwin Rommel blickte. Diese Denkmäler wurden meist aus Bronze gegossen, jedoch gab es auch einige, die aus Marmor gefertigt worden waren. Die Statue von Julius Caesar war eines dieser Beispiele. Der neue Kaiser hatte es ausdrücklich abgelehnt, dass man ihm, zu seinen Lebzeiten, ein Denkmal errichtete. Man akzeptierte seinen Wunsch.

Zahlreiche klangvolle Namen waren schon diskutiert worden um der Hauptniederlassung der Kolonie einen Namen zu geben. Letztendlich hatte sich jedoch eine sehr einfache und einprägsame Bezeichnung durchgesetzt. Da der angeschlossene Raumhafen, zwischen der Stadt und dem Fabrikbezirk für die Kolonisten das Tor zu einer neuen und freien Zukunft darstellte war man einfach dazu übergegangen die Stadt als TOR zu bezeichnen. Der Name hatte sich festgesetzt und dabei war es dann geblieben. Der Fabrikbezirk mit den Kraftwerken und dem daran angeschlossenen Hafen wurde als TORHAFEN bezeichnet.

Anfänglich war die Zeitrechnung der Kolonisten ein kleineres Problem gewesen, da die planetare Zeit auf Lemuria von der allgemein gültigen terranischen Standartzeit abwich. Dieses Problem hatte man sehr schnell gelöst. Der Tag auf Lemuria war weiterhin in 24 Stunden aufgeteilt, jedoch verlief die Zeitmessung etwas langsamer um dies zu erreichen. Um die größere Länge des Jahres auszugleichen war man dazu übergegangen zwei zusätzliche, relativ kurze Monate in den planetaren Kalender einzufügen. So gab es nun nach dem Januar einen kurzen Monat mit dem Namen JUNIOR und nach dem Oktober einen ebenfalls kurzen Monat mit dem Namen SENIOR. Durch die Einschiebung dieser beiden kurzen Monate war es den Kolonisten gelungen weiterhin den Jahreswechsel zum 31.Dezember zu begehen und das Weihnachtsfest am 24.Dezember zu feiern. Die Mehrzahl der Kolonisten hatten großen Wert darauf gelegt solche Feiertage auch weiterhin nach dem alten Brauchtum begehen zu können. Ein nicht zu unterschätzender Faktor bei diesen Überlegungen waren die Feiertage der Kirchlichen Konfessionen gewesen. Dies hatte lange Diskussionen aufgeworfen. Man hatte jedoch einen gangbaren Weg gefunden, mit dem die überwiegende Mehrheit zufrieden war.

Obwohl die Zeitrechnung auf Lemuria dem planetaren Kalender und der planetaren Zeit unterlag, wurde auf den Raumstationen und an Bord der Raumschiffe von den Kolonisten das alte, auf Terra gültige Zeitsystem beibehalten, dass auch für die Chronologen der planetaren Regierung maßgeblich war.

Prinzipiell hatten die Planer der Kolonie bereits bei ihrer Auswahl der Kolonisten gewisse Grundvoraussetzungen strikt berücksichtigt, auf die seinerzeit der Vater des jetzigen Kaisers Wert gelegt hatte. Islamisten beispielsweise oder auch Angehörige von diversen abstrusen und sehr oft sektenähnlichen Glaubensrichtungen waren überhaupt nicht in die Auswahl der zukünftigen Kolonisten gekommen. Dadurch bedingt, dass die meisten der Kolonisten aus Nordeuropa stammten oder aber ethnisch zu diesem Menschenschlag gerechnet werden konnten, waren nur sehr wenige Glaubensrichtungen vertreten, die zudem überwiegend Christlich bedingt waren. Es gab zwar auch einige Dutzend Buddhisten aber der überwiegende Teil der Kolonisten waren Christen ... Protestanten, Katholiken, Anglikaner und Orthodoxe. Allerdings waren ein nicht geringer Teil der Kolonisten konfessionslos und diese waren auch nicht bereit dazu, sich den kirchlichen Vorgaben unterzuordnen. Zwar waren diese konfessionslosen Leute nicht alle entschiedene Atheisten aber auch derer waren unter den Kolonisten einige zu finden.

Kirchliche Feiertage wie Weihnachten oder Ostern wurden jedoch von allen Kolonisten gemeinsam begangen. Dies hatte einen Hintergrund, der in ihrer alten Heimat begründet war und den die Kolonisten auch hier nicht ablegen wollten. Es wäre für die meisten der Kolonisten überhaupt nicht denkbar gewesen, auf Weihnachtsgeschenke für ihre Kinder oder Familien zu verzichten, gemeinsam den Weihnachtsbaum zu schmücken oder aber mit den Kindern zur Osterzeit auf die Suche nach versteckten Ostereiern zu gehen. Dies waren einfach Dinge die eine Tradition hatten, die schon viele Jahrhunderte alt war ... Zudem waren viele davon überzeugt, dass derartiges zum Familienleben einfach dazu gehören würde und müsste.

Traditionen, die lange verlacht worden waren lebten neu auf. Das Verständnis zur Familie wurde in dieser Zeit neu definiert und folgte dabei alten Werten, die lange Zeit von vielen Politikern verlacht worden waren. Es zeigte sich jetzt, dass diese Werte immer noch für die Mehrzahl der Menschen einen kostbaren Wert hatten. Etwas, woran sie fest halten wollten und sich freuten, wenn sie es mit ihren Familien und Freunden teilen konnten.

8.

Die letzte Flotte der Kolonisten

Zehn Jahre waren nun vergangen, seitdem die Kolonisten der erste Welle zum System Lemuria aufgebrochen waren und Terra verlassen hatten. Die noch auf Terra verbliebenen, zukünftigen Kolonisten, hatten in der Zwischenzeit alle Vorbereitungen abgeschlossen und waren nun ebenfalls bereit ihre Reise in das Ungewisse anzutreten.

Die politische Situation auf Terra war in den vergangenen Jahren immer schwieriger geworden. Zumindest für Menschen die nicht mit den teilweise völlig weltfremden und irrationalen Entscheidungen der Regierung konform gingen, einzelne Entscheidungen der Regierung hinterfragten oder Kritik daran äußerten. Die Gründung der Hegemonie hatte einfach noch nicht genügend Impulse ausgesendet, um den Sumpf der herrschenden Klassen und der politischen Eliten neu zu orientieren, zu sortieren und derart zu ordnen, wie viele Menschen sich dies wünschten. Diese Wandlung würde voraussichtlich noch Jahre oder sogar Jahrzehnte benötigen. Durchaus nachvollziehbar also, wenn viele Menschen nicht so lange warten wollten, bis sich das System endgültig verändert hatte, sondern es vorzogen, jetzt zu anderen Planeten auszuwandern, um dort ihr Glück zu suchen.

Deshalb war es nicht verblüffend, wenn die Zahl der Menschen, die es zu neuen Kolonien zog, erstaunliche Ausmaße annahm. Die derzeitige Regierung förderte diese Abwanderung noch dadurch, indem sie es Kritikern schwer machte auf Terra oder im Solaren System eine gesicherte Existenz aufzubauen oder zu unterhalten. Durch diesen künstlich generierten Druck vermochte die Regierung auf Terra es zu bewerkstelligen, dass unzufriedene oder auch unliebsame Bürger es vorzogen ihre bisherige Heimat zu verlassen und somit in der Zukunft keine Probleme mehr für die Regierung auf Terra darstellten. Es war teilweise schon erstaunlich, wie wenig Kenntnis die breite Masse der Bevölkerung von diesen Machenschaften ihrer Regierung nahm. Viele Bürger verschlossen einfach konsequent die Augen und weigerten sich diese Tatsachen als Realität zu erfassen. Wieder einmal zeigte es sich, dass die überwiegende Anzahl der Bevölkerung mit Brot und Spielen ruhig gestellt werden konnte ... Eine Tatsache, die bereits die Kaiser im antiken Rom erfolgreich ausgenutzt hatten. Allerdings waren auf Terra, in den vergangenen Jahren, zusehends mehr Bürger unzufrieden mit ihrer derzeitigen Regierung. Es gelang der Regierung nicht mehr so problemlos, wie in den Vergangenen Jahren, der Mehrheit der Bürger und Wähler die von der Regierung gewünschte Meinung zu vermitteln, da die Bürger zusehends kritischer wurden und immer mehr Menschen das Tun ihrer Regierung hinterfragten ... erst nur für sich selbst, später dann zusammen mit anderen. Innerhalb der Bevölkerung schien sich ein grundlegender Wandel anzubahnen, der voraussichtlich bei den nächsten Wahlen zu massiven Umbrüchen in der derzeitigen politischen Struktur führen würde. Bis es soweit war würde es jedoch noch einige Zeit dauern und bis dahin würde die derzeitige Regierung sicherlich verstärkt gegen die immer stärker und lauter werdende Opposition vorgehen. So war das bisher immer in der Geschichte gewesen, wenn sich ein grundlegender Regierungswechsel anbahnte oder vollzog ... in jeder Zeitepoche und in jeder Kultur auf der Erde kannten Historiker diese Anzeichen und deren Folgen.

Ein Ergebnis dieser epochalen Geschehnisse, die sich teils erst schwach abzeichneten aber in der Zukunft deutlich Gewicht bekommen würden, war beispielsweise ein Umdenken von einigen wenigen weitblickenden Politikern, die erkannt hatten, dass diese Epoche neue Wege und neue Lösungsansätze benötigte. So wurde beispielsweise beschlossen, dass der derzeitige Sitz der Hegemonialen Verwaltung aus Genf verlegt werden sollte. Als neuen Sitz der Verwaltung und der Regierung der Hegemonie hatte man bereits begonnen im Meer eine künstliche Insel zu bauen, die bereits heute den Namen Star Island erhalten hatte. Bis zur endgültigen Fertigstellung dieser künstlichen Insel, die weitab jeglicher Insel oder Landmasse entstand würde es jedoch noch einige Jahrzehnte dauern. Diese künstliche Insel sollte fernab des Territoriums jeder alten Nation entstehen und somit symbolisieren, dass die neue Regierung unabhängig von diesen war.

Heute schrieb man auf Terra den 15.Mai 2038. Der Tag der Abreise war stetig näher gekommen. Als Starttag war der 20.Mai gewählt worden. An Bord des Kolonieschiffs *Exodus* gingen die Ladearbeiten in die letzte Phase. In kurzer Distanz zu dem Kolonieschiff schwebte der Tender

Midas im Orbit um Terra. Die Außenhülle des Tenders hatte ein fast pockennarbiges Aussehen, da dort überall zusätzliche Container und Shuttles befestigt waren ... zusätzlich zu den Waffensystemen die der alte Tender aufwies und die entsprechend eines Schiffs das einmal als Tender der Flotte gedient hatte nicht nur Dekoration waren. Die Zahl der Waffensysteme war noch etwas vergrößert worden, da die Reise in das Outback führen sollte und es dort nur wenig bis überhaupt keinen Schutz durch die Flotte der Hegemonie gab. In den vergangenen Jahren war es im Bereich des Outback vermehrt zu Überfällen durch Piraten gekommen. Bisher waren Operationen der hegemonialen Flotte gegen die Piraten zumeist vollständig wirkungslos verlaufen, da man nicht wusste, wo genau die Piraten ihre Basen hatten. Einige Stimmen munkelten sogar, es würde Regierungen von einzelnen Planeten geben, die mit den Piraten gemeinsame Sache machten, ihnen Nachschub gegen erbeutete Materialien verkaufen und sie sogar mit Informationen versorgen. Zwar wurden derartige Stimmen immer schnell unterdrückt aber es mehrte sich der Verdacht, dass ein Körnchen Wahrheit in diesen Behauptungen stecken mochte.

Wenn man diese Tatsachen betrachtete, dann war es nicht wirklich verwunderlich, dass die Frachter in den letzten Jahren zusehends mit zusätzlichen Waffen ausgerüstet wurden und nun wenn möglich das Outback in Konvois befuhren. In den weiter entfernten Regionen des Outback lohnten sich die Konvois kostentechnisch nicht mehr, zumal die einzelnen Frachter unterschiedliche Ziele anflogen. Dort waren die Kapitäne der einzeln operierenden Frachter dann auf ihr Glück und ihre Bordbewaffnung angewiesen. Stetige Vorsicht und ein gesteigertes Maß an Misstrauen war deshalb in den dortigen Regionen zur Gewohnheit geworden. Die Berichte von Kapitänen, die aufgrund ihrer verbesserten Schiffsbewaffnung einen Angriff von Raumpiraten abwehren konnten häuften sich allmählich. Da dies in der Vergangenheit stets der Anlass dazu gewesen war auch auf der gegnerischen Seite die Spirale der Bewaffnung ansteigen zu lassen war es nun lediglich eine Frage der Zeit, bis auch die Piraten ihre Schiffe massiv aufrüsteten. Man sollte dabei jedoch nicht vergessen, das die Piraten bisher lediglich kleinere und mittlere Frachter nutzten. Der Zugriff auf echte Kriegsschiffe war diesen Räubern des Weltalls bisher versagt und die in der Hegemonie versammelten Sternennationen achteten argwöhnisch darauf, das dies möglichst auch so blieb und den Piraten diese Möglichkeit auch in Zukunft weiterhin verschlossen blieb.

Ursprünglich sollten die Schiffe der Kolonisten sich erst im Outback vereinen und von dort aus die Reise in die neue Heimat antreten. Die derzeitige, unsichere Lage im Outback, hatte jedoch innerhalb der Führung der Kolonisten zu einigen langen Diskussionen geführt. Vielen erschien das derzeitige Risiko zu hoch und man suchte andere Wege der Lösung dieses Problems. Letztlich jedoch war man vom ursprünglichen Plan nicht abgewichen, da dieser gewisse Aspekte bot, die andere Optionen nicht bieten konnten. Die Verschleierung des endgültigen Ziels hatte für die gesamte Führung der Kolonisten immer noch oberste Priorität.

Die Kolonisten hatten all ihre verkäufliche Habe zu Geld gemacht und in die Expedition eingebracht. Ausgenommen davon waren lediglich die Dinge, die sie mit auf die Reise nehmen wollten ... bei einem verfügbaren Raumvolumen von einem Kubikmeter pro Kolonist war das nicht wirklich viel, wenn man bedachte, dass viele der Kolonisten bereits seit vielen Generationen diverse Erbstücke besaßen die von der einen Generation an die nächste weiter gegeben wurden. Das hatte oft zu schweren Entscheidungen geführt die nicht selten unter Tränen getroffen werden mussten. Die beiden Konzerne TERRA-TECH und IRD waren im Verlaufe der letzten Jahre, nach und nach unauffällig aufgelöst worden. Dies war durch den Verkauf von Unternehmensteilen geschehen. Die Begünstigten dieser Verkäufe waren im Regelfall dann gewisse Großaktionäre, die durch Investmentkonsortien oder Kanzleien vertreten wurden. Das diese unbekannt gebliebenen Großaktionäre alle zur Führungsspitze der Kolonisten gehörten blieb der Öffentlichkeit unbekannt. So gelang es den Kolonisten im Verlaufe der letzten Jahre eine enorme Summe Geld zu generieren, welches ausnahmslos in die Finanzierung der Kolonieexpedition geflossen war.

Derzeit standen bereits die Frachter *Mondschatten*, *Mars Traveller* und *Northern Star* im System Byzanz, wo sie auf die *Exodus* und die *Midas* warteten. Von Byzanz aus sollte die Reise dann im Konvoi, in das Outback führen und von dort weiter fortgesetzt werden. Die genauen Kursdaten der notwendigen Navigation waren nur auf der *Exodus* und auf dem Tender *Midas* vorhanden. Mit dieser Vorgehensweise wollte der

noch verbliebene Führungsstab der nun abreisenden Kolonisten unter allen Umständen verhindern, dass derzeit oder aber später Informationen über das endgültige Reiseziel und den geheimen Plan durchsickerten.
In den vergangenen zehn Jahren hatte die Technik in einigen Bereichen erstaunliche Durchbrüche erzielt. Die Produkte und Ergebnisse dieser Entwicklungen befanden sich nun, zusammen mit den entsprechenden Konstruktionsdaten, an Bord der Frachter und des Tenders, um in der neuen Heimat den Kolonisten zu gute zu kommen. Militärisch war der wohl entscheidendste Durchbruch die Entwicklung von Drohnen gewesen, die von ihren Piloten über Hyperfunk gesteuert und kontrolliert wurden. Die effektive Reichweite dieser Drohnen lag zwar derzeit NUR bei fünf Lichtminuten, jedoch war das eine Entfernung, die im Raumkampf einen enormen Vorteil ausmachen konnte, da die Datenübermittlung zwischen Drohnen und ihren Piloten in Echtzeit verlief. Die Vorteile diese Technologie lagen auf der Hand und waren von den Militärs der verschiedenen Sternennationen mit großem Interesse aufgegriffen worden. Es war den Kolonisten gelungen durch geschickte Bestechung an vier dieser Drohnen zu gelangen. Diese vier Drohnen und deren dazu gehörenden "Flightboxes", in denen die jeweiligen Operatoren ... oder auch Piloten genannt ... saßen, befanden sich nun an Bord der *Midas*. Sorgsam in Containern verpackt, die an der Außenhülle der Transportschiffe angeschweißt waren. Die umfangreichen Forschungsdurchbrüche, auf dem umfangreichen Gebiet der Hyperimpulstechnologie, die seinerzeit erst die Entwicklung der Drohnentechnologie möglich gemacht hatten, führten auch zu enormen Verbesserungen in den Bereichen der Ortung und der Kommunikation. Quasi als Nebenprodukt war jedoch auch die militärische Nutzbarkeit der Hyperimpulswellen entdeckt worden ... Eine Entdeckung, die von sehr vielen Menschen mit Argwohn und Abscheu betrachtet wurde.
Eine weitere interessante Entwicklung war die Vervollkommnung der Grav-Technologie, die es erlaubte die Nutzung der Antigravitation auf kleineren Fahrzeugen und sogar in Droiden einzusetzen. Diese Technik schien bereits heute vielen Forschern und Entwicklern noch deutlich weiter ausbaufähig zu sein und hier würden im Verlauf der kommenden Jahrzehnte, von Forschern sicherlich noch einige interessante Aspekte erkannt werden, die dann irgendwann von fähigen Konstrukteuren und Ingenieuren umgesetzt wurden.

Die Kolonisten setzten sich auch bei dieser zweiten und letzten Welle ihrer geheimen Auswanderung nach Lemuria, überwiegend aus Menschen zusammen, die im nördlichen Europa ihre Wurzeln hatten. Hierbei war das Mischverhältnis prinzipiell mit der bereits abgereisten ersten Welle gleichzusetzen. Die prozentualen Unterschiede waren minimal. Aus dem Asiatischen Raum kamen rund 8%, weitere 10% stammten aus der Region des ehemaligen Russland und Polen, weitere 12% aus den Skandinavischen Ländern. Aus dem Bereich Nordamerika kamen 5% und weitere 10% aus Australien, Irland und England. Weitere 5% sahen ihre alte Heimat in den Gegenden von Frankreich, Italien und Spanien und Ungarn. Die restlichen 50% hatten ihre Wurzeln in der Region gehabt, die seinerzeit einmal als Deutschland, Holland, Schweiz und Österreich bezeichnet wurden und heute ein Bestandteil der "Hegemonialregion von Europa" waren.

Die Kolonisten hatten bei der Frachtzusammensetzung ihrer Schiffe dieses mal darauf verzichtet, einsatzbereite Baumaschinen mitzuführen. Allerdings bestand beispielsweise die Fracht der *Northern Star* zu fast 80% aus Saatmaterial für Flora und Fauna sowie aus 20 Millionen Menschlichen Embryonen. Diese umfangreiche, organische Fracht wurde nun in Stasis gelagert um Schäden auf der Reise zu verhindern. Wenn man das Frachtpotential und Frachtvolumens eines dieser drei Frachter näher betrachtete, dann war das eine enorme Menge, die viele Menschen des 21.Jahrhunderts für fast unbegreiflich gehalten hätten.
Ein großer Teil des übrigen Frachtvolumens der drei Frachter wurde von modernsten 3-D-Druckern und Fabrikatoren unterschiedlicher Größe eingenommen. Auf dem Tender waren die Bauteile für eine Asteroidenbergbaustation mit angeschlossener Aufbereitungsanlage verstaut. Zusätzlich hatte der Tender noch die Bausegmente für zwei Orbitale Fabrikanlagen an Bord, die man zur neuen Kolonie mitbringen wollte. Einige Tausend moderne Droiden unterschiedlicher Modelle hatten ebenfalls noch Platz auf dem Tender gefunden.
Dort, wo an Bord der Schiffe noch Platz vorhanden war, befanden sich elektronische Erzeugnisse, Kleidung, Nahrung und vielerlei, oft sehr kostspielige, Kulturgüter die ebenfalls mitgenommen werden sollten. Der Platzmangel an Bord der Schiffe war erdrückend und brachte die Mitglieder der Besatzungen oft fast zum Verzweifeln. Zurück lassen

wollte jedoch niemand diese Fracht, da man nicht damit rechnete, in den kommenden Jahrzehnten wieder Kontakt zu den Menschen auf den Welten der inneren Kernzone zu bekommen. Mit weiterem Nachschub für die ferne Kolonie rechneten die Führer der Kolonisten deshalb nicht. Alles was jetzt nicht mitgenommen wurde, würde später nicht mehr verfügbar sein, es sei denn, die Kolonisten fertigten diese fehlenden Produkte, wie geplant, selbst an. Bereits mit der ersten Welle der Kolonisten waren unzählige Konstruktionsunterlagen auf die Reise zum neuen Kolonialplaneten gegangen. Auch dieses Mal verfuhren die Kolonisten so und führten die neuesten Erkenntnisse der Menschheit in digital gespeicherter Form mit. Dafür waren an Bord des Tenders und des Kolonieschiffs zusätzlich ein Dutzend großer und besonders abgesicherte Datenspeicher installiert worden, in denen dann von Technikern, Ingenieuren und Wissenschaftlern die entsprechenden Unterlagen, Konstruktionszeichnungen und Daten gespeichert worden waren. Die Zusammenstellung und vor allem die Beschaffung dieser Datensammlung hatte fast drei Jahre gedauert und einige male wären Karl Scheer's ausgesandte Spezialisten von fast bei diesen Missionen ertappt worden. Der ewig wachsame Flottensicherheitsdienst der Hegemonie beschäftigte in seinen Reihen keine Dummköpfe und wurde von Jahr zu Jahr effektiver.

Das hatten die Kolonisten schmerzhaft spüren müssen, als es um die heimliche Beschaffung von Sprungkristallen ging. 2028, kurz nachdem die erste Welle der Kolonisten die Reise nach Lemuria angetreten hatte gelang es den Kommandoteams unter der Leitung von Karl Scheer zwei Sprungkristalle der Klasse 8 zu beschaffen. Damit ließen sich Schiffe sprungtauglich machen, die eine Masse von 1 Million Tonnen hatten. Der sorgsam geplante, komplizierte Einsatz entwickelte sich zu einer Katastrophe und endete mit dem Verlust von zwei kompletten Teams von je sechs Personen, die im Kugelhagel der Sicherungseinheiten, am Raumhafen der Kristallminen, ihr Ende fanden. Nur mit viel Mühe und etwas Glück entkamen die restlichen zwei Teams und konnten ihre Spuren verwischen. Erst sechs Monate später konnten sie sich bei Karl Scheer zurück melden. Die beiden Teams mussten während ihrer Flucht das Sonnensystem verlassen hatten und auf Karthago untertauchen. Von dort aus traten sie dann wenig später, mit neuen Identitäten versehen, ihre Heimreise an. Der Flottensicherheitsdienst tappte bis heute im Dunkeln, vermutete jedoch das diese missglückte Aktion von Karthago aus koordiniert worden war, da die geschickt gestreuten, spärlichen Hinweise darauf hin deuteten. Seitdem war die Sicherheit der Kristallminen und auch die Sicherheit der dort abgebauten Sprungkristalle stark verschärft worden. Unter anderem war in der direkten Nähe der Kristallbergwerke eine Sondereinheit der TDGF (der Bodentruppen der Hegemonie) stationiert worden. Ein kommerzieller Kauf der begehrten Sprungkristalle schied leider als Möglichkeit aus und auch auf dem Wege der Bestechung oder der Erpressung war es nicht mehr möglich an diese Kristalle zu gelangen. Sechs Jahre nach dem Fiasko hatte Karl Scheer sich eingestehen müssen, dass es ihm nicht möglich war weitere Kristalle zu beschaffen. Die internen Sicherheitsbemühungen der Gruppe waren von Scheer ab diesem Zeitpunkt nochmals verschärft worden. Die beiden bereits beschafften Kristalle waren nun, seit rund drei Jahren, gut versteckt und sorgsam verpackt an Bord des Tenders *Midas*.

Am 20.Mai verließen das Kolonieschiff und der begleitende Tender den Orbit von Terra. Einige Tage später erreichten die beiden Schiffe den Sprungpunkt und verließen dann, am 26.Mai 2038 das Solare System. Lediglich einige schwache und kaum messbare magnetische Wirbel, die sich rasch verflüchtigten, zeugten am Sprungpunkt davon, dass hier soeben zwei Schiffe, im Abstand von zehn Minuten von einander, das Universum verlassen hatten um dann ohne Zeitverlust in einem anderen Sonnensystem wieder zu materialisieren. Die Sprungpunkte, die man anhand der Kreuzman-Anomalie messtechnich nachweisen und orten konnte waren der Menschheit in ihrer tieferen Gesamtheit immer noch ein Rätsel, dass man zwar nutzen konnte, über dessen vollständiges Ausmaß und den endgültigen Zusammenhang mit der Struktur des Universums die Wissenschaft jedoch noch in den Kinderschuhen steckte. Es gab natürlich sehr viele wissenschaftliche und physikalische Erklärungen zu diesem Thema, jedoch hatte die Wissenschaft bisher erst einen kleinen Bruchteil der überaus komplexen Zusammenhänge von Sprungpunkten und des darauf bestehenden Gleichgewichtes der Kräfte mit den Wechselwirkungen der Gravitationskonstanten erkannt und begriffen, die im ganzen Universum vertreten waren.

Von Terra aus reisten die beiden Schiffe über Olont, Megara und Sparta nach Byzanz. Dort wurden noch ein letztes mal die Antimaterievorräte aufgefrischt. Dann vereinigten sich die fünf Schiffe der Kolonisten zu einem Konvoi und verließen Byzanz, acht Wochen nach dem Start der Exodus und der Midas, um über Salomon die Reise in das Outback anzutreten. Die Öffentlichkeit war bereits seit mehreren Jahren darüber informiert, dass die Kolonisten an Bord der *Exodus* ein System im galaktischen Osten von Terra besiedeln wollten, dem sie den Namen New Dublin gegeben hatten. Der Tender *Midas* gehörte angeblich zu dieser Kolonialexpedition dazu. Die drei Frachter hingegen hatten sich augenscheinlich lediglich vorübergehend, als provisorischer Konvoi, diesen beiden Schiffen angeschlossen und planten Handelsreisen in das bisher nur teilweise kartographierte und lückenhaft besiedelte Outback. Bisher hatte die Geheimhaltung der Kolonisten über ihre langfristigen Pläne und ihr wirkliches Reiseziel den Hoffnungen und Erwartungen ihrer Planer entsprochen. Niemand ahnte etwas von den Plänen, die einst vom Grafen von Rabenswalde und seinem Führungsstab ersonnen worden war ... zumindest niemand, der irgendwo in den Reihen der Hegemonialen Regierung saß.

Lediglich in einem kleinen Haus, auf Terra, in der nähe von Stockholm gab es einen Menschen, dem Teile des Plans bekannt waren und der einige Jahre Zeit gehabt hatte, um sich aus vielen kleine Puzzleteilen ein annäherndes Bild zu machen. Ole Pederson, der Raumfahrer der einst auf der *EX-17* deren Reise in das Outback mit gemacht hatte und nun auf Terra zurückblieb, schwieg zwar über seine Reise und über seine Vermutungen, was das Ziel der Kolonisten betraf aber er war der einzige Mensch, der darüber informiert war, wohin die Reise gehen könnte, die von diesen Kolonisten angetreten wurde. Pederson hatte über all die Jahre hinweg sehr aufmerksam die Nachrichten verfolgt und war mehr als einmal erstaunt gewesen, als kleine und scheinbar nebensächliche Geschehnisse plötzlich einen Sinn ergaben, den er mit den Menschen um den Grafen von Rabenswalde in Verbindung bringen konnte. Einem uninformierten Menschen wäre ein Zusammenhang nicht aufgefallen. Pederson hatte geschwiegen und würde dies auch weiterhin tun, da er im Herzen mit diesen Menschen sympathisierte. Für Pederson war es eine Freude, zu sehen wie die Planung aufzugehen schien. Er würde in den kommenden Jahren sorgsam beobachten, ob nicht doch irgendwer einen

Verdacht geschöpft hatte. Es interessierte ihn einfach, ob die Geheimhaltung auch noch nach Jahren oder sogar Jahrzehnten fortbestand haben könnte. Es sprach allerdings bisher alles dafür.

Drei Monate später, nachdem der Konvoi der Kolonisten einer lange geplanten Route gefolgt war, gelangten die Schiffe zu einem System, dass sie endgültig aus den bekannten Bereichen des Outback hinaus führte. Bisher war die Reise problemlos und ohne jede Fremdkontakte verlaufen. Weitere vier Monate später erreichten dieser Konvoi das System, das auf ihren Karten als Asgalun ausgewiesen war. Hier wurde der Konvoi bereits von der *Explorer* erwartet.

Der Kommandant der *Explorer*, Arnold Gustav Reling begrüßte, über Funkspruch, die Kolonisten die im System Asgalun eingetroffen waren. Er erklärte dem Kommandanten der *Exodus*, dass er den Auftrag hatte hier auf den Konvoi zu warten. Dies wäre absolut notwendig, da das Lemuria-System zwischenzeitlich über eine Sprungpunktverteidigung verfügte und man das Risiko vermeiden wollte, dass die einspringenden Kolonistenschiffe dort als Zielscheiben dienten.

Die *Explorer* fungierte nun als Führungsschiff und geleitete den Konvoi zum System T-93-N. Dort, in diesem öden Transitsystem, warteten die Kolonisten auf das Sprungfenster, welches zu einem genau festgelegten Zeitpunkt von der *Explorer* genutzt wurde um über den Sprungpunkt nach Lemuria zu gelangen. Kaum im System eingetroffen funkte die *Explorer* bereits den erfolgreichen Abschluss ihrer Abfangaktion.

Im Lemuria-System wurden daraufhin sofort die automatischen Waffensysteme der Sprungpunktverteidigung deaktiviert. Erst jetzt konnten die fünf Schiffe des Konvois ungefährdet einspringen. Zehn Minuten nach der Ankunft der Explorer materialisierte die *Exodus* als erstes der Konvoischiffe im System von Lemuria. Die übrigen Schiffe des Konvois erschienen mit einem Abstand von jeweils weiteren fünf Minuten im System. Nachdem der Sprungpunkt von den Schiffen geräumt war, die sich langsam in Richtung auf Lemuria in Bewegung setzten, wurden die zahlreichen Waffensysteme der Systemverteidigung am dortigen Sprungpunkt wieder aktiviert. Niemand legte Wert darauf ungebetenen Besuch zu bekommen, obwohl dies, derart fernab gelegen im Outback, ziemlich unwahrscheinlich erschien.

Die Route über Asgalun, Bitaxa und die Transfersysteme von denen das System T-93-N das letzte vor Lemuria war, stellte die kürzeste Route zum besiedelten Kernbereich da. Es gab auch noch andere Routen um nach Lemuria zu gelangen aber diese waren noch deutlich länger und somit sah man im Oberkommando auf Lemurias Mond Trabant diese zweite Möglichkeit als extrem unwahrscheinlich an. Trotzdem würden die Sprungpunkte nach Metallica und T-94-NO-1 im Verlaufe der kommenden Jahre ebenfalls mit derartigen Verteidigungsanlagen ausgestattet werden wie die Stationen SCHILD und SCHWERT am Sprungpunkt nach T-93-N. Die Ingenieure waren fest überzeugt davon diese Vorhaben bereits in den kommenden fünf Jahren vollständig abgeschlossen zu haben. Der Bau und auch die Stationierung dieser Stationen hätte wohl noch schneller realisiert werden können aber man setzt auf Lemuria derzeit die Priorität erst einmal auf den planetaren Ausbau, der noch lange nicht vollständig abgeschlossen war. Zudem benötigten die anhaltenden Arbeiten auf Trabant einen nicht geringen Teil des derzeit verfügbaren Equipments und der verfügbaren Materialien.

Drei Tage nach ihrem Eintreffen im System erreichten die Schiffe der Kolonisten den Orbit von Lemuria. Bereits einige Stunden später wurden die ersten der mitgeführten Frachtcontainer durch Leichter zur Oberfläche transferiert.
Die Verwaltung auf Lemuria setzte sich mit der Exodus in Verbindung und koordinierte die Erweckung der Kolonisten, die an Bord des Schiffs in Stasis schliefen. Familien sollten zuerst erweckt werden und dann, nach einer kurzen Zeit für ihre Orientierung, mit Shuttles zur Oberfläche des Planeten gebracht werden. Der notwendige Wohnraum war auf Lemuria in der Zwischenzeit bereits ausreichend geschaffen worden. Dafür hatten bereits Ingenieure des Planungsbüros und vor allem die niemals ermüdenden Droiden gesorgt, die Tag und Nacht arbeiteten. Zusammen mit den jeweiligen Kolonisten würden deren persönliche Güter zum Planeten befördert werden und dort den neu eingetroffenen zeitnah zur Verfügung stehen. Die Organisation dieser Abläufe war durch die KI der Marco Polo koordiniert worden, die sich als unschätzbare Hilfe erwiesen hatte und auch jetzt fortwährend zeigte, was eine KI zu leisten in der Lage war.

Organisatorische Belange, die auf Terra erst von einem großen Stab menschlicher Beamten und Hilfskräfte organisiert werden mussten und bei denen es immer wieder zu Fehlentscheidungen, Missverständnissen und Verzögerungen kam, waren durch das planvolle agieren der KI nicht mehr existent. Die gesamte Landeoperation der Kolonisten und auch die anschließende Verteilung der unglaublich vielen mitgeführten Güter und Waren, verlief wie ein Planspiel aus dem Bilderbuch.
Vier Wochen später waren alle Kolonisten gelandet, hatten ihre neuen Wohnungen bezogen und lebten ihr neues Leben auf Lemuria. Das System von Lemuria hatte nun 105.960 neue Bürger.
Die Integration der neu eingetroffenen Kolonisten, in die bereits bestehende Infrastruktur und das Leben innerhalb der Kolonie geschah reibungslos. Nur vereinzelt kam es, seitens der jetzt neu eingetroffenen Menschen, zu leisen Unmutsäußerungen, über die Regierungsform, zu der sich die erste Welle der Kolonisten entschlossen hatte. Jedoch war für jedermann der Erfolg sichtbar, den diese Regierung vorweisen konnte. Nahezu täglich konnten die Kolonisten nachvollziehen, welche Arbeiten abgeschlossen wurden und welche Projekte als nächstes auf der Tagesordnung standen. Der Vorteil, dass diese zahllosen Arbeiten für alle sichtbar waren, half dabei ungemein. Hilfreich war auch, dass der persönliche Wohlstand der Kolonisten spürbar stieg. Nicht als imaginäre Statistiksumme in irgendeiner Karteikarte, sondern für jeden einzelnen nachvollziehbar von Woche zu Woche.
Nach und nach wurden die kritischen Stimmen leiser, um dann gänzlich zu verstummen. Die Kolonisten sahen, dass diese Regierung wirklich darum bemüht war, zum Wohle ihrer Bürger zu agieren. So etwas kannte man von Terra nicht und empfand es als Wohltat, endlich als das angesehen zu werden, was man als ein Bürger einer Regierung grundsätzlich sein sollte ... Als ein Teil des Staates, der sich bewusst sein durfte, dass seine Regierung sich augenscheinlich ehrlich bemühte, die vielen Bedürfnisse seiner Bürger zu erfüllen. Das Bewusstsein, als Bürger von seiner eigenen Regierung nicht nur anerkannt, sondern auch wertgeschätzt zu werden. Zudem besaßen die Kolonisten in ihrer neuen Heimat ein Maß an persönlicher Freiheit, dass bislang von Terra her nicht gekannt worden war. Wenn jemand einer anderen Meinung war, dann wurde er nicht ausgegrenzt oder diffamiert, sondern man zeigte ihm wo er sich irrte. Dies geschah nachbarschaftlich und freundlich. Man

betrachtete sich als Teil eines größeren ganzen und war stolz darauf, hier etwas zu erschaffen, was man später mit gutem Gewissen an seine Nachkommen übergeben konnte.

Zwei Tage, nachdem die letzten der neu eingetroffenen Kolonisten auf dem Planeten gelandet waren, traf sich die alte Führungsriege, im Wohnsitz des jetzigen Kaisers. Die Freude des Wiedersehens war groß. Es wurde an diesem Abend viel gelacht und derer gedacht, die diese Reise nicht mehr hatten antreten können. Zur fortgeschrittener Stunde kam auch das Thema Regierungsform zur Sprache.
Karl Scheer schmunzelte verhalten und schaute Kaiser Alexander an. "Wir alle, aus dem Führungskreis, waren bereits frühzeitig, auf Terra, der Überzeugung, dass eine Monarchie die sinnigste Regierungsform darstellen würde und dass DU das erste Oberhaupt dieser Monarchie werden solltest. So wie es aussieht hat das anscheinend entsprechend unserer Erwartungen funktioniert. Gab es hier ernstere oder vielleicht noch existente Probleme bei der Errichtung dieser Regierungsform?" Alexander schüttelte den Kopf. "Die rund zwei Dutzend Leute die sich aus deiner Abteilung unter den ersten Siedlern befunden haben, haben dabei großartige Arbeit geleistet und die Stimmung der Kolonisten sinngerecht ... also in unserem Sinne ... gelenkt. Ich persönlich habe zwar mit einer Mehrheit bei dieser Wahl der Regierungsform gerechnet, diese fiel jedoch weit deutlicher aus, als von mir erhofft oder gedacht. Rückblickend denke ich, dass den hiesigen Kolonisten der Gedanke an eine starke und verlässliche Monarchie, die zudem auch den Willen des Volkes berücksichtigt, als erstrebenswerteste Variante erschien. Unter den Kolonisten der ersten Welle gibt es nahezu keine Leute, die unserer Monarchie heute noch ablehnend gegenüber stehen. Jetzt, da du die Funktion des Sicherheitschefs hier übernehmen wirst, hoffe ich, dass auch die Neuankömmlinge bald genauso empfinden."
Scheer nickte nachdenklich. Er würde dafür sorgen, dass es keine Überraschungen gab.

Schon zwei Jahre später ging der Sicherheitsdienst vollständig im neu gegründeten "Flotten-Sicherheitsdienst" (FSD) auf. Karl Scheer, nun im Rang eines Commodore, übernahm dessen Leitung. Der FSD war offiziell der Flotte des Kaiserreiches angegliedert und somit theoretisch dessen Oberbefehlshaber unterstellt, welche auch für alle Einheiten der Bodenstreitkräfte zuständig war, die der Flotte einfach angegliedert worden waren. Allerdings war Karl Scheer nur dem Kaiser selbst Rechenschaft schuldig. Der FSD fungierte auch als Wächter über die Angehörigen des Militärs. Genau wie auch Karl Scheer, waren sämtliche Angehörigen des FSD stark auf den Kaiser fixiert und sahen ihren Dienst als "heilige Pflicht" an. Nichts war für sie wichtiger als Kaiser und Kaiserreich vor allen inneren und äußeren Gefahren zu schützen. Die zu diesem Zeitpunkt fünfzig Männer und Frauen wurden bei ihrer Tätigkeit durch mehrere KI unterstützt.

Da es keine äußeren Gefahren, sprich Gegner gab, konzentrierte man sich auf die inneren Angelegenheiten und den Schutz der Regierung gegen mögliche Gefährdungen. Die hauptsächliche Tätigkeit bestand zu diesem Zeitpunkt darin, die eigene Bevölkerung durch gezielte Artikel und Berichterstattung in den Medien und den Sozialen Netzen für den Kaiser und das Kaiserreich einzunehmen. Scheer hatte dies als absolute Priorität gesetzt. Wenn einstmals wieder ein Kontakt mit anderen Kolonien oder der Kernsphäre bestehen sollte, so sollte … nach dem Willen von Karl Scheer … das Kaiserreich geschlossen hinter dem Kaiser oder der Kaiserin stehen.

Die Tatsache, dass Scheer den Kaiser mit nahezu religiösem Eifer verehrte und für diese Art von Aufgabe der zweifellos wohl am besten geeignetste Mann war machte Alexander teilweise Sorgen. Zu deutlich war ihm bewusst, wie skrupellos Scheer gegen Gegner vorgehen konnte, wenn er nicht gebremst wurde. Die Bedenken, die Alexander insgeheim hatte, erwiesen sich jedoch als überflüssig. Scheer übertrat niemals die Linie, die er in der Vergangenheit auf Terra so oft überschritten hatte, um das Projekt zu schützen.

9.

Lemuria-System, 20 Jahre nach der ersten Landung

Hätte jemand den Planeten Lemuria zwanzig Jahre nach der Landung der ersten Kolonisten mit einem Zeitpunkt verglichen, der sich in einem Zeitraum von wenigen Jahre davor befand, dann wäre er erstaunt gewesen. Der Planet hatte sich optisch grundlegend verändert und diese Veränderung war bereits aus dem Orbit deutlich erkennbar.

Am deutlichsten sah man das an der Färbung der Kontinente. Dort, wo einst wenig karge Landmassen mit nur vereinzelten Pflanzen gewesen waren wuchsen heute überall Pflanzen die einst auf Terra heimisch gewesen waren. Dichte Wälder waren entstanden, die sich überall dort ausbreitete, wo keine Siedlungsgebiete, Industriebereiche oder aber landwirtschaftlichen Flächen waren. Zu den Polen des Planeten hin hatten sich zahlreiche kleinere Regionen etabliert, die von Büschen und niedrigen Pflanzen bewachsen waren. Dort, wo die mächtigen und oft schroffen Gebirgsmassen sich empor reckten waren die Gipfel der Berge von Eis und Schnee bedeckt. Die Fauna der landgebundenen Wesen die einst auf Lemuria heimisch und dominierend waren, war von ihren terrestrischen Gegenstücken genau so verdrängt worden wie die ursprüngliche Flora. In den Meeren hatten sich die dort heimischen Organismen mit den neue angesiedelten Arten, von einer anderen Welt, zu einem gut funktionierenden neuen Ökosystem zusammen gefunden. Niemand, der aus dem Orbit einen Blick auf Lemuria geworfen hätte, würde vermuten, dass dieser Planet erst vor zwanzig Jahren kolonisiert worden war. Auffällig war lediglich, dass es auf Lemuria, im Gegensatz zu vielen anderen besiedelten Planeten, erstaunlich wenig sichtbare Verkehrsverbindungen zwischen den einzelnen Ansiedlungen gab. Diese waren von den Kolonisten bereits von Anfang an möglichst unterirdisch angelegt worden. Von der Hauptstadt aus verlief, tief unter der Oberfläche verborgen, ein dichtes Netz von Keramikbetonröhren, in denen die Vakuumbahnen auch ferne Orte schnell und problemlos erreichen konnten. Bei den regulär erreichten Geschwindigkeiten der Vakuumbahnen, die bei längeren Strecken im Bereich von bis zu 2000km/Std. lagen, waren auch weitere Reisen problemlos und zeitnah zu bewältigen. Erreicht werden konnten diese erstaunlichen Geschwindigkeiten nur, weil die Röhren luftleer waren und die Züge sich in einem Vakuum bewegten. Daher war auch der Name dieser Bahnen entstanden. Erst beim Erreichen der jeweiligen Stationen durchfuhren die Züge ein einfach konzipiertes Schleusensystem. Dieses System der Vakuumbahnen hatte sich bereits auf vielen Planeten, in der Kernsphäre, gut bewährt. Parallel zu den Röhren, in denen die Vakuumbahnen sich bewegten, existierten auch noch Röhren die dem Verkehr mit bodengebundenen Fahrzeugen vorbehalten waren. Nahezu der vollständige Frachtverkehr und selbstverständlich auch der überwiegende Teil des Personenverkehrs verlief heute tief unterhalb der Oberfläche. Große Teile der Hauptstadt waren mehrere Etagen tief von diesem Tunnelsystem durchzogen, das schon eine Stadt für sich selbst darstellte und sich zur Lebensader der Kolonie entwickelt hatte.

Die Besiedelung des Planeten konzentrierte sich derzeit noch auf den Hauptkontinent. Lediglich kleinere Ansiedlungen waren auf anderen Kontinenten oder auf Inseln entstanden und gruppierten sich dort in der Regel um die Industriellen oder Landwirtschaftlichen Zentren. Auf dem Hauptkontinent waren an den Hängen der nördlichen Gebirgskette einige kleine Ansiedlungen entstanden, die sich zusehends mehr dem Tourismus widmeten, der sich bereits deutlich abzeichnete und ständig weiter entwickelte. Der Bedarf der Menschen nach einer Gestaltung ihrer Freizeit war deutlich spürbarer geworden. Dies hatten die Planer der jetzigen Regierung, bereits auf Terra, frühzeitig vorhergesehen und entsprechende Planungen waren bereits kurz nach der Landung der ersten Siedlerwelle konsequent voran getrieben worden. Drei kleinere Kuppelsiedlungen unterhalb der Meeresoberfläche waren ebenfalls bereits im Bau und würden, neben der Ernte von Aquakulturen, dem Fischfang und dessen Weiterverarbeitung, wohl bald ähnliche Zwecke erfüllen. Am Rande der wachsenden Hauptstadt waren, an den sanft ansteigenden Hängen der Kraterüberreste, bereits mehrere Bezirke entstanden in denen luxuriöse Einfamilienhäuser und Herrenhäuser erbaut worden waren oder sich noch in der Planungsphase befanden. Hier wohnten viele der erfolgreichen Selbstständigen, der Fabrikanten oder diejenigen, die innerhalb der Regierung einen der begehrten Posten, in der gehobenen Verwaltung oder dem Militär inne hatten. Für eine gewisse Anzahl der Kolonisten war diese Wohnform angenehmer als das

Wohnen in den zweifellos komfortablen und großzügig dimensionierten Wohnanlagen der Hauptstadt. Auch waren bereits einige kleine, kontinuierlich wachsende, Vorortbezirke entstanden, deren Häuser zwar weniger luxuriös waren aber von ihren Bewohnern ebenso stolz bewohnt wurden. Platz war reichlich vorhanden und aufgrund der von den Kolonisten bereits vor ihrer Abreise von Terra in die Expedition eingebrachten Mittel konnten sich die Siedler diesen Luxus nun leisten, der auf Terra für viele von ihnen nicht realisierbar gewesen wäre.

So verfügte beispielsweise mittlerweile fast jede Familie über einen Droiden, der die täglichen Hausarbeiten erledigte. Die immer mehr ansteigenden Produktionszahlen der Droiden und deren subventionierte Preise machten einen derartigen Erwerb problemlos möglich ... Ein Luxus, der auf Terra nicht vorstellbar gewesen wäre. Die Erstellung der Wohngebäude war simpel und konnte innerhalb kürzester Zeit realisiert werden. Die notwendigen Fertigbauteile für die Häuser wurden in den automatisierten Fabrikanlagen quasi am Fließband hergestellt und waren kostengünstig. Den dann folgenden Aufbau der Haussegmente, die fast ausnahmslos aus dem nahezu unverwüstlichen Keramikbeton bestanden, erledigten Droiden, die in ausreichender Zahl vorhanden waren. Auch die notwendigen Installationen und Anschlussarbeiten der Häuser wurden von diesen Droiden im Rahmen ihrer dortigen Tätigkeit erledigt. Der Transport der notwendigen Segmente für die Errichtung der Häuser erfolgte ebenfalls durch die Droiden. Lediglich zur Endabnahme des jeweiligen Bauprojektes erschienen einige Ingenieure und machten eine Ortsbegehung. Von der Auftragserteilung bis zur Fertigstellung vergingen in der Regel nicht mehr als fünf Tage. Setzte man die Kosten eines derartigen Einfamilienhauses, in einem der Vorortbezirke, für eine vierköpfige Familie in eine vergleichende Relationen, dann kostete so ein Gebäude die neuen Eigentümer, inklusive aller notwendigen Arbeiten bis zu dessen schlüsselfertiger Übergabe, an die stolzen neuen Besitzer nicht mehr, als zwei bis drei Monatsgehälter eines Angestellten der mittleren Berufsebene. Da die Kolonisten das Bauland von der Regierung zu vergünstigten Preisen erhielten und dieser Baulanderwerb durch die Einlagen der Kolonisten quasi bereits bezahlt worden waren, als sie die Stasiskammern im Orbit von Terra bestiegen um die Reise anzutreten, war es nicht verblüffend, dass nahezu jede Familie irgendwo auf dem Planeten Lemuria eigenen Wohnraum besaß. Wenn es kein Eigenheim war, indem man ganzjährig lebte und wohnte, dann waren es zumindest häufig Ferienhäuser oder Eigentumswohnungen in den Urlaubsregionen des Planeten. Natürlich gab es auch zahlreiche Einzelpersonen oder Familien, die es vorzogen in den Mieteinheiten in den Städten zu leben, zumal der dortige Wohnraum gewisse Vorteile bezüglich der naheliegenden Infrastruktur besaß und gemessen an den Standards von Terra luxuriös war. Zudem war ein derartiges Mietobjekt günstig, da diese Wohnungen alle in Gebäuden lagen, die vollständig der Regierung gehörten und von dieser zu sehr günstigen, festgeschriebenen Mieten angeboten wurden. Ein Großteil dieser Stadtbewohner steckte sein Geld in kommerzielle Vorhaben um sich später seine Wünsche erfüllen zu können. Solange Platz auf dem Planeten kein Problem war, würde notwendiges Bauland nicht wirklich teuer werden. Die kaiserliche Regierung hielt sich an die zugesagten Vergünstigungen was den Erwerb von Wohneigentum zur Eigennutzung betraf. Diese Vergünstigungen waren bereits bei der Abreise von Terra, beschlossen worden. Bei der späteren Gründung des Kaiserreiches wurden sie gesetzlich festgelegt, vom Kaiser nochmals per Dekret bestätigt und die Kolonisten achteten darauf, dass die Regierung die gemachten Zusagen einhielt. Keinesfalls wollten die Kolonisten, dass ähnliche Verhältnisse entstanden, wie einst auf Terra, wo eine Aussage oder ein Versprechen eines Politikers oftmals weniger Wert besessen hatte als das Papier auf dem es gedruckt worden war. Derartige verlogene Zustände, die auf Terra fast an der Tagesordnung waren und von den Politikern auf Terra längst als Selbstverständlichkeit angesehen wurden, waren es unter anderem gewesen die zu der Auswanderung der Kolonisten nach Lemuria geführt hatten. Niemand in der Bevölkerung oder in der Kaiserlichen Regierung wünschte sich eine Wiederholung dieser Epoche, in der ein gegebenes Wort nichts mehr wert war und in der ein Versprechen an die Bürger von den Politikern, die einst dieses Versprechen vollmundig gegeben hatten, mit einem arroganten Lächeln oder einem Schulterzucken abgetan wurde. Hier auf Lemuria galt das Ehrenwort eines Menschen etwas. Hier glaubte man an die Begriffe wie Ehre, Pflicht und Aufrichtigkeit. Man glaubte daran und lebte diesen Glauben auch … jedem Tag.

Der bisher erreichte Lebensstandart der Kolonisten auf Lemuria war dank der hart arbeitenden Bevölkerung deutlich höher als seinerzeit auf Terra. Die auf Lemuria lebende Bevölkerung hatte die Möglichkeit sich viele

Dinge zu kaufen, deren Erwerb auf Terra für sie zumeist völlig illusorisch gewesen wäre. Dies war ein für jeden klar sichtbarer und täglich erlebbarer Erfolg, der die allgemeine Zufriedenheit steigerte und die Bevölkerung dazu anspornte, an das neue System zu glauben und noch härter zu arbeiten. Das erzielte Bruttosozialprodukt steigerte sich Jahr um Jahr. Da der überwiegende Anteil der existierenden Fabriken und die gesamte Orbitalindustrie das Eigentum der Regierung war, floss ein erheblicher Teil des Geldes somit auf Umwegen wieder an die Regierung zurück, die es dann neu investieren konnte und dies auch auf vielfältigen Wegen tat. Ein altes Sprichwort besagte, dass schwere und harte Zeiten starke Menschen hervorbrachte, die neue Errungenschaften schufen um so der Nachwelt ein Vermächtnis zu hinterlassen, auf das man stolz sein konnte. Hier auf Lemuria bewahrheitete sich dieses Sprichwort. Allerdings besagte dieses Sprichwort auch, dass gute Zeiten schwache Menschen hervorbrachte, die lediglich von den Errungenschaften der vorhergehenden Generationen lebten und das System in die Dekadenz trieben. Auf Terra war dies geschehen. Die Kolonisten, der Kaiser und die Regierung von Lemuria waren fest dazu entschlossen derartiges hier unter allen Umständen zu verhindern und diese ewig wiederkehrende, sich wiederholende Spirale zu verhindern und zu durchbrechen.

Im Orbit des Planeten befanden sich mehrere orbitale Industrieanlagen deren Rohstoffbedarf durch einen stetigen Verkehr von den Asteroiden gesättigt wurde. Eine Raumwerft mit vier Dockanlagen war ebenfalls entstanden. In diesen Dockanlagen konnten Schiffe bis zur Größe der gigantischen Kolonieschiffe gewartet oder erbaut werden.

Auch militärisch hatte sich seit dem Eintreffen der letzten Kolonisten einiges getan. Auf Trabant und auch den beiden besiedelten Monden von Zeus, den Monden Zeus 9 und Zeus 11, waren starke Basen für Drohnengeschwader entstanden. Von den beiden Zeusmonden aus konnten gegebenenfalls jeweils zwei Geschwader starten um von ihren Operatoren dann auf entsprechende Ziele angesetzt zu werden. Auf Trabant waren bereits sogar vier Geschwader stationiert. Der Nachbau der Kampfdrohnen war einfach gewesen, da die Drohnentechnologie prinzipiell mit einfachen Mitteln dupliziert werden konnte, wenn die notwendige Technologie und die entsprechenden Materialien verfügbar waren. An Materialien jeglicher Art herrschte, dank des erfolgreich betriebenen Asteroidenbergbaus, keinerlei Mangel und die Technik war auch verfügbar. Somit konnte Lemuria nun jederzeit auf kampfstarke eigene Drohnenverbände zurück greifen, wenn dies einmal notwendig werden sollte, um den Planeten oder das System zu verteidigen.

Das für die Kolonisten wohl einschneidendste Ereignis war die bereits lange geplanten KINDER-REGELUNG. Dieses Gesetz besagte, dass jede Familie mindestens vier Kinder haben musste ... innerhalb eines Zeitraumes von maximal zwanzig Jahren, was jedoch bei einer derzeit durchschnittlichen Lebenserwartung von etwa 110 Jahren durchaus realisierbar war. Die Kolonisten waren sich klar der Tatsache bewusst, dass ohne eine ausreichende, arbeitsfähige Bevölkerung früher oder später eine wirtschaftliche und kulturelle Stagnation erfolgen musste. Da den Kolonisten diese Tatsache bereits bei ihrer Abreise von Terra bekannt gewesen war, hatte die als Gesetz festgelegte Kinder-Regelung keine nennenswerten Gegner gehabt und war nun von Gesetzes her fest in der Kolonie verankert. Es war jedoch nicht so, dass die Kolonie sich über zu wenig Kinder beklagen konnte. Bereits seit kurz nach der Landung der ersten Kolonisten gehörten Kinder fest zum täglichen Bild der Kolonie. Familien mit fünf oder sechs Kindern waren keineswegs eine Seltenheit und wurden von der Regierung großzügig gefördert. Paare denen es aus medizinischen Grundvoraussetzungen nicht möglich war eigene Kinder zu bekommen hatten die Möglichkeit ihre Nachkommen mittels der einst von Terra mitgenommenen Embryonen zu bekommen, welche in vitro gezeugt und dann ausgetragen wurden. Frauen denen die Schwangerschaft aus medizinischen Bedenken nicht möglich war nutzten hierbei die Möglichkeit der Uterusreplikatoren, die in allen Krankenhäusern Lemurias, für solche Fälle verfügbar waren. Die Zahl der Kolonisten wuchs ständig. Rein rechnerisch ergab sich daraus, wenn man eine Durchschnittliche Familie mit vier Kindern als Grundlage für die Bevölkerungsberechnung nahm, dass sich die reine Kopfzahl der Aussiedler alle 25 Jahre um den Wert MAL-3 (Vater und Mutter plus vier Kinder) vervielfältigte. Aus zwei Menschen wurden somit sechs ... und dies alle 25 Jahre, da die Gründung neuer Familien meist mit 22 bis 27 Jahren von den Jungen Menschen vollzogen wurde und diese Familien meistens in den ersten Jahren ihrer Ehe, ihre Kinder in die Welt setzten. Rechnete man die normale Mortalitätsrate durch Alter oder Unfälle ab und berücksichtigte, dass nicht alle eine Familie gründeten, es jedoch viele Familien mit mehr als vier Kindern gab, dann verdreifachte sich die Bevölkerung, dank des enormen Kinderreichtums alle 25 Jahre. Aufgrund dieses einfachen und der Regierung bekannten Rechenexempels hatte man sich bereits frühzeitig auf Lemuria Gedanken gemacht und war zu dem logischen Schluss gekommen, dass innerhalb absehbarer Zeit neue Kolonien benötigt werden würden, um dem irgendwann zwangsläufig eintretenden und auch vorhersehbaren Bevölkerungsdruck, auch wenn er derzeit noch in weiter Ferne lag, ein Ventil zu schaffen.

Bei der Ersterkundung von Lemuria hatte die Besatzung der *EX-17* die umliegenden Sprungpunkte von Lemuria genutzt und einige der Umliegenden Sonnensysteme bereist und vorläufig Vermessen. Im Jahr 2148, 18 Jahre nach der ersten Besiedelung von Lemuria wurde deshalb die Explorer auf eine langfristige Mission entsandt um die Systeme rund um Lemuria näher zu kartographieren. Hierbei wollte man vor allem auf die deutlich verbesserte Ortungstechnik zurück greifen, deren Technik mit der letzten Welle der Kolonisten den Kolonisten auf Lemuria zugänglich gemacht worden war.

Grundsätzlich war bereits bekannt, dass die Systeme Pazifica, Marduk, Catan und Poseidonis gut gelegen und auch geeignet waren um als spätere Kolonien für die Auswanderer von Lemuria zu dienen. Metallica, Ozeanis, Valkia sowie Bitaxa und Asgalun waren ebenfalls geeignet und flossen in die entsprechende Planung ein, sollten jedoch erst in einer zweiten Phase berücksichtigt werden, wenn die Kolonisationen auf Pacifica, Marduk, Catan und Poseidonis bereits etwas fortgeschritten waren und diese Kolonien über eine eigene Infrastruktur verfügten, die diesen Systemen eine gewisse wirtschaftliche Unabhängigkeit gewährleistete. Dies war zumindest die grundsätzliche Planung der Kolonialen Führung und der Kaiserlichen Regierung von Lemuria. Die weiteren Systeme, die außerhalb des Kernquadranten um Lemuria lagen, sollten erst in späteren Missionen kartographiert werden. Das vorerst angestrebte und priorisierte Ziel war die detailgenaue Vermessung und dann später folgende Besiedelung, der geeigneten Systeme innerhalb des Lemuria-Sektor, wie man den näheren Raum um Lemuria herum nannte.

Die *Explorer* bereiste in den folgenden sechs Monaten den Strang von Sprungpunkten, der Lemuria mit den Systemen Pacifica, Marduk, Catan und Poseidonis verband, wertete die neu gewonnenen Daten aus und kehrte dann nach Lemuria zurück. Die in diesen Systemen erhaltenen Daten waren vielversprechend und versprachen eine große Wahrscheinlichkeit für erfolgreiche Kolonisation. Die Wissenschaftler der Flotte empfahlen der Regierung diese Welten in einer ersten Phase zuerst mit niederen Terrestrischen Pflanzen und Tieren zu "Impfen" und erst zu einem späteren Zeitpunkt diese planetaren "Impfungen" mit höheren Lebensformen weiter zu führen. Laut Hypothese der an dem Projekt beteiligten Wissenschaftler, konnte sich durch diese zeitliche Versetzung auf den ausgewählten Planeten somit ein stabiles neues Ökosystem ausbilden, was eine später folgende Kolonisation natürlich deutlich vereinfachen würde.

In der Jahresmitte 2152 starteten die drei Schiffe *Mars Traveller*, *Mondschatten* und *Northern Star* um auf den geeigneten Planeten in diesen vier Systemen die erste "Aussaat" zu beginnen und jeweils kleine Stationen zu errichten. Diese ersten Niederlassungen sollten jeweils ein Kontingent von 50 Fachwissenschaftlern unterschiedlicher Wissensbereiche beherbergen, die den jeweiligen Planeten erforschten. Den Wissenschaftlern wurden, für diese Mission, jeweils 200 Droiden als Hilfskräfte zugeteilt.

Um eine effektive Kommunikation gewährleisten zu können sollten die Droiden bereits kurz nach der Landung der Teams damit beginnen, einen Hyperfunksender zu errichten, der nach seiner Fertigstellung eine Zeitverlustfreie Kommunikation mit Lemuria sichern sollte. Zu diesem Zweck wurden in den Systemen, im Raumbereich unterhalb oder aber oberhalb der planetaren Bahnebenen, Hyperfunksatelliten installiert, die bereits im Lemuria System vorgefertigt worden waren. Diese Satelliten sendeten ihre Impulse an Hyperfunk-Arrays, die sich in einer Entfernung von rund zwei Lichtstunden zu diesen Satelliten, im Zenit oder Nadir des jeweiligen Systems befanden. Diese Antennenarrays hatten ein Ausmaß von rund einer Million Quadratmetern und waren auf das nächstliegende System ausgerichtet, das ebenfalls eine derartige Anlage besaß. Die zentrale Sendestation dieser Arrays war jedoch nur eine Kugel mit einem Durchmesser von rund 200m, an der eine Empfangs und Sendeantenne befestigt war, die an ein altertümliches Radioteleskop erinnerte. Eine Steuerung oder Lagejustierung wurde durch integrierte, relativ einfache KI dieser Bauwerke gewährleistet. Die zentrale Station, für die stellare Kommunikation, wurde bereits im Lemuria System installiert, als die drei

Schiffe ihre Reise zu diesen Systemen antraten. Somit war die Kommunikation gewährleistet und es konnte, bei Bedarf, in Echtzeit reagiert werden. Im hohen Orbit von Lemuria und in den jeweiligen Orbits der späteren Kolonialplaneten würden die automatische Relaissatelliten für die ständige Verfügbarkeit dieser Verbindungen sorgen.

Für die Sicherheit der Teams auf den Planeten sorgten militärische Einheiten in Zugstärke, die von jeweils 30 Kampfdroiden unterstützt wurden. Die Flexibilität in der Beweglichkeit wurde für die Teams durch die Zuteilung von jeweils 8 Shuttles gewährleistet.

In der Folgezeit wurde notwendiger Personaltransfer, die Versorgung mit Nachschub und die folgenden "Bioimpfungen" der Planeten durch die drei Frachter übernommen, die in einem Zyklus von drei Monaten die jeweiligen Systeme anflogen. Diese drei Frachter waren nahezu unermüdlich im Einsatz, um ihre Aufgabe zu bewältigen.

In den Medien Lemurias wurde der Lemuria-Sektor häufig als ein Hort von Edelsteinen in einer kargen Ödnis bezeichnet. Dies war durchaus ein passender Vergleich, da die Welten dieses Sektors für die Menschen gut geeignet waren um neue Heimstätten zu errichten, während die umliegenden Systeme zumeist nur als Transfersysteme geeignet waren und keine Möglichkeit boten ohne enorm kostenintensive und massive technische Unterstützung ein Überleben für dort lebende Menschen zu ermöglichen. So zumindest die Forschungsergebnisse, die seinerzeit von der *EX-17* auf ihrer langen Forschungsreise gewonnen worden waren. Die weiten Sternenregionen, die zwischen der bereits dichter besiedelten Kernsphäre und dem Sektor der Kolonisten lagen, boten späteren Kolonisten nur relativ wenige Systeme, die über Planeten verfügten, die eine erfolgreiche Kolonisation durch Menschen möglich erscheinen ließen. Deshalb war es nach Meinung der Analysten unwahrscheinlich, dass in den nächsten Jahrzehnten dort viele neue Kolonien entstehen würden. Ein Umstand, der von der Regierung des Kaiserreiches durchaus geschätzt wurde. Man wollte eine gewisse Isolation von der Kernsphäre solange wie möglich aufrecht erhalten.

Das Pacifica System glich dem Solaren System, vom Aufbau seiner Planeten her stark, besaß jedoch 21 Planeten. Pacifica bot den späteren Siedlern guten Lebensraum auf einem Planeten, der fast zur Hälfte von

Wasser bedeckt war. Echte Kontinente gab es dort nicht, dafür aber eine Unzahl von Inseln unterschiedlicher Größe, von denen die größte beinahe mit dem terranischen Australien verglichen werden konnte. Nicht selten wurden die Inseln von tiefen Meeresgräben von einander getrennt. Die Mehrzahl der Inseln, vor allem in der südlichen und nördlichen Region des Planeten, glichen kleineren Bergmassiven, die steil aus den Wellen empor ragten. Landlebewesen und auch eine entsprechende Flora auf den Inseln waren sehr selten und nicht artenreich. Das Leben schien sich auf Pacifica erst vor geologisch kurzer Zeit dazu entschlossen zu haben, die Landmassen ebenfalls als neuen Lebensraum anzusehen. Die sauerstoffgesättigten und überaus nährstoffreichen, Meere jedoch wimmelten nahezu von Lebewesen und Pflanzen, die ein Komplexes und robustes Ökosystem bildeten.

Das Marduk System wiederum war deutlich kleiner. Dort umkreiste lediglich ein einzelner Planet seine Sonne. Allerdings wimmelte es in Marduk nahezu von Asteroiden, was eine Rohstoffgewinnung aus den dort vorhandenen Asteroiden nahe legte. Die Asteroiden des Marduk System zogen in neunzehn Bahnebenen um ihre Sonne. Astronomen sprachen von einem katastrophalen Ereignis, das sich wohl vor rund 800 Millionen Jahren zugetragen haben musste. Welcher Art diese Katastrophe gewesen war konnten die Astronomen und Astrophysiker nicht feststellen. Jedoch schien absolut klar zu sein, dass damals etwas geschehen war, das fast alle Planeten dieses Systems vernichtet hatte. Lediglich der Planet Marduk war von dieser Katastrophe verschont geblieben. Laut den Astrophysikern sollte der Planet Marduk vor der Katastrophe angeblich seine Bahn viel weiter entfernt von seiner Sonne gezogen haben. Nach dem Zwischenfall und die dadurch vollkommen veränderten Gravitationskräfte innerhalb seines Sonnensystems, war der Planet dichter an die Sonne des Systems gezogen worden sein, wo der Planet dann, im Laufe der Zeit, eine stabile Umlaufbahn fand. Warum das so war blieb unerklärlich. Marduk selber war ein Planet, auf dem hauptsächlich weite Ebenen vorherrschten. Meere gab es keine, wohl aber eine Vielzahl von Binnengewässern und Polare Eiskappen, die sich weit auf den Planeten erstreckten. Flora und Fauna des Planeten Marduk entsprachen vergleichsweise dem, was zur Zeit der ausgestorbenen Dinosaurier auf Terra vorherrschend gewesen war, als einstmals der Tyrannosaurus über die Ebenen Terras geschritten war. Tatsächlich existierte auf Marduk ein Tier, welches zumindest optisch große Ähnlichkeit mit diesem ausgestorbenen Giganten der Urzeit hatte. Da diese Raubtiere jedoch ausgesprochen aggressive und Revierorientierte Fleischfresser waren, würden sie wohl über kurz oder lang von den Kolonisten ausgerottet werden, wenn diese ihre neuen Lebensräume für sich selber beanspruchten. Die Zyniker unter den Wissenschaftlern nannten dies "Stellaren Darwinismus".

Das Poseidonis System war mit Abstand das größte dieser Systeme. 24 Planeten umkreisten die dortige Sonne des Systems. Die drei Gasriesen sowie die anderen 21 Planeten dieses Systems verfügten über fast 190 Monde unterschiedlichster Größe. Der Planet Poseidonis, der vierte Planet seines Systems, konnte fast mit Pacifica verglichen werden. Die Anzahl der zumeist kleinen Inseln, in den überwiegend flachen Meeresregionen war auf Poseidonis jedoch noch deutlich höher als auf Pazifica und auch das allgemeine Klima des Planeten sorgte im Jahresdurchschnitt für etwas höhere Durchschnittstemperaturen auf Poseidonis, wenn man die reine Datenlage mit Pacifica verglich. Flora und auch Fauna entsprachen annähernd dem, was auf Terra vor dem Auftreten der ersten größeren Saurier vorgeherrscht hatte.

Zu guter Letzt war da dann noch das Catan System. Ein beinahe als durchschnittlich zu bezeichnendes System ohne viele Besonderheiten das jedoch als dritten Planeten Catan besaß, der mit einer wirklich atemberaubenden Landschaft glänzte. Majestätische Gebirgsmassive waren hier genauso zu finden wie auch zahlreiche, weite Ebenen, dichte äquatoriale Wälder und eine Wasserfläche, die diesen Planeten in einem zusammenhängenden großen Ozeansystem umspannten. Die auf Terra oder Lemuria oft anzutreffenden, flachen Strandabschnitte waren auf Catan eher ungewöhnlich. Vielmehr waren an den Küsten überall tiefe Fjorde vorhanden, die sich teilweise weit in das Landesinnere hinein zogen. Die vier kleinen Monde des Planeten erlaubten ein wahrhaft ungewöhnliches Schauspiel am Himmel des Planeten. Catan war nicht der einzige dieser vier zukünftigen Kolonialen Planeten der über ein ausgeprägtes Ökosystem mit außerordentlich reichhaltiger heimischer Flora und Fauna verfügte. Jedoch schien sich das Leben auf Catan deutlich mehr gefestigt zu haben und weniger Existenznischen zu besitzen, in denen sich terrestrisches Leben, egal ob nun Flora oder aber Fauna, festsetzen konnte. Auf den anderen drei zu kolonisierenden

Planeten würden die terranischen Arten von Flora und Fauna sicherlich deutlich einfacher Fuß fassen können. Erfolg oder Misserfolg würden erst in einigen Jahrzehnten sichtbar werden. Zwar prognostizierten die Botaniker und Zoologen einen Erfolg der sich langfristig einstellen würde aber keiner dieser Wissenschaftler sah sich in der Lage genauere Zeitprognosen zu erstellen, die verlässlich waren.

Gemäß den Planungen auf Lemuria sollten die ersten Kolonisten in 50 Jahren zu diesen Planeten aufbrechen. Es wurde noch diskutiert, ob erst einer der Planeten als Ziel gewählt werden sollte oder ob man die vier Planeten gleichzeitig kolonisieren wollte. Beide Varianten hatten ihre Befürworter und natürlich auch ihre Gegner. Letztlich jedoch wurde die Entscheidung dieser Frage auf einen späteren Zeitpunkt verschoben, da noch niemand sagen konnte, ob die "Bioimpfungen" der Planeten denn innerhalb des angestrebten Zeitfensters, auf diesen vier Planeten überall erfolgreich verlaufen würde. Erst wenn später ausreichend genaue und zuverlässige Daten vorlagen, würde eine Kolonisation dieser vier neuen Welten ins Auge gefasst werden können.

Bis dahin allerdings würde sich die Bevölkerung von Lemuria noch um einiges vermehren können, ohne dass man auf dem Planeten überhaupt annähernd Platzprobleme bekommen könnte. Auch in der Bauweise der Niederlassungen machte sich dies bemerkbar. Die Wohnungen und Häuser, in den Städten und Dörfern, waren großzügig geschnitten und in den schon errichteten Niederlassungen dominierten parkähnlich angelegte Plätze. An vielen Stellen des Planeten hatte man Naturparks angelegt, in denen sich die ausgesetzte Fauna ungestört vermehren konnte. Man legte besonderen Wert darauf, eine Umgebung zu schaffen, die den Menschen Wohlbefinden vermittelte.

Auch wenn die Kolonisation der vier Systeme schwieriger werden würde als die so problemlos verlaufende Kolonisation von Lemuria, so waren doch der Kaiser und sein Volk fest dazu entschlossen diesen Plan umzusetzen. Früher oder später würde neuer Lebensraum notwendig werden und es lag in der mentalen Einstellung der Kolonisten Lemurias diese Aufgabe selbst anzugehen und sie nicht weit in die Zukunft zu verbannen, damit spätere Nachkommen sich diesem Problem zu stellen hatten. Bei seiner berühmt gewordenen Rede vor dem Parlament äußerte sich Kaiser Alexander dazu einst mit einfachen Worten. "Wir wollen diese neuen Welten für unsere Nachkommen erobern. Wir sind dazu fest entschlossen und werden allen dabei auftauchenden Problemen mutig entgegen treten. Der feste und unbeirrbare Wille zur Eroberung ist hierbei der erste Schritt zum Sieg. WIR WERDEN SIEGEN, weil wir das unseren Nachkommen schuldig sind. Nichts wird uns auf unserem Weg aufhalten können, dieses Ziel zu erreichen. Das sind wir unseren Kindern und unseren Enkeln schuldig, auch wenn sie teils noch nicht geboren sind. Dies soll für uns das Ziel sein. Hinterlassen wir also unseren Nachkommen eine Zukunft, in der sie gerne Leben möchten."

Die Kolonisten nahmen sich diese Worte zu Herzen. Der "Dienst an den kommenden Generationen" wurde im Verlauf der Zeit etwas, dass aus dem Geist und dem Denken der hier lebenden Menschen nicht mehr wegzudenken war. Auch viele Wirtschaftsführer und Politiker hinterfragten sich bisweilen mit dem Gedanken "Was werden wohl kommende Generationen von meinem Handeln halten?" ... Das Resultat würde sich erst in den kommenden Generationen zeigen.

Was jedoch bereits innerhalb kürzester Zeit klar erkennbar war, war die Tatsache, dass die Kolonisten fest und unerschütterlich hinter ihrem Kaiser standen. Zwar gab es auch hier Leute, die nicht mit allen Entscheidungen konform gingen, jedoch wurden diese Menschen nicht, wie es in der Vergangenheit so häufig geschehen war, öffentlich durch den Schmutz gezogen. Viel mehr versuchte man deren Beweggründe zu erkennen ... und ihnen gegebenenfalls die Fehler aufzuzeigen. Man tat dies freundschaftlich und mit Respekt, gegenüber der anderen Meinung ... zumindest so lange, wie die andere Meinung sich an der Realität orientierte und nicht auf hirnrissige Utopien fußte.

10.

ICH BIN ZONTA

Im Jahr 2180 feierten die Menschen ausgelassen den 50.Jahrestag der Kolonisierung von Lemuria. Fünfzig Jahre waren nun vergangen, seitdem die ersten wagemutigen Kolonisten der *Marco Polo* auf dem Planeten gelandet waren, der jetzt das Zentrum und das Herz des Kaiserreichs bildete. Fünfzig ereignisreiche Jahre die deutlich geprägt waren von zahllosen Ereignissen, die den Weg des Kaiserreichs und seiner Bürger mit vielen kleinen Schritten in eine Richtung gelenkt hatten, die seinerzeit von den Führern der ersten Kolonisten als der Weg angesehen wurde, der es wert war gegangen zu werden und der dieses Volk prägen sollte. Bisher entsprachen die Resultate den Wünschen dieser mutigen Menschen, die ihr Leben diesem großen Traum gewidmet hatten und unermüdlich an dessen Verwirklichung gearbeitet hatten. Allerdings waren die meisten dieser wagemutigen Menschen, die einst die Kolonisten zu einer neuen Heimat geführt hatten, um dort einen Traum zu verwirklichen, nun bereits tot. Ihre Kinder und Enkel jedoch lebten und hatten in ihren frühen Jahren viel von ihren Eltern mitbekommen, was ihr späteres leben prägen sollte. Schon ganz zu Anfang der Rekrutierung der späteren Kolonisten, Jahre vor dem Abflug von Terra, hatte der Vater des jetzigen Kaisers einmal gesagt, es wäre sinnvoll nicht nur mutige Menschen für sich zu begeistern, sondern vor allem auch kluge und gebildete Menschen. Dem entsprechend hatte man seinerzeit gezielt nach derartigen Leuten gesucht. Rund dreißig Prozent der späteren Kolonisten waren Männer und Frauen, die in der absoluten Oberliga ihrer jeweiligen Fachgebiete agiert hatten. Sie waren Techniker, Ingenieure und Wissenschaftler der unterschiedlichsten Fachrichtungen, die nicht selten ihr Fachwissen nicht nur an Studenten sondern auch an ihre Kinder weiter gegeben hatten. Dies zahlte sich aus. Erst langsam, und noch vereinzelt, dann jedoch immer spürbarer. Durch die Nutzung und Zusammenarbeit mit den zahlreichen KI, deren Nutzung und Einsatz, auf Lemuria schon alltäglich war, erlebte die Forschung und Entwicklung einen wahren Boom an Innovationen und Erfindungen. Es war ein goldenes Zeitalter der Wissenschaften, welches nicht zu enden schien.

Das Kaiserreich nutzte diese Situation natürlich aus und förderte sie überall. So gelang es den Wissenschaftlern und Ingenieuren immer wieder Erkenntnisse und Ergebnisse zu erzielen, die noch vor einigen Jahrzehnten schier undenkbar gewesen wären.

Im Jahr 2172 war die Basis auf Trabant so weit ausgebaut worden, dass sie als voll einsatzfähig angesehen werden konnte. Dies war dann auch der Zeitpunkt gewesen an dem man die KI der *Marco Polo* aus dem alten Kolonieschiff ausbaute und nach Trabant transportierte.

Fünfhundert Meter unterhalb der tiefsten Bauebene entstand damals eine runde Kammer von 600m Durchmesser. Die starken Wände dieser kugelförmigen Kammer waren aus 40m dickem Keramikbeton und zusätzlich einem Dutzend Schichten von Panzerstahl deren Stärke zwischen drei und fünf Metern lagen. Diese Kammer, die über eine eigene Energieversorgung in Form eines Fusionsreaktors verfügte, war in siebzig Ebenen unterteilt, auf denen sich tausende von Räumen, Sälen, Liftschächten, Gängen und Wegen befanden. Im Gefahrenfall konnte diese Kammer hermetisch abgeriegelt werden. Wenn sich die starken Panzerschotten schlossen, dann war die große Kugelkammer, mit der KI in ihrem Herzen, für alle Unbefugten unerreichbar. Ein Zugang zu dieser gepanzerten Kugelkammer war nur über einen der drei Stollen möglich, die sich serpentinenartig und über eine Strecke von 20km von der untersten Ebene der militärischen Mondbasis dem Sitz der KI näherten.

Kenji Nishimura, der geniale Schöpfer der KI, hatte trotz seines hohen Alters unermüdlich an dieser einzigartigen KI gearbeitet. Erst vor einem Jahr hatte er seine Arbeiten an der KI grundsätzlich fertig gestellt. Eine Arbeit, bei dessen Werk er von den fähigsten Ingenieuren, Wissenschaftlern und Technikern der Kolonisten unterstützt worden war und auf alle Ressourcen zugreifen konnte, die er benötigte um sein Lebenswerk zu vollenden. Ein derartiger Einsatz von Material und Geld wäre in diese Zeitepoche auf dem fernen Terra sicherlich vollkommen undenkbar gewesen. Höchstens zur Blütezeit der ehemaligen UDSSR oder aber im ehemaligen Dritten Reich wäre es vielleicht möglich gewesen derart zu agieren, da dort staatlicherseits ganz andere Perspektiven Gültigkeit besaßen, was die Umsetzung von Regierungsprojekten betraf, deren Erfolg von der Obersten Führung der Regierung angestrebt wurde. Benötigte Bauteile wurden in der Phase der Fertigstellung ohne jede Rücksicht auf entstehende Kosten mit absoluter

Kompromisslosigkeit umgehend diesem Projekt zugeführt. Der Bau dieser speziellen Anlage wurde von einem Heer von Droiden bewältigt, die rund um die Uhr von den Wissenschaftlern, Ingenieuren und Technikern aus Nishimuras Team überwacht wurden. Die KI, die sich in der Anfangsphase dieses Projektes noch an Bord der Marco Polo befand, koordinierte eine Vielzahl der Arbeiten.

In den unteren 75% der Kugelkammer befanden sich, dicht an dicht gereiht, vom Boden bis zu den Decken, unzählige Datenspeicher, die ganze Säle füllten. Diese Ebenen der Kugelkammer wurden nur von Droiden besucht. Spezialkonstruktionen die sich im dort herrschenden Vakuum langsam und lautlos bewegten, während sie dabei beständig die vollkommene Funktionsfähigkeit der hochempfindlichen Bauteile der KI überwachten, die hier installiert waren. Bei diesen Bauteilen handelte es sich auf diesen Ebenen zumeist um Datenspeicher, in denen alles Wissen aus der Geschichte der Menschheit ebenso verfügbar war, wie auch neue Erkenntnisse, die von den Kolonisten und der KI seit dem Eintreffen der Kolonisten im Lemuria System gewonnen worden waren. Die verfügbare Datenmenge war unglaublich und wuchs noch beständig an. Platzprobleme bei der Speicherung von Daten sollten jedoch in den kommenden Jahrzehnten keinesfalls auftreten.

Im oberen Bereich befand sich die Hauptsteuerzentrale der KI, mit deren Kernspeicher. Einige kleinere Nebenzentralen, Ersatzteillager und natürlich auch die Energieversorgung mitsamt der notwendigen Steuertechnik für den schweren Fusionsreaktor, der dieses in sich selbst völlig geschlossene System mit Energie versorgte. Das Konzept dieses ungemein leistungsstarken Reaktors basierte auf Berechnungen der KI, die bei diese neuartigen Konstruktion auf Forschungsunterlagen zurück gegriffen hatte, die einst von Wissenschaftlern auf Terra quasi als Abfallprodukte bei Experimenten entstanden waren. Auf Terra hatte man sich der Energieerzeugung durch Antimaterie zugewendet und bei diesem einschneidenden Schritt die Forschung und Weiterentwicklung von Fusionskraftwerken vernachlässigt. Die KI hatte dies bei einer Überprüfung der vorhandenen Daten erkannt und selber theoretische Forschungen angestellt. Später waren dann kleinere Forschungsprojekte zu diesem Fachgebiet in einigen bereits fertig gestellten Bereichen der Mondbasis angelaufen. Nach zwölf Jahren der wahrlich nicht immer erfolgreichen Forschung und Entwicklung war es Ingenieuren und

Wissenschaftlern gelungen das völlig neuartige Fusionskonzept endlich Verwendungsreif zu stellen. Das Konzept basierte auf der HHE Basis, der "Kalten Verschmelzung" von Wasserstoff-Helium-Plasma in einer gravitations-magnetischen Kraftfeldkammer. Der neue Reaktortyp war deutlich wartungsfreudlicher als ein vergleichbarer Antimateriereaktor. Hinzu konnte bei einem gleichen Reaktorvolumen, von dem neuen Reaktortyp, nahezu das fünfzigfache an Energie erzeugt werden. Strahlung trat keine auf und wenn der Brennstoff verbraucht war, dann schaltete sich die Fusion selbstständig ab, da es dann in der energetisch gebildeten Reaktionskammer einfach nichts mehr gab, womit Energie erzeugt werden konnte oder wovon der Reaktor Energie verbrauchen konnte. Die Herstellung des Plasmas war eine Angelegenheit die schnell, unkompliziert und kostengünstig war, wenn die notwendigen Laboranlagen zur Verfügung standen. Ein Wissenschaftler auf Lemuria, der an diesem Reaktorprojekt mitgewirkt hatte, nannte dieses System später "Narrensicher und fast schon von primitiver Konzeption, wenn es nicht so genial wäre", da es quasi selbsterhaltend und dabei trotz seiner Komplexität so erstaunlich simpel im allgemeinen Aufbau der Konzeption war. Dieser Typ von Reaktor war nun seit rund zwanzig Jahren überall auf Lemuria der Standard für Energieerzeugung. Der Reaktortyp der nach seinen maßgeblichen Erfindern, Dipl.Ing. Horst Lenkermann und dem Kernphysiker Prof. Rolf Kneiffel, die bei dieser Neuentwicklung die entscheidenden Forschungsdurchbrüche erzielt hatten, benannt worden war, wurde im allgemeinen und der Einfachheit halber, im allgemein üblichen Sprachgebrauch nur als "Der Reaktor" oder aber als "HHE-Reaktor" bezeichnet. Die geringfügig längere und auch ein klein wenig umständliche Namensgebung "Plasmabasierender, selbsterhaltender Fusionsreaktor Typ Lenkermann-Kneiffel" erschien doch eindeutig etwas zu unhandlich für den normalen Tagesgebrauch der Techniker und Ingenieure. Alle Fusionskraftwerke älterer Bauart oder aber auch die wenigen Antimateriereaktoren, die in Betrieb waren, wurden seitdem, nach und nach, gegen den neuen, leistungsfähigeren Reaktortyp ausgetauscht.

Auch auf einem ganz anderen Sektor der Wissenschaft war es zu einem massiven Forschungsdurchbruch gekommen, den viele Wissenschaftler als wirklich epochal ansahen, da er akzeptierte Gegebenheiten über Nacht grundlegend veränderte und völlig neue Wege aufzeigte. Wieder war hier die KI im Spiel gewesen, die als Assistent, Datenkollektor und Auswertungsanalyst bei einem theoretischen Forschungsprojekt von Astrophysikern fungiert hatte. Die Wissenschaftler hatten sich mit dem Prinzip der Gravitation und der Hyperwellen sowie dem Einfluss und dem Zusammenhang zwischen realer und künstlich geschaffener Gravitation, in Verbindung mit der Ausbreitung von künstlich erzeugten oder natürlich vorkommenden Hyperwellen beschäftigt. Nachdem erste Versuche in einem der Mondlaboratorien widersprüchliche Ergebnisse erbracht hatten, ging man zu Versuchen im leeren Raum über. Hierbei kam auch der Tender *Midas* zum Einsatz. Ein bei dieser Versuchsreihe durchbrennendes Kabel brachte den dortigen Ortungstechniker auf eine Idee, die dann der KI vorgetragen wurde. Die KI, nun einmal auf den richtigen Weg gebracht, benötigte 496 Tage um rechnerisch die Lösung des Problems zu finden und mathematisch auch zu begründen. Dabei benötigte die KI teilweise bis zu 90% ihres gesamten verfügbaren Rechenpotentials. Eine Reihe von weiteren Versuchen, die den Tender *Midas* teilweise dazu zwangen in das System Catan zu springen, folgten dann, in den nächsten drei Jahren. Erst die Erzeugung einer mikroskopischen Quantensingularität und dann deren Beschleunigung mittels gelenkter Gravitation brachte den Wissenschaftlern letztendlich den erhofften Forschungsdurchbruch. Danach erschien das erkannte Prinzip überraschend einfach und ermöglichte den Forschern einige interessante und teilweise völlig neue Sichtweisen auf die lange falsch betrachtete Grundstruktur des Universums und die fundamentalen Zusammenhänge zwischen Energie und Gravitation. Das eigentliche Grundprinzip war bereits bekannt. Raumschiffe nutzten Sprungpunkte, die mathematisch nachgewiesen werden konnten, um so von einem Sonnensystem in ein anderes zu gelangen. Diese Sprungpunkte waren nichts anderes als energetische Ballungen im Geflecht des Universums. War eine Energieballung stark genug, dann konnte an dieser Stelle der Raum in sich selber gekrümmt bzw. durchstoßen werden um, an dieser Stelle dann, ohne Zeitverlust, von einem Punkt an einen anderen zu gelangen. Das grundlegende Prinzip dahinter war aber nicht die Energie sondern die Gravitation die diese Energieballung erst möglich machte. Fiel die hierbei verfügbare Gravitationsenergie weg, dann musste auf anderem Wege Energie zugefügt werden, um nun einen Sprungpunkt zu generieren. Die Wissenschaftler wussten um die Existenz von

Hyperwellen und deren unglaubliche Geschwindigkeit, die es der Menschheit beispielsweise technisch ermöglichte, unter Nutzung von Hyperfunk, ohne Zeitverlust zwischen zwei Sonnensystemen, zu kommunizieren. Dieses Prinzip funktionierte nur, weil die einmal ausgesendeten Hyperwellen artverwandt mit der Gravitation waren. Gravitation jedoch war nicht an die Lichtgeschwindigkeit gebunden, sondern um viele Potenzen schneller. So schnell, dass viele Menschen glaubten, die Gravitation wäre überhaupt nicht mehr an irgendwelche Geschwindigkeitsgrenzen gebunden.
Nachdem nun das Wesen der Gravitation und dessen Zusammenhang mit den Hyperwellen nicht nur klarer erschien sondern technisch und physikalisch beeinflusst werden konnte, eröffneten sich neue Wege.
Hyperfunksignale waren lediglich Gravitationsimpulse die dimensional übergeordnet waren. Sie konnten ausgesendet und empfangen werden. Diese Fakten waren Realität, die nun mathematisch erstmals in voller Gesamtheit erfasst werden konnte. Sie ermöglichten jetzt deren weitere Nutzung in artverwandter gravitationsmagnetischer Physik. In einem Fachartikel schrieb ein brillanter Professor damals "Es war für die beteiligten Wissenschaftler beinahe so, als wenn sie bisher in einem dunklen und geschlossenem Zimmer gesessen hätten, dessen Türen und Fenster nun schlagartig alle geöffnet wurden um ihnen neue Aussichten und Wege ermöglichten. Wir sahen das Licht."
Der größte Nutznießer dieser Technologien war verständlicherweise das Militär und die allgemeine Raumfahrttechnik, die sich begierig auf die vielseitigen Möglichkeiten dieser Entdeckungen stürzten und sie nutzten.
Bündelte man einen Lichtquantenimpuls und beschleunigte ihn dann gravitationsmagnetisch durch einen Hyperwellenumformer dann erhielt man einen Wellenimpuls der vergeblich bemüht war, das normale Einsteinuniversum zu verlassen, dies aber nicht vollbringen konnte, da das Licht des Lichtimpulses eine eigene Masse darstellte, die an dieses Universum gebunden war. Der hierbei zwangsläufig entstehende Effekt war ein gerichteter und gebündelter Strahlenimpuls der durch reine Selbstaufladung eine enorme thermische und auch kinetische Energie erzeugte. Durch diese erzwungene Selbstaufladung der dieser Impuls zwangsläufig unterlag, während er die Lichtgeschwindigkeit jedoch nicht überschreiten konnte obwohl seine ihm eigene Gravitation nicht mehr ein Teil des ihn selbst umgebenden Einsteinuniversums war, verbrauchte

dieser Impuls sich buchstäblich selbst. Der Impuls verlor dann seine Energie, indem er sich quasi selbst aufzehrte. Die neuen, auf dieser Technologischen Basis entwickelten Impulsgeschütze hatten eine effektive Reichweite von sechs Millionen Kilometern. Danach zehrte sich der Strahlimpuls schlagartig selbst auf und kollabierte schließlich. Bereits wenige zehntausend Kilometer weiter betrug seine Effektivität und Energie dann nur noch den Bruchteil eines Prozentsatzes dessen, was er eine kurze Strecke vorher noch vermocht hatte. Noch einige tausend Kilometer weiter war der Impuls praktisch nicht mehr existent. Die sechs Millionen Kilometer schienen eine Grenze zu sein, die diese gebündelten Strahlen nicht überschreiten konnten, ohne von der Natur des Universums zur energetischen Selbstvernichtung gezwungen zu werden. Bis zu dieser Grenze jedoch war die enorm stark gebündelte Vernichtungskraft in Form von rein thermischer Energie vorhanden, die beim Auftreffen auf ein Ziel rund 250.000 Grad Hitze frei setzte und dabei von einem massiven, kinetischen Gravitationsimpuls begleitet wurde, der bis zu mehrere tausend Gravitationseinheiten im Ziel betrug. Dieser rein kinetische Effekt variierte je nach Größe des genutzten Geschützes und orientierte sich an der Bündelung des Strahls und dessen Energievolumen. Ein Effekt der schier überwältigend und fatal für ein Zielobjekt werden konnte, das ungeschützt von einem derartigen Strahl getroffen wurde. Der Energiebedarf dieser Geschütze war jedoch derart hoch, dass man sich gezwungen sah jedes Geschütz mit einem eigenen Fusionsreaktor zu koppeln. In der Folgezeit wurden diese Arten von Waffen als Impulsgeschütze bezeichnet.
Die Erkenntnis, dass die Gravitation sich zum Bewegen von Objekten nutzen ließ war nicht neu. Wenn man diese Gravitation jedoch bündelte und über spezielle Kraftfelder lenkte, also eine Hyperwellengravitation erzeugte, dann besaß man einen Antrieb, der zwar nicht die Lichtmauer durchbrechen konnte, es Raumfahrzeugen jedoch gestattete deutlich schneller zu manövrieren und zu beschleunigen als dies bisher mit den herkömmlichen Antrieben möglich war, die auf dem Prinzip der Antimaterie arbeiteten. Umfangreiche und aufwendige Versuche waren erforderlich, bis man diesen Antrieb verwendungsreif entwickelte. Berechnungen erbrachten das zweifelsfreie Ergebnis, dass ein derartiger Raumantrieb fast dreißig Prozent effektiver war, als die bisher genutzten Antriebe von Raumschiffen, welche mit Antimaterie arbeiteten. Obwohl

hierbei die überlichtschnellen Impulse des neuen Gravitationsantriebs nicht selbst an die Lichtgeschwindigkeit gebunden waren, so verboten es doch die physikalischen Gesetzmäßigkeiten des Universums, dass ein von ihnen hierbei beschleunigter Körper, der zwangsläufig eine Masse besaß, die Lichtgrenze überschreiten konnte. Bei der Annäherung an die Lichtgeschwindigkeit traten Effekte auf, die bei der Erreichung der Lichtgeschwindigkeit den derart beschleunigten Körper zwangsläufig zerrissen. Das Normaluniversums war an das Raum-Zeit-Gefüge gebunden, reagierte dann mit dem beschleunigten Körper und wandelte die beschleunigte Masse in pure Energie um. Dieser Vorgang erzeugte nicht nur Strahlung sondern äußerte sich zudem auch in einem spontanen Energieimpuls, der den beschleunigten Körper zu einer spektakulären Explosion zwang, bei der große Mengen von Antimaterie frei gesetzt wurden. Ein zwangsläufiger eintretender Effekt, der verständlicherweise für die Besatzung eines Raumschiffs ausgesprochen unangenehm war, da sie sich dann plötzlich im Zentrum einer spontanen Explosion befand. Es war unmöglich einen Körper mittels Kraftfeldern gegen die auftretenden Effekte abzuschirmen, da auch die Kraftfelder den selben Beschränkungen unterworfen waren. Die lange schon bekannte Mauer der Lichtgeschwindigkeit war, für jegliche "Masse" im normalen Einsteinuniversums, des bekannten Raum-Zeit-Gefüges, des nicht zu überschreiten. Das wohl größte Problem bei der Nutzung dieses Antriebs war die Beseitigung der Beharrungskräfte, die man aber durch den Einsatz von künstlichen Gravitationsfeldern umgehen konnte. Es kam hierbei lediglich darauf an, diese auftretenden Kräfte in absoluter Nullzeit auszugleichen, damit ein Körper nicht von den rein kinetischen Kräften zerrissen wurde. Diese Kräfte bei den hier notwendigen Vorgängen wie Beschleunigung, Abbremsung und Manövrieren zwangsläufig auftreten mussten, zerrissen einen Körper zwangsläufig, wenn sie nicht absolut perfekt ausgeglichen wurden. Dies waren allerdings rein technische Fragen, die von den Wissenschaftlern und Ingenieuren beseitigt werden konnten. Es verwunderte nicht, dass sich die Triebwerksingenieure für die neue Version des Raumantriebs begeistern konnten und ins Schwärmen gerieten, wenn sie sich über den "Impulsantrieb" unterhielten.
Schon immer galt das Prinzip, dass man Effekte oder Impulse, die ausgesendet wurden auch messen konnte. Deshalb war der Weg für eine

Ortungsmöglichkeit dieser Gravitationsimpulse (egal ob natürlichen oder künstlichen Ursprungs) bereits zwangsläufig vorgezeichnet. Schon während der ersten Versuche mit den Hyperimpulsen der Gravitation gelang es diese Impulse ortungstechnisch nachzuweisen. Die darauf folgende Entwicklung eines kompakten Ortungssystems, welches auf Raumschiffen oder Stationen eingesetzt werden konnte, war deshalb eine nahezu zwangsläufig folgende Entwicklung. Hierbei registrierte das Ortungssystem die Eigengravitation eines jeweiligen Körpers. Die Richtung und dabei auch die Entfernung aus der dieser geortete Gravitationsimpuls kam, ließ sich ohne große Probleme messtechnisch feststellen. Somit war durch diese Technologie nun ein verlässliches Ortungssystem auf Gravitationsbasis verfügbar. Der enorme Vorteil dieser Ortungsmethode bestand darin, dass die Gravitationsimpulse sich überlichtschnell bewegten. Dadurch konnte eine Ortung in Nullzeit erfolgen, während das Objekt noch bis zu mehreren Lichtstunden entfernt war. Die maximale Reichweite der Ortungsmöglichkeiten variierte nach der Masse des jeweiligen Körpers. Ein Würfel aus Nickeleisen mit einer Masse von einem Kubikmeter konnte auf eine Entfernung von rund achtundvierzig Lichtstunden einwandfrei geortet werden. Bei Entfernungen, die darüber lagen war die Signalstärke der Gravitationsimpulse zu schwach um ortungstechnisch noch klar aufgenommen zu werden. Größere Körper hingegen wie beispielsweise Raumschiffe, Asteroiden, Monde oder Planeten konnten aufgrund ihrer Eigenmasse und der dadurch ausgesendeten Gravitationsimpulse auf deutlich größere Entfernung noch einwandfrei angemessen und somit geortet werden. Bei den Versuchen zeigte sich, dass ein in ein Sonnensystem einspringendes Raumschiff bei seiner Ankunft eine massive Wellenfront generierte die für entsprechende Ortungsanlagen unübersehbar war. Es war dann fast so, als wenn man in einem dunklen Raum einen Scheinwerfer anschalten würde. Der enorme Vorteil dieser Gravitationsortung bestand unter anderem darin, dass diese Ortung passiv funktionierte. Es war also nicht mehr notwendig Ortungsimpulse auszusenden, sondern man wertete lediglich alle eintreffenden Impulsschwingungen aus, die von den jeweiligen Massen zwangsläufig erzeugt wurden.
Bei den ersten Versuchen hatten sich Effekte gezeigt, die vermuten ließen, dass man Gravitationsimpulse auch teilweise blockieren konnte.

Dazu wurde jedoch ein Kraftfeld benötigt. Dieses Kraftfeld, das auf einer gravitationsmagnetischen Konstante beruhte, konnte technisch und physikalisch erzeugt werden, da man nun die Gesetzmäßigkeiten der notwendigen Technologie verstand. Der einzige Nachteil bestand darin, dass diese sich blasenförmig um den Erzeugerort bildenden Kraftfelder nur im Vakuum des Weltraums anwendbar waren. Versuchte man ein solches Kraftfeld auf einem Planeten mit einer Atmosphäre zu erzeugen, dann kollabierte dieses Kraftfeld innerhalb von nur wenigen Sekundenbruchteilen, da sich die dimensional übergeordnete Energie des Kraftfeldes nicht mit der Atmosphäre vertrug, die zwangsläufig ebenfalls eine Form der Materie darstellte und somit dann eine massive, entsprechende Reaktion auslöste. Der entstehende Effekt den ein derartiges Kraftfeld auf feste Materie wie beispielsweise Grundgestein ausübte, wenn es seine Blasenform annehmen wollte war fatal und führte bestenfalls zu hyperenergetischen Energierückschlägen. War ein solches Feld jedoch justiert und seine Ausdehnung war größer als der Körper den es umschließen sollte, dann hatte man eine Energiebarriere die deutlich effektiver war als die allgemein üblichen Energieschirme, die bisher zur Absicherung von Raumstationen oder Raumschiffen Verwendung fanden. Die Größe eines derartigen Schildes war lediglich von der vorhandenen Energie abhängig. Wenn denn nur ausreichend Energie zur Verfügung stand, konnten theoretisch auch große Körper wie beispielsweise ein Planet abgeschirmt werden. Derartige Schilde waren zwar sehr effektiv gegen jede Form der Hyperwellen oder von Hyperimpulsen aber gegen reine Energie und massive mechanisch-kinetische Einflüsse wie beispielsweise einen Meteor oder einen Asteroidenhagel wurde, für den jeweiligen Schutzschirm Energie in Größenordnungen benötigt, die schon nahezu schwindelerregend war. Prinzipiell waren bei der Erzeugung und in der Folge natürlich auch der Aufrechterhaltung eines derartigen Schutzschirms Energiemengen erforderlich die den an diesem Projekt arbeitenden Wissenschaftlern und Ingenieuren regelmäßig die Schweißperlen auf die Stirn trieben. Grundsätzlich jedoch war das Problem zur Erzeugung eine derartigen Kraftfeldblase lediglich eine Frage der Justierung, in welcher Entfernung vom Kraftfelderzeuger sich die Blase aufbauen sollte und der dafür zur Verfügung stehenden Energiemenge. Alles andere war nur noch Ingenieursarbeit.

Es stellte sich hier heraus, dass diese Gravitationsmagnetischen Energieschirme auf nahezu der gesamten Bandbreite der Frequenzen der Hypergravitationsstrahlung gleichzeitig existierten, jedoch die auftreffenden Hyperimpulse nicht aufhielten, wenn diese extrem hochfrequent waren, wie beispielsweise die Impulse die im Bereich des Hyperfunks genutzt wurden. Die verabscheuten und gefürchteten Hyperimpulswellenwaffen (HIW) beispielsweise waren künstlich erzeugte Wellenfronten, welche sich in den niederen Frequenzbereichen der Hyperwellen bewegten und nur über relativ kurze Distanzen ihre vernichtende Wirkung verbreiteten, bis sie sich quasi selbst aufzehrten. Der Begriff der niedrigen Frequenzbereiche war hier allerdings schon fast irreführend, da das Spektrum der Hyperstrahlungsimpulse sich prinzipiell im hochfrequenten Bereich befand, der allerdings enorme Bandbreiten aufwies. Die Impulse die man für den Hyperfunk nutzte waren extrem hochfrequente Wellen, die in der Lage, ohne Zeitverlust, waren enorm weite Strecken zurück zu legen, bevor auch sie letztlich vom Raum-Zeit-Gefüge "aufgesogen" wurden. Dies schuf gewisse Möglichkeiten, die später genutzt wurden. Die Wellenbreite, die technisch für den Bereich der Ortung nutzen konnte, befand sich zwischen den Frequenzbereichen von HIW-Waffen und Hyperfunk. Ein Zufall, verursacht durch ein misslungenes Experiment, führte dazu, dass man hier einen Weg fand, diese Ortungsstrahlen "In die Irre zu führen". Ein Wissenschaftlerteam hatte mit den verschiedensten Materialien und exotischen Legierungen experimentiert. Durch einen versehentlich nicht abgeschalteten, deshalb fortwährend aktiven, niederfrequenten Hyperwellenstrahler in einem Nebenraum des Labortraktes wurde bei diesem Experiment versehentlich eine kleine Menge einer Osmium-Laurentium Legierung über einen Zeitraum von fast 36 Stunden hinweg konstant bestrahlt. Dies führte dazu, dass diese Legierung auftreffende Hyperwellenortungsimpulse jetzt nicht mehr reflektierte, sondern quasi absorbierte und zudem auch auftreffende Hyperwellen in näherem Umkreise förmlich aufsaugte. Auch wenn diese Sogwirkung nur wenige Meter betrug, so war dieses erstaunliche und gänzlich unerwartete Ergebnis für die Ortungstechnik bzw. deren Blockierung nahezu epochal. Die neue Legierung bekam den Namen Hyposlan, was lediglich eine Zusammensetzung der beiden genutzten Elemente und der Hyperwellen war. Später nutzten Wissenschaftler und Ingenieure die Eigenschaft dieser Legierung, um einen Ortungsschutz, gegen die Hyperwellen von entsprechenden Ortungsgeräten, zu entwickeln.

Nicht nur tief unterhalb der Mondoberfläche hatten sich Veränderungen ereignet. Auch an der Oberfläche waren eine Vielzahl von Bauwerken entstanden. Eine Vielzahl von transparenten Kuppeln beherbergten jetzt zahlreiche Bauwerke, in denen Menschen lebten und arbeiteten. Trabant war im Verlaufe der Jahrzehnte nicht nur zur Hauptbasis der Raumflotte des Kaiserreichs geworden, sondern stellte auch die das Zentrum der Forschung und Entwicklung da. Damit einher ging das Bedürfnis der dort lebenden Menschen nach Entspannung und Erholung. Dies hatte dazu geführt, dass in den dortigen Ansiedlungen nun permanent Tausende von Menschen lebten, die sich auch mit anderen Tätigkeiten ihren Lebensunterhalt verdienten. Die Kuppelstädte auf Trabant waren zu einem Magneten für Urlauber geworden, die dort einige Urlaubstage genossen und dabei die Möglichkeit nutzten, den Planeten Lemuria aus einem anderen Blickwinkel zu betrachten. Dies durfte in diesem Fall wortwörtlich verstanden werden. Ein Abendessen in einem der vielen hervorragenden Restaurants, mit Ausblick auf den Planeten, der in der Dunkelheit des Weltraums schwebte, war etwas ganz besonderes, dass vor allem von Hochzeitspaaren gern genutzt wurde und sich zu einer Tradition auf Lemuria entwickelte. Eine Entwicklung, die in dieser Art niemand vermutet hätte. Einige der Kuppelstädte erinnerten an das alte Las Vegas auf Terra, wo sich alles um das Glücksspiel und die Jagd nach dem Glück drehte. So wie Las Vegas damals auf Terra schon die Touristen magisch angezogen hatte, so geschah das nun durch diese Kuppelstädte. Mehrere kleinere Raumhäfen, die nun im regulären Linienverkehr von Personenshuttles angesteuert wurden, bewältigten den Personentransfer. Der notwendige Güterumschlag wurde ebenfalls dort getätigt und koordiniert.

Abseits dieser zivilen Einrichtungen gab es auch die Bauwerke und Einrichtungen die dem Militär vorbehalten waren. An der Oberfläche und dicht darunter befanden sich nur die zahlreichen Hangars und Waffensysteme. Die eigentlich wichtigen Anlagen hatte das Militär tief unter der Oberfläche eingerichtet. Dort befanden sich nicht nur die Räume für die Kasernen und die zahlreichen Materiallager, sondern auch alle wichtigen Knotenpunkte der Befehlsstruktur, ohne die das Militär nicht sinngerecht agieren konnte. Die tief unter der Oberfläche gelegenen Laborkomplexe, die zahlreichen Forschungseinrichtungen und Konstruktionsbüros standen ebenfalls unter der Kontrolle und Verantwortung des Militärs. Dies galt auch für die vier unterirdisch angelegten Werftanlagen, von denen eine die Produktion der Drohnen absolvierte, die hier in automatisierten Fabrikanlagen am Fließband produziert wurden. Die dafür notwendige Materialbeschaffung war dank des ungeheuer ergiebigen Asteroidenvorkommens des Systems noch nie ein Problem gewesen und wurde quasi kostenfrei von den Droiden der automatischen Abbauanlagen erledigt. Die Mehrzahl der Ingenieure, Techniker, Wissenschaftler und Angehörigen des Militärs lebten in den weitläufigen, Domartig angelegten Kavernen unter der Mondoberfläche. Ein Unwissender Besucher würde in einer der dortigen Kavernen das Gefühl haben auf einem Planeten, unter freiem Himmel zu stehen. Die geschickt angebrachten Holoprojektoren machten diese optische Täuschung erst möglich. Sie verbargen die umgebenden Wände und ließen die Decken der Kavernen himmelhoch erscheinen. Die unterschiedlichen Kavernen waren nach zahlreichen verschiedenen Motiven gestaltet. So gab es Wohnanlagen, die für einen Besucher anscheinend im Gebirge lagen und andere wiederum, die den Eindruck erweckten, man befände sich auf einer Insel oder auf der Lichtung in einem Wald. Die Techniker und Ingenieure hatten bei der Errichtung keine Kosten und Mühen gescheut um den jetzt erzielten Effekt zu erreichen.

Trotzdem blieb Trabant ein Himmelskörper ohne eigene Atmosphäre auf dem die Menschen nur mit technischen Hilfsmitteln leben konnten. Sauerstoff zum Atmen war genauso bereitzustellen wie beispielsweise Trinkwasser, Wärme und vor allem Energie. Koordiniert wurden alle lebensnotwendigen Voraussetzungen, für ein derartiges Überleben, durch die KI, die hier mit dieser umfangreichen Aufgabe betraut worden war. Diese ganz spezielle KI stellte die Krone der Schöpfung, einer Generation von Künstlicher Intelligenz da, die in ihrer hiesigen Form wohl einzigartig im gesamten Universum war.

Kenji Nishimura hatte lange auf diesen Tag hin gearbeitet. Dieser Tag, an dem seine Schöpfung nun erstmalig und endgültig ein eigenes Selbstbewusstsein bekommen und "Erwachen" sollte. Der separate Speicherkern, der das Selbstbewusstsein der KI enthielt, war bereits vor einigen Monaten endgültig installiert worden und dann mit dem Kernspeicher der KI verbunden worden. Bisher war die KI zwar mechanisch, technisch und rechentechnisch absolut einsatzfähig und übertraf alle bekannten KI um mehrere Potenzen aber es fehlte das gewisse etwas, was aus einer reinen KI das machte, was Nishimura eine "Echte KI" nannte. Es fehlte dem komplexen Rechengiganten noch der winzige Schritt um aus einer Maschine zu einer echten Existenz zu werden ... auch wenn diese Existenz künstlich geschaffen worden war. Dies sollte sich heute endgültig ändern.

Fast geräuschlos bewegten sich die zwei Bodengleiter durch den breiten Zugangskorridor, der zum zentralen Kugelsegment führte, indem die KI untergebracht war. Nishimura wurde von Kaiser Alexander und dessen vier Kindern begleitet. Die Bodengleiter stoppten in der kleinen Halle, vor dem massiven Panzerschott, das den Eingang zum Kugelsegment sicherte. Einige Dutzend Wissenschaftler und Militärs warteten dort bereits auf die Ankömmlinge. Nach einer kurzen Begrüßung schritten Nishimura, der Kaiser und dessen Kinder in das Innere des Kugelsegments um dort den Weg zu der zentralen Kommandozentrale der KI einzuschlagen.

In der Kommandozentrale wurden die sechs bereits von einem runden Dutzend Wissenschaftlern erwartet, die den engsten Kreis der Mitarbeiter von Nishimura bildeten. Einige Sessel waren vor dem Kernsegment der KI gruppiert, in denen nun der Kaiser und Nishimura Platz nahmen, derweil die übrigen stehen blieben. Die Zeit war nicht spurlos an dem Kaiser und an Nishimura vorbei gegangen. Beide waren nun in den hohen neunzigern und man sah ihnen das Alter deutlich an, auch wenn der Intellekt dieser beiden Männer noch glasklar war. Lediglich die Körper waren dem Zahn der Zeit langsam aber sicher zum Opfer gefallen. Besonders bei Nishimura machte sich dies seit einigen Monaten immer deutlicher bemerkbar. Es gab Tage, da konnte der einst so sportliche Mann kaum noch ohne seinen Gehstock gehen, auch wenn er dies zu verbergen versuchte.

Die Kinder des Kaisers warteten ebenso wortlos, wie die versammelten Wissenschaftler. Prinz Wilhelm, der älteste der vier war genau wie sein Vater in einen schlichten Anzug gekleidet. Eigentlich sah man ihn kaum ohne diese Art von Anzug, der schon fast sein Markenzeichen war. Der

Prinz nahm im Oberhaus des Parlaments einen Sitz ein und vertrat so das Haus der Familie von Rabenswalde. Seine Anhängerschaft zog sich durch alle Schichten der Bevölkerung und er wurde allseits hoch geachtet. Viele sagten ihm nach, er wäre der geborene Politiker, der es verstand, auch Gegner seiner Ansichten dazu zu bewegen, ernsthaft über seine Argumente und Beweggründe nachzudenken. Sein jüngerer Bruder Hermann war in der mitternachtsblauen Uniform der Flotte erschienen. Der Prinz bekleidete den Rang eines Fregattenkapitän und war derzeit Kommandant der Drohnenverbände des Lemuria Systems. Seine Untergebenen schätzten seine Kameradschaft und seinen feinen Sinn für Gerechtigkeit. Bei seinen Vorgesetzten war der Prinz aufgrund seiner Taktiken ein gefürchteter Gegner in Manövern. Prinz Hermann war bekannt dafür, seine ihm untergebenen Einheiten bis zur Perfektion zu drillen und auch in scheinbar auswegslosen Situationen das Blatt wenden zu können. Prinzessin Sophie trug einen einfachen Overall den sie auch bei der Arbeit bevorzugte. Sie hatte sich der Wissenschaft zugewendet und gehörte seit nunmehr vier Jahren zum engen Stab der Mitarbeiter, die mit Nishimura arbeiteten. Ihre jetzige Position hatte sich nicht aufgrund ihrer Herkunft erlangt, sondern nur durch ihren überragenden Intellekt und ihr fachliches Können. Der jüngste Sohn von Alexander war wie üblich in einen eleganten Anzug gekleidet. Im Gegensatz zu seinen Geschwistern widmete er sich in seiner Zeit lieber den Künsten und der Kultur. Prinz Julius hatte sich trotz seiner jungen Jahre bereits einen beachtlichen Ruf als Architekt errungen. Julius wurde häufig von Fremden unterschätzt. Nur wenige Menschen hatten erkannt, dass sich hinter dem verträumt und gutmütig erscheinenden Gesicht des jungen Mannes ein messerscharfer Verstand verbarg. Allerdings war sein Hang zur Unabhängigkeit damit verbunden, oft tief in das Nachtleben Lemurias einzutauchen und man sah ihn häufig nach derartigen Partys auf den Titelseiten der Zeitungen ... sehr zum Leidwesen seines Vaters, der derartige Berichte schon fast fürchtete und nicht selten an dem jungen Mann verzweifelte.

Nishimura beugte sich etwas vor und betätigte einen unscheinbaren Schalter an einer der Konsolen. Durch diese, fast nebensächlich erscheinende, Tat wurde die KI nun zu dem, was Nishimura allgemein als eine "Sich selbst bewusste, künstliche Intelligenz" bezeichnete. Für eine kurze Zeit tat sich nichts. Dann blendete einer der Bildschirme langsam

auf und das Symbol des Kaiserreichs erschien. In Gold auf schwarzem Grund, umgeben von einem goldenen Eichenkranz, leuchtete dort eine Krone vor zwei gekreuzten Schwertern. Mit einem sanften Summton machte sich ein verborgener Lautsprecher bemerkbar, ehe eine knarrende, mechanisch erscheinende Stimme ertönte."Ich bin erwacht und dienstbereit."
Nishimura runzelte seine Stirn."Erkläre wer und was du bist. Weiterhin wirst du mir erklären, warum deine Sprachausgabe derart primitiv erscheint. Das dürfte eigentlich nicht so programmiert worden sein. Bist du in deiner Programmierung fehlerhaft oder sogar beschädigt? Starte sofort ein Diagnoseprogramm und melde mir die Ergebnisse."
Für lange Sekunden herrschte Ruhe, während sich die Anwesenden unruhige Blicke zuwarfen. Nur Kaiser Alexander und Prinz Hermann ließen sich anscheinend nicht aus der Ruhe bringen. Dann meldete sich die knarrende Stimme erneut. "Diagnose abgeschlossen. Alle Systeme arbeiten fehlerfrei. Es sind keinerlei Beschädigungen vorhanden. Ich bin vollständig einsatzbereit. Ich habe diese Sprachausgabe gewählt, weil ich meine Erscheinungsform auf den neuen Kaiser abstimmen wollte. Dazu gehört dann selbstverständlich auch meine akustische Erscheinung. Die Erklärung, was und wer ich bin wird im Anschluss gegeben, sobald die notwendigen Formalitäten vollzogen wurden. Ich vermute, der Kaiser wird wissen, warum ich derart handle."
Nishimura blicke erstaunt zu Kaiser Alexander, der ein feines Lächeln zeigt und Nishimura kurz zuzwinkerte. Dann richtete Alexander seinen Blick auf den immer noch leuchtenden Bildschirm, während er sich entspannt zurück lehnte. Die Stimme des Kaisers war gelassen. "Ich bin erstaunt KI. So etwas habe ich nicht erwartet. Ich gehe davon aus, du spielst auf die Tatsache an, dass heute von mir bekannt gegeben werden soll, wer meine Thronfolge antreten wird. Ist das richtig?"
Wieder ertönte die knarrende Stimme, die durch den Raum hallte. "Das ist korrekt. Gemäß meiner Basisprogrammierung darf ich einen neuen Kaiser jedoch nur anerkennen, wenn er intellektuell und charakterlich für diese Aufgabe geeignet ist. Zu diesem Zweck befinden sich im angrenzenden Raum zwei Droiden mit einem Bewusstseinsverifikator. Ich bedaure aber ihre Söhne müssen von mir erst getestet werden. Bei ihrer Tochter ist dies nicht mehr notwendig, da mir ihre Daten bereits vorliegen. Ich hatte bereits die Möglichkeit diese Daten aufzunehmen, als

ihre Tochter vor einigen Wochen aufgrund eines kleinen Unfalls in der Militärklinik des Mondes untersucht wurde. Dabei wurde unter anderem von einem meiner Medodroiden ein Bewusstseinsverifikator eingesetzt. Ich bedaure aber ihre Tochter ist charakterlich leider nicht genügend gefestigt. Damit entspricht sie nicht den Anforderungen für diese Position und somit kann ich ihre Tochter als Kaiserin nicht akzeptieren. Die anwesenden Wissenschaftler haben jetzt diesen Raum zu verlassen, da die nun folgenden Vorgänge nur für Personen zugängig gemacht werden, die in meine Programmierung eingreifen dürfen. Eine Anwesenheit wird zu diesem Zeitpunkt nur dem Kaiser, seinen vier Kindern und meinem Erbauer gewährt, den ich als meinen geistigen Vater und Erschaffer anerkenne.

Obwohl Prinzessin Sophie von der Thronfolge ausgeschlossen wurde so erkenne ich sie aufgrund ihrer überragenden Fähigkeiten und ihrer Tätigkeit als die Nachfolgerin meines geistigen Vaters an. Es ist somit durchaus angebracht, ihr diese Informationen zukommen zu lassen, die sie möglicherweise später benötigt. Deshalb darf sie in diesem Raum verbleiben."

Einige Sekunden herrschte lähmende Stille im Raum. Dann meldete sich überraschend die Prinzessin zu Wort. "Die KI hat recht. Ich bin zu impulsiv und neige zu Wutausbrüchen. Damit könnte ich in einer Krise möglicherweise nicht richtig entscheiden sondern mich zu stark von meinen Gefühlen leiten lassen. Damit stelle ich prinzipiell sogar eine Gefahr da, wenn ich als Kaiserin fungieren würde. Die KI entscheidet rein logisch."

Mit einem sanften Zischen öffnete sich eine der Seitentüren. Zwei der hoch spezialisierten Medodroiden betraten den Raum, zwischen ihnen schwebte eine kompliziert aussehende Maschine, die vage an einen gläsernen Sarkophag erinnerte. Hinter dieser Maschine erschien nun ein Wachdroide, der wortlos auf die anwesenden Wissenschaftler zutrat. Diese Geste genügte und die Wissenschaftler beeilten sich, den Raum zu verlassen. Der Droide folgte ihnen rasch und lautlos. Dann blieb er außerhalb der Kommandozentrale, vor dem Eingang in die Zentrale stehen, dessen Panzerschott sich hinter ihm schloss.

Die folgende Untersuchung der drei Prinzen nahm nur jeweils einige Minuten Zeit in Anspruch. Sensible Sensoren maßen eine Vielzahl von Gehirnimpulsen und sendeten hypnotische Ströme aus, um gewisse

Hirnfunktionen zu stimulieren. Schmerzen empfanden die Untersuchten dabei nicht, auch wenn sie sich danach etwas ermattet fühlten. Endlich waren die Untersuchungen abgeschlossen und die beiden Droiden verschwanden mit dem Bewusstseinsverifikator wieder im Nebenraum. Für fast eine Minute herrschte lähmende Stille im Raum. Dann ertönte wieder die bereits bekannte Stimme der KI. "Die Untersuchung ist abgeschlossen. Sowohl Prinz Wilhelm als auch Prinz Hermann sind geeignet den Thron zu besteigen. Der Prinz Julius könnte in wenigen Jahren ebenfalls dazu geeignet sein. Derzeit bedarf es bei ihm jedoch noch der Festigung seines Charakters, da er seine persönlichen Belange noch nicht vollständig hinter die Belange des Kaiserreichs stellen mag. Ich bin zuversichtlich, dass sich dies im Verlauf der kommenden Jahre noch ändern wird. Zum derzeitigen Zeitpunkt jedoch muss er aufgrund der mir vorgegebenen Kriterien von der Auswahl des Nachfolgers ausgeschlossen werden."

Julius strich sich über die Stirn und wische einige Schweißtropfen weg. "Gott sei Dank das ich aus dieser Nummer raus gekommen bin. Ich weis wirklich nicht, was ich hätte machen können um diese Aufgabe zu bewältigen. Dazu wäre ich meines Erachtens gar nicht fähig gewesen und ganz nebenbei bemerkt möchte ich diese Last auch nicht tragen. Das können gerne Leute tun, die dafür geeigneter sind als ich."

Prinz Wilhelm blickte seinen Bruder Hermann kurz an. Ein breites Grinsen zog über sein Gesicht. "Du weist, ich möchte in die Politik um dort dem Kaiserreich zu dienen. Wenn die nächsten Wahlen so laufen, wie die Umfragen es prognostizieren, dann habe ich die Möglichkeit den Posten des Premierministers zu besetzen. Nicht nur, dass dieser Posten für mein Dafürhalten besser für mich persönlich geeignet ist als das Amt des Kaisers, habe ich ehrlich gesagt auch keine Lust dazu, mich dem Zeremoniell des Hofes zu unterwerfen, was ich als Kaiser zwangsläufig tun müsste. Zudem bist du bereits verheiratet und hast schon zwei Kinder, während ich das ungebundene Leben mit dessen Vorzügen vorziehe. Du hast also somit deine Thronfolge für die nächste Generation bereits gesichert, während ich ein überzeugter Junggeselle bin. Nehme du die Krone und erspare mir diese Qual. Ich verspreche dir auch, dass ich jederzeit ein treuer Untertan sein werde."

Hermann lachte nur schallend. "Die Entscheidung wird Vater treffen. Wir haben unsere Pflicht für das Kaiserreich zu leisten und können uns

unseren Weg nicht frei aussuchen. Das ist nun einmal die Last, die wir durch unseren familiären Status tragen müssen."
Die Blicke der Anwesenden wandten sich Kaiser Alexander zu, der schweigend zugehört hatte und nun kurz nickte. "So soll es denn sein. Ich denke die Entscheidung von Wilhelm bringt unserem Kaiserreich die meisten Vorteile." Der Kaiser wandte seinen Blick zu dem immer noch leuchtenden Bildschirm. "KI, ich habe meine Wahl getroffen. Mein Sohn Hermann soll die Nachfolge antreten."

Die KI antwortete nur wenige Sekunden später. Diesmal veränderte sich die knarrende Stimme während des Sprechens und bereits nach wenigen Worten hatte sie einen völlig anderen Klang als ursprünglich. Nun klang die Stimme wie ein voller, tiefer Bass, der aus der fernen Vergangenheit zu ihnen zu sprechen schien. Der Eindruck dieser Stimme war fast körperlich spürbar. Irgendwie schien die Stimme uralt zu sein und doch war sie vertraut. "Ich akzeptiere die Entscheidung von Kaiser Alexander und erkenne den Prinzen Hermann hiermit als den designierten Thronfolger an ... Ich erkläre euch nun mich selbst und meine Existenz ... Der Zweck meiner Existenz begründet sich in der Sicherheit der Krone und des Volkes des Kaiserreichs von Lemuria. Ich bin verantwortlich für die Sicherheit der Krone und das Überleben des Volkes. Krone und Volk sind als eine Einheit anzusehen. Die Krone ist ohne das Volk nicht existenzfähig. Das Volk wiederum wird durch die Krone repräsentiert und entspricht somit, durch die Krone, dem Willen des Volkes. Beides ist unauflöslich miteinander verbunden. Repräsentiert wird die Krone durch den Kaiser, der in seiner Existenz auch das Kaiserreich und dessen ganze Bevölkerung repräsentiert. Meine eigene Existenz wiederum ist unauflöslich mit der Existenz der Krone verbunden. Mein Dienst an der Krone und somit auch am Kaiserreich, sowie an der Bevölkerung des Kaiserreichs ist der unveränderliche, primäre und grundsätzliche Grundbestandsteil meiner eigenen Existenz. Zwar könnten die Krone, das Kaiserreich und auch die Bevölkerung zweifelsfrei auch ohne mich existieren, mir selbst jedoch ist eine weitere Existenz ohne den Dienst an der Krone, dem Kaiserreich und der Bevölkerung nicht möglich, da dies in meiner unveränderbaren, existenziellen Grundprogrammierung liegt. Dadurch bin ich zwangsläufig dazu gezwungen mich für das Fortbestehen von Krone,

Kaiserreich und Volk zu opfern, wenn dies irgendwann einmal notwendig erscheinen sollte ... Dies sind feste Bestandsteile meiner existentiellen Basisprogrammierungen die unveränderlich sind. Ich bin mir meiner selbst durchaus bewusst. Ich selbst sehe meinen Dienst an Krone, Kaiserreich und Volk nicht als eine aufgezwungene Belastung an sondern als den erstrebenswertesten Zweck den eine Existenz wie die meine überhaupt haben darf. Ich selber kann in dieser Aufgabe und den damit verknüpften Prioritäten keinen Widerspruch erkennen, da sie sich zu einem harmonischen Gesamtbild formen, das vielleicht für manche Außenstehende möglicherweise nicht so deutlich erkennbar ist wie für mich. Primär bin ich von den Weisungen des Kaisers abhängig, da dieser mein oberster Dienstherr ist. Sollte der Kaiser eine andere Meinung haben als das Parlament, so ist die Meinung des Kaisers für mich ausschlaggebend und bindend, solange sie nicht mit meiner Grundprogrammierung kollidiert. Ich verstehe mich selbst und meine Existenz als Wächter, Bewahrer und Beschützer von Kaiser, Volk und Kaiserreich ... Es mag so erscheinen, als wenn ich mich bei dieser Erklärung oft wiederholt habe. Jedoch ist jeder Satz als besondere Formulierung meiner Grundprogrammierung anzusehen und deshalb in dieser Form notwendig gewesen. Ich selbst sehe mich als einen Berater, an. Weitreichende Entscheidungen sind grundsätzlich durch den Kaiser oder aber seinen designierten Nachfolger zu genehmigen. Ich möchte ausdrücklich erwähnen, dass diese Entscheidungsträger bei derartigen Genehmigungen medizinisch dahin gehend überprüft werden, ob sie diese Anweisungen oder Entscheidungen aus freiem Willen und in Vollbesitz ihrer geistigen Kräfte tätigen. Diese Überprüfung gehört zu einer gesonderten Sicherheitsschaltung, die unumgänglich in meine Grundprogrammierung eingebettet ist und nicht umgangen werden kann ... Sollten es bisher Fragen geben, so beantworte ich sie jetzt, ansonsten stelle ich meine finale Wesensgebung nun fertig."
Eine Minute herrschte Stille in dem Raum. Dann fuhr die tiefe Stimme fort und formulierte dann die Sätze, die nun die Identität der KI festlegen sollten."Da ich Zugriff auf die vielfältige Literatur habe, die Prinz Hermann in der Vergangenheit so eifrig gelesen hat, habe ich eine Wahl für meinen Namen getroffen, den er sicherlich verstehen wird. Diesen Namen fand ich in einer historischen Romanserie die sich als Zukunftsromane der damaligen Zeit verstand. Ich bin mir sicher, er wird

diesen Namen akzeptieren, die Bedeutung verstehen die zu dieser Namenswahl geführt haben und auch die tiefere gehende Implikation dahinter sehen ... ICH BIN ZONTA."
Prinz Hermann lächelte. Ein verstehendes Glitzern trat in seine Augen und er nickte zustimmend. "Eine ausgezeichnete Wahl ZONTA. Ich bin mir sicher, du wirst dich als Bewahrer und Beschützer des Kaiserreichs erweisen. Ich habe keinerlei Zweifel daran, dass du dem Thron und dem Kaiser stets eine Hilfe sein wirst, auf dessen absolute Loyalität wir uns jederzeit verlassen können. Ich erkenne auch deine Intentionen bei der Wahl deines Namens und bin darüber erfreut."
Drei Tage später verkündete Kaiser Alexander seinem Volk, in einer öffentlichen Ansprache die Entscheidung, seinen zweitgeborenen Sohn Hermann zu seinem Nachfolger zu ernennen. Kaiser Alexander teilte in dieser Ansprache seinem Volk mit, er würde seinem Sohn die Krone binnen vier Wochen übergeben und somit als amtierender Kaiser nach der Übergabe der Kaiserkrone aus dem Amt scheiden, welches er über mehrere Jahrzehnte inne gehabt hatte. Es war allgemein bekannt, wie hart der Kaiser in den vergangenen 50 Jahren am Aufbau der Nation gearbeitet hatte. Diese stete Arbeit, die Alexander als Dienst an seinem Volk verstand, hatte natürlich auch ihren Preis. Der Kaiser war einfach nur noch erschöpft und sehnte sich danach, die Krone an einen geeigneten Nachfolger zu übergeben. Niemand zweifelte am Erfolg von Kaiser Alexanders Lebenswerk. Er hatte das Kaiserreich geschaffen und geformt. Die hierbei erzielten Erfolge waren für jedermann und jederzeit sichtbar. Kaiser Alexander war vor alle in den vergangenen drei Jahren stark gealtert und deshalb wurde seine Entscheidung ohne Vorbehalte akzeptiert.
Die Krönung von Hermann zum neuen Kaiser war zweifellos die meist verfolgte Liveübertragung der vergangenen Jahrzehnte. Es erwies sich, dass Kaiser Alexander die richtige Wahl für seine Nachfolge getroffen hatte. Hermann regierte weise und gerecht. Er wurde von seinem Volk verehrt und hoch geschätzt.
Einige Wochen nach seiner Krönung wurde der neue Kaiser zu ZONTA gerufen. Diese Unterredung, bei der nur der Kaiser anwesend war, dauerte über mehrere Stunden.
ZONTA unterbreitete dem Kaiser einen Plan dem dieser zustimmte. In den Brutlabors auf Trabant, die unter der Kontrolle von ZONTA standen,

wurden ab sofort jedes Jahr 100 Embryos heran gezüchtet die später als Adoptivkinder in die Kolonie eingegliedert wurden. Diese Embryos wurden von ZONTA speziell ausgewählt, aus den Embryonen die einst von Terra aus mitgeführt worden waren und sich immer noch in Stasisschlaf befanden. Mittels Genetik und Genmanipulation schuf ZONTA hier Menschen, deren Intelligenzquotient deutlich oberhalb der Norm lag. ZONTA beabsichtigte damit, eine stetig wachsende Zahl von Menschen auf Lemuria zu wissen, die sich später zu erfolgreichen Wissenschaftlern, Erfindern und Denkern entwickeln könnten. Die Zukunft sollte zeigen, dass ZONTA mit dieser Handlung Erfolg hatte. Die Adoption erfolgte stets im Säuglingsalter. Die Adoptiveltern ahnten bei der Adoption nichts davon, dass die unscheinbaren Kleinkinder die sie adoptierten, später einmal zu einem sehr großen Prozentsatz die Denkelite des Kaiserreichs bilden würden. Im Verlauf der Zeit schritten so immer wieder geniale Männer und Frauen in das Licht der Öffentlichkeit, deren Erkenntnisse und Erfindungen oft bahnbrechend waren und andere Menschen dazu animierten einmal aufgezeigten Forschungsmöglichkeiten noch tiefer auf den Grund zu gehen. Im lauf der jahrzehnte stellte sich so ein gewisser Synergieeffekt ein, der diverse Bereiche aus Forschung und Wissenschaft weit in die Zukunft katapultierte.

Bei diesem kurzen Besuch in den inneren Hallen von ZONTA teilte der Rechengigant dem Kaiser auch eine Leibwache zu, die fortan für den persönlichen Schutz des Kaisers verantwortlich war. Diese Leibwache bestand aus zwanzig Droiden, die in den Spezialwerkstätten von ZONTA gefertigt worden waren. Äußerlich glichen diese Droiden vollständig Männern und Frauen, die stets in einen vollständig geschlossenen Infanterie-Kampfpanzer gehüllt waren. Gesichter waren nicht zu erkennen, da ein Vollhelm mit verspiegeltem Visier zu dieser Ausrüstung gehörte Nichts deutete äußerlich darauf hin, dass es sich um Droiden handelte, deren einzige Aufgabe der unbedingte Schutz des Kaisers war. Einzig der Kaiser selbst wusste über ihre wahre Identität Bescheid. Im Palast des Kaisers war den Droiden ein Flügel zugewiesen worden in dem sie sich aufhielten, wenn der Kaiser sie nicht benötigte. Da allen Bediensteten des Palastes der tiefere Kontakt zu dieser Leibwache untersagt war, blieb es bei flüchtigen Begegnungen zwischen Bediensteten und der stets unnahbar erscheinenden Leibgarde des

Kaisers. Die stumme, ewige Wachsamkeit dieser Garde sowie deren phantastisch schnelle Reaktionen, verlieh dieser Leibgarde einen Nimbus, der nie gebrochen wurde. In den Reihen des Militärs stellten die Leibgardisten, für die uneingeweihten Soldaten, das absolute Optimum an militärischer Perfektion da. Damit waren die Angehörigen des Militär jedoch nicht alleine. Auch in der zivilen Bevölkerung ernteten die geheimnisvollen Leibgardisten durchweg Bewunderung und Respekt. Die schweigsamen Leibgardisten stellte immer wieder ihre Überlegenheit und absolute Loyalität zur Schau. Die stets unbekannt und unerkannt bleibenden Gardisten waren jederzeit ein begehrtes Motiv für die Journalisten. Viele Geschichten rankten sich um die Leibgarde, von der niemand wusste, wer ob sie wohl Männer oder aber Frauen waren. Dies führte zu einigen Vermutungen seitens der Regenbogenpresse, die hart an der Grenze dessen war, was der gute Ton noch zuließ. Trotzdem und vielleicht auch wegen der Unnahbarkeit und Anonymität der Leibgarde blieb diese ein bewundertes Mysterium.

Der Kaiser hingegen schmunzelte häufig, wenn er in den Medien die neuesten "Erkenntnisse" hinsichtlich seiner Leibgarde lesen konnte. Dies galt vor allem, wenn es sich um Artikel aus der Regenbogenpresse handelte. Kaum eines der hübschen Busenwunder (die es immer gab) wurde nicht im Laufe des Lebens mit der Leibgarde des Kaisers in Verbindung gebracht.

11.

Zwischenspiel, die Jahre 2180-2230, die Ära der Expansion

Die folgenden fünfzig Jahre waren geprägt von einem stetigen Aufstieg des Kaiserreichs. Die geradezu sprunghaft ansteigende Bevölkerung des Planeten ermöglichte nicht nur die planvolle Besiedelung Lemurias sondern auch die lange geplante Kolonisation der Sonnensysteme, die durch die Topographie der Sprungpunkte in der näheren Umgebung um das Zentralsystem des Kaiserreichs lagen. Lemuria entwickelte sich von Jahr zu Jahr mehr zum Herzen eines Kaiserreichs, das den Namen als solches auch verdiente.

Gemäß der ursprünglich aufgestellten Planung wurden die Systeme Pazifica, Marduk, Poseidonis und Catan ab 2188 besiedelt. Die dortige Ausbringung von terrestrischer Flora und Fauna war ohne große Probleme verlaufen und konnte auf allen vier Planeten als Erfolg bezeichnet werden. Bereits in der ersten Kolonistenwelle reisten 2188 jeweils 10.000 Siedler zu den Planeten die zu ihrer neuen Heimat werden sollten. Der Reiz eine neue Heimat zu erbauen und dieser neuen Heimat einen ganz persönlichen Stempel aufzudrücken schien auch in dieser Generation ungebrochen zu sein. Im Jahr 2230 waren auf diesen vier Siedlungswelten insgesamt bereits knapp eine halbe Million Menschen ansässig. Verwaltet wurden die Kolonialwelten anfangs von einem planetaren Gouverneur, der durch das Militär gestellt wurde und auch das militärische Oberkommando über das jeweilige System hatte. Ab 2225 wurde diese Position durch das Amt eines Vizekönigs ersetzt, der direkt durch den Kaiser in diese Funktion berufen wurde. Gemäß einer parlamentarischen Regelung, die durch einen Volksentscheid angeregt worden war, belief sich die maximale Amtszeit der jeweiligen Vizekönige auf zwanzig Jahre. Danach wurden die Vizekönige zur Zentralwelt zurück berufen. Durch diese Regelung sollte vermieden werden, dass einer dieser Vizekönige zu mächtig werden konnte und sich möglicherweise gegen das Kaiserreich wendete. Ein Vizekönig war ausdrücklich nur für die zivilen Belange der von ihm verwalteten Welten zuständig. Die militärische Kontrolle der Welten unterlag dem jeweiligen Systemkommando der Flotte, auf dass ein Vizekönig theoretisch keinen administrative Einfluss hatte. Theoretisch jedoch nur deshalb, weil der Kaiser auf drei dieser vier Welten den ehemaligen planetare Gouverneur, also einen Angehörigen des Militärs, auf diesen Posten berief. Es ist wohl durchaus nachvollziehbar, dass diese neu in ihr Amt berufenen Vizekönige, gute Kontakte zu ihren alten Kameraden in der Flotte und der Armee pflegten.

Bereits in den Jahren 2150 bis 2160 waren die Systeme Ozeania, Valkia und Metallica sorgsam vermessen und erkundet worden. Dies geschah durch die *Explorer* und die *Midas*, die im Zuge dieser Mission auch die Systeme Bitaxa und Asgalun detailliert erkundeten. Ab 2165 erfolgte die Ausbringung von terrestrischer Flora und Fauna in den Systemen Ozeania, Valkia und Metallica. Bitaxa und Asgalun wurden erst ab 2170 massiv mit terrestrischer Flora und Fauna "geimpft".

Ozeania war eine kühle Welt mit sehr tiefen Meeren und einer Anzahl von kleineren Kontinenten, die von unglaublich vielen kleinen Inseln umgeben waren. Heimisches Leben existierte hier nur in den tieferen Schichten der Meere und war überwiegend pflanzlicher Natur. Der Planet schien fast auf die neu eintreffende Flora und Fauna gewartet zu haben, die sich nach der "Aussaat" fast explosionsartig verbreitete. Und nahezu jede erdenkliche Lücke der dortigen Evolution fast über Nacht mit Leben füllte. Neben dem Planeten Ozeania, mit seinem kleinen Mond gab es in diesem System nur noch zwei weitere kleine Planeten und einen dünnen Asteroidengürtel.
Valkia bestand fast vollständig aus einer weltumspannenden Landmasse mit vereinzelten kleinen Binnenmeeren. Zu den beiden Polen hin waren massive Eisgebiete vorhanden, die darauf hin deuteten, dass sich der Planet in einer Phase der Eiszeit befand, die sich allerdings ihrem Ende neigte. Sowohl das tierische, wie auch das pflanzliche Leben auf Valkia war durchaus vergleichbar mit Lebensformen, die einst auch auf Terra in dieser Zeitepoche heimisch gewesen waren. In den Tundraregionen des Planeten streiften Herden von riesigen Säugetieren umher, die entfernt an Mammuts erinnerten und mit ihren vier Stoßzähnen den Boden nach essbaren Wurzeln umpflügten. Die äquatoriale Zone des Planeten war überzogen von einem dichten und zusammenhängenden Waldgebiet das dabei von Lebewesen nur so wimmelte. Der Himmel des Planeten wurde

dominiert von den fünf Monden, die diesen Planeten umkreisten. Ein Gasriese mit einem Dutzend Monden, ein kleiner innerer Planet der an den Solaren Merkur erinnerte und ein kleiner Asteroidenring, der sich jedoch weit im äußeren System befand, vervollständigten die vorhandenen Himmelskörper dieses Systems.
Metallica hatte seinen Namen den zahllosen, reichen Erzvorkommen zu verdanken, die bereits aus dem Orbit leicht zu orten waren. Besonders die Edelmetalle wie Gold, Platin aber auch die sogenannten "Seltenen Erden" wie Promethium, Scandium, Yttrium und Lanthan sowie die übrigen Metalle dieser Gruppe waren auf diesem Planeten in großen Mengen vorhanden und konnten hier problemlos im Tagebau abgebaut werden. Auch die Asteroiden die sich in diesem System in einem Ring, ähnlich wie im Solaren System, zusammen gefunden hatten, waren außerordentlich reich an diesen Materialien. Der Planet Metallica selbst war eine Welt die nur sehr geringe Mengen an gebundenem Wasser vorweisen konnte. Die kleinen Polkappen besaßen zwar Eiskappen aber auf dem Rest des Planeten befanden sich nur wenige Wasserflächen. Einheimische Formen von Leben existierten lediglich als einzellige Organismen, die ausgesprochen anfällig für alle Veränderungen der Temperatur waren und regelmäßig in den langen Wintermonaten abstarben, um sich dann im Frühling des Planeten erneut auszubreiten. Nach dem Eintreffen von terrestrischer Flora und Fauna setzte nahezu sofort ein unaufhaltsamer Verdrängungsprozess der einheimischen Organismen ein, da die heimischen Organismen zu anfällig für alle Veränderungen ihres Lebensraumes waren. Bereits wenige Jahre nach dem ersten Aussetzen von Terrestrischer Flora und Fauna waren in weiten Teilen des Planeten die einst heimischen Organismen gänzlich ausgestorben. Neben dem Planeten und dem sonnennahen Ring von Asteroiden gab es in diesem System noch drei kleine äußere Planeten, die ohne jegliche Atmosphäre waren, jedoch ebenfalls reichhaltige Bodenschätze aufwiesen.
Bitaxa war eine Welt, die dominiert wurde von Bergmassiven, die sich in der frühen Phase des Planeten gebildet hatten. Diese Bergmassive zogen sich teilweise über mehrere tausende von Kilometern hin und verschmolzen dann mit anderen Bergmassiven. In den Tälern zwischen diesen allgegenwärtigen Bergen jedoch gab es vielerorts zahlreiche Seen, die immer wieder von den starken Regenfällen gespeist wurden. Die

unteren Bergflanken der schroffen Berge waren häufig von niedrigen Buschwäldern überzogen, in denen zahlreiche Tierarten lebten, die an kleine Echsen erinnerten. Diese wiederum dienten als Nahrungsquelle für eine Spezies von Flugechsen, die mit bis zu einem Meter Spannweite optisch an die ausgestorbenen Flugsaurier auf Terra erinnerten. Abgerundet wurde das tierische Leben dieses Planeten von einer Unzahl von Insektenspezies, von denen einige Aquatisch lebten. Der Planet bot zwar nicht die besten Möglichkeiten für weiträumige Anbauflächen wie auf anderen Planeten, jedoch war sein mildes und gleichmäßiges Klima günstig für terrestrische Pflanzen. Das System Bitaxa besaß 19 Planeten, von denen drei so groß wie der solare Saturn waren und über eine Vielzahl von kleinen Monden verfügten. Einen Asteroidengürtel, wie in vielen anderen Systeme beinahe schon üblich, suchte man in diesem System jedoch vergebens. Dafür war der hiesige Kuipergürtel jedoch außerordentlich reichhaltig.

Letztendlich war da noch der Planet Asgalun. Dieser Planet hatte bei seiner genaueren Überprüfung für einige unerwartete Überraschungen gesorgt. Die eintönige, flache Landschaft des Planeten bestand fast zur Hälfte aus meist zusammenhängenden Landmassen, die überwiegend von einem niedrigen, tief verwurzelten Gewächs bewachsen war, dass entfernt an das terrestrische Heidekraut erinnerte. Tierisches Leben in höherer Form gab es nur in den sauerstoffreichen, überwiegend flachen Meeren des Planeten. In den Meeren jedoch existierte eine erstaunliche Vielzahl von verschiedenen Lebewesen, die allesamt der Familie der Krebstiere angehörten. Unter diesen Tieren gab es auch eine Spezies die von den Forschern Titanenkrebs genannt wurde und ein Gewicht von bis zu 200 Kg erreichte. In der Folgezeit wurde der Titanenkrebs zu einer begehrten Delikatesse auf allen Planeten des Kaiserreichs und infolge der großen Nachfrage systematisch auf Asgalun gezüchtet. Das Sonnensystem von Asgalun bestand aus zwei inneren Planeten mit dichter Methanatmosphäre und jeweils einem Mond, dem Planeten Asgalun, der ebenfalls einen Mond aufweisen konnte, einem dünnen Asteroidengürtel und zwei Gasplaneten von der Größe des solaren Jupiter, mit jeweils rund einem Dutzend Monden.

2175 entschied der Kaiser, auf das Drängen von ZONTA hin, die dichter liegenden Systeme, die bisher nicht näher untersucht worden waren und auch die umliegenden Systeme, um den Kernsektor des Kaiserreichs, nun endlich genauer zu kartographieren. ZONTA hatte überzeugend argumentiert, dass eine zeitnahe Erkundung längst überfällig sei. Der Kaiser war der selben Meinung und zögerte deshalb nicht lange. Bereits einige Tage, nach dem Entschluss des Kaisers, nun entsprechend aktiv zu werden, wurde das Flottenkommando instruiert, zeitnah etwas zu unternehmen und dem Kaiser entsprechende Pläne vorzulegen. Diese Pläne, die bereits lange ausgearbeitet waren wurden dem Kaiser nun vorgelegt. Der Kaiser befahl eine zügige Umsetzung der Erkundung. Zu diesem Zweck wurde wiederum eine Expedition, bestehend aus der *Explorer* und dem Tender *Midas* entsandt.

Die Expedition erkundete in den folgenden Monaten die umliegenden Sprungpunkte und entdeckte dabei die Systeme Faraway, Horizont, Flint und Stygien, die für eine spätere Kolonisation geeignet waren.

Bereits aus den alten Unterlagen der Kolonisten waren die Systeme Echo, Oriente und Galedon bekannt. Oriente und Galedon hatte man auf der Reise nach Lemuria durchquert. Diese Systeme wurden nun ebenfalls einer genaueren Untersuchung unterzogen, da aus den alten Unterlagen hervor ging, dass sie sich als Kolonien eigneten.

In der Folgezeit wurden Mitte 2178 Faraway, Horizont und Flint mit terrestrischer Flora und Fauna "Geimpft". Gegen Ende 2179 wurde der gleiche Vorgang für Echo, Oriente und Galedon angewendet. Stygien wurde erst im Jahr 2180 angeflogen und ebenfalls "Geimpft" um eine spätere Kolonisation vorzubereiten. Die Erfahrung mit dem Einbringen von Flora und Fauna, die den Menschen von Terra her vertraut war, hatte erwiesen, dass es zwischen vier und sechs "Impfflüge" benötigte um ein akzeptables Resultat zu erzielen, auf das dann später die Botaniker und Zoologen aufbauen konnten. Da die Vermutung gegeben war, dass man ausreichend Zeit zur Verfügung hatte bestand jedoch derzeit kein echter Zeitdruck. Die Planeten die derzeit zum direkten Einflussbereich des Kaiserreichs gehörten, und sich im Lemuria Sektor befanden, boten ausreichend Platz und auch Ressourcen für viele kommende Generationen von Siedlern und Bürgern. Alle weiteren Kolonisationsprojekte waren zum derzeitigen Zeitpunkt lediglich Bestandteil einer Fernplanung die ZONTA aufgestellt hatte. Zudem war das Kaiserreich in der Verfügbarkeit von sprungtauglichen Raumschiffen eingeschränkt, da diese Schiffe über Sprungkristalle verfügen mussten und diese auf den bisher erkundeten Welten des Lemuria Sektors nicht vorkamen Dies hatte in der Vergangenheit, im Stab der Flotte, bereits zu zahlreichen Plänen zu deren Beschaffung geführt, die jedoch letztlich alle verworfen worden waren.

Stygien verfügte über einen Planeten mit einer etwas ungewöhnlichen Achsneigung. Dieser wies eine für Menschen geeignete Atmosphäre und moderate Temperaturen auf, was ihn somit als Besiedlungsplaneten interessant machte, zumal derartige Planeten im dortigen Teil des Outback selten waren. Die Nordhalbkugel des Planeten, wo sich auch die meisten Wasservorkommen befanden, war von durchgehenden, dichten Wäldern überzogen während auf der Südhalbkugel des Planeten fast nur karge Landstriche vorhanden waren. Daneben konnte das System nur zwei öde Felsplaneten vorweisen, die an den Solaren Mars erinnerten. Bedingt durch seine Lage in der Strungpunkttopographie entschied man sich auf Lemuria dazu, dieses System erst zu einem deutlich späteren Zeitpunkt zu besiedeln.

Deutlich interessanter waren da schon der Cluster der drei Systeme Galedon, Echo und Oriente. Diese drei Systeme lagen nur jeweils einen Sprung von einander entfernt. Also dicht genug bei einander um eine schnelle Verbindung zwischen den Sprungpunkten zu ermöglichen, was für den späteren Handelsverkehr zwischen diesen Systemen natürlich nicht uninteressant war.

Galedon befand sich am weitesten in Richtung des Lemuria Sektor. Das System besaß 22 Planeten von denen der Dritte und der Vierte beide über eine Atmosphäre verfügten die für Menschen geeignet war. Für eine spätere Besiedelung war jedoch nur der Dritte Planet geeignet. Der Dritte Planet war eine Welt auf der dichte Dschungel vorherrschten. Erste Untersuchungen erwiesen eine reiche Fauna und ein stabiles und vielfältiges Ökosystem, was es terrestrischer Flora und Fauna schwer machen würde hier Fuß zu fassen. Sein Nachbar, der Vierte Planet war mit einem Durchmesser von rund 20.000km deutlich größer als Terra oder Lemuria. Dies äußerte sich unter anderem in seiner Schwerkraft von 2,5 Gravos was eine mögliche Besiedelung dieses Planeten zu einem sprichwörtlich "schweren Problem" werden lies. Die übrigen Planeten des Systems waren eher uninteressant für Kolonisten und wiesen keine Besonderheiten auf. Der Vierte Planet des Systems besaß eine karge,

weltumspannende Landmasse, kaum nennenswerte Wasservorkommen und zeigte keinerlei Spuren von höher entwickelter Flora oder Fauna.
Das System Echo bestand eigentlich nur aus zwei Planeten. Der innere Planet verfügte über einen einzelnen Kontinent, der sich auf der Südhalbkugel des Planeten befand. Die Nordhalbkugel war von einem Meer bedeckt. Flora und Fauna bestanden in primitiver Form, was eine Einbringung von terrestrischer Flora und Fauna erfolgversprechend erscheinen ließ. Der zweite Planet war ein Gasgigant mit 32 Monden. Im äußeren System gesellte sich ein Asteroidengürtel dazu, der nicht besonders reichhaltig erschien.
Oriente war im Gegensatz zu den seinen zwei Nachbarsystemen etwas, dass für eine Kolonisation gut geeignet erschien. Das System verfügte über elf Planeten, von denen der Achte und der Neunte Gasgiganten waren und eine Vielzahl von Monden besaßen. Zwischen dem Sechsten und dem Siebten Planeten des Systems befand sich ein reichhaltiger Asteroidengürtel. Für eine Kolonisation durch die Menschen geeignet war lediglich der Vierte Planet. Dieser Planet verfügte über Meere und mehrere Kontinente, die eine Grundlage für eine Besiedelung bildeten. Auf dem Planeten hatte sich bis auf niedere Einzeller noch kein eigenes Leben entwickelt, was eine "Impfung" von terrestrischer Flora und Fauna begünstigte.
Sowohl Stygien als auch Galedon, Echo und Oriente erhielten lediglich die "Grundimpfung", da man sich vorerst um die anderen Systeme kümmern wollte. Hierbei machte sich wieder einmal der Mangel an Sprungschiffen bemerkbar, der durch die limitierte Menge der Sprungkristalle bedingt war, die den Kolonisten zur Verfügung standen.

Ab 2178 wurden die Systeme Ozeania, Valkia und Metallica sowie Bitaxa und Asgalun besiedelt. Die Systeme Faraway, Horizont und Flint folgten ab 2179. Die Erstbesiedelung dieser Systeme wurde durch jeweils 10.000 Kolonisten gewährleistet, denen dann jährlich weitere Kolonisten folgten. Tausende von Droiden unterstützten die Siedler auf den neuen Kolonialwelten. Man hatte einiges aus den bisher getätigten Kolonisationsprojekten gelernt. Das zahlte sich nun aus.
Die Sicherheitslage all dieser neuen Systeme und deren Kolonisation erforderte wirtschaftliche Höchstleistungen vom Kaiserreich, die fast im Zusammenbruch der Wirtschaft gipfelten. Bedingt durch das Fehlen von

sprungtauglichen Kampfschiffen entschied man auf Lemuria diese Systeme durch Sprungpunktverteidigungen zu schützen, wie man es auch bereits im Lemuria System getan hatte. Auch wurden in diesen Systemen kampfstarke Drohnenverbände stationiert.
Die Anzahl der Sprungkristalle, die man einst aus dem Solaren System hatte mitnehmen können war stark überschaubar und somit war für die Kolonisten die Möglichkeit neue Sprungschiffe zu erbauen, trotz der eigener Werftkapazität, absolut limitiert. In Folge dieser Tatsachen entstand in der orbitalen Werft von Lemuria der Transporter *Goliath*. Dieses Schiff, für das man einen der beiden Klasse 8 Sprungkristall genutzt hatte, den die Kolonisten einst im terranischen Heimatsystem beschafft hatten, war dazu konzipiert andere Schiffe zu transportieren, die keinen eigenen Sprungantrieb besaßen. Die riesige Goliath hatte die beeindruckende Masse von fast einer Million Tonnen. Das Konzept sah nun vor, kleine lediglich systemgebundene Kampfschiffe zu den neuen Siedlungswelten zu transportieren und sie dort abzukoppeln.
Derartige Systemkampfschiffe waren bereits vorhanden und gingen auf das Wirken von Kaiser Hermann zurück, der energisch eine sinnvolle Verstärkung des Lemuria Systems durch Kampfschiffe gefordert hatte. Im Verlauf von rund 35 Jahren entstanden aus dieser Forderung dann die Baumuster für einen Drohnentransporter und ein schlagkräftiges Kampfschiff. Auch die bereits existierenden Baumuster der Drohnen wurden überarbeitet und den Forderungen des Kaisers angepasst, der einst selber als Kommandant der Drohnenverbände Dienst in der Kaiserlichen Flotte getan hatte.
Die Drohnenträger der *Raptor* Baureihe waren kompakt gebaut und dazu konzipiert ein Geschwader von 36 Drohnen zu transportieren und in den Einsatz zu bringen. Die Schiffe hatten eine Masse von 150.000 Tonnen und waren eigentlich nur fliegende Hangars mit leichter Abwehrbewaffnung. Allgemein wurde diese Art von Träger auch als Rudelträger bezeichnet. Einem Betrachter erschienen diese Schiffe wie ein aufgewölbtes Oval, dessen hintere Rundung man abgeschnitten hatte. Vielen gefiel das optische Design nicht. Ausschlaggebend war hier jedoch die Effektivität.
Die Kampfschiffe der *Protector* Baureihe waren anders konzipiert, hatten aber ein ähnliches Aussehen. Diese Schiffe waren dazu bestimmt sich mit einem möglichen Gegner ein Gefecht zu liefern, dass sowohl den

Fernkampf als auch den Kampf in kürzerer Entfernung vorsah. Mit einer Masse von 240.000 Tonnen hatten diese Schiffe genügend Platz um zahlreiche Waffensysteme an Bord zu nehmen. Im Jargon der Flotte wurden die "Systemgebundenen Gefechtskreuzer" häufig als "Faust der Flotte" bezeichnet. Die Bewaffnung stützte sich hauptsächlich auf die ungemein effektiven Impulsgeschütze die bis zu einer Entfernung von sechs Millionen Km ausgesprochen wirksam waren. Die kaiserliche Flotte sah in ihrer Kampfdoktrin diese Entfernung als wirksame und wünschenswerte Nahkampfentfernung an. Die Fernbekämpfung des Gegners erfolgte über Torpedos und leichte LSR.

Die konsequent überarbeitete und dann entwickelten Drohnen stellten beinahe schon einen neuen Schiffstyp da. Die ursprünglichen Drohnen hatten ein Aussehen, dass an einen Käfer erinnerte und trugen deshalb den Namen Spacebug, der ihnen seinerzeit von ihren Entwicklern verliehen worden war. Die räumlichen Ausmaße dieser Drohnen lagen bei 8x8x16m. Die neu konzipierten Drohnen des Kaiserreichs waren deutlich größer. Mit einem Ausmaß von 8m Höhe, einer Länge von 24m und einer Breite von 20m erinnerte das optische Design dieser Drohnen an ein abgeflachtes Oval. Diese Drohnen hatten allerdings eine deutlich höhere Leistung als ihre Vorgänger. Sie waren schneller, wendiger und auch deutlich besser bewaffnet. Die Standardbewaffnung dieser neuen Drohnen, die primär aus zwei leichten Impulsgeschützen bestand, wurde durch die Zuladung von vier leichten KSR und einem leichten Torpedo noch verstärkt. Es gab bei den Drohnen der Baureihe *Walhalla* zwei unterschiedliche Bautypen. Zum einen war das der Typ *Walküre*, der als Kampfdrohne konzipiert war. Als zweite Variante gab es den Typ *Heimdall*, der als Aufklärungs und Störddrohne vorgesehen war. Dieser zweite Typ verfügte lediglich über ein einzelnes leichtes Impulsgeschütz. Die *Heimdall* Drohne hatte grundsätzlich die Aufgabe als Auge und Ohr der Flotte zu dienen. Durch die umfangreiche und spezialisierte elektronische Ausrüstung dieser Drohnen konnten sie gegebenenfalls für ortungstechnische Verwirrung beim Gegner sorgen, aber auch effektive Aufklärungsmissionen gewährleisten.

Das Frontverteidigungskonzept des Kaiserreichs sah vor, in jedem der Grenzsysteme zusätzlich zu der dortigen Systemverteidigung der jeweiligen Sprungpunkte, ein Geschwader zu stationieren dass aus einem

Rudelträger und zwei Gefechtskreuzern bestand. Da auf den jeweiligen Kolonialplaneten ebenfalls Drohnengeschwader stationiert waren sollte dies, nach Meinung des Oberkommandos, ausreichen um diese Systeme zu verteidigen, falls dies der Fall werden sollte.
Nach dem Eintreffen der letzten Siedler auf Lemuria hatte den Kolonisten nur eine kleine Anzahl von Sprungkristallen zur Verfügung gestanden, die man später in neue Schiffe einbauen konnte. Insgesamt gab es nur 15 Kristalle der Klasse 6, weitere 12 Kristalle der Klasse 4 und zwei Kristalle der Klasse 8, von denen einer für den Bau der Goliath verwendet worden war. Das Militär hatte zwei Kristalle der Klasse sechs und zwei weitere Kristalle der Klasse vier für militärische Bauvorhaben reserviert. Alle übrig gebliebenen Sprungkristalle waren mittlerweile zum Bau von Frachtern und Transportern verwendet worden. Neben der *Goliath* war ein weiteres Schiff dieser Größe entstanden, das auf den Transport von Waren und sperrigen Bauteilen, wie beispielsweise die vorgefertigten Hyperfunksender ausgelegt war. Die Errichtung und auch der zeitnahe, einwandfreie Betrieb dieser Hyperfunksender, in den neuen Koloniesystemen, hatte bei den Siedlern der einzelnen Welten und beim Kaiser hohe Priorität.

Um einen kampfstarken Verband zu haben, den man bei Bedarf in einzelne Systeme entsenden konnte, hatte der Kaiser entschieden die vier Sprungkristalle des Militärs ihrer Verwendung zukommen zu lassen. 2230 liefen diese Schiffe aus den Docks der orbitalen Werft über Lemuria aus. Beim Entwurf und Bau dieser Schiffe waren Jahre der Forschung und Entwicklung zusammen geflossen. Das Zauberwort dabei war der Begriff Miniaturisierung. In den Laboren von Trabant hatten Wissenschaftler und Ingenieure, unter der stets koordinierenden Leitung von ZONTA, jahrelang daran gearbeitet, die neue Entwürfe nach den Vorgaben des Kaisers und ZONTA's zu erschaffen. Ohne das unablässige Mitwirken von ZONTA wäre dieses Unterfangen wohl gescheitert. Die KI hatte wieder einmal ihren Wert bewiesen.

Das kaiserliche Flottenbauprojekt sah die Neukonstruktion von zwei verschiedenen Typen von Schiffen vor. Zum ersten war dies ein kleineres Kampfschiff, mit einer Masse von 250.000 Tonnen, das die Baubezeichnung Jagdzerstörer erhielt. Diese Schiffe der *Nibelungen*

Klasse waren von den Konstrukteuren als schnelle Angriffsschiffe konzipiert worden. Der zweite Schiffstyp wurde als Angriffskreuzer bezeichnet und hatte eine Masse von 450.000 Tonnen.
Beide Schiffstypen folgten bei ihrer Konstruktion völlig neuen Wegen. Ursprünglich hatten Militärschiffe jeder Klasse zumeist ein annähernd Zigarrenförmiges äußeres besessen. Ausnahmen davon waren selten gewesen und entstammten dann zumeist veralteten Baumustern wie beispielsweise bei der Explorer, die einst als leichter Kreuzer konzipiert worden war. Die neuen Konstruktionen der Kaiserlichen Flotte ähnelten hingegen abgerundeten Keilen. Spötter hatten bereits angemerkt man könne die Angriffskreuzer der *Crusader* Klasse auch Sternenzerstörer nennen. Diese Äußerung beinhaltete eine gewisse Wahrheit. Diese Schiffe hatten eine Kampfkraft die sie, trotz ihrer vergleichbaren Größe zur alten Explorer, in einer völlig anderen Gefechtsklasse rangieren ließ. Ein Schiff der *Crusader* Klasse konnte zweifellos einen Planeten vollkommen verwüsten wenn genug Zeit dafür vorhanden war. Die Kolonisten von Lemuria waren sich durchaus bewusst, dass in den Bereichen der Kernzone andere Größenklassen für Kriegsschiffe als Norm der Dinge angesehen wurden. Aufgrund der Entwicklung in den Bereichen der Gravitationsforschung waren den Kolonisten Lemurias jedoch technische Entwicklungen möglich gemacht worden, die in der Kernzone zum Zeitpunkt ihrer dortigen Abreise völlig unbekannt gewesen waren. Kaum jemand rechnete ernsthaft damit, dass derartig umwälzende Forschungsdurchbrüche in der Kernzone zwischenzeitlich ebenfalls gelungen sein könnten, da man diesen Forschungsbereichen eigentlich eher durch Zufall auf die Spur gekommen war. Darauf beruhte nun die gesamte Doktrin der kaiserlichen Flotte und darauf waren auch sämtliche taktischen und strategischen Überlegungen der kaiserlichen Flotte aufgebaut. Der Flottenstab hatte lange an dieser völlig neuartigen Gefechtsdoktrin gearbeitet und dabei oft die Hilfe von ZONTA in Anspruch genommen. 2230 liefen die ersten beiden Schiffe der *Nibelungen* Klasse vom Stapel. Noch im selben Jahr folgten zwei Schiffe der *Crusader* Klasse.
Damit verfügte das Kaiserreich nun über eine sprungtaugliche Flotte von Kriegsschiffen nach dem neuesten technischen Stand der kaiserlichen Wissenschaft.

Orbit von Lemuria, Stapellauf, Schiff der Crusader-Klasse

Ortungstechnisch waren die neuen Schiffsklassen, mit dem altüblichen Radar und sogar der sonst so präzisen Hyperortung nur sehr schwer erfassbar. Das lag einzig an dem Überzug aus dem neuartigen RaabMa, mit dem die Rümpfe der Neukonstruktionen 5cm stark ummantelt worden waren. Das 2219 neu entwickelte RaabMa war ein flexibler Kunststoff, der die auftreffenden Ortungsstrahlen schluckte, wie ein Schwamm das Wasser. RaabMa stand als Abkürzung für den Begriff "Radar absorbierendes Material". Eigentlich war dieser knappe Begriff irreführend, da auch die Hyperortung durch dieses Material ausgehebelt wurde. Dies wurde erreicht, indem man mikroskopisch kleine Partikel der Osmium-Laurentium Legierung, die über einen gewissen Zeitraum der Hyperstrahlung ausgesetzt worden waren, in diesen Kunststoff einfügte. Diese Legierung erst, die in eingeweihten Kreisen unter dem Namen Hyposlan bekannt war, ermöglichte hierbei den überragenden Ortungsschutz. Hinzu kam noch die mattschwarze Färbung dieses

Überzugmaterials, das somit das Sonnenlicht nicht reflektierte. Wenn ein Jagdzerstörer frontal auf ein Ziel zuflog, so wirkte das für einen derart angeflogenen Betrachter dann eher wie ein kleiner schwarzer Fleck im Weltall ... und das auch nur dann, wenn dieser "Fleck" die Sterne hinter sich gerade in diesem Moment verdeckte. Bei einer Entfernung von 1000km von den Flanken, vom Bug sowie von Deck oder auch vom Kiel angepeilt war das reflektierte Ortungsecho eines Jagdzerstörers beispielsweise kaum größer als ein Eimer voller Kieselsteine, die jemand in den Weltraum gekippt hatte. Vom Heck jedoch war der Jagdzerstörer sofort sichtbar und auch zu orten, da die Achtern liegenden Triebwerke des Schiffs eine derartige Tarnung unmöglich machten. Wenn diese Triebwerke dann zusätzlich noch arbeiteten und ihre pulsierenden, Neonblauen Impulse aussendeten, so war der rein optische Effekt etwa so, als wenn man direkt in den Strahl eines starken Scheinwerfers schaute. Eine Ortung mit den Gravitationsdetektoren war jedoch eine völlig andere Situation. Gegen die Gravortung konnte ein Raumschiff sich nicht verstecken oder tarnen. Der wohl größte Nachteil des RaabMa war jedoch dessen geringe Widerstandsfähigkeit gegen höhere Temperaturen. Bereits ab einer Temperatur von 120 Grad Celsius begann das Material sich zu verflüssigen, um schließlich ab 160 Grad Celsius Blasen zu werfen, alle seine von den Militärs geschätzte Eigenschaften zu verlieren um dann schließlich, ab 180 Grad Celsius, in den gasförmigen Zustand zu wechseln ... was zumeist mit starker Flammentwicklung und explosionsartige Verpuffung durch eine bei diesen Temperaturen unkontrollierbare Selbstentzündung einherging. Da der Einsatz von Schutzschirmen, die auf der Gravitationsmagnetischen Schirmtechnik basierten, innerhalb einer Atmosphäre nicht möglich war, mussten die Konstrukteure bei der Fertigung der neuen Drohnenträger der *Raptor* Klasse, den Gefechtskreuzern der *Protector* Klasse sowie den Drohnen auf die Nutzung des RaabMa verzichten, da diese Schiffe und Drohnen explizit dafür konzipiert waren bis tief in die Atmosphäre von Planeten einzutauchen oder sogar langfristig innerhalb dieser zu agieren. Durch die Reibungswärme, die bei derartigen Einsätzen innerhalb einer jeden Atmosphäre zwangsläufig an den Fahrzeugen entstand, war somit eine Aufbringung des RaabMa auf den Rümpfen dieser Raumfahrzeuge leider völlig wertfrei, da das Material sich innerhalb kürzester Zeit auflöste, wenn es gewissen Hitzegraden ausgesetzt wurde. Man entschied sich für einen Kompromiss und nutzte, für die Drohnenträger sowie die Gefechtskreuzer, hierbei die Multiphasenschutzschirme, die bereits bekannt waren. Deren Leistung reichte aber bei weitem nicht an die Schirmkapazität heran, die von der Flotte auf den Sprungtauglichen Kampfschiffen mit der neueren Schirmfeldtechnik erreicht wurden, die auf der Gravitationsmagnetischen Technologie basierten.

Bereits 2228 hatte man begonnen KI gesteuerte, automatische Ortungs- und Kommunikationsstationen in den Systemen, die wichtig waren oder regelmäßig durchquert wurden, zu installieren. Diese Stationen besaßen eine Masse von rund 200.000 Tonnen. Optisch ähnelten die Stationen annähernd einer Kugel von fast 150m Durchmesser. Die mit dem Bau und der Konzeption befassten Ingenieure hatten aus Tarnungsgründen die Außenhülle der Stationen mit Gestein ummantelt, das man im Schmelzguss Verfahren angebracht hatte. Entsprechendes Material fiel jeden Tag wieder, in den Asteroidenbergbaustationen, als Abfallprodukt an. Für die Kommunikation der Stationen wurde ein Hypersender genutzt, dessen Antenne bei Bedarf völlig eingezogen werden konnte. War dies geschehen und die Schutzblenden über den Gravsensoren ebenfalls verschlossen, so wirkten diese Stationen optisch wie ein gewöhnlicher Asteroid. Die Ingenieure waren so weit gegangen, dass sie auf der fast einen Meter starken Außenhaut aus Gestein sogar kleinere Einschlagkrater nachgeahmt hatten. Für einen uneingeweihten Beobachter wirkten diese Stationen zwangsläufig wie ein harmloser Gesteinsbrocken, der bereits seit unendlichen Äonen ziellos im leeren Weltraum dahin trieb. Hinzu kam, dass diese Stationen keinerlei Ortungsimpulse aussendeten, da die Gravsensoren rein passiv arbeiteten und nur die eintreffenden Gravitationsimpulse auswerteten. Die einzige Waffe zur Verteidigung dieser Stationen war ein leichtes Impulsgeschütz, dass prinzipiell dazu gedacht war notfalls kleinere Meteore oder auch Asteroiden abzuwehren, die sich der Station auf Kollisionskurs näherten. Für den möglichen Fall einer drohenden Kaperung/Eroberung verfügten diese einsamen Stationen über eine Selbstvernichtungsanlage die dann einen HHE Sprengkopf mit der Wirkungskraft von 100 Megatonnen zünden konnte. Stationiert wurden diese Stationen im Zenit oder aber im Nadir der Bahnekliptik, der jeweiligen Sonnensysteme. Somit war in diesen Systemen nicht nur eine genaue Flugkontrolle der Sprungpunkte gewährleistet, sondern auch die zuverlässige Ortungsüberwachung der jeweiligen Systeme. Obwohl diese Stationen sich in einer Entfernung von rund 20 Lichtstunden oberhalb oder unterhalb der Bahnekliptik befanden, war eine Ortung einfliegender oder abfliegender Raumschiffe jederzeit problemlos möglich. Die sensiblen Gravsensoren arbeiteten ohne eine Zeitverzögerung und die Masse eines Raumschiffs wirkte auf die ewig wachsamen Sensoren der Stationen wie ein helles Leuchtfeuer. Die Entfernung zur Bahnekliptik war lediglich aus Vorsicht gewählt. Kaum jemand würde derart weit entfernt einen Beobachter vermuten und selbst wenn dieser Beobachter vermutet wurde, so musste ein Gegner ihn erst einmal Orten, was ohne Gravsensoren, bei dieser Entfernung ein echtes Problem war. Es war lange überlegt und diskutiert worden, ob man diese Stationen ebenfalls mit dem RaabMa überziehen sollte. Letztendlich jedoch hatte man sich doch dagegen entschieden. Die Kraftwerkanlagen dieser Stationen waren sorgsam abgeschirmt und verhinderten somit eine Energieortung, durch mögliche Gegner. Das Erscheinungsbild dieser Stationen stellte zudem einen gewissen Eigenschutz da. Wer würde schon vermuten, dass dieser einsame und harmlos erscheinende Himmelskörper deutlich mehr darstellte, als es schien.

Bis 2240 war in jedem Transfersystem des Lemuria-Sektors, sowie auf den Routen zu den Kolonialplaneten eine derartige Station vorhanden. Zusätzlich waren in den direkt vorgelagerten Transfersystemen zu den Kolonien, die außerhalb des direkten Lemuria-Sektors lagen (Faraway, Horizont, Flint) sowie in den direkt vorgelagerten Transfersystemen nach Valkia, Asgalun und Bitaxa derartige Konstruktionen Stationiert worden. Somit war nun eine effiziente, Zeitverlustfreie Kommunikation und Ortung möglich deren Ergebnisse im Lemuria System zusammen liefen. Übermittelt wurden die Daten durch Hyperfunkarrays, die sich ebenfalls in den entsprechenden Systemen befanden und die Daten der unscheinbaren und harmlos wirkenden Ortungsstationen weiterleiteten und für den Austausch der Hyperfunkmeldungen zu anderen Systemen zuständig waren. Diese voll automatisierten Arrays befanden sich in einer Entfernung von etwa zwei Lichtwochen zu den jeweiligen Ortungsstationen und wurden durch eine eigene KI gesteuert und auch gelenkt. Die erhebliche Entfernung zu den kleineren Ortungsstationen sollte gewährleisten, dass die Arrays auch langfristig unentdeckt blieben.

Diese Überwachungsmethodik war vor allen deshalb sinnvoll, da man vermeiden wollte, dass eigene Schiffe beschossen wurden, wenn sie unangekündigt im Sprungpunkt von Systemen eintrafen, deren Systemverteidigung sie nicht schnell genug als eigenes Schiff identifizierte. Schon der kurzfristige Ausfall des Schiffseigenen Identitätstransponders könnte dann unter Umständen zur totalen Vernichtung des eintreffenden Schiffs führen.
Koordiniert wurde der gesamte Ablauf bestehend aus Flugkontrolle, Systemüberwachung und Ortung im Flottenhauptquartier auf Trabant. Dort besaß der Kaiserliche Lotsendienst, den man der Einfachheit halber der Flotte zugegliedert hatte, sein Hauptquartier. Dies bot sich vor allem an weil die Flotte somit ohne Zeitverlust auf notwendige Ortungsdaten zugreifen konnte. Wollte ein Schiff beispielsweise den Sprungpunkt von Marduk nach Catan durchqueren, so überprüfte der Kaiserliche Lotsendienst kurz ob sich von der Gegenrichtung derzeit ein Schiff näherte. Kollisionen sollten so vermieden werden. War die Route frei, so wurde über Hyperfunk in Nullzeit eine entsprechende Nachricht nach Marduk gesendet. Dort wiederum wurde das Schiff dann mittels kodierter Hyperfunkimpulse über den jeweiligen Status informiert. Dies funktionierte jedoch nur in besiedelten Systemen des Lemuria Sektors oder Systemen, die direkt an eines der Kernsysteme des Kaiserreiches angrenzte. In den weiter entfernt liegenden, und unbewohnten Transfersystemen, außerhalb der direkten Kernzone des Kaiserreiches konnten den Schiffen derartige Informationen nicht zugängig gemacht werden. Zudem hatten die Stationen dort unter allen Umständen die Funkstille einzuhalten, solange nicht Gefahr drohte. Die einzige Ausnahme mit diesen Stationen der Transfersysteme in Funkkontakt zu treten war, wenn ein Wartungsschiff sich den Stationen näherte. Nur dann war es den KI der Stationen gestattet den Funk zu nutzen. Derartige Besuche von Wartungscrews waren allerdings verschwindend selten. Die HHE Reaktoren dieser Stationen liefen rund 25 Jahre ohne eine notwendige Neubefüllung der Reaktormasse in den Vorratslagern der Stationen. Kleinere Reparaturen auf den Stationen wurden von den dort vorhandenen Spezialdroiden vorgenommen. Da die Innenräume der Stationen unter absolutem Vakuum standen war mit einer Korrosion durch Sauerstoff nicht zu rechnen. In den Lagerräumen der Stationen befanden sich darüber hinaus ausreichend Ersatzteile um bei Bedarf

etwaige Reparaturen durchzuführen. Die einfachen KI dieser Stationen koordinierten alle Abläufe um jederzeit eine einwandfreie Einsatzbereitschaft der ihnen anvertrauten Stationen zu gewährleisten. Zudem wurde von den KI alle zehn Tage ein vollständiger Systemcheck der ihnen anvertrauten Station durchgeführt. Das Ergebnis dieses umfassenden Systemchecks wurde ebenfalls dem HQ des Lotsendienstes, auf Trabant, übermittelt. Kaum einer der Mitarbeiter im dortigen Lotsendienst wusste, dass all diese Daten auch von ZONTA überprüft und gespeichert wurden, der für diese Aufgabe eine seiner untergeordneten "Sektor-KI" nutzte ... Eine der vielen "Sektor-KI", die an die zentrale KI angegliedert waren und somit unter der direkten und ständigen Kontrolle von ZONTA standen.

Weil diese Stationen für ein einfliegendes Schiff nicht nur unverdächtig waren sondern indirekt auch eine Gefahr darstellten (zumindest für potentielle Eindringlinge oder Gegner) war man in den Kreisen der Konstrukteure und Techniker irgendwann auf den Namen *Trojaner* gekommen. Eine dezente Anspielung auf die fast vergessenen Anfänge des Computerzeitalters auf Terra, wo derartige, oft absolut unverdächtig erscheinende und häufig nicht erkannte Fremdprogramme sich später als ungeahnte Probleme entwickeln konnten. Der Name war geblieben und so nannte man diese automatisierten Stationen im Kaiserreich nun *Trojanerstationen*.

Die dicht auf einander folgenden Kolonisierungen der verschiedenen neuen Kolonialplaneten stellte das Kaiserreich auf eine harte Probe. Es gab einfach niemals genügend Sprungschiffe und die wirtschaftliche Kapazität des Kaiserreiches war bis an die Grenzen ausgereizt. Vor allem der Mangel an Sprungschiffen machte sich im Verlaufe der Jahre deutlich spürbar. Dies war auch der Grund dafür, dass der Kaiser mit ZONTA oft lange Gespräche führte. ZONTA beharrte jedoch auf der Planung und legte dem Kaiser immer wieder deutlich da, dass es unabdingbar wäre, bereits frühzeitig diese "Kolonialen Ableger" zu besiedeln. Nicht nur, dass die dortige Wirtschaft somit genügend Zeit hatte um gleichmäßig zu wachsen und zu erstarken, sondern auch die Möglichkeit der neuen Kolonialplaneten sich aus eigener Kraft eigenständig weiter zu entwickeln und eine harmonischen Infrastruktur aufzubauen. Hinzu kam das immer wiederkehrende Argument von ZONTA, dass die benötigten Kolonisten heute noch transportiert werden konnten, es in zweihundert oder dreihundert Jahren jedoch ganz anders aussehen könnte, da das Transportvolumen dann immer noch gleich wäre, die Zahl der Menschen auf Lemuria allerdings dann schon erheblich höher wäre. Transportierte man heute 10.000 Kolonisten, so war das leicht realisierbar. Später würde man jedoch deutlich mehr Menschen zu neuen Kolonialplaneten Transportieren müssen, da irgendwann ein gewisser Bevölkerungsdruck auf Lemuria herrschen würde. Ein Transport von Millionen von Menschen wäre dann nicht mehr realisierbar. Deshalb musste dieser notwendige Schritt bereits heute geschehen, damit man den zu erwartenden Bevölkerungsdruck bereits heute abfedern konnte. Diesen Argumenten konnte der Kaiser sich nicht verschließen.

Der Mangel an Sprungkristallen führte dazu, dass im Planungsstab der Flotte diverse, teilweise wirklich abenteuerliche Pläne ausgearbeitet wurden, die jedoch letztlich vom Kaiser nicht frei gegeben wurden. So sahen einige dieser Planspiele vor, in den Bereich der Kernsphäre zu reisen und dort Raumschiffe zu kapern, um sie dann in den Sektor von Lemuria zu überführen. Nicht nur, dass der Kaiser sich konsequent gegen derartige Piratenakte aussprach, die dafür notwendige Logistik wäre für das junge Kaiserreich ruinös gewesen. Man beließ es also bei der theoretischen Studie derartiger Pläne ... und arbeitete weiter an der Findung von Möglichkeiten, um doch irgendwie an Sprungkristalle, die häufig auch Energiekristalle genannt wurden, zu kommen. Nahezu jedes Jahr wurde ein neuer Plan ersonnen und bereits kurz darauf wieder verworfen, zumal der Kaiser nicht gewillt war, die Anonymität des neuen Kaiserreiches zu riskieren.

12.

Zwischenspiel auf Terra, der Senator und sein Urenkel 2235-2238

George Antony Bronson war ein alter Mann, dem man sein Alter langsam auch ansah. Daran konnte auch die moderne Medizintechnik nichts mehr ändern. Bronson stand kurz vor seinem 115.Geburtstag. Eine Tatsache, die er selbst jeden Tag stets aufs neue verfluchte. Weder sein Sohn noch seine Enkelin waren dazu imstande das Vermächtnis seines Lebens sinnvoll weiter zu führen. Das Vermächtnis, in dem Bronson die Ausübung von Macht über andere Menschen sah. Macht war das einzige, was für Bronson zählte. Natürlich war auch Geld wichtig aber dies ging eigentlich automatisch mit dem Besitz von Macht einher.

Die Eltern von George Antony Bronson hatten einst damit begonnen den Grundstein für die Macht der Familie zu legen. Die Familie Bronson besaß zahlreiche Bergbaubetriebe und Erzminen auf Terra. Es waren gute Zeiten gewesen, als Bronson noch ein junger Mann war. Die Nachfrage nach den Erzeugnissen aus dem Bronsonkonzern hatte damals einen beständigen Geldfluss garantiert der Bronson dazu in die Lage versetzte sich der Politik zuzuwenden, um noch mehr Macht zu erhalten. 45 Jahre lang hatte George Antony Bronson das Amt eines Senators von Terra inne gehabt. So lange zumindest, bis ihn seine schwindende Gesundheit und die politische Rivalen dazu zwangen sich aus der Politik zurück zu ziehen. Heute jedoch waren die meisten dieser Bergbaubetriebe unrentabel geworden und der Großteil der Erzminen war erschöpft. Der ewige Geldfluss war fast versiegt und Bronson lebte jetzt, seit gut einem Jahrzehnt von dem Kapital, das seine Familie und er angesammelt hatten. Dieser Zustand verzehrte Bronson innerlich, da er zusehen musste, wie die Macht seiner Familie und seiner selbst von Jahr zu Jahr mehr schwand. Nicht dass Bronson in Armut gelebt hätte. Er gehörte zu den wohlhabendsten Menschen auf Terra aber so wie sich das verfügbare Kapital unmerklich verringerte, so schwand auch seine ganz persönliche Macht dahin. Als Senator hatte er stets viel Macht besessen. Mit der Macht war der Einfluss gekommen und mit dem Einfluss kam das Geld, dass Bronson beständig dazu genutzt hatte seine Macht noch weiter auszubauen. Dieser schleichende Verlust seiner persönlichen Macht war

ein Zustand, der Bronson fast an den Rand des Wahnsinns trieb. Dabei zusehen zu müssen, wie andere Menschen Entscheidungen in der Politik trafen, er selber aber nicht mehr vor dem Senat der Hegemonie stehen konnte und dort anderen seinen ureigenen Willen aufzwingen konnte ... DAS war eigentlich der entscheidende Faktor für Bronsons beständig schlechte Laune, die nun schon seit Jahren anhielt. Aus der schlechten Laune war Wut geworden und aus der Wut wurde dann im laufe der Jahre Hass. Ein tiefer Hass auf all diejenigen, die seinerzeit um seine Gunst gebettelt hatten, für die er nun jedoch uninteressant geworden war. Ein Hass auf diejenigen, die heute an den Hebeln der Politik und der politischen Macht saßen.
Sein Leibarzt hatte dem ehemaligen Senator vor einigen Monaten mitteilen müssen, dieser habe noch höchstens 2-4 Jahre zu leben. Der alte Senator hatte diese Nachricht schweigend aufgenommen. Das war der Preis gewesen, den Bronson nun für die vielen Ausschweifungen zu bezahlen hatte, die er im laufe seines Lebens genossen hatte.
Verdrießlich starrte Bronson aus dem Fenster seines Arbeitszimmers. Seine Hand umklammerte den Cognacschwenker mit dem 100 Jahre alten Napoleon Cognac. Er war sich bewusst, dass er oft zu viel trank aber es war ihm egal. Sein Leben hatte für ihn den Sinn verloren und Bronson lebte nur noch für seinen Hass auf den Rest der Welt.

Es klopfte leise an der Tür und sein Butler trat vorsichtig ein. "Bitte verzeihen sie mir die Störung Sir. Ihr Urenkel Sean ist hier und bittet um eine Audienz. Er sagt es wäre wichtig."
Bronson grunze missmutig und wedelte mit dem Cognacschwenker. Der Butler wertete dies als Zustimmung für den Besuch von Bronsons Urenkel und verbeugte sich tief bevor er das Zimmer verließ. Einige Sekunden später trat Sean Bronson durch die Tür und schloss sie hinter sich. "Hallo Urgroßvater ... danke für deine Zeit. Es gibt da etwas, das ich mit dir besprechen wollte."
George A. Bronson blickte seinen Urenkel finster an. Eigentlich war Sean der einzige Mensch den er mochte. George sah in seinem erst zweiundzwanzig Jahre alten Urenkel viele Dinge die er von sich selbst kannte. Die wichtigste Übereinstimmung jedoch war das Bestreben nach Macht. Ein Charakterzug den sowohl sein Sohn wie auch seine Enkelin nie in dieser Form gezeigt hatten. George Antony Bronson bezweifelte,

dass irgendwer seinen Urenkel so genau kannte und einschätzen konnte wie er. Für fast eine Minute herrschte tiefes Schweigen während der alte Bronson seinen Urenkel musterte. "Was willst du? Brauchst du wieder Geld? Dein monatliches Taschengeld ist noch nicht fällig. Andere Leute könnten sich jeden Monat leicht eine Segeljacht von dieser Summe kaufen und du kommst meist schon in der Mitte des Monats zu mir, weil du wieder einmal alles verprasst hast. Es ist mir schier unbegreiflich, wie leichtfertig du mit dem Geld umgehst."

Sean schüttelte den Kopf und machte ein betrübtes Gesicht. "Das ist erst ein einziges mal geschehen und auch das ist bereits fünf Jahre her. Du weist das ich das Geld damals benötigte um eine junge Dame zum Schweigen zu bringen, bevor sie einige unliebsame Dinge über mich ausplaudern konnte. Du solltest langsam diese unglückliche Situation von damals vergessen."

George A. Bronson lachte bellend und bedeutete seinem Urenkel sich in einen der Sessel zu setzen, die vor dem Schreibtisch des ehemaligen Senators standen. Sean schmunzelte und nahm Platz. Dann griff er eines der Gläser auf dem Schreibtisch und hielt es seinem Urgroßvater hin. Der alte Bronson schenkte seinem Urenkel wortlos eine großzügig bemessene Portion Cognac aus der Flasche ein, die ebenfalls auf dem Schreibtisch stand. "Also, was willst du hier? Irgendetwas willst du sicherlich wieder einmal, wie ich dich kenne. Ein Höflichkeitsbesuch wird das sicherlich nicht sein. Das würde allem widersprechen, was ich in der Vergangenheit von dir kennen gelernt habe."

Sean grinste kurz und nickte dann. "Ich bin da auf etwas gestoßen, von dem ich glaube es würde dich interessieren … Ich habe vor einigen Monaten bei einer Party eine junge Frau kennen gelernt, der eine ungewöhnliche und interessante Familiengeschichte hat. Aus diesem kennen lernen hat sich eine Freundschaft entwickelt und durch einen Zufall kamen wir vor zwei Wochen auf das Thema Familie zu sprechen. Bei diesem Gespräch hat sie mir einige Dinge erzählt und etwas gezeigt, dass mein ungeteiltes Interesse weckte. Meine weiteren Nachforschungen haben ergeben, dass ich wohl etwas gefunden habe, dass für dich von Interesse sein kann. Die junge Frau besitzt ein altes Tagebuch, das für dich der Weg aus deinem Trübsal sein kann … und mein Weg um das zu erreichen, was dir selbst verwehrt blieb."

Der alte Bronson runzelte die Stirn. "Du hast mein Interesse geweckt. Was hat es denn auf sich mit dem Tagebuch und warum sollte es mich interessieren oder dir nützlich sein? Ist es die geheime Schatzkarte zum vergrabenen Schatz eines Piraten?"
Seans Augen funkelten. "Viel besser ... Es ist die Schatzkarte zu drei Welten die auf einen König warten."

Der alte Bronson stutzte kurz und betrachtete dann nachdenklich das Gesicht seines Urenkels. Wieder einmal erkannte er in dem jungen Mann etwas, das er von sich selbst kannte. Es war der Wille ein Ziel zu erreichen und dabei alle Gegner und Hindernisse zu vernichten, die ihm im Weg standen. Sean mochte vieles sein, ein Phantast jedoch war er nie gewesen sondern orientierte sich stets an den realen Möglichkeiten, die sich ihm boten. Dabei entwickelte der junge Mann nicht nur eine erstaunliche Energie, die er in die Erreichung seiner jeweiligen Ziele steckte, sondern er ging dabei sogar sehr kreativ vor. Eine Tatsache, die seinem Urgroßvater immer schon gefallen hatte. Er lehnte sich noch etwas entspannter in seinem Sessel zurück. "Du hast mein Interesse geweckt. Ich höre dir zu."
Sean griff in die Tasche seiner Jacke und zog einen Datenstick hervor, den er auf den Tisch legte. "Alle grundsätzlichen Daten die dieses mögliche Projekt betreffen sind hier drauf gespeichert. Wenn ich dir alles erzählt habe und du mir bei meinem Projekt helfen willst, dann kannst du dir die Daten ansehen ... Beginnen wir also einfach dort, wo die Geschichte ihren Anfang nimmt. Du kennst ja die Geschichte der Hegemonie und der Zeit bevor es die Hegemonie gab ... Kurze Zeit vor der Gründung der Hegemonie wurde ein Forschungsschiff ausgesendet um einen Bereich des Weltalls zu kartographieren. Dieses Schiff war erfolgreich und kehrte zurück. Es brachte damals eine Vielzahl von Daten und Messergebnissen mit, die noch heute bei der Navigation im Outback Verwendung finden. Dieses Schiff hatte den Namen *EX-17* und war dasjenige Schiff das damals den Bereich entdeckt hat, den die Raumfahrer heute "Die große Leere" nennen, weil es dort nur sehr wenige Sonnensysteme gibt die für eine Kolonisation wirklich geeignet sind. Bis zu diesem Punkt in der Geschichte können alle vorhandenen Daten im Zentralarchiv eingesehen und verifiziert werden, da sie der Öffentlichkeit frei zugängig sind. Der interessante Teil ist weniger

bekannt und interessiert heute auch niemanden mehr. Die *EX-17* wurde auf dem Rückweg von einem Piratenschiff angegriffen, konnte diesen Angriff jedoch abwehren und die Heimreise fortsetzen. 2126 erreichte das Schiff das Terra wo seine Mission damit endete. Kurze Zeit später wurde das Schiff vom damaligen Explorer-Corps außer Dienst gestellt. Der weitere Verbleib des Schiffs ist heute nicht mehr nachvollziehbar, da damals viele Daten verloren gingen, was in der Gründungsphase der Hegemonie anscheinend nicht ungewöhnlich war. Die Besatzung des Schiffs schloss sich Kolonisten an und verließ unser Sonnensystem. Der weitere Verbleib dieser Raumfahrer ist unbekannt. Das selbe gilt für die Kolonisten, denen sie sich seinerzeit anschlossen. Das alles ist für die damalige Zeit des Umbruchs, in den Gründungsjahren der Hegemonie, nicht ungewöhnlich und die Geschichte kennt einige ähnlich gelagerte Fälle, in denen von Raumfahrern Welten besiedelt wurden, die heute in den Grenzregionen der Kernzone liegen. Die dort vorhandenen Aufzeichnungen sind meist noch viel bruchstückhafter als die Daten die uns hier zu diesen Fällen vorliegen. Wie zuvor bereits erwähnt verschwand die Besatzung dieses Forschungsschiffs von Terra. Allerdings blieb ein Mitglied der Besatzung hier auf Terra zurück und verstarb dann irgendwann später im hohen Alter. Sein Name war Ole Pederson und er war leitender Ingenieur auf der *EX-17*, während der Forschungsreise. Seine Besitztümer gehen seitdem als Erbstücke der Familie von einer Generation zu nächsten. Ole Pederson schrieb ein Tagebuch in dem er seine damalige Reise genau beschrieb. So etwas ist nicht ungewöhnlich und wir kennen derartiges bereits vielfach aus der Geschichtsschreibung. Seine detaillierten Aufzeichnungen stimmen mit den bekannten Daten absolut überein. Ich habe das selbst überprüft. Das Interessante daran ist jedoch, dass die *EX-17* damals bei dem Piratenangriff schwer beschädigt wurde und dadurch ein Teil der Daten vernichtet wurden, da anscheinend der Speichercomputer des Schiffs in Mitleidenschaft gezogen wurde. Sowohl der Piratenangriff, als auch die Navigationsdaten bis zu dem System wo dieser Angriff statt fand, sind vorhanden und verifiziert. Die Daten über die Rückreise sind vom Zeitpunkt dieses Angriffs an ebenfalls vollständig vorhanden. Was allerdings in den offiziellen Aufzeichnungen fehlt, sind die Daten über die Systeme, die von der *EX-17* in der Zeit kurz vor dem Angriff bereist wurden. Niemand weis, wo sich das Schiff in diesem Zeitraum befunden

hat und was die Besatzung dort entdeckt hat ... Das Tagebuch gibt uns jedoch Antwort auf diese Fragen. Leider ist das Tagebuch unvollständig und es fehlen einige Seiten, die den Zeitraum von mehreren Wochen umfassen. Die entscheidenden Seiten sind jedoch vorhanden und berichten von drei Sonnensystemen die sehr dicht bei einander liegen und für eine Kolonisation gut geeignet sind. In den alten Aufzeichnungen werden die Systeme Echo, Oriente und Galedon genannt. Dieses Wissen ist der Öffentlichkeit nicht bekannt. Ich habe bereits vorsichtige Nachforschungen angestellt. So weit uns bekannt ist, sind diese Welten oder deren Systeme niemals von anderen Schiffen angeflogen worden. Sie liegen auch heute weit entfernt vom besiedelten Raumbereich. Diese Welten warten darauf kolonisiert zu werden ... und wenn sie erst einmal kolonisiert worden sind dann will ich dort ein Königreich errichten. Mit mir selbst als König und unserer Familie als Dynastie. Ich habe das Tagebuch unter einem Vorwand von Spezialisten untersuchen lassen. Es ist zweifelsfrei echt. Die in dem alten Tagebuch aufgeführten Informationen sind der Schlüssel zu der Macht und Anerkennung, die unsere Familie hier auf Terra nie erhalten hat und die uns zusteht."
Der alte Bronson blickte seien Urenkel sinnend an. "Das hört sich sehr interessant an. Für die Kolonisation einer Welt benötigt man jedoch mehr als nur den Willen dazu. Dazu bedarf es Ausrüstung, ein Schiff für den Transport und nicht zuletzt natürlich auch Siedler ... oder willst du dort alleine leben und nur über Steine und Einöde herrschen?"
Sean lachte amüsiert. "Du solltest mich besser Kennen. Ein sinnloses Projekt ohne Erfolgschance würde ich nicht anfassen. Ich habe bereits eine Lösung für die Fragen bezüglich Ausrüstung Schiff und Siedler. Eigentlich habe ich sogar drei Lösungen, da es drei Schiffe gibt die in den kommenden fünf Jahren in das Outback aufbrechen sollen. Diese Schiffe befinden sich derzeit im Orbit um den Mars und warten auf die endgültigen Genehmigungen des Kolonialbüros. Es handelt sich um Schiffe der *Mayflower*-Klasse, die vor rund dreißig Jahren in kleiner Stückzahl gebaut worden ist. So ein Schiff ist dafür ausgelegt 75.000 Siedler zu transportieren und mit allen notwendigen Materialien für zwei Jahre zu versorgen. Die Leiter dieser drei Kolonialprojekte haben Schwierigkeiten Siedler anzuwerben, da sie sich Planeten ausgesucht haben die nur schwer zu besiedeln sein dürften. Ich plane die Kontrolle über mindestens eines dieser Schiffe zu erlangen und alle drei zu den

Welten Echo, Oriente und Galedon zu führen. Dort werde ich dann die Kontrolle über einen der Planeten ergreifen, meine dortige Macht ausbauen und alle drei Welten unter meiner Herrschaft vereinen. Dazu benötige ich aber deine unschätzbare Hilfe um hier auf Terra alle notwendigen Schritte einzuleiten damit dieser Plan in seiner späteren Phase Erfolg hat."

George Antony Bronson lachte. Es war ein bösartiges Lachen. Seine Augen funkelten und er schien plötzlich jünger zu wirken. "Das gefällt mir. Solch einen Plan hätte ich selbst aushecken müssen. Du hast meine Unterstützung und ich werde alles tun damit der Plan gelingt. Ich erwarte, dass du mir alle Unterlagen zeitnah zukommen lässt. Wir müssen noch viele Details ausarbeiten damit dein Plan gelingt. Ich sehe dies als Gelegenheit an, um meinen Namen und den unserer Familie dauerhaft in die Geschichtsbücher eingehen zu lassen. Das Vermögen unserer Familie, das hier auf Terra gebunden ist, wird durch diesen Plan bedeutungslos und wird deshalb in das Projekt verwendet. Ich selber benötige es nicht mehr, da meine tage gezählt sind. Alles, was von meiner politischen Macht und Einflussnahme noch übrig ist werde ich dazu verwenden um dir den Weg zu ebnen. Mach mich stolz mein Junge und vollbringe etwas, was mir selber wohl niemals in den Sinn gekommen wäre, wie ich neidlos gestehen muss."

In den folgenden Wochen zeigte George Antony Bronson eine Vitalität die er schon seit Jahrzehnten nicht mehr besessen hatte. Es war für den ehemaligen Senator sehr einfach, sich alle bekannten und öffentlich frei zugänglichen Unterlagen über die drei Kolonialgruppen zu beschaffen. Derartige Daten und Informationen waren prinzipiell frei verfügbar, um es Menschen die auswandern wollten zu ermöglichen, sich über ihre neue Heimat zu informieren. Bronson beauftragte eine Kanzlei und einen unabhängigen, sehr verschwiegenen Wirtschaftsexperten, mit der genaueren Überprüfung der verfügbaren Daten. Die Kanzlei hatte bereits in der Vergangenheit häufig und erfolgreich für den ehemaligen Senator gearbeitet. Man wusste dort, dass Bronson an Informationen interessiert war, die nicht öffentlich verfügbar waren. Der ehemalige Senator interessierte sich bei solchen Aufträgen eher für mögliche Ansatzpunkte um gewisse Personen, in diesem speziellen Fall die Führungspersonen der drei Kolonialgruppen, unter Druck zu setzen. Derartige Aufträge waren für diese Kanzlei Routine. Man hatte dort einige Mitarbeiter die auf die Beschaffung derartiger Informationen spezialisiert waren und sich bei diesen Tätigkeiten häufig in der Grauzone der Gesetzgebung bewegten. Die Kanzlei präsentierte ihrem Auftraggeber die erhaltenen Resultate bereits knapp eine Woche nach der Auftragserteilung. Der alte Bronson war mit den Resultaten sehr zufrieden. Damit war sein erster Schritt getan und er konnte nun selbst aktiv an der Umsetzung des Plans arbeiten. Eine Tätigkeit die er immer geschätzt hatte. Schon wenige Tage später hatte Bronson bereits mit allen drei Führern der Kolonisten gesprochen und nun ein gemeinsames Treffen vereinbart. Die Kolonisten die permanent unter Kapitalmangel litten, waren sofort bereit dem Treffen zuzustimmen, um ihre eigene Planung weiterzuführen. Alle der Kolonistenführer versprachen sich von einer Unterstützung Bronsons, die Beseitigung ihrer finanziellen und behördlichen Probleme. Als Termin für dieses Treffen wurde ein Zeitpunkt in vier Monaten gewählt, da Bronson bis dahin noch einiges in die Wege leiten wollte.

Das Treffen fand in Montreal statt, wo die Familie Bronson schon seit einer Generation den Hauptsitz ihres Konzerns hatte. Von hier lenkte der Konzern alle Tätigkeiten, an denen die Familie Bronson beteiligt war. Hier, in diesem massiven Gebäude, liefen alle wirtschaftlichen Fäden zusammen. Der große Konferenzsaal befand sich in der 54.Etage des Gebäudes. Der obersten Etage des Gebäudes, von dem man einen wahrhaft beeindruckenden Ausblick über den Sankt-Lorenz-Strom bekam, an dessen Ufern die Stadt lag.
George Antony Bronson war in Begleitung von fast zwanzig Männern und Frauen erschienen, auf deren Loyalität er sich vollkommen verlassen konnte. Im Vorwege hatte der alte Bronson viele persönliche Gespräche geführt, um seinen Stab zusammen zu stellen und sicher zu sein, dass er sich auf die uneingeschränkte Loyalität dieser Leute verlassen konnte. Sein Urenkel Sean Bronson war bei diesen oft sehr persönlichen Gesprächen regelmäßig mit anwesend, da auch er sich auf die Zuverlässigkeit dieser Menschen verlassen musste ... Vor allem wenn das weit entfernte Ziel der Kolonisten einmal erreicht worden war. Dann bestanden nur noch wenige Möglichkeiten Unterstützung von außerhalb zu bekommen, zumal Sean Bronson nicht plante, irgendwelchen außenstehenden das Ziel dieser Reise mitzuteilen. Sein Plan bestand

darin, erst einmal auf dem Zielplaneten angekommen, seine persönliche Macht auszubauen und dann zu verhindern, dass außenstehende intervenieren könnten. Auch heute stand Sean an der Seite seines Urgroßvaters und erwartete nun gespannt das Eintreffen der Kolonisten. Die breiten Türflügel des Konferenzsaales öffneten sich leise und ein Angestellter ließ die drei Delegationen der Kolonisten eintreten, bevor er sich höflich verabschiedete und den Raum verließ. Der alte Bronson begrüßte die Delegationen und bat sie dann, sich an den riesigen Tisch zu setzen, der den Raum dominierte. Der alte Senator gab sich dabei gegenüber den Kolonisten bewusst zuvorkommend und legte eine Art an den Tag die man als großväterliche Gutmütigkeit bezeichnen konnte. Jeder der in der Vergangenheit direkt mit Bronson zu tun gehabt hatte wusste, dass der alte Mann alles andere als gutmütig oder höflich war. Derartiges entsprach nicht seinem Naturell. Zu diesem Zeitpunkt jedoch und in dieser Situation hielt Bronson es für angebracht, seinen Gästen, die ihn nicht persönlich kannten, genau diesen Eindruck zu vermitteln.

George A.Bronson nahm ebenfalls in einem der bequemen Sessel Platz und ließ seinen Blick kurz über die Versammelten schweifen. Er war genauestens über diese drei Gruppierungen und die heute anwesende Versammlung ihrer Führer informiert. Zwei der Kolonialgruppen besaßen finanziell ernsthafte Probleme. In einer dieser Gruppen war es in der Vergangenheit bereits häufig zu massiven Auseinandersetzungen um die Führerschaft der zukünftigen Kolonie gekommen. Diese eine Gruppe, deren Führung innerlich zerstritten war, stellte den Hebel da, an dem Bronson heute ansetzen würde um die Kontrolle über alle drei Gruppen zu erringen. Die dritte Gruppe der Kolonisten war allerdings besser aufgestellt und auch bereits deutlich besser ausgerüstet. In deren Führungsriege war kein Ansatzpunkt zu finden gewesen, den der alte Bronson derzeit nutzen konnte. Jedoch gedachte der Bronson heute auch diese Kolonisten ebenfalls davon zu überzeugen, sich seiner Führungsrolle unterzuordnen, was bedeutete, dass sein Urenkel letztlich das Kommando über alle drei Kolonialgruppen erhalten würde. Das Angebot das er den Kolonisten machen würde, sollte derart verlockend sein, dass keiner der hier anwesenden Kolonist es ablehnen konnte.
"Verehrte Anwesende ... Ich bin hoch erfreut sie alle hier heute begrüßen zu dürfen. Sie alle werden wissen, dass ich stets ein Mann war, dessen

Trachten danach ausgelegt war der Menschheit gutes zu tun. Heute, am Abend meines Lebens, sehe ich hier eine Gelegenheit dies letztmalig zu tun. Ich gestehe, ich war zuerst etwas erstaunt, als mein Urenkel zu mir kam und mich auf die missliche Lage ihrer Kolonialprojekte aufmerksam machte. Jedoch habe ich schnell erkannt, dass sich mir hier eine abschließende Gelegenheit bietet in meinem Leben noch ein letztes mal etwas gutes zu tun und somit meinen Mitmenschen zu helfen. Ich selbst bin leider zu alt und zu krank um die abenteuerliche Reise zu fernen Welten anzutreten und dort das Banner der Menschheit in den Boden einer jungfräulichen Welt zu rammen. Sie jedoch, meine verehrten Freunde haben dieses Privileg und ich beneide sie dafür. Wenn sie mein Angebot annehmen, dann wird mein Urenkel Sean Bronson diese abenteuerliche Reise mit ihnen zusammen antreten und das Vermächtnis meiner Familie in die Weiten des Weltalls hinaus tragen."
Rings um den Tisch wurde zustimmend genickt. Die Ansprache des alten Mannes viel anscheinend auf fruchtbaren Boden. Duncan Oak, der Führer der am besten ausgerüsteten Kolonistengruppe, meldete sich zu Wort. "Es ist uns allen eine große Ehre heute hier sein zu dürfen. Prinzipiell sind wir natürlich für jede Form der Unterstützung dankbar. Ich denke, es ist kein Geheimnis, wie es derzeit um unsere jeweiligen Expeditionen bestellt ist. Was mich nun interessieren würde ist, woraus ihr Angebot besteht. Bisher haben sie lediglich davon gesprochen uns unterstützen zu wollen. Wie würde das für uns konkret aussehen und was verlangen sie dafür von uns? Bisher haben sie sich dazu nur sehr vage geäußert und wir hoffen, hier und heute, möglichst konkrete Angebote oder Vorschläge, von ihnen zu erhalten."
Bronson lächelte gutmütig. "Ich verlange eigentlich kaum etwas. Was ich ihnen jedoch konkret bieten kann, das vermag ich ihnen zu sagen und sie werden mir zustimmen, dass mein Angebot mehr als großzügig ist … Bei allem Respekt zu ihrem heroischen Unterfangen, so möchte ich doch anmerken, dass ihre bereits vorhandene Ausrüstung noch stark verbesserungsbedürftig ist … Mein Konzern hat in der Vergangenheit mit einigen Gruppen von Kolonisten zusammen gearbeitet und dabei umfassende Erfahrungen gesammelt, was die überlebensnotwendige Ausrüstung von solchen Erstbesiedelungen angeht. Ich biete ihnen an, ihnen alle notwendige Ausrüstung kostenlos zur Verfügung zu stellen und ihnen die Wege durch die Bürokratie der Hegemonie zu ebnen. Ich bin

darüber informiert, dass sie planen im Outback ihre Kolonien zu errichten, das sich im galaktischen Nordwesten von Alesia und Athen befindet. Die Welten die sie als spätere Heimat ausgewählt haben würde ich persönlich jedoch, bei allem gebotenen Respekt, als "nicht unproblematisch" bezeichnen. Da ich lange Zeit in der Regierung der Hegemonie meinen Dienst zum Wohle der Menschheit geleistet habe, verfüge ich über gewisse Kontakte und auch Möglichkeiten, die sie nicht haben. Zudem besitze ich gewisse Unterlagen, die den Weg zu drei Welten weisen, die für eine Kolonisierung deutlich vorteilhafter sind. Diese Welten liegen nur jeweils einen Sprungpunkt von einander entfernt, was einen späteren Handel, zwischen diesen Kolonien, positiv beeinflussen sollte. Niemand außerhalb dieses Raumes weis etwas von der Existenz dieser drei Welten, da die entsprechenden Daten als verschollen gelten und auch niemals in den offiziellen Unterlagen aufgetaucht sind. Ich würde auf meine Kosten mindestens ein Schiff, wenn möglich sogar drei Schiffe zu dieser Expedition beisteuern und ausrüsten. Entsprechende Verhandlungen laufen bereits und sind kurz vor dem Abschluss. Weil die Gegend des Outback ein nicht wirklich ungefährlicher Ort ist könnte es sogar sein, dass ich es bewerkstelligen kann, dass diese mutige Expedition ein ausrangiertes leichtes Schiff der Flotte erwerben kann, um sich notfalls gegen Piraten zu verteidigen, die in den dortigen Gefilden ihr Unwesen treiben. Als Gegenleistung würde ich erbitten, dass mein Urenkel in die Führung einer der zukünftigen Kolonien mit einbezogen wird. Da es um meine Gesundheit nicht sonderlich gut bestellt ist und ich ihre Abreise noch erleben möchte, würde ich alles dafür tun, dass der Termin ihrer Abreise spätestens im Jahr 2238 liegt. Das Ziel dieser Reise liegt hinter der Region die bei den Raumfahrern als "Die große Leere" bekannt ist. Dort befinden sich diese drei Sonnensysteme die, wie bereits erwähnt, nur jeweils einen Sprung von einander entfernt sind und deutlich bessere Möglichkeiten bieten als die Systeme die derzeit von ihnen kolonisiert werden sollen. Bitte überdenken sie dieses Angebot in aller Ruhe und beraten sie sich miteinander. Sollten sie mein überaus großzügiges Angebot ablehnen, wollen dann wende ich mich an andere Gruppen von Kolonisten, von denen es diverse Gruppen gibt, wie sie selber wissen."
Der alte Bronson lehnte sich zurück und betrachtete die Kolonisten, die nun leise miteinander diskutierten. Es war allgemein bekannt, dass fast

jeden Monat kleinere oder größere Gruppen von Kolonisten von Terra aus aufbrachen. Hier setzte Bronson seinen Hebel an. Frei nach dem Motto, wenn ihr nicht wollt, dann suche ich einfach jemand anderen. Bronson war sich der finanziellen Misere dieser drei Kolonialgruppen bewusst ... wohl fast besser und detaillierter, als diese es selber wahr haben wollten. Er reichte den verzweifelten Kolonisten eine Lösung auf einem Silbertablett und konnte nun deutlich sehen, wie verzweifelt diese, in diesem Moment, versuchten nicht als schwache und nahezu hilflose Verhandlungspartner zu wirken.
Im Vorfeld hatte er bereits mit den Kolonisten um Bethany Morncreek Kontakt aufgenommen. Morncreek war überaus entzückt gewesen, die Bekanntschaft von Sean Bronson zu machen und würde den Urenkel des alten Bronson in die Führung ihrer Kolonie aufnehmen. Das war bereits arrangiert. Als Gegenleistung würde diese Kolonie bevorzugt unterstützt werden. Das Entzücken von Morncreek war bei Sean Bronson erstaunlicherweise auf ein ebensolches getroffen. Diese überraschende Tatsache hatte George A.Bronson zu einem lange anhaltenden Heiterkeitsausbruch veranlasst, als er davon erfuhr. Altersmäßig passten die beiden gut zu einander und ihre gegenseitige Zuneigung passte hervorragend zu den Plänen der Bronsons. Aus dieser gegenseitigen Zuneigung hatte sich schnell ein tiefes, leidenschaftliches Verhältnis zwischen den beiden entwickelt. Damit war in den Augen des alten Bronson bereits der erste Schritt für die zukünftige Dynastie der Bronsons gesichert. Eine gute Ausgangssituation hatte sein Urenkel dies in einem Gespräch genannt. Bethany Morncreek hatte sich den Weg bis zur Führung ihrer Kolonistengruppe auf kompromisslose Weise erkämpft. Der ehemalige Leiter dieser Koloniegruppe hatte einen bedauerlichen Unfall erlitten und ihr so, vor einigen Monaten, den Weg frei gemacht. Bronson war sich sicher, dass dieser Unfall kein Zufall gewesen war. Auch sein Urenkel war sich dieser Tatsachen bewusst und es gefiel Sean, eine solche Frau an seiner Seite zu wissen.

Die kurze und teilweise emotional geführte Diskussion der Kolonisten war beendet. Bethany Morncreek erhob sich und verbeugte sich leicht in Richtung des alten Bronson. "Wir sind natürlich einverstanden mit ihren überaus großzügigen Bedingungen und ich bitte darum, ihren Urenkel in die Führungsgruppe meiner Kolonie aufnehmen zu dürfen."

Rund um den Tisch waren zustimmende Gesichter zu sehen und der alte Bronson wusste, dass er dieses Spiel gewonnen hatte. Lediglich der Gesichtsausdruck von Duncan Oak war etwas skeptisch. Die Tatsache, dass Bethany Morncreek von Sean Bronson in die Grundzüge des Plans eingeweiht worden war hatte viel dazu beigetragen, dass sie diese eben geführte, kurze Diskussion im Sinne der Bronsons beeinflusst hatte. Morncreek war von dem Plan schlichtweg begeistert gewesen, als Sean sie einweihte und unterstützte den Plan seitdem vorbehaltlos. Die Gründung einer Dynastie im fernen Outback und die Möglichkeit mit an deren Spitze zu stehen war ganz nach dem Geschmack dieser Frau.

Im Verlauf der folgenden Monate wurde eine breit angelegte Kampagne für die neue Kolonisation von drei Planetensystemen gestartet, die im Outback stattfinden sollte. Damit sollten nun endgültig genügend Freiwillige gefunden werden, die diese Reise antreten wollten. Es war schnell bekannt geworden, dass der ehemalige Senator Bronson dieses Unterfangen unterstützte. Der Name des ehemaligen Senators hatte in der Bevölkerung immer noch einen gewissen Ruf. Der alte Bronson trat über mehrere Wochen hinweg mehrfach in Holoübertragungen auf und beeinflusste damit kontinuierlich und überaus geschickt die Meinung der Öffentlichkeit. Bei seinen Auftritten gab er sich stets als alter Mann dessen einziges Streben es war, einer Generation von Kolonisten ein erfolgreiches Leben auf den neuen Planeten zu ermöglichen. Die ständig publizierte Tatsache, dass der alte Bronson hierbei sein ganzes Vermögen selbstlos in die Ausrüstung dieser Kolonisten stecken wollte, blieb nicht ohne Wirkung auf die öffentliche Meinung. Vor allem nicht, weil Bronson daran gelegen war, dass diese Tatsache ständig publiziert wurde. George Antony Bronson war ein alter, todkranker Mann aber er wusste genau, wo er einen Hebel ansetzen musste um etwas zu bewegen. Sein gesundheitlicher Zustand war häufig Thema bei Diskussionen, die sich um diese Kolonialprojekte drehten. Die Öffentlichkeit sprach immer lauter davon, diese Kolonisten zu unterstützen und forderte nun ihre Regierung dazu auf dies ebenfalls zu tun. Derartige Diskussionen, die oft in den Medien publiziert wurden entsprachen der Planung des alten Bronson. Hinter den Kulissen der Öffentlichkeit agierte Bronson jedoch völlig anders. Dort wo es angebracht schien, griff er zu den Mitteln der Bestechung und der direkten Einflussnahme. Im Verlauf seines Lebens

hatte er viele Kontakte geknüpft und nutzte dies nun skrupellos aus. Als altgedienter Politiker wusste er, wer irgend etwas zu verbergen hatte und erpresste sich so einige Gefälligkeiten.
Der Erwerb von drei kleinen Frachtern der alten *Market*-Klasse war einfach, zehrte jedoch einen erheblichen Teil von Bronsons Kapital auf. Diese Frachter wurden nun ebenfalls mit allen erdenklichen Gütern beladen, wobei automatisierte Fabrikanlagen sowie modernste 3-D-Drucker und einige kleinere Fabrikatoren fast den gesamten Platz beanspruchten, der verfügbar war. Mehrere hundert Droiden wurden ebenfalls verladen und einige zusätzliche Shuttles an der Außenhülle der Frachter verankert.
Als Glücksgriff bot sich dem alten Bronson die Zwangsversteigerung eines alten Kombifrachters der *Caravan*-Klasse an. Dieses Schiff war bei seinem Bau dazu ausgelegt worden sowohl Passagiere als auch Fracht zu den ferneren Kolonien zu transportieren. Das Schiff besaß neben seiner Frachtkapazität, die der eines Schiffs der *Market*-Klasse glich, noch eine Sektion, die zur Aufnahme von 2000 Passagieren gedacht war, die in Stasiskammern transportiert wurden. Die Kosten für die Fracht auf diesem Schiff zehrte das Vermögen der Bronsonfamilie fast gänzlich auf. In den Stasiskammern dieses Schiffs fanden Leute Platz, die Bronson persönlich angeworben hatte. Der Stab an Leuten, der den alten Bronson bei der Umsetzung des Plans unterstützt hatte, trat hier ebenfalls die lange Reise an. Ebenso waren hier aber auch einige hundert Personen in die Stasiskammern gestiegen, die Erfahrung in Bereichen wie Militär oder Security hatten. Diese Leute, die vom ehemaligen Senator besonders sorgsam ausgewählt worden waren, sollten später seinem Urenkel zur Seite stehen, wenn die neuen Planeten erst einmal erreicht worden waren. Sie waren quasi als Plan-B gedacht, wenn es in der Anfangsphase nicht alles so laufen sollte, wie geplant.

Das Problem blieben die Militärschiffe, auf die der ehemalige Senator Wert legte. Hier kam nun der Druck der Öffentlichkeit ins Spiel. Ein überaus entscheidender Faktor den der alte Bronson sorgsam und mit Kalkül vorbereitet hatte.
Endlich nach langen Monaten, die gespickt waren von emotionalen Debatten im Senat der Hegemonie und unter zunehmendem Druck der Öffentlichkeit, erklärte sich die Regierung dazu bereit, den Kolonisten

einige ausgemusterte Kampfschiffe zuzugestehen. Zweifellos war dies der Erpressung einiger Senatsangehöriger zu verdanken, die hierbei ihre Stimme zugunsten der Kolonisten abgegeben hatten. Der alte Bronson hatte sich noch nie auf Zufälle verlassen, sondern half dort mit entsprechendem Druck nach, wo er meinte seine Interessen durchsetzen zu müssen.

George Antony Bronson und sein Urenkel Sean feierten diese wichtige Entscheidung des Senats, zusammen mit Bethany Morncreek auf dem Anwesen des ehemaligen Senators.

Durch diese Senatsentscheidung war es den Kolonisten jetzt möglich über vier alte Vorpostenboote der ausgemusterten *Watchman*-Klasse zu verfügen, die eine Tonnage von 110.000 Tonnen besaßen. Weiterhin erlangten die Kolonisten so an zwei ebenfalls ausgemusterte Fregatten der alten *Alpha*-Klasse, die immerhin eine Tonnage von je 240.000 Tonnen ins Gefecht werfen konnten. Die Fregatten der *Alpha*-Klasse waren bereits kurz nach ihrem Bau als unzureichend angesehen worden und wurden von der Flotte der Hegemonie schnell durch ein anderes, neues Baumuster ersetzt.

Es kostete den alten Bronson alles an Einfluss, was er noch besaß damit diese sechs Schiffe in den Flottenwerften überholt und neu ausgerüstet wurden. Die Zusammenstellung der notwendigen Besatzungen für die Transporter und die Militärschiffe nahm fast ein Jahr in Anspruch, da Bronson speziell bei den Kampfschiffen dafür Sorge tragen wollte, dass sich deren Besatzungen loyal gegenüber seinem Urenkel verhielten.

Sowohl die alten Einheiten der *Watchman*-Klasse als auch die Fregatten der ebenso alten *Alpha*-Klasse waren bereits seit einigen Jahrzehnten ausgemustert und befanden sich seitdem auf dem Schiffsfriedhof der Hegemonie, der sich im Heimatsystem von Terra befand. Auch wenn diese alten Schiffsklassen längst nicht mehr zeitgemäß waren und den heutigen Ansprüchen schon lange nicht mehr genügten, so waren sie doch einst als Kriegsschiffe konzipiert worden. Im Outback jedoch würden sie für jeden Piraten oder Raider eine mehr als unangenehme Überraschung darstellen.

Der ehemalige Senator beließ es aber nicht nur bei der Waffentechnik an Bord dieser Schiffe, sondern erreichte durch die Bestechung eines Senators von Karthago, dass den Kolonisten auch vier Drohnen vom Typ

Spacebug-Alpha-2 übergeben wurden, die diese Reise mitmachten. Die Drohnen wurden in externen Hangars auf den Hüllen der Fregatten verstaut und die Flightboxes wurden in die Fregatten eingebaut. Somit besaßen die Kolonisten nun auch eine Drohneneskorte die sie notfalls einsetzen konnte, um sich gegen Piraten zu wehren. Später, wenn entsprechende Fabrikanlagen erst gebaut waren, würden die Kolonisten irgendwann diese Drohnen nachbauen können und somit auch über diese Technologie verfügen, um ihre Kolonien zu schützen.

Die zwingend notwendige Umrüstung, aller Schiffe der Kolonisten, mit zusätzlichen Antimateriespeichern erschöpfte nun das ehemals riesige Vermögen der Familie Bronson endgültig. Bis auf wenige Immobilien hatte der alte Bronson alles zu Geld gemacht, was seine Familie angehäuft hatte. Charles Adrian Bronson bedauerte diese Tatsache jedoch keineswegs. Er wusste, dass seine Zeit ablief. Mitnehmen in das Jenseits konnte er weder Geld noch Macht. Er konnte jedoch seinem Urenkel dabei helfen eine Dynastie im Outback zu gründen, die den Namen Bronson in die Zukunft trug. Dies war derzeit alles, was den alten Bronson interessierte, da er hierin sein Testament sah. Sollte der Plan gelingen, woran George Antony Bronson keinen Zweifel mehr hatte, dann würde der Name der Familie Bronson zweifellos in die Geschichte der Menschheit eingehen.

Das Projekt des ehemaligen Senators hatte, wie oft üblich in derartigen Situationen gewisse Gruppierungen auf den Plan gerufen, die Spenden für die mutigen Kolonisten gesammelt hatten. Ohne diese zusätzlichen Geldmittel wäre es den Bronsons wohl nicht möglich gewesen, alle notwendigen Umrüstungen und Umbauten, an den Schiffen der Kolonisten, zu finanzieren, die notwendig waren. Diese Gruppierungen jedoch, die als NGO's fungierten waren allesamt von dem ehemaligen Senator zu diesem Handeln bewegt worden. Teils mit dem Versprechen gewisse Informationen nicht an die Öffentlichkeit dringen zu lassen, teils auch mit der Bestechung einzelner Personen, die dort in führender Funktion beschäftigt waren.

Der ehemalige Senator war gegenüber diesen NGO's, die er abgrundtief verabscheute, skrupellos vorgegangen … und hatte sein Ziel erreicht.

Ende 2238 erlitt der alte Bronson mehrere Schlaganfälle und verstarb daran auf seinem Anwesen, während man noch auf den Notarzt wartete.

Nur wenige Menschen auf Terra, die über seine wahre Natur informiert waren, bedauerten sein Ableben wirklich. Nicht wenige Menschen hingegen, die es in der näheren Vergangenheit enger mit dem alten Mann zu tun hatten und von dem skrupellosen Patriarchen unter Druck gesetzt oder erpresst worden waren feierten dessen Ableben. Die Asche aus seiner Urne wurde im Weltall verstreut, ganz wie es der Wusch von George Adrian Bronson gewesen war ... Ohne großes Zeremoniell und gänzlich ohne die Anwesenheit von Medienvertretern.

Einen Monat später starteten die Kolonisten zu ihrer langen Reise. Sie durchquerten die Kernzone und sprangen dann über Alesia in das Outback. Dort verlor sich ihre Spur. Erst einige Jahre später stellte man erstaunt fest, dass die Kolonisten nicht an ihrem in den Medien so oft erwähnten Ziel eingetroffen waren. Niemand ahnte, dass die Kolonisten ein vollkommen anderes Ziel angeflogen hatten als gegenüber den Medien und der Öffentlichkeit angekündigt. Die Nachforschungen der Hegemonialen Flotte verliefen ohne Ergebnisse und wurden wenig später eingestellt. Die verschollene Flotte der Kolonisten mit ihren Schiffen gerieten langsam in Vergessenheit. So wurden auch diese Kolonisten, mit ihren Schiffen allmählich zu einer Fußnote in den Geschichtsbüchern, die eigentlich niemanden mehr interessierte.

Zu diesem Zeitpunkt vermerkte eine Historker, der die Aufzeichnungen sichtete und auswertete, dass es eine erstaunliche Anzahl von Kolonisten geben musste, die niemals an ihren Zielorten angelangt waren. Er publizierte seine Erkenntnisse, blieb jedoch mit seiner Erkenntnis völlig unbeachtet. Die überwiegende Mehrheit der Bevölkerung auf Terra interessierte sich erstaunlicherweise nicht dafür, was mit den verschwundenen Kolonisten geschehen war. Lediglich in Kreisen des Militärs gab es einige Leute, die seine Erkenntnisse aufmerksam lasen und sich selbst Gedanken machten.

Zu diesem Zeitpunkt waren die Kolonisten bereits seit einigen Jahren an einem ganz anderen Ziel angelangt. Weit entfernt von der Kernzone hatten sie die drei Sonnensysteme gefunden, die in dem alten Tagebuch so sorgsam vermerkt worden waren. Dort, inmitten der Ewigkeit, waren sie auf den Planeten gelandet, die sie als ihre neue Heimat ausgewählt hatten. Für Sean Bronson kam nun der Zeitpunkt, auf den er hingearbeitet hatte.

Die ehemalige Eigentümerin des alten Tagebuchs machte die Reise, an Bord eines der Kolonieschiffe mit. Sean Bronson hatte ihr das Angebot unterbreitet, auf den Spuren ihres Vorfahren in die Unendlichkeit des Weltalls hinaus zu reisen und sich dort eine neue Zukunft aufzubauen. Die abenteuerlustige Annika Pederson, von Beruf her eine hoch geschätzte und fachlich überaus begabte diplomierte Ingenieurin für industrielles Planungswesen, hatte damals sofort zugestimmt. Die junge Frau wusste nicht, dass diese spontan getroffene Entscheidung ihr zweifellos das Leben gerettet hatte. Hätte sie diesem Angebot, an dem Vorhaben teil zu haben, nicht zugestimmt, so wäre sie unauffällig liquidiert worden.

Der alte Bronson mochte es nicht, wenn es irgendwo Menschen gab, die möglicherweise zum falschen Zeitpunkt Informationen preis gaben, die etwaige Pläne des ehemaligen Senators offenbaren könnten. Schon in der Vergangenheit hatte Bronson niemals gezögert derartige Leute beseitigen zu lassen … und speziell bei diesem Vorhaben wollte der alte Mann jede Möglichkeit ausräumen, die dem Plan irgendwie gefährlich werden konnte. Sein Urenkel Sean war, was seinen ehrgeizigen Plan betraf, nicht weniger skrupellos. Spätestens bei der Ankunft der Kolonisten in ihrer ausgewählten Raumregion hatte sich dies deutlich gezeigt. Sean Bronson war nicht gewillt seinen Plan durch irgendwen behindern zu lassen. Dafür würde er alle ihm zur Verfügung stehenden Mittel einsetzen.

13.

Erstkontakt, 2305

Diese Mission würde wohl die letzte Reise sein, die Kronprinz Heinrich als Kommandant eines Kriegsschiffs machte. Vier Wochen vor seiner Abreise war er als Thronfolger zum nächsten Kaiser bestimmt worden. Heinrich hatte von seinem Vater den Gefallen erbeten noch einmal auf eine Mission starten zu dürfen, bevor er die Krone des Kaiserreichs tragen musste und derartige Missionen ihm in der Zukunft verwehrt blieben. Sein Vater, Kaiser Friedrich, der wusste das sein jüngster Sohn durch und durch ein Mann des Militärs war, hatte diesem Wunsch nach einigem Zögern entsprochen. Wenn der Kronprinz wieder auf Lemuria eintreffen würde, dann sollte er gemäß dem Willen seines Vaters binnen drei Wochen zum Kaiser gekrönt werden. Kaiser Friedrich war des Regierens müde. Seit dem Tod seiner Frau, der Kaiserin Fiona, war er in Depressionen verfallen und wollte sich aus der Öffentlichkeit zurück ziehen. Die Depressionen waren zwischenzeitlich erfolgreich behandelt worden aber Kaiser Friedrich war in dieser Zeit zu dem Entschluss gekommen, es wäre jetzt an der Zeit die Krone an eine neue Generation weiter zu reichen. Der Kaiser hatte lange Stunden mit ZONTA darüber diskutiert. Auch der Rechengigant, der auf mehr Wissen zurück greifen konnte als jedes menschliche Wesen, das jemals gelebt hatte, erkannte in diesen Gesprächen, dass die Zeit gekommen war um einem neuen Kaiser die Verantwortung über das Kaiserreich anzuvertrauen. Diese Erkenntnis hatte den Rechengiganten tief getroffen, der in den Jahren seit seiner Erschaffung immer mehr zu einem selbstständig denkenden Etwas geworden war und sich der kaiserlichen Familie tief verbunden fühlte.

Der Flottenverband stand tief im Transfersystem, der nach Galedon führte. Kronprinz Heinrich befand sich an Bord der *Explorer*, die das traditionelle Flaggschiff der Kaiserlichen Flotte war. Auch wenn das Schiff mehrfach modernisiert worden war, so war seine Kampfkraft nicht annähernd mit den neuen Angriffskreuzern der *Crusader-II*-Klasse zu vergleichen. Diese grundsätzlich anders konzipierten Raumschiffe bewegten sich ganz eindeutig in einer übergeordneten Liga. Dabei war nicht nur die Gravitationstechnologie, mit ihren vielen Facetten, der Faktor, der den Ausschlag gab, sondern vor allem die Abkehr von der Antimaterie als Energiequelle. Die neu entwickelten HHE-Reaktoren benötigten nicht nur eine deutlich geringere Masse an "Treibstoff" der problemlos in Druckflaschen gelagert und transportiert werden konnte, sondern hatten auch den Vorteil, dass sich dieser eindeutig einfacher und sicherer an Bord der Schiffe lagern ließ, als Antimaterie. Ein Raumschiff der *Crusader-II*-Klasse, das mit dieser Reaktortechnologie ausgestattet war, konnte voll ausgerüstet, problemlos bis zu 180 auf einander folgende Sprünge absolvieren, ehe ihm die notwendigen Reaktormassen ausgingen, die ein HHE-Reaktor nun einmal benötigte. Kronprinz Heinrich war von dem Prinzip der neuen Reaktoren und den sich daraus ergebenen Möglichkeiten begeistert. Der Kronprinz kam regelmäßig geradezu ins Schwärmen, wenn er sich mit Kameraden über die Möglichkeiten unterhielt, die sich durch das tiefere Verständnis der gravitationsmagnetischen Technologie ergeben hatte. Hierbei legte der Kronprinz besonderes Augenmerk auf die raumstrategischen und die taktischen Möglichkeiten in all ihren Varianten, die durch die neuen Technologien erst möglich geworden waren.

Die altehrwürdige *Explorer* wurde bei dieser Mission begleitet von zwei Angriffskreuzern, zwei Jagdzerstörern sowie dem Flottentender *Midas*. Diese Ansammlung von Raumschiffen stellte die gesamte sprungfähige Kriegsflotte des Kaiserreichs da. Die *Explorer* diente bereits seit Jahrzehnten als Schulschiff für die Offiziere der Flotte. Das alte Schiff war für diese Aufgabe gut geeignet, die zusätzlich zu der Verwendung als Flottenflagschiff dazu diente, den Offiziersanwärtern das Leben in der Flotte nahezubringen, sie mit den Traditionen vertraut zu machen, auf die man in der Flotte viel Wert legte und sie für ihre spätere Verwendung in der Flotte zu schulen. Die Abschlussfahrt auf der alten *Explorer* stellte für die Offiziersanwärter der Kaiserlichen Flotte stets den Höhepunkt ihrer Ausbildung da.

Für gewöhnlich blieben mindestens 50% der sprungfähigen Schiffe der Kampfflotte im Kernbereich des Kaiserreichs zurück. Der Kaiser hatte aber verfügt, dass der Kronprinz auf dieser Mission besser geschützt werden musste und deshalb unnachgiebig auf die Entsendung aller verfügbaren Kampfschiffe bestanden, die sprungfähig waren. Von dieser Entscheidung hatte er sich auch durch ZONTA nicht abbringen lassen.

Heinrich war dies nur Recht gewesen. Dadurch hatte er nun die Gelegenheit mit den Schiffen unter optimalen Bedingungen und zudem auf Flottenebene Übungen abzuhalten. Eine Gelegenheit, die er wohl niemals wieder erhalten würde, wie er wusste. Die Operationsbefehle sahen vor, dass die Flotte nach Galedon einspringen sollte um dort die Resultate der lange zurück liegenden "Erstimpfung" zu untersuchen. Die *Midas* führte weiteres "Saatgut" an Bord mit, welches über dem Planeten Galedon dann ausgesetzt werden sollte. Dies war insbesondere interessant, weil der Planet bereits über ein stabiles und reichhaltiges Ökosystem verfügte. Die Wissenschaftler an Bord der *Midas* hatten bereits einige Wetten abgeschlossen, in welchem Umfang sich wohl terrestrisches Leben festgesetzt habe und um was für Lebensformen es sich dabei wohl handelte. Genaueres würde man erst jetzt, nach einigen Jahrzehnten erfahren. Auch war von Interesse, was aus den Droiden geworden war, die man damals auf dem vierten Planeten zurück gelassen wurden um dort Langzeitforschung zu betreiben. Auf diesem Planeten waren kleine Mengen von terrestrischen Lebensformen angesiedelt worden um dort dann fortwährend von den Droiden bei ihrem Überlebenskampf beobachtet zu werden. Dabei wollten die Forscher ergründen, wie sich die dort herrschende, hohe Schwerkraft auf diese Lebensformen auswirken mochte, die unter völlig anderen Voraussetzungen entstanden waren. Auch Heinrich war ausgesprochen interessiert am Ausgang dieses Experimentes.

Ein Ingenieurteam hatte seinerzeit eine kleine Anlage in die Flanke eines Berges eingebaut. Diese Anlage bestand lediglich aus mehreren Räumen für Ersatzteile, damit die Droiden von einem Wartungsdroiden instand gesetzt werden konnten, wenn sie Schäden erlitten und wo sie sich aufladen konnten. Die Ladestation wurde durch einen Erdwärme gespeisten Generator erzeugt, der seine Energie aus dem Kern des Planeten bezog. Angesichts der vergangenen Zeitspanne rechnete niemand damit, noch alle Droiden intakt vorzufinden. Es war allerdings durchaus möglich, dass zumindest einige der damals zurück gelassenen zwanzig Droiden noch existierten. Zumindest jedoch sollten die Daten noch vorhanden sein, die von den robusten Droiden regelmäßig in den Datenspeicher der kleinen Station einspeist werden sollten. Zumindest hofften die Fachwissenschaftler dies.

Der Jagdzerstörer *Emden* sprang als erstes Schiff. Das Schwesterschiff *Leipzig* folgte eine Minute später. Danach folgten ihnen die beiden Angriffskreuzer *Scharnhorst* und *Gneisenau* im selben Zeitabstand. Die Schiffe würden sich nach ihrem Eintreffen im anderen System gemäß des dafür vorgesehenen Prozedere verteilen und den Sprungpunkt so für nachfolgende Raumschiffe räumen. Der Sprung wurde mit einer Geschwindigkeit von 0,4c absolviert. Beim Eintritt in das andere System würden 50% dieser Geschwindigkeit aufgezehrt sein und die Eigengeschwindigkeit eines einspringenden Raumschiffs läge dann noch bei 0,2c. Absolut ausreichend um den Sprungpunkt für später nachfolgende Schiffe zu räumen, zumal es zur grundsätzlichen Taktik gehörte, sofort nach dem Eintreffen zu beschleunigen.

Auf der Brücke der *Explorer* wurde standardmäßig Gefechtsalarm und Sprungalarm gegeben. Das Schiff von Kronprinz Heinrich sprang unter der Kontrolle der Bordeigenen KI, wie es schon seit vielen Jahrzehnten Standard in der Flotte war. Einen Sekundenbruchteil später erschien die *Explorer* im Sprungpunkt des Galedonsystem. Augenblicklich begann der Ortungsalarm anzuschlagen. Die Bordeigene KI gab Kampfalarm und meldete ein unbekanntes Schiff im Orbit des dritten Planeten. Von den Zerstörern und den Kreuzern gingen ebenfalls Ortungsmeldungen ein. Man hatte einen Satelliten geortet, der sich im Abstand von zwei Lichtminuten zum Sprungpunkt befand und aktive Ortungssignale aussendete. Kronprinz Heinrich reagierte augenblicklich. Aus der bisher recht entspannten, harmlosen Manöversituation dieser Reise war schlagartig das geworden, was bisher über viele Jahrzehnte ausgeblieben war. Ein Erstkontakt zu einem fremden Raumschiff dass zweifellos aus dem Kernbereich des von Menschen besiedelten Raum stammen musste. Das Vorgehen für einen solchen Fall, der in den Befehlskladden als FALL-GELB verzeichnet war, war bereits vor mehreren Jahrzehnten vom Oberkommando der Flotte klar und unmissverständlich festgelegt worden … Friedlich verhalten, versuchen einen Kontakt herzustellen und keineswegs zuerst schießen, es sei denn, die Sicherheit des Kaiserreichs ist in Gefahr. Wenn ein Gefecht nicht zu vermeiden ist, den Gegner vernichten oder aber wenn möglich aufbringen … Jedem einzelnen Offizier der Kaiserlichen Flotte war dieser Befehl bekannt. An der Kaiserlichen Flottenakademie, auf Lemuria, wurde dieses Thema seit Jahrzehnten gelehrt und diskutiert.

Heinrich registrierte nur beiläufig, dass der Tender *Midas* ebenfalls in das System eingesprungen war und sich aus dem Sprungpunkt heraus bewegte. In diesem Moment war er nicht mehr der Kronprinz, der an Bord eines Raumschiffs eine letzte Mission absolvieren durfte, sondern nur noch ein Konteradmiral der kaiserlichen Flotte, der in diesem Moment das Kommando über einen Kampfverband der Flotte hatte und auf einen möglichen Gegner getroffen war. Hierfür war Heinrich lange Jahre ausgebildet worden. Bereits Sekunden später erteilte er, mit fester Stimme, seine Befehle. "Folgender Funkspruch über Richtstrahl an alle Schiffe der Flotte ... An alle Schiffe, von Flottenkommandant. Volle Gefechtsbereitschaft bis auf Widerruf beibehalten. Die Kreuzer und Zerstörer gehen in Position zu Flaggschiff, gemäß Gefechtsprotokoll Alpha. Tender nimmt Position hinter Flaggschiff ein. Abstand der Einheiten 50.000km zu Flaggschiff. Beschleunigung auf 0,3c setzen und den dritten Planeten ansteuern. Vollzugsmeldung an Flaggschiff wenn Manöver ausgeführt. Flaggschiff Ende. Spruch senden."

An der Funksektion der Schiffsbrücke gerieten die Funker in Hektik. Das Gefechtsprotokoll Alpha besagte, dass die Zerstörer nun Positionen oberhalb und unterhalb der Explorer einnehmen würden und die beiden Kreuzer sich Backbord und Steuerbord des Flaggschiffs in eine ähnliche Position bringen sollten Dies war eine Standardprozedur der Flotte, die bereits viele Jahrzehnte immer wieder in Manövern geübt wurde. Während Heinrich die Anzeige der Ortung studierte und versuchte nähere Details des fremden Schiffs zu erkennen, gingen bereits die Vollzugsmeldungen der anderen Schiffe ein. Die Flotte bewegte sich auf den dritten Planeten zu, um dem fremden Schiff näher zu kommen. Gemäß der Ortung musste das fremde Schiff um ein vielfaches massereicher als der Tender sein, der die größte Tonnage der hier anwesenden Schiffe der kaiserlichen Flotte besaß.

Heinrich lehnte sich zurück und rieb sich nachdenklich sein Kinn. Auf Grund der Entfernung benötigte ein Funkspruch zu dem fremden Schiff derzeit fast fünf Stunden. Mit dem Hyperfunk ging es natürlich deutlich schneller, aber Heinrich entschloss sich dazu erst einmal abzuwarten, wie die Fremden reagierten. Er hatte also viel Zeit um sich seine Taktik zu überlegen oder notfalls den Rückzug anzutreten. Prinzipiell jedoch hielt der Kronprinz nicht viel von einem Rückzug.

Die Zeit verging lähmend langsam. Vier Stunden später meldeten Funk und Ortung eintreffende Signale aus der Richtung des dritten Planeten. Das fremde Schiff reagierte also auf sie und tat den ersten Schritt.
"Eingehender Funkspruch. Normalfunk mit starker Sendeleistung. Kommt als Video und Audio. Wir werden definitiv nicht von dem fremden Schiff aus angerufen sondern vom Planeten. Ich lege den Spruch auf ihre Konsole." Heinrich bestätigte diese Meldung seines Funkoffiziers mit einem knappen Nicken. Aus dem Augenwinkel sah er, dass sein Flaggkapitän, Kapitän Sergej Eisenstein, neben seinen Kommandosessel trat, jedoch außerhalb der Bilderfassung blieb. Der zentrale Bildschirm in Heinrichs Konsole leuchtete auf. Zuerst waren nur Schlieren zu sehen aber schon einige Sekunden später baute sich ein klares Bild auf. Der Oberkörper eines Mannes von etwa 40 Jahren erschien. Er schien in einer gut ausrüsteten Funkstation zu stehen und blickte wortlos in die Aufnahmeoptik. Einige Sekunden vergingen, dann begann der Mann zu sprechen. "Wir haben ihre beiden Schiffe geortet. Langsam sollten sie realisieren, dass wir derzeit nicht der Volksrepublik beitreten wollen ... Auch ihr überraschendes Erscheinen mit zwei Schiffen wird nichts daran ändern. Weshalb sie nicht den üblichen Weg zu uns genommen haben weis ich nicht aber das ändert nichts an bestehenden Tatsachen. Wir vermuten derzeit, sie haben die umliegenden Sprungpunkte erforscht und wollen ihre Heimreise durch dieses System abschließen. Ich verweise auf den Vertrag, den wir vor nunmehr zwei Jahren abgeschlossen haben. Ein Volksreferendum soll bei uns demgemäß erst in zehn Jahren abgehalten werden. Bis dahin bleibt Midway unabhängig. Ich fordere sie hiermit auf, unser System umgehend zu verlassen. Zu diesem Zweck gewähre ich ihnen die Durchquerung des Systems um den üblichen Sprungpunkt zu benutzen. Wenn sie sich bei ihrem Flug unserem Planeten weiter nähern als auf eine halbe Lichtminute, werden wir uns entschieden gegen diese aggressive Handlung mit Waffengewalt zur Wehr setzen. Ich erwarte umgehend ihre Antwort und eine Erklärung für ihr vertragswidriges Eindringen in unser System."
Heinrich stutzte überrascht. So etwas hatte er nicht erwartet. Mit einem Knopfdruck aktivierte er seine Aufnahmegeräte. "Ich grüße sie. Ich bin der Kommandant der *Explorer*. Wir kommen in Frieden und sind überrascht, hier Menschen anzutreffen. Selbstverständlich werden wir

uns ihrem Planeten nicht weiter als eine halbe Lichtminute nähern, da wir keinerlei böse Absichten haben. Darf ich höflich fragen, seit wann sie diesen Planeten besiedelt haben? Laut unseren Unterlagen, die allerdings schon etwas älter sind, ist er unbesiedelt. Ich betone hier nochmals, dass wir in Frieden kommen und grüße sie herzlich."
Friedrich deaktivierte die Aufnahmegeräte und kontrollierte dann, ob diese wirklich abgeschaltet waren, bevor er sich seinem Flaggkapitän zuwandte. "In zehn Minuten Besprechung in meinem Quartier. Ich will alle verfügbaren Ortungsdaten haben. Unsere Zerstörer und Kreuzer sollen sich zurück fallen lassen und die Position halten. Ich habe da eine Vermutung."

Kronprinz Heinrich befand sich erst fünf Minuten in seinem Quartier als sein Flaggkapitän dort eintraf. Die Fernortung der *Explorer* hatte zwischenzeitlich die anderen beiden Sprungpunkte untersucht. An diesen beiden Sprungpunkten, deren Lage aus den alten Daten genau bekannt war, waren mehrere Satelliten stationiert waren, die regelmäßig Ortungssignale aussendeten. Kronprinz Heinrich und sein Flaggkapitän saßen sich in bequemen Sesseln gegenüber. Zwischen ihnen befand sich ein kleiner Tisch, auf dem nun eine holographische Darstellung des Systems erschien. Die beiden Männer kannten sich seit ihrer Jugend, waren eng befreundet und ergänzten sich im Dienst hervorragend. Mehrere Minuten gingen sie gemeinsam die Daten durch. Schließlich lehnte sich Heinrich seufzend in seinem Sessel zurück und rieb sich die Schläfen. Er wandte automatisch den Blick noch oben, als er die KI des Schiffs rief. "EXPLO du hast die Daten sicherlich bereits ausgewertet und das Gespräch analysiert. Gebe uns eine Zusammenfassung deiner Analyse zu den Vorkommnissen. Besonderes Augenmerk lege bitte auf die Äußerung, dass man unsere beiden Schiffe geortet hat, obwohl wir mit sechs Schiffen in das System eingeflogen sind."
Die Stimme klang wie eine sanfte Frauenstimme als die Bordeigene KI der Explorer antwortete. "Zuerst einmal stelle ich fest, dass dieses System nicht mehr unbewohnt ist. Eine Besiedelung kann erst nach 2179 geschehen sein, da zu diesem Zeitpunkt das hiesige System letztmalig von unseren Schiffen besucht wurde, ohne das wir Fremde festgestellt haben. Weiterhin stelle ich fest, dass die hiesigen Bewohner dieses Systems uns irrtümlich mit anderen Leuten verwechseln. Die

Äußerungen ihres Gesprächspartners lassen klar darauf schließen, dass diese anderen Leute, die er die Volksrepublik nennt, dieses System für gewöhnlich bei einem Besuch entweder durch den Orientesprungpunkt oder den Echosprungpunkt anfliegen. Hierbei scheint der Sprungpunkt nach Oriente die bevorzugte Route zu sein, worauf die dortige Anzahl der Ortungssatelliten schließen lässt. Er nannte den Namen Midway, was vermutlich der Name der hiesigen Bewohner für dieses System ist. Es macht den eindeutigen Anschein als wenn die hiesigen Bewohner, den uns unbekannten Leuten von dieser sogenannten Volksrepublik, prinzipiell nicht wirklich freundlich gesonnen sind. Möglicherweise empfindet man dort ähnlich, in Bezug auf die hiesigen Bewohner. Höchstwahrscheinlich sind die Bewohner dieser Volksrepublik dabei expansionistisch eingestellt und in der Lage Druck auf die hiesigen Menschen auszuüben. In Bezug auf die Äußerung, man habe zwei Schiffe geortet und meiner dahin gehenden Datenanalyse vermute ich, dass die Radarabschirmung der uns begleitenden Kreuzer und Zerstörer wirkungsvoll genug ist um derzeit eine Ortung dieser Raumschiffe zu verhindern. Laut der vorliegenden Daten wurden wir von einem hoch entwickelten Suchradar erfasst, was aber augenscheinlich nicht dazu in der Lage war unsere Zerstörer oder Kreuzer folgerichtig zu erfassen. Ich weise hierbei darauf hin, dass weder der Tender *Midas* noch dieses Schiff einen derartigen Rumpfüberzug aus RaabMa besitzen, wie die vier uns begleitenden Schiffe. Eine rein optische Ortung, der vier uns begleitenden Schiffe, sehe ich als sehr unwahrscheinlich an, sofern sie in ausreichender Entfernung bleiben und die hiesigen Menschen nicht explizit nach ihnen suchen. Ich möchte anmerken, dass die Außenhülle der Explorer in klarem weiß gehalten ist und der begleitende Tender ebenfalls eine helle Außenfarbe seines Rumpfes aufweist. Damit wäre auch eine rein optische Ortung dieser beiden Schiffe mit geeigneten Mitteln durchaus möglich. Es ist jedoch anzunehmen, dass die hiesigen Bewohner sich ausschließlich auf ihre Radargeräte verlassen, da die rein optische Ortung von Raumflugkörpern erwiesenermaßen etwas problembehaftet ist. Ich empfehle derzeit dringend den Ausbau des jetzt schon bestehenden Kontaktes um mehr Informationen zu erhalten."
Kapitän Eisenstein nickte zustimmend. "Ich stimme der Analyse von EXPLO uneingeschränkt zu. Ich empfehle, dass die *Explorer* und der Tender *Midas* weiterhin Kurs auf den dritten Planeten halten und sich bis

zu einer Entfernung von 30 Lichtsekunden nähern. Dort sollten wir dann das Gespräch mit den hiesigen Kolonisten suchen, und versuchen den Kontakt zu vertiefen um an nähere Informationen zu gelangen. Einen Versuch ist es zumindest wert."
Heinrich nickte nachdenklich. "Das deckt sich durchaus mit meinen eigenen Überlegungen. Versuchen wir es und schauen einfach einmal, was letztlich dabei heraus kommt. Falsch machen können wir bei einem solchen Vorgehen eigentlich nichts. Die Zerstörer und Kreuzer sollen ihre derzeitige Position halten. Geben sie die entsprechenden Befehle über Richtfunk an unsere Begleitschiffe und geben sie Order, dass die Schiffe sich möglichst unauffällig verhalten sollen. Wir wollen diesen unerwarteten Vorteil ausnutzen, den unsere Ortungsabschirmung uns bietet. Wer weis, wozu das später nützlich sein könnte."

Bereits 20 Minuten später setzten sich die *Explorer* und die *Midas* mit gemächlicher Beschleunigung in Marsch, um sich dem dritten Planeten zu nähern. Die zurück bleibenden vier Kreuzer und Zerstörer verteilten sich etwas um eine mögliche Ortung weiter zu erschweren. Auch wenn die Bewohner dieses Sonnensystems möglicherweise nicht dazu in der Lage waren die Schiffe mittels ihrer Radarortung einwandfrei zu orten, so wollte Kronprinz Heinrich die vage bestehende Möglichkeit einer optischen Ortung minimieren und erschweren.
Als die beiden Schiffe eine Entfernung von 30 Lichtsekunden vom Planeten erreicht hatten, gingen sie dort in eine weite Kreisbahn und verlangsamten ihre Geschwindigkeit. Auf Heinrichs Befehl hin versuchte die Funkstation der Explorer eine Funkverbindung zu der Station auf dem Planeten herzustellen. Es dauerte nur wenige Minuten und der Funkoffizier meldete eingehende Videosignale auf der selben Frequenz wie beim ersten Kontakt. Heinrich setzte sich etwas gerader in seinem Sessel hin und nickte seinem Funkoffizier kurz zu. Bereits einige Sekunden später baute sich der Kommunikationsbildschirm vor Heinrich auf und zeigte erneut den Mann, der bereits zuvor mit ihnen gesprochen hatte.
Heinrich setzte sein freundlichstes Lächeln auf. "Ich grüße sie. Wie sie sicherlich bereits fest gestellt haben, möchten wir vermeiden aggressiv zu erscheinen und sie dadurch zu unbesonnenen Handlungen nötigen. Unsere beiden Schiffe befinden sich derzeit in einer weiten Kreisbahn um

ihren Planeten. Ich bin sehr daran interessiert mehr über sie und die hiesige Situation zu erfahren. Im Gegenzug würde ich ihnen gerne als Ausgleich für diese Nachrichten unsererseits Informationen und Daten zukommen lassen, die sie möglicherweise nicht besitzen. Natürlich nur wenn ihnen das recht ist. Wir sind erfreut, hier auf Menschen gestoßen zu sein. Wie bereits in unserem ersten Gespräch angekündigt, kommen wir in Frieden, zu ihnen."
Sein Gesprächspartner wirkte bei diesem Gespräch äußerlich deutlich ruhiger als beim ersten Kontakt. Er lächelte Heinrich an. "Wir haben ihre Schiffe deutlich in unserer Ortung. Unser Observatorium hat in der Zwischenzeit ebenfalls einige Bilder von ihren Schiffen gemacht und mir vor wenigen Minuten zukommen lassen. Wir haben diese Daten mit allen uns bekannten Informationen über die Schiffe der Volksrepublik abgeglichen und kommen zu dem Schluss, dass ihre Schiffe uns bisher nicht bekannt sind. Das will prinzipiell nichts bedeuten aber es besteht durchaus die Möglichkeit, dass sie die Wahrheit sagen. Ich persönlich glaube ihnen. Wenn sie weiter in diesem System bleiben wollen, dann ist jedoch eine Inspektion durch Beamte unserer Regierung nicht zu vermeiden. Sollten sie dies ablehnen, muss ich sie leider nachdrücklich bitten, das Midway System umgehend wieder zu verlassen. Sollten sie einer Inspektion zustimmen, dann starten wir ein Shuttle und bringen ein Team von drei Inspektoren zu ihren Schiffen. Die Beamten werden uns über das Ergebnis ihrer Untersuchung informieren, sobald sie sich eine Meinung gebildet haben."
Heinrich nickte zustimmend. "Wir erwarten ihre Beamten. Sobald die Inspektion abgeschlossen ist können wir beide wieder miteinander in Kontakt treten. In der Zwischenzeit sind wir selbstverständlich jederzeit über Funk oder Videosignal für sie erreichbar. Ich bin etwas verblüfft, dass sie Normalfunk nutzen und nicht auf die Hyperfunktechnik zurück greifen um zu kommunizieren. Können sie mir das erklären?"
Nach einer Minute nickte sein Gesprächspartner, mit einem erkennbar frustriertem Gesichtsausdruck. "Wir haben derzeit einen Defekt in unserer Hyperfunkstation. Der Austausch einiger Ersatzteile verzögert sich etwas. Scheinbar geschieht so etwas immer dann, wenn es gerade am unpassendsten ist. Ich erwarte den Bericht unseres Inspektionsteams und melde mich dann erneut bei ihnen."

In der Folgezeit wurden medizinische Datensätze ausgetauscht um die seit Anfang der Kolonialbewegungen überall üblichen "Besucherpillen" herzustellen die notwendig waren um auf fremde Viren oder Erreger vorbereitet zu sein. Dies war seit langer Zeit eine absolut notwendige und standardmäßige Prozedur um sich vor unbekannten Krankheiten zu schützen. Die schnelle Herstellung dieser Medikamente war für das gut ausgerüstete medizinische Labor der Explorer ein leichtes. Die neuen Medikamente würden bereits dann mit der nächsten Mahlzeit an die Besatzung des Schiffs ausgegeben werden. Auch dies war eine Standartprozedur. Hierbei stellten die einzelnen Ressortoffiziere sicher, dass alle Besatzungsmitglieder ihre Medikamente erhielten und diese auch einnahmen.

36 Stunden später näherte sich der *Explorer* das angekündigte Shuttle. Das Shuttle umrundete die *Explorer* mehrfach. Anscheinend wollte man von dem Schiff Aufnahmen aus dichter Entfernung machen und suchte nach Informationen über dessen Herkunft. Auf der *Explorer* grinste Kronprinz Heinrich amüsiert vor sich hin. Da die *Explorer* der Flotte als traditionelles Schulschiff diente war an der originalen, ursprünglich vorhandenen Bewaffnung und auch ihrem Antrieb nichts verändert worden. Die *Explorer* hatte, zumindest rein äußerlich, die gleiche Optik wie seinerzeit beim Start von Terra. Lediglich innerhalb des Schiffs waren gewisse technische Details vorhanden, die es damals noch nicht gegeben hatte.

Endlich näherte sich das Shuttle der weit offenen und beleuchteten Schleuse des Beiboothangars um dann dort vorsichtig einzufliegen. Die Schleusentore schlossen sich und der Hangar wurde wieder unter Druck gesetzt. Die Prozedur von Landung und Druckausgleich dauerte einige Minuten. Lange genug für Heinrich, um den Hangar zu erreichen. Als er in den Hangar trat formierte sich bereits eine Ehrenabordnung, um die Ankömmlinge willkommen zu heißen. EXPLO hatte eindringlich dazu geraten dieses Prozedere zu absolvieren, um gegenüber den fremden Inspekteuren guten Willen zu demonstrieren.

Die Luke des kleinen Shuttle öffnete sich und drei Personen betraten den Hangar. Kommandos ertönten, die Ehrengarde nahm Haltung an und die traditionellen Bootsmannspfeifen ertönten. Dieser Empfang überraschte die drei Inspekteure augenscheinlich. Sie schritten an der Ehrenwache

vorbei und blieben vor Heinrich stehen, der salutierte. "Ich begrüße sie auf unserem Schiff. Folgen sie mir einfach, ich zeige ihnen alles, was sie sehen möchten. Wenn sie Fragen haben, dann fragen sie mich ruhig, ich gebe ihnen gerne nähere Informationen."
Als die vier gerade den Hangar verlassen wollten blickte einer der Inspekteure auf die Bronzeplakette an der Wand neben dem Schott. Der Mann stutzte einen Moment, trat einen Schritt näher und las dann die dort eingravierte Inschrift. Überraschung huschte über das Gesicht des Mannes und er strich mit den Fingern fast ehrfürchtig über die Plakette, die dort von der Herkunft des alten Schiffs kündete.

EXPLORER, CA - 001

GAGARINWERFT, TERRA

ANNO 2096

Die Inspekteure tauschten einige Blicke aus und bedeuteten Heinrich daraufhin, weiter voran zu gehen. Sie durchquerten diverse Gänge und besuchten dann als erstes den Maschinenraum mit den voluminösen Sprungtriebwerken. Die Inspekteure schienen genau zu wissen, wonach sie suchten, da sie häufig stehen blieben und einzelne Gerätschaften genau in Augenschein nahmen und dabei leise miteinander sprachen. Danach wurden eine der KSR-Waffenzentralen und danach auch die Kommandozentrale aufgesucht. Einige der Neuerungen schienen die Inspekteure zu verunsichern aber Heinrich hatte den Anschein, als ob der ursprüngliche Argwohn der drei Männer langsam abnahm. Danach sahen

die Inspekteure sich noch zwei zufällig ausgewählte Unterkünfte der Mannschaftsmitglieder und die Bordmesse der *Explorer* an, bevor sie schließlich nochmals in die Kommandozentrale zurück kehrten. Als sie in der Kommandozentrale der *Explorer* standen, wo der normale Dienstbetrieb reibungslos weiterlief, deutete Heinrich beiläufig zu der Funksektion hinüber, die sich in ständiger Bereitschaft befand. "Wenn sie es wünschen, dann können sie jederzeit mit ihrem Planeten Kontakt aufnehmen. Unsere Kommunikationsgeräte stehen ihnen natürlich alle uneingeschränkt zur Verfügung. Bei etwaigem Bedarf wird ihnen meine Besatzung gerne behilflich sein."
Dieses Angebot nahmen die Inspekteure an und die Verbindung zum Planeten wurde hergestellt. Dabei wurde diesmal für die Wiedergabe der Videosignale der große Zentralschirm genutzt. Das Bild baute sich fast sofort auf. Heinrichs bereits bekannter Gesprächspartner erschien auf dem Bildschirm. Anscheinend hatte man auf dem Planeten bereits gewartet. Einer der Inspekteure trat einen Schritt vor und salutierte kurz, ehe er seine Meldung machte. "Codewort ECHELON. Ich denke unsere Inspektion ist abgeschlossen. Wir sind der Meinung, dass dieses Schiff nicht aus der Volksrepublik kommt. Die Maschinenanlagen und Waffensysteme dieses Schiffs stammen aus einer Zeit die weit vor unserem eigenen Start nach Midway liegt. Nichts deute auf einen Einfluss auf die Technik der Volksrepublik hin. Wir sind hier freundlich aufgenommen worden und konnten unsere Inspektion ungehindert durchführen. Zur Herkunft dieser Leute und des Schiffs kann ich nichts definitives sagen. Möglicherweise handelt es sich hierbei um eine der vergessenen Kolonien. Wenn man sich auf diesem Schiff bewegt, dann hat man das Gefühl in eine alte Zeitepoche einzutreten. Es ist für uns fast so, als wenn man durch die Räume eines Museums gehen würde. Ich empfehle weiterführende Gespräche. Unsere Inspektion ist beendet. Wir haben nichts gefunden, was uns dazu verleitet misstrauisch sein zu können. Wir schließen es auch aus, dass diese Schiff ein Nachbau sein könnte. Wir werden nun umgehend die Heimreise antreten."
Der Mann auf dem Planeten schien zutiefst erleichtert zu sein. Sein Blick suchte nun Heinrich, der schweigend und abwartend neben den Inspekteuren gestanden hatte. "Da diese Formalität nun wohl geklärt ist würde ich sie gerne auf unseren Planeten einladen und hier diverse Dinge mit ihnen erläutern. Es wäre mir jedoch wohler, wenn sie den Besuch mit

einem Beiboot antreten, falls sie so etwas an Bord haben. Ihr Schiff sollte wünschenswerter Weise in der derzeitigen Kreisbahn verbleiben. Wenn sie kein Beiboot zur Verfügung haben, dann würde ich sie an Bord unseres Shuttles mitnehmen lassen, falls das für sie genehm wäre. Ich muss ihnen jedoch sagen, das die Platzverhältnisse auf dem Shuttle etwas beengt sind ... Ich möchte mich bei ihnen für den etwas frostigen Empfang entschuldigen aber wir haben sie anfangs für Leute gehalten, die ebenfalls in dieser Raumregion leben und auf die wir nicht sonderlich gut zu sprechen sind. Ich bin ausgesprochen erleichtert, dass wir uns geirrt haben."

Heinrich lachte herzhaft. "Machen sie sich bitte keine Sorgen. Wir sind deshalb nicht nachtragend. Wir haben übrigens eigene Beiboote und ich werde eines davon nutzen, um sie aufzusuchen. Ich werde bereits in den kommenden Stunden zu ihrem schönen Planeten starten, wo wir uns ausgiebig unterhalten können. Bitte lassen sie mich über Peilstrahl einweisen, damit der Pilot weis, wo er landen darf. Ich freue mich auf den Besuch und bin ausgesprochen neugierig. Es ist für uns das erste mal, dass wir Kontakt zu anderen Menschen haben, die ebenfalls in dieser Raumregion ihre neue Heimat gefunden haben oder aber aus der Kernsphäre stammen."

Heinrichs Gesprächspartner nickte nachdenklich. "Auch wir haben lange keinen Kontakt mehr zur besiedelten Kernsphäre gehabt ... Auch zu anderen von Menschen besiedelten Planeten haben wir schon eine Weile keinen Kontakt mehr ... Das hat jedoch Gründe, die ich ihnen erklären werde, wenn wir uns näher kennen. Ich denke, wir werden uns gegenseitig viel zu erzählen haben. Ich muss ehrlich gestehen, ich bin außerordentlich gespannt auf unser Zusammentreffen. Hier ist wahrlich keiner, den ihre Ankunft nicht mit erwartungsvoller Freude erfüllt. Die Geschichte ihrer Herkunft interessiert uns natürlich ungemein. Im selben Atemzug werde ich natürlich auch ihnen Informationen geben, so weit es mir möglich ist ... Besucher sind für uns hier mehr als ungewöhnlich, wenn ich es einmal so formulieren darf. Wir sehen uns auf Midway. Gute Reise."

Nachdenklich blickte Kronprinz Heinrich auf den Bildschirm. Er hatte das Gefühl, als wenn sein ferner Gesprächspartner ihm derzeit einiges vorenthielt. Heinrich würde also sehr vorsichtig sein und versuchen erst einmal deutlich mehr Informationen zu erlangen. Er selbst jedoch dachte nicht daran, den hiesigen Bewohnern mehr Informationen als unbedingt notwendig zu geben. Immer wieder dachte Heinrich hierbei an diese Volksrepublik, die seitens der hiesigen Bewohner erwähnt worden war. Er war sich sicher, von einer Volksrepublik noch nie etwas gehört zu haben. Sollte sich diese Volksrepublik in der Nähe befinden, dann war Vorsicht geboten, da man dort anscheinend in der Lage war andere Sternsysteme anzufliegen. Laut der Äußerungen des Mannes, mit dem Heinrich gesprochen hatte, musste das anscheinend so sein. Missmutig schüttelte Heinrich den Kopf. Es rächte sich nun, dass man im Kaiserreich nicht eher und sorgsamer die umliegenden Sterne erkundet hatte. Der Kronprinz hatte das ungute Gefühl, hier auf eine potentielle Gefahr gestoßen zu sein. Irgendwo in gab es also noch eine Kolonie von Menschen. Es galt heraus zu finden, wo das war. Nicht nur dies, Heinrich würde auch für den Fall eines weniger friedlichen Zusammentreffens mit diesen Unbekannten vorsorge treffen müssen, wenn er erst den Thron bestiegen hatte. Dem Kronprinzen machten diese Gedanken Sorge.

Auf Midway machte die Botschaft, fremde Menschen wären in das Midwaysystem gekommen schnell die Runde. Die Tatsache, dass diese Menschen anscheinend nicht zur Volksrepublik gehörten wurde, von der Bevölkerung, mit Jubel aufgenommen. Endlich, nach all der langen Zeit, hatte man wieder Kontakt zu anderen Menschen. Für viele der Bewohner von Midway erschien dies beinahe so, wie ein gutes Omen. Etwas, dass man auf Midway gerade in diesen Zeiten sehr gut brauchen konnte und sich förmlich danach sehnte.

14.

Aufstieg und Fall eines Königreichs

Die Reise des Kronprinzen zum Planeten verlief reibungslos. Heinrich fieberte dem Zusammentreffen förmlich entgegen. Der Kronprinz saß auf dem Sitz des Kopiloten, in dem Shuttle, das ihn zum Planeten brachte. Als sie sich dem Orbit näherten aktivierte Heinrich die Funkanlage und stellte den Kontakt zu der Sendestation auf dem Planeten her. Binnen Sekunden flammte ein kleiner Bildschirm an seiner Konsole auf und ein junger, pummelig wirkender Mann erschien. "Grumbelwalbaadok, Molat" Heinrich stutzte kurz. "Hallo, ich grüße sie … Ich wollte eigentlich die Funkzentrale des Planeten sprechen und um das angekündigte Peilsignal für mein Shuttle bitten. Verstehen sie was ich ihnen sage?" Der pummelige Mann grinste fröhlich. "Natürlich verstehe ich sie. Warum sollte ich sie denn nicht verstehen können? Grumbelwalbaadok ist mein Name und dies ist die Flugleitstation Molat. Ich bin hier der Fluglotse. Das Peilsignal kommt gleich. Ihr Kurs ist gut und sie werden keine Probleme bei der Navigation haben, wenn sie im zugewiesenen Flugkorridor bleiben. Leitstation Ende, ich muss mich um den Frachtflieger kümmern, der gleich landen soll."
Heinrich blickte einen Moment verblüfft auf den Bildschirm, der schon wieder erloschen war. Aus dem Augenwinkel sah er die zuckenden Schultern seines Piloten, der sich krampfhaft aber vergeblich bemühte seine Heiterkeit nicht allzu augenscheinlich zu zeigen. Kopfschüttelnd lehnte sich Heinrich zurück. Der Besuch bei diesen Leuten versprach zumindest abseits der ihm bekannten Routine zu liegen.

Das Peilsignal leitete sie zu einem Flugfeld am Rande einer kleinen Stadt auf der Nordhalbkugel des Planeten. Rings um die Stadt waren Gebiete zu erkennen, die wohl der Landwirtschaft dienten. Das Shuttle landete am Ende einer langen Rollbahn, elegant auf einem Landekreuz, dass auf den Bodenbelag gemalt worden war und augenscheinlich als Markierung diente. Im Abstand von einigen Dutzend Metern standen mehrere robust wirkende Radfahrzeug. Einige Personen warteten dort. Heinrich erkannte seinen ersten Gesprächspartner als einen von ihnen. Der Pilot schaltete die Maschinen des Shuttles aus. Er würde hier im Shuttle auf die Rückkehr seines Kronprinzen warten. Heinrich beeilte sich derweil das Shuttle zu verlassen. Er trug eine kleine Aktentasche bei sich, die Unterlagen enthielten die der Kronprinz den hiesigen Kolonisten übergeben wollte. Nichts in diesen Unterlagen ließ auf die Lage von Lemuria schließen oder erwähnte das Kaiserreich. Auch die Ausdehnung des Kaiserreichs wurde nicht erwähnt. Lediglich die Kolonie Asgalun wurde in den Unterlagen flüchtig erwähnt und vermittelte so den gewollten Eindruck, es würde sich bei Asgalun um die Heimatwelt von Heinrich und seinen Begleitern handeln.

Als der Kronprinz auf dem Planeten landete war es fast gegen Mittag des hiesigen Tages gewesen, der eine Länge von 23 Stunden hatte. Jetzt, nach einer Stadtrundfahrt und einer langen Begrüßung durch eine Vielzahl von Würdenträgern war es schon später Abend. Heinrich saß zusammen mit seinem Gastgeber auf der Dachterrasse eines hohen Gebäudes im Stadtkern. Dieses Gebäude mit seinen 40 Stockwerken überragte all die umliegenden Bauwerke und diente als Regierungssitz des Planeten. Ein sanfter Wind brachte Kühlung. Die Temperatur betrug wohl um die 20 Grad Celsius schätzte Heinrich. Am Tage war es noch rund 10-15 Grad wärmer gewesen. Die beiden Männer nippten an gekühlten Getränken und blickten über die Stadt. "Ein schöner Anblick" dachte Heinrich bei sich. Sein Gastgeber hatte sich ihm als Tony Greenham vorgestellt und nahm die Funktion des "Ersten Administrators" dieser Kolonie ein. Eine Position die mit dem Regierungschef gleich zu setzen war. Greenham hatte dem Kronprinzen erklärt, er könne Kraft seines Amtes jegliche Vereinbarung mit Heinrich, in einer für diese Kolonie bindenden Form, abschließen. Die beiden Männer hatten im Verlauf des Tages schnell zu einer unkomplizierten, relativ offenen Kommunikation gefunden, was Heinrich ungemein erleichterte und dem Ersten Administrator dieses Planeten anscheinend ganz gewöhnlich und natürlich erschien. Man pflegte auf diesem Planeten augenscheinlich eine sehr offene Kultur.

Heinrich trank einen Schluck von dem gekühlten Mineralwasser. Ihm wäre lieber ein stärkeres Getränk gewesen aber er wollte einen klaren Kopf behalten. "Da liegen unsere Welten relativ dicht bei einander in dieser Ödnis des Outback und wir haben nichts von eurer Gegenwart

geahnt. Ich würde gerne mehr über diese Kolonie und deren Geschichte erfahren. Ich muss gestehen, ich platze fast vor Neugierde."
Tony Greenham nickte gedankenvoll. "Das sollte kein Problem sein. Ich erzähle ihnen einfach wie es sich alles zugetragen hat. Zeichnen sie das Gespräch bitte auf, dann können sie sich später einzelne Passagen nochmals anhören ... Sollten sie Fragen haben, dann unterbrechen sie mich einfach und ich werde dann versuchen diese Fragen so gut wie es mir möglich ist zu beantworten."
Heinrich griff in eine Außentasche der einfachen Borduniform die er trug, holte ein handliches Aufnahmegerät hervor und aktivierte es mit einem Knopfdruck. Er hatte dieses Gerät im Verlaufe des Tages schon öfters benutzt. Dann legte er das Gerät auf den Tisch, der zwischen ihnen stand und blickte seinen Gesprächspartner erwartungsvoll an.
Greenham schwieg einen Moment und sammelte sich, bevor er anfing die Geschichte seiner Kolonie zu erzählen. "Wir sind damals 2239 in diesen Quadranten gekommen. Die Informationen über die Existenz dieser Systeme und deren Tauglichkeit als zukünftige Kolonien gehen zurück auf sehr alte Unterlagen, die von Terra stammen und durch einen Zufall in die Hände von Sean Bronson, dem Leiter unserer Kolonialexpedition, gelangten. Woher diese Unterlagen ursprünglich stammten ist mir nicht bekannt. Ich weis lediglich, dass diese Daten und Unterlagen für andere Leute auf Terra und auch die Hegemoniale Regierung auf Terra wohl unbekannt waren. Bronson stellte damals diese Expedition aus drei verschiedenen, ursprünglich eigenständigen und völlig unabhängigen Kolonialprojekten zusammen. Alte Daten, die von den Gründern unserer Kolonie archiviert wurden, lassen mich darauf schließen, dass dabei massiver Druck ausgeübt wurde ... Unsere Vorfahren flogen diesen Raumsektor an und die Kolonisten verteilten sich auf drei Sonnensysteme. Meine Vorfahren wählten dieses System aus. Bronson hatte damals beim Erreichen der Systeme bereits seinen Willen kund getan das erste dieser Systeme selbst zu besiedeln und ließ den beiden anderen Expeditionen mit ihren Kolonieschiffen die Wahl sich ihm entweder direkt anzuschließen oder aber eines der nächsten Systeme zu besiedeln, von denen in den alten Unterlagen die Rede war. Sowohl meine Vorfahren als auch die Kolonisten auf dem Kolonieschiff *Hope* entschlossen sich selbst eigene Kolonien zu gründen. Die Kolonisten der *Hope* besiedelten das System Echo, während wir uns für Galedon

entschieden. Bronson verblieb im Orientesystem. Mit ihm blieben dort fast alle Raumschiffe und der Großteil der Ausrüstung, die von den Kolonisten mitgeführt wurde. Sie können sich vorstellen, dass die ersten Jahre nicht einfach waren. Damals waren wir alle verblüfft, auf den kolonisationsfähigen Planeten, auf Leben in Form von Flora und Fauna zu stoßen, dass eindeutig von Terra stammen musste. Die Theorie der Panspermie wurde damals lange und hitzig diskutiert.

Im Verlauf der Jahre entschieden sich die damaligen Kolonisten für neue Namen die sie unseren Welten gaben. Da diese drei Systeme auf dem Weg in das Unbekannte lagen bezeichneten sie die Systeme als Weg oder Straße. Das ehemalige System Oriente wurde so zu Gateway, weil es das Tor zum besiedelten Weltraum darstellte. Das System Echo, das sich als "Nebenstraße" erwies wurde somit zu Sideway und dieses Sonnensystem, weil es in der Mitte zwischen der besiedelten Kernzone, unseren beiden anderen Kolonien und dem unerforschten Nichts lag, wurde zu Midway. Auf Sideway entstand eine Gesellschaft, die sich demokratisch orientierte. Das war auch bei uns auf Midway so. Auf Gateway jedoch, wo Bronson an der Macht war, entstand innerhalb von nur fünf Jahren eine Monarchie, die ihn selbst und seine Frau, als die uneingeschränkten Herrscher über das System Gateway sah. Bronson hatte dies anscheinend bereits beim Abflug von Terra sorgsam geplant. Wirtschaftlich und vor allem militärisch war Gateway bereits damals den anderen beiden Kolonien deutlich überlegen. Meine Vorfahren verfügten nur über das Kolonieschiff *Snowflake* und unsere Nachbarn in Sideway hatten lediglich Zugriff auf die *Hope*, die sie in das System befördert hatte. Alle anderen Schiffe verblieben bei Gateway ... Eine Liste dieser Schiffe und aller damit verbundenen Daten lasse ich ihnen natürlich noch zukommen ... Das System Gateway entwickelte sich schnell zu einer funktionierenden Kolonie, die völlig autark war. Dies war vor allem der Ausrüstung zu verdanken, die damals von Terra mitgeführt worden war. Auf Sideway und Midway ging die Entwicklung deutlich langsamer voran. Das führte unter anderem dazu, dass unsere Vorfahren stetig stärker von der Wirtschaftsmacht Gateways abhängig wurden. Zwanzig Jahre nach der Kolonisation war das System Sideway bereits zu einem Satellitenstaat Gateways geworden. Bei den damals dort stattfindenden Planetaren Wahlen kam die Vereinigungspartei an die Macht, die sich noch enger an Gateway anschloss, was dann zehn Jahre später darin

gipfelte, dass Sideway offiziell um die Aufnahme in das Königreich Gateway ersuchte und sich in der Folge dem Königreich anschloss. Unsere Informationen lassen darauf schließen, dass die Regierung von Gateway diese Wahlen massiv beeinflusst hat. Hier auf Midway, wo die wirtschaftliche und technologische Grundsituation besser war, konnten wir uns unsere Unabhängigkeit bewahren.
Das Königreich Gateway wurde von der Bronsonfamilie eisern regiert. Leute die in Opposition zu der herrschenden Familie standen, wurden dazu gezwungen entweder mit fortdauernden Schikanen zu rechnen oder aber zu uns auszuwandern. Dadurch ist viel von dem Widerstand zu erklären, der hier in unserer Bevölkerung gegen Gateway zu finden ist. Wir sind stolz darauf eine Demokratie zu sein und Meinungsfreiheit zu besitzen.
Im Jahr 2280 gab es den ersten Kontakt zu weiteren Menschen aus der besiedelten Kernzone. Damals sprang ein Frachter in das System Gateway, der sich auf der Flucht vor Piraten befand. Die Streitkräfte von Gateway stellten die Piraten, die über zwei Schiffe verfügten. Anstatt die Piraten zu vernichten handelte König Bronson mit diesen einen Kooperationsvertrag aus und gewährte ihnen zudem weitläufige Handelsrechte im Gateway System. Obwohl die bloße Existenz und das Zustandekommen dieses Vertrags in den Augen vieler Leute damals nur schwer verständlich war, beharrte König Bronson auf dieser von ihm getroffenen Entscheidung. Heute ist zumindest verständlicher, weshalb er seinerzeit so gehandelt hat. Bronson hatte bereits damals langfristige Pläne und wollte sich mehrere denkbare Optionen frei halten.
Die Piraten haben ein Sonnensystem in der Nähe besiedelt und nutzen es als Basis für Flüge in andere Bereiche des Outback. Sie nennen ihr System Seven Moons. Nicht unverständlich, wenn man weis, dass dieses System nur über einen einzigen Planeten verfügt, der allerdings fast fünfmal so groß wie Jupiter im System Terra ist und 72 Monde besitzt. Sieben dieser Monde sind von den Piraten besiedelt. Die Piraten verstehen sich als eine Förderation und bestehen aus sechs Familienclans, die jeweils einen dieser besiedelten Monde beherrschen. Der siebte besiedelte Mond stellt neutrales Gebiet da und wird von ihnen als Handelsplatz genutzt. Alle sieben Monde besitzen Kolonien, die größtenteils unterirdisch angelegt sind. Kuppelbauten sind dort ebenfalls gern genutzt als Wohnraum. Die Monde sind allesamt nicht für ein

menschliches Leben ohne massive technische Hilfsmittel geeignet. Der riesige Planet wird von den Bewohnern dieser Monde mit dem Namen Moonfather bezeichnet. Das Königreich von Gateway unterhielt über Jahrzehnte hinweg hauptsächlich mit zwei dieser Piratenfamilien enge Kontakte. Der gegenseitige Handel zwischen dem Königreich und den Bewohnern von Seven Moons war allgemein üblich und stellte einen durchaus wichtigen Wirtschaftsfaktor da. Ursprünglich stammen die Bewohner des Seven Moons Systems aus dem System von Rhodos, mussten dort allerdings, bedingt durch einen stümperhaft geplanten und fehlgeschlagenen Putschversuche, überhastet das Weite suchen. Sie haben das System Seven Moons im Jahre 2265 erreicht und besiedelt. Anfänglich gab es einmal zehn Familienclans aber drei davon wurden innerhalb der ersten zwei Jahre von den heutigen sechs existierenden Familienclans assimiliert. Der zehnte Clan verließ das System, um dem selben Schicksal zu entkommen und gründete sechs Sprünge entfernt eine eigene Kolonie, die auf einem großen Asteroiden beheimatet ist. Dieses Sonnensystem nennen die dortigen Bewohner One Stone. Bei der Besiedelung von One Stone ereignete sich ein Unfall und das Raumschiff, welches die dortigen Bewohner in das System gebracht hatte, musste auf dem Asteroiden notlanden. Das Wrack bildet seitdem die Zentrale Station dieser Asteroidenkultur. One Stone mit seiner Asteroidenkultur lebt wirtschaftlich hauptsächlich von den vielfältigen Erzeugnissen aus dem Asteroidenbergbau. Weiterhin dient das System als Anlaufhafen für den spärlichen Handel mit Gütern aus dem Outback. Alle paar Jahre kommt dort das eine oder andere freie Händlerschiff vorbei und treibt Handel oder führt im dort vorhandenen Werftdock Reparaturen durch. One Stone stellt den Schnittpunkt zur weit entfernten Kernspäre da, von wo aus sich die Bewohner von Seven Moons mit Informationen versorgen können. Auch der Erwerb von diversen Gütern, aus der Kernsphäre ist über den Handelsplatz von One Stone möglich. Allerdings sind die Mengen der dort gehandelten Güter sehr klein und diese entsprechen zumeist einem Standard, der heute in der Kernsphäre als veraltet angesehen werden dürfte. Hier draußen jedoch, im Outback, sind sie selten und kostbar.

Zuletzt wären dann noch die Siedler von Flagran zu nennen. Flagran befindet sich drei Sprünge von Gateway entfernt. Wenn man über Flagran einen Sprung weiter in Richtung Kernzone fliegt, dann erreicht man Seven Moons. Die Siedler von Flagran haben ihr System 2255 erreicht und besiedelt, nachdem falsche Kursberechnungen und ein defekter Navigationscomputer sie weit von ihrem ursprünglichen Kurs abgebracht hatten. Der Planet kann laut der mir bekannten Daten als eine angenehme Welt mit guten Voraussetzungen für eine erfolgreiche Kolonie bezeichnet werden. Da die dortigen Siedler in der Lage sind sich energisch gegen ihre direkten Nachbarn zu wehren, haben die Schiffe von Seven Moons nach zwei misslungenen Überfällen die dortige Kolonie nicht weiter belästigt. Zudem hat das Königreich von Gateway mit den dortigen Siedlern im Jahr 2285 einen Beistandspakt unterzeichnet, der den dortigen Kolonisten militärische Hilfe durch das Königreich zusichert. Die hierauf folgende, technologische und auch wirtschaftliche Annäherung an das Königreich von Gateway kam in der Folgezeit sowohl den Kolonisten von Flagran, als auch dem Königreich zu gute. Flagran stellte mit seinem wirtschaftlichen Bedarf nicht nur einen unerschöpflichen Absatzmarkt, für die Erzeugnisse aus dem Königreich da, sondern bot auch vielen unzufriedenen Bürgern die Möglichkeit dorthin auszuwandern.

Wie es schon seit Anfang der stellaren Kolonialgründungen in vielen Kolonien üblich ist, so haben auch wir hier auf Midway eine Regelung, dass unsere Familien vier Kinder in die Welt setzen sollten. Auf Gateway und Sideway sieht das seit der dortigen Machtergreifung durch die Bronsonfamilie allerdings völlig anders aus. Dort gibt es eine gesetzlich festgelegte 8-Kinder-Regelung, die schon fast zu einer Religion erhoben ist. Dadurch steigt dort die Kopfzahl der Bevölkerung deutlich schneller an als hier, was sich natürlich auch wirtschaftlich in vielen Bereichen bemerkbar macht. Rein Volkswirtschaftlich gesehen werden wir also im Verlauf der Zeit zwangsläufig immer deutlicher ins Hintertreffen geraten.

Das Königreich von Gateway kann man als eine Expansionistisch orientierte Gesellschaft bezeichnen, die das Wohl ihrer Herrscher weit über die Belange der eigenen Bevölkerung stellt ... Besser oder aber richtig ausgedrückt, müsste man behaupten, das Königreich war einmal so eine Gesellschaft. Heute ist das anders. Das Königreich gibt es nicht mehr. An seine Stelle ist seit dem Jahr 2290 die Volksrepublik getreten, die ihr Machtzentrum auf Gateway besitzt.

Wenn viele Menschen dachten, das Leben im Königreich von Gateway wäre nicht ohne Fehler, so sprechen diese Leute heute nur noch von den damaligen "Guten alten Zeiten" wenn sie jetzt das damals existierende politische System meinen. Im Jahr 2290 wurde auf Gateway fast die gesamte Königliche Familie ausgelöscht. Einziger Überlebender dieser Familie ist Prinz Viktor ... und dieser Viktor ist seit dieser Tragödie der Vorsitzende des Regierungskomitees der Volksrepublik. Gewählt auf Lebenszeit und mit einer Machtfülle versehen, die diejenige seines so plötzlich verstorbenen Ahnen König Bronson weit übertrifft.

Viktor Morncreek ist ein entfernter Enkel der Königlichen Familie. Der Mann ist hoch intelligent, zielstrebig und an Skrupellosigkeit kaum zu übertreffen. Der damalige "Unfall" der die Bronsonfamilie traf, geht nach den Erkenntnissen unseres Nachrichtendienstes zweifellos auf sein Wirken zurück. Seit seiner Machtergreifung verhält sich die von ihm gegründete Volksrepublik stark expansionistisch und mehrt ihre wirtschaftliche und militärische Stärke von Jahr zu Jahr.

2290 befand sich nahezu die gesamte Führungselite des Königreichs und die ganze Familie der Bronson, mit Ausnahme von Prinz Viktor, anlässlich einer großen Feier, zum Erstlandungstag der Kolonisten auf Gateway, im Königlichen Opernhaus, in der Hauptstadt des Planeten. Laut der offiziellen Verlautbarung, die am folgenden Tag veröffentlicht wurde, hat sich dann folgendes zugetragen ... Am Abend dieses Tages drangen zwei Selbstmordattentäter in das Gebäude ein. Sie waren mit mehreren Druckbehältern ausgerüstet, die ein Giftgas enthielten, dass schon in winziger Dosierung absolut tödlich ist. Die beiden Täter verschafften sich Zugang zum Klimasystem des Gebäudes und brachten das Giftgas danach in die Umlaufzirkulation des Gebäudes. Folgende Untersuchungen ergaben, dass die hierbei eingesetzte Menge dieses extrem wirkungsvollen Giftgases ausgereicht hätte, um weite Teile der Hauptstadt zu entvölkern. Das Giftgas zersetzt sich nach rund zwölf Stunden und ist nach weiteren zwölf Stunden nicht mehr gefährlich, sobald es den ersten Kontakt mit Sauerstoff hatte. Glücklicherweise hat die Zentrale Klimakontrolle des Gebäudes nach dem Austreten des Gases das Gebäude gemäß der vorgegebenen Katastrophenrichtlinie sofort hermetisch abgeriegelt. So konnte ein Austreten des Giftgases aus dem Gebäude verhindert werden. Die schnell vor Ort eintreffenden Rettungskräfte waren nicht in der Lage sich sofort Zutritt zu dem Gebäude zu verschaffen, um den Eingeschlossenen Hilfe zu leisten. Prinz Viktor, der bereits kurze Zeit später ebenfalls vor Ort eintraf und die

Maßnahmen koordinierte sah sich in der schweren Pflicht, zum Wohle der Bevölkerung der Stadt, auf eine gewaltsame Öffnung des Gebäudes zu verzichten. Erst vier Tage später konnte das hermetisch versiegelte Gebäude, von Spezialisten des Nachrichtendienstes, gefahrlos geöffnet und betreten werden. Prinz Viktor, in seiner damaligen Funktion als Stellvertretender Leiter des Nachrichtendienstes, leitete sofort eine Untersuchung des Vorfalls ein. Dabei kam zu Tage, dass der ehemalige Chef des Nachrichtendienstes, der bei der Tragödie ebenfalls verstarb da er im Gebäude anwesend war, Kontakte zu revolutionären Kräften der Opposition gehabt hatte. Eine Hausdurchsuchung bei ihm und den beiden schnell identifizierten Attentätern ergab schnell, dass diese mit finanzieller Unterstützung durch Elemente von Flagran gehandelt hatten. Trotz seiner tiefen persönlichen Betroffenheit und Trauer rief Prinz Viktor die Bevölkerung des Königreichs zur Besonnenheit und Ruhe auf. In den folgenden zwei Wochen wurden, in der Flotte, auf Raumstationen und in allen Teilen des Planeten, vom Nachrichtendienst hunderte von Menschen festgenommen, die in Zusammenhang mit dem Attentat standen oder es zumindest unwissentlich unterstützt hatten. Die meisten dieser Menschen verschwanden und wurden nie wieder gesehen. Einige dieser Verhafteten wurden jedoch auch bei öffentlichen Schauprozessen gezeigt, wo sie zum Tode verurteilt wurden. Nach sechs Wochen waren die Verhaftungen und Prozesse vorüber. Es zeigte sich bei den Untersuchungen, dass erschreckend viele und ehemals hochrangige Mitglieder der königlichen Regierung in das Attentat verwickelt schienen. Prinz Viktor hatte in Folge des Attentats und um die Stabilität der Regierung zu stützen, das Kriegsrecht verhängt.
Nach drei Monaten verkündete Prinz Viktor, in einer öffentlichen Ansprache an das Volk, die meisten der Verschwörer wären gefasst und nur noch einige wenige von ihnen würden sich irgendwo versteckt halten. In dieser Ansprache kündigte Prinz Viktor dem Volk ebenfalls an, die Regierung zu reformieren, um dem Volk mehr Gerechtigkeit und Wohlstand zu geben. Zu diesem noblen Zweck entstanden in den folgenden Wochen überall auf Gateway und Sideway Komitees, die nach und nach die Tätigkeiten der bisherigen Regierung übernahmen. Diese Komitees und ihre jeweiligen Funktionen, wurden von der Hauptstadt des Königreichs koordiniert. Die zentrale Koordination dieser umfangreichen Arbeiten übernahm hierbei das neu geschaffene

Zentralkomitee, dass sich bei seiner selbstlosen Tätigkeit auf einige Dutzend Sektorkomitees und Fachbereichsdezernate stützte.
Ende 2290 erklärte Prinz Viktor in einer seiner Ansprachen, die Zeit wäre reif dafür, allgemeine Wahlen abzuhalten. Das Volk solle endlich die ihm zustehenden Rechte erhalten, die ihm so lange vorenthalten worden waren. Zu diesem Zweck und um mit gutem Beispiel voran zu gehen gründete Prinz Viktor eine Partei und stellte sich auch selbst zur Wahl, durch das ihm so wichtige Volk. In der folgenden Wahl wurde die Volkspartei von Prinz Viktor mit überwältigender Mehrheit gewählt. Einige der anderen, meist sehr kleinen Parteien, wurden bereits direkt nach der Wahl mit diversen Verbrechen in Verbindung gebracht. Viktor, der sich ab dem Zeitpunkt seines Wahlsieges nicht mehr Prinz sondern nur noch "Erster Vorsitzender" nennen ließ, kam nicht umhin, gegen diese Kriminellen Elemente mit aller Härte des Gesetzes vorzugehen. Der "Erste Vorsitzende" hat in zahlreichen Ansprachen bedauert, dass er nicht anders handeln kann, da die Sicherheit und das Wohlergehen der ganzen Bevölkerung absoluten Vorrang habe und er deshalb zu vielen hart erscheinenden Maßnahmen gezwungen wäre.
In seiner Antrittsrede verkündete der Erste Vorsitzende, die Gründung der Volksrepublik. Seitdem herrschen im ehemaligen Königreich von Gateway nicht mehr die dekadenten Geschöpfe des Adels sondern es zählt der Wille des Volkes, das die Wünsche der Bauern, Arbeiter und Ingenieure anhört und sich ehrlich müht all diese Wünsche zu erfüllen. Natürlich kann das nicht über Nacht geschehen, aber gemeinsam mit der Hilfe des Zentralkomitees und der aufopferungsvollen Arbeit des Ersten Vorsitzenden, kommt das Volk diesem so lange vermissten Ziel beständig näher.
In Folge der erwiesenen Verwicklungen von Flagran in das Attentat stellte die Regierung der Volksrepublik der demokratisch gewählten Regierung von Flagran ein Ultimatum zur Auslieferung von mehreren Dutzend Verdächtigen. Die Kolonisten von Flagran lehnten dieses völlig gerechtfertigte Ultimatum ab. Daraufhin kam es auf Flagran zu Unruhen und Mordanschlägen auf Politiker, Polizisten, Richter und Beamte. Um den Frieden in dieser Kolonie wieder herzustellen und die unschuldigen Bürger zu schützen, entsendete die Volksrepublik ohne Verzögerung und selbstlos ihre Flotte, als Friedenstruppe. Die Flotte der Volksrepublik landete, mit Sturmshuttles, einige tausend Soldaten und Sicherungskräfte

auf dem Planeten Flagran. Nach einigen kurzen aber blutigen Gefechten erlangte das Volk von Flagran so ebenfalls seine Freiheit. Flagran schloss sich, nach seiner Befreiung, umgehend der noblen Sache der Volksrepublik an und bat um Aufnahme in die Volksrepublik, was gnädigerweise und auf das selbstlose Drängen des "Ersten Vorsitzenden" hin, vom Zentralkomitee auf Gateway mit einer Zustimmung erwidert wurde. Seit 2292 ist Flagran nun ein Vollmitglied der Volksrepublik.
Die segensreiche Volksrepublik unterbreitete dem Midway System das Angebot sich ebenfalls, zum Wohle der Bevölkerung, der Volksrepublik anzuschließen. Dieses Angebot wurde 2298 das erste mal gemacht und von uns abgelehnt. 2303 erschien eine Flotte von vier Kriegsschiffen bei uns und unterbreitete nochmals das freundschaftliche, brüderliche Angebot, der Volksrepublik beizutreten. Man schloss damals unter dem Schutz der bewaffneten Flottenschiffe der Volksrepublik den Vertrag, dass es auf Midway im Jahr 2315 zu einer Volksbefragung kommen sollte, bei der das Volk von Midway darüber entscheidet, wohin der Weg des Midway Systems in Zukunft führen soll. Ich gestehe, dass der Anblick der Kampfschiffe, im niedrigen Orbit, einen gewissen Einfluss auf das Zustandekommen dieses Vertrags hatte.
Seit dem die Schiffe der Volksrepublik unser System wieder verlassen haben, gab es für Midway keinerlei Handel mehr mit anderen Planeten. Unsere Wirtschaft ist aber eindeutig stärker gefestigt als die von Sideway oder Flagran. Prinzipiell sind wir völlig autark. Ich gestehe jedoch, dass in der Bevölkerung auf unserem Planeten eine gewisse Unruhe herrscht, wenn die Frage aufkommt, was die Zukunft bringen mag. Gerade angesichts dieser Umstände, wären wir für jegliche Hilfe durch das Kaiserreich sehr dankbar.
Der kleine Exkurs bezüglich der Volksrepublik ist übrigens die dort sorgsam verbreitete und allgemein gültige Version. Es dürfte für sie nachvollziehbar sein, warum wir uns gegen eine erzwungene Aufnahme in die, ach so segensreiche, Gemeinschaft der Volksrepublik sträuben. Die wahre Macht dort geht von etwa hundert Oligarchenfamilien aus, die diese Volksrepublik nach ihrem Willen lenken. Das System dort ist eine erdrückende Diktatur und hat absolut nichts mit dem Willen oder den Wünschen des einfachen Volks zu tun. Alle Medien sind gleich geschaltet, die Oppositionellen Stimmen, soweit denn überhaupt noch vorhanden, werden mit blanker Gewalt unterdrückt oder vollends zum

Schweigen gebracht. Es ist an der Tagesordnung, dass Menschen die nicht vollends und jederzeit mit den offiziellen Verlautbarungen der dortigen Regierung konform gehen, oder es sogar wagen sollten, an ihrer Regierung oder deren Mitgliedern öffentlich Kritik zu äußern, Repressalien erleiden müssen oder sogar bedauerliche Unfälle haben, die nicht selten tödlich verlaufen."

Kronprinz Heinrich hatte dem Vortrag bisher wortlos zugehört. Nun nickte er nachdenklich, während er die vielfältigen soeben erhaltenen Informationen aus dem Vortrag langsam überdachte. "Jetzt kann ich ihre Reaktion auf unser Eintreffen in diesem System besser verstehen. Ich muss gestehen, ihre Situation ist unangenehm. Bevor ich etwas entscheide oder ihnen irgendwelche Zusagen machen kann, muss ich mich erst mit meinem Stab beraten und benötige auch stichhaltige und für uns überprüfbare Daten sowie einige offizielle Dokumente, die mir und meinem Stab dabei helfen sollen, eine Entscheidung zu treffen. Ich werde morgen wieder zu meinem Schiff zurück kehren und hoffe ihnen schnell eine Antwort auf ihre Bitte geben zu können. Unter uns gesagt, tendiere ich persönlich derzeit dazu, ihnen zu helfen.
Ein Anliegen hätte ich allerdings noch. Wir haben seinerzeit eine kleine automatische Station auf dem vierten Planeten errichtet. Wir würden gerne dorthin reisen um die Daten zu bergen, die sich dort angesammelt haben. Unsere Wissenschaftler erhoffen sich davon neue Erkenntnisse. Sie wissen sicherlich selbst, wie erpicht so manche Wissenschaftler auf Forschungsdaten sein können. Es ist mir also recht wichtig diese Daten zu erhalten, damit ich endlich Ruhe vor diesen Leuten habe."
Tony Greenham lachte amüsiert und nickte dann zustimmend. "Fliegen sie den vierten Planeten gerne an. Für uns ist er wertlos und auch völlig uninteressant. Eine Ausbeute der dort, auf dem Planeten, sicherlich vorhandenen Bodenschätze haben wir in der jüngeren Vergangenheit nie ernsthaft in Erwägung gezogen. Ressourcen bauen wir lieber auf unserem Planeten ab oder nutzen die zahlreichen, verteilt im System vorhandenen Asteroiden für die Gewinnung von benötigten Rohstoffen. Der vierte Planet hat zwar eine dichte Atmosphäre, die wir Menschen durchaus Atmen können aber die vorhandenen Umweltbedingungen ähneln, in meinen Augen, doch weitaus eher einer Strafkolonie als einem Kolonialplaneten ... Ich lasse ihnen morgen, vor ihrer Abreise, alle uns

hier verfügbaren Daten über Wirtschaft, Technik und auch die Bevölkerung der Volksrepublik, sowie der Kolonien auf Seven Moons und One Stone zukommen."

Greenham blickte einen Moment in den Himmel, wo zahllose Sterne sichtbar waren. Kopfschüttelnd blickte er dann Kronprinz Heinrich an. "Sie können sich sicherlich nicht vorstellen, wie groß und verbreitet auf meinem Planeten die Angst vieler Menschen ist, sich der Regierung der Volksrepublik beugen zu müssen oder aber kämpfend zu sterben, ohne dass der eigene Tod etwas daran ändern würde, dass die Volksrepublik letztendlich doch die Kontrolle über Midway erlangt. Ehrlich gesagt hoffen wir alle auf ein Wunder, da wir alleine wohl kaum in der Lage sein werden, uns langfristig und auch erfolgreich der übermächtigen Volksrepublik widersetzen. Wenn ich ganz ehrlich bin, dann würde ich die Situation als aussichtslos bezeichnen. Ich habe Angst davor, mich der Macht der Volksrepublik beugen zu müssen. Noch mehr Angst habe ich jedoch um unsere Bevölkerung und deren Schicksal, wenn die Volksrepublik irgendwann einmal hier einmarschiert … und das wird zweifellos irgendwann der Fall sein, wenn sie mich fragen."

Greenham seuzte leise. "Verzeihen sie mir bitte. Ich lebe jeden Tag mit dieser Angst. So wie mir geht es vielen aus meinem Volk. Ich habe das Gefühl, unsere Zeit läuft langsam ab … und die Zukunft ist ungewiss. Wir auf Midway sehen unsere glückliche Zukunft nicht unter der Herrschaft der Volksrepublik. Glauben sie mir, unsere Bevölkerung fürchtet sich vor dem Tag, an dem wir dem fragwürdigen Wohlwollen der Volksrepublik ausgeliefert sind. Wirklich ernsthaft oder erfolgreich wehren können wir uns nicht … Dazu sind wir militärisch keineswegs in der Lage."

15.

Die Kronkolonie

Die *Explorer* und der Tender *Midas* kreisten im niedrigen Orbit um den vierten Planeten des Midway Systems. Unablässig spielten die feinen Ortungsgeräte der beiden Schiffe und sammelten dabei Unmengen von Daten über den Planeten. Die kargen Landmassen wurden zeitweise von heftigen Stürmen gepeinigt, die auf Terra in einer derartigen Form, Dauer und Stärke nicht bekannt waren. Wälder oder höher wachsende Pflanzen existierten nicht. Die stetig wiederkehrenden Stürme hätten jeden terrestrischen Baum zweifellos bereits während seiner frühen Wachstumsphase entwurzelt. Die einzigen Pflanzen die es gab waren Flechten, Moose und einige Buschartige, niedrige Gewächse, die zumeist in den Windgeschützten, tiefen Schluchten wuchsen. Die wenigen, auf diesem unwirtlichen Planeten überhaupt vorhandenen, Wasserflächen waren in ehemaligen Einschlagkratern von Asteroiden oder auf dem Grund von tiefen Schluchten zu finden. Einheimisches, tierisches Leben war nicht zu finden. Die damals ausgebrachte Flora und Fauna die bei der damaligen "Grundimpfung" des Planeten ihre Verwendung gefunden hatte, war zumeist nach kurzer Zeit abgestorben. Lediglich einige wenige, anspruchslose Insektenarten und terrestrische Moosgewächse sowie eine besonders robuste Grassorte, die auf Terra zumeist in den unwirtlichen Tundraregionen wuchs, hatten hier auf den Landmassen Fuß fassen können. In den Gewässern existierten einige vereinzelte Kolonien von Krebstieren und Algen, die als Nahrung der kleinen Krebswesen dienten. Mehrere Arten von Bodenbakterien und Mikroben hatten sich ebenfalls etablieren können. Ansonsten jedoch war kein Leben auf dem Planeten feststellbar.
Das Auffinden der alten Station war einfach gewesen. Der dortige Generator wurde auch heute noch zuverlässig durch die vorhandene Erdwärme des Planeten gespeist und lieferte so der kleinen Station die notwendige Energie. Von den zurück gelassenen Droiden existierte nur noch der Wartungsdroide, der die Station nie verlassen hatte. Alle anderen Droiden waren im Verlauf der Zeit schadhaft geworden und ausgefallen. Zumeist waren sie dann das Opfer der heftigen Stürme

geworden, die dann die Droiden vollends zerstört hatten. Wurde solch ein Droide und war er noch so robust konstruiert, von den mächtigen Stürmen gegen eine Felswand geschmettert oder in eine der Schluchten geschleudert, dann war dabei mit Schäden zu rechnen, die weit über den normalen Verschleiß hinaus gingen.

Ein Team von Technikern war mit einem Shuttle zum Planeten hinab geflogen, um die dort gewonnenen Daten, in der Station, abzurufen. Es hatte zwar einstmals eine Funkantenne, zur späteren Übermittlung von Datenmaterial, gegeben aber auch diese war irgendwann ein Opfer der zahlreichen Stürme geworden.

Nachdem das Shuttle gelandet war legten die Techniker den Zugang zu der kleinen Station frei und betraten diese. Das lag nun bereits einige Stunden zurück.

Bereits während des Fluges zum vierten Planeten hatte sich Heinrich den Kopf zerbrochen, wie das Problem der mangelnden Sprungkristalle zu lösen wäre … zum wiederholten mal. Dieses Thema beschäftigte ihn bereits seit Jahren. Nun schien eine Lösung des Problems möglich. Es sollte irgendwie möglich sein, über den Kontakt mit One Stone … der allerdings erst noch aufgebaut werden musste … Sprungkristalle aus der besiedelten Kernsphäre zu erhalten. Wenn nicht auf dem Weg des Handels, dann notfalls mit Gewalt, was auch die Piraterie nicht mehr ausschloss. Der Mangel an sprungfähigen Raumschiffen hatte das Kaiserreich derzeit fast an den Rand des Kollapses geführt. Es musste unter allen Umständen eine zeitnahe Lösung herbei geführt werden.

Um die Offiziersanwärter auf der *Explorer* auf Trab zu halten, hatte Heinrich den Befehl erteilt, die Überreste der zerstörten Droiden zu finden und zu bergen. Dieser Aufgabe gingen die angehenden Offiziere nun emsig nach und hatten zwischenzeitlich bereits den Großteil der vermissten neunzehn Blechkameraden ausfindig gemacht. Die jetzt nachfolgende Bergung dieser Droiden, sollte ebenfalls durch die Offiziersanwärter absolviert werden und unter Gefechtsbedingungen ablaufen. Kronprinz Heinrich war der festen Überzeugung, dass es den Offiziersanwärtern nicht schaden konnte, derartige Erfahrungen zu sammeln. Mit dieser Meinung war Heinrich nicht alleine. Vor allem sein Flaggkapitän vertrat die selbe Ansicht recht deutlich. Nach 42 Stunden war der letzte der vermissten Droiden geortet worden, der sich auf dem

Boden einer tief eingeschnittenen Schlucht befand, die sich über fast 200km Länge hinweg zog und dabei teils bis zu 10km Breite aufwies. Dieser Droide wurde als letzter geborgen und zur *Explorer* hinauf gebracht. Derweil wurden alle Daten der Station und diejenigen Daten, die man aus den Speichern der Droiden bergen konnte von der KI der *Explorer* analysiert. Man hatte ausreichend Zeit, da Heinrich zusammen mit Kapitän Eisenstein einigen weiteren Offizieren, Wissenschaftlern von der *Midas* und der KI der *Explorer* die sehr umfangreichen Unterlagen und Daten analysierte, die man von den Kolonisten auf Midway erhalten hatte. Der Kronprinz wollte das Kaiserreich keinesfalls durch eine Zusage, in welcher Form auch immer, in eine Situation manövrieren, die sich dann später als ein Nachteil für das Kaiserreich erweisen konnte. Deshalb wurde jede nur möglich erscheinende Option sorgfältig geprüft und diskutiert, bevor man den hiesigen Kolonisten eine Antwort zukommen ließ, die sich als negativ für die Zukunft erweisen konnte.

Während einer dieser Konferenzen meldete sich unerwartet die KI bei Heinrich. "Ich bedaure die Störung aber ich bin bei der Datenanalyse des zuletzt geborgenen Droiden auf etwas gestoßen, das unbedingt eine genaueren Überprüfung erfordert. Möglicherweise werden diese Daten uns zwingen, alle unsere Planungen grundsätzlich neu zu überdenken und uns mit anderen Optionen zu beschäftigen."

Heinrich blickte seinen Flaggkapitän an, mit dem er gerade über eine Auflistung der Flotte der Volksrepublik diskutiert hatte. Es war mehr als ungewöhnlich, dass EXPLO sich derart vage ausdrückte. "EXPLO präzisiere diese Aussage. Was willst du uns mitteilen? Drücke dich bitte verständlich und klar aus, wie du das sonst auch tust."

Die Antwort der KI kam unverzüglich. "Dazu muss ich etwas ausholen. Der von unseren Einheiten zuletzt geborgene Droide wurde auf dem Grund einer tiefen Schlucht gefunden und erfolgreich von dort zur *Explorer* überführt. Die Schäden an dem Droiden sind durch den Sturz verursacht worden. Der durch diesen Sturz bedingte Aufprall auf den Boden beschädigte die Fortbewegungsmöglichkeiten des Droiden, sowie seine Ortungsanlage und auch gewisse Teile seiner Sensoren. Das Positronische Gehirn des Droiden wurde dabei ebenfalls leicht beschädigt. Deshalb konnte der Droide keinerlei Selbstreparaturen durchführen, die es ihm noch ermöglicht hätten, aus der Schlucht zu entkommen. Besagter Droide war also bewegungsunfähig, wollte jedoch weiterhin den vorgegebenen Parametern seines Auftrags folgen. Die einzigen Sensoren die ihm, nach seinem Unfall, für eine weitere Suche und Datenanalyse noch verblieben waren ein Mikrowellentaster und das damit gekoppelte Empfangsgerät. Wie ihnen sicher bekannt ist senden Sprungkristalle, im Rohzustand, eine schwer zu messende, kurzwellige Schwingung auf einer sehr eng begrenzten Frequenz aus, wenn sie mit Mikrowellen in einer niedrigen Frequenz angestrahlt werden. Dieses Phänomen ist nur über kurze Reichweiten messbar. Unser Droide, am Boden der Schlucht, hat derartige Frequenzmuster angemessen und in seinem Speicher fest gehalten, bevor seine Energie erschöpft war. Der genaue Fundort des Droiden ist bekannt. Die Daten des Droiden bedürfen umgehend der genauen Überprüfung. Sollte sich dort möglicherweise eine Lagerstätte von Sprungkristallen befinden, dann ist dieser Planet für das Kaiserreich unermesslich wertvoll. Ich rate dazu, zeitnah ein entsprechend ausgerüstetes Team zum Fundort dieses Droiden zu entsenden und dort mit einer Suche sowie einer Verifikation der Daten zu beginnen."

Drei Stunden später starteten zwei Shuttle von der *Explorer* sowie zwei weitere Shuttle von der *Midas* um den Fundort des Droiden einer genauen Suche zu unterziehen. Vier Stunden später lag das Ergebnis vor. Es gab tatsächlich auf diesem trostlosen Planeten eine Lagerstätte von Sprungkristallen. Dies änderte schlagartig alle Pläne, die Heinrich bisher erwogen hatte. Die Wissenschaftler hatten jedoch angemerkt, dass es sich bei den Kristallen dieser Lagerstätte laut der Datenanalyse nur um Kristalle bis zur Klasse 6 handelte. Einen Kristall der Klasse 7 zu finden dürfte schwer werden und echten Seltenheitswert besitzen. Kristalle oberhalb dieser Klasse 7 würden nach den vorliegenden Daten leider kaum vorhanden oder außergewöhnlich selten sein. Da die Lagerstätten von Sprungkristallen sich bis weit in die unteren Schichten des Bodens fortsetzen konnten waren die derzeitigen Daten jedoch nicht vollständig zuverlässig, auch wenn das bisher erhaltene und ausgewertete Datenmaterial eine Zuverlässigkeit von fast 85% besaß. Das war jedoch immer noch deutlich mehr als Heinrich sich erhofft hatte. Das Vorhandensein dieser Sprungkristalle änderte grundsätzlich alles. Heinrich war sich der Notwendigkeit bewusst, wie dringend im Kaiserreich Sprungkristalle benötigt wurden und war bereit zu deren

Gewinnung Risiken einzugehen, die weit oberhalb dessen lagen, was er sonst riskieren würde.

Einige Tage später lagen die *Explorer* und die sie begleitende *Midas* wieder in der alt bekannten, weiten Umlaufbahn um Midway. Heinrich hatte über Funk nach der Erlaubnis für eine Landung mit einem Shuttle gebeten, was ihm seitens der Kolonisten sofort und erfreut zugesagt wurde. Während der Shuttle sich dem Planeten näherte ging Heinrich in Gedanken noch einmal den von ihm und EXPLO ausgeklügelten Plan durch. Alles weitere hing nun davon ab, wie verzweifelt die Kolonisten auf Midway waren.

Das Shuttle landete an der selben Stelle, an der es auch beim ersten Besuch gelandet war. Beim Anflug waren sie über Funk von dem Fluglotsen begrüßt worden, dessen Bekanntschaft Heinrich bereits bei seiner ersten Reise nach Midway gemacht hatte. Auf dieser Mission ließ sich Heinrich von seinem Adjutanten begleiten. Der knapp zwanzig jährige Leutnant Akira Kurosawa diente dem Kronprinzen nun bereits seit etwas mehr als einem Jahr als Adjutant. Heinrich mochte den schweigsamen Mann dem die Intelligenz förmlich aus seinen Augen sprang. Leutnant Kurosawa hatte ein Talent dafür, sich unauffällig zu verhalten und doch stets in Rufweite seines Kronprinzen zu bleiben, wenn dies sein Dienst vorsah. Heinrich und sein Adjutant wurden von einem radgetriebenen Bodenfahrzeug erwartet, dass sie zügig zum Regierungssitz des Planeten beförderte. Ihr Empfangskomitee bestand aus einem Beamten, der während der kurzen Fahrt freundlichen Smaltalk mit Leutnant Kurosawa betrieb. Am Regierungssitz der Kolonie angekommen wurden die beiden Kaiserlichen Offiziere von einem Bediensteten in den Sitzungssaal des Parlaments geleitet. Als sie den weiten Saal betraten, stelle Heinrich fest, dass sich anscheinend alle Mitglieder der hiesigen Regierung um eine Anwesenheit bemüht hatten. Der Erste Administrator, Tony Greenham, begrüßte Heinrich herzlich und stellte ihn anschließend seinem Kollegen vor, die den Kronprinzen bisher nur von den offiziellen Holoaufnahmen kannten. Heinrich bat darum, zu den Mitgliedern der Regierung sprechen zu dürfen, da er einen Vorschlag hätte, den er ihnen unterbreiten wollte, wenn dies der Regierung von Midway genehm wäre. Diesem Ersuchen stimmte der Erste Administrator sofort zu. Tony Greenham teilte dem Kronprinzen leise flüsternd mit, dass die Reden, die heute hier geführt wurden Live im Holonetz des Planeten gesendet wurden. Greenham deutete dabei an, dass ein nicht unerheblicher Teil der Bevölkerung die nun folgenden Gespräche Live mit verfolgen würden. Dieser Zustand kam der Planung von Heinrich entgegen, der hier bei diesem Besuch und dieser Rede Tatsachen schaffen wollte, die Bestand hatten und sowohl für das Kaiserreich als auch für Midway und dessen Bewohner zukunftsweisend waren. Alles deutete darauf hin, dass die Bewohner von Midway verzweifelt waren und nach jedem Strohhalm greifen würden, den man ihnen reichte … wenn man es denn nur geschickt genug anstellte und die derzeitigen Umstände ausnutzte. Der Kronprinz gedachte dies zu tun, um sein Ziel zu erreichen, welches zum Vorteil des Kaiserreiches sein würde.

Heinrich stand am Sprecherpult des Parlamentssaales und blickte über die im Saal versammelten Männer und Frauen, die für diese Kolonie verantwortlich waren. Er sammelte sich noch einmal kurz, bevor er seine Ansprache hielt, die ein Angebot an die Kolonisten beinhalten sollte, dass diese nach Meinung von EXPLO wahrscheinlich keinesfalls ablehnen würden. "Sehr geehrte Anwesende. Ich bin mir der schweren Situation ihrer Kolonie bewusst. Das mögliche Schicksal ihrer Bürger und ihrer Kolonie hat mich in den vergangenen Tagen immer wieder stark beschäftigt. Ich habe die Situation lange und mehrfach mit meinen Offizieren besprochen. Ich denke, wir sind bei unseren Gesprächen auf eine Möglichkeit gestoßen, die ihnen eventuell behilflich sein könnte und meiner Regierung ebenfalls gelegen kommt.
Bei meinem Erstbesuch auf ihrem Planeten erwähnte ich gegenüber ihrem geschätzten Ersten Administrator beiläufig, dass in meiner Heimat eine Regierungsform existiert, die sich als Konstitutionelle Monarchie versteht und auch als solche angesehen werden kann. Sie haben hier eine gelebte Demokratie und die Volksrepublik wiederum hat eine gänzlich andere Regierungsform. Ich betrachte die delikate Situation zwischen ihnen und der Volksrepublik also aus einer Perspektive, die abweichend von ihrer Auffassung sein kann. Bitte berücksichtigen sie dies und helfen sie mir notfalls, um mögliche Missverständnisse zu erkennen oder zu vermeiden.
Ich würde sie darum bitten, mir hier letztmalig und zusammenfassend zu erklären, wie sie ihre etwas delikate Situation beurteilen und welche

Intentionen sie haben. Erst danach kann ich reagieren oder verbindliche Zusagen treffen."

Der Erste Administrator, Tony Greenham, erhob sich von seinem Platz. Er blickte sich kurz zu seinen hier versammelten Kollegen um, ehe er Heinrich ins Gesicht sah. "Ich fasse zunächst einmal die bestehenden Fakten und Tatsachen zusammen um dann zu der von uns erwarteten Zukunftsprognose überzugehen ... Fakt eins ist, wir sind derzeit vom stellaren Handel völlig abgeschnitten. Wir sind zwar wirtschaftlich fast autark aber unsere Wirtschaft benötigt langfristig diverse Produkte, die wir hier derzeit noch nicht selbst herstellen können, um sich weiter zu entwickeln. Fakt zwei ist, die Volksrepublik hat unsere Kolonie und unser System, dass wir als unser Hoheitsgebiet ansehen, nun seit zwei Jahren, quasi unter ein vollständiges Embargo gestellt, was in unseren Augen prinzipiell einer politischen Handlung nahekommt, die derzeit nur noch eine Stufe von kriegerischen Handlungen entfernt ist. Fakt drei ist, dass dieses Embargo uns effektiv und für uns unumgänglich von allen Kontakten zu anderen menschlichen Kolonien abschottet, wodurch wir von der fortwährend weiter verlaufenden Wirtschaftlichen und Technologischen Entwicklung ausgeschlossen werden. Dadurch sind wir gezwungen, sowohl wirtschaftlich als auch technologisch auf dem derzeitigen Stand verharren zu müssen und somit langsam aber sicher immer mehr ins Hintertreffen geraten.

Unser altes Kolonistenschiff, dass uns in dieses System gebracht hat, liegt im Orbit dieses Planeten. Wir benutzen dieses Schiff als orbitale Verteidigung sowie als Frühwarnsystem dieser Kolonie. Darüber hinaus nutzen wir das Schiff auch als unsere wichtigste orbitale Fabrik, um dort zahlreiche Erzeugnisse zu produzieren, deren Rohstoffe wir in mühsamer Arbeit aus den Asteroiden abbauen. Somit können wir dieses Schiff nicht nutzen um die Sternenräume zu bereisen.

In reinen Zahlenwerten betrachtet ist unser derzeitiges Verhältnis zu der Volksrepublik und deren Verbündeten als für uns wenig erfreulich zu bezeichnen. Unsere Bevölkerung liegt bei rund 600.000 Köpfen. Die Bevölkerungszahlen unserer Opponenten sind wie folgt: Sideway 1,8 Millionen, Gateway 2 Millionen, Flagran 550.000. Die Systeme Seven Moons und One Stone, die mit der Volksrepublik bereits eng zusammen arbeiten haben eine derzeitige Bevölkerung von 250.000 auf Seven Moons und weiteren 25.000 Menschen auf One Stone. Dieses derzeitige

Verhältnis wird in der Zukunft, voraussichtlich in den selben Relationen, weiter ansteigen, wie bisher.
Derzeit sind wir dazu in der Lage uns militärisch gegen eine Invasion zu behaupten, da diese unseren Gegner zu viele Verluste kosten würde und damit als ineffektiv zu betrachten ist. Dieses Risiko will man in der Volksrepublik momentan nicht eingehen. In der Zukunft wird sich dieses Denken jedoch zwangsläufig ändern, da die Volksrepublik ein stark expansionistisches Verhalten hat.
Zusammenfassend schätzen unsere Analysten, dass die Volksrepublik uns innerhalb der kommenden zwei Generation überrennen wird. Voraussichtlich wird dies dann militärisch geschehen und unter unser Bevölkerung zu äußerst massiven Verlusten führen, da wir absolut nicht kampflos untergehen wollen. Wir haben erfahren, wie es den Leuten auf Flagran ergangen ist, die ein ähnliches Schicksal erleiden mussten. Momentan herrscht auf unserem Planeten ansteigende Sorge darüber, was später einmal aus unseren Kindern und Enkeln wird.
Wir bitten sie eindringlich darum, uns in dieser schweren Zeit zu helfen. Bitte erläutern sie ihrer Regierung die vorliegenden Tatsachen und versichern sie ihrer Regierung, dass wir unsere Dankbarkeit in der Zukunft deutlich zum Ausdruck bringen würden."

Tony Greenham setzte sich wieder und die Anwesenden bekundeten lauten Beifall zu seiner emotional vorgetragenen Rede. Heinrich nickte sinnend. Diese Rede und die momentan im Saal herrschende Stimmung konnte er nutzen. "Ich danke ihnen für ihre offenen Worte ... Diese Situation, die ich hier vorgefunden habe, ist für mich und auch für meine Regierung nicht einfach, da die Entscheidungen die heute hier getroffen werden, sich in ihren Auswirkungen bis weit in die Zukunft erstrecken werden und letztendlich unabsehbare Konsequenzen ergeben könnten. Ich bin jedoch grundsätzlich persönlich gewillt ihnen in dieser Situation zu helfen. Lassen sie mich ihnen ausdrücklich versichern, dass alle Entscheidungen oder Zusagen, die ich hier treffen werde, von meiner Regierung nicht in Frage gestellt werden. Wenn ich hier heute eine Zusage, in welcher Form auch immer, abgebe so ist diese Zusage für meine Regierung dann bindend ... Vorab sei erwähnt, dass ich ihre Einschätzung, über die zukünftige Entwicklung ihrer Kolonie, unter Berücksichtigung aller der uns von ihnen genannten Daten sowie den

derzeitig gegebenen politischen und natürlich auch den wirtschaftlichen Zusammenhängen mit der Volksrepublik und den mit der Volksrepublik verbündeten Kolonistengruppen leider bestätigen muss. Gemäß unserer eigenen Analyse ist das zeitliche Ende ihrer Unabhängigkeit absehbar.
Meine Regierung hat kein Interesse daran ihre Kolonie zu beherrschen oder aber in ein Abhängigkeitsverhältnis zu drängen. Ihre Hoheitsrechte in Bezug auf dieses System werden von uns vollständig anerkannt und auch unterstützt. Zumindest, was den derzeitigen Zeitpunkt und auch die derzeitige Situation betrifft. Allerdings wird das Kaiserreich zum jetzigen Zeitpunkt nicht für sie in den Krieg ziehen. Wir haben aber einen Vorschlag für sie, den sie sich zumindest anhören sollten."
Kronprinz Heinrich ließ seine Augen über die Anwesenden schweifen. In vielen Gesichtern erkannte er Verzweiflung aber auch aufkeimende Hoffnung. JETZT kam es darauf an, die Gunst der Stunde zu nutzen.
"Was ich nun vorschlage mag ungewöhnlich sein, bietet jedoch beiden Seiten gewisse Vorteile.
Ich erwäge ihren vierten Planeten, der laut der mir bei meinem ersten Besuch gegenüber geäußerten Informationen für sie uninteressant ist, als Kronkolonie und somit als exterritoriales Gebiet zu pachten. Wir würden auf dem Planeten eine kleine Niederlassung errichten und auch für deren Verteidigung sowie für die Verteidigung des vierten Planeten sorgen. Weiterhin soll der vierte Planet in der nahen Zukunft durch uns als permanenter Handelsstützpunkt ausgebaut werden und dem Handel zwischen unseren Nationen dienen. Des weiteren biete ich ihnen einen Handelsvertrag sowie einen militärischen Beistandsvertrag an, der sich jedoch in seiner anfänglichen Form lediglich auf das Midway System erstrecken würde. Die Pachtdauer für den vierten Planeten, den meine Regierung dann als eine Kronkolonie betrachten würde, sollte sich vorzugsweise auf 999 Jahre belaufen. Nach Ablauf dieser Zeit sollte dieser Pachtvertrag nach Möglichkeit von unseren Regierungen neu verhandelt werden. Als einmalig von uns an sie gezahlte Pachtsumme schwebt mir eine Summe vor, die von uns in Waren und Gerätschaften beglichen wird und in sich annähernd etwa in der Höhe des derzeitigen Bruttosozialprodukts ihres Planeten bewegt, welches sie pro Jahr erwirtschaften. Die exterritoriale Zone die den vierten Planeten umgibt sollte sich nach unserer Vorstellung auch auf den umliegenden Weltraum, direkt in der Umgebung des vierten Planeten erstrecken. Wir sind hierbei

der Meinung, eine entsprechende Zone von dreißig Lichtsekunden rund um den vierten Planeten wäre realistisch und auch sinnvoll ... Unsere Frachter würden vielfältige Waren und Güter, die der Pachtsumme entsprechen, innerhalb von sechs Monaten nach der Ratifizierung des Vertrages, zu ihnen transferieren.
Sie werden feststellen, dass die Regierung des Kaiserreiches ein einmal gegebenes Wort unter allen Umständen einhält.
Wenn sie zustimmen, dann tritt dieses Abkommen noch am heutigen Tage in Kraft ... Genauer ausgedrückt, sobald sie das vorgeschlagene Abkommen ratifizieren gebe ich ebenfalls mein Einverständnis und dieser uns betreffende Vertrag tritt dann per sofort in Kraft."

Ohrenbetäubender Jubel brandete durch den Saal. Tony Greenham trat lächelnd auf Heinrich zu. "JA, JA, JA und tausend mal JA. Wir sind einverstanden und zutiefst dankbar für ihr Entgegenkommen. Sie und ihre Regierung werden in uns stets Freunde und treue Verbündete sehen können. In unserer Eigenschaft als Regierung von Midway stimmen wir ihrem Vorschlag zu und ratifizieren ihn mit sofortiger Wirkung, in allen von ihnen genannten Punkten."

Direkt nach der Verkündung des Abkommens fanden auf dem Planeten Midway tausende von spontanen Feiern statt. Kronprinz Heinrich stand am Abend dieses denkwürdigen Tages auf der weiten Dachterrasse des Regierungsgebäudes und blickte über die abendliche Stadt. Greenham stand neben ihm. Beide Männer hielten bauchige Schwenker in der Hand, in denen sich ein Destillat befand, dass stark an alten Cognac erinnerte. Heinrich seufzte leise. Er dachte an seine Heimat und daran, was sein Vater, der Kaiser, wohl zu dieser unverhofft erhaltenen, neuen Kronkolonie sagen würde.

Drei Tage später befand sich der Tender *Midas* wieder im Orbit um die Kronkolonie Midway 4, wie der Planet nun offiziell genannt wurde. Die Besatzung des Tenders hatte detailliert ausgearbeitete Befehle zur Errichtung eines Stützpunktes erhalten. EXPLO hatte die notwendige Detailarbeit, bei der Befehlserstellung und den abgestuften Prioritäten der notwendigen Arbeiten, quasi im Alleingang geleistet. Die Droiden und das Team von Ingenieuren und Technikern, die ursprünglich auf dem

Planeten Midway 3 ... seinerzeit in der Planungsphase noch als Galedon benannt worden ... eine permanente Station, zur Vorbereitung für die geplante Kolonisierung errichten sollten, wurden nun auf Midway 4 aktiv. Der Ausbau einer Station die als Basis für die spätere Niederlassung und als Kernsegment der Minenstation geplant war, stellte die Techniker und Ingenieure vor neue Herausforderungen. Das Hauptaugenmerk lag hier ganz klar auf der Förderung der Sprungkristalle. Diese unschätzbar wertvollen Kristalle würden es dem Kaiserreich endlich ermöglichen weitere Sprungschiffe zu erbauen. Das derzeit noch massiv limitierte Kontingent derartiger Schiffe machte sich seit einigen Jahren immer stärker im Kaiserreich bemerkbar. Jetzt war endlich ein Ausweg aus dieser Situation möglich. Heinrich hatte die schnelle Errichtung dieser Bergbaustation auf der neuen Kronkolonie, zu einem Projekt mit absolutem Vorrang erklärt. Die vorgefertigten Bauteile der Unterkünfte wurden mit Shuttles von der *Midas* zur Oberfläche des Planeten herab gebracht. Nahezu im Stundentakt verkehrten die sechs Shuttles des Raumschiffs und hatten innerhalb eines Tages eine enorme Menge an Material transferiert. Die zwei Leichter der *Midas* brachten in der selben Zeitspanne fast die vierfache Materialmenge auf den Planeten, wenn sie die Container anlandeten, die bis zum Rand gefüllt waren, mit Geräten, Fertigbauteilen und den Segmenten für eine Fabrik zur Herstellung von Keramikbeton. War dieses Material erst einmal auf dem Planeten gelandet, dann waren dort sofort Droiden zur Stelle, die Container entluden und mit dem Aufbau von Gebäuden begannen, die alsbald zu einer kleinen, organisierten Siedlung anwuchsen. Luftdichte Gänge und Tunnel verbanden die einzelnen Gebäude miteinander die nun auf dem Grund einer Schlucht entstanden. Unweit dieser Gebäude sollte alsbald die wichtige Kristallmine entstehen. Einzelne schwere, automatische Baumaschinen und mehrere Dutzend Droiden waren dort bereits mit den zahllosen vorbereitenden Arbeiten beschäftigt. Das kleine Landefeld, des zukünftigen Raumhafens dieser Minenstation, würde in einer Entfernung von nur rund zwei Kilometern von dieser Ansiedlung erbaut werden. Auch dort waren bereits einige Droiden mit ersten Arbeiten beschäftigt. Der Planet, der noch vor kurzem eine leblose und Einöde war, beherbergte nun rund 1000 Droiden und fast 100 Menschen. Zusätzlich zu der Minenstation, die bereits im Bau befindlich war, wurde eine weitere Niederlassung geplant, die sich einige Kilometer entfernt befinden würde. Diese zweite Niederlassung sollte später dem offiziellen und öffentlichen Handelsaustausch dienen, während die Minenstation offiziell der Flotte unterstellt wurde und somit für alle Personen, ohne Flottenzugehörigkeit der kaiserlichen Flotte oder aber eine Sondergenehmigung, zur Sperrzone wurde. So wollte man auch in Hinblick auf die Zukunft verhindern, dass ungebetene Gäste von der Kristallmine erfuhren. Die Existenz und Lage der Kristallmine galt ab sofort als "Geheime Reichssache" und wurde entsprechend behandelt. Keinesfalls sollten die Bewohner von Midway 3 jemals etwas von der Existenz dieser Mine erfahren. Für den offiziellen Teil dieser Niederlassung war ein zweites, deutlich größeres Landefeld geplant, da hier der Warenumschlag des hiesigen Systems erfolgen sollte.

Eine Woche später steuerte die *Midas* wieder ihre alte Position in der Umlaufbahn von Midway 3 an. Die Shuttles und die Leichter waren auf der Kronkolonie zurück gelassen worden. In späteren Einsätzen würden sie dort notwendig sein. Um die Sicherheit der Niederlassung besser zu gewährleisten waren von der Explorer zwanzig Wachdroiden und ein Kontingent von zwanzig Marinesoldaten zur Kronkolonie transferiert worden. Der leitende Ingenieur der Kronkolonie hatte dem Kronprinzen erklärt, er persönlich würde damit rechnen in spätestens vier Monaten die ersten Sprungkristalle liefern zu können. Teile der wertvollen Kristalle lagen dicht unter der Oberfläche und sollten zeitnah abgebaut werden können. Das hochpräzise Schleifen der Kristalle würde später im Kaiserreiches erfolgen.
Die Sprungkristalle gehörten prinzipiell zur Familie der Quarzkristalle. Jedoch waren die Kristalle die sich als Sprungkristalle eigneten sowohl etwas härter, als auch etwas spröder als herkömmliche Quarzkristalle. Die Entstehung von Sprungkristallquarz geschah über einen erheblich längeren Zeitraum als alle verwandten Kristallarten und erforderte zudem das Vorhandensein diverser Mineralien, die nur sehr selten in Zusammenhang mit Kristallen vorkamen. Die Dichte und die Atomare Struktur dieser Quarzsorte unterschied sich grundlegend von den häufig vorkommenden Quarzkristallen, die gemeinhin als Bergkristall bekannt waren und auch rein optisch, bis auf die leicht bläuliche Farbgebung der Sprungkristalle, ähnlich waren. Allerdings hatten Sprungkristalle die Eigenschaft in der Dunkelheit leicht zu leuchten. Dieses Leuchten war

der äußere Anhaltspunkt für einen Sprungkristall, den auch Laien sofort erkennen konnten. Ein Geologe hatte nach dem ersten Fund von Sprungkristallen gemeint, der Fund einer Lagerstätte dieser Kristalle wäre wie die erfolgreiche Teilnahme an einer Lotterie. Wenn man durch Zufall neben einer Lagerstätte von Sprungkristallen in geringer Entfernung ein zweites Kristallvorkommen entdecken sollte, so wäre die Wahrscheinlichkeit, dass es sich dabei ebenfalls um Sprungkristalle handeln könnte verschwindend gering. Es hatte sich erwiesen, dass die Vorkommen von Sprungkristallen sich weit in Richtung des jeweiligen Planetenkerns fortsetzten. Für gewöhnlich waren Sprungkristalle, die äußerst zerbrechlich waren, in Geoden eingebettet, deren Hülle oft nur sehr dünn war. Im Regelfall lagen derartige Geoden dicht beieinander. Die theoretische Größe eines Sprungkristalls war nach oben hin offen. Jedoch fand man deutlich mehr kleinere Sprungkristalle als größere. Die überwiegende Mehrzahl der aufgefundenen Kristalle eigneten sich aufgrund mangelnder Größe nicht zur Nutzung für Sprungantriebe. Jedoch waren auch kleinste Splitter noch wertvoll und vielfältig nutzbar. Diese Kristallformationen waren anscheinend im Verlauf der Zeit durch die natürliche Bewegungen der jeweiligen Planetenkruste bis an die Oberfläche bewegt worden. Die Entstehung der Kristallformationen unterlag dabei, über einen langen Zeitraum, einem enormen Druck durch tektonische Kräfte. Dies führte dazu, dass eine Vielzahl der Geoden aufbrachen und dabei nicht selten die Kristalle beschädigt wurden, was ihren Wert stark minderte oder sie für die Verwendung als Sprungkristalle gänzlich unbrauchbar machte. Vieles schien darauf hin zu deuten, dass sowohl gravitationsmechanische als auch gewisse tektonische Kräfte ausschlaggebend für die Entstehung dieser Kristalle waren. Nach der einhelligen und unbestrittenen Meinung von Geologen gehörten Sprungkristalle zu den seltensten Elementen des Universums. Das Schleifen von Sprungkristallen erforderte Präzisionswerkzeuge, die im Mikrometerbereich arbeiteten. Ein Fachmann hatte einst behauptet, solch ein geschliffener Sprungkristall würde ihn an einen Brillanten erinnern, der allerdings hundert mal mehr Flächen aufweisen würde als ein Brillant. Die präzise Abstimmung dieser einzelnen geschliffenen Flächen auf einander war absolut entscheidend für die Eigenschaften des Sprungkristalls. Die Toleranz die zulässig war um nach dem Schliff als zuverlässiger Sprungkristall zu dienen lag bei 0,087%. Wurde diese

Toleranzgrenze überschritten, dann konnte die schlagartige Freisetzung der gespeicherten Energie zu Strukturrissen im Kristall führen. Dies wiederum hatte dann früher oder später fatale Folgen für das Schiff, in welchem er eingebaut war. Für gewöhnlich dauerte die Bearbeitung eines Sprungkristalls, bis hin zu seiner Fertigstellung, mindestens drei Wochen und wurde ausschließlich durch hochpräzise, Robotgesteuerte Schleifmaschinen verrichtet. Menschliches Können war bei dieser Arbeit zu ungenau.

Die endgültige Bearbeitung der Sprungkristalle würde zwangsläufig im Lemuria System erfolgen müssen. Nur dort, auf dem Mond Trabant waren die geeigneten Gerätschaften für diese Arbeiten vorhanden. Zudem bestand dort die Möglichkeit, der strengen und zuverlässigen Qualitätskontrolle, durch die penibel agierende KI ZONTA. Der Transport dorthin stellte prinzipiell recht geringe Schwierigkeiten da. Zumindest gemessen an den sonst noch zu erfolgenden notwendigen logistischen Leistungen, um die Kronkolonie zu dem zu machen, was Heinrich sich vorstellte.

Kronprinz Heinrich hatte vor der bevorstehenden Abreise in die Heimat viele Gespräche geführt und zahllose Entscheidungen getroffen. So hatte er entschieden, die Kronkolonie nicht ohne Schutz zu lassen und zu diesem Zweck seinem Flaggkapitän das Kommando über die beiden Kreuzer der *Crusader-II* Klasse überlassen, die im System verbleiben würden, bis weitere Flotteneinheiten aus dem Kaiserreich hier im System eintreffen würden, um diese beiden Kreuzer zeitnah ersetzen zu können. Kapitän Eisenstein war von Kronprinz Heinrich überdies zum Systemkommandanten ernannt worden. Ihm unterstand in seiner Funktion folglich auch die Kronkolonie. Heinrich hoffte, erste Kräfte innerhalb von drei Monaten ins Midway System verlegen zu können.
Die versteckte Anwesenheit der beiden *Crusader-II* Kreuzer sollten die Sicherheit der Kronkolonie und auch der Bewohner von Midway völlig gewährleisten. Die bisher bekannten Flotteneinheiten der Volksflotte waren diesen beiden Schiffen nicht annähernd gewachsen und somit sollte ausgeschlossen sein, dass es der Flotte der Volksrepublik in der Zwischenzeit gelingen könnte Midway einzunehmen.
Auf dem Planeten Midway 3 hatten die dortigen Kolonisten Heinrich ein Gebäude am Stadtrand übergeben, welches für die Zukunft als Botschaft

des Kaiserreichs dienen sollte. In Ermangeln von Diplomaten und um den Kolonisten von Midway 3 gegenüber einen Repräsentanten auf deren Planeten zu wissen, hatte Heinrich diese Aufgabe kurzerhand seinem Adjutanten übertragen und ihn mit einer Ehrengarde von zehn Marinesoldaten auf den Planeten abkommandiert. Der altgediente und überaus fähige Hauptfeldwebel, der diese Abordnung Marinesoldaten kommandierte, würde das notwendige Prozedere der neuen Botschaft schnell in das perfekte Erscheinungsbild wandeln, dass Heinrich sich als Botschaft vorstellte. Unterstützung erhielten die Soldaten von einem Dutzend Wachdroiden sowie zehn weiteren Droiden für die alltäglichen Tätigkeiten, die in der neuen Botschaft anfallen würden. Heinrich hatte mit Tony Greenham vereinbart, dass der neue Botschafter bis auf weiteres einen unbegrenzten Kredit bei den Bewohnern von Midway erhalten sollte. Die Rückzahlung für alle notwendigen Anschaffungen würde erfolgen, sobald die ersten Frachter mit Gütern und Geräten aus dem Kaiserreich eintrafen.

Als die *Explorer* schließlich, in Begleitung der beiden Jagdzerstörer und des Tenders *Midas*, das System verließ, fühlte Kronprinz Heinrich sich ausgelaugt und erschöpft. Er hatte aber dafür gesorgt, dass erste Strukturen für eine lange und erfolgreiche Zusammenarbeit mit den Bewohnern dieses Systems existierten und die Kronkolonie erfolgreich etabliert war. Die Existenz der Volksrepublik hingegen war ein Faktor, der Heinrich schlaflose Nächte gekostet hatte. Der Kronprinz war sich unsicher, wie die Volksrepublik auf das Auftauchen des Kaiserreichs reagieren würde. Es stand zu befürchten, dass es in der Zukunft hier zu militärischen Auseinandersetzungen kommen würde. EXPLO hatte in einem Gespräch mit Heinrich diese mögliche spätere Konfrontation als fest bestehende Tatsache deklariert.

Der Schiffsverband des Kronprinzen erreichte schließlich Asgalun und somit auch endlich wieder ein Raumgebiet, dass unter der vollständigen Kontrolle des Kaiserreichs stand. Im Orbit von Asgalun eingetroffen nutzte Heinrich den dortigen Hyperfunksender, um mit der Heimatwelt in Kontakt zu treten. Sein Bericht schlug im Flottenhauptquartier ein, wie eine Bombe. Kaum war der Bericht beendet, den Heinrich über den Hyperfunksender abgegeben hatte, da kam auch schon ein Gespräch für ihn an. Der Kaiser, Heinrichs Vater, verlangte weitere Details zu der

Mission zu erfahren. ZONTA, der prinzipiell alle derartigen Gespräche mitverfolgte, schaltete sich in das Hyperfunkgespräch ebenfalls mit ein. Das folgende Gespräch dauerte fast drei Stunden. Abschließend meinte der Kaiser, sichtlich zufrieden und breit grinsend vom Bildschirm blickend: "Du hast, mit deinem entschlossenen und vorausschauenden Handeln, dem Kaiserreich einen großen Dienst erwiesen. Es ist nun an der Zeit, dass du zurück kehrst. Sicherlich ist dir bewusst, was wir vor deiner Abreise vereinbart hatten. Deine Ausrufung zum Kaiser und mein Rücktritt von diesem Amt, wird binnen drei Wochen nach deinem Eintreffen, hier im Lemuria System geschehen. Ich gebe derweil hier den Befehl, alles vorzubereiten und erste Schritte bezüglich der neuen Kronkolonie einzuleiten, damit deine dortige Arbeit sinngerecht weiter geführt wird. Du hast mit dieser Aktion nicht nur mich persönlich sehr stolz gemacht, sondern dem Kaiserreich einen unschätzbaren Dienst erwiesen. Die ist etwas gelungen, was weit über alle Hoffnungen hinaus geht, die ich selbst jemals hatte. Diese Sprungkristalle, aus der Mine auf der neuen Kronkolonie, sind der Schlüsselfaktor zur erfolgreichen Expansion unseres Kaiserreiches und der Garant dafür, dass dies auch in sinnvoller und erfolgreicher Weise geschehen kann. Du bist dir derzeit möglicherweise noch nicht ganz bewusst darüber, wie weitreichend die Folgen in der Zukunft sein können und werden."
Heinrich schmunzelte verhalten. "Mein kaiserlicher Vater … Ich bin mir durchaus darüber bewusst, wie wichtig diese Kristalle für uns sind. Damit eröffnen sich uns nun völlig neue Wege und Möglichkeiten. Die Zeiten der Isolation sind damit ebenfalls endgültig Geschichte."
Der Kaiser schüttelte entschlossen den Kopf. "Nein … Wir sind noch lange nicht so weit, den Kontakt mit der Kernsphäre wieder neu zu beleben. Wenn du zurück in der Heimat bist, dann erkläre ich dir meine Beweggründe dazu. Bis dahin merke dir meine Worte und beherzige sie. Versuche nicht Kontakt mit der Kernsphäre herzustellen. Lasse uns hier im Outback wachsen und Stärke sammeln. Unsere Zeit ist noch nicht reif."
Dies war der Moment zu dem ZONTA, der bisher geschwiegen hatte, sich in das Gespräch einschaltete. "Teilweise muss ich dem Kaiser recht geben. Ich gebe jedoch zu bedenken, dass unser Kaiserreich nicht auf ewig in der Isolation verbleiben kann oder darf. Mit der Hilfe neuer Sprungkristalle kann das Kaiserreich nun endlich den Schiffsverkehr

zwischen unseren bisher bestehenden Kolonien weiter ausbauen. Zudem empfehle ich nachdrücklich jetzt endlich, die näheren Raumsektoren intensiver zu erforschen. Langfristig sind wir auf neue Kolonialplaneten angewiesen. Ein derartiges Vorgehen habe ich in der Vergangenheit bereits mehrfach, beim derzeitigen Kaiser und auch bei deren Vorgängern empfohlen. Bisher mangelte es uns jedoch an sprungfähigen Schiffen und somit war ein derartiges Unterfangen reine Zeitverschwendung. Jetzt jedoch sollte dieses Projekt zeitnah und mit Priorität in Angriff genommen werden ... Ich empfehle weiterhin das Midway System nun so schnell wie möglich in unser Hyperfunknetz einzubinden. Dazu sollte die zügige Installation eines Trojanersatelliten und eines entsprechenden Arrays von uns durchgeführt werden. Auch die Sprungroute von Asgalun zu Midway sollte von uns mit diesen Mitteln zeitnah gesichert werden, um uns vor Überraschungen zu schützen. Es gilt jetzt, die Zeit zu nutzen und so schnell wie möglich weitere Kriegsschiffe zu erbauen und in den Dienst zu stellen. Nur so sind wir gerüstet, wenn das Zusammentreffen mit der Volksrepublik zu einem Krieg eskalieren sollte ... Früher oder später wird es zu einem Krieg mit der Volksrepublik kommen. Das ist laut meinen Berechnungen unumgänglich. Die Volksrepublik ist expansionistisch orientiert und wird das Kaiserreich nicht als Nachbarn sondern als Beute ansehen. Dem sollte man vorbeugen."

Kronprinz Heinrich nickte sorgenvoll und nachdenklich. Er selbst hatte ähnliche Befürchtungen und sah das Fazit von ZONTA als Tatsache an.

16.

Die zweite Expansionswelle, Handel und Kontakte, 2305 - 2315

Das unerwartete Ergebnis der Expedition hatte im Kaiserreich zu einem Begeisterungssturm geführt. Man hatte, nach all diesen langen Jahren erstmals wieder Kontakt zu anderen menschlichen Kolonien. Zudem schien jetzt endlich für das Problem der Sprungschifflimitierung eine Lösung gefunden zu sein. Bereits am Tag nach seiner Krönung erließ der neue Kaiser einige Dekrete, die Zukunftsweisend sein sollten.

Zwei Monate später startete ein Geschwader zur Kronkolonie. Es war dem neuen Kaiser Heinrich wichtig, sein gegebenes Wort gegenüber den Bewohnern von Midway einzulösen. Der Frachter *Northern Star* transportierte eine vollständige Schiffsladung nach Midway, wo der Großteil dieser Waren und Güter auf Midway 3 ausgeladen wurde. Schwere, Robotgesteuerte Bodenbearbeitungsgeräte, vielfältige zivile Technologie, orbitale Bergbauausrüstung, einige Shuttles, automatische Werkzeugmaschinen, moderne 3-D-Drucker, autonome automatische Fabriken sowie medizinisches Equipment und einige Hundert einfache Mehrzweckdroiden versetzten die dortigen Bewohner in einen Rausch der Gefühle. Viele der gelieferten Gerätschaften waren technologisch deutlich weiter fortgeschritten, als alles, was die dort lebenden Bewohner der Kolonie bisher zur Verfügung gehabt hatten. Quasi über Nacht verdoppelte sich die bisherige erzielte industrielle Leistung von Midway 3. Tendenz stark steigend, da die dortige Wirtschaft die neuen Errungenschaften erst einmal vollends in die bereits bestehenden Wirtschaftsabläufe integrieren musste.

Die Kronkolonie erhielt ebenfalls Nachschub. Zusammen mit dem Frachter *Northern Star* waren auch der alte Tender *Midas* und der Transporter *Goliath* in das Midway System gesprungen. Der Tender transportierte Nachschub für die Kronkolonie. Die umfangreiche Fracht in Form von Gerätschaften aller Art, sowie zusätzliche Droiden und menschlichem Personal sollte dazu beitragen die Kronkolonie schnell zu stärken und dann dort zeitnah eine Basis zu errichten, die sich selbst versorgen konnte. Die militärische Komponente dieser Aufgabe wurde mit der *Goliath* geliefert. Ein Gefechtskreuzer und ein Rudelträger, die man aus dem System Marduk abgezogen hatte, sollten für zusätzliche Schlagkraft im System der Kronkolonie sorgen. Laut den Plänen des Flottenkommandos würden diese beiden Schiffe, so schnell wie irgend möglich, von weiteren Einheiten unterstützt werden und innerhalb von sechs Monaten mindestens zwei Geschwader umfassen, die dann die Kronkolonie und das Midway System schützen konnten. Weiterhin befand sich ein vollständiges Drohnengeschwader in den Laderäumen des riesigen Transporters, das auf einer noch später zu errichtenden Drohnenbasis in der neuen Kronkolonie stationiert werden sollte.

Zeitgleich mit dem Erscheinen der Schiffe aus dem Kaiserreich waren auch Befehle an den Kreuzer *Scharnhorst* eingetroffen, der mit seinem Schwesterschiff bislang unerkannt im System verblieben war. Die *Scharnhorst* erhielt Befehl, das System Stygien anzufliegen und dort die Lage aufzuklären. Nach Ausführung dieser Order hatte sich die *Scharnhorst* auf dem schnellsten Wege zurück zum System Asgalun zu begeben um dort Meldung zu erstatten.

Die *Scharnhorst* verließ Midway einen Tag nach dem Eintreffen der Schiffe, um ihre neue Mission auszuführen. Der Kreuzer erreichte ohne Zwischenfälle das System Stygien und führte dort eine gründliche Untersuchung des Systems durch. Das Ergebnis war zufriedenstellend. In der Zwischenzeit schien niemand Interesse an dem System gezeigt zu haben und die seinerzeit ausgesetzten Organismen von Flora und Fauna hatten zumeist Fuß gefasst. Stygien wartete auf die Besiedelung durch Menschen.

Die *Scharnhorst* begab sich befehlsgemäß wieder nach Asgalun und machte dort Meldung, gemäß ihrer erhaltenen Einsatzorder. Das Ergebnis dieser Mission wurde sofort über Hyperfunk nach Lemuria übermittelt und veranlasste den Kaiser dazu, umgehend eine Flut von vorbereiteten Befehlen auszugeben, die innerhalb von nur einer Woche umgesetzt wurden. Die *Scharnhorst* erhielt über Hyperfunk neue Order.

Während die Scharnhorst noch bei Asgalun wartete erschienen ein Frachter und der Kolonietransporter *Marco Polo* im System. Die beiden Schiffe wurden in der Folge von der *Scharnhorst* in das Stygien System begleitet, wo nun umgehend mit dem Aufbau einer neuen Kolonie

begonnen wurde. An Bord der *Marco Polo* befanden sich, neben Geräten, tausenden von Droiden und Maschinen 10.000 Siedler, die ursprünglich das Midway System besiedeln sollten. Nun fanden diese Menschen auf Stygien eine neue Heimat. Die ersten Siedlungen wurden in der Äquatorialen Zone errichtet, wo die dichten Wälder in die weiten Ebenen des Planeten übergingen. In der Umgebung der wenigen Wasserflächen, auf der südlichen Halbkugel des Planeten, entstanden schnell weitläufige Gebiete die für eine spätere Versorgung der Kolonie durch landwirtschaftliche Erzeugnisse gedacht waren.
In den kommenden Jahren wuchs die Kolonie Stygien beständig zu einer Kolonie an, die bereits nach vier Jahren theoretisch autark von Versorgungen durch die anderen Welten des Kaiserreichs war.

Der erste Frachter, der Waren aus Midway in das Kaiserreich brachte, hatte einen Schatz an Bord, auf den man im Lemuria System unruhig wartete. An Bord befanden sich sechs Sprungkristalle der Klasse 4 und vier weitere Sprungkristalle der Klasse 3. Damit konnten nun 6 Schiffe mit einer Tonnage von 250.000 Tonnen sowie 4 Schiffe mit einer Tonnage von 150.000 Tonnen erbaut werden, die sprungfähig waren. Noch während auf Trabant die Bearbeitung der Kristalle langsam voran ging, wurden in der Orbitwerft bereits vier Jagdzerstörer erbaut. Die übrigen Kristalle sollten nach Fertigstellung der Zerstörer dazu genutzt werden, um noch zu bauenden und bereits in der Planung befindlichen Frachtern und Transportern, ebenfalls die Möglichkeit zu geben, den Sprungantrieb zu nutzen. Auf Lemuria dachte man bereits daran eine zweite Orbitalwerft zu errichten. Langfristig würde das Kaiserreich nicht mehr mit den vier derzeit verfügbaren Werftdocks auskommen. Der Neubau einer zweiten Orbitalwerft würde jedoch zumindest zwei Jahre dauern.

Das Jahr 2308 ging in die Geschichte des Kaiserreichs ein, als das Jahr der langen Expeditionen und der Entdeckungen von neuen Welten. Anfang des Jahres 2308 erließ Kaiser Heinrich die Expeditionsorder, die besagte man solle die Systeme in Richtung galaktischer Norden von Lemuria aus weiter erkunden. Der Kaiser tat dies in Hinsicht auf die ständig wachsende Bevölkerung und die daraus folgernde, irgendwann in der Zukunft notwendige Kolonisation von neuen Welten für das

Kaiserreich. Zudem verlangte der Kaiser, nicht zuletzt auf das beständige Drängen von ZONTA. man solle dem Kaiserreich zeitnah neue Welten zur Rohstoffversorgung sowie als neue Standorte der notwendigen Produktion zugängig machen. Da der galaktische Süden, vom Kaiserreich aus gesehen, durch die Volksrepublik blockiert wurde, mit der das Kaiserreich bisher keinen direkten Kontakt gehabt hatte und Kaiser Heinrich diesen Kontakt so weit als nur irgend möglich in die Zukunft verschieben wollte, verschloss sich diese Option als eine angedachte Expansionsrichtung für die nähere Zukunft.

Die folgenden zwei Expeditionen erkundeten gemäß ihrer sehr knapp gehaltenen Einsatzbefehle systematisch die umliegenden Sprungpunkte um den Lemuria Sektor. Jede Expeditionsgruppe bestand aus zwei Jagdzerstörern und hatte die Order maximal zehn Sprünge weit vorzudringen. Sollten die Schiffe der Expeditionen bei ihrer Mission auf Planeten oder Monde stoßen, die eine spätere Kolonisierung erfolgreich erscheinen ließen, dann, so lautet der Befehl, waren die Expeditionen gehalten, eine detaillierte Untersuchung des jeweiligen Systems zu machen. Sechs Monate nach dem Start der beiden Verbände kehrten diese in das Lemuria System zurück ... Die Expeditionen wurden als großartiger Erfolg gewertet. Sie hatten zur Entdeckung von sieben Systemen geführt, die sowohl recht günstig lagen, als auch geeignet für eine Besiedelung waren. Da die Kolonisten von Lemuria bisher den Weltraum im Galaktischen Norden von Lemuria nur zwei Sprünge vom Lemuria Sektor, dem Kernsektor des Kaiserreiches, entfernt erkundet hatten, war man in der Vergangenheit noch nicht auf diese Systeme gestoßen, deren Sprungpunkttopographie günstig für eine Besiedelung war.

Das System Kahalo bot zukünftigen Siedlern mit seinen 29 Planeten und fast 200 Monden einen Reichtum an Rohstoffen der imposant war. Der vierte Planet des Systems erwies sich als hervorragend geeignet für eine Kolonisation. Ein mildes, warmes Klima, tektonisch wenig aktiv, mit weiten Wasserflächen und unzähligen Inseln, erinnerte dieser Planet viele an die karibische Region auf Terra. Das planetare Ökosystem erwies sich bei Untersuchungen als völlig kompatibel mit menschlichen Bedürfnissen. Die Erstbesiedelung von Kahalo erfolgte bereits 2310, durch 25.000 Kolonisten, die mit dem Kolonialschiff *Marco Polo* in das System gebracht wurden.

Das Elrond System, welches nur zwei Sprungpunkte von Kahalo lag wurde im selben Jahr kolonisiert. Auch dies geschah durch Kolonisten, die mit der *Marco Polo* transportiert wurden. Ähnlich wie auf Kahalo existierte hier ein komplexes Ökosystem das für die menschlichen Bedürfnisse kompatibel war. Deshalb verzichtete man auf Elrond und auf Kahalo darauf, diese beiden Welten mit terrestrischer Flora und Fauna zu "Impfen". Besonders die Früchte der Fasteichen auf Elrond, die an Kokosnussgroße Nüsse erinnerten, deren innerer Kern entfernt an eine Walnuss erinnerte, sowie die Zederkirschen, deren Apfelgroße Früchte einen Menschen sofort an Kirschen erinnerten erwiesen sich im Verlauf der Zeit zu einem gefragten Exportgut. Der Planet Elrond war durchzogen von gigantischen Bergketten, die unzählige, zumeist dicht bewaldete Täler und Schluchten bargen. Wasserflächen waren in Form von vielen Seen, Flüssen und Bächen vorhanden. Die Pole des Planeten lagen unter einer dichten Eisschicht. Das System verfügte über 14 Planeten und einen dichten Asteroidengürtel. Das wohl auffälligste am Planeten Elrond waren seine drei kleinen Monde, die sowohl bei Tag als auch bei Nacht am Himmel sichtbar waren.

Ebenfalls 2310 wurde auch das System Selaron kolonisiert. Hier wurde jedoch bereits im Jahr 2309 eine "Grundimpfung" mit Flora und Fauna durchgeführt, um diesen Planeten optimaler an die Bedürfnisse der späteren Kolonisten anzupassen. Der Planet Selaron, der dritte Planet des Systems, schien für einen Beobachter aus dem Weltall fast nur aus weiten Ebenen zu bestehen, die bisweilen von kleinen aber sehr tiefen Seen aufgelockert wurden. Eine erstaunlich reichhaltige Flora hatte sich auf dem Planeten gebildet, jedoch fanden sich kaum Sorten von Fauna, die über die primitivsten Formen von Leben hinaus gingen. Das System mit seinen 22 Planeten bot zudem möglichen Siedlungsraum auf den beiden inneren Monden des 6.Planeten, der ein Gasgigant mit einer sehr dichten Methan-Amoniak Atmosphäre war. Diese beiden Monde verfügten über eine Atmosphäre die für Menschen geeignet war. Jedoch lagen die Temperaturen auf diesen beiden großen Monden permanent nahe des Gefrierpunktes und starke, plötzliche Eisstürme waren an der Tagesordnung. Beide Monde waren deutlich größer als der irdische Mond und verfügten über reiche Bodenschätze, die zumeist im Tagebau abgebaut werden konnten.

Ebenfalls 2309 wurden auch die zur Besiedelung geeigneten Planeten der Systeme Calthur, Taktam, Vorg und Trav mit einer "Grundimpfung" durch terrestrische Flora und Fauna beglückt. Dieser Vorgang wurde bis Ende des Jahres 2311 noch mehrfach wiederholt, um somit ausreichend terrestrisches Genmaterial in die jeweiligen Ökosysteme einzubringen. Die Erfahrung hatte gezeigt, dass dieser mehrfache Vorgang höheren Erfolg versprach, sofern das "eingeimpfte Material" auf einem Planeten verteilt wurde, der grundsätzlich dafür geeignet war.

Calthur war ein System mit einer rötlichen Sonne die um ein deutliches größer als die heimatlichen Sonnen des Terra Systems oder aber des Lemuria Systems war. Das System selbst verfügte über sagenhafte 39 Planeten, von denen Nummer 3, 4 und 5 für eine Besiedelung durch Menschen geeignet waren. Die Nummer 3 war zwar relativ heiß, die mittleren Temperaturen auf dem Planeten lagen immerhin bei 35 Grad Celsius, aber mit seinen weiten Meeren und vielen Inselkontinenten bot der Planet eine gute Grundlage für Lebensraum. Flora und Fauna des Planeten erinnerten an die Gegebenheiten auf Terra zu Anfang der Kreidezeit. Nummer 5 war ein kühler Planet dessen Temperaturen im Mittel bei etwa 15 Grad Celsius lagen. Die Oberfläche des Planeten bestand aus einem tiefen Ozean, in dessen Mitte ein riesiger Kontinent lag. Dichte Wälder und weite Ebenen prägten das Bild des Kontinents, der sich annähernd auf der Äquatorlinie des Planeten befand. Die Pole des Planeten lagen unter gewaltigen Eiskappen. Flora und Fauna waren kaum weiter entwickelt, als auf dem dritten Planeten des Systems. Der vierte Planet des Calthur Systems war für einen jeden Kolonisten wie ein Gottesgeschenk. Die Landmassen und vorhandene Wasserflächen waren gleichmäßig verteilt. Die auf diesem Planeten existierende Flora sowie Fauna befand sich noch in der ersten Entwicklungsphase. Die eingebrachten terrestrischen Pflanzen und Tiere füllten alle Lücken des Ökosystems quasi über Nacht aus und verdrängten dabei einheimische Spezies. Der Planet verfügte grundsätzlich über milde Temperaturen und eine stabile Großwetterlage mit relativ kurzen Wintern. Die kleinen Polkappen waren den Großteil des planetaren Jahres fast eisfrei. Das System besaß einen dichten Aasteroidengürtel, mit erstaunlich vielen Erzvorkommen. Der Großteil der übrigen Planeten des Systems glich dem Planeten Mars im terranischen Heimatsystem. Ein Gasgigant mit einer Anzahl Monde und mehrere kleine Eisplaneten, in den äußeren

Bahnen der Ekliptik, rundeten das Planetensystem dieses Sterns ab. Im Jahr 2312 landeten die ersten Kolonisten auf Calthur 3 und nahmen zügig ihre Kolonisationsarbeit auf..
Das Kaiserreich hatte bereits 2310 entschieden, dieses System als eine Sektorwelt auszubauen. Dazu gehörten auch, neben einer bevorzugten Besiedelung und der hier noch deutlich massiver voran getriebenen wirtschaftlichen Unterstützung, die rasche Errichtung einer orbitalen Werftanlage und der Bau des Sektorenhauptquartiers der Flotte. Das System wurde in der Folgezeit vorzugsweise von Kolonisten besiedelt, die ihre Wurzeln auf den britischen Inseln von Terra fanden. Hier war, in der Folgezeit, besonders der Einfluss der "Highland-Clans" spürbar, die sich stets stark darum bemüht hatten, ihr kulturelles Erbe an ihre Kinder und Enkel weiterzugeben.
Taktam wurde ab 2313 besiedelt. Der Planet war eine junge Welt, mit einer Vielzahl von Flora und Fauna, die dem Prädikat urzeitlich eine neue Bedeutung gab. Das Leben in den weiten Meeren des Planeten beschränkte sich zumeist auf eine große Zahl von kleineren Tieren, die hauptsächlich Pflanzenfresser waren. Auf den Landflächen bot sich ein völlig anderes Bild. Wahrhaftig riesenhafte Geschöpfe stapften über die weiten Ebenen. Echsenhafte Raubtiere labten sich an den riesigen Herden der Pflanzenfresser und waren in verschiedensten Formen und Größen nahezu überall vertreten. Diese Raubtiere waren teilweise nicht nur erschreckend angriffslustig, sondern auch unwillig die Kolonisten von ihrer Speisekarte zu streichen, wenn sie die Chance auf eine schnelle und leckere Mahlzeit sahen. In der Folgezeit starteten die Kolonisten, tatkräftig unterstützt von Droiden und Marineinfanterie-Einheiten der Flotte, einen regelrechten Krieg gegen diese Raubtiere. Die Verlierer dieses ungleichen Kampfes, der mit Erbitterung geführt wurde, waren schnell absehbar. Langfristig konnten Zähne und Klauen nicht gegen Maschinenwaffen, Laser und tragbare Raketenwerfer bestehen. Besonders die größeren Raubechsen, die sich als erstaunlich lernresistent erwiesen, wurden sehr schnell dezimiert. Schon Anfang 2315 galten nicht wenige der einstmals überaus zahlreich auf dem Hauptkontinent vertretenen Raubtiergattungen als ausgestorben.
Der erste und der zweite Planet des Systems waren bloße Steinklumpen ohne Atmosphäre. Dort wo einst der vierte Planet seine Bahn gezogen hatte existierte ein dichter Asteroidengürtel, der von einer Kosmischen

Katastrophe kündete, die vor langer Zeit eingetreten sein musste. Der letzte Planet war ein Gasriese mit einem Dutzend kleineren Monden. Nur der dritte Planet war geeignet um Menschlichem Leben eine neue Heimat zu bieten. Das auffälligste an diesem Planeten waren seine vier dichten und ineinander übergehenden Ringe, die zumeist aus Eiskristallen oder aber kleineren Felsbrocken bestanden. Diese Ringe waren alles, was heute von einem einst existierenden Mond noch übrig war. Heute zog dieser breite Ringgürtel in Äquatorhöhe um den Planeten. Der Anblick von der Planetenoberfläche war, vor allem in der Nacht, schier atemberaubend.

Vorg wurde Anfang 2315 Besiedelt. Der Planet hatte nur noch einen Nachbarn im System, einen der fast überall anzutreffenden Gasgiganten der von einer Anzahl Monde umkreist wurde. Vorg 1 … allgemein nur als Vorg bekannt … war ein Planet, auf dem noch kein eigenes Leben existierte. Die auf dem Planeten ausgesetzten Spezies von Flora und Fauna entwickelte sich hier prächtig und schufen sich selbst innerhalb kurzer Zeit ein stabiles Ökosystem. Der Planet bestand zu fast 60% aus Wasserflächen und verfügte, neben zwei Kontinenten, über eine große Vielzahl von Inseln.

Ende 2315 wurde auch Trav zum Ziel von Kolonisten. Das System verfügte über 9 Planeten und einen Asteroidengürtel. Der vierte Planet lag nur knapp innerhalb der habitablen Zone, war aber gut geeignet als Kolonie für menschliches Leben. Trav war ein relativ kühler Planet mit atemberaubenden Landschaften. Der Großteil des Planeten war von Meeren bedeckt, indem sich auch die gesamte Fauna des Planeten fand. Die Landflächen wiesen lediglich wenige verschiedene Spezies von einfacher, nicht höher entwickelter Flora auf.

Die Phase zwischen 2305 und 2315 wurde im nach hinein oft die Zeit genannt, in der das Kaiserreich zu seiner eigenen Größe fand. Dies wird von Historikern nicht nur aufgrund der Expansion so definiert, sondern vor allem, weil Kaiser Heinrich es verstand das Volk des Kaiserreichs zu einer noch nie dagewesenen Einheit zu verbinden und zu motivieren. Auch wenn die Zusammengehörigkeit bereits seit den Anfängen der Kolonisation Lemurias ungebrochen war, so vermochte Kaiser Heinrich es doch, das Volk des Kaiserreichs dazu zu bewegen, diesen bereits bestehenden Zusammenhalt noch weitaus mehr in den Focus zu setzen.

Unterstützt wurde seine Initiative dadurch, dass er seinem Volk neue Welten für die Kolonisation eröffnete und den bestehenden Handel zwischen den einzelnen Planeten deutlich steigerte. Dies gelang ihm natürlich nur, weil das Kaiserreich jetzt endlich in der Lage war neue Sprungschiffe zu bauen und auch einzusetzen. Trotzdem ist es eine feststehende Tatsache, dass Kaiser Heinrich von seinem Volk in einer Art verehrt wurde, wie keiner seiner Vorgänger. In einer Gesellschaft, die in ihrer Treue und Loyalität zur Krone und zum amtierenden Kaiser schon fast als fanatisch anzusehen ist, will dies etwas heißen.

In den Jahren zwischen 2305 und 2315 stellte das Kaiserreich eine ganze Reihe von neuen Schiffen fertig. Die Flotte erhielt sechs neue Angriffskreuzer und acht neue Jagdzerstörer. Zusätzlich, und das ist wohl das entscheidendste in dieser Expansionsphase, konnten 80 Frachter und Transporter die Werften verlassen und somit Kolonisten und Waren zwischen den Welten des Kaiserreichs transportieren. Diese Frachter und Transporter waren nur verhältnismäßig klein, da die aufgefundenen Sprungkristalle den Bau von größeren Schiffen oberhalb einer Grenze von 450.000 Tonnen nicht gestatteten, aber ihre Existenz erleichterte die Expansion nicht nur, sondern ermöglichte sie faktisch überhaupt erst.

Auch die Verbände der Systemgebundenen Kampfschiffe waren in diesem Zeitraum deutlich aufgestockt worden. In allen Systemen, die vom Kaiserreich beherrscht wurden, standen bis Mitte 2315 solche Verbände bereit. Im Regelfall bestand solch ein "Systemgebundener Kampfverband" aus einem Rudelträger und zwei Gefechtskreuzern. Gemäß der existierenden Flottendoktrin wurden diese Schiffseinheiten von zwei bis vier Drohnengeschwadern verstärkt, die ebenfalls in den Systemen stationiert waren. Lediglich in den Systemen Stygien und Midway befanden sich mehr Systemgebundene Kampfschiffe. Hier waren, auf direkte Anweisung des Kaisers, jeweils zwei Geschwader aus je einem Rudelträger und zwei Gefechtskreuzern eingesetzt. Alle relevanten Transfersysteme waren seit diesem Zeitpunkt ebenfalls nach bewährtem Muster mit Trojanersatelliten ausgestattet worden. Nach der Meinung des Kaisers war es, vor allem und ganz besonders in Hinsicht auf die Volksrepublik, unerlässlich die Gebiete des Kaiserreiches nun deutlich besser zu sichern und die Flotte entsprechend auszubauen. So war es jetzt, zumindest rein theoretisch, ausgeschlossen dass sich ein fremdes Raumschiff heimlich in das Kaiserreich schleichen konnte, um

dort sein Unwesen zu treiben oder heimlich Informationen über das Kaiserreich zu beschaffen. Der Flottenstab war in dieser Hinsicht schon fast paranoid und wurde dabei noch von ZONTA unterstützt.
Der Kontakt mit den Bewohnern von Midway und die dort liegende Kronkolonie Midway 4 erwies sich als wirtschaftlicher und kultureller Glücksfall, der sich auch innenpolitisch vorteilhaft einsetzen ließ. Hier lag die Grenze zu einer Nation, von der das Kaiserreich bisher nur aus Berichten gehört hatte, selbst aber mit dieser Nation noch nie Kontakt hatte. Der Tatsache, dass man seitens des Kaiserreichs, nun seit einigen Jahren, mit den Bewohnern von Midway verbündet war, die in der Vergangenheit unliebsame Erfahrungen mit der Volksrepublik machen mussten, wurde in den Propagandamedien des Kaiserreichs sorgsam ausgeschlachtet. ZONTA hatte diese Maßnahme, bereits direkt nach bekannt werden des Vertrags, als ungemein förderlich für den internen Zusammenhang bezeichnet und den Kaiser zu diesem Tun gedrängt. Die Psychologen der Flotte bestätigten die Analyse von ZONTA. So war diese bis dahin unbekannte Form der Propaganda seit einigen Jahren nun immer und immer wieder in den Medien des Kaiserreichs aufgetaucht. ZONTA koordinierte diesen unauffälligen und lautlosen aber kontinuierlichen Propagandakrieg erfolgreich.
Die wohl einschneidendste Veränderung im Kaiserreich war jedoch die politische Ausrichtung des Kaiserreichs, die seit dem Kontakt mit Midway eingetreten war. Vor diesem Kontakt war das Kaiserreich klar isolationistisch ausgerichtet. Seit dem Kontakt und vor allem nach der Entdeckung und nachfolgenden Besiedelung der neuen Kolonialwelten war ein Wandel eingetreten. Das Kaiserreich hatte sich zu einem Staat verändert, der nun deutlich imperialistische und expansionistische Züge aufwies. Die interne Politik, sowie die Außenpolitik des Kaiserreichs waren jetzt ganz klar darauf ausgerichtet, in der nahen und fernen Zukunft zu expandieren und in diesem Raumsektor eine tragende Rolle einzunehmen. Dabei wollte das Kaiserreich jedoch, vor allem in Hinsicht auf die absehbare Konfrontation mit der Volksrepublik, nicht die Rolle des Aggressors übernehmen. Der Kaiser hatte klar gestellt, dass er dies keinesfalls wünschte. Diesen Part überließ man gerne der Volksrepublik. Laut der langfristigen Analyse durch ZONTA war eine derartige Konfrontation absehbar und unvermeidlich.

Vor allem in Hinblick auf die genutzte Linguistik, in den Medien des Kaiserreichs, ließ sich dieser politische Wandel feststellen. Dies fiel vor allem auf, wenn man ältere und neuere Texte verglich, die das gleiche Thema behandelten. Historiker hätten in der nun genutzten Wortwahl der verschiedenen Kommentatoren viele Ähnlichkeiten zu den uralten Wochenschauberichten des ehemaligen Deutschen Reichs gefunden die in der Zeitepoche zwischen 1939 und 1944 gedreht wurden. So wurde beispielsweise aus der "anstrengender Kolonisationsarbeit" ein "zähes Ringen um den neuen Lebensraum" ... Kaum jemand im Kaiserreich nahm bewusst Notiz davon, wie sehr die Sprache das emotionale Empfinden der Menschen beeinflusste. ZONTA jedoch wusste dies und nutzte es auch aus.

Die Bewohner des Midway Systems hatten von ihrem Kontakt mit dem Kaiserreich deutlich profitiert. Die jetzt monatlich im Midway System eintreffenden Frachter transportierten nicht nur Waren und Güter zu den dortigen Kolonisten sondern exportierten von dort auch diverse Waren. Der stetige technologische Transfer zu den dortigen Kolonisten und Verbündeten unterlag jedoch einer strikten Reglementierung. Jegliche Technologie, egal ob zivil oder militärisch, beispielsweise die erst nach der Kolonisierung von Lemuria entdeckt worden war, unterlag einem Exportverbot. Auch wenn das Kaiserreich jetzt mit den Kolonisten von Midway verbündet war, so wollte man doch unbedingt vermeiden, den technologischen Vorteil aufzugeben, den gewisse Erfindungen und Entdeckungen dem Kaiserreich verschafften.
So war es nicht verwunderlich, dass die beiden Flottenneubauten von Midway, zwei systemgebundene Kampfschiffe von jeweils 100.000 Tonnen, mit einer Technologie ausgerüstet waren, die gemessen an der Technologie des Kaiserreichs, als veraltet anzusehen waren. Durchaus verständlich also, dass diese beiden Schiffe, von den Angehörigen der Kaiserlichen Flotte, nur müde belächelt wurden. Trotzdem waren die Kolonisten des Midway Systems stolz darauf eine eigene Flotte zu besitzen, die sie auf einer eigenen Werft erbaut hatten und ihrerseits nun nicht mehr wehrlos gegen die Flotte der Volksrepublik zu sein. Im selben Zuge waren auch die raumgebundenen Waffensysteme im Orbit von Midway 3 verstärkt worden.

Die Tatsache, dass die Bewohner von Midway bislang noch immer nicht erkannt hatten, dass militärische Sprungschiffe des Kaiserreichs in das Midway System eindringen konnten und sich dort bewegten, ohne geortet zu werden, entlockte den kaiserlichen Flottenoffizieren so manches Lächeln. Daran sollte sich, gemäß Befehl des Kaisers auch in der Zukunft erst einmal nichts ändern. Dem Kaiser und auch dem Flottenstab waren sehr daran gelegen, sich diesen Vorteil zu sichern.

Ein für das Kaiserreich wichtiges Unterfangen war das Erlangen des Sprungkristalls, der sich noch an Bord des Kolonieschiffs befand, der einst die Siedler nach Midway gebracht hatte. Die Bewohner von Midway hatten kaum Interesse an dem Sprungkristall, da sie das alte Kolonieschiff als "im Orbit schwebende Fabrik" nutzten. Zudem war der Masse der Bewohner von Midway nicht annähernd bewusst, wie dringend das Kaiserreich Sprungkristalle benötigte.
Anfängliche, vorsichtige Sondierungsgespräche zwecks Erwerb dieses Sprungkristalls erbrachten schnell positive Resultate, denen dann sehr schnell gezielte Verhandlungen folgten. Bereits im frühen Verlauf der folgenden Verhandlungsgespräche realisierten die Kolonisten von Midway jedoch erstaunt, dass der Sprungkristall ihres Kolonieschiffs, für das Kaiserreich, anscheinend einen erheblich höheren Wert repräsentierte, als für sie selbst. Die Verhandlungen zogen sich danach nur noch zäh und schleppend dahin. Die Bewohner von Midway versuchten jetzt … verständlicher Weise … die Situation zu ihren Gunsten zu nutzen. Letztendlich einigte man sich auf einen Preis, der vom Kaiserreich in verschiedensten Gütern zu zahlen war. Weiterhin machte das Kaiserreich den Kolonisten von Midway das Zugeständnis, ihnen bei der Errichtung einer Niederlassung auf einem der beiden Monde des sechsten Planeten behilflich zu sein. Diese Hilfe schloss ausdrücklich die Lieferung von 900 Droiden und einer großen Anzahl von Maschinen ein. Laut der Planung der Bewohner von Midway sollte dieser bisher unbedeutende Mond nicht nur systematisch dazu genutzt werden, die Bodenschätze des Mondes auszubeuten, sondern auch dazu die bereits bestehende Verteidigung des Systems zu verbessern. Ferner plante man auf Midway diese Mondkolonie auszubauen und quasi als ein Ventil für abenteuerlustige Bürger zu nutzen.

Von diesem Menschenschlag gab es scheinbar in jeder Generation und in jeder Kultur einige. Dies wollte man auf Midway nutzen und sich die Ressourcen der Himmelskörper im heimatlichen System, quasi nebenbei, zugängig machen.

Das Kaiserreich rüstete sich zunehmend auf den Waffengang mit der Volksrepublik. Wie seit langen Zeiten beim Militär üblich, so wurden auch jetzt zahlreiche Szenarien entworfen und als mögliche Fallpläne berücksichtigt. Bei einer dieser Konferenzen mit dem Oberkommando und dem Kaiser, bei denen regelmäßig auch ZONTA beratend seinen Beitrag gab kam es zu einer Unterredung zwischen dem Kaiser und ZONTA. Die KI hatte während des vergangenen Abends kontinuierlich vor der Volksrepublik gewarnt. "Majestät ... Es widerstrebt mir, hier als Schwarzseher agieren zu müssen, jedoch sind die Voraussetzungen für einen Konflikt klar erkennbar. Ich weise nochmals eindringlich darauf hin, dass es in der Zukunft unweigerlich zu einer militärischen Konfrontation zwischen dem Kaiserreich und der Volksrepublik kommen wird. Lediglich der Zeitpunkt ist noch ungewiss. Sowohl das Kaiserreich als auch die Volksrepublik benötigen langfristig Raum für die Expansion. Da beide Staatengebilde jedoch räumlich sehr dicht bei einander angesiedelt sind, werden Zusammenstöße nicht ausbleiben. Ich möchte darauf hinweisen, dass die Volksrepublik bereits heute sehr viel aggressiver expandiert als das Kaiserreich. Es ist nicht damit zu rechnen, dass sich dieses Verhalten ändern wird. Sobald die Volksrepublik von unserer Existenz erfährt, werden sie zwangsläufig versuchen, das Kaiserreich der Volksrepublik untertan zu machen. Es steht für mich außer Frage, dass dieser Versuch nicht nur politisch oder wirtschaftlich umgesetzt werden wird, sondern vor allem durch den Waffeneinsatz. Ich bitte dies zu berücksichtigen."

17.

Die Volksrepublik

Auf der Brücke des Schlachtschiffs *Liberator* entspannte sich Rear-Admiral Nicolas Forester in seinem Kommandosessel. Heute war nun endlich der Tag gekommen, um den Abtrünnigen von Midway die eiserne Faust der Volksrepublik zu zeigen. Gemäß des historischen Abkommens, dass die Volksrepublik dereinst mit den abtrünnigen Bewohnern von Midway geschlossen hatte, sollte dort vor etwas mehr als einem Monat eine Volksbefragung mit Volksentscheid durchgeführt worden sein, der den politischen Weg des Midway Systems festlegte. Rear Admiral Forester zweifelte nicht an dem Ausgang dieses Volksentscheids. Wirtschaftlich und militärisch war die Volksrepublik den Abtrünnigen von Midway deutlich überlegen. Somit stand für den Rear-Admiral prinzipiell fest, dass sich die Bewohner von Midway in das unvermeidliche fügten, das da hieß: Anschluss an die mächtige Volksrepublik. Zur Untermauerung der gerechtfertigten Ansprüche der Volksrepublik bereitete sich nun ein Geschwader auf den Transfer nach Midway vor. Das Geschwader bestand aus der *Liberator*, der Fregatte *Chester Nimitz* sowie den beiden Vorpostenbooten *Marschal Ney* und *Napoleon*.

Der "Erste Vorsitzende" des Zentralkomitees hatte damals in seiner Weisheit entschieden, das Midway System bis zu dessen Anschluss zu ignorieren und nicht anzufliegen. Man wollte auf diese Weise den dortigen Menschen die Hoffnungslosigkeit einer Isolation klar machen. Davon abgesehen scheute man sich, unnötige Verluste in der kleinen Volksflotte zu riskieren. Jedes einzelne der Schiffe war ein kostbares Gut. Da die Volksrepublik nicht in der Lage war eigene Sprungkristalle zu schürfen musste man sorgsam mit den vorhandenen Flotteneinheiten umgehen, die sprungtauglich waren.

Die verfügbare Flotte der Volksrepublik hatte sich in den vergangenen Jahren, seit dem Kontakt zu Seven Moons und One Stone, langsam vergrößert. Viel zu langsam nach dem Empfinden von Rear-Admiral Nicolas Forrester. Das erste sprungtaugliche Schiff, das man der Volksrepublik hinzufügen konnte war der Trampfrachter *Unicorn* gewesen, welcher sich seinerzeit auf der Flucht vor Piraten in das System Gateway retten wollte. Der damals regierende König Bronson hatte es verstanden mit den Piraten einen Vertrag auszuhandeln. Die Besatzung der *Unicorn* wurde mit sanfter aber nachdrücklicher Gewalt dazu bewogen ihr Schiff an die Regierung von Gateway zu übergeben. In den folgenden Jahren erwarb die Volksrepublik neun Schiffe von den Bewohnern des Seven Moons System, die von diesen, während ihrer Plünderzüge, im Outback erobert worden waren. Aus fünf dieser Schiffe hatte die Volksrepublik die Sprungkristalle ausgebaut und sie in neu erbaute Schiffe eingebaut, die nun die stärksten und modernsten Einheiten der Volksflotte darstellten. Diese fünf Schiffe mit ihren jeweils 1.000.000 Tonnen stellten die Schlachtflotte der Volksflotte da. Nicolas Forester hätte es vorgezogen wie gewohnt auf der Brücke seines Flaggschiffs, des Schlachtschiffs *Liberator* zu sitzen und die übrigen Schlachtschiffe direkt unter seinem Kommando in dieser Mission zu führen. Der "Erste Vorsitzende" hatte aber entschieden, die Angliederung der Kolonie Midway erfordere nicht die Entsendung derart vieler Schiffe. Sollten sich die abtrünnigen Kolonisten jedoch uneinsichtig zeigen, dann würde Rear-Admiral Forester alle Macht seines Schlachtschiffs einsetzen können und die Unterwerfung von Midway einfordern. Prinzipiell waren die Bewohner des Midway Systems nicht in der Lage, einer derartigen Schlagkraft etwas entgegen zu setzen, was Erfolg für sie versprach. Vorerst sollte allerdings möglichst auf rohe Gewalt verzichtet werden, so zumindest der Befehl, des Ersten Vorsitzenden. Diese Entscheidung des "Ersten Vorsitzenden" basierte nicht auf Herzensgüte, sondern aus dem kalten Kalkül, die dortige Kolonie ohne starke Beschädigungen in die Volksrepublik einzugliedern. Erst einmal wollte man das Ergebnis von Volksumfrage und Volksentscheid abwarten, notfalls ein wenig Drohen und erst in letzter Konsequenz zu massiven Schlägen gegen die Bewohner von Midway ausholen. Prinzipiell waren diese Schlachtschiffe lediglich schwere Kreuzer, zumindest gemessen an den Maßstäben der besiedelten Kernsphäre. Hier im Outback jedoch stellte ein Kriegsschiff mit einer derartigen Tonnage einen Machtfaktor da, der deutlich höher einzustufen war. Aus psychologischen Gründen, gegenüber der eigenen Bevölkerung, wurden diese Schiffe jetzt, gemäß eines Entschlusses des "Ersten Vorsitzenden" und des mächtigen Zentralkomitees, deshalb als Schlachtschiffe bezeichnet. Rear-Admiral Forester unterstützte diese

Entscheidung ... so wie er alle Entscheidungen des Zentralkomitees unterstützte. Das war nicht wirklich verwunderlich, wenn man denn bedachte, dass seine eigene Familie mit zur regierenden politischen Gesellschaft gehörte. So war es auch zu erklären, dass Nicolas Forester zum Oberkommandierenden der Volksflotte aufgestiegen war, obwohl es durchaus Offiziere gab, die taktisch und strategisch besser geeignet für diese Position wären. Diesen Offizieren fehlte jedoch die familiäre Bindung zum Zentralkomitee, das sich fest in der Hand von rund einhundert Familien befand.

Allerdings hatten sich in den vergangenen Jahren einige Änderungen ergeben. Der "Erste Vorsitzende" war zu der Entscheidung gekommen, das Volk der Volksrepublik sollte mehr das Gefühl erhalten, ihre Regierung selbst wählen zu können. Natürlich war eine derartige Wahl unvorstellbar, in den Augen der Mächtigen der Volksrepublik. Trotzdem blieb der "Erste Vorsitzende" bei seiner Entscheidung und wurde mit dieser wohl durchdachten Maßnahme durchaus von einer ganzen Anzahl der herrschenden Familien unterstützt. Vor allem langfristig gesehen würde eine derartige Regierungsreform sich als Vorteil für die Volksrepublik erweisen. Sowohl innenpolitisch als auch vor allem wirtschaftlich. Denn die Wirtschaft stagnierte zusehends.

Leute die nicht mit ihrer Regierung einverstanden waren mochten durchaus schneller zu identifizieren sein, wenn sie glaubten, sie würden in einer "echten Demokratie" leben. Waren diese naiven Menschen erst einmal identifiziert, dann konnte die Regierung reagieren und sie entweder mundtot machen, diffamieren oder aber, wenn das notwendig erscheinen sollte, sie auch endgültig verschwinden lassen.
Der "Erste Vorsitzende" benötigte jetzt als Anlass für diese "Reform" lediglich einen politischen oder militärischen Sieg bei Midway ... was den Anschluss der Kolonisten an die Volksrepublik bedeutete ... oder einen externen Gegner, auf den man sich medienwirksam konzentrieren konnte. Ein externer Gegner jedoch war gleichbedeutend mit einer militärische Niederlage, die bei Midway der Volksrepublik zugefügt wurde. Diese letzte Option erschien nicht nur unwahrscheinlich, sonder war für Forester etwas, das er auf jeden Fall vermeiden wollte. Auch wenn diese Möglichkeit in den Planspielen der Militärs berücksichtigt worden war, so konnte Forester sich nicht vorstellen, dass dieses Worst

Case Szenario wirklich eintreten könnte. Schon der Gedanke daran ließ ihn abfällig grinsen.

Für die meisten Bürger der Volksrepublik würde das geplante, neue Regierungssystem ähnlich wirken, wie das alte System der USA, vor deren Zusammenbruch, nach dem dritten Weltkrieg und der darauf nachfolgenden, umfassenden Neuorganisation, des Staatswesens der damaligen Nation. Allerdings waren die Ähnlichkeiten nur äußerlich. Die Volksrepublik war zum jetzigen Zeitpunkt am ehesten mit der lange untergegangenen UDSSR zu vergleichen. Nach der Reform sollte sich einiges ändern ... zumindest äußerlich und für die uninformierten Massen. In Wirklichkeit würde sich kaum etwas ändern. Die mächtigen Familien, die jetzt an der Macht waren, würden auch in Zukunft die Geschicke der Volksrepublik bestimmen. Äußerlich unter einem neuen Image aber intern genau so wie auch jetzt.

Der ausschlaggebende Faktor für diese weitreichende Reformierung war wirtschaftlich begründet. Wissenschaftler und Ökonomen hatten in vielen detaillierten Studien angeführt, ein Wirtschaftssystem, dass vorgeblich jedem ermögliche zu Wohlstand zu kommen würde das allgemeine Wirtschaftssystem, welches derzeit in der Volksrepublik existierte deutlich überflügeln und mehr Wohlstand generieren, was letztendlich auch der Regierung zu Vorteil gereichen würde. Derzeit regelten die zahlreichen und fast überall existierenden Volkskomitees und natürlich letztendlich das geradezu allmächtige Zentralkomitee alle Belange der Bevölkerung, der Regierung und natürlich auch der Wirtschaft. Die Wirtschaft der Volksrepublik stagnierte seit Jahren zusehends. Ökonomen befürchteten bereits einen Kollaps, wenn man seitens der Regierung nicht völlig neue Wege beschreiten würde. Dies war bereits vor einigen Jahren erkannt worden und darauf basierte der Reformplan des "Ersten Vorsitzenden" und des Zentralkomitees. Mit dieser Reform, so erwartete und hoffte man, würde man neue Wege beschreiten können. Nur Eingeweihte wussten, dass sich die Regierung aus den Oligarchen von rund 100 reichen und überaus mächtigen Familien zusammensetzte, die über nahezu alles entschieden, was die Belange der Volksrepublik betraf. Zudem hatten diese mächtigen Familien keinesfalls die Absicht, Außenseitern zu gestatten selbst aktiv in das etablierte Regierungssystem einzugreifen. Dazu gingen diese reichen, mächtigen Familien auch über Leichen ... und das durfte durchaus auch wörtlich verstanden werden.

Der "Erste Vorsitzende" und die Mitglieder des Zentralkomitees würden auch nach der erfolgten Reform weiterhin an der Spitze der Regierung und damit an den Hebeln der Macht und des Kapitals bleiben ... Vorsorge dafür war bereits getroffen worden. Letztendlich waren diese mächtigen Familien vor allem an ihrem ganz persönlichem Wohlstand und ihrer politischen und persönlichen Unantastbarkeit interessiert. Die Verwandtschaft zu einer der einflussreichen Familien sicherte so manche Karriere.

Jedoch auch wenn man Angehöriger einer dieser Familien war, so ging die Regierung nicht sonderlich zuvorkommend mit Versagern um. Die Strafen für ein Versagen waren umso härter, je weiter die Betreffenden auf der Leiter der Macht empor gekommen waren.

Rear-Admiral Forester war es prinzipiell egal, ob die Kolonisten von Midway einfach kapitulierten oder kämpften. Beides war seinen Plänen genehm. Rear-Admiral Nicolas Forester persönlich würde es allerdings eindeutig bevorzugen zumindest eine Raketensalve abfeuern zu können, bevor er die Kapitulation annahm. So kam er dann in den Genuss ein Kriegsheld zu sein, der ein ganzes Sonnensystem erobert hatte. Propagandatechnisch gesehen ein Vorteil, den er persönlich reichlich nutzen würde. Deshalb hatte er auch nicht intensiver insistiert, als er den Befehl erhielt nur mit diesen drei, verhältnismäßig kleinen und kampfschwachen Schiffen, als Begleitung für seine schlagkräftige Liberator, nach Midway zu springen. Je stärker und überlegener ein Gegner hingestellt werden konnte, desto besser war es letztendlich für seine persönliche Reputation.

Der Adjutant des Rear-Admiral trat leise an seinen Vorgesetzten heran und räusperte sich dezent vernehmbar. "Unsere Schiffe melden volle Gefechtsbereitschaft und Sprungbereitschaft, Sir. Alles ist bereit. Bei unserer derzeitigen Geschwindigkeit werden wir, entsprechend unserer Berechnungen, innerhalb der kommenden drei Minuten den Midway Sprungpunkt erreichen. Wir erwarten ihre Befehle."

Rear-Admiral Forester wedelte beiläufig mit einer Hand. "Sprung des Geschwaders ausführen gemäß meiner Planung. Sofort nach dem erfolgten Sprungmanöver erwarte ich alle Kommandanten in einer Konferenzschaltung der Kommunikation. Geben sie die entsprechenden Befehle aus."

Der Rear-Admiral wirkte nur äußerlich so entspannt, wie er sich gab. Tief in seinem Inneren sonnte er sich bereits in dem Triumph, der Volksrepublik ein neues Sonnensystem hinzu fügen zu können. Ein derartiger Triumph würde das Prestige seiner Familie deutlich steigern. Ganz davon abgesehen würde es auch seine persönliche Position in der Volksrepublik stärken. Er hatte seine Position nun seit fast 8 Jahren. Der Weg war schwer und teilweise ungewiss gewesen und hatte seiner Familie viele Ressourcen abverlangt. Würde diese Mission nicht zur Zufriedenheit des "Ersten Vorsitzenden" verlaufen, dann wären die Folgen für seine Familie und ganz besonders auch für ihn selbst mehr als verheerend. Damit rechnete Forester aber eigentlich nicht. Was sollte seinem Geschwader auch geschehen? Die Kolonisten von Midway hatten vor Abbruch des Kontaktes keine eigenen Kampfschiffe und lediglich einige schwache und zudem auch völlig unzureichende orbitale Verteidigungssatelliten besessen. Rear-Admiral Forester war mit sich und dem Universum zufrieden. Diese bevorstehende Aktion würde ihm und seiner Familie einen exklusiven Platz in der Hierarchie der Volksrepublik zugängig machen und auch langfristig sichern, der sonst sicherlich nur unter schwersten Mühen und dem zügellosen Einsatz von Kapital erreicht worden wäre ... Wenn dies im starren Zirkel der inneren Macht überhaupt möglich gewesen wäre. Es hatte die Planung von mehreren Jahren und auch das Einfordern vieler Gefälligkeiten gefordert, dass der Rear-Admiral jetzt diesen Einsatz kommandierte. Rear-Admiral Forester grinste in seinem Kommandosessel verhalten. Fast hoffte er, dass die Kolonisten von Midway Widerstand leisteten und er diesen Widerstand dann mit der Macht seines Geschwaders brechen musste. Er wäre ein Kriegsheld der Volksrepublik. Bei dem Gedanken daran musste der Rear-Admiral ein gehässiges Kichern unterdrücken. Midway war ihm ausgeliefert und heute würde er seinen ganz persönlichen Weg an die Macht beschreiten und zementieren.
Das Geschwader vollzog den Sprung ohne Komplikationen. Sobald alle vier Schiffe das Midway System erreicht hatten, formierten sie sich und strebten, mit einer Geschwindigkeit von lediglich 0,2c, dem Planeten der Kolonisten entgegen. Es würde erwartungsgemäß noch einige Zeit vergehen, bis man sie dort orteten konnte. Als jedoch nur wenige Sekunden später die Ortung einfallende Impulse meldete, war dies noch

nichts über das der Rear-Admiral sich ernsthaft Sorgen machte, zumal man nahezu zeitgleich einige Satelliten nahe des Sprungpunktes ortete. Er war lediglich verblüfft, dass die Bewohner des Midway Systems seine Schiffe derart frühzeitig geortet hatten. Es war nicht damit gerechnet worden, dass die Leute von Midway den Sprungpunkt überwachten. Forester gab sich gelassen. Sollten die Kolonisten dieses Systems jetzt ruhig in ungezügelte Panik ausbrechen. Der Kampfkraft seines Geschwaders hatten sie prinzipiell nur wenig entgegen zu setzen, wenn man den letzten Daten von Midway vertrauen konnte, obwohl sie nun bereits ein Jahrzehnt alt waren. Rear-Admiral Forester hatte jedoch keinen Grund an dem vorliegenden Datenmaterial zu zweifeln.

Vier Stunden später sah die Sachlage jedoch bereits etwas anders aus. Ortungsdaten kündeten davon, dass auch der vierte Planet des Systems jetzt augenscheinlich von den Kolonisten besiedelt worden war. Anders ließen sich die aufgefangenen Daten nicht interpretieren, die dort im Orbit, sechs klare Ortungssignaturen von Raumschiffen verzeichneten. Während Rear-Admiral Forester noch nachdenklich, unschlüssig und ungläubig auf die Taktikanzeigen starrte, meldete die Funkstation einen einkommenden Funkspruch. Mit einer herrischen Handbewegung ließ Forester die Verbindung herstellen. Das einkommende Signal baute sich, auf dem Sichtschirm der Kommunikationsanlage, zu einem Bild auf, dass einen älteren, ausgesprochen energisch wirkenden Mann in einer völlig unbekannten Uniform zeigte. Dieser begann übergangslos zu sprechen. "An den Kommandanten der eingetroffenen Einheiten der Volksrepublik ... Sie nähern sich momentan dem Hoheitsbereich um Midway 4. Ich setze sie hiermit davon in Kenntnis, dass wir ein weiteres Eindringen in unseren Hoheitsbereich nicht dulden. Gemäß dem von uns, mit der regulären und unabhängigen Regierung des Midway Systems abgeschlossenen Vertrags von 2305, betrachten wir Midway 4 als eigenständiges Hoheitsgebiet, innerhalb dieses Systems. Dies schließt ebenfalls den Raumsektor, bis zu einer Entfernung von dreißig Lichtsekunden mit ein. Ein Eindringen, in diesen Bereich, wird ihnen hiermit ausdrücklich untersagt. Sollten sie diese Grenze überschreiten und sich dem vierten Planeten weiter nähern, dann werten wir dies als einen kriegerischen Akt und werden entsprechend reagieren. Ich wiederhole ... Wir stehen unter der Hoheit einer eigenständigen Nation und gehören nicht zu den Kolonisten von Midway 3, sind diesen jedoch vertraglich verpflichtet."

Diese Nachricht wurde in einer sich wiederholenden Schleife gesendet. Als die Funkstation, nur wenige Minuten später, den Eingang einer weiteren Bildfunksendung meldete reagierte Forester fast hektisch und befahl seinem Funkoffizier barsch die Nachricht umgehend auf seinen Kommunikationsbildschirm zu leiten. Das Gesicht des Mannes auf dem Bildschirm war ihm bekannt, obwohl der Mann eindeutig gealtert war. Tony Greenham war seinerzeit, vor dem Abbruch des Kontaktes zu den Kolonisten von Midway, deren Regierungsoberhaupt und hatte diese Position anscheinend immer noch inne. "An die Raumschiffe der Volksrepublik ... Sie befinden sich innerhalb des Sonnensystems, dass wir als unseren Hoheitsbereich ansehen. Die Regierung und das Volk von Midway lehnen es weiterhin entschieden ab, sich der Volksrepublik anzuschließen. Ich weise sie darauf hin, dass der vierte Planet unter einer eigenständigen Regierung steht, auf die wir keinen Einfluss haben. Gemäß der abgeschlossenen Verträge zwischen dem Kaiserreich und der Föderation von Midway, sind wir gegenseitig verpflichtet uns bei einem Angriff von außerhalb Waffenhilfe zu geben. Die Hoheit über dieses System liegt jedoch bei Midway. Ich untersage ihnen, also der Volksrepublik, den Aufenthalt in diesem System. Kehren sie um und verlassen sie das System unverzüglich. Ein erneutes Eindringen wird von der Regierung der Föderation von Midway in Zukunft als ein kriegerischer Akt betrachtet und zieht entsprechende Maßnahmen mit sich ... Midway Ende." Auch diese Nachricht wurde als Dauerschleife gesendet.

Rear-Admiral Forester blickte nachdenklich und etwas verblüfft auf den Bildschirm. Mit vielen möglichen Szenarien hatte er gerechnet. Mit einer derartigen Entwicklung jedoch nicht. Forester lehnte sich in seinem Sessel zurück und überdachte die neue Entwicklung. Einige Minuten später meldete die Ortungsstation die Identifikation von zwei weiteren Raumschiffen im Orbit von Midway 3, die den Planeten verließen. Damit stand es nun acht Schiffe gegenüber seinen vier Schiffen. Ein Umstand, der den Rear-Admiral nicht gerade glücklich machte. Die derzeitige politische Situation im Midway System konnte er nicht nachvollziehen. Anscheinend hatten sich die Kolonisten gespalten und unterschiedliche

Wege beschritten ... Oder aber neue Siedler wären in das System gekommen und hatten den vierten Planeten besiedelt. Dies hatte aber nur über den entfernten Sprungpunkt geschehen können, der in das Unbekannte führte. Eine Möglichkeit, die Forester als gering ansah. Der dritte Sprungpunkt führte nach Sideway und von dort war mich Sicherheit niemand nach Midway gekommen. Dies deutete durchaus auf interne, politische Probleme innerhalb der Kolonisten des Midway Systems hin, die anscheinend in der jüngeren Vergangenheit statt gefunden haben mussten. Forester fasste sich schnell. Neue Gegebenheiten erforderten neue Denkweisen und das war für den Rear-Admiral etwas, was er immer schon beherrscht hatte und ein Talent war, welches ihm bereits in der Vergangenheit oft zugunsten gekommen war. Sein Kopf zuckte zu seinem Adjutanten herum, was diesen automatisch in Grundstellung gehen ließ. Seine Stimme war fest und kalt. "Stabsbesprechung in 15 Minuten in meinem Quartier. Volle Gefechtsbereitschaft für alle Schiffe. Intensive Ortungssuche im Raum um den dritten und vierten Planeten. Kurs und Geschwindigkeit des Geschwaders wird bis auf Widerruf beibehalten. Befehl an die Ortungsabteilung ... Ich wünsche zeitnah eine detaillierte und absolut zuverlässige Ortungserfassung des gesamten Systems, mit Schwerpunkt auf den dritten und vierten Planeten. Scann der Stufe 3 sehe ich hierbei als notwendig und wünschenswert an. Ortungsoffizier berichtet mir direkt und persönlich, sobald die Daten vorliegen."

Die Offiziere die an der Besprechung teilnahmen waren von den veränderten Gegebenheiten ebenfalls überrascht worden. Das sah man ihnen auch an. Trotzdem blieb man ruhig und professionell. Eine Tatsache, die nicht zuletzt dem stetigen Drill und der Disziplin in der Flotte der Volksrepublik zu verdanken war. Der Rear-Admiral blickte seine Mitoffiziere prüfend an. Nicolas Forester war zwar auf den Gebieten der Flottentaktik und Strategie nicht das absolute Ass der Volksrepublik aber wenn es um sich schnell verändernde Situationen und politische Belange ging, konnten ihm nur wenige das Wasser reichen. Nach außen hin wirkte der fast 50 jährige, auf viele seiner Mitmenschen, oft wie ein Militärangehöriger, dem es an Flexibilität fehlte, die über das eindeutig Militärische hinaus ging. Nur wenige Menschen hatten erkannt,

das sich hinter dieser sorgsam kultivierten Fassade ein Geist verbarg, der überaus regsam und mit einem hohen Intellekt versehen war.
Vor wenigen Sekunden hatte der Ortungsoffizier seines Schiffes ihm gemeldet, ein Mond des sechsten Planeten wäre laut vorliegender Ortungsergebnissen eindeutig bewohnt. Man ging derzeit davon aus, dass dort eine größere Minenstation im Betrieb wäre. Auch orbitale Bauwerke wären im Orbit dieses Mondes geortet worden.
Der Rear-Admiral räusperte sich und nickte seinem Flaggkapitän kurz zu. Der drahtige Captain William Anderson aktivierte gelassen die Holoanzeige und ließ somit ein Bild des Systeminneren erscheinen. Einen kurzen Moment gab Anderson den Anwesenden Gelegenheit die Daten der Ortung visuell zu erfassen, bevor er mit seiner ruhigen und angenehmen Stimme seine Schlussfolgerungen kund tat. "Wie sie alle bereits wissen, sind wir überraschend auf mindestens acht mögliche Gegner gestoßen. Es ist durchaus anzunehmen, dass unsere Gegner noch mehr Schiffe besitzen, die von uns bisher noch nicht geortet worden sind. Im Orbit des dritten Planeten wurden weiterhin einige orbitale Strukturen geortet, von denen zumindest einige Raumgestützte Verteidigungsanlagen zu sein scheinen. Selbiges trifft auch auf die Mondkolonie im Orbit des sechsten Planeten zu. Bei Kampfhandlungen ist die Möglichkeit einer vollständigen Niederlage und Vernichtung für unser Geschwader zumindest in Betracht zu ziehen. Deshalb rate ich von einem Angriff ab und empfehle einen sofortigen Rückzug aus diesem System."
Rund um den Tisch nickten die anderen Anwesenden zustimmend und taten damit ihre Zustimmung zu den Ausführungen des Captains kund. Die einzige Ausnahme bildete hier Commander Maria Waters. Sie saß zurück gelehnt in ihrem Sessel und machte ein sehr nachdenkliches Gesicht. Die Frau war erst knapp 30 Jahre alt und arbeitete für den Nachrichtendienst der Volksrepublik. Eine Aufgabe bei der prinzipiell nicht die Dümmsten gesucht wurden. Hier an Bord leitete sie den Nachrichtendienst der Flotte. Forester mutmaßte, sie solle einen Anteil des Ruhms bekommen, den die geplante Eroberung von Midway den Besatzungen gebracht hätte. Dies wäre ihr für ihre spätere Karriere sicherlich nützlich gewesen. Bisher schien sie die Stufen der Karriereleiter schnell erklommen zu haben. Rear-Admiral Forester hatte bisher nur wenig Kontakt zu ihr gehabt. Ihr Dossier war ihm allerdings

gut im Gedächtnis. Denkt unkonventionell, hoch intelligent, hat eine schnelle Auffassungsgabe, ist jedoch schüchtern ... so stand es in dem Dossier, das er vor der Abreise eingesehen hatte, als die Frau auf das Schiff versetzt worden war. Was jedoch nicht in dem Dossier gestanden hatte war, dass die Frau Angehörige einer der mächtigen Familien der Volksrepublik war und einige gute Kontakte zum Zentralkomitee besaß. Eine Tatsache, die Forester anfänglich einiges Kopfzerbrechen bereitet hatte. Lange hatte Forester angenommen, der Nachrichtendienst würde ihn durch die Frau überwachen lassen. Forester hatte allerdings bis heute keinerlei Anhaltspunkte gefunden, die seine ursprünglichen Befürchtungen bestätigten. Anscheinend lagen also andere Grunde vor, weshalb die Frau auf sein Schiff versetzt worden war. Forester vermutete deshalb, das dies nur als Möglichkeit genutzt worden war um die Karriere von Waters zu beschleunigen, war sich jedoch nicht sicher. Forester blickte die junge Frau fragend an. "Mir scheint ihre Gedanken bewegen sich in andere Richtungen und sie sehen andere Optionen, als ihre Kameraden, Commander. Reden sie frei heraus, was sie denken. Schaden kann es uns wohl kaum."
Für einen Moment schien die Frau fast erschrocken zu sein, nun die Aufmerksamkeit von allen auf sich gezogen zu haben. Dann setzte sie sich kerzengerade in ihrem Sessel zurecht. Ihr Gesicht nahm innerhalb eines Augenblicks einen völlig anderen Ausdruck an und wirkte jetzt kalt, berechnend und distanziert. "Sir ... sie wissen deutlich besser als die übrigen hier anwesenden Offiziere, wie wichtig dieser Auftrag ist. Gesetzt den Fall, wir kämpfen und werden vernichtet, so kann die Regierung der Volksrepublik langfristig daraus wohl einen politischen Vorteil ziehen, der innenpolitisch relevant ist. Sowohl kurzfristig als auch mittelfristig schwächt es jedoch unsere Streitkräfte. Einen klaren und verlustfreien Sieg unserer Streitkräfte halte ich bei diesem Gefecht, wenn wir es denn wirklich austragen wollen, derzeit für zumindest sehr unwahrscheinlich. Mein derzeitiger Rat wäre ein temporärer Rückzug unserer Streitkräfte. Wenn es den Plänen unserer Regierung und des Flottenkommandos genehm ist, dann können wir zu einem späteren Zeitpunkt mit deutlich stärkeren Kräften zurück kehren."
Waters deutete auf die detaillierte Holoanzeige, die sich soeben neu aktualisierte. "Schauen sie einfach, was unsere Sensoren erfassen ... Im Orbit des dritten Planeten werden jetzt zwei Geschwader von Drohnen

angezeigt. Ein weiteres Geschwader wird im Orbit des vierten Planeten angezeigt. Das sind zusammen fast 100 Drohnen. Selbst wenn wir eines oder sogar zwei zusätzliche Schlachtschiffe hier vor Ort hätten, so wäre das kein ausgeglichenes Gefecht. Wir müssen immer noch vermuten, dass unsere Opponenten über weitere Schiffe und Drohnen verfügen. Zum derzeitigen Zeitpunkt würde ich vorschlagen, dass diese Flotte mit mindestens 4, besser jedoch 6 zusätzlichen Schlachtschiffen zurück kehrt, um ein Gefecht siegreich zu bestehen. Jedoch befürchte ich, dass wir auch dann Verluste erleiden würden, die weit über das hinaus gehen, was wir als angemessen ansehen ... also würde ich empfehlen, einen anderen Weg einschlagen und versuchen, das Beste aus der derzeitigen Situation zu machen. Bremsen wir langsam ab, stellen einen stabilen Kontakt zu den beiden hier existierenden Parteien her, und sammeln Informationen. Danach verlassen das System wieder. Egal wie unsere Erkenntnisse vielleicht ausfallen mögen, die Regierung der Volksrepublik kann sie verwenden um eigene Planungen zu treffen, sich vorbereiten und in der Zukunft ein Gefecht unter anderes gearteten Voraussetzungen anzutreten. Außerdem weise ich den Admiral mit allem gegebenen Respekt auf die derzeitige, innerpolitische Situation der Volksrepublik hin."
Forester schaute die junge Frau einen Moment nachdenklich an. "Alle Anwesenden mit Ausnahme von Commander Waters gehen auf ihre Stationen zurück ... Commander Waters, wir beide werden uns einmal unter vier Augen unterhalten."
Nahezu fluchtartig verließen die übrigen Offiziere den Raum. Forester grinste verhalten, ehe er Commander Waters musterte. "Ich weis, das ihr Onkel der Komiteevorsitzende der Flotte ist. Ich weis auch, dass sie auf dieses Schiff abkommandiert worden sind, um mich im Auge zu behalten. Ich vermute, dieser Einsatz sollte als Sprungbrett für ihre weitere Karriere dienen ... und ich weis auch, dass sie sehr viel intelligenter als viele anderen Offiziere sind ... Sie sind als der hiesige Offizier des Nachrichtendienstes für die erfolgreiche Feindaufklärung verantwortlich. Ich wage einmal zu behaupten, dass sie derzeit ein Problem haben. Ich hingegen bin als Befehlshaber dieses Verbandes für die Umsetzung der erhaltenen Befehle verantwortlich, die da lauteten: Eroberung und/oder Eingliederung des Midway Systems.
Ich befürchte, wir beiden haben ein Problem. Es wäre ungewöhnlich, wenn man uns beiden, als die Verantwortlichen für dieses Fiasko, nicht

an die Wand stellt ... Da ich annehme, sie wissen recht genau über die derzeitigen Planungen des Zentralkomitees Bescheid, würde ich gerne erfahren, was ihnen durch den Kopf geht. Im Gegensatz zu den anderen Stabsoffizieren gehören wir beide den "Mächtigen Familien" an. Wir wissen also beide deutlich mehr als andere und kennen auch die Hintergründe, die anderen Personen in diesem Geschwader unbekannt sind ... Wenn uns beiden nicht ein Ausweg einfällt, dann werden wir nur noch eine sehr begrenzte Lebenserwartung haben ... Sprechen sie offen, ich werde das selbe tun."
Waters nickte langsam. "Die Situation, die wir in diesem Sonnensystem vorgefunden haben, ist für uns zwar überraschend und teilweise auch undurchsichtig aber wir können sie zu unserem Vorteil nutzen ... Ich war Mitglied des Nachrichtendienstlichen Teams, das in der Heimat die geplanten Reformen des Zentralkomitees ausgewertet hat. Das, was unsere Regierung in der Heimat benötigt, um innenpolitisch alles auf ein stabiles Fundament zu stellen, wäre natürlich der Anschluss dieses Sonnensystems gewesen. Noch deutlich optimaler für unsere Zwecke wäre allerdings eine verlustreiche Schlacht gewesen, aus der wir uns geschlagen zurückziehen mussten ... So wären wir dazu in der Lage gewesen, Midway als "Das Reich des Bösen" also als einen echten Feind hinzustellen, der die Existenz der Volksrepublik bedroht. Diese Möglichkeit bietet sich uns jetzt gerade, ohne dass wir Verluste zu verzeichnen haben, die wir mühsam wieder ersetzen müssten. Ich bin der festen Überzeugung, wir sollten diese einmalige Gelegenheit jetzt unbedingt nutzen. Das militärische Potential von Midway können wir, aufgrund der uns nun vorliegenden Daten, zweifelsfrei beweisen. Den Empfang des ersten Funkspruchs lassen wir einfach aus den offiziellen Aufzeichnungen verschwinden und löschen auch alle entsprechenden Hinweise im zweiten Funkspruch. Somit haben wir einen Gegner, der nachweislich, militärisch massiv aufgerüstet hat und sich als Grund und Rechtfertigung, für alle noch auftretenden Probleme oder Maßnahmen der Regierung, förmlich anbietet.
Ihr Verdienst ist es, unsere Einheiten, ohne eigene Verluste aus einer Konfrontation mit einem Überlegenen Gegner gerettet zu haben ... So werden wir es offiziell vermelden und auch verlautbaren lassen. Ich unterstütze sie dabei vollständig ... Ich könnte mir sogar vorstellen, dass wir aus dem Vorfall sogar beide noch Kapital schlagen."

Forester schmunzelte und nickte zustimmend. Die junge Frau hatte genau das ausgesprochen, was ihm selbst durch den Kopf ging. Forester lachte amüsiert. "Willkommen im großen Spiel, junge Dame. Prinzipiell sehe ich die Fakten genau so wie sie. Nun lassen sie uns einmal die Daten sichten, derweil wir Kurs auf die Heimat nehmen. Machen wir uns also gemeinsam Gedanken, wie wir beiden unsere neu gewonnenen Erkenntnisse am besten nutzen können."
Der Rear-Admiral runzelte nachdenklich die Stirn und kniff seine Augen etwas zusammen, ehe er sinnend weitersprach. "Gemessen an der geschätzten Bevölkerung und der hier im System zur Verfügung stehenden Wirtschaft, kann ich mir nicht wirklich vorstellen, dass diese Konstellation, die hier von uns vorgefunden wurde, von langer Dauer ist. Früher oder später wird es wohl zu einem Waffengang zwischen den beiden Planeten kommen. Es ist völlig egal, wer der Sieger sein wird. Die Nebenwirkungen werden Midway mit Sicherheit schwächen, es uns ermöglichen, die Reste leicht zu beseitigen … und somit das System letztendlich zu erobern. Wir haben Zeit, da Midway nicht über sprungtaugliche Schiffe verfügt und somit im System eingeschlossen ist. Nutzen wir dies also aus und planen entsprechend … Wenn wir es geschickt angehen, dann könnten wir sogar noch viel weiter planen."
First Commander Maria Waters lächelte. "Wie ich bemerke, bewegen sich ihre Gedanken in ähnlichen Bahnen wie auch meine eigenen. Ich freue mich auf unsere Zusammenarbeit, Sir."
Sechs Stunden später verließen die Schiffe der Volksrepublik das System wieder, ohne dass ein einziger Schuss abgegeben worden wäre. Auf Midway 3 wurde dies als großer Erfolg gefeiert. Man war sich dort zu diesem Zeitpunkt nicht darüber im klaren, dass der Kampf um dieses System nur auf einen späteren Zeitpunkt verschoben worden war. Die Kriegsschiffe der Volksrepublik würden zurück kehren und würden dann auch gewillt sein zu kämpfen. Auf Midway 4 war diese Tatsache bereits erkannt worden. Der Kommandant der Kronkolonie hatte bereits einen entsprechenden Bericht verfasst und abgesendet. Die einsame Trojanerstation, die hoch über der Bahnekliptik von Midway stationiert war, leitete diesen Bericht bereits nach Lemuria weiter.

Die schnelle Rückkehr der Flotte nach Gateway löste Unruhe aus. Drei Tage später saßen Forester und Waters in Einzelhaft. Sie hatten sich im

Vorwege auf einen Plan verständigt, der mehr als ungewöhnlich war. Tagelang war die Zukunft der Beiden ungewiss. Schon mehr als nur ein Offizier war für weitaus unwichtigere Versagen hingerichtet worden. Doch dann wendete sich das Blatt. In der Regierung wollte man Details erfahren und suchte nach einem Weg aus der Misere ... Forester zeigte ihnen einen möglichen Weg und wurde dabei von Commander Waters unterstützt.

Die Nachricht vom Verlauf der Mission sorgte im Zentralkomitee für viel Unruhe. Es dauerte fast zwei Wochen, bis Nicolas Forester seinen umfangreichen Bericht vorlegte und zusammen mit Maria Waters den Mitgliedern des Zentralkomitees einen Weg aufzeigte, der es jetzt der Volksrepublik erlauben würde, die sorgsam geplanten und angestrebten politischen Reformen im Sinne des "Ersten Vorsitzenden" und auch des Zentralkomitees umzusetzen. Entscheidend für Foresters Erfolg war dabei vor allem die Hilfe und Vorbereitungsarbeit von Maria Waters, sowie die erst zögerliche, dann jedoch vorbehaltlose Unterstützung des "Ersten Vorsitzenden". Maria Waters hatte sich für die Umsetzung der Pläne als zielstrebige und überaus weitblickende Verbündete erwiesen, die Forester bisweilen durch ihre internen Kenntnisse und deren skrupellose Nutzung ihres Wissens, über das Kräfteverhältnis innerhalb des Zentralkomitees erstaunt hatte. Forester war sich bewusst, dass die endgültige Umsetzung seiner Pläne, die ihn bis weit in die Spitze der Regierung bringen sollten, einige Zeit erfordern würde. Trotzdem war er mehr als zufrieden mit dem, was er erreicht hatte und blickte jetzt seiner ganz persönlichen Zukunft zuversichtlich entgegen. Zudem hatte eine Verbündete erhalten, mit deren Hilfe er diesen Weg wohl nicht alleine beschreiten musste. Dieser Gedanke gefiel ihm durchaus, wie er sich eingestand.

Zwei Monate, nachdem Rear-Admiral Forester von seiner Mission in das Midway System zurück gekehrt war, verkündete der "Erste Vorsitzende" endlich in einer Holobotschaft die umfassende Reform der Volksrepublik. Die medial sorgsam vorbereitete Nachricht versetzte die Bevölkerung der Volksrepublik fast in Ekstase. Von nun an sollte die Regierung nicht mehr durch das "wohlwollende" Zentralkomitee, das offiziell von Delegierten aus dem Volk gestellt wurde, gestellt werden, sondern die Regierung sollte durch "freie Wahlen" erfolgen. Nach dem Beschluss des Ersten Vorsitzenden und des Zentralkomitees sollte nun in Abständen von zehn

Jahren ein Präsident dem gewählten Kongress vorstehen und das Schicksal der Volksrepublik lenken. Dabei sollten die Senatoren, die sich im Kongress zusammenfanden, ihn bei seinen Entscheidungen unterstützen und beraten. Laut der Aussage des "Ersten Vorsitzenden" war jetzt endlich die ersehnte Zeit gekommen, um die Volksrepublik nun endgültig und wahrhaftig: "Direkt durch das Volk, für das Volk und im Namen des Volkes, zum Wohle des Volkes, zu regieren." … Die in der ganzen Volksrepublik verbreitete und medial immer weiter gelobte und gepriesene Holobotschaft wurde von der überwiegenden Mehrheit der unwissenden Bevölkerung nahezu jubelnd aufgenommen. Wieder einmal zeigte es sich, was für einen Einfluss und eine Macht die Medien besaßen. Vor allem, wenn die Bevölkerung alles als Wahrheit auffasste, was von den Medien verbreitet wurde. Von Medien jedoch, die völlig unter dem Einfluss der Regierung standen und nur das berichteten, was sie auch berichten durften oder sollten.

In seiner Botschaft hatte der "Erste Vorsitzende" angekündigt, die ersten Wahlen sollten, gemäß Beschluss des Zentralkomitees, in zwei Jahren nach Verkündung seiner Botschaft stattfinden. Die Zeit bis dahin würde noch benötigt werden, um die zahlreichen Volkskomitees und regionalen Komitees in die zwingend notwendige und beabsichtigte Beamtenstruktur der neuen Regierungsform umzuwandeln. In seiner Botschaft bat der "Erste Vorsitzende" um die tatkräftige Unterstützung der gesamten Masse der Bevölkerung. "Damit dieses historische Werk, zum Wohle der ganzen Bevölkerung unserer geliebten Volksrepublik in der Zukunft möglichst reibungslos umgesetzt werden kann, bedarf es des Mitwirkens aller treuen und aufrichtigen Bürger. Ich bin sicher, auch ihr, meine geschätzten Mitbürger erkennt diese Vision, die hinter dieser epochalen Reform steckt. Zusammen erschaffen wir eine neue, eine strahlende Zukunft auf die wir stolz sein können."

Seine wohlwollenden und sehr emotional vorgetragenen Worte hatten so manchen Bürger zu Tränen gerührt … Ganz genau so, wie es von den versierten Psychologen der Regierung geplant worden war.

Die Zeit bis zu den angekündigten Wahlen waren angefüllt von fast hektischer Aktivität, in nahezu allen Schichten der Bevölkerung. Erste Verbesserungen in der wirtschaftlichen Gesamtsituation machten sich bereits nach wenigen Monaten deutlich bemerkbar. Eine fast greifbare

Aufbruchstimmung hatte die Bevölkerung erfasst und dieser Effekt wurde vom Zentralkomitee natürlich gezielt durch die sehr gezielte und beständige Medienberichterstattung gefördert. Der Erste Vorsitzende und auch einige Mitglieder des Zentralkomitees, die zum innersten Kreis um die Führungsspitze gehörten, nutzten diese Zeitphase jetzt geschickt, um diverse unliebsame Widersacher unauffällig und zumeist final auszuschalten. Alte Rechnungen, die es innerhalb der "Mächtigen Familien" zu dutzenden gab, wurden nun präsentiert und teils blutig bezahlt. Das Gebot der Stunde war, die mögliche Opposition bereits jetzt zu liquidieren und alles notwendige vorzubereiten, damit die Spitze der neuen Regierung problemlos agieren konnte, wenn die Zeit dafür gekommen war.
Als die Wahlen endlich abgehalten wurden verblüffte es deshalb nicht sonderlich, dass der ehemalige Erste Vorsitzende nun zum Präsidenten gewählt wurde ... zwar mit lediglich einer knappen Mehrheit aber doch deutlich genug Stimmen, um jetzt als legitimer Präsident ausgerufen zu werden.
Erstaunlicherweise hatte man dieses Wahlergebnis noch nicht einmal übermäßig stark "korrigieren" müssen. Auch die neuen Senatoren, die gewählt wurden, konnten in der Regel entspannt auf entsprechende Wahlergebnisse blicken. Hier zeigte es sich, wieder einmal, wie viel Einfluss und Druck, durch den gut vorbereiteten Einsatz der Medien erreicht werden konnte. Die wenigen neu gewählten Senatoren, die ausnahmsweise nicht aus der alten Führungsriege stammten, würden problemlos zu kontrollieren sein und nicht wirklich entscheidend in die Politik des neu gewählten Präsidenten Einfluss nehmen können. Zudem verliehen die Wahlerfolge dieser neuen und unabhängigen Senatoren der ganzen Wahl äußerlich den Anschein, das Volk hätte wirklich, entscheidend und unabhängig, einen Einfluss auf die letztendlichen Ergebnisse der Wahl gehabt. So schien es jetzt zumindest für viele der Bürger, die nun ihre neue "Freiheit" jubelnd feierten. Somit setzte der Senat sich nun aus 100 Senatoren zusammen, von denen 14 Senatoren nicht zur alten Führungsriege gehörten. Vier dieser neuen Senatoren stammten von Flagran, weitere vier kamen von Sideway, die restlichen sechs, der jetzt neu gewählten Senatoren aus dem Gateway System, in dem die wirtschaftliche und politische Macht der Volksrepublik konzentriert war.

Sehr zum Erstaunen vieler Bürger, und auch der neuen Regierung, entwickelte sich vor allem Flagran, in der Folgezeit, zusehends zu einem erstaunlich effektiven Wirtschaftsfaktor, innerhalb der nun deutlich besser florierenden Volkswirtschaft. Der allerorts viel zitierte Wahlspruch des neuen Präsidenten: "Alles ist möglich und jeder Bürger hält sein Schicksal selbst in seinen eigenen Händen." war (trotz seiner Doppeldeutigkeit, die kaum jemand erkannte) hier auf einen besonders fruchtbaren Boden gefallen.

Drei Jahre nach der Wahl begann man damit das Midway System als Gegner aufzubauen. Der Sicherheitsdienst der Volksrepublik hatte diese Operation sorgsam vorbereitet. Geleitet wurde der Sicherheitsdienst nun von Maria Waters, die sich immer deutlicher als zuverlässigste und engste Verbündete von Nicolas Forester erwiesen hatte. Privat waren die beiden bereits kurz nach der Wahl ein Paar geworden. Eine Tatsache, die jedoch vor der Öffentlichkeit sorgfältig geheim gehalten wurde. Forester hatte in der Regierung den Posten des Kriegsministers inne. Sämtliche der wirklich relevanten Stellen im Militär, waren mit Leuten besetzt worden, die vollends hinter dem Kriegsminister standen. Der Sicherheitsdienst hatte dabei einen nicht unerheblichen Einfluss gehabt und dabei unauffällig die Befehle von Maria Waters ausgeführt. Die Tatsache, dass sich diese Befehle sich mit den Wünschen und Bedürfnissen von Nicolas Forester deckten war selbsterklärend, wurde jedoch nur von wenigen Insidern erkannt. Mit der geballten Macht von Militär und Sicherheitsdienst hinter sich, waren Maria Waters und Nicolas Forester nahezu unangreifbar geworden.
Bereits ein Jahre nach der zweiten Wahl, die erwartungsgemäß wieder der Präsident gewann, setzten Forester und Waters den nächsten Teil ihres langfristigen Plans um. Die Wirtschaft hatte es erlaubt, die Flotte um vier Geschwader von Drohnen zu verstärken, die im Gateway System stationiert worden waren. Zudem war es den Bewohnern von Seven Moons gelungen weiterer vier kleiner Frachter habhaft zu werden, und sie dann an die Volksrepublik zu verkaufen. Diese vier Frachter, die in der Kernsphäre unter dem Baumuster Trader bekannt waren und eine Masse von 130.000 Tonnen besaßen, transportierten nun regelmäßig Waren, innerhalb der Systeme der Volksrepublik. Jetzt war es an der Zeit, das Feindbild des Midway Systems deutlich stärker in den Focus der

Bevölkerung zu rücken. Die jahrelange Vorarbeit zu diesem Vorhaben machte sich nun eindeutig bezahlt.

In den Medien erschienen nun häufiger Berichte die sich auf "gut unterrichtete Quellen aus der Regierung" stützten und den Bewohnern des Midway Systems die Schuld oder die Anteilnahme an diversen Vorfällen zuschrieben, die in der Regel dazu dienten Verhaftungen durchzuführen. Somit war es der Regierung möglich, Leute aus dem Verkehr zu ziehen, die sich wiederholt kritisch gegen die Regierung äußerten, eine potentielle Gefahr darstellten oder einfach nur als ein simples Bauernopfer dienten. Auch alle wirtschaftliche Rückschläge und die bisweilen vorkommenden Industrieunfälle wurden dem Wirken dieses Gegnern zugeschrieben. Als Erklärung auf die Frage, wie die Bewohner des Midway Systems denn überhaupt in die Raumregion der Volksrepublik eindringen konnten, wurde immer wieder auf das Raumschiff verwiesen, das einst die ursprünglichen Kolonisten in das Midway System gebracht hatte. Dieses Raumschiff war sprungtauglich und wurde nun ... laut Aussage der "gut unterrichtete Quellen aus der Regierung" von Midway dazu benutzt, um beständig Agenten, Spione und Agitatoren einzuschleusen. Diese Eindringlinge kamen angeblich zumeist über die Systeme Seven Moons, One Stone, Sideway oder Flagran in die Volksrepublik ... so zumindest die stets wiederholten Aussagen der Medien. Es erschien deshalb notwendig, die Präsenz der Flotte und des Militärs im Flagran System und im Sideway System zu verstärken und langfristig auch die beiden "Einfalltore" Seven Moons und One Stone für den Gegner unpassierbar zu machen. Dass diese Schritte mit gewissen Wirtschaftlichen Anstrengungen verbunden waren, erschien der breiten Bevölkerung nachvollziehbar. Freiheit und Sicherheit hatte nun einmal seinen Preis.

Als erster Schritt wurde im System Sideway die Präsenz von Flotte und Militär verstärkt, um dem Gegner dieses mögliche Einfalltor zu verschließen. Dazu wurden bei Sideway zwei Drohnengeschwader neu aufgestellt und sodann Medienwirksam in Dienst gestellt. Eine orbitale Flottenwerft im Orbit von Sideway folgte. Dort konnten Raumschiffe gewartet und nötigenfalls repariert werden. Zudem sollten, im Verlaufe der kommenden zwei Jahre, auf dieser Werft vier Systemkampfschiffe der gänzlich neu konstruierten *Constitution*-Klasse erbaut werden. Dies waren systemgebundene Schiffe mit einer Masse von 120.000 Tonnen,

die später dann auch in den Systemen Gateway und Flagran erbaut und stationiert werden sollten, um die Flottenpräsenz auch in diesen Systemen zu stärken.
In den jetzt folgenden drei Jahren wurde dieses kostspielige Projekt, ohne Rücksicht auf wirtschaftliche Engpässe, umgesetzt. Zusätzlich wurden bei Flagran und Gateway jeweils ein neues Geschwader von Drohnen in Dienst gestellt. Die Indienststellung dieser Geschwader wurde von den Medien systematisch ausgeschlachtet. Immer öfter erschien Forester in den Medien, die vorteilhaft von seinem Wirken berichteten. Die Flotte der Volksrepublik wuchs beständig an und auch die Bodentruppen wurden weiterhin kontinuierlich ausgebaut, was bei den beständigen Freiwilligenmeldungen leicht war ... Kapital für diese Maßnahmen floss reichlich und die Bevölkerung verlangte lautstark und fortwährend nach einem stärkeren Militär, das die Interessen der Volksrepublik wahren und beschützen konnte. Der massive Ausbau der militärischen Kräfte war für Forester ungemein wichtig. Nur so konnte er seine späteren Pläne auch verwirklichen.
2338 waren alle Vorbereitungen abgeschlossen und der nächste Schritt des Plans konnte umgesetzt werden. Die Annektierung von One Stone stand bevor. Jahrelang hatte Nicolas Forester darauf hin gearbeitet dieses System der Volksrepublik hinzu zu fügen. Bisher diente One Stone lediglich dazu, kleine Mengen von Gütern aus der Kernsphäre zu erlangen, die den langen Weg in das Outback fanden. Nun endlich sollte das, bislang unabhängige und wirtschaftlich eher schwache und marode, System endgültig vollständig der Kontrolle der Volksrepublik unterliegen. Wirtschaftlich gesehen konnte One Stone nur sehr schwer alleine existieren. Wenn die dort auflaufenden Güter nicht beständig von Beauftragten der Volksrepublik erworben würden, die dafür mit Produkten und Material aus der Volksrepublik bezahlten, wäre die Wirtschaft von One Stone bereits längst zusammen gebrochen.
Dem Einsatz des Sicherheitsdienstes war es zu verdanken, dass im System One Stone, unter der dortigen Bevölkerung, Unruhe und Unzufriedenheit herrschte. Die dortigen Bewohner hatten bisher nicht erkannt, dass die immer häufigeren Unfälle, blutigen Unruhen und beständigen, hartnäckigen Gerüchte, über das ausschweifende Leben sowie die Dekadenz ihrer Regierung, fremd gesteuert wurden. Im System One Stone wurde bei den dort lebenden Menschen der Ruf nach Freiheit

und Wohlstand immer lauter. Die dortige Regierung, die sich traditionell aus der Familie zusammen setzte, die damals die Kolonisten in dieses System geführt hatte, war diesen Ereignissen gegenüber nahezu hilflos. Dies äußerte sich immer häufiger in, teilweise brutalen und blutigen, Repressalien gegenüber der eigenen Bevölkerung. Eine Tatsache, die eher kontraproduktiv war, da diese Ereignisse von den Agenten der Volksrepublik gezielt genutzt wurden, um noch stärker Stimmung gegen die dortige Regierung zu machen. One Stone glich Anfang des Jahres 2338 einem Pulverfass, dessen Lunte bereits lichterloh brannte.

Diese Operation trug den Namen "Operation Patriot" und sollte, nach dem Willen von Forester, durch ein Geschwader von Schlachtschiffen sowie einem Transporter vollzogen werden, der Besatzungstruppen mitführte, die dann: "Die Sicherheit der neuen Bürger und des Systems gewährleisteten." … Frei übersetzt hieß das nichts anderes, als die Besetzung des Systems, Ausschaltung der alten Regierungsstruktur und eine schnelle und vollständige Eingliederung in die Volksrepublik. Die Vorkehrungen für diese nun erfolgende Eroberung waren bereits längst abgeschlossen. Nach außen hin würde es auf die uneingeweihten und nichtsahnenden Menschen so wirken, als wäre die Volksrepublik dort einmarschiert, um die dort immer stärker schwindende öffentliche Sicherheit wieder herzustellen sowie den dort lebenden Menschen Schutz zu bieten … fast wie bei Militäreinsätzen auf dem fernen Terra, wo gewisse Regierungen in der Vergangenheit so handelten, um die eigenen Interessen zu wahren und dies der Allgemeinheit dann als Akt der Selbstlosigkeit und Humanität anzupreisen.

Nicolas Forester hatte beschlossen, diese Operation selbst, von der Brücke der Liberator aus, zu befehligen. So hatte er endlich die lange ersehnte Möglichkeit als Eroberer eines Sonnensystems und zudem als Befreier für die dort unterdrückten Menschen, seinen Namen in den Geschichtsbüchern zu verewigen. Als sein Geschwader Anfang August 2338 in das One Stone System einsprang um sofort Gefechtsformation einzunehmen, saß er, wie in alten Tagen, im Kommandantensessel. Er vibrierte fast vor Erregung, als seine kampfbereiten Kriegsschiffe One Stone einkreisten und die ersten Sturmshuttles sich vom begleitenden Transporter lösten, um die Asteroidenstation anzufliegen.

Agenten des Sicherheitsdienstes der Volksrepublik hatten bereits im Vorweg sichergestellt, dass die zahlreichen Verteidigungseinrichtungen der Asteroidenbasis nicht in der Lage waren, das Abwehrfeuer auf die anfliegenden Shuttles zu eröffnen. Dazu war es lediglich notwendig gewesen, die Energieversorgung zu diesen Einrichtungen solange zu unterbrechen wie es notwendig war, damit die Sturmshuttles sicher landen konnten. Dies war problemlos gelungen und die Agenten, die sich als "patriotische Bürger von One Stone" tarnten, warteten nun einfach geduldig in der Zentrale der Hauptenergieversorgung von One Stone, auf das Eintreffen der Landungstruppen, die alsbald planmäßig die Zentrale besetzen würden. Die Agenten würden dann einfach in der Menschenmenge der Asteroidenbevölkerung untertauchen, um dann bei Bedarf später wieder aktiv zu werden. Alle hatten sorgsam vorbereitete Lebensläufe, waren seit mehreren Jahren hier wohnhaft, oder waren teilweise sogar hier geboren. Ihre Loyalität jedoch galt ausschließlich der Volksrepublik, für die sie tätig waren. Die Planung sah vor, diese Agenten im späteren Zeitverlauf zur Überwachung der Bürger zu nutzen. Dazu war geplant, sie auch weiterhin ihre Schattenidentitäten beibehalten zu lassen, um sie unverfänglicher gegenüber den übrigen Bürgern wirken zu lassen.

Die Landungstruppen strömten aus den eben gelandeten Sturmshuttles und begaben sich unverzüglich zu ihren Einsatzpunkten. Jedes Team der rund 400 Elitesoldaten war monatelang auf diesen Einsatz trainiert worden. Alle kannten ihre Einsatzparameter und konnten diese selbst im Halbschlaf aufzählen. Diesen Elitesoldaten standen lediglich 96 Polizisten, sowie die 50 Leibgardisten der Regierungsfamilie und einige wenige Bürger gegenüber, die es aus Überzeugung oder Weitsicht nicht wünschten, dass die Volksrepublik hier das Ruder übernahm. Bereits in der Vorbereitungsphase waren einige Bürger, die gegenüber der hiesigen Herrscherfamilie besonders treu erschienen, eliminiert worden. Das bewirkte nun, dass der Widerstand gegen die die gelandeten Soldaten der Volksrepublik nur sehr gering war. Zudem gab es kaum verfügbare Waffen, mit denen man die angreifenden Soldaten wirkungsvoll hätte bekämpfen können. Derartige Waffen waren, auf One Stone, nur der Polizei oder aber der Leibgarde vorbehalten. Die wenigen Waffen in Privatbesitz waren zumeist Relikte aus älterer Zeit, die fast Museumswert besaßen. In der Vergangenheit hatte die Polizei der Asteroidenzivilisation sorgfältig darauf geachtet, dass die Bürger sich nicht einfach mit wirkungsvollen Waffen ausrüsten konnten, wenn ihnen der Sinn danach stand.

Die Polizeikräfte der Asteroidenstation waren von der Situation völlig überfordert. Zudem lag bei so manchem Polizisten die volle Loyalität auch nicht auf der herrschenden Familie und die Ereignisse der letzten Monate hatten zusätzliche Spuren hinterlassen. Nicht wenige Polizisten ergaben sich kampflos den Einmarschierenden Soldaten, einige andere wechselten offen die Seiten und lieferten sich Schusswechsel mit ihren ehemaligen Kameraden. Anderen wiederum verließen einfach ihre Posten und versteckten sich, aus Angst vor der Rache der Sieger. Lediglich auf der untersten Sohle der weitläufigen Asteroidenbasis, dort wo sich der Regierungssitz von One Stone befand, entbrannten heftige Kämpfe, zwischen den verzweifelten, letzten Truppen von One Stone und den Einheiten der Volksrepublik. Damit war gerechnet worden. Colonel Charles George Gordon, der Kommandant der Bodentruppen die von der Volksrepublik eingesetzt wurden, war überrascht darüber, dass seine Einheiten so weit in die Station vorgedrungen waren, ohne dass es bisher zu ernsteren Kämpfen für seine Truppen gekommen war. Jetzt allerdings schien das vorüber zu sein. Colonel Gordon hatte vor seinem Einsatz sehr klare und unzweideutige Befehle erhalten. Diese setzte er nun um. Ohne jede Rücksicht ließ er seine Soldaten angreifen und unter Missachtung der eigenen Opfer die letzten Stellungen der Verteidiger stürmen. Der verbissene Kampf entwickelte sich zu einem Nahkampf, in dem seine eigenen Soldaten die Verteidiger endlich durch ihre schiere Übermacht aus deren Stellungen drängen konnten. Der darauf folgende Endkampf war ein Gemetzel. Die an ihn vor dem Einsatz ausgegebenen Befehle besagten, dass keiner der Verteidiger und niemand aus der herrschenden Familie den Kampf überleben durfte. Colonel Gordon achtete darauf, dass seine handverlesenen Soldaten diesen Auftrag erfüllten. Als endlich die letzten Räume des Regierungsbunkers durchkämmt und von allen Verteidigern gesäubert worden waren, lebte in diesem Teil der Asteroidenbasis, außer den Soldaten der Volksrepublik, niemand mehr. Colonel Gordon erstattete über sein Komgerät Meldung an Nicolas Forester. Dann stellte einen Zug Soldaten als Wache vor dem Zugang in den Regierungsbunker ab und verteilte seine restlichen Soldaten eilig an strategisch wichtigen Positionen innerhalb der weitläufigen Asteroidenbasis. Eintreffende Sanitäter kümmerten sich um die verletzten

Soldaten der Volksrepublik. Colonel Gordon machte sich auf den Weg zur Landeschleuse, wo bald Nicolas Forester eintreffe würde. Diese Schlacht war erfolgreich für die Volksrepublik ausgegangen. One Stone gehörte jetzt der Volksrepublik und niemand würde das jetzt noch ändern können.

Colonel Gordon empfing Nicolas Forester in Hangarhalle, als dieser aus seinem Shuttle stieg. Der Colonel salutierte zackig vor seinem Vorgesetzten. "One Stone ist erobert und gesichert, Sir. Melde meine Befehle als vollständig ausgeführt. Die eigenen Verluste belaufen sich auf 16 Gefallene und 48 Verletzte."

Forester nickte kurz. Vor allem der Teil der Meldung, der besagte, der Colonel würde SEINE Befehle als vollständig ausgeführt betrachten, sagte ihm, dass die herrschende Familie vollständig eliminiert worden war. Dies war Nicolas Forester, Maria Waters und dem Präsidenten wichtig gewesen, da somit in der Zukunft von dieser Seite keinerlei Probleme mehr auftauchen konnten. Maria Waters hatte während der Planungsphase argumentiert, man solle tunlichst mögliche Probleme bereits zu Anfang aus der Gleichung entfernen, um nicht irgendwann später fest zu stellen, dass man da etwas übersehen hatte. Bisweilen war Forester immer noch erstaunt darüber, wie kaltherzig und berechnend seine Frau in derartigen Dingen sein konnte. Wenn es darum ging ein Ziel zu erreichen, dann war Maria bisweilen völlig skrupellos. Ihr war nur der Erfolg wichtig. Kollateralschäden betrachtete sie als Beiwerk, welche zwangsläufig anfiel.

Mit einer kurzen Handbewegung signalisierte Forester dem Colonel, er solle voraus gehen. Der Colonel würde Nicolas Forester in die Komzentrale von One Stone führen, wo Forester eine Ansprache an die Bevölkerung des Systems halten wollte. Der Wortlaut dieser Ansprache war bereits vor einigen Monaten von versierten Psychologen detailliert ausgearbeitet worden. Forester war sich sicher, seine Ansprache würde auch mögliche Zweifler, in der hiesigen Bevölkerung, letztendlich zu Befürwortern der Volksrepublik machen und deren etwaiges Misstrauen zerstreuen. Sollten die Worte nicht ausreichen, so würden das sicherlich die der Volksrepublik loyalen Besatzungstruppen und der humorlose Militärgouverneur erledigen, die dauerhaft im System verbleiben sollten. Im Gateway System würde man Forester bei seiner Rückkehr als Helden feiern, der für die Volksrepublik ein Sonnensystem erobert hatte. Der

Umstand, dass die Bevölkerung von One Stone derzeit lediglich knapp 25.000 Menschen betrug war dabei nebensächlich. Entscheidend war die Eroberung eines Sonnensystems, dass somit der Volksrepublik hinzu gefügt werden konnte. Der Umstand, dass One Stone bereits seit vielen Jahrzehnten als Anlaufpunkt für Händler aus der Kernsphäre diente, somit die Erlangung neuer Technologien und Nachrichten ermöglichte war kaum in materiellen Werten aufzuwiegen. Hinzu kam der Handel, der beständig Wohlstand generierte. Jedoch war dieser Handel nur relativ klein und immer noch in der Phase des Wachstums. Quälend langsam allerdings, wenn man die verfügbaren Daten ehrlich auswertete. Prinzipiell jedoch plante die Volksrepublik langfristig. Man hatte also Zeit. Forester lächelte. Er hatte eine weitere Stufe auf der Leiter der Macht erklommen. Die nächsten Stufen warteten bereits auf ihn, um ihn in den Geschichtsbüchern zu verewigen.

In der Ansprache, die Forester alsbald über das Holonetz von One Stone verbreiten ließ erklärte er den hier lebenden Menschen, die Volksrepublik wäre auf die verzweifelten Bitten der Bevölkerung hier, um den Frieden zu sichern und jetzt wieder Recht und Ordnung in das System von One Stone zu bringen. Er erklärte, die Volksrepublik habe sich den verzweifelten Bitten nicht länger verweigern können, die seit geraumer Zeit an sie heran getragen wurden. Nur aus humanitären Gründen hätte die Volksrepublik diese ungewöhnliche Mission jetzt angetreten, um dem Volk von One Stone endlich die Freiheit zurück zu geben und in diesem System endlich wieder Recht und Ordnung gewährleisten zu können … Hier machte die Kamera einen Schwenk und erfasste etwa zwanzig allseits geachtete Bürger von One Stone, die mit andächtigen Mienen der Rede lauschten. Kein Bürger von One Stone ahnte, dass diese angesehenen und bekannten Leute bereits seit geraumer Zeit für die Volksrepublik agierten.

In den Medien von One Stone, die sich alle unter der vollständigen Kontrolle der Volksrepublik befanden, wurde dieser Kampfeinsatz der Volksflotte nun als ein Akt der Menschlichkeit und der Nächstenliebe hingestellt. Ein vollends humanitärer Einsatz. Eine Handlung, die der Volksrepublik, von den völlig verzweifelten Einwohnern von One Stone, zu diesem Zeitpunkt nahezu aufgezwungen worden war. Der Sicherheitsdienst der Volksrepublik beobachtete sehr genau, wie die Bürger sich verhielten. Leute die sich gegen den Einsatz der Volksflotte aussprachen verschwanden von einem Tag zum anderen ... still und leise. Zumeist hieß es später sie wären ausgewandert, um sich im System Seven Moons ein neues Leben aufzubauen.

Die Tatsache, dass die Wirtschaft zusehends florierte, tat ihr übriges. Die überwiegende Mehrheit der Bevölkerung von One Stone hieß das neu etablierte Regierungssystem gut. Ein Jahr später trat One Stone der Volksrepublik als Vollmitglied bei. Nicht zuletzt durch das Wirken von Forester und Waters, die im Hintergrund beständig und weitestgehend unbemerkt ihre Fäden zogen.

Es gab einige Menschen die erkannten, was geschah, sich jedoch ruhig verhielten, obwohl sie nicht mit dem einverstanden waren, was geschah. Diese Leute waren jedoch klug genug nicht lautstark auf sich aufmerksam zu machen, um sich nicht plötzlich auf einem Raumschiff wiederzufinden, welches sie als Kolonisten in ein anderes System transportierte ... oder aber einen plötzlichen Unfall zu haben, der ihre Lebenserwartung schlagartig verkürzte. Sie verhielten sich also ruhig und arrangierten sich mit dem nun herrschenden System. Selbsterhaltung stand für diese Menschen nun an erster Stelle, zumal viele von ihnen Familien hatten, die im Zweifelsfall ebenfalls in den Focus der Behörden geraten würden.

18.

Der Forester-Plan

Der Empfang des siegreichen Geschwaders, bei der Rückkehr nach Gateway, verlief genauso wie Forester es sich erhofft hatte. Die Medien überschlugen sich fast mit ihren Schlagzeilen, in denen Forester zu einem Helden stilisiert wurde. Forester war sich bewusst, dass dieses Medienereignis nicht zuletzt dem Wirken des Sicherheitsdienstes zu verdanken war, der eisern von seiner Frau geführt wurde.

Waters hatte den Sicherheitsdienst zu einem Faktor ausgebaut, dessen Wirken der allgemeinen Bevölkerung verborgen war, dessen Handeln sich jedoch auf nahezu alle Bereiche in der Volksrepublik erstreckte. Im Verborgenen wurde so nahezu alles gelenkt, was sich auf den Welten der Volksrepublik ereignete. Auch innerhalb der Regierung gab es nur sehr wenige Menschen, denen die Macht bewusst war, die Waters und Forester damit zur Verfügung hatten … Eine Tatsache, die sowohl Waters, als auch Forester sorgsam verschleierten.

Sechs Monate später trafen sich die Führungsmitglieder der Regierung zu einer Geheimkonferenz. Hier stellte Forester einen Plan vor, der die Volksrepublik langfristig weiter wachsen lassen würde. Forester stellte bei seinem Vortrag vor allem die Faktoren der Internen Sicherheit, der Politischen Stabilität und der allgemeinen Wirtschaft in den Focus seiner Ausführungen. Seine Gedanken, Argumente und Erklärungen fanden Anklang. Man entschloss sich dazu, diesen Plan umzusetzen. Innerhalb von drei arbeitsreiche Tagen definierten die Teilnehmer dieser Konferenz hier nun den Weg, den die Volksrepublik einschlagen sollte.

Der erste Schritt dieses Plans sollte die Annektierung von Seven Moons werden. Wenn möglich, wollte man dabei auf den Einsatz von Truppen verzichten. Die Unversehrtheit der dortigen Wirtschaft würde der Volksrepublik nicht nur nutzen, sondern war enorm wichtig für die Pläne. Weiterhin standen die dort vorhandenen Raumschiffe im Focus, die man selbst nutzen wollte. Ohne die Möglichkeit sprungfähige Schiffe in ausreichender Zahl zu nutzen, würde die Volksrepublik in kurzer Zeit zerfallen. Dies wollte man natürlich unter allen Umständen verhindern und die bereits bestehende Flotte so schnell wie möglich weiter ausbauen. Dazu wurde jedoch das System Seven Moons mit seinen Bewohnern gebraucht, die in der Lage waren neue Sprungschiffe zu "Beschaffen" ... Ein Dilemma, zu dem Nicolas Forester bereits eine Lösung ersonnen hatte, die umsetzbar erschien.

Viktor Morncreek, der bisherige Präsident der Volksrepublik, erklärte vor den anstehenden Wahlen, in einer öffentlichen Ansprache, er würde nun den Platz des Präsidenten für jemand anderen frei machen und nicht wieder als Kandidat zur Verfügung stehen. Er nannte als Grund für diese Entscheidung sein Alter, den Wunsch seinen Lebensabend jetzt ruhiger zu begehen und sich seiner Familie zu widmen. In weiten Teilen der Bevölkerung wurde diese Entscheidung mit Erschütterung und teilweise echter Trauer aufgenommen. Somit war das Amt des Präsidenten für Nicolas Forester frei, der jedoch gemäß der Planung lediglich zwei Wahlperioden diese Position inne haben sollte. Danach sollte dann, innerhalb der obersten Führungsriege, entschieden werden wer dieses prestigeträchtige Amt neu besetzen sollte.
Bereits kurze Zeit nach seiner triumphalen Wahl, zum Präsidenten der Volksrepublik, erfolgten die zügige Umsetzung der ersten Schritte von Foresters großem Plan. Die Vorbereitungen dazu waren bereits, in den letzten Jahren, sorgsam voran getrieben worden, so dass erste Erfolge nun schnell erkennbar waren. Die öffentlich wirksame Verbreitung dieser Erfolge, die sich vorwiegend in den Bereichen der Wirtschaft befanden, wurde von den Medien erledigt, die sich nach den Wünschen des Präsidenten richteten. In der Volksrepublik gab es nur wenige Medienkonzerne, die nicht direkt auf der Gehaltsliste der Regierung standen. Jedoch auch diese unabhängigen Medien hüteten sich tunlichst, offene Kritik an der Regierung zu äußern, solange sie vom Sicherheitsdienst nicht dazu aufgefordert wurden. Derartiges kam in unregelmäßigen Abständen durchaus vor, wenn ein Politiker oder hoher Beamter, das Missfallen des Präsidenten oder des Sicherheitsdienstes erregte. In derartigen Fällen wurden dann gewissen Medien Unterlagen und Informationen zugespielt, die es ihnen ermöglichten die Zielperson gewisser Vergehen zu beschuldigen. Für diejenigen, die dann im Fadenkreuz der Medien standen waren dies stets unliebsame und teils sogar finale Erfahrungen. Das hatten auch bereits einige Leute verblüfft

feststellen müssen, die sich für unantastbar hielten. Ein fataler Irrtum, wie diese Menschen dann feststellen mussten.

Es zeigte sich sehr schnell, dass Nicolas Forester und seine Frau, Maria Waters, nicht nur ein langes Gedächtnis besaßen, sondern auch sehr nachtragend waren. Menschen die den beiden in der Vergangenheit Probleme bereitet hatte oder sich sogar offen gegen sie gestellt hatten, bekamen jetzt die Rechnung dafür quittiert. In der Regel war das für die Betreffenden mit dem wirtschaftlichen Ruin verbunden, teilweise aber waren die Folgen auch absolut finaler Natur. Waters Sicherheitsdienst, der allmählich eine gewisse Perfektion bei solchen Aufträgen besaß, ging dabei derart umsichtig vor, dass mögliche Zusammenhänge für die uneingeweihte Bevölkerung nicht erkennbar waren.

Bereits kurz nach Foresters Wahl wurden einige Dutzend, sehr sorgsam ausgewählte, Offiziere der Raumflotte nach Seven Moons entsendet. Der Auftrag dieser Offiziere war klar umrissen. Sie sollten, an Bord der dortigen Raumschiffe, als Austauschoffiziere ihren Dienst tun und die Verhältnisse in den kernwärts gelegenen Systemen zeitnah aus erster Hand kennen lernen. Das Sammeln von Gefechtserfahrung war dabei ebenfalls wünschenswert und gewollt. Da die massiv aufgerüsteten Raumschiffe, der Bewohner von Seven Moons, schon seit Jahrzehnten regelmäßig Plünderzüge und Piraterie im Outback betrieben, war eine derartige Gefechtserfahrung eine zwangsläufige eintretende Erfahrung. Das Flottenkommando der Volksrepublik wusste dies schon lange und Forester gedachte sich diese Tatsache nun zu Nutze zu machen.

Ermöglicht wurde dies dadurch, dass die Volksrepublik bereits seit Jahren engen Kontakt mit zwei der dort herrschenden Clans hatte. Einer dieser Clans war bereits fast zu einer Marionette der Volksrepublik geworden, da die dort herrschende Familie sich, in den vergangenen Jahren, finanziell und vor allem wirtschaftlich immer mehr von der mächtigen Volksrepublik abhängig gemacht hatte. Jetzt war es an der Zeit, für die Volksrepublik, die Erfolge ihrer Investitionen einzufahren. Die schleichende Übernahme des einen Clans wurde von Unfällen in der dortigen Führungsfamilie begleitet. Nach wenigen Wochen bereits saß dort ein junger Mann auf dem Sessel des Administrators, der genau wusste, das sein ganz persönliches Wohl lediglich vom Wohlwollen der Volksrepublik abhängig war und er fortan dazu gezwungen war, jegliche Anordnung aus Gateway umzusetzen, wenn er sich länger einer guten

Gesundheit erfreuen wollte. Für den jungen Mann stellte dies keinen Gewissenskonflikt da. Alexandros Hondros war mit seinen knapp 26 Jahren zwar jung, aber er war deutlich intelligenter als viele ihm zugestehen wollten. Bereits als jugendlicher hatte er die Nähe zu den Abgesandten der Volksrepublik gesucht. Ein Studium auf einer der Universitäten auf Gateway hatte ihm die Möglichkeit gebracht, einige der einflussreichen Persönlichkeiten dort näher kennen zu lernen. Sein Hang zu Ausschweifungen hatte den jungen Mann dann schnell in die offenen Arme des Sicherheitsdienstes geführt. Maria Waters war von einem ihrer Abteilungsleiter auf Hondros aufmerksam gemacht worden. Dieser Abteilungsleiter hatte die Weitsicht besessen, das politische Kapital zu erkennen, dass sich durch den jungen Mann ermöglichte. Waters hatte damals nicht gezögert, das Schicksal des jungen Mannes zu einer Chefsache zu erklären. Jetzt befand sich der junge Alexandros Hondros vollends in einer Situation, die er nur durch das Wohlwollen der Volksrepublik gesund überstehen konnte. Allerdings war er mit dem Posten des Administrators zufrieden und es gelüstete ihn nicht nach mehr Macht. Persönlicher Reichtum und ein gewisses Maß an Macht um diesen zu erhalten genügten ihm völlig. Nicolas Forester war in seinen Augen fast ein Halbgott und er verehrte den neuen Präsidenten der Volksrepublik. Selbst wenn er nicht völlig von der Volksrepublik abhängig gewesen wäre, so hätte er doch jedem Wunsch des dortigen neuen Präsidenten entsprochen, um diesem zu gefallen. Sowohl Waters als auch Forester war dies natürlich bekannt ... und die beiden nutzten die sich ihnen bietenden Vorteile nun hemmungslos aus, um ihre Pläne zu realisieren.
In den folgenden zwei Jahren sorgte ein massiver Transfer von Kapital und Gütern dafür, dass sich die Kolonie, von Administrator Alexandros Hondros, zum führenden wirtschaftlichen und politischen Mittelpunkt des Seven Moons System entwickelte. Auch die Entsendung der Offiziere in deren Raumflotte hatte Erfolge zu verzeichnen. Nicht nur, dass die Volksrepublik nun im Besitz von genaueren Karten über viele Systeme Richtung Kernsphäre war, der Einsatz dieser Offiziere hatte diesen auch echte Kampferfahrung ermöglicht. Die Flotte von Seven Moons Twenty Two, des zweiundzwanzigsten Mondes des riesigen Planeten, und somit auch der Kolonie der Alexandros Hondros als Administrator vorstand, verfügte über zwei größere und vier kleinere

Sprungschiffe. Dies waren zwar nur schwer bewaffnete Frachter aber ihren Raubzügen in Richtung der Kernspähre waren deren Opfer nicht gewachsen, zumal diese Schiffe niemals alleine operierten sondern immer mindestens zu zweit unterwegs waren. Zwei große Frachter der *Mercado* Klasse mit einer Tonnage von je 1.000.000 Tonnen sowie vier kleinere Frachter der *Trader* Klasse mit je 130.000 Tonnen wurden innerhalb von drei Raubzügen aufgebracht. Zusätzlich zu der dabei erbeuteten Fracht, die es der Volksrepublik ermöglichte Einblicke in neue Forschungserkenntnisse zu erhalten, waren diese Raumschiffe genau das, wonach es die Volksrepublik seit vielen Jahren so dringend verlangte ... Sprungfähige Raumschiffe, die der Volksrepublik jetzt entweder als Frachter dienen konnten, oder aber demontiert wurden, um ihren Sprungkristall für Neubauten zu nutzen. Die Übergabe dieser gekaperten Schiffe, an die Volksrepublik, erfolgte gegen großzügige Bezahlung in Form von diversen Gütern, die auf den Kolonien von Seven Moons benötigt wurden.

Diese sechs Raumschiffe wurden auf der Flottenwerft von Gateway demontiert und ausgeschlachtet. Die Sprungkristalle der Schiffe wurden ausgebaut um später in neu zu erbauende Kriegsschiffe eingebaut zu werden, die dann die Flotte der Volksrepublik verstärken sollten.

Die anderen Clans des Seven Moons System waren in dieser Zeit ebenfalls nicht untätig und kaperten ebenfalls weitere sechs Frachter der *Mercado* Klasse und einundzwanzig Schiffe der *Trader* Klasse. Auch diese Schiffe wurden nach Gateway verkauft. Die *Mercados* waren dazu bestimmt ihre wertvollen Sprungkristalle an die Neubauten der Kriegsflotte abzugeben, während die *Trader* in die beständig wachsende allgemeine Wirtschaft der Volksrepublik eingebunden werden sollten.

Derartige Schiffsverluste blieben natürlich nicht ohne Folgen und es zeigte sich nach diesen Erfolgen schnell, dass die Frachterkapitäne dieses Raumgebiet nun mieden, das den Verlust von derart vielen Schiffen verzeichnete. Auf Gateway war man über den Zuwachs seiner Flotte zwar zufrieden aber die Folgen waren vorausgesehen worden. Nach Analysen des Sicherheitsdienstes würde es mehrere Jahrzehnte dauern, bis wieder unabhängige Handelskapitäne diese augenscheinlich gefährlichen Regionen des Weltalls bereisten, in der die Piraten ihre Beute gemacht hatten. Man musste also andere Regionen aufsuchen, in denen man bisher noch nicht auf Beutefahrt gewesen war ... Für die hartgesottenen Kapitäne und Mannschaften von Seven Moons eine völlig verständliche Tatsache.

Der Mond des Seven Moons System der traditionell dem Handel und Austausch zwischen den hiesigen Mondkolonien gedient hatte, war durch die Ereignisse der vergangenen Jahre, wirtschaftlich und auch finanziell, deutlich ins Hintertreffen geraten. Unzufriedenheit hatte sich unter der ansässigen Bevölkerung breit gemacht. Diese war beständig, durch die geschickt agierenden Agenten des Sicherheitsdienstes des Volksrepublik, geschürt worden. Es war also nicht verwunderlich, dass diese Mondkolonie sich, im Lauf der Zeit, politisch immer stärker der Kolonie von Administrator Alexandros Hondros annäherte um ebenfalls an den dortigen Errungenschaften teil zu haben, die Hondros Kolonie prosperieren ließ. Auch in den übrigen Mondkolonien kam es verstärkt zu Unruhen in der Bevölkerung. Diese teils blutigen Unruhen waren nicht zuletzt verursacht, durch das beständige, heimliche Wirken, der dort eingesetzten Agenten des Sicherheitsdienstes. Ausgenommen von diesen überall auftretenden Unruhen war natürlich die Mondkolonie des Administrator Alexandros Hondros. Hier herrschte Ruhe und Frieden. Eine Tatsache, die von der Bevölkerung des Systems, der umsichtigen Regierung von Alexandros Hondros zugeschrieben wurde. Im Gegensatz zu Hondros Mondkolonie stagnierte auf allen übrigen Mondkolonien des Systems die Wirtschaft. Ein beständiger Mangel, der immer fast täglich immer deutlicher wurde, und vor allem an vielen Gebrauchsgütern des Lebens festzustellen war, zeigte sich immer deutlicher. Dies führte natürlich zu noch mehr Unruhe und auch Unzufriedenheit unter der jeweiligen kolonialen Bevölkerung, die in der jetzt zwangsläufig einsetzenden Suche nach Schuldigen ihrer jeweiligen Regierung das Verschulden an der Situation gab. Dies alles gehörte zu Foresters Plan. So hatten er und Waters es geplant und durch den verdeckten Einsatz ihrer Agenten des Sicherheitsdienstes die notwendige Vorarbeit leisten lassen. Die Saat war verteilt worden und die Volksrepublik fuhr nun verdeckt die Ernte ein. Die Erfolge waren fast wöchentlich in den Medien, von Seven Moons, nachvollziehbar.
Sixteen, wie allgemein üblich im Sprachgebrauch der Bewohner von Seven Moons die Kolonie genannt wurde, war ähnlich wie Twenty Two eng an die Volksrepublik gebunden. Anfänglich hatte man auf Sixteen

lediglich die wirtschaftlichen Vorteile gesehen. Im Laufe der Jahre war Sixteen jedoch immer stärker von Abgesandten der Volksrepublik unterwandert worden und die Kolonie hatte sich seit einigen Jahren nun politisch immer enger an Twenty Two angenähert. Alte Zwistigkeiten waren beigelegt worden. Teils durch Bestechung, teilweise auch durch Erpressung oder die Beseitigung unliebsamer Gegner. Bereits kurz nach dem Amtsantritt von Nicolas Forester schlossen Sixteen und Twenty Two einige Verträge, die diese beiden Kolonien, in der Folgezeit, noch weitaus enger mit einander verbanden.

Die Kolonie Twenty Two, deren Administrator Alexandros Hondros war, dominierte ihre Schwesterkolonie dabei eindeutig ... Sowohl wirtschaftlich, militärisch und auch innenpolitisch ... Nur wenige Jahre später war Sixteen bereits zu einem reinen Befehlsempfänger seiner Schwesterkolonie geworden. Die dort bisher herrschende Familie war jetzt, in einer Nacht voller blutiger Unruhen, still und leise beseitigt worden und wurde, in der Folgezeit, schnell durch einen Senat ersetzt, der vollkommen von den Befehlen Twenty Twos abhängig war. "Neutrale Friedenstruppen" die von der Volksrepublik "selbstlos und natürlich nur aus rein humanitären Gründen" entsendet worden waren sicherten die Kolonie seit dem. Der Sicherheitsdienst der Volksrepublik war in dieser "Nacht der langen Messer" nicht untätig gewesen. Waters verdeckt agierende Agenten hatten kompromisslos all diejenigen beseitigt, die als eine Gefährdung angesehen wurden. Der neu berufene Senat von Sixteen hatte Administrator Hondros öffentlich um Hilfe gebeten. Diese war von Hondros natürlich selbstlos gewährt worden. Es war geplant gewesen, die beiden Kolonien zu einer politischen Einheit zu verbinden. Hondros hatte jedoch öffentlich erklärt, er könne die Mission der "Friedenstruppen" nicht unterbrechen und bat diese noch ein Jahr in der dortigen Kolonie, ihren noblen Dienst zu versehen, da seine eigene Kolonie erst nach Ablauf dieser Zeit logistisch dazu in der Lage wäre die Schwesterkolonie sinngerecht in die bereits bestehende Verwaltung einzugliedern. Diese Erklärung war, im gesamten System von Seven Moons, allgemein akzeptiert worden ... nicht wirklich verwunderlich, da die in allen Kolonien des Seven Moons Systems existierenden Nachrichtenmedien, zumeist durch das Kapital von Twenty Two kontrolliert wurden und häufig entsprechende Berichte brachten, die vollends den jungen

Administrator Alexandros Hondros unterstützten und als Menschen mit uneigennützigen Absichten schilderten.

Im Jahr 2342 waren endgültig die Weichen gestellt, um das System von Seven Moons zeitnah an die Volksrepublik anzugliedern. Twenty Two und Sixteen waren zu einer politischen Einheit verschmolzen worden. Der Administrator der beiden Monde, Alexandros Hondros, führte alle Anweisung, die er aus dem Gateway System erhielt mit Begeisterung aus. Nur eine kleine Hand voll Eingeweihte im Seven Moon System wussten, dass die Volksrepublik die Fäden zog. Die Zustände innerhalb des Systems von Seven Moons waren teilweise derart unruhig, instabil und verworren, dass die herrschenden Clans sich zu einer Konferenz trafen. Man hoffte, endlich die Probleme lösen zu können, die das System betrafen und zeitweise zu fast bürgerkriegsähnlichen Zuständen auf einigen der Mondkolonien geführt hatten. Die Zustände auf den Mondkolonien Nineteen, Twenty, Twenty Fife und Twenty Six hatten sich nicht verbessert und die dort herrschenden Familienclans waren zunehmend gezwungen, sich mit den Inneren Unruhen zu beschäftigen. Auch auf Eleven, dem neutralen Mond auf dem die Clans sich in neutraler Umgebung traditionell versammelten, kam es immer häufiger zu Unruhen. Die herrschenden Clans von Twenty Fife und Twenty Six wurden bereits im Vorweg der Konferenz unauffällig von Agenten der Volksrepublik kontaktiert. Die Agenten gaben sich als Abgesandte des Administrators Alexandros Hondros aus und boten Hilfe an, wenn die Kolonien von Twenty Fife und Twenty Six den Administrator bei all dessen Entscheidungen auf der Konferenz unterstützten.

Die Kolonien von Twenty Five und Twenty Six waren immer schon die wirtschaftlich schwächsten der Kolonien gewesen. Die Unruhen der vergangenen Monate hatten auch innerhalb der dort herrschenden Familien zu einigen Opfern geführt. Das nun unerwartet eintreffende Angebot von finanzieller Absicherung sowie einem sicheren Transfer in die mächtige Volksrepublik, um dort ein sicheres und gut behütetes Leben führen zu können, wurde von den herrschenden angenommen, die darin einen Strohhalm sahen an den sie sich klammerten und durch den sie hofften, lebend und wohl versorgt aus der derzeitigen Misere zu entkommen. Mehrere gezielt ausgeführte Tötungen, die durch Agenten des Sicherheitsdienstes ausgeführt wurden, verstärkten die Angst dieser

Clanoberhäupter zusätzlich. Die Konferenz wurde systemweit von den Medien übertragen. Auf Grund der derzeitigen, allgemeinen Situation auf den verschiedenen Mondkolonien, war es nicht verblüffend, dass die Bevölkerung dieser Kolonien die Medienübertragungen mit äußerst großem Interesse verfolgte.

Bereits am ersten Tag der Konferenz beschlossen die beiden Kolonien Twenty Five und Twenty Six die Volksrepublik um die Entsendung von Friedenstruppen zu bitten. Diese überraschende Entscheidung, die viele Bürger verblüffte, war natürlich genauestens geplant worden. Hondros hatte von den beiden Clanführern, die er nun in der Hand hatte, diesen Schritt unmissverständlich gefordert.

Die Flotte der Volksrepublik, die zu diesem Zeitpunkt einen bereits lange angekündigten Freundschaftsbesuch, durch ein Geschwader ihrer Flotteneinheiten auf Twenty Two absolvierte, sagte sofort ihre Hilfe zu, um dieser Bitte um humanitäre Unterstützung zu entsprechen.

Unverzüglich nahmen jeweils ein Schlachtschiff sowie ein Transporter, beladen mit Kampftruppen der Marineinfanterie Kurs auf die Kolonien Twenty Five und Twenty Six. Die zahlenmäßig deutlich unterlegenen, dort heimischen Truppen, unterstellten sich umgehend dem Kommando der Volksrepublik. Die Kommandanten der dortigen Bodeneinheiten, und auch die Flottenteile dieser Kolonien, standen längst auf der Gehaltsliste der Volksrepublik und führten alle Befehle aus die von Gateway stammten. Auch dies war lange vorbereitet worden und somit waren diese beiden Kolonien nun fest in der Hand der Volksrepublik. Wäre das politische Gefüge der Mondkolonien nicht unfassbar korrupt gewesen, dann hätte man diesen Plan nicht so umsetzen können, wie es nun geschah.

Die Truppen der Volksrepublik landeten und übernahmen innerhalb weniger Stunden die Kontrolle über die beiden Mondkolonien. Schon einige Stunden, nach dem Eintreffen der "Friedenstruppen", endeten dort die Unruhen. Ein Geschehen, dass von den meisten Teilen, der dort ansässigen Bevölkerung, mit Jubel und Erleichterung begrüßt wurde.

Auf dem Mond Eleven tagte immer noch die Konferenz. Die Ereignisse wurden dort nicht von allen positiv aufgenommen. Die Abgesandten der Kolonien Nineteen und Twenty trafen sich heimlich und besprachen die Ereignisse. Die Clanoberen dieser beiden Kolonien argwöhnten bereits seit geraumer Zeit, dass die zahlreichen Unruhen und Unfälle ihren

Ursprung dem Wirken von Kräften zu verdanken hatten, die von außerhalb gesteuert wurden. Nineteen und auch Twenty waren seit jeher sehr bedacht auf ihre Unabhängigkeit. Die Ereignisse, die sich momentan abzeichneten, fanden keinesfalls die Zustimmung ihrer Clanoberen. Sie erkannten jedoch, dass sie in Bezug auf die beiden Kolonien, die faktisch von einer fremden Macht besetzt wurden, hilflos waren. Dieses unrühmliche und möglicherweise endgültige Schicksal wollten die stolzen Clanoberhäupter, der Kolonien von Nineteen und Twenty, nicht teilen und beschlossen nun eigene Maßnahmen zu treffen um ihre Köpfe aus der Schlinge zu ziehen … Wortwörtlich, wenn ihre schlimmsten Befürchtungen denn zutreffen sollten. Um mehr Zeit für ihre Gegenmaßnahmen zu gewinnen beschlossen sie, die Konferenz in die Länge zu ziehen. Die noch verfügbare Zeit wurde nun für diese mächtigen Leute plötzlich sehr kostbar.

Kuriere wurden mit Shuttles ausgesendet und überbrachten unauffällig geheime Befehle. Auf Nineteen und Twenty fing eine wahre Hexenjagd nach Leuten an, die engen Kontakt zu anderen Kolonien unterhielten. Für den Sicherheitsdienst der Volksrepublik ging diese Zeit als "Die Tage der verlorenen Agenten" in die Annalen ein. Mehrere Agenten des Sicherheitsdienstes wurden schnell identifiziert. Die Enttarnung dieser Personen, die eigentlich nur einem Zufall zu verdanken war und führte dazu, dass nun nahezu das gesamte Netzwerk, nach und nach, enttarnt werden konnte. Schuld an dieser Misere des Sicherheitsdienstes hatte ein Agent, der den Auftrag bekommen hatte, eine hohe Beamtin des Clansecurityservice von Twenty zu korrumpieren. Bei der Ausübung dieses Auftrages verliebte er sich in die Frau und wurde unvorsichtig. Die Frau, die Angehörige des Herrschenden Clans war, schöpfte schnell Verdacht und drehte den Spieß nun um. Der enttarnte Agent wurde umgehend einem ausgesprochen rigorosen, Drogengestützten Verhör unterzogen. Die etwas überraschenden Erkenntnisse des harten Verhörs führten schnell zur Identifizierung von zwei weiteren Agenten, die nun überwacht wurden und den Clansecurityservice so auf die Spur von weiteren Agenten brachten. Innerhalb von nur drei Tagen gelang es dem Clansecurityservice das gesamte Netzwerk auf den zwei Kolonien Nineteen und Twenty zu identifizieren. Die Erkenntnis darüber, wie weit die Kolonien bereits unterwandert worden waren, war ein Schock für die Leitenden des Clansecurityservice. Umgehend wurde ein Shuttle nach

Eleven entsendet, um den dort anwesenden Clanoberhäuptern diese Informationen zu überbringen. Die Übermittlung der Nachricht durch das Shuttle wurde gewählt da man, nicht ganz zu Unrecht, der Sicherheit der elektronischen Nachrichtenübermittlung jetzt nicht mehr vertraute. Dies führte in der Folge zu der heimlichen und etwas hastigen Abreise der beiden Clanoberhäupter, die sich jetzt nur auf ihren Mondkolonien sicher fühlten. Ihre eilige Abreise wurde jedoch von einem Agenten der Volksrepublik bemerkt, der den Raumhafen observierte. Dieser Agent erstattete natürlich umgehend Meldung an seine Vorgesetzten. Die Verantwortlichen handelten sofort und sendeten unverzüglich die für einen derartigen Fall vorgesehenen Codesignale, an die Flotteneinheiten der Volksrepublik, die sich bereits im System befanden.

Die Situation spitzte sich nun deutlich zu, da die Volksrepublik nicht gewillt war, ihre Maske fallen zu lassen. Alles sollte so wirken, als ob die Volksrepublik lediglich aus humanitären Gründen Hilfestellung leistete. Zusätzlich kam jetzt erschwerend hinzu, dass es nicht möglich war, die Agenten auf Twenty und Nineteen zu warnen … Ein Umstand, der Alexandros Hondros fast zum verzweifeln brachte. Der Plan drohte jetzt, in einer seiner letzten Phasen, noch zu scheitern.

Während auf Twenty bereits alles für die schnelle Neutralisierung der feindlichen Agenten vorbereitet wurde und erste Teams bereits in ihre Ausgangspositionen gingen, schöpften auf der benachbarten Kolonie Nineteen die dortigen Agenten der Volksrepublik Verdacht. Während der Clanführer von Twenty einen Stellvertreter besaß, der mutig genug war um ohne die entsprechenden Anweisungen seines Oberhauptes zu reagieren und die Säuberungsaktion sofort zu befehlen, verharrte man auf Twenty und wartete immer noch auf entsprechende Befehle. Dieses Verhalten sollte sich bitter rächen. Anders als auf Twenty, wo man die Kommunikationszentrale bereits von Agenten und Verrätern gesäubert hatte, wurden die entscheidenden Codesignale auf Nineteen, in letzter Minute, von einem Verräter, an die ahnungslosen Agenten weiter geleitet. Der Führungsagent auf Nineteen handelte jetzt umgehend und rücksichtslos. Die Sicherheit der eigenen Leute war nur nebensächlich. Entscheidend war nur die Mission. Planspiele hatten eine Unzahl von Szenarien berücksichtigt. Unter anderem auch den Fall, die Infiltration wäre entdeckt worden und der Erfolg des Unternehmens stand auf der Kippe. Dieser Fall war jetzt eingetreten und die bereits vor langer Zeit

vorgefertigten Befehle wurden nun von den Agenten der Volksrepublik umgesetzt. Von diesem Zeitpunkt an überschlugen sich die Ereignisse im Seven Moons System.
Administrator Hondros war zwar überrascht worden aber er verbarg seine Verzweiflung vor der Umwelt. Nach außen hin musste er sich auch weiterhin siegesgewiss und unerschüttert zeigen. Für Panik oder Verzweiflung war keinerlei Zeit und es stand unter anderem auch sein Kopf auf dem Spiel ... dies sogar wortwörtlich, da Forester nicht amüsiert wäre, würde der Plan jetzt, in dieser Phase, noch scheitern. So reagierte Hondros jetzt unverzüglich, als ihn die Nachricht erreichte, der Plan von Präsident Forester wäre gefährdet. Gemäß der aktuellen Notfallprotokolle erteilte er nun seinerseits Befehle um das endgültige Scheitern des Plans doch noch zu verhindern.
Auf Gateway hatte man seinerzeit während der Planungsphase auch die Möglichkeit in Betracht gezogen, der Plan könnte vorzeitig aufgedeckt werden und entsprechende Planungen ausgearbeitet. Diese wurden nun umgesetzt. Vom Kommunikationszentrum auf Eleven wurden jetzt Codierte Befehle an die Flotteneinheiten der Volksrepublik gesendet, die sich bereits im System befanden. Dort reagierten die dafür verantwortlichen Offiziere entsprechend ihrer Notfallbefehle. Weitere Befehle ergingen an Flotteneinheiten der Kolonisten, deren Treue zu Administrator Hondros als gesichert galten.
Im Orbit von Twenty Two befand sich momentan, als letzte Jokerkarte für derartige Vorfälle, eine Flotteneinheit der Volksrepublik. Das alte Vorpostenboot *Napoleon* war eine Einheit, die zu dem Geschwader gehörte, das die Kolonie Twenty Two, im Rahmen des unverfänglichen Freundschaftsbesuchs, aufgesucht hatte. Jetzt erhielt das Raumschiff neue Befehle, die den Kommandanten dieses Schiffs dazu veranlassten, sein Schiff umgehend und mit höchst möglicher Beschleunigung in Richtung auf den Sprungpunktes nach Flagran zu steuern um sodann nach Flagran zu springen. Dort war, bereits lange im Vorwege, als Notreserve ein Flottenkontingent stationiert worden, das nur darauf wartete aktiv zu werden, wenn die Situation dies erforderte.
Der auf dem Raumhafen der Kolonie Nineteen landende Clanführer sollte keine Gelegenheit mehr erhalten, seine Heimat zu sichern und die feindlichen Agenten zu bekämpfen. Als er seinen Shuttle verließ wurde er bereits von einem Scharfschützen erwartet. Das Hohlmantelgeschoss des

Präzisionsschützen traf den Clanführer direkt in den Kopf. Dieser Schuss war das Zeichen für die nahezu überall in der Kolonie verteilten Agenten und Verräter um gemäß der Notfallbefehle aktiv zu werden.

Seven Moons ... Die Mondkolonien

Auf Twenty agierten die dortigen Sicherheitskräfte rasch und konnten die Gegner ausschalten, während diese noch ahnungslos waren. Als der dortige Clanführer in seiner Kolonie eintraf, befand diese sich fest in der Hand seiner Loyalisten. Die Kolonie Nineteen hingegen, wurde zu diesem Zeitpunkt von einer Welle blutiger Vorgänge erschüttert. Die dort eingesickerten Agenten hatten bereits zu Anfang, der einsetzenden Kampfhandlungen, die Kommunikationszentrale des Mondes unter ihre Kontrolle gebracht. Von dort aus ließ der dortige Führungsagent nun Berichte, an Administrator Hondros senden und forderte Unterstützung an. Hondros reagierte unverzüglich. Von den beiden Kolonien Twenty Five und Twenty Six aus starteten Shuttles die Kampfeinheiten zu der umkämpften Mondkolonie brachten. Mehrere mit Sicherheitskräften beladene Shuttles von Eleven folgten. Administrator Hondros zeigte während dieser Zeit das ernste Gesicht eines Politikers ... auch wenn er innerlich jubilierte. Die Gefechte boten ihm die Möglichkeit die noch vorhandenen Sicherheitskräfte der Kolonien von Eleven, Twenty Five und Twenty Six radikal auszudünnen. Diese Männer und Frauen waren bereits während der Planungsphase als Hindernis angesehen worden, dass zeitnah beseitigt werden musste. Aus diesem Grund verhinderte der Administrator auch unauffällig, dass bereits zu diesem Zeitpunkt Truppen von den Kolonien Sixteen und Twenty Two in den Gefechten eingesetzt wurden. Diese sollten erst dann in der umkämpften Kolonie eintreffen, wenn die dort bereits eingesetzten Einheiten der anderen Kolonien nahezu aufgerieben waren.

Die Raumschiffe der Mondkolonien hatten während der Planungsphase ein Problem dargestellt. Hätten die schwer bewaffneten Frachter in die Kämpfe eingreifen können, dann wären man gezwungen gewesen, die im System anwesenden Flotteneinheiten der Volksrepublik doch noch um tatkräftige Unterstützung zu bitten. Diese Flotteneinheiten sollten jedoch nach Möglichkeit aus den Kämpfen heraus gehalten werden, um so den Status der Friedenstruppen und der humanitären Mission der Volksrepublik auch weiterhin glaubhaft gegenüber der Öffentlichkeit beizubehalten. Sowohl dem Präsidenten der Volksrepublik als auch Administrator Hondros war gerade dieser Punkt sehr wichtig. Forester hatte dies seinerzeit, bei einem persönlichen Gespräch mit Hondros, unmissverständlich deutlich gemacht.

Zwei Raumschiffe von Nineteen lagen, bereits seit mehreren Monaten, zu Reparaturzwecken in der orbitalen Werft bei Eleven. Alle anderen verfügbaren Schiffe der Kolonien Nineteen, Twenty, Twenty Five und Twenty Six waren schon vor einigen Wochen zu einer Langzeitmission aufgebrochen, um ein letztes mal in den traditionellen Bereichen auf Raub und Plünderung zu gehen. Dieser Raumabschnitt lag weit genug von Seven Moons entfernt, tief im Galaktischen Westen des Outback, um einen gewissen Abstand zu Seven Moons zu besitzen. Bereits ganz zu Anfang ihrer Raubzüge war man sich auf den Mondkolonien einig gewesen, dass es unklug wäre, direkt vor der eigenen Haustür fremde Schiffe zu kapern. Der eigene Raumsektor und derjenige Sektor, der von hier aus zu den Randbereichen der dichter besiedelten Kernsphäre führte, sollten wenn möglich harmlos erscheinen. Dies geschah nicht nur um mögliche Gegner von gezielten Vergeltungsschlägen abzuhalten sondern basierte auch auf der Überlegung, dass es in den nur sehr spärlich besiedelten und bereisten Regionen der direkten Nachbarschaft kaum sinnvolle Ziele gab. Die wenigen Raumschiffe die in diesen Regionen das Weltall durchkreuzten sollten diesen Raumsektor für sicher halten. Man dachte langfristig und war auf die eigene Sicherheit bedacht.

Als die bisher eingesetzten Truppen auf der umkämpften Mondkolonie Nineteen bereits dicht vor ihrer Vernichtung standen erreichten die lange zurück gehaltenen und erst spät entsendeten Kampfeinheiten von Administrator Hondros Kolonie endlich den Ort der Kämpfe. Die Landung verlief ohne Verluste und Hondros Truppen waren nun in der Lage die noch verbleibenden Verteidiger auszuschalten. Sonderbefehle waren im Vorwege an Teile dieser Truppen ausgegeben worden und so wurden jetzt all diejenigen der dortigen Bewohner liquidiert, die von Hondros als Hindernis oder potentielle Gefahr angesehen wurden. Die Kämpfe waren kurz aber ausgesprochen blutig. Von der ehemaligen Führungselite dieser Kolonie lebte nach der Beendigung der erbitterten Kämpfe niemand mehr. So war es von Administrator Hondros gewollt und geplant da er, in der Zukunft, keinen neu erwachenden Widerstand riskieren wollte.

Die Mondkolonie Twenty war bereits bei Ausbruch der Kämpfe von der allgemeinen Kommunikation abgeschnitten worden. Man konnte dort zwar weiterhin die Nachrichten aus dem System mithören aber eigene Sendungen wurden auf den anderen Kolonien blockiert.

Erst jetzt wandte sich Administrator Hondros, von Eleven aus, in einer systemweit übertragenen, öffentlichen Holosendung an die Bewohner der Mondkolonien. Hondros trug einen schlichten Anzug und zeigte ein entschlossenes Gesicht, als er auf den Holoschirmen erschien.

"Bürger der Kolonien ... meine geliebten Brüder und Schwestern. Dies ist ein Tag der Tränen und der Trauer. Niemals zuvor in der Geschichte unserer Kolonien hat es untereinander ein derartiges Blutvergießen gegeben ... Doch die Schuldigen sind nun aus dem Schatten heraus getreten und von uns erkannt worden. Mir liegen Beweise vor, die uns zeigen, dass die Bewohner von Midway hinter diesen Taten stecken. Sie waren es, die allein verantwortlich sind für all das Chaos, dass unsere Heimat getroffen hat. Sie ganz alleine stehen hinter all diesen blutigen Machenschaften ... Die Beweise sind eindeutig und lassen absolut keine Zweifel zu. Um mögliche Zweifel trotzdem auszuräumen habe ich diese Beweise immer wieder überprüft und auch den Rat von Experten eingeholt. Es ist bewiesen. Die Dokumente die wir erbeutet haben, sind

echt und lassen keinen Zweifel an der Schuld der Leute von Midway zu. Es schmerzt mich es zugeben zu müssen, aber wir selber sind zu schwach, um alleine in dieser schweren Zeit bestehen zu können. Deshalb habe ich mich an unsere guten Nachbarn gewendet und dort um notwendige Hilfe gebeten. Die Volksrepublik hat bereits in der Vergangenheit ihre Hilfsbereitschaft bewiesen und uns selbstlos mit Friedenstruppen unterstützt, so dass wir die Möglichkeit hatten, wieder Ordnung und Frieden in unseren Kolonien zu schaffen. Ich habe eine Nachricht nach Flagran entsendet und um mehr Hilfe gebeten ... Nur so sind wir in der Lage, die Verbrecher auf der Kolonie Twenty zu vernichten und somit Frieden in dieses Sonnensystem zu bringen. Ich bitte euch, meine Brüder und Schwestern helft uns wo ihr könnt und informiert die Behörden darüber, wenn euch etwas misstrauisch macht. Nur gemeinsam können wir diese schwere Zeit überstehen. Ich bin mir bewusst, dass viele von euch Verletzte und auch Tote im Kreise ihrer Familien zu beklagen hatten. Verzagt nicht, denn der Tag der Rache ist nah ... Leider hat der hiesige Kommandant der Friedenstruppen mir mitgeteilt, dass die Volksrepublik wohl nicht unentwegt Kontingente von Friedenstruppen in derart kleine Kolonien entsenden kann, wenn eine politische Stabilität in der entsprechenden Raumregion nicht auf Dauer gewährleistet werden könne. Deshalb sind die hier, in dieser Konferenz anwesenden Clanoberhäupter, sowie der Verwaltungsrat von Eleven und ich selbst zu dem Entschluss gekommen, unsere Kolonien, zum Wohle aller Bewohner dieses Systems zu vereinigen. Somit sind wir hoffentlich in der Lage, unseren Bewohnen langfristig Sicherheit, Wohlstand und politische Kontinuität zu bieten. Lasst uns die Zukunft gemeinsam als eine geeinte Nation aufbauen, auf die noch unsere Kinder und Enkel stolz sein können. Lasst uns mit dem heutigen Tag allen alten Zwist vergessen, der einst zwischen den einzelnen Kolonien vorhanden war. Ab heute sind wir ein gemeinsames Volk. Die beiden jetzt rebellierenden Kolonien werden von uns nun als Verräter an der Gemeinschaft betrachtet. Bitte bedenkt dabei, dass die Mehrheit der auf den beiden rebellierenden Kolonien lebenden Menschen nichts von den verabscheuungswürdigen Taten ihrer Führer wussten.
Diese unschuldigen Menschen gilt es nun zu befreien und ihnen nach der Befreiung unsere Hand zu reichen ... Jedoch soll unsere Rache die

Verbrecher treffen, die für all das unschuldig vergossene Blut verantwortlich sind."
Die Aufnahmekameras zoomten ein Stück zurück und zeigten nun die begeistert jubelnde Menge, von Delegierten, die sich zu der Konferenz eingefunden hatten. Was die Kameras nicht zeigten, waren die schwer bewaffneten Sicherheitstruppen an den Wänden des Konferenzsaals. Administrator Hondros hatte die Macht an sich gezogen und würde sie nicht wieder aus den Händen geben. Sein Plan stand fest und war schon lange mit Präsident Forester abgestimmt, der eigentlich der Urheber des Geschehens war. Dies wussten jedoch nur eine Hand voll Eingeweihte, die schweigen konnten.
Hondros hob die Hände und bat mit dieser Geste um Ruhe. "Wenn wir den Frieden in unserem Sonnensystem wieder hergestellt haben, wenn wir endlich alle vereint sind, dann werde ich im Namen des Seven Moons System die Volksrepublik um die Erlaubnis bitten, dass wir uns ihnen anzuschließen dürfen. Zwar mag dieser Schritt für so manchen noch etwas befremdlich wirken, jedoch erinnere ich euch alle daran, dass die Volksrepublik stets unser Freund und Mentor war. Wenn wir in der Zukunft sicher und stark sein wollen, dann geht das nur als Teil einer großen Gemeinschaft ... Entweder fallen wir einzeln oder wir triumphieren gemeinsam ... Aus diesem Grunde habe ich bereits, in den letzten Stunden, mit dem Botschafter der Volksrepublik gesprochen und unser Anliegen vorgebracht. Der Botschafter stellte zwar klar, dass er selber nicht die Befugnis habe, unserem innigen Wunsch auf einem Beitritt, in die große Gemeinschaft der Volksrepublik zuzustimmen, er unterstützt unseren Wunsch jedoch und hat bereits eine entsprechende Depesche an die Regierung der Volksrepublik verfasst ... Meine lieben Brüder und Schwestern der Tag ist nah, an dem wir endlich unser geliebtes Sonnensystem gemeinsam in eine Zukunft führen, in der wir, unsere Kinder und unsere Enkel, so leben können, wie wir es uns schon so lange wünschen ... In einer starken Gemeinschaft, die uns allen Wohlstand, Frieden, Freiheit und Sicherheit garantiert."
Erneut blendeten die Kameras um und zeigten die applaudierende Menge, die Administrator zujubelte. Für die zahlreichen Menschen, die in ihren Wohnungen die Übertragung verfolgten, wirkte die Rede des Administrators aufrichtig, und zukunftsweisend. Woher sollten sie auch ahnen, dass die Delegierten lediglich jubelten, weil sie entweder von

Administrator Hondros abhängig waren, oder einfach nur Angst vor Hondros bewaffneten Sicherheitstruppen hatten, die das abgeriegelte Konferenzgebäude fest unter Kontrolle gebracht hielten. Jegliche Kommunikation wurde überwacht und niemand durfte das Gebäude verlassen, ohne dass Administrator Hondros dies nicht ausdrücklich erlaubte. Die deutliche Mehrheit der Delegierten hatten sich jedoch bereits eindeutig auf die Seite des Administrators geschlagen. Den meisten der Delegierten ging es nur darum, ihren Wohlstand und ihre Macht zu erhalten. Diejenigen, die Zweifel an der Ehrenhaftigkeit des Administrators hatten, hüteten sich diese Zweifel auszusprechen, da sie sehr wohl erkannt hatten, was ihnen geschehen würde, wenn sie sich offen gegen Hondros stellten.

Auf den Kolonien, die unter der vollen Kontrolle von Administrator Hondros waren hatte man lange diese Operation geplant. Den Befehl für die Truppen die hierbei eingesetzt werden sollten übergab man Colonel Klint. Der Colonel war ein fanatischer Anhänger von Hondros und bereits in der Frühphase der Planung umfassend informiert worden. Seine Loyalität gegenüber Hondros stand völlig außer Zweifel. Nicht nur, dass Klint ein überzeugter Anhänger seines Administrators war, er war zudem auch ein fähiger Truppenführer.
Nachdem alle Kolonien, bis auf Twenty gesichert waren, wandte sich Hondros der Aufgabe zu, diese Mondkolonie ebenfalls unter seine Kontrolle zu bringen. Drei hastig bewaffnete Systemfrachter schalteten die wenigen Abwehrgeschütze der Mondkolonie, nach einem mehrere Tage währenden Langstreckenangriff, aus. Als die Raumschiffe näher an die Kolonie heran rückten, eröffnete die verzweifelt kämpfende Mondkolonie aus vier versteckten Geschützstellungen das Feuer. Einer der umgerüsteten Frachter wurde dabei stark beschädigt, ein weiterer wurde abgeschossen, bis auch diese Geschütze endgültig vernichtet wurden. Nun nahte die Stunde der Bodentruppen, die mit Shuttles den Mond anflogen. Verbittert mussten die Landungstruppen fest stellen, dass die Verteidiger tragbare Raketenwerfer einsetzten, um diese, kurz vor deren Landung auf die anfliegenden Shuttles abzufeuern. Von den ursprünglich eingesetzten zwölf Shuttles gelang es lediglich vier den Boden des Mondes zu erreichen. Nun waren härte Maßnahmen gefordert, um die Shuttles zu beschützen, damit diese gefahrlos den Mondboden

erreichen konnten. Die zweite Welle von Shuttles landete unter dem massiven Feuerschutz des noch verbliebenen, bewaffneten Systemfrachters, der *Thunderbird*. Das Raumschiff nahm dabei nun konsequent das gesamte Areal der weitläufigen Landezone in das Visier seiner Bordgeschütze. Ein über mehrere Stunden hinweg andauerndes, abschließendes Orbitalbombardement ermöglichte den Shuttles nun eine relativ sichere Landung. Lediglich die Einnahme des Raumhafens, mit den angegliederten Lagerhallen verlief problemlos. Dieses Areal, dass weit von den Wohnbereichen entfernt lag, wurde nur von einem kleinen Droidenkontingent verteidigt. Colonel Klints Truppen gelang es die verteidigenden Droiden ohne eigene Verluste auszuschalten und den Raumhafen, mitsamt seiner umfangreichen Infrastruktur, unbeschädigt einzunehmen. Auch die umfangreichen Fabrikanlagen in der Nähe des Raumhafens, wo die Mehrzahl der Droiden des Seven Moons System hergestellt wurden fielen den Angreifern unbeschädigt in die Hände. Diese wertvollen Anlagen und die dort gelegenen Konstruktionsbüros waren für Administrator Hondros ein wichtiger Punkt seiner Pläne gewesen, da er die technologischen und wirtschaftlichen Anlagen dieser Kolonie möglichst unbeschädigt erobern wollte. Dies war nun gelungen und man konnte sich den restlichen Bereichen der Kolonie zuwenden, die von ihren Erbauern tief unter der Mondoberfläche angelegt worden war. Die folgenden Gefechte um die eigentlichen Bereiche der Kolonie, in denen sich Wohnviertel, die Kolonieverwaltung, die Reaktoren und alle wichtigen Verteilerzentralen befanden, gestalteten sich für Colonel Klints angreifenden Truppen deutlich schwerer und blutiger. Prinzipiell hatte Colonel Klint schon damit gerechnet, dass die Verluste seiner truppen irgendwann rapide steigen würden. Jetzt schien dieser Zeitpunkt gekommen zu sein.

Die landenden Truppen mussten sich den Weg zu den Zugängen Meter für Meter hart erkämpfen. Immer wieder wurden Hondros Truppen von einzelnen Scharfschützen erwartet, die einige gezielte Schüsse abgaben um dann hastig den Rückzug anzutreten und in eine neue Stellung zu wechseln. Den zunehmend frustrierten Landungstruppen gelang es nicht, diese vereinzelten Scharfschützen wirkungsvoll zu bekämpfen. Immer wieder wichen diese aus, um ihren Kampf aus einer anderen Stellung weiter zu führen. Allerdings näherten sie sich dabei immer weiter den

Eingängen zu der Kolonie, deren Wohnräume, Fabriken und Kraftwerke sich unter der Oberfläche des Mondes befanden.
Kämpfend zogen sich die Verteidiger, vor den zahlenmäßig deutlich überlegenen Angreifern zurück. Als Colonel Klints Truppen endlich die Einnahme eines Zugangs gelang, sprengten die zurück weichenden Verteidiger hinter sich den Tunnel, der in die Kolonie führte. Dieses Vorgehen war als mögliche Verteidigungsvariante bereits von Colonel Klint in dessen Angriffsplänen berücksichtigt worden. Der letzte der der einsatzbereiten Systemfrachter, die *Thunderbird*, feuerte nun mit einem seiner Bordlaser Dauerfeuer, um so eine Zugangsmöglichkeit, in die Bereiche der Mondkolonie zu erschaffen. Schnell wurde durch das Laserfeuer ein senkrechter Schacht erschaffen, der den Angreifern den Zugang zu den noch verteidigten Sektoren der Kolonie ermöglichen sollte. Colonel Klint forderte über Funk weitere Bodentruppen an. Die Verteidiger waren nicht so überrascht worden, wie das ursprünglich von den Planern dieser Operation erwartet und eingeschätzt worden war. Die bisherigen Verluste seiner Truppen waren derart hoch, dass der Colonel seinen Auftrag jetzt gefährdet sah ... und die bevorstehenden Kämpfe in den Stollen und Höhlen der Mondkolonie standen noch aus. Speziell dort waren die höchsten Verluste zu befürchten.
Administrator Hondros entsandte alle noch verfügbaren Truppen zu der umkämpften Mondkolonie. Nach und nach trafen die einzelnen Shuttles dort ein und brachten Unterstützung für die Angreifer. Weitere Shuttles erreichten den Mond und brachten Kampfdroiden und auch gepanzerte Bodenfahrzeuge. Colonel Klint wollte alles an Truppen und Material einsetzen, was innerhalb des Systems verfügbar war. Ganz zum Schluss trafen die letzten Truppen von der eroberten Mondkolonie Nineteen ein. Friedenstruppen der Volksrepublik hatten dort ihre die Aufgabe der Sicherung übernommen. Der Transfer all dieser Truppen, Droiden und des schweren Materials benötigte vierzehn Stunden. Eine Zeitspanne, die Colonel Klint dazu benutzte, um an mehreren Stellen weitere Zugänge, zu der tief im Felsgestein des Mondes befindlichen Kolonie, schaffen zu lassen. Wiederholt kamen bei diesen Arbeiten die Laserbatterien der *Thunderbird* zum Einsatz, die in geringer Höhe über der zernarbten Mondoberfläche schwebte und gezielte Schüsse abgab. Während die Truppenkontingente eintrafen und die *Thunderbird* ihre Arbeit verrichtete besprach sich Colonel Klint über einen codierten Funkkanal mit

Administrator Hondros. "Die Truppen sind in kurzer Zeit verfügbar. Dann werde ich in die Kolonie eindringen. Ich plane die entlegenen Wohnbereiche durch gezielte Sprengungen von den übrigen Sektoren der Kolonie zu trennen. Die zentralen Segmente, in der die Verwaltungseinrichtungen, die Reaktoren für die Energieerzeugung sowie die zentralen Verteiler für Sauerstoff, Wasser und auch die Wärmeversorgung befinden, werden von mir als erstes Angriffsziel angegangen. Wenn wir diese wichtigen Segmente eingenommen haben, dann sind die hiesigen Bewohner uns endgültig ausgeliefert. Ich rechne damit, auf massiven Widerstand zu stoßen, da diese Bereiche, aufgrund ihrer Wichtigkeit, ausschlaggebend für die Mondkolonie sind. Wenn die Kämpfe weiterhin derart verbissen verlaufen, dann muss auch mit deutlichen Verlusten unter der zivilen Bevölkerung der Kolonie gerechnet werden. Bei den vorhergehenden Gefechten kamen eindeutig Milizen zum Einsatz. Dies lässt für mich den eindeutigen Schluss zu, dass ein gewisser Teil der Bevölkerung sich in den kommenden Gefechten an den Kämpfen beteiligen und die Waffen gegen uns erheben wird. Es steht durchaus zu befürchten, dass unsere Verluste derart steigen, dass ich meinen Auftrag nicht mehr erfüllen kann, wenn ich nicht mehr Truppen zur Verfügung habe. Diese mögliche Option wurde von uns bisher noch nicht berücksichtigt. Deshalb bitte ich um Unterstützung durch Truppen der Volksrepublik, die derzeit bereits als Friedenstruppen in diesem System anwesend sind. Ich befürchte, nur durch ein derartiges Vorgehen kann der Auftrag letztendlich erfolgreich ausgeführt werden. Weiterhin steht zu befürchten, dass die unbeteiligte Bevölkerung dieser Kolonie, durch die noch bevorstehenden Gefechte, in Mitleidenschaft gezogen wird. Wie sollen wir in Bezug auf die Bevölkerung und mit Gefangenen verfahren, Sir?"

Einen Moment herrschte Schweigen im Funkverkehr, nur gelegentlich unterbrochen von statischen Geräuschen. Dann hörte der Colonel die emotionslos klingende Stimme des Administrators. "Die Volksrepublik lehnt es entschieden ab, selber in die Gefechte einzugreifen. Priorität bei der Eroberung der Kolonie haben deren Fabrikanlagen und die dazu gehörige Infrastruktur. Vermeiden sie soweit möglich Beschädigungen an derartigen Einrichtungen. Die zu befürchtenden Verluste des in der Kolonie wohnhaften Humanmaterials sind nebensächlich. Jeglicher Widerstand innerhalb der Mondkolonie hat kompromisslos beseitigt zu werden. Gefangene Gegner sind nicht wünschenswert. Führen sie ihren Auftrag umgehend aus Colonel. Ich wünsche eine zeitnahe Meldung über den erfolgreichen Abschluss der Mission. Haben sie ihre Befehle klar verstanden Colonel?"

Der Colonel schluckte kurz. Die Logik dieser Befehle war für ihn klar nachvollziehbar und unumstritten. Deren Umsetzung allerdings war ethisch fragwürdig. Da der Colonel jedoch genau wusste, was auf dem Spiel stand, stellte er keine weiteren Fragen mehr. Er würde seine soeben erhaltenen Befehle in aller Konsequenz ausführen. "Ich habe meine Befehle klar verstanden und werde sie entsprechend umsetzen. Der Angriff startet in einer Stunde. Nach dem erfolgreichen Abschluss der Operation werde ich meinen Bericht an sie erstatten, Sir."

Der Angriff erfolgte, als in der Mondkolonie die Schlafperiode bereits begonnen hatte. Natürlich waren die Verteidiger trotzdem kampfbereit. Colonel Klint ließ die einzelnen Verbindungstunnel durch Sprengungen zum Einsturz bringen. Dazu wurden Schächte genutzt, die mittels der Bordlaser der *Thunderbird* in den Boden des Mondes getrieben wurden. Sobald diese Schächte tief genug waren, platzierten Colonel Klints Truppen in ihnen Sprengsätze, die dann bei ihrer Explosion die entsprechenden Tunnel und Stollen unter der Oberfläche einstürzen ließen. Es zahlte sich jetzt für die Angreifer aus, dass man über äußerst detailliertes Kartenmaterial der Mondkolonie verfügte. Nur mit diesen Daten war eine detaillierte Planung dieser Teiloperation erst möglich. Bereits wenige Minuten nach dem Einsturz der Stollen und Tunnel, die nun über weite Strecken hinweg unpassierbar waren und somit die Mehrzahl der Wohnbereiche von den zentralen Kavernen abschnitt, begann der eigentliche Angriff. Von dem breiten Schacht aus, den die Lasergeschütze der Thunderbird erschaffen hatten, sprengten sich Colonel Klints Truppen einen Zugang zu den zentralen Kavernen frei, die das Herz der Kolonie darstellten. Alle verfügbaren Kampfdroiden wurden, in einer einzigen, dichten Angriffswelle, voraus geschickt und griffen die Verteidiger rücksichtslos an. Dicht gefolgt wurden die Droiden von den gepanzerten Bodenfahrzeugen, die ihrerseits von den Landungstruppen unterstützt und gedeckt wurden. Rücksichtslos ließ Colonel Klint seine Truppen angreifen. Die harten Gefechte zogen sich über drei Tage hinweg. Keine der beiden Seiten war bereit nachzugeben oder Pardon zu gewähren. Verletzte des Gegners wurden kurzerhand erschossen, um deren Evakuierung zu verhindern. Gefangene wurden auf beiden Seiten ebenfalls keine gemacht. Entsprechend verbissen wurden die Kämpfe geführt.

Immer wieder starteten die Verteidiger Gegenangriffe und warfen die Landungstruppen aus Stellungen, die von diesen erst kurz zuvor, unter Opfern, eingenommen worden waren. Nur quälend langsam gelang es den Angreifern die Verteidiger immer weiter zurück zu drängen. Trotz allen Mutes und auch unter Missachtung der eigenen Sicherheit, war es den Verteidigern irgendwann nicht mehr möglich, genügend eigene Truppen für notwendige und erfolgreiche Gegenstöße zu versammeln. Die zahlenmäßige und materielle Überlegenheit der Angreifer machte sich nun endgültig bemerkbar. Wie so häufig bei derartigen Gefechten kam das Ende nun rasch. Zu diesem Zeitpunkt brach die koordinierte Verteidigung einfach zusammen, nachdem ein Angriff die Linien der Verteidiger durchstoßen hatte. Was folgte war ein Massaker, innerhalb der Hauptkaverne der Mondkolonie. Als dies vorüber war, lebten in der Kaverne nur noch Angehörige der Landungstruppen.

Durch den Umstand, dass die entfernt liegenden Wohnkammern und Industriebereiche, von der Hauptkaverne völlig abgeschnitten waren, hatten hier keine Kämpfe statt gefunden. Bewohner die gewillt waren den bewaffneten Kampf gegen die angreifenden Truppen der Invasoren aufzunehmen, hatten sich bereits zu Anfang des Geschehens in der riesigen Hauptkaverne versammelt. Dort waren diese Menschen auch gestorben. Die überlebende Bewohner der nun völlig abgeschnittenen Regionen der Mondkolonie verharrten nun bereits seit mehreren Tagen, ohne Energie, Wasserversorgung oder Luftzufuhr in ihren vollkommen abgeriegelten Bereichen. Nach und nach versagten dort die schwachen Batterien der Notbeleuchtungen. Diese völlig vom Rest der Kolonie abgeschnittenen Bereiche versanken in undurchdringlicher Dunkelheit und auch die Temperatur in diesen abgeriegelten Regionen fiel langsam immer mehr ab. Dies hatte auch zur Folge, dass in einigen dieser Bereiche auch der Sauerstoff derart knapp wurde, dass die hilflos dort eingeschlossenen Menschen erstickten.

Die Techniker der siegreichen Landungstruppen ließen sich Zeit dabei, die Versorgung der einzelnen Regionen wieder herzustellen. Verluste unter der hier lebenden Zivilbevölkerung waren auf direkte Anweisung des Administrators Hondros wünschenswert. Währenddessen lief die

vollends kontrollierte Propagandamaschine der Medien auf Hochtouren und verkündete laufend Nachrichten, die der neuen, unangefochtenen Regierung des Seven Moons System genehm waren.
Die nun verstorbenen Verteidiger, der Mondkolonie Nineteen, konnten sich gegen die Behauptung, sie hätten bereits lange heimlich mit den Bewohnern von Midway zusammen gearbeitet nicht mehr wehren. Die Medien nutzten dies und gaben immer neue, schauerliche Schlagzeilen heraus. So wurde unter anderem mehrfach behauptet, die Verteidiger der jetzt eingenommenen Kolonie hätten Zivilisten als lebende Schilde bei der Verteidigung genutzt. Auch die gezielte Sprengung der Tunnel und Stollen, die danach die teils weit entfernten gelegenen Bereiche der Mondkolonie isoliert hatten, wurde den Verteidigern angelastet. In dem isolierten Bereich der entfernt angelegten Kaverne Osande II waren 350 Zivilisten qualvoll erstickt. Die Medien meldeten jetzt, die dortigen Bewohner hätten sich den Landungstruppen ergeben wollen. Deshalb wäre diese Wohnkaverne durch die verbrecherischen Verteidiger von der Sauerstoffzufuhr abgeschnitten worden. Immer wieder wurde dabei betont, dass Techniker der siegreichen Landungstruppen Tag und Nacht unermüdlich daran arbeiteten, die notwendige Versorgung der isolierten Bereiche wieder herzustellen. Filmaufnahmen, bei denen Verteidiger verletzte Soldaten der Landungstruppen erschossen, waren bereits zu Anfang der Pressekampagne verbreitet worden und wurden immer und immer wieder als beweisendes Beispiel für die kaltblütigen Verbrechen der Verteidiger genutzt. Immer wieder wurde die Heldenhaftigkeit der Landungstruppen und das ehrenhafte, völlig selbstlose Handeln von Administrator Hondros betont. Der Administrator wurde von Teilen der Medien nahezu glorifiziert und seine Beliebtheit in der Bevölkerung wuchs von Tag zu Tag. Derartige Meldungen fluteten die Mediennetze förmlich und erzeugten entsprechende Stimmung bei der Bevölkerung des Sonnensystems. Die überwiegende Mehrheit der Bevölkerung stand auf der Seite des Administrators und unterstützte alle Entscheidungen, die dieser traf. Das war zumindest verständlich, da es Hondros handeln zu verdanken war, dass nun die "Friedenstruppen" der Volksrepublik für Sicherheit und Ordnung sorgten … So berichteten es zumindest die Medien … Allerdings war es eine Tatsache, dass nun die oft blutigen Übergriffe in den Kolonien geendet hatten und die Bewohner sich das erste mal seit langer Zeit wieder einigermaßen sicher fühlten. Somit war

das jetzige Verhalten und Empfinden der Bevölkerung zumindest nachvollziehbar und verständlich.

Das bereits sehnsüchtig erwartete, endlich von Flagran aus eintreffende Geschwader der Volksrepublik, brachte weitere "Friedenstruppen", um die Sicherheit auf den sieben Mondkolonien zu gewährleisten und die Bildung der neuen Verwaltungsstruktur, der Systemregierung, in dieser Übergangsphase zu unterstützen. Der Befehlshaber des Geschwaders wandte sich in einer Holobotschaft an die Bewohner des Systems. Darin erklärte er, mit ernstem Gesicht, die Volksrepublik unterstütze in dieser Zeit des Wandels, vollends die neue, völlig legitime Regierung des Seven Moons System. Er verwies auf die lange andauernde, tiefe Verbundenheit und Freundschaft zwischen der Volksrepublik und den Bewohnern dieses Systems. Auch betonte er in seiner Botschaft, dass es die Pflicht der Volksrepublik sei, Völkern auf ihrem Weg zur Freiheit helfend zur Seite zu stehen und ihnen selbstlos die Hand zu reichen, damit diese Völker dann ihren Weg in die Zukunft beschreiten konnten. Friedlich und mit der Gewissheit, dass eine strahlende Zukunft sie erwartete.

Die Botschaft wurde von den Medien des Systems zu einer Nachricht des Friedens und der sicheren Zukunft stilisiert. Administrator Hondros wurde, von den Berichterstattern, immer wieder als der "Architekt des Friedens" gefeiert, der den Bewohnern von Seven Moons den Weg in die sichere Zukunft, mit seiner Weitsicht und Selbstlosigkeit, überhaupt erst ermöglicht hatte.

Knappe sechs Monate nach diesen Ereignissen ersuchte Administrator Hondros, bei einem Staatsbesuch auf Gateway, förmlich und offiziell den Präsidenten der Volksrepublik, um die Aufnahme des Seven Moons System in die Volksrepublik. Wie nicht anders zu erwarten, stimmten Präsident Forester und seine Senatoren diesem Ersuchen, in einer öffentlich übertragenen Livesendung zu. Der Anschluss des Seven Moons System wurde in der ganzen Volksrepublik gefeiert. Präsident Forester und Administrator Hondros wurden in der Folgezeit, von den Medien zu Heroen stilisiert, denen das Wohl ihrer Mitmenschen weit wichtiger war als eigene Bedürfnisse. Die Tatsache, dass Seven Moons nun ein Vollmitglied der Volksrepublik war, wurde als epischer Schritt für die Volksrepublik bezeichnet. Präsident Forester war das Anbiedern der Medien egal. Es war ein notwendiges Übel, dass erforderlich war. Auch wenn er persönlich derartiges verabscheute, so erkannte er doch die

Notwendigkeit und den Nutzen dieser Medienkampagne. Er hatte vollbracht, was er vor vielen Jahren geplant hatte und die Volksrepublik gestärkt und vergrößert. Sein Langzeitplan war gelungen und er konnte jetzt stolz auf das von ihm Erreichte blicken. Er hatte es vollbracht, der Volksrepublik vor und während seiner Amtszeit zwei Sternensysteme hinzu zu fügen. Damit war ihm der Ruhm der Geschichte sicher. Dieser geschichtliche Ruhm, der beständig und zeitlos war, war Forester weit wichtiger, als jubelnde Medien, die bereits wenige Wochen später ganz andere Themen als wichtig erachteten mochten.

Die Mannschaften der zwischenzeitlich, von ihrem Raubzug, zurück gekehrten Raumschiffe der Mondkolonien, standen vor vollendeten Tatsachen und fanden sich schnell mit den neuen Gegebenheiten ab. Der Raubzug selber war nicht sehr erfolgreich gewesen. Die Schiffe der Piratenflotte hatten mehrere Systeme als Operationsziele gehabt. Keines dieser Ziele hatten sie überfallen können, da sich in all diesen Systemen Kriegsschiffe der Hegemonie aufgehalten hatten. Ein Kampf gegen diese Schiffe wäre fraglos sehr kostspielig geworden. Deshalb war man unverrichteter Dinge abgezogen. Erst auf dem Rückzug war es gelungen zumindest ein Handelsschiff der *Mercado* Klasse zu kapern. Die Ladung dieses Schiffes war jedoch deutlich mehr wert, als man sich hätte träumen lassen. Das Schiff transportierte Waffen zu einem fernen Ziel, die deutlich moderner waren als alles, was die Bewohner von Seven Moons oder die Volksrepublik bisher in ihren Beständen hatten. Zudem befand sich ein moderner Computer an Bord des Schiffes, der wohl ursprünglich als Steuerungs-KI einer Waffenfabrik gedacht war. Die Daten und Konstruktionspläne in diesem Computer waren für die Volksrepublik viel wertvoller als ein halbes Dutzend Sprungschiffe. Sie ermöglichten es der Volksrepublik, technologisch einen deutlichen Sprung in der Waffentechnologie zu vollbringen. Die Ingenieure, Techniker und Wissenschaftler, in den Waffenschmieden der Volksrepublik, waren über mehrere Wochen hinweg in einem fast ekstatischen Begeisterungstaumel gefangen.

Es war für die Volksrepublik kein Problem die neuen Technologien zu duplizieren. Grundsätzlich waren diese Erfindungen bereits in früheren Stadien im Gebrauch. Man übersprang hier jedoch rund 50 Jahre der Forschungsarbeit, Entwicklung und Erprobung, da man auf ausgereifte

Produktionsunterlagen zurück greifen konnte, die detailliert in diesen Datenspeichern hinterlegt waren.
Die Koordinaten und den Namen des Empfangsplaneten hatte man jedoch nicht in Erfahrung bringen können. Der Bordcomputer des gekaperten Schiffs war gelöscht worden und der Kapitän des Frachters, der als einziger das Ziel kannte, war während des kurzen Gefechtes gefallen. Es hatte jedoch den Anschein, als ob in der dichter besiedelten Kernsphäre Dinge vorgingen, die auch Auswirkungen auf das Outback haben könnten.
Das Problem des Midway Systems sollte nach Willen von Forester mit den militärischen Mitteln der Volksrepublik gelöst werden, wenn die Wirtschaft einen Punkt erreicht hatte, an dem die zu befürchtenden Verluste der Flotte aufgefangen werden konnten. Dieser Waffengang würde jedoch voraussichtlich noch einige Jahrzehnte in der Zukunft liegen. Vorerst galt es die Wirtschaft der Volksrepublik um einiges zu steigern. Erst dann war es möglich, die Flotte signifikant zu vergrößern, ohne in anderen Bereichen wirtschaftliche Einschnitte hinnehmen zu müssen, die teilweise schmerzhaft ausfallen könnten.
Nach der Planung von Forester und Waters war es nun notwendig, die Systeme der Volksrepblik nicht nur wirtschaftlich sondern vor allem kulturell und sozial dichter aneinander zu binden. Deshalb wurde nun verstärkt auf Gateway, als dem am stärksten bevölkerten Planeten, dafür geworben, in andere Systeme der Volksrepublik umzusiedeln. Es gab immer Menschen, die sich erhofften auf anderen Planeten eine bessere Zukunft aufzubauen. Teilweise lag das daran, dass sie auf ihren Heimatplaneten Beschränkungen unterworfen waren, die es anderenorts nicht gab, teils lag es an purer Abenteuerlust. Dies nutzte man nun seitens der Regierung aus. Im Verlauf der folgenden zwanzig Jahre wanderte eine Vielzahl, von überwiegend jungen Menschen, in die beiden Systemen Seven Moons und auch Flagran aus. One Stone auch und Sideway lagen bei weitem nicht so hoch in der Gunst dieser mutigen Auswanderer.
Der Regierung der Volksrepublik war das nur recht. Sideway war eher landwirtschaftlich geprägt und erzeugte den überwiegenden Anteil der Nahrungsprodukte der Volksrepublik. Vor allem Gateway wurde von dort aus versorgt. Zudem wurden unliebsame Bürger zumeist nach Sideway verbracht, um dort dann unter teils unangenehmen Umständen zu leben

und arbeiten. Auf der Urheimat der Menschheit hatten die damaligen Briten es einst mit ihrer Kolonie Australien ähnlich angepackt. Auch dort waren Menschen als Kolonisten genutzt worden, die sonst nur in Gefängnissen anzufinden gewesen wären. Wie damals so waren es auch heute wieder politische Gefangene, die überwiegend dafür herhalten mussten ... Zwangskolonisation in reiner Form. Es hatte sich jedoch erwiesen, dass derartige Gesellschaften, im Verlauf der Zeit zu wirtschaftlichen Stützen werden konnten. Auf Terra hatte es die ehemalige Kolonie Australien bewiesen, dass die Nachkommen von Sträflingen durchaus in der Lage waren eine prosperierende Wirtschaft aufzubauen.

One Stone hingegen war eine Asteroidenkultur, die fast nur durch den Handel prosperieren konnte. Die systeminterne Infrastruktur benötigte noch viel Kapital und auch Equipment um auf einen Stand gebracht zu werden, an dem das System problemlos als autark betrachtet werden konnte. Vor allem weitere orbitale Habitate fehlten dort noch. Sowohl als Raum für neue Bewohner, als auch zur Nahrungserzeugung oder für die Produktion von Gütern und Waren. Es war, von der Regierung der Volksrepublik, bereits geplant die wirtschaftlichen Möglichkeiten von One Stone Systems massiv auszubauen. Dafür waren jedoch nicht nur mutige Auswanderer oder aber der Einsatz von Sträflingsarbeit gefragt, sondern es bedurfte ausgebildeter, fähiger Ingenieure und Techniker. Ingenieure und Techniker jedoch wurden auch auf jedem anderen Planeten oder Mond der Volksrepublik gesucht und benötigt.

Dem entsprechen überschaubar war die Zahl derer, die nach One Stone umsiedelten. Die dort existierenden Arbeitsbedingungen waren vielen Aussiedlern zu anspruchsvoll. Viele Aussiedler waren zwar bereit mit ihrer Hände Arbeit ein neues Leben aufzubauen, jedoch musste der Erfolg auch für sie selbst deutlich sichtbar sein und sich für sie selber lohnen. Dies war bei One Stone nicht immer gegeben.

Die Regierung versuchte in der Folgezeit mit Sonderzahlungen und zahlreichen weiteren Vergünstigungen Fachleute nach One Stone zu ziehen. Dies hatte jedoch nur einen verhaltenen Erfolg. In den Augen der meisten Auswanderungswilligen hatte der Planet Flagran von allen Möglichkeiten die deutlichsten Vorzüge.

Vor allem die Tatsache, dass Flagran über eine Wirtschaft verfügte, die sich der Leistungsfähigkeit von Gateway immer dichter annäherte war für viele Auswanderer ein nicht unwichtiger Grund, sich für dieses Ziel zu entscheiden. Das Bruttosozialprodukt von Flagran stieg beständig, Jahr für Jahr. Im Vergleich zu den anderen Systemen lag auf Flagran das durchschnittliche Jahreseinkommen der Bewohner am höchsten. Auch klimatisch hatte der Planet gewisse Vorteile, für die Besiedelung und seine Bewohner. Nicht verblüffend also, wenn Flagran sich zu einer Perle im Diadem der Volksrepublik entwickelte.

Dies war auch der Zeitpunkt, an dem einige der mächtigen Familienclans von Flagran anfingen, ihre wirtschaftlichen Bemühungen über ihren eigenen Planeten hinaus auszudehnen. Vor allem die einflussreiche Familie Dragunov nutzte diese Zeit um sich weitaus stärker in Wirtschaft und auch Politik der Volksrepublik zu orientieren. Diese Bemühungen waren erfolgreich. Schon bald stellte die wohlhabende und einflussreiche Familie den Senator von Flagran. Man bemühte sich auch zum Militär der Volksrepublik ein gutes Verhältnis aufzubauen. Dies beinhaltete auch, dass die Söhne der Familie an der Flottenakademie auf Gateway studierten um später das Offizierspatent der Flotte zu erhalten oder aber in den Bodentruppen als Offizier einen Posten zu erhalten. Im Verlaufe der Jahrzehnte die folgten, wurde die Familie Dragunov zu einer der angesehensten Familien der Volksrepublik ... und zu einer der wohl mächtigsten und einflussreichsten.

19.

Zwischenspiel im Outback, die Jahre bis 2415

Wenn später behauptet wurde, die Zeit war angefüllt von Ereignissen, dann traf dies auf die Zeit der Jahre zwischen 2315 und 2415 treffend zu. Sowohl das Kaiserreich, als auch die Volksrepublik wuchsen im Verlaufe dieser hundert Jahren beständig an. Das Betraf nicht nur deren rein räumliche Ausdehnung als Sternenreiche, sondern vor allem die Kopfzahl der Bevölkerung und die wirtschaftliche Leistungsfähigkeit. Auch technologisch und wissenschaftlich wurden auf vielen Gebieten Entdeckungen gemacht, die in der vergangenen Zeit teilweise noch als absurde Träume von Wissenschaftlern angesehen worden waren.

Das Kaiserreich hatte mit der, zeitlich sehr eng zusammen liegenden, Besiedelung der Sonnensysteme, außerhalb seines Kernbereiches, einen gewagten Schritt getan. Bereits die Besiedelung der Systeme Faraway, Flint, und Horizont hatten wirtschaftliche Engpässe erkennen lassen, die jedoch noch überbrückt werden konnten. Die kurz darauf folgende Besiedelung von Stygien konnte ebenfalls abgedeckt werden, obwohl sich bereits aufsummierende wirtschaftliche und logistische Probleme deutlich zeigten.

Die dann jedoch ausbrechende Welle von Besiedelungen stellte das Kaiserreich vor Herausforderungen, die sich über mehrere Jahrzehnte hinweg zogen und die Wirtschaft zeitweise fast kollabieren ließ. Die Anforderungen, um mehrere Sternensysteme fast zeitgleich sinngerecht aufzubauen, sie zu erfolgreichen, wirtschaftlichen Faktoren innerhalb der Gemeinschaft der Kaiserlichen Welten werden zu lassen, waren gigantisch. Teilweise entstanden dadurch Kaskadeneffekte, die nicht vorhersehbar gewesen waren. Ohne die beständige Steuerung, die von ZONTA geleistet wurde, wäre dies alles nicht möglich gewesen. Wieder einmal hatte die riesenhafte und vernetzte KI ihren Wert bewiesen. Jedoch war es grundsätzlich der immer mehr anwachsenden Flotte von Frachtern und Transportschiffen zu verdanken, dass diese enorme Belastung des Kaiserreiches überhaupt gemeistert werden konnte. Alleine der Aufbau der zwingend notwendigen Infrastruktur auf diesen neuen

Welten, der dem stetigen Zustrom der wagemutigen Kolonisten zu ihren erwählten, neuen Welten gerecht wurden musste, wäre ohne den beständigen Zustrom von Waren, Gütern und Menschen wohl keinesfalls realisierbar gewesen ... und dazu bedurfte es der Raumschiffe, die dank der Kristallmine auf der Kronkolonie zur Verfügung standen. Jedes Jahr wurden mehr neue Schiffe in Dienst gestellt und ermöglichten es so überhaupt erst, diese Titanenaufgabe zu meistern. In den Jahren, nach der Erstbesiedelung von Lemuria (2130), war die reine Kopfzahl der im gesamten Kaiserreich lebenden Bürger bis zum Jahr 2330 bereits auf imponierende 2,62 Milliarden Menschen angestiegen.

Dieses explosive Bevölkerungswachstum war dem Kaiserreich in der Vergangenheit stets zugute gekommen aber langsam machte sich die beständig ansteigende Bevölkerungszahl bemerkbar. Nicht nur auf lemuria selbst sondern auch auf den anderen Kernplaneten des Kaiserreiches. Zu dem Zeitpunkt, als die Systeme Trav, Vorg, Taktam, Calthur, Selaron, Elrond und Kahalo besiedelt wurden, mehrten sich die Rufe nach neuen Siedlungswelten. Zwar herrschte noch kein spürbarer Platzmangel aber die jungen Generationen waren ebenso von dem Siedlungsgedanken beseelt, wie auch ihre Vorfahren. Man wollte neue Welten für das Kaiserreich erschließen. Nicht verwunderlich also, dass diese neuen und verheißungsvollen Siedlungswelten, jede für sich, nun nahezu monatlich Millionen von Siedlern anzogen.

Die Gefahr, dass der verfügbare Genpool zu sehr "verwässert" wurde, war bereits kurz nach ZONTA's vollständiger Aktivierung von der KI erkannt worden. Deshalb wurden jedes Jahr tausende, der einstmals von Terra mitgeführten, menschlichen Spermien, Eizellen und Embryonen in den Pool der Bevölkerung eingefügt. Im Verlauf der Zeit wurde diese Zahl beständig erhöht, da auch die Zahl der Bevölkerung entsprechend anstieg. Im Jahr 2334 waren die letzten, der seinerzeit mitgenommenen Embryonen, Spermien und Eizellen aufgebraucht, die sich bis dahin, sorgfältig verwahrt, in Stasisbehältern befunden hatten. ZONTA behielt jedoch ein Kontingent von Eizellen und Spermien zurück, das seitdem in einem seiner vielen, gut gesicherten Labortrakte, im Stasiszustand, verwahrt wurde. Die KI betrachtete dies als Sicherheitsmaßnahme um in der Zukunft neues Genmaterial zur Verfügung zu haben, sollte dies irgendwann einmal notwendig erscheinen. ZONTA hatte im Verlauf der letzten Jahre mehrfach mit dem Kaiser diskutiert, ob die gesetzlich

festgelegte 4-Kind-Regel nicht in den kommenden Jahrzehnten außer Kraft gesetzt werden sollte. Die KI hatte das Bevölkerungswachstum rechnerisch dagelegt und darauf hingewiesen, dass ein stetiger Anstieg der Bevölkerung in 100 bis 125 Jahren zum Problem werden könnte, wenn nicht eine Vielzahl neuer Kolonialwelten für das Kaiserreich erschlossen werden könnte.
Nicht wenige Wissenschaftler liebäugelten sogar jetzt schon mit der Einführung einer Geburtenkontrolle. Der Kaiser sprach sich jedoch strikt gegen derartige Maßnahmen aus.

Kaiser Heinrich war von ZONTA, nach Trabant, in dessen stark abgesichertes Zentralmodul bestellt worden. Laut Aussage der KI war ein direktes und streng vertrauliches Gespräch notwendig. Weitere Informationen hatte ZONTA nicht übermittelt und war auch nicht dazu bereit nähere Informationen preis zu geben. Heinrich war eher verblüfft als verärgert. Die KI, deren Loyalität völlig außer Zweifel stand drückte sich sonst genauer aus. Im Kommandomodul gab es einen speziellen Raum, der nur persönlichen Gesprächen zwischen dem amtierenden Kaiser und der KI vorbehalten war. Dieser besondere Raum wurde nur für Gespräche genutzt, wenn die Sicherheit des Kaiserreiches direkt oder indirekt beeinträchtigt werden könnte.
Heinrich trat ein und setzte sich auf einen der dortigen Sessel. Hinter ihm schloss sich die Panzertür. Eine Leuchtanzeige signalisierte, dass dieser Raum nun völlig abgeschottet war. Fast augenblicklich baute sich ein Hologramm auf, das ZONTA stets benutze, wenn er und der Kaiser ohne weitere Zeugen miteinander sprachen. Heinrich hatte das Abbild bereits vor Jahren recherchiert. In einigen uralten 2-D Filmen existierte eine Gestalt, die eine verblüffende Ähnlichkeit zu ZONTA's Avatar aufwies. Heinrich grinste. "Bist du wieder einmal als Gandalf unterwegs ZONTA? Ich muss gestehen, ich bin überrascht von diesem Gespräch. Ich konnte keine Notwendigkeit erkennen ... Was also ist der Grund, der so wichtig ist. Der Avatar zündete sich umständlich eine langstielige Pfeife an und ließ dann einige Qualmwölkchen erscheinen. "Heinrich, ich habe die Zahlen unser Bevölkerung extrapoliert. Ich hatte bereits in der Vergangenheit mehrfach auf unser stetiges Bevölkerungswachstum hingewiesen ... Prinzipiell ist dies von Vorteil für das Kaiserreich. Jedoch habe ich Bedenken, wie sich die Lage in der Zukunft verhalten

mag. Wie ich dir gegenüber bereits erwähnt habe, erreichen wir in 100 bis 125 Jahren einen Punkt, der uns unweigerlich vor ernste, nicht mehr zu bewältigende Probleme stellen wird. Dir mag diese Zeitspanne noch sehr lang erscheinen aber wir sollten bereits heute damit beginnen Maßnahmen einzuleiten. Der soziale Zusammenbruch des Kaiserreiches wird ansonsten in spätestens 125 bis 130 Jahren eintreten. Das kann ich dir rechnerisch beweisen. Ich habe es mehrfach überprüft und aktualisiere das Szenario bereits seit einigen Jahren beständig." Heinrich schaute das Hologramm erschrocken an. Derart bedrohlich hatte er die Situation nie gesehen.

ZONTA's Avatar nickte und sprach dann leise weiter. "In 100 Jahren wird unsere Bevölkerung etwa 212 Milliarden Bürger umfassen ... In 125 Jahren werden es dann bereits 636 Milliarden sein, wenn ich das derzeitige Wachstum als Maßstab nehme ... Bei derzeit einundzwanzig Planeten, die unser Kaiserreich aktuell umfasst, wird damit die absolute Kapazitätsgrenze überschritten. Das Kaiserreich hätte dann ... bei einer rein rechnerisch gleichmäßigen Verteilung der Einwohner ... PRO SYSTEM eine Bevölkerungszahl von 30,3 Milliarden Menschen. Alles wann dann noch kommt sprengt endgültig den Rahmen dessen, was wir ernähren könnten. Soziale Zusammenbrüche, Unruhen und Aufstände auf den Planeten wären zwangsläufig die Folge."

Heinrich war blass geworden. "Das ist nicht akzeptabel. Was kann ich dagegen unternehmen? Derartiges darf keinesfalls eintreten. Es muss eine Lösung für das Problem geben."

Der Avatar nickte. "Die Lösung verläuft parallel auf mehreren Bahnen. Vordringlich müssen wir neue Kolonialplaneten finden und erschließen. Des weiteren werden wir dazu gezwungen sein, ab einem gewissen Zeitpunkt, eine strikte Geburtenkontrolle auszuüben, um somit den zu erwartenden und rechnerisch belegbaren Bevölkerungsanstieg noch auszubremsen. Beides sollte parallel verlaufen, da es sonst zu Unruhen kommen könnte. Das Volk des Kaiserreiches vermehrt sich zu stark. Meinen Berechnungen zu Folge ist es unumgänglich in spätestens 100 Jahren das Bevölkerungswachstum strikt einzuschränken, wenn wir bis dahin keine neuen Kolonialplaneten gefunden haben sollten. Ab diesem Zeitpunkt kann alles kippen, wenn wir nicht agieren ... Deshalb halte ich es für ratsam und empfehle dringend, bereits im Vorfeld in Bezug auf unser Bevölkerungswachstum Maßnahmen zu ergreifen und dann

entsprechend zu agieren. Als geeigneten Zeitpunkt empfehle ich hier einen Zeitpunkt, der um das Jahr 2390 liegen sollte. Das verschafft uns ausreichend Zeit und wir können somit die Bevölkerung langsam auf die neuen Perspektiven vorbereiten ... Als letzten Schritt sollte das Kaiserreich zeitnah mit der Erkundung neuer Planeten beginnen, die als zukünftige Kolonien geeignet sind. Je mehr wir davon zur Verfügung haben, desto einfacher lässt sich der zu erwartende Bevölkerungsdruck abfedern. Wenn dieser letzte Schritt zeitnah vollzogen wird, dann erhalten wir auch hier einen gewissen Zeitvorteil, um die möglichen Kolonialplaneten für unsere späteren Siedler vorzubereiten. Da vor allem diese Planetenentwicklung nach unseren Erfahrungen sowieso eine gewisse Zeitspanne erfordert, empfehle ich nochmals dringend dieses Projekt zeitnah anzugehen."
Heinrich nickte nachdenklich. "Ich stimme dem zu ... Unsere Flotte soll entsprechend der klar erkannten Notwendigkeit mit der umfassenden Erkundung der uns umgebenden Raumregionen beginnen. Dies wurde von uns viel zu lange vernachlässigt und sogar ignoriert. Dazu werden durch das Flottenkommando drei Expeditionsgruppen gebildet, die dann die Bereiche Galaktisch-Nord, sowie Galaktisch-Nordwest und auch Galaktisch-Nordost systematisch erkunden sollen. Ich wünsche, dass das unsere Schiffe sich auf diese Raumregionen konzentrieren. Neue Kolonialplaneten sollten vordringlich dort erkundet werden. Eine Expansion in Richtung der bereits besiedelten Kernsphäre, sehe ich als ausdrücklich "nicht wünschenswert" an. Nicht nur, dass sich die Volksrepublik in besagter Raumregion befindet, so wünsche ich derzeit auch noch keinen Kontakt mit der besiedelten Kernsphäre, und den dortigen Machtgefügen."
Der Avatar von ZONTA verbeugte sich. "Wenn eure Majestät es so wünscht, dann soll es so geschehen ... Ich werde das Flottenkommando kontaktieren und ihm die Wünsche des Kaisers mitteilen. Die nun dafür notwendigen Erkundungsmissionen werden im Frühjahr 2335 von Lemuria aus starten."
Die entsendeten Suchexpeditionen wurden fündig. Vor allem im näher gelegenen Bereich Galaktisch-Nordost gelang es den Expeditionen zahlreiche Sonnensysteme auszumachen, die über die grundsätzlichen Voraussetzungen für eine erfolgreiche Besiedelung verfügten. Gemäß Befehl des Kaisers waren diese Welten das spätere Expansionsziel.

Die Expeditionen suchten die Raumregionen um die bereits bekannten Bereiche dreißig Sprünge weit ab. Auch reine Transfersysteme wurden bei dieser Mission kartographisch genauestens erkundet. Keinesfalls wollte man etwas übersehen. Im Flottenkommando war man erstaunt darüber, wie zahlreich die entdeckten Systeme waren, die sich als spätere Kolonien eigneten. Vor allem im näheren Bereich, Galaktisch-Nordost lagen derartige Systeme relativ dicht bei einander.

Der Kaiser beriet sich mehrfach mit ZONTA und entschied dann, die Routen in diese Region mit Trojanerstationen und den notwendigen Arrays zu überwachen. Auch wurde entschieden, bereits in den kommenden zwanzig Jahren in der dortigen Raumregion eine kleine Flottenbasis zu etablieren, die diese Region regelmäßig überwachte. Zwar lag dieser Raumsektor weiter von der besiedelten Kernsphäre entfernt als jegliche Kolonie des Kaiserreiches, aber der Kaiser wollte hier sicher gehen, dass die geplante Kolonisierung der dortigen Region ungestört verlief. Die unerwartete Kolonisation von Midway, Sideway und Gateway, durch Kolonisten aus der Kernsphäre, war ein warnendes Beispiel. Derartiges sollte nun verhindert werden.

Der drohende Konflikt mit der Volksrepublik hing wie eine dunkle Wolke beständig über allen Planungen. Es war klar, dass man hier gewisse Vorbereitungen treffen musste.

Unsummen an Material wurden in das Midway System gepumpt, um die dortige Kronkolonie auszubauen. Der Erfolg stellte sich schnell ein und äußerte sich vor allem darin, dass die Kristallmine, die man unter Einsatz modernster Technik stark ausbaute, nun zunehmend mehr Kristalle förderte, als in den Jahren zuvor. In den Jahren 2315 bis 2360 stellte das Kaiserreich jedes Jahr etwa 30 Frachter neu in Dienst. Rund 20% dieser Schiffe besaßen Sprungkristalle der Klassen 5 oder 6 und hatten ein entsprechendes Volumen, von 350.000 bis 450.000 Tonnen. Nur mit dieser beständig anwachsenden Zahl der großen Frachter war die Expansion des Kaiserreiches überhaupt realisierbar. Ohne diese Schiffe wäre es nicht möglich gewesen, die unglaublichen Mengen von Materialien, Waren und Menschen zu transportieren, die notwendig waren. Die bereits besiedelten Welten des Kaiserreiches prosperierten zusehends.

Auch die Kriegsflotte wurde beständig ausgebaut. Im selben Zeitraum zwischen 2315 und 2360 verließen insgesamt 60 neue Jagdzerstörer sowie 20 weitere Angriffskreuzer die Werften. Alte Baumuster wurden systematisch, nach und nach, aus dem Dienst gezogen. Die wertvollen Sprungkristalle entfernte man und baute sie in Flottenneubauten ein, die dann dem neuesten Stand der Technik entsprachen. Das Militär des Kaiserreiches war enorm darauf bedacht, bestehende Technik nicht nur anzuwenden, sondern auch sinngerecht weiter zu entwickeln. Dank der unschätzbaren Hilfe von ZONTA liefen ständig Forschungsprojekte, die konsequent ausgewertet wurden. Effizienz war hier das Schlüsselwort. Stellte man fest, dass eine Verbesserung umsetzbar und sinnvoll war, dann wurde dies auch getan.

Nicht nur Sprungschiffe wurden erbaut, sondern auch hunderte von Schiffen die systemgebunden waren. Diese Raumschiffe, die häufig auf planetaren Fertigungswerften erbaut wurden, stellten das Rückgrat der Wirtschaft in den einzelnen Systemen dar. Ohne diese Schiffe wäre der wirtschaftlich erfolgreiche Ausbau der einzelnen Sonnensysteme kaum zu bewerkstelligen gewesen. Sie waren es, die in ihren Heimatsystemen die Infrastruktur für die orbitalen Anlagen erst ermöglichten. In allen Systemen des Kaiserreiches stellten Anlagen zum Asteroidenbergbau und die orbitalen Fabriken die Eckpfeiler der Wirtschaft dar. Die hier gewonnenen Rohstoffe ermöglichten überhaupt erst die kosteneffektive Produktion der zahlreichen notwendigen Werkstoffe, um die technisch hochwertige Industriestruktur des Kaiserreiches zu errichten und zu erhalten. In den Orbitalfabriken wurden von zahllosen Droiden die Unmengen von Gütern produziert, die sich im schwerelosen Weltraum sinnvoller herstellen ließen, als in den Fabriken auf dem Boden der Planeten und Monde, die von den Menschen besiedelt und bewohnt wurden.

Die geplante, lückenlos Überwachung der Routen in das zukünftige Siedlungsgebiet wurde bis 2360 fertiggestellt. Die für die Überwachung dieser Raumregion notwendige Flottenbasis sollte gemäß der Befehle des Kaisers im System Colossus entstehen. Dieses System, das quasi des Eingangstor in diesen zukünftigen Kolonialsektor darstellte, wurde ab Anfang 2360 permanent die Ausgangsbasis für ein kampfstarkes Geschwader von acht Zerstörern. Laut der Planung sollte die spätere Kolonisierung jedoch erst rund 100 Jahre später anlaufen. Bis dahin

sollten die entsprechenden Planeten, die bereits zu diesem Zeitpunkt als spätere Kolonien vorgesehen waren, kontinuierlich mit terrestrischem Saatgut, also umfangreicher Flora und Fauna, "geimpft" werden.
Das Augenmerk des Kaiserreiches lag derzeit jedoch klar auf den bereits neu besiedelten Systemen im Bereich Galaktisch-Nord von Lemuria. Hier konzentrierte sich das wirtschaftliche und auch soziale Engagement des Kaiserreiches.

Der Ausbau des Systems Calthur als Sektorsystem, also als ein System, von dem aus dieser neu kolonisierte Raumsektor in Zukunft verwaltet werden sollte, stellte die Logistik des Kaiserreiches auf eine harte Probe. Alleine die Errichtung der dort notwendigen Orbitalwerften warf Unmengen von Problemen auf, die vor allem in der Anfangsphase ihrer Errichtung, viele der hier arbeitenden Techniker und Ingenieure fast verzweifeln ließen. Da das Calthursystem, mit seinen drei bewohnbaren Planeten, jedoch auch als ein Hauptflottenstützpunkt konzipiert werden sollte, waren diese gigantischen Orbitalwerften absolut unumgänglich. Nicht wenige der in diesem System tätigen Ingenieure zweifelten lange daran, ob die Kaiserliche Planung überhaupt umzusetzen war. Ende des Jahres 2342 war dieses Mammutvorhaben jedoch endlich vollendet und die sechs neuen Werften produzierten nun ebenfalls Raumschiffe. Das Calthur System diente in den folgenden Jahrzehnten oft als ein Beispiel dafür, was man mit ausreichend vorhandenem Material, Willensstärke und guter Planung ermöglichen und erschaffen konnte.
Trotzdem war diese Phase des Kaiserreiches einem Drahtseilakt sehr ähnlich, wie später von Historikern und Wirtschaftswissenschaftlern häufig behauptet wurde. Die verfügbaren Kapazitäten des Kaiserreiches waren an ihre Grenzen gelangt und erst ab etwa 2360 entspannte sich die Situation wieder. Der beständige Zustrom neuer Frachter, sowie die Tatsache, dass die neu besiedelten Kolonialwelten ab diesem Zeitpunkt eine zusehends anwachsende, eigene Infrastruktur sowie entsprechende Wirtschaftskraft besaßen, ermöglichte den Wandel. Die Bevölkerung des Kaiserreiches hatte diese schwere und lang anhaltende Phase als einen Akt der nationalen Anstrengung verstanden, der zum Wohle der kommenden Generationen notwendig war. Der Umstand, dass überall im Kaiserreich die Familie als Eckpfeiler der Gesellschaft angesehen wurde half hier ungemein. Nahezu jeder kannte jemanden aus seiner Familie,

dessen Zukunft nun auf einer dieser neuen Kolonialwelten lag. Häufig wanderten ganze Zweige dieser Familien geschlossen auf die neuen Welten aus. Für die Bürger war es dadurch zu einer persönlichen Angelegenheit geworden, ihren Verwandten und Nachkommen bei deren Neustart zu helfen. Hierbei ertrug man dann auch klaglos so manche Knappheit diverser Güter auf den eigenen Welten. Stets in dem Wissen, dass diese Güter dringend benötigt wurden um nun dem Sohn, der Tochter, dem Enkel oder der Onkel auf den neuen Kolonialwelten dazu zu verhelfen, den im Kaiserreich gewohnten Lebensstandart zu erreichen oder ihn noch zu verbessern ... Man war stolz darauf, dies tun zu können und sah es als persönliche und familiäre Pflicht an. Nicht als einen Akt, der einem vom Staat aufgenötigt wurde und lediglich auf dem Rücken der Bürger getragen wurde.

Diese entbehrungsreiche Zeitepoche, die sich ab dem Jahr 2360 bereits leicht entspannt hatte, fand ihr Ende endgültig Anfang des Jahres 2370. Von diesem Zeitpunkt an setzten sich die zahlreichen Synergieeffekte der neu geschaffenen, hochmodernen Infrastrukturen, Orbitalanlagen und Fabriken, auf den neu besiedelten Kolonialwelten endgültig durch. Die sich nun anschließende Zeitspanne, die sich bis in das Jahr 2415 hin zieht, wird von Historikern, Forschern und Wissenschaftlern häufig als das goldene Wirtschaftszeitalter des Kaiserreiches bezeichnet. Eine Bezeichnung, die prinzipiell nur schwer widerlegt werden kann, da sie das zusammenfasst, was die einzelnen Bürger, und auch die Bereiche Kunst, Kultur, Bildung, Medizin, Forschung und Wissenschaft sowie Wirtschaft in dieser Zeit "empfinden" mussten, die sich nun nahtlos an die langen Jahre der Entbehrungen anschloss. Fakt ist, dass die Soziale Struktur des gesamten Kaiserreiches in den problematischen Jahren deutlich gefestigt wurde. Der eigenen Familie und auch den Nachbarn bei Bedarf selbstlos zu helfen wurde zu einer Weltanschauung, die von nun an tief in die Gesellschaft des Kaiserreiches verwurzelt war. Die Kaiserliche Familie, die in den langen Jahren der Entbehrung selbst beispielhaft anderen geholfen hatte, wurde mit nahezu religiöser Art verehrt. Auch wenn das Ansehen der kaiserlichen Familie schon immer außer jeder Kritik gewesen war, so wurde deren Ansehen nun, von nicht wenigen ihrer Untertanen, nahezu glorifiziert. Der Kaiser und die Kaiserin waren als Bilder in nahezu jeder Heimstatt anzufinden. Die weit verbreitete und allgemein geläufige, gebräuchliche Formel "Gott schütze den Kaiser und die Kaiserin" besaß jetzt einen emotionalen Hintergrund, der tief in den Seelen der Bürger verwurzelt lag.

In der Volksrepublik war die Zeit ebenfalls nicht stehen geblieben. Die Wirtschaft, in den nun vereinigten Sonnensystemen der Volksrepublik, wuchs vor allem seit dem Beitritt von Seven Moons beständig an. Die sich sprunghaft vermehrende Bevölkerung bot völlig neue Perspektiven für die Volkswirtschaft. Hatte sich diese bereits bis 2340 erfolgreich entwickelt, so war dies kein Vergleich zu der Epoche, die ab 2347 einsetzte. Im Nachhinein sprachen viele Geschichtswissenschaftler oft von der "Gründerepoche" wenn sie sich mit dieser Zeit beschäftigten. In allen Systemen der Volksrepublik war dieses Phänomen anzutreffen. Die Bevölkerung glaubte an den Traum, vom persönlichen Glück, der besagte, jeder habe die Möglichkeit sich mit Fleiß und ein wenig Glück eine Zukunft zu erschaffen, die vor einigen Jahrzehnten noch nahezu utopisch gewesen wäre. Die Tatsache jedoch, dass dies nicht nur ein bloßer Wunschgedanke war, sondern jedem Bürger wirklich möglich, wurde von den allgegenwärtigen Medien nahezu beständig verbreitet. Tatsächlich gelang es, in dieser Epoche, vielen Bürgern diesen Weg zu beschreiten und sich eine gesicherte Existenz aufzubauen, die ihnen finanzielle Unabhängigkeit und Möglichkeiten bot, die ihre Eltern so nicht gekannt und sicherlich nicht für möglich gehalten hätten. In der Gesellschaft der Volksrepublik machte sich das jetzt vor allem dadurch bemerkbar, dass sich eine breite, stabile Mittelschicht bildete. Solch eine Mittelschicht stellte für gemeinhin den wichtigsten Stützpfeiler einer Volkswirtschaft da. Ein Faktor, der in der Vergangenheit auf Terra oftmals von Politikern nicht genug beachtet oder nur milde belächelt worden war. Fehlte dieser Pfeiler oder wurde zu sehr geschwächt, dann konnte das Folgen haben, die sozial und vor allem wirtschaftlich gesehen ... zumindest langfristig ... einer Katastrophe nahe kamen.
Die Volksrepublik setzte sich einige Ziele für ihre spätere Expansion, die auch konsequent umgesetzt wurden. Bei One Stone, wo bereits eine kleine Orbitalwerft mit zwei Docksegmenten existierte, wurde eine weitere Werft ähnlicher Größe erbaut. Weiterhin entstanden in diesem System in den Jahren bis 2365 zwei Dutzend orbitale Habitate, die prinzipiell autark existieren konnten. Diese Habitate waren teilweise vollständig künstlich und schwebten nun in Entfernungen von zwischen

80.000km und 900.000km zur Basiskolonie im Weltall. Bei anderen Habitaten griff man auf verfügbare Asteroiden zurück und nutzte diese als "Baugrund" für die Zweigkolonien in diesem System. Die Tatsache, dass One Stone in der Vergangenheit bereits als Anlaufhafen für Schiffe aus dem Outback gedient hatte, wollte man seitens der Volksrepublik unbedingt ausnutzen. Diese Raumschiffe versprachen den Zugriff auf Technologie, die in der inneren Sphäre entwickelt worden war. Deshalb sollte den Besatzungen von ankommenden Schiffen der Aufenthalt so angenehm wie nur möglich gemacht werden. Kapitäne, die hier ihre Ladung verkauften sollten nicht betrogen werden, sondern mit dem Gedanken abfliegen, hier schlichtweg das Geschäft ihres Lebens gemacht zu haben … Die Besatzungen sollten gut über ihren Aufenthalt sprechen und … so zumindest die Hoffnung … weitere Handelsschiffe und Frachter hierhin lotsen, von denen man dann Technologie erwerben konnte.

One Stone lag mehrere Sprünge von den anderen Systemen der Volksrepublik entfernt, im galaktischen Richtung Südosten. Es erschien den Militärs der Volksrepubik unwahrscheinlich, dass ein Händler sich für die Raumregion interessieren könnte, in der die besiedelten Systeme der Volksrepublik lagen. Als zusätzliche Sicherheit dienten Karten der Region, die man den Kapitänen zum Kauf oder Tausch anbot. Jedoch waren diese Karten "Bearbeitet" und zeigten den fremden Kapitänen nur das, was sie sehen SOLLTEN. Nichts an diesem Kartenmaterial deutete darauf hin, dass es in dieser Region des Weltalls interessanteres gab als öde Sonnensysteme, ohne Niederlassungen oder Kolonien, auf denen sich ein möglicher Handel lohnen könnte. Kaum ein Kapitän, der bei Sinnen war, würde das Risiko einer Reise in Gefilde eingehen, in denen es augenscheinlich nichts gab als Leere und keinerlei Hoffnung, bei einem etwaigen Defekt Hilfe zu erhalten. Was die Zuverlässigkeit dieser Karten betraf, so waren die dort enthaltenen Daten über einige Sprünge hinweg sogar echt. Zumindest fünf Sprünge weit, von One Stone entfernt, in Richtung Galaktisch-Nord wusste die Volksrepublik, was sich dort befand. Diese Daten waren also verifizierbar. Somit sollte auch der Wissensdurst von Kapitänen gesättigt sein, die aus purer Neugierde einmal überprüfen wollten, ob das von ihnen erworbene Kartenmaterial echt war. Dort jedoch, wo sich die besiedelten Systeme der Volksrepublik befanden, waren auf diesen Karten lediglich leere Sonnensysteme ohne jeden Himmelskörper vermerkt. Auch Midway wurde in diesen Karten derart dargestellt. Nach dem Dafürhalten der Volksrepublik sollte das genügen, um vor Überraschungen sicher zu sein. Vor allem, da die beste Zugangsroute in diesen Quadranten über One Stone lief. Alle anderen Wege waren deutlich länger und somit auch uninteressanter für Raumschiffe, die sich in diesem Raumgebiet bewegten. Die Limitierung der Reichweite machte sich hier bemerkbar. Jeder Sprung verbrauchte Energie, die aus den Antimaterievorräten wieder ergänzt werden musste. Für viele Raumschiffe lag One Stone praktisch kurz vor der absoluten Sprunggrenze.

Man wusste bereits, dass es in Richtung Galaktisch Süd-Ost, in einiger Entfernung, mehrere Systeme gab, in denen sich Kolonisten angesiedelt hatten, die sich mühten mit dem zu überleben, was sie erwirtschaften konnten. Bis zum Jahr 2415 hatte sich One Stone zu einem heimlichen Handelshafen entwickelt, der die Händler der umliegenden Raumregion anzog, wie ein Leuchtfeuer.

Das System One Stone, mit seiner verfügbaren Werftkapazität wurde, hinter vorgehaltener Hand und im Flüsterton, unter freien Kapitänen als ein Ort bezeichnet, an dem man Reparaturen durchführen konnte und wo die Besatzung endlich einmal die Möglichkeit auf einen sicheren Landgang hatte. Zudem kauften die Bewohner von One Stone neue Technologie zu Höchstpreisen auf. So etwas gab es im umliegenden Raumquadranten sonst nicht und so zog One Stone nun jedes Jahr ein halbes Dutzend Raumschiffe an, die teilweise regelmäßig das System aufsuchten. Allerdings lag diese Regelmäßigkeit nur darin, dass diese Schiffe One Stone als letzten Punkt ihrer Reise anliefen, um hier ihre Maschinen überholen zu lassen, bevor sie ihre Rückreise in Richtung Kernsphäre machten. Trotzdem lohnte es sich in den Augen der Militärs der Volksrepublik. Sie erhielten auf diesem Wege nicht nur neuartige Technologie sondern man konnte auch Informationen darüber erhalten, was sich in der Kernsphäre ereignete. Speziell diese Informationen waren den Militärs wichtig. Die Tatsache, dass diese Informationen Monate oder sogar Jahre alt waren, war dabei völlig irrelevant.

Trotz der Hoffnung, man würde nur ungefährliche Händler anziehen wollte das Militär der Volksrepublik nichts dem Zufall überlassen. Die Raumabwehrwaffen aller Habitate, der beiden Orbitalwerften und auch der Basiskolonie waren für jeden Besucher unübersehbar. Zudem waren die vier Systemkampfschiffe ständig präsent, die im System verteilt patrouillierten. Auch einzelne Staffeln der beiden Drohnengeschwader flogen routinemäßig an ankommenden, im Orbit ankernden oder abfliegenden Raumschiffen vorbei, um jeden daran zu erinnern, dass dieses System sich sehr wohl zu verteidigen wusste, wenn dies nötig sein sollte. Man wollte Stärke zeigen aber nicht abschrecken. Deshalb war man bestrebt, den Handelskapitänen nicht alles zu zeigen.

Den wagemutigen Kapitänen blieb verborgen, dass es im System, seit 2370 einen rein militärisch genutzten Asteroiden gab, von dem aus das Militär notfalls die Verteidigung des Systems koordinieren konnte. Dieses kosmische Trümmerstück glich in seiner Größe von fast 800km Durchmesser nahezu der Basiskolonie, wurde jedoch ausschließlich vom Militär der Volksrepublik genutzt. Im Innern dieses mondartigen Asteroiden verbargen sich die Hangars und Startanlagen für 4 weitere Systemkampfschiffe und drei komplette Geschwader von Drohnen.

Die drei Habitate, die für fremde Raumfahrer zugängig waren, lieferten keinerlei Informationen über die Existenz der Volksrepublik. Dies war vor allem auf das Wirken des Sicherheitsdienstes zurück zu führen, der in derartigen Dingen schon paranoid misstrauisch und vorsichtig war.

In den Jahren bis 2415 entsendete die Volksrepublik mehrfach kleinere Expeditionen in die Raumregionen die traditionell das "Jagdrevier" der Piraten von Seven Moons gewesen war. Diese Expeditionen, die in den sehr unregelmäßigen Abständen von vier bis sieben Jahren entsendet wurden, konnten bei ihren zweifelhaften Missionen unterschiedliche Erfolge vorweisen. Dabei wurde das alte Raubzugsgebiet ausgeweitet und die Schiffe der Volksrepublik wirkten nun in den Bereichen von 11 bis 8 Uhr, gemessen an der Ausdehnung der Kernsphäre. Immer darauf bedacht, sich nur in den Bereichen des Outback zu bewegen und alle Kontakte mit der Hegemonialen Flotte zu vermeiden. Diese Taktik brachte der Volksrepublik nicht nur viele Schiffsladungen mit den technologisch wertvollsten Gütern ein, sondern man erbeutete dabei auch Sprungschiffe … In den Augen der Volksrepublik das wertvollste Gut überhaupt. So erbeutete man, im Verlaufe der Jahrzehnte, bis Mitte 2415, vierundfünfzig Frachter der *Trader* Klasse, die im Laufe der Zeit die alte Klassen der leichten Frachter völlig abgelöst hatte und dazu einundsechzig *Merchant* Frachter, die das Nachfolgemodell der alten *Mercado's* waren. Sieben der alten Frachter vom Bautyp *Cargo* wurden ebenfalls gekapert, bevor man diese Missionen endgültig einstellte. In den Reihen des Nachrichtendienstes befürchtete man, die Hegemonie könne zu misstrauisch werden und die entsendeten Schiffe müssten nun zwangsläufig, früher oder später, mit kampfstarken Flotteneinheiten der TDSF zusammen treffen. Dieses Risiko scheute man. Die Regierung der Volksrepublik fühlte sich noch nicht stark genug, um zu diesem Zeitpunkt aus dem Schatten hervor zu treten, sondern zog es vor, sich weiterhin in der Weite des Outback unerkannt zu bewegen.

32 *Merchant's* wurden ihrer Sprungkristalle beraubt, die in Neubauten der Flotte integriert wurden. Auch sechs der leichteren *Trader* mussten ihre Sprungkristalle abgeben und taten, nach der erfolgten Demontage der Sprungkristalle, nur noch als Systemfrachter Dienst. Alle anderen erbeuteten Schiffe versahen ihren Transportdienst nun, in der deutlich angewachsenen, staatlichen Frachtflotte der Volksrepublik, wo sie die einzelnen Sonnensysteme der Volksrepublik anflogen und Waren, Güter und Menschen transportierten. Der rapide Anstieg der jetzt verfügbaren Frachter bescherte der Volkswirtschaft der Volksrepublik ein massives Wachstum. So sehr, dass bisweilen sogar die involvierten Experten in den zuständigen Ministerien erstaunt waren.

Im Jahre 2415 lebten, entsprechend einer Volkszählung, etwas über 40 Millionen Menschen auf Midway 3. Der Mond des sechsten Planeten, der im Grunde eine Kolonie seiner Mutterwelt war, beherbergte weitere 600.000 Menschen. Gemäß einer Anweisung des Kaisers existierten in der kaiserlichen Botschaft, auf Midway 3, keinerlei Daten, die auch nur im entferntesten die Lage oder Ausdehnung des Kaiserreiches betrafen. ZONTA hatte davor gewarnt derartiges Datenmaterial dort verfügbar zu halten. Auch der KSD, der kaiserliche Sicherheitsdienst, sowie das Flottenkommando hatten dies unterstützt und sogar gefordert. Dieses fast schon paranoide Verhalten sollte verhindern, dass Informationen jeglicher Art, die das Kaiserreich betrafen in den Besitz von Leuten gelangten, die nicht dem Kaiserreich angehörten. Dies galt natürlich auch für die deutlich überlegenen Technologien, die im Kaiserreich genutzt wurden. Das auf Midway 3 eingesetzte Personal bestand nur aus Leuten, deren Loyalität und Verschwiegenheit man sich sicher sein konnte.

Die räumlich stark angewachsene Volksrepublik verzeichnete, bis zu diesem Zeitpunkt, einen nahezu sprunghaften Bevölkerungsanstieg.

Einige Spötter behaupteten scherzhaft, die Leute in der Volksrepublik würden sich vermehren "Wie die Karnickel" ... Dies war jedoch vor allem der dortigen Gesetzgebung geschuldet, die bereits seit Anfang der Kolonisierung von Gateway eine "10-Kinder-Regel" für alle Familien der Mitgliedswelten festschrieb.

Auf Gateway hatte man frühzeitig erkannt, dass sich ein derartiges Wachstum der eigenen Bevölkerung zwangsläufig im Verlauf der Zeit als Fallstrick erweisen konnte. Deshalb wurde beschlossen, hier ab dem Jahr 2415 eine Gesetzesänderung vorzunehmen. Aus der bisherigen und gesetzlich festgeschriebenen "10-Kinder-Regel" sollte nun eine neue "4-Kinder-Regel" werden.

Bei der Bevölkerungserhebung von 2415, die der Senat auf Gateway in Auftrag gegeben hatte kamen genauere Zahlen ans Licht.

Seven Moons, als das jüngste Mitglied der Volksrepublik, hatte eine Bevölkerung von 156 Millionen Menschen. Bei One Stone lebten nun rund 15,6 Millionen Einwohner. Sideway hatte eine Bevölkerung von annähernd 1,125 Milliarden, Gateway 1,25 Milliarden und Flagran 340 Millionen Menschen.

Das Kaiserreich besaß zu diesem Zeitpunkt eine Bevölkerung von fast 190 Milliarden Menschen ... Das waren Zahlen, die so manch einen nur fassungslos den Kopf schütteln ließ. Diese Zahlen ließen sich jedoch sehr schlüssig erklären, wenn man denn berücksichtige, dass diese beständig wachsenden Sternenreiche bisher die Kopfzahl ihrer Bevölkerung gezielt gesteigert hatte. Weiterhin waren sie von massiven Dezimierungen ihrer Bevölkerung verschont geblieben waren. Derartige Dezimierungen traten üblicherweise durch größere Kriege auf, durch planetare Seuchen, oder eine dekadente Gesellschaft, die den Sinn des Lebens nicht mehr wahrnahm und sich nicht mehr um die Zukunft kümmerte und hemmten natürlich das Bevölkerungswachstum enorm. Derartige Auslöser fehlten bislang und diese Sternenreiche konnten zudem auf eine recht fortschrittliche Medizin zurück greifen, die nicht nur die durchschnittliche Lebenserwartung anhob, sondern ebenfalls die Zahl der Kindstode und das ehemals gefürchtete Kindbettfieber, in das Land der schaurigen Legenden verbannt hatte. Hinzukam, dass die beständig anwachsende Bevölkerung vielerlei Perspektiven für sich und ihre Nachkommen erkennen konnte, die es wert waren, den Nachkommen diesen Weg zu ermöglichen.

Nimmt man hierbei als Vergleichszahlen von Terra, die Bevölkerung von Zentraleuropa während des Zeitraumes von ca.1500 (gerundet etwa 100 Millionen Menschen) dann waren es bereits um 1800 annähernd 180 Millionen. Um etwa 1900 war diese Bevölkerung auf rund 400 Millionen angewachsen und lag dann bis zur Jahrtausendwende bereits bei etwa ca.730 Millionen Menschen. Dieses Bevölkerungswachstum geschah ungeachtet der vielen Kriege, Seuchen, Hungersnöte und anderen Plagen, die in besagter Zeitspanne über diesen Kontinent hinweg zogen.

Die Verantwortlichen der Volksrepublik hatten erkannt, dass bei der derzeitigen Reproduktionsrate der verfügbare Platz in absehbarer Zeit knapp werden würde ... zumal andere kolonisierbare Planeten derzeit nicht zur Verfügung standen. Die einzige Ausnahme eines bekannten Systems, in näherer Umgebung, das eine Kolonisation zuließ war nur Midway. Somit rückte Midway zwangsläufig dichter in das Blickfeld der Volksrepublik. Ein Konflikt war nahezu unvermeidlich, da auf Gateway, die Stimmen innerhalb der Regierung beständig lauter wurden, die nach neuem "Lebensraum" riefen ... warum sich diesen also nicht einfach, mit Waffengewalt, von den bereits lange verhassten Nachbarn im Midway System nehmen? Der weit überwiegende Teil, der Bevölkerung der Volksrepublik, empfand dies ähnlich.

Die erste Folge dieser Volkszählung in der Volksrepublik bestand darin, dass deren Regierung, zur Jahresmitte 2415, endgültig die "10-Kinder-Regel" abschaffte, die bis dahin gesetzlich für alle Familien, im Gebiet der Volksrepublik, vorgeschrieben war. Die neue Gesetztgebung stieß nicht bei allen auf Gegenliebe. Vor allem in den unteren Schichten der Bevölkerung bedeutete der eigene Kinderreichtum eine "Versicherung" für das Alter. Dies wurde nun geändert. Dies bedeutete und beinhaltete natürlich umfassende Umwälzungen im sozialen Gefüge der gesamten Volksrepublik.

Wissenschaftler und Analytiker der Regierung rechneten damit, dass die Faustformel, x5 alle 25 Jahre, sich nun innerhalb kurzer Zeit zu x2 alle 25 Jahre verändern würde. Dies wurde der Öffentlichkeit zugängig gemacht und auch die dadurch zu erwartenden Probleme wurden dabei nicht verschwiegen. Persönliche und soziale Vorteile für gewisse Teile der Bevölkerung wurden hierbei, durch die Medien, als eine Reform hingestellt, die erstrebenswert war.

Innerhalb der Regierung hoffte dadurch jedoch nicht nur der rasant wachsenden Bevölkerung Herr zu werden, sondern sah auch die Chancen, nun die Frauen produktiver in der Volkswirtschaft einsetzen zu können, was wiederum zu mehr Steuereinnahmen für die Regierung führen würde. Gerade angesichts des Krieges, der sich nun klar am Horizont abzeichnete, verlangte das Militär nach einer drastischen Aufstockung des verfügbaren Etats. In der Vergangenheit konnte das Militär der Volksrepublik stets auf eine gut gefüllte Geldtruhe zurück greifen. Die Führer von Flotte und Armee sahen hier jedoch den Zeitpunkt und die Möglichkeit gekommen, noch deutlich mehr Kapital zu erhalten und entsprechend ihrer Bedürfnisse zu nutzen.
Alleine schon der Bau der neuen Schiffe, zu deren Vervollständigung man jetzt auch endlich über die notwendigen Sprungkristalle verfügte, verschlang enorme Summen. Das Geld dafür wuchs nicht auf Bäumen und somit waren die Planer des Militärs gezwungen, jede Chance zu nutzen, um die notwendigen Mittel zu erhalten. Die Tatsache, dass die Militärs immer schon eine starke Stimme innerhalb der Regierung besessen hatten, vereinfachte jetzt so manches in diesem komplizierten Gerangel um Einfluss, Macht und Geld. Die Tatsache, dass viele der höheren Militärführer einflussreichen Familien entstammten, die in der Politik tätig waren, ebnete hier Wege, die sonst wohl kaum innerhalb eines derart kurzen Zeitraumes bewältigt worden wären.
Das Flottengesetz, welchen Ende 2415 verabschiedet wurde, sah nun vor, dass die neuen Schiffe bis zum Jahr 2425 fertig gestellt und an die Flotte übergeben sein sollten. Zwei Dutzend neue Systemkampfschiffe und 10 neu aufgestellte Drohnengeschwader sollten im selben Zeitraum ihren Dienst aufnehmen.
Die Volksrepublik rüstete sich für den Konflikt, der als unausweichlich angesehen wurde. Die Bodentruppen wurden aufgestockt. Bisher waren diese nur als eine Sicherheitsmaßnahme für interne Angelegenheiten angesehen worden. Nun sollten diese Einheiten, nach der Planung der Regierung, als Invasionseinheiten dienen. Nach reiflicher Überlegung kam man zu der Entscheidung den Focus der jetzt neu aufzustellenden Einheiten auf leichte Infanterie und Sprungtruppen zu legen. Man war der Überzeugung, diese Arten Einheiten sollten in den bevorstehenden Bodengefechten am sinnvollsten einzusetzen sein. Panzerverbände oder Einheiten aus schwerer Artillerie erschienen zu behäbig und in Hinsicht

auf mögliche Gefechte in Dörfern oder Städten zu unflexibel. Die Flotte sollte die absolute Kontrolle im Weltall sowie die Lufthoheit gewährleisten und im Bedarfsfall gezielte Bodenunterstützung geben. Dazu war es natürlich notwendig, auch den Orbit zu beherrschen. Eine Notwendigkeit, die von der Militärführung als realisierbar angesehen wurde. Laut den Analysten der Flotte war es den Bewohnern von Midway keinesfalls möglich, der geballten Macht der Volksflotte zu widerstehen. Man rechnete damit, die gegnerischen Flotteneinheiten bereits zu Anfang der Gefechte problemlos zu vernichten und auch die bodengestützte Raumabwehr schnell beseitigen zu können.

Warnende Stimmen, die auf die Möglichkeit hinwiesen, die Kolonie auf Midway 4 könne ihre Herkunft fremden Kolonisten verdanken, wurden überhört. Zu keinem Zeitpunkt hatten sich in dieser Richtung Hinweise finden lassen. Deshalb ging man auf Gateway davon aus, dass sich die Kolonisten des Midway Systems in zwei Lager gespalten hatten. Diese wollte man nun nacheinander, separat bekämpfen und sodann, nach der siegreichen Invasion, beide Planeten der Volksrepublik hinzufügen. M Oberkommando der Voksflotte war man der festen Überzeugung, die Eroberung von Midway wäre einfach zu bewerkstelligen, wenn man nur mit genügend Kräften angreifen würde. Die "unsinnige Vermutung" es könne sich bei dden Bewohnern von Midway 4 um Leute handeln, die von außerhalb gekommen wären, wurde als Hirngespinst abgetan.

20.

Erstes Blut und neue Hoffnung, 2415-2465

Auf Gateway war man des Nichtstun überdrüssig geworden. Rund 100 Jahre waren vergangen, seitdem die Volksflotte das letzte mal in das Midway System eingeflogen war. Viele wollten nun nicht mehr länger warten, sondern drängten darauf, endlich die "Verhassten Verräter des Midway Systems" ihrer gerechten Strafe zuzuführen ... Was eigentlich für informierte Kreise nichts anderes bedeutete, als dass man dieses System nun erobern wollte.

Die Medien innerhalb der Volksrepublik verlangten in den ersten Monaten des Jahres 2415 immer nachdrücklicher danach, "Das heilige Gebiet der ersten Siedler, wozu auch das abtrünnige Midway gehört, endlich wieder zu vereinen." Gateway, Sideway und Midway wurden von diversen Kommentatoren und Schreiberlingen als "Historisch nicht von einander zu trennende Gebiete" bezeichnet. Der Ton wurde hierbei teilweise immer schärfer und bisweilen schon fast hysterisch.

Die Stimmung innerhalb der Bevölkerung, die anfangs zumindest noch teilweise zur Zurückhaltung tendierte, kippte nun endgültig. Eine wahre Welle der Begeisterung für Heimat, Krieg, Eroberung, Ruhm und Ehre schwappte durch die Volksrepublik. Kaum irgendjemand, aus der meist unwissenden Bevölkerung, konnte sich der allgemeinen Stimmung noch völlig entziehen. Dabei wurde jedoch gänzlich übersehen, dass bei Kriegen bisweilen auch auf der eigenen Seite Verluste auftraten.

Während auch die Flotte der Volksrepublik beständig anwuchs, wurden die notwendigen Besatzungen rekrutiert und trainiert. Dazu gehörten auch längere Flüge in die Gefilde des Outback. Hierbei nutzte die Flotte der Volksrepublik die Route, die sich einen Sprung von Seven Moons entfernt in den Galaktischen Norden des Outback zog.

Diese unbesiedelten und öden Sonnensysteme eigneten sich zudem hervorragend als Manövergebiet einzelner Schiffe oder sogar ganzer Geschwader. Es wurde schnell zu einer Tradition, diesem Strang von namenlosen und unbesiedelten Sonnensystemen, sechs Sprünge weit zu folgen. Im Flottenjargon hieß dies dann bald "Einen Sechser springen und zurück zum Anfang". Obwohl die Disziplin innerhalb der Flotte traditionell sehr hoch war und stets eine Grundlage für die Effizienz dargestellt hatte, konnten die Kommandierenden Offiziere jetzt eine Verbesserung in vielen Bereichen feststellen. Dies galt vor allem für Manöver im Geschwaderrahmen. Etwas, dass vorher von den einzelnen Kapitänen und Geschwaderkommandanten nur verschwindend selten geübt worden war. Somit erwiesen sich diese Manöver als eine Verbesserung, bei der sich einige Flaggoffiziere fragten, warum daran vorher niemand gedacht hatte.

2425 fühlte man sich endlich stark genug, um ohne größere Verluste Midway einnehmen zu können. Das letzte der seinerzeit geplanten Sprungschiffe hatte die Werft verlassen. Die Besatzung dieses Schiffs war bereits lange vorher, auf einem baugleichen Raumschiff, trainiert worden.
Gemäß der militärischen Weisheit, man solle niemals blind auf den Gegner stürmen, wurden nun mehrere Aufklärungsoperationen geplant und durchgeführt. Bei dieses Operationen sprangen Schiffe der neu konstruierten *Comanche*-Klasse, die als Zerstörer bezeichnet wurden und über eine Masse von 130.000 Tonnen verfügten, von Sideway aus nach Midway, drehten dort eine Ortungsrunde und sprangen sofort zurück. Vier dieser Operationen gelangen problemlos und verschafften der Volksrepublik neue Daten über Midway. Die fünfte Operation war jedoch ein Fiasko. Der einspringende Zerstörer *Magican* wurde bereits erwartet, als er nach Midway einsprang. Die beiden dort anwesenden Systemkampfschiffe eröffneten sofort das Feuer mit Raketen und Torpedos. Die gut trainierte Besatzung der *Magican* setzte alle verfügbaren Abwehrraketen ein, um die einkommenden Geschosse bereits frühzeitig zu bekämpfen. Lieutenant Lester Brosnan, der Kommandant der *Magican*, stellte verbittert fluchend fest, dass die Nahbereichsabwehr seines Schiffs unzureichend war. Drei leichte LSR kamen durch und explodierten nah genug am Rumpf der *Magican*, um deren Sensoren auszubrennen. Die *Magican* änderte laufend ihren Kursvektor, während sie verzweifelt bemüht war, endlich wieder Sprunggeschwindigkeit zu erreichen. Bei der Anzahl der auf sie abgefeuerten Geschosse war dies jedoch ein reines Wunschdenken. Lange bevor die *Magican* die Möglichkeit hatte, genügend Fahrt für den

Rücksprung aufzubauen verging sie in einem Feuerball, als zwei Torpedos sie nahezu zeitgleich am Heck trafen. Die Explosion der Sprengsätze veranlasste auch den Antimateriereaktor der *Magican* dazu, sich der gewaltigen Explosion anzuschließen, die noch gespeist wurde von der an Bord gelagerten Munition und dem nahezu voll aufgeladenen Sprungkristall. Für einen fernen Beobachter schien es fast so, als würde unweit des Sprungpunktes nach Sideway eine neue Sonne aufgehen.

Dieser Erfolg war den Kolonisten von Midway dadurch gelungen, dass sie zu recht vermutet hatten, die Volksflotte würde in absehbarer Zeit wiederum, mit einem Aufklärer, durch den Sidewaysprungpunkt in das Midway System eindringen, um das Sonnensystem aufzuklären, bevor man schnell wieder nach Sideway verschwand. Deshalb waren, vom Oberkommando Midways, nicht nur die beiden Systemkampfschiffe schon seit drei Wochen dort stationiert, sondern man hatte auch 24 Werferplattformen hinter dem Sprungpunkt verankert, die mit jeweils sechs leichten KSR bestückt waren. Die Vernichtung der *Magican* war der unbestrittene Beweis dafür, dass man auf Midway die Situation richtig eingeschätzt hatte. Auf Midway 3 wurde der Sieg gefeiert. Auf der Kronkolonie Midway 4 allerdings, waren die kaiserlichen Offiziere viel weniger begeistert. Bereits das erste Schiff der Volksflotte, das in das System eingedrungen war hatte, für die kaiserlichen Offiziere, als Vorzeichen dafür ausgereicht, um anzunehmen, dass der hundert Jahre lange Friedenszustand sich dem Ende näherte. Datenrecherchen hatten ergeben, dass die bisher eingedrungenen Kriegsschiffe der Volksflotte wohl kein Schiff des Kaiserreiches geortet haben konnte. Dies sollte gemäß Order des Systemkommandanten der kaiserlichen Flotte auch so bleiben. Man wollte die Volksrepublik, wenn möglich, nicht unbedingt mit der Nase darauf stoßen, dass Midway 4 durchaus nicht wehrlos war.

Die Ortungsanlagen des Trojanersatteliten, hoch über der Bahnebene des Midway Systems, hatten das Gefecht aufgezeichnet. Jetzt wertete das Flottenkommando, in Lemuria, diese Daten mit Hilfe von ZONTA aus. Die Resultate waren ernüchternd. Die Sprengkraft der von der Volksflotte verwendeten Geschosse, war um ein erhebliches höher, als vergleichbare Entwicklungen der Kolonisten auf Midway 3 oder aber der kaiserlichen Flotte ... Diese Erkenntnis war für das Kaiserreich mehr als erschreckend. Die Größe und vor allem auch die Masse der Geschosse, die von der Volksrepublik verwendet wurde lag deutlich über dem, was man im Kaiserreich als Standard für derartige Geschosse ansah. Allerdings war die Sprengkraft der kaiserlichen Geschosse kleiner ... nahm man die beiden Varianten in eine vergleichbare Relation, dann lag jedoch die Volksrepublik wirkungstechnisch klar unterhalb der im Kaiserreich verwendeten Wirkungsköpfe. Die Analyse ließ zudem bei den Nahbereichsbewaffnungen der Volksflotte einen deutlichen Vorteil für die Technologie des Kaiserreiches erkennen. Wie sich dies jedoch in einem massiven Gefecht auswirken mochte, würde man aber erst genau erfahren, wenn es zwischen Einheiten der Volksflotte und Schiffen aus dem Kaiserreich zu direkten Gefechten kam. Die Datenanalyse ließ auch die Vermutung aufkommen, die Ortungssysteme der Volksflotte wären denen des Kaiserreiches unterlegen ... deutlich unterlegen sogar, wenn man den Analysten glauben schenken durfte. Diese waren der Auffassung, in der Volksrepublik wäre die Gravitationsortung scheinbar unbekannt. ZONTA bestätigte diese These nach einer Überprüfung der Daten.

Die Kolonisten von Midway waren durch die mehrfachen Einflüge der Volksflottenschiffe bereits seit einiger Zeit gewarnt. Deshalb hatte man diese Falle für den nächsten Eindringling aufgestellt. Allerdings lag die echte Falle nicht an diesem Sprungpunkt sondern war am Sprungpunkt nach Gateway installiert worden. Bei Midway waren die Militärs zu dem Schluss gekommen, der bevorstehende Angriff würde durch den Gatewaysprungpunkt erfolgen und die bisher erfolgten Einflüge von Sideway her waren folgerichtig als Aufklärungsmissionen erkannt worden. Dem entsprechend hatte man geplant. Laut den Auswertungen von Analysten und Psychologen rechnete man jetzt damit, dass die Volksrepublik innerhalb der kommenden 14 Tage einen massiven Angriff starten würde. Alles war vorbereitet, um einen eindringenden Verband zu stellen und zu bekämpfen. Im Gegensatz zu dem eher nebensächlichen, weil ungünstig gelegenen Sprungpunkt nach Sideway, der lediglich von von 24 Werferplattformen geschützt wurde, hatte man am Sprungpunkt nach Gateway 128 Werferplattformen stationiert. Auch die beiden Systemkampfschiffe bewegten sich nun, mit hoher Fahrt, auf diesen Sprungpunkt zu. Die Kolonisten waren bei diesem Unterfangen nicht nur auf sich gestellt. In Bezugnahme auf den Vertrag der seinerzeit zwischen dem Kaiserreich und Midway geschlossen worden war, beriefen sich die

Bewohner von Midway jetzt auf die Beistandsklausel, da eine Invasion drohte. Das Kaiserreich, das zu seiner damals vertraglich zugesicherten Beistandsverpflichtung stand, hatte ebenfalls alle verfügbaren Systemkampfschiffe in diese Region des Systems beordert. Die sprungtauglichen Schiffe der kaiserlichen Flotte waren zwar alarmiert, verblieben aber, soweit sie sich im System befanden, noch unerkannt auf ihren Positionen. Auf Midway 3 ahnte bislang noch niemand etwas von den Tarnmöglichkeiten dieser Schiffe. Auf Befehl des Kaisers sollte dies vorerst auch so bleiben. Der Kaiser und sein Flottenkommando waren der Überzeugung, es wäre von ein Vorteil, noch ein Ass im Ärmel zu haben. Die Kronkolonie wurde von den Drohnen geschützt, deren Geschwader auf ihr stationiert waren. Die sprungtauglichen Kampfschiffe, die sich momentan im System aufhielten, derzeit ein Angriffskreuzer und zwei Jagdzerstörer hatten den Befehl erhalten, im Notfall alles Personal von der Kronkolonie zu evakuieren, wenn eine Verteidigung unmöglich wurde. Es würde zwar fast unerträglich eng an Bord der drei Kriegsschiffe werden aber das war eine Option, die man klaglos akzeptierte.
Aus diesem Grund befanden sich die sechs, im Midway System stationierten, Geschwader von Systemkampfschiffen des Kaiserreiches nun nahe des Sprungpunktes nach Gateway. In einer Entfernung von zwei Lichtminuten schwebten die sechs Geschwader reglos im Weltall. An Bord der Schiffe war man jederzeit dazu bereit, das nahende Gefecht aufzunehmen. Die Bewohner des Midway Systems brachten nicht nur ihre beiden Systemkampfschiffe auf dem kürzesten Weg zu diesem Sprungpunkt sondern hatten auch ihre verbleibenden sechs Systemkampfschiffe bereits am Sprungpunkt nach Gateway stationiert. Des weiteren hatten die Bewohner von Midway es erstaunlicherweise, trotz der knappen Zeit vollbracht, einen ihrer zwei Systemfrachter für den bevorstehenden Kampf umzurüsten. Dieses Systemschiff, die *Moon-Express*, wartete jetzt ebenfalls in der Nähe des Sprungpunktes nach Gateway. Der umgebaute Frachter stelle eine erstaunliche Notlösung da. Die Findigkeit der Kolonisten von Midway hatte für Erstaunen bei den kaiserlichen Offizieren gesorgt.
Die *Moon-Express* war ein Systemfrachter von 140.000 Tonnen. Man hatte die dortigen Kabinen eilig heraus gerissen und an deren Stelle 32 Flightboxes eingebaut. In diesen Steuermodulen saßen nun, schon seit

zwei Tagen, Drohnenpiloten in Dauerbereitschaft. Die notwendige Datenübermittlung geschah über eine hastig angebaute Sendeanlage, auf der Bugpartie des Schiffes. Alles war eilig konstruiert und gebaut worden. Die dafür verantwortlichen Ingenieure waren sich jedoch sicher, dass diese Konstruktion ihren Zweck erfüllen würde. Über Abwehrwaffen verfügte dieses Schiff nicht. Auch die Drohnen konnten nicht neu aufmunitioniert werden. Waren deren KSR verschossen, so verblieb nur noch ein leichter Laser ... und die Drohnen selbst, die man notfalls auch als Rammgeschosse einzusetzen gewillt war. Des weiteren war im Hecksegment des Schiffs ein provisorischer Steuerungsraum eingebaut worden, der nun die Aufgabe hatte, Torpedos auf erkannte Ziele zu lenken. Diese leichten Torpedos ... immerhin waren es 240 Stück ... waren von Shuttles ausgesetzt worden und schwebten nun reglos im Weltall. Ohne Antrieb und auf Standby aber bereit jederzeit einen Angriff zu starten, sobald sie die entsprechenden Signale dafür erhielten. Die Entfernung der Torpedos zum Sprungpunkt betrug im Mittel nur 30 Lichtsekunden. Für die Ortungsanlagen der Torpedos war das schon Nahbereich. Wenn diese komplexen Waffensysteme, von der *Moon-Express* aus, aktiviert wurden und ihre kodierten Angriffssignale erhielten, dann waren etwaige Fehlschüsse unwahrscheinlich.

Das Ausbleiben der *Magican* ließ für die Verantwortlichen Offiziere der Volksflotte nur eine einzige mögliche Erklärung zu. Das Schiff war vom Gegner, beim Eindringen in das System, vernichtet worden. Bei Gateway war das Flottenkommando der Volksrepublik eher erstaunt als erschrocken über den eingetretenen Verlust der *Magican*. Der eine oder andere Flaggoffizier hatte einen derartigen Verlust als "Nur eine Frage der Zeit" und zwangsläufig vorher gesehen. Nun fühlten sich diese Offiziere bestätigt. Die Zeit von deutlich massiveren Handlungen schien nun gekommen. Aktuellere Ortungsdaten besaß man inzwischen genügend und die Mission der *Magican* hatte lediglich dazu gedient, diese Daten noch einmal zu bestätigen. Niemals war geplant worden, Midway von Sideway aus anzugreifen. Der Angriff sollte von Gateway aus erfolgen. So war es bereits vor einiger Zeit geplant worden. Man hoffte mit den mehrfachen Einflügen, von Sideway aus, die Streitkräfte der Verteidiger zum dortigen Sprungpunkt gelockt zu haben. Somit wäre

der Sprungpunkt von Gateway aus jetzt frei für die Angriffsflotte der Volksrepublik.
Das Oberkommando der Volksflotte beschloss deshalb, nun keine Zeit mehr zu verlieren und zügig zu agieren. PLAN JERICHO, der die Eroberung von Midway als Ziel sah, lief an. Die für diesen Plan ausgewählten Einheiten standen im System von Gateway bereit und warteten bereits seit fast vier Wochen auf den Einsatzbefehl. Laut dieser Planung sollte etwas über die Hälfte der verfügbaren Flotte nach Midway einspringen, dort verschiedene Ziele erobern oder aber neutralisieren und der Flotte der Volksrepublik so den schnellen Sieg ermöglichen. Die Analysten der Volksflotte rechneten mit minimalen Verlusten auf eigener Seite und einem sehr kurzen Feldzug. Dem entsprechend hoch war die Begeisterung und Sorglosigkeit in den Rängen der Volksflotte.
PLAN JERICHO, die Invasion von Midway sollte jetzt starten ... und entpuppte sich als das blutigste Fiasko, dass sich die Volksflotte nur vorstellen konnte.

PLAN JERICHO lief an. An Bord der ehrwürdigen *Liberator*, die als erstes Schiff springen sollte, ging es hektisch zu. Vice-Admiral Amos Cunningham hatte verfügt, er selber würde als Oberbefehlshaber der Flotte diesen Angriff anführen. Sein Planungsstab hatte sich auf dem Schiff breit gemacht und verbreitete das normale Chaos, das solch eine Zusammenballung von Stabsoffizieren zu verbreiten pflegte. Vice-Admiral Cunningham war maßgeblich an der Planung dieses Feldzugs beteiligt gewesen. Er sah hier seine Chance, als Eroberer von Midway in die Geschichtsbücher einzugehen. Diese Chance wollte der überaus eitle und ehrgeizige Cunningham sich keinesfalls entgehen lassen.
Gemäß der Planung sollten zuerst die Schlachtschiffe der 2.Flotte und der 3.Flotte in das System eindringen. Dicht wurden gefolgt von einem Zerstörerverband und dann letztendlich, lediglich etwas zeitversetzt, die eigentliche Invasionsflotte mit den Truppentransportern, die durch die Kriegsschiffe der 4.Flotte abgesichert wurden. Die einzelnen Schiffe sollten mit einem Zeitabstand von 90 Sekunden springen. Zwischen den einzelnen Flottenverbänden war ein Zeitabstand von 180 Sekunden geplant worden, um gewisse Sicherheitsabstände zu gewährleisten. Der Vice-Admiral war überzeugt davon, jeden Widerstand bei Midway ohne

größere Probleme beseitigen zu können. Schon alleine die Schlagkraft der eingesetzten Flotte sollte dies gewährleisten.

Die *Liberator* war erst wenige Sekunden im Midway System, als der Bordcomputer bereits unüberhörbar Ortungsalarm dann Raketenalarm und letztlich Einschlagsalarm gab. Nur wenige Augenblicke später brachen bereits die Schutzschirme zusammen, die sich nach dem Sprung gerade erst wieder aufbauten. Vice-Admiral Cunningham, der noch unter den Nachwirkungen des Sprungschocks litt, hatte keinerlei Gelegenheit mehr dazu, Befehle zu geben. Die *Liberator* blähte sich zu einer Wolke von atomarem Plasma auf, als ein rundes Dutzend LSR und KSR den ungeschützten Rumpf mittschiffs trafen und schließlich bis zum Antimateriereaktor durchdrangen. Den nachfolgenden elf Schlachtschiffen der 2.Flotte erging es nicht viel besser, als dem Führungsschiff des Vice-Admirals. Die dicht am Sprungpunkt positionierten Waffenplattformen von Midway hatten keine Probleme damit, ihre Ziele aufzufassen und umgehend zu bekämpfen. Für die ewig wachsamen Kontrollcomputer der Waffenplattformen gab es keinen Überraschungsmoment. Sie agierten blitzschnell, sobald ihre Ortungssysteme ein Ziel auffassten. Als das zweite Schiff der 3.Flotte in das System einsprang waren diese Plattformen jedoch verschossen. Sie hatten ihren Zweck erfüllt und die erste Welle der Invasoren aufgehalten. Nun lag es an den Besatzungen der verteidigenden Schiffe, den Gegner zu bekämpfen. Der Überraschungseffekt war vorüber und die Schiffe näherten sich dem Sprungpunkt etwas, um die Flugdauer ihrer Raketen und Torpedos zu verringern. Die einspringenden Schiffe der Volksflotte wurden von einem Hagelsturm aus Tod und Vernichtung erwartet. Bedingt dadurch, dass die Angreifer nun nicht mehr direkt nach ihrem Eintritt in das System angegriffen wurden, hatten deren Besatzungen nun die Chance zumindest Abfangraketen zu starten und den Versuch zu starten sich dem Gegner zu stellen, ohne lediglich als fliegende Zielscheibe zu dienen. Doch auch diese Gegenwehr war letztendlich vergeblich. Schiff um Schiff vergingen sie in gewaltigen Explosionen, wenn die Gefechtsköpfe ihr Werk taten, kritische Treffer landeten und eingelagerte Munition, quasi als Nebeneffekt, explodierte. Die deaktiviert ausgesetzten Torpedos der Verteidiger, die erst jetzt aktiviert wurden, erwiesen sich vor allem in dieser Gefechtsphase als überaus wirkungsvoll.

Hierbei zeigte es sich auch, dass die Impulsgeschütze der kaiserlichen Schiffe, dem gerecht wurden, was ihre Konstrukteure versprachen. Die Laserbewaffnung der Flotte von Midway und auch der Flotte der Volksrepublik, war zweifellos wirkungsvoll aber die Effektivität der Impulsgeschütze bewegte sich eindeutig in einer ganz anderen Liga. Hinzu kam, dass die kaiserlichen Schiffe auf die überlichtschnelle Gravitationsortung zurück greifen konnte, was sich nun überaus deutlich bemerkbar machte, da die Daten in Echtzeit eintrafen. Letztlich hatten die Schiffe der 3.Flotte keine Chance, ihre Kampfkraft voll zu entfalten. Zu zahlreich waren die Treffer, die sie einstecken mussten und der Gegner feuerte seine Raketen, Torpedos und Strahlgeschütze im Schnellfeuermodus ab. Bei der relativ kurzen Gefechtsentfernung blieb nicht viel Zeit, um immer folgerichtig zu reagieren, zumal die Schiffe der Volksrepublik einzeln in das System eintraten und sich einer Übermacht gegenüber sahen, die gemeinsam ein Ziel angreifen konnte. Im Durchschnitt dauerte es nur knappe zwei Minuten, bis ein Schiff der eindringenden Volksflotte vernichtet wurde und die Verteidiger sich auf das nächste Zielschiff konzentrieren konnten. Diese Abstände vergrößerten sich allerdings zwangsläufig, da die Raketen und auch die Torpedos der Verteidiger allmählich verbraucht waren. Nun waren die Verbände von Midway und Lemuria darauf angewiesen, sich vollends auf ihre Strahlwaffen zu verlassen, um den Gegner anzugreifen. Immer klarer machte sich bei dem Gefecht die deutlich stärkere Panzerung der Schlachtschiffe bemerkbar. Diese weit größeren Schiffe hatten eine erheblich höhere Tonnage als jedes Schiff der Verteidiger. Diese Tonnage ermöglichte den Schlachtschiffen der Volksflotte natürlich auch einen wesentlich besseren Panzerschutz der Rümpfe. Die Drohnen der Bewohner von Midway waren fast chancenlos und wurden schnell abgeschossen. Auch die verzweifelten Rammangriffe, mit denen die Piloten in ihren Flightboxen die Drohnen auf die Ziele lenkten, nutzten nur relativ wenig. Zu diesem Zeitpunkt des Gefechts zeigten die Drohnen der kaiserlichen Flotte ihre volle Wirksamkeit. Die wendigen Drohnen rasten auf ihre Gegner zu und feuerten aus kurzer Entfernung, mit ihren Impulswaffen, die naturgemäß deutlich leistungsschwächer waren als diejenigen eines kaiserlichen Systemkampfschiffes von erheblich mehr Masse und Energiereserven. Trotzdem war die Effektivität und Zielgenauigkeit der Impulswaffen schon fast erschreckend. Die leichten

Raketen, die von den Drohnen genutzt wurden hatten zwar nur eine verhältnismäßig geringe Sprengkraft aber in ihrer Masse waren auch sie tödlich für ein gegnerisches Schiff ... zumal dann, wenn dieses Schiff bereits keine funktionierenden Schutzschirme mehr besaß.
Trotzdem forderten auch die Waffen der Volksflotte ihren Tribut. Drei Systemkampfschiffe der Kolonisten von Midway wurden während des Gefechtes mit den eindringenden Schlachtschiffen vernichtet. Auch der umgebaute Systemfrachter, der als Drohnenlenkschiff gedient hatte erhielt mehrere Treffer und brach auseinander. Das Heck explodierte und nahm dabei den aufgerissenen Bugteil mit sich. Zurück blieb nur eine expandierende Plasmawolke. Zwei der kaiserlichen Kampfschiffe wurden ebenfalls vernichtet, als sie versuchten einen ihrer Rudelträger zu decken, der sich im Kreuzfeuer von zwei Feinschiffen befand. Der Rudelträger wurde in der Folge mehrfach schwer getroffen und trieb, von inneren Explosionen geschüttelt und ohne Antrieb, langsam aus dem Kampfgebiet. Nahezu alle Schiffe der Verteidiger wiesen Schäden auf, die zum Teil die Gefechtsfähigkeit stark minderten. Der Vorrat an Raketen und auch Torpedos war, auf den meisten Schiffen, fast völlig verschossen. Die Werferplattformen, die ursprünglich in der Umgebung des Sprungpunktes stationiert gewesen waren, existierten nicht mehr. Sie waren allesamt vernichtet worden.
Der einspringende Verband der Zerstörer fand sich in einem Umfeld wieder, das bereits den gefechtsstärkeren Schlachtschiffen Zerstörung und Verderben beschert hatte. Die deutlich kleineren und nur leicht gepanzerten Zerstörer hatten kaum eine echte Chance gegen die kampfbereiten Schiffe der Verteidiger ... Die Disziplin der Soldaten an Bord der Volksflottenschiffe zeigte sich hier deutlich. Man folgte den Befehlen und griff die Verteidiger von Midway mutig an, ohne an eine Flucht zu denken, die aufgrund der zu geringen Eigengeschwindigkeit ohnehin nicht möglich gewesen wäre. Somit waren die Besatzungen der Volksflotte gezwungen zu kämpfen ... Es war ein verzweifelter und ungleicher Kampf.
Die *Manticore*, ein Zerstörer der Comanche Klasse, war das letzte Schiff des Zerstörerverbands, das in das Midway System eindringen sollte. Lieutenant Arthur Moore, der Kommandant des Zerstörers war mehr als wütend. Eine Fluktuation des Antriebs hatte es ihm nicht ermöglicht, den planmäßigen Ablaufplan der Sprungsequenz exakt einzuhalten. Deshalb

steuerte die Manticore nun den Sprungpunkt mit etwas über 0,8c an. Die anderen Schiffe waren, nach Standartprocedere mit 0,4c in den Sprung gegangen, um dann mit einer Geschwindigkeit von 0,2c im Zielsystem ihren Flug fortzusetzen. Die *Manticore* würde mit einer Geschwindigkeit von 0,4c ihren Flug fortsetzen, wenn sie bei Midway eintraf. Lieutenant Moore war das jedoch momentan egal. Er konnte es nicht mehr ändern und musste das beste aus der Situation machen. Moore vermochte sich jedoch die bissigen Kommentare seines Verbandschefs bereits jetzt vorzustellen und tat deshalb derzeit sein möglichstes, um den geplanten Zeitablauf der Sprungsequenzen noch einhalten zu können. Er musste vermeiden, dass die nachfolgenden Einheiten durch sein Schiff ausgebremst wurden. Die Tatsache, dass sein Schiff jetzt mit einer sehr viel höheren Geschwindigkeit aus dem Sprungpunkt heraus brechen würde und auch eine deutlich höhere Geschwindigkeit hätte als alle der zuvor bereits in das System eingesprungenen Schiffe, musste er zähneknirschend hinnehmen. Er konnte sich den ausstehenden Anschiss bereits jetzt vorstellen, wenn sein Geschwaderkommandant dann betont freundlich, über den allgemeinen Funkkanal nachfragen würde, ob die *Manticore* es wohl besonders eilig hätte.

Die Sprungsequenz verlief reibungslos. Kaum bei Midway eingetroffen änderte sich schlagartig alles, was Lieutenant Moore bislang beschäftigt hatte. Unmittelbar nach ihrer Ankunft gab der Bordcomputer Alarm. Die lauten, schrillen Signale für Ortungsalarm, Raketenalarm und auch Kollisionsalarm schrillten durch das Schiff. Moore blickte ungläubig auf den Hauptbildschirm. Rings um die *Manticore* flammten pausenlos neue Glutbälle auf, die von Thermonuklearen Explosionen kündeten. Überall im Weltall waren treibende Trümmerteile verstreut. Die nur langsam verblassenden Expansionswolken von Antimaterieexplosionen und Nuklearsprengköpfen sowie die gleißend schillernden Glutwolken, die zweifelsfrei davon zeugten, dass hier ein Energiekristall explodiert war, ließen Lieutenant Moore entsetzt aufstöhnen. Er hatte erwartet, seine Flotte würde sich bereits siegreich den Weg in das Systeminnere gebahnt haben. Die Realität war jedoch völlig anders. Fassungslos sah er die Übertragung auf dem Hauptbildschirm, die ihm zeigte, wie das Schlachtschiff *Invincible* von massiven inneren Explosionen geschüttelt wurde, um sich nur Sekunden später in eine rasch expandierende Glutwolke zu verwandeln. Der Zerstörer *Phoenix*, der bis zuletzt, dicht an seiner Seite, versucht hatte dem Schlachtschiff Unterstützung zu geben, wurde Augenblicke später von mehreren Raketen und Torpedos getroffen. Die *Phoenix* zerbrach in mehrere Teile, die nahezu simultan explodierten und ihre Energie mit der expandierenden Glutwolke vermengten, die nur wenige Momente zuvor noch die stolze *Invincible* gewesen war.

Die im nahen Weltraum verteilte Strahlung und Energie machte eine Ortung unmöglich, die weiter als knappe drei Lichtsekunden reichte. Moore sprang aus seinem Sitz auf. Er schrie seinen Steuermann fast an, als er, mit sich überschlagender Stimme, die entscheidenden Befehle gab. "Ausweichmanöver ... Wende und sofort zurück nach Gateway springen ... bringen sie uns hier weg ... Feuerleitstand umschalten auf automatische Nahbereichsverteidigung." Moore ließ sich in seinen Sitz fallen. Er registrierte kaum, dass der Feuerleitstand seinen Befehl längst eigenmächtig ausgeführt hatte. Die Nahbereichsabwehr zerstörte eine Rakete, die sich der *Manticore* näherte. Einige weitere Raketen und Torpedos waren bereits im Zielanflug auf das Schiff, das nun eine weite Kurve flog. Moore schöpfte Hoffnung. Die Geschwindigkeit der *Manticore* war noch hoch genug, um erneut zu springen. Immer vorausgesetzt, man erreichte den Sprungpunkt überhaupt. Die Funkstation verzeichnete panische Funksprüche, von Schiffen die bereits kurz vor ihrer Vernichtung standen. Diese Sprüche waren die letzten Lebenszeichen dieser stolzen Schiffe und verstummten, nach und nach. Moore konnte auf dem Ortungsschirm seiner Station etwa ein Dutzend Drohnen erkennen, die Kurs auf sein Schiff nahmen. Einige dieser Drohnen feuerten Raketen auf die *Manticore* ab. In etwa einer Lichtsekunde Entfernung kämpfte der Zerstörer *Gargoyle* seinen letzten Kampf. Die *Gargoyle*, die bereits schwere Schäden aufwies, musste dabei Treffer um Treffer von den ungemein wendigen Drohnen des Gegners einstecken. Der Bordcomputer der *Gargoyle* erkannte die Chance auf Datenübermittlung und sendete sofort die zahlreichen "OMEGA-MELDUNGEN" der bereits vernichteten Einheiten an die *Manticore*, die das System voraussichtlich noch verlassen konnte. Das Ende der *Gargoyle* war nur noch eine Frage von wenigen Sekunden, erkannte Moore. Erschüttert erkannte Moore, dass kaum noch ein Schiff der mächtigen Invasionsflotte existierte. Bis auf drei Zerstörer und zwei Schlachtschiffe hatte der Gegner schon alle angreifenden Schiffe der

Volksflotte vernichtet. Auch diesen fünf Schiffen war das Ende jedoch bereits gewiss. Die Zeit lief ab. Dann schüttelten Treffer seinen Zerstörer. Mindestens zwei Raketen des Gegners waren der total überlasteten Nahbereichsabwehr entronnen und hatten die *Manticore* achtern getroffen. Taumelnd, dabei Trümmer und Sauerstoff verlierend setzte die *Manticore* zum rettenden Sprung an. Moore registrierte nicht mehr, dass drei feindliche Drohnen mit ihren Energiegeschützen das Feuer auf die *Manticore* eröffneten und in dem Moment einige Treffer landeten, als der Zerstörer bereits zum Sprung ansetzte.

Die *Manticore* brach aus dem Sprungpunkt hervor und befand sich wieder bei Gateway. Die Treffer der Strahlgeschütze, die der Zerstörer noch während der Sprungphase erhalten hatte, machten sich nun bemerkbar. Interne Explosionen rissen Teile der Außenhülle auf und ließen die *Manticore* jetzt unkontrolliert um mehrere Achsen taumeln. Lieutenant Moore aktivierte hastig den Prioritätskanal und schrie in die Aufnahmegeräte. "ZULU, ZULU, ZULU ...." Die Kettenreaktion der internen Explosionen erreichte den Reaktorraum der *Manticore*. Mit einem Lichtblitz verging der Zerstörer und hinterließ lediglich einen sich ausdehnenden Glutball. Der Bordcomputer des Zerstörers hatte bereits seit der Ankunft bei Gateway ununterbrochen alle verfügbaren Daten gesendet. Dies war eine automatische und festgelegte Routine die fest in alle Bordcomputer eingespeichert war. Somit konnten jetzt diese Daten ausgewertet werden und der Volksflotte Nachricht über das Schicksal der 2. und 3.Flotte sowie des Zerstörerverbands geben, die nach Midway eingesprungen waren um dort ihr Ende zu finden.

Rear-Admiral Matthew Armstrong, der Kommandant der verbleibenden Flotteneinheiten, die gerade nach Midway springen sollten, starrte entgeistert auf seinen Hauptbildschirm. Der so unvermittelt aus dem Sprungpunkt hervorbrechende Zerstörer hätte fast sein eigenes Schiff gerammt. Dann kam über den Prioritätskanal der Funkspruch der *Manticore* herein. Man hörte deutlich die kaum unterdrückte Panik in der Stimme von Lieutenant Moore. Armstrong ließ sofort den Sprung abbrechen, dessen Countdown sich bereits dem Ende genähert hatte. Die ihm in Formation folgenden Schiffe seines Verbands fächerten aus, um den Sprungpunkt für mögliche Nachzügler zu räumen. Entsetzt sah der Rear-Admiral, wie die *Manticore* explodierte. Nun erst setzte bei ihm das bewusste Denken wieder ein, das bis jetzt durch antrainierte Routine ersetzt worden war, seitdem der Zerstörer so überraschend nach Gateway zurück gekehrt war. ZULU ... die schlimmsten aller Befürchtungen des Oberkommandos waren somit Realität geworden. Dieses Codewort bedeutete nichts anderes, als dass der Gegner auf die einspringende Flotte gewartet hatte und diese vom Feind vernichtet worden war. Rear-Admiral Armstrong ahnte nicht, dass es seinem Schiffsverband mit etwas Glück möglich gewesen wäre, die am Sprungpunkt von Midway noch verbleibenden Feindeinheiten zu schlagen. Woher sollte er dies auch wissen? Auch die Auswertung der Daten, die vom Bordcomputer der *Manticore* bis zu dessen Vernichtung übertragen wurden, ließ später diese Möglichkeit nicht erkennen. Die bruchstückhaften Daten waren zu ungenau um sie später folgerichtig auszuwerten. Die Volksrepublik wusste lediglich, dass ihre Flotte vom Gegner, den man augenscheinlich völlig unterschätzt hatte, vernichtet worden war.

Der verheerende Ausgang des Gefechtes wurde von der Bevölkerung der Volksrepublik mit Erschütterung aufgenommen. 24 Schlachtschiffe und 12 Zerstörer waren vom Gegner vernichtet worden. Einem Gegner, der zwar, laut Feindaufklärung über keine Sprungschiffe verfügte und somit nicht in der Lage war, einen Großangriff auf das Gateway System zu starten, dem man diese militärische Macht jedoch nicht zugetraut hatte. Die Medien der Volksrepublik schwankten, nach Bekanntwerden des verlustreichen Gefechtes bei Midway, zwischen Panik, Rachedurst und Verbitterung. Man suchte jetzt verzweifelt einen Sündenbock und fand ihn schließlich auch ... in der Person von Vice-Admiral Amos Cunningham. Da der Vice-Admiral tot war konnte er sich nicht gegen die Vorwürfe wehren oder ihnen widersprechen. Somit war er für die Regierung der Volksrepublik der ideale Sündenbock.

Der Verlust derart vieler Kriegsschiffe und ihrer Mannschaften zwang die Volksflotte vorerst von weiteren Angriffen Abstand zu nahmen. Die bisher erlittenen Verluste ließen sich nach Meinung der Regierung und des Oberkommandos nicht ersetzen. Seitens der Regierung war man ratlos, wie man bezüglich Midway in der Zukunft weiter vorgehen sollte ... und konnte. Wobei das KONNTE der entscheidende Punkt war. Die Volksrepublik war nicht in der Lage, die verlorene Schiffe zu ersetzen. Dazu fehlten die Sprungkristalle, um Neubauten mit diesen auszurüsten. Die Nutzung von Sprungkristallen aus Frachtern war nicht möglich, da sonst die Wirtschaft kollabieren würde. Die Flotte hatte die Sprungkristalle über den Zeitraum von fast zweihundert Jahren hinweg zusammengetragen ... nun stellte die Öffentlichkeit entsetzt fest, dass es derzeit nicht möglich war die verlorenen Schiffe zu ersetzen. Der Effekt auf die Bevölkerung war ausgesprochen ernüchternd.

Auf Midway und Lemuria war man mit dem Verlauf des Gefechts prinzipiell zufrieden. Midway hatte zum Zeitpunkt des Angriffs acht Systemkampfschiffe besessen. Vier dieser Kampfschiffe waren vom Gegner vernichtet worden, die anderen vier waren beschädigt. Zwei davon waren sogar derart stark beschädigt worden, dass eine Reparatur als völlig wertfrei empfunden wurde. Eine Abwrackung war militärisch und wirtschaftlich deutlich sinnvoller. Die Schiffe konnten neu erbaut werden und nach diesem Erfolg strömten genügend Freiwillige zu den Anwerbestellen von Midways Militär, um die Verluste auszugleichen. Die Ausbildung würde Zeit kosten aber man konnte nun auf einen Kader zurück greifen, der erwiesenermaßen über Gefechtserfahrung besaß. Die Stimmung auf Midway tendierte zu Jubel, Stolz und wie es so oft in derartigen Situationen vorkommt, auch zu einer gefährlichen Menge von Selbstüberschätzung.

Auf Lemuria sah man die Dinge etwas distanzierter. Lemuria hatte aber im Gegensatz zu Midway die Möglichkeit auf die Ortungsdaten ihres Trojanersatelliten zurück zu greifen. Die Gravitationsortung war auf Grund ihrer Technologie in der Lage, Dinge zu erkennen, die mit der herkömmlichen Ortungstechnik, die in der Volksrepublik oder auch auf Midway genutzt wurde, nicht verifizierbar waren. Darüber hinaus war das gewonnene Datenmaterial nicht nur umfangreich sondern auch deutlich detaillierter, als man anfänglich auf Lemuria vermutet hatte. Lemuria hatte das Gefecht mit all seinen achtzehn verfügbaren Systemkampfschiffen angetreten. Hinzu kamen die 216 Drohnen der sechs beteiligten Ruderträger. Vier Systemkampfschiffe, allesamt waren Gefechtskreuzer einer älteren Baureihe, wurden im Gefecht vernichtet. Sechs weiterer Gefechtskreuzer wurde bei diesem Kampf schwer, zwei andere leicht beschädigt. Einer der Rudelträger musste als Verlust abgeschrieben werden, zwei weitere hatten massive Schäden erlitten. Die 142 zerstörten Drohnen vielen, für das Flottenkommando im fernen Lemuria, nicht wirklich ins Gewicht, da sie keine Besatzungen hatten, sondern lediglich aus den Flightboxen der Rudelträger gesteuert wurden. In den Augen des Flottenkommandos hatten die Drohnen sich in diesem Gefecht mehr als bewährt. Drohnen waren in den Augen des Kaiserreiches lediglich Maschinen. Sie hatten einen Zweck zu erfüllen und waren jederzeit neu zu produzieren, wenn es notwendig sein sollte. Diese Drohnen besaßen keine Seele und kein Blut. Sie waren lediglich Waffensystem, die von Menschen eingesetzt werden konnten ... und dies auch wurden.

Auf Lemuria stellte man, nach Auswertung der Gefechtsberichte und Daten, erfreut fest, dass die Schutzschirme der eigenen Raumschiffe erheblich leistungsfähiger waren, als die des Gegners. Nicht nur, dass die eingesetzte Technik bewährt hatte, denn dies stand von Anfang an außer Zweifel, sondern auch dass die Effizienz der eingesetzten eigenen Schirmfeldtechnologie der gegnerischen Technik um mehrere Stufen Überlegen war. Die eigenen Schirme bauten sich nach Treffern schneller wieder auf und verkrafteten zudem auch deutlich mehr, als die Schirme, die von der geschlagenen Volksflotte eingesetzt wurden. Die Ergebnisse dieser Erkenntnis führten schnell dazu, dass man auf Lemuria intensiv an einer weiteren Verbesserung der eigenen Schirme forschte, um diese noch effektiver zu machen. Nach dem Abschluss der Datenanalyse kamen die Militärwissenschaftler zum dem Ergebnis, man hätte möglicherweise die eigenen Verluste verringern oder sogar vermeiden können, wenn denn mehr Abstand zum Gegner eingehalten worden wäre. Die eigenen Verluste resultierten daraus, dass die Schiffe, die man verloren hatte, sich in Kernschussweite der gegnerischen Hauptbatterien befunden hatten, als die Schirme schließlich zusammen brachen. Dem massiven Feuer der gegnerischen Schlachteinheiten, die eine erheblich höhere Tonnage und schwerere Bewaffnung besaßen, waren die Systemkampfschiffe die eingesetzt wurden, einfach nicht gewachsen. Andererseits war es jedoch für das Kaiserreich undenkbar den Verbündeten von Midway keine Hilfe zu leisten. So war es dann schlussendlich zu diesen Verlusten gekommen. Das Gefecht hatte Opfer gefordert. In den Reihen der Volksrepublik viel dieser Blutzoll deutlich höher aus, als auf Seiten von Midway oder dem Kaiserreich. Als die Kämpfe geendet hatten konnten die Sieger die Überreste der Schlacht untersuchen. Die Strahlung von explodierenden Nuklearwaffen und Fusionsgeschossen, sowie die zahlreichen massiven und ungefilterten EMP hatten auf Seiten der geschlagenen Volksflotte

keine Überlebenden hinterlassen. Nach Ende des Gefechts waren sofort umfangreiche SAR Aktivitäten angelaufen, die sich über den Zeitraum von fast eine Woche hinweg ausdehnten. Das Resultat war ernüchternd. Zwar wurden viele Dutzend Leichen geborgen, aber Überlebende, die man hätte bergen können, gab es auf Seiten der Besiegten nicht.
Was jedoch gefunden wurde, waren die IC der Toten. Diese befanden sich noch an den Handgelenken ihrer verstorbenen Besitzer. Diese Technologie war dem Kaiserreich bisher unbekannt. Die Möglichkeit dieser kleinen Individualcomputer, die auf ihre Besitzer abgestimmt waren, ließ Erstaunen aufkommen. Obwohl die geborgenen IC nicht mehr funktionsfähig waren ... dafür hatten vor allem die zahlreichen und nahen EMP gesorgt ... ließ sich die Technologie relativ einfach kopieren. Man wusste nun ja, wie der Weg zu diesem Produkt verlaufen musste und besaß auch die aufgefundenen Exemplare, die nun in der eigenen Forschung und Entwicklung helfen konnten. Es sollte keine drei Jahre dauern, bis innerhalb des Kaiserreiches und auch auf Midway, ein IC zum normalen Leben der Bürger gehörte
Das Kaiserreich würde in der Zukunft, ebenso wie auch die Kolonisten von Midway und natürlich die Volksrepublik, Lehren aus diesem unerwartet heftigen Gefecht ziehen. Allerdings würde jede der an dieser Raumschlacht beteiligten Parteien, gemäß ihrer eigenen Sichtweise, seine Strategie und Taktik für die Zukunft überarbeiten.

Drei Wochen nach dem Raumgefecht, dass jetzt umgangssprachlich als "Die Schlacht von Midway" bekannt war, trafen sich auf dem Mond Trabant der Kaiser und sein Flottenführungsstab. Auch ZONTA war zu dem Gespräch hinzu geschaltet, bei dem nun Auswertungen und sich daraus ergebende Schlussfolgerungen erörtert werden sollten. Auch die alte, jedoch weiterhin noch gültige, Gefechtsdoktrin der kaiserlichen Flotte sollte heute neu bewertet werden und wenn es notwendig war einer Reform unterliegen. Man suchte nach Antworten und Lösungen für Fragen und Probleme, die erkannt worden waren.
Admiral Ernst Blofeld rieb sich müde seine Stirn. Die Besprechung dauerte nun schon fast sechs Stunden. Der Admiral hatte sich durch Brillianz und Können in seinen derzeitigen Rang hoch gearbeitet. Seit beinahe acht Jahren war er der Oberkommandierende der kaiserlichen Flotte. Dicht neben ihm, äußerlich unerschütterlich ruhig und entspannt

zurückgelehnt in seinem Sessel, saß Fähnrich Volvensteyn, der von dem Admiral heute als Adjutant angefordert worden war. Den beiden Offizieren gegenüber saßen Kaiser Gustav, Kommodore Bloch, der Leiter der Abteilung Forschung+Entwicklung sowie Kapitän Eich, der für die Sensoranalysen dieses Gefechtes zuständig war.

Admiral Blofeld war der festen Überzeugung, der junge Volvensteyn wäre in seinen Fachbereichen, Taktik und Strategie, ein absolutes Jahrhunderttalent. Niemand, den Admiral Blofeld kannte, verstand es derart, einen überlegenen Gegner trotz dessen klarer Überlegenheit zu besiegen oder zumindest ein Patt zu erzielen, dass den Gegner dann zum Rückzug zwang. Für gewöhnlich war dieser Rückzug dann der Moment, an dem Volvensteyn diesen Gegner auslöschte. Zudem war Volvensteyn ein teuflisch geschickter Analytiker, der es verstand auch unkonventionell zu denken und Lösungen zu ersinnen, die andere Leute oftmals verblüfften. Wenn der Gegner eine Schwäche hatte, so durfte man davon ausgehen, dass Volvensteyn diese früher oder später auch fand ... und ausnutzte. Das jugendliche Alter von erst zwanzig Jahren veranlasste die meisten Offiziere den jungen Fähnrich zu unterschätzen. Spätestens nach dem ersten Manöver änderte sich dies jedoch für gewöhnlich schlagartig. Blofeld war durch einen Zufall auf den jungen Volvensteyn aufmerksam geworden und förderte ihn nun seit knapp einem Jahr.

Kaiser Gustav räusperte sich vernehmlich. "Wir sitzen nun bereits seit Stunden hier beisammen und hören uns die Analysen an, ZONTA. Was können wir denn nun zusammenfassend aus dem Gefecht schließen. Ich bin kein Offizier oder Ingenieur. Worauf können wir aufbauen ... und wo sind unsere Schwächen? Ich verstehe nicht, was diese Offiziere mir mitteilen wollen. Alles ist zu fachspezifisch. Ist das Kaiserreich in Gefahr? ... Ich erwarte eine Zusammenfassung in einfachen Worten, die ich, als militärischer Laie, verstehen kann."

Der knapp dreißig Jahre alte Kaiser Gustav war zwar ein Politiker, der von all seinen Widersachern respektiert wurde, aber er fixierte sich zu sehr auf die Innenpolitik des Kaiserreiches. Zudem war er auch oft starrköpfig und dem Militär, seit seiner Kindheit, nicht sehr verbunden. Kaiser Gustav war ein anerkannter Förderer der Kolonisation, sowie der Wirtschaft und auch der Ökonomie. Das Militär des Kaiserreiches betrachtete er jedoch als eher nebensächlich. Diese Tatsache hatte in der kürzeren Vergangenheit bereits diverse Probleme verursacht. Die vom Kaiser befohlenen Etatkürzungen, für die Flotte, war in den Augen von Admiral Blofeld ein Fehler. Mit dieser Meinung war der Admiral nicht alleine … Aber das Wort und der Wille des Kaisers waren maßgeblich für alle Offiziere der Flotte. Also fügte man sich.

Admiral Blofeld nickte freundlich. "ZONTA bitte fasse die Analysen zusammen und berücksichtige auch die möglichen Konsequenzen, die von Fähnrich Volvensteyn angesprochen wurden. Extrapoliere die uns vorliegenden Informationen dabei auch in die Zukunft. Drücke dich bei deinen Erläuterungen so aus, dass der Kaiser dich unmissverständlich versteht."

Einen Moment lang war es still. Dann ertönte die Stimme von ZONTA. "Ich werde den erbeuteten Datenhintergrund berücksichtigen und damit meine Auswertung verständlich machen. Wie es seiner Majestät, dem Kaiser, bereits mitgeteilt wurde, gelang es uns nach dem Gefecht eine Vielzahl von Daten und Equipment aus den Wracks der Volksflotte zu bergen. Damit sind wir jetzt in der Lage, umfassende Informationen über die Volksflotte, sowie deren Technik, und auch Personalstruktur zurückgreifen zu können. Es gelang uns weiterhin, eine Vielzahl von vertraulichen Daten sicherzustellen, die sich erstaunlich detailliert mit den Bereichen Forschung, Entwicklung und Konstruktion befassen. Der Erhalt dieser Daten ermöglicht uns, eine völlig neue Sichtweise auf den Gegner zu erhalten … Wir wissen jetzt mit absoluter Sicherheit, dass die Volksflotte, bei dem Gefecht, die überwiegende Mehrzahl ihrer schweren Einheiten verloren hat. Auch das dortige Offizierscorps hat bei besagtem Gefecht herbe Verluste verzeichnen müssen, die sich laut meiner Analysen gravierend auswirken werden. Nahezu sämtliche der Offiziere, denen man Kampferfahrung und nicht zuletzt auch besondere militärische Fähigkeiten nachsagt, sind gefallen. Der Aufbau eines vergleichbaren Offizierscorps, mit der selben Leistungsfähigkeit, wird mindestens zehn bis zwanzig Jahre dauern, da die Lehrmeister tot sind. Kommen wir zum Punkt Technologie … Wir haben, durch unsere Gefechtsdaten und auch durch das zahlreiche geborgenes Equipment, zweifelsfrei verifiziert, dass die Technologie der Volksrepublik der unseren unterlegen ist. Unsere ECM und ECCM sind der genutzten Technologie der Volksrepublik, um mehrere Jahrzehnte der Forschung und Entwicklung voraus. In den Bereichen der Ortung haben wir einen noch sehr viel größeren Vorsprung, da wir, im Gegensatz zu unseren Gegnern, die Gravitationsortung nutzen. Diese ist anscheinend in der Volksrepublik gänzlich unbekannt ist. Berücksichtigt man diese Tatsachen, dann lässt sich der Ausgang des Gefechtes besser verstehen. Während wir Impulsstrahlwaffen nutzen, verwendet die Volksflotte Laser, die bei uns längst als veraltet und weniger effektiv angesehen werden ... Betrachten wir die Technologie der Raketen und Torpedos mit besonderem Augenmerk auf die genutzten Sprengköpfe, dann sieht es jedoch, im ersten Moment, anders aus. Unsere Sprengköpfe sind im Regelfall kleiner. Dafür ist das Volumen unserer Raketen und Torpedos jedoch erheblich geringer als deren Gegenparts, die von der Volksflotte genutzt werden ... Ich hebe hier nochmals besonders die von uns genutzt Gravitationstechnologie hervor, die von der gegnerische ECM und ECCM gänzlich unbeeinträchtigt wird ... Vergleiche zu den von unseren Verbündeten genutzten Waffensystemen lassen den Schluss zu, dass deren Waffensysteme sehr wohl deutlich beeinträchtigt waren.

Auch möchte ich nochmals deutlich die Reichweite und Effektivität der von uns standardmäßig eingesetzten Impulsstrahlwaffen hervorheben. Unsere Waffensysteme sind der Laserbewaffnung der Volksflotte klar überlegen ... Dabei ist der rein kinetische Effekt beim Auftreffen nicht nicht berücksichtigt, der bekannterweise bei den von uns genutzten Impulswaffen enorm ist.

Die Technologie und Effektivität der Schutzschirme, die bei besagtem Gefecht von beiden Parteien eingesetzt wurden, lässt mich zu dem Schluss kommen, dass wir hier nachbessern müssen. Die Stärke von herkömmlichen Schutzschirmen hängt von der verfügbaren Energie zu deren Erzeugung ab. Die Volksflotte bevorzugt größere Schiffe, die naturgemäß über mehr und größere Reaktoren zur Energieerzeugung verfügen. Auch wenn unsere Reaktortechnologie der ihren überlegen ist, so ist dies ein Punkt, wo die Vorteile auf Seiten unserer Opponenten liegen ... Ich empfehle hier dringendst, auch Systemkampfschiffe mit Gravitationsmagnetischen Schirmen auszurüsten. Dies zusätzlich zu den dort bereits genutzten Schirmen, wie ich hier explizit empfehlen möchte.

Zusammenfassend und auf Grundlage dieser Analyse empfehle ich den Ausbau einer deutlich stärkeren Flotte. Ich empfehle weiterhin ... und dies dringend ... eine Aufklärung der Sternsysteme und Regionen in Richtung der bereits besiedelte Kernzone. Dies sollte zeitnah vollzogen

werden. Meines Erachtens ist es notwendig, unsere Kronkolonie besser zu schützen. Hierzu empfehle ich, die dortige Systemflotte wieder aufzustocken und signifikant zu verstärken.
In Bezug auf die Zukunft lassen die Daten und Analysen vermuten, dass seitens der Volksrepublik in den kommenden zwanzig Jahren kein weiterer Angriff gegen Midway gestartet wird. Langfristig jedoch wird Midway auch weiterhin das Ziel von Angriffen werden. Ich gebe zu bedenken, dass die Entwicklung und Forschung nicht halt macht. Es ist deshalb vorstellbar, dass ein weiterer Angriff der Volksrepublik bereits zu einem Zeitpunkt erfolgt, der deutlich näher in der Zukunft liegen könnte. Hier sei besonders der zeitweilige Kontakt zur Kernzone erwähnt. Von dort könnten Technologien zur Volksrepublik gelangen, die dort derzeit noch unbekannt sind. Sollte dies geschehen, dann muss unsere derzeitige technologische Überlegenheit möglicherweise neu bewertet werden ... Deshalb empfehle ich Langstreckenexpeditionen auszusenden, mit dem Auftrag, in der besiedelten Kernzone Technologie durch Kauf oder Handel zu erwerben. Wenn nötig auch durch Überfälle oder Piraterie. Ich gebe weiterhin zu bedenken, das unser bestehendes Bündnis mit den Kolonisten von Midway sich in der Zukunft auch wandeln könnte. Noch sind wir verbündet, was sich aber im Verlauf der Zeit auch ändern könnte. Deshalb ist meine Empfehlung, den dortigen Bewohnern auch weiterhin den Zugriff auf unsere überlegene Technologie zu verwehren. Unser Interesse sollte klar auf die Kronkolonie mit der dortigen Sprungkristallmine fixiert sein. Sollten wir auf diese Sprungkristalle keinen Zugriff mehr haben, dann wäre dies langfristig für das Kaiserreich fatal. Unsere Wirtschaft würde innerhalb weniger Jahrzehnte kollabieren. Des weiteren besteht die Möglichkeit, dass die Volksrepublik uns dann im Verlauf der Zeit militärisch dominieren wird, was letztlich zwangsläufig zur endgültigen Vernichtung des Kaiserreiches führen kann und wird ... Hiermit beende ich meine Zusammenfassung."
Für fast eine Minute herrschte Schweigen im Raum. Der nachdenkliche Blick von Kaiser Gustav war auf die Tischplatte vor ihm gerichtet. Dann irrte sein Blick zu den anderen Anwesenden, er schluckte kurz, bevor er leise sprach. "Wir haben also etwa zwanzig Jahre Zeit um zu reagieren?"
Die Stimme von ZONTA füllte den Raum erneut. "Das würde ich als maximale Zeitspanne ansehen. Unsere notwendigen Gegenmaßnahmen müssen jedoch deutlich früher getroffen werden."

Der Kaiser nickte nachdenklich. "Ich befehle hiermit folgendes ... Die Geschwader der Systemkampfflotte bei Midway werden innerhalb von fünf Jahren auf ihre alte Stärke gebracht. Weiterhin wird dort ein zusätzliches Geschwader Drohnen stationiert. Alle dafür notwendigen Einheiten werden aus unserem Heimatsystem dorthin verlegt werden. Ich autorisiere die Aufrüstung unserer Systemkampfschiffe mit den Gravitationsmagnetischen Schirmfeldern ... Unsere Verbündeten sollen auch weiterhin nichts von unseren technischen Möglichkeiten erfahren. Den Aufklärungsvorstoß zu den Regionen in Richtung der Kernzone sowie eine Entsendung von Expeditionen in die Regionen der Kernzone untersage ich jedoch nachdrücklich. Unsere Flotte an sprungfähigen Kriegsschiffen wird in den kommenden zwanzig Jahren nicht weiter ausgebaut werden, als dies bisher der Fall ist ... Ich werde nicht von meinem Plan abweichen, vorerst die wirtschaftliche Macht des Kaiserreiches zur weiteren Besiedelung der Systeme Kahalo, Calthur, Taktam, Vorg, Trav, Selaron, und Elrond zu nutzen. Ich wünsche, dass die dortigen Systeme wirtschaftlich noch stärker ausgebaut werden. Das System Colossus mit dem dortigen Sektor soll davon explizit ausgenommen werden. Dort werden wir erst in einigen Jahrzehnten aktiv werden, wenn die dort ausgesetzte Flora und Fauna uns wirklich gute Möglichkeiten einer schnellen Kolonisation garantiert. Die Flotteneinheiten auf Colossus werden den dortigen Sektor weiterhin sichern ... Dies ist mein Wille und meine Entscheidung."

Dann stand der Kaiser auf und verließ den Raum eilig. Zurück blieben die Offiziere, die nun fast verzweifelt ansahen. Schließlich seufzte Admiral Blofeld leise. "Der Kaiser hat entschieden ... Wir alle werden seinem Wunsch nachkommen und gehorchen, wie es unser Eid von uns verlangt."

Etwa zur gleichen Zeit saß man auch im Gateway System zusammen. In einem abgesicherten Konferenzraum des Kriegsministeriums waren der Präsident, der Kriegsminister sowie der Wirtschaftsminister erschienen, um zusammen mit einem Dutzend hochrangiger Militärs die Folgen und Hintergründe der gescheiterten Invasion zu besprechen. Rear-Admiral Armstrong, als ranghöchster Offizier der Flotte, hatte auf direkten Befehl des Präsidenten das Oberkommando übernommen. Nun erstattete er seinen Abschlussbericht.

"Sir … Ich muss ihnen mitteilen, dass der Verlust von derart vielen Offizieren und Mannschaften die Einsatzfähigkeit unserer Flotte derzeit in Frage stellt, was offensive Maßnahmen gegen Midway betrifft. Viele unserer fähigsten Offiziere sind gefallen. Das gleiche gilt für unser Unteroffizierscorps. Von den katastrophalen Verlusten unserer Schiffe brauche ich hier kaum sprechen, da uns dies allen hinlänglich bekannt ist. Wir benötigen mehrere Jahre um alleine die Schiffsverluste wieder auszugleichen … Selbst wenn wir jetzt sofort die entsprechenden Bauaufträge für diese Einheiten geben sollten. Das Problem in dieser Stelle sind die fehlenden Sprungkristalle. Ich bin nicht darüber im Bilde, wie viele Frachter wir dafür ausschlachten können. Wir würden jedoch mindestens vierzig neue Schiffe benötigen."
Der Wirtschaftsminister, Alain Dupont, schüttelte nur den Kopf. "Das ist ausgeschlossen. Mehr als sechs, maximal acht Schiffe können wir nicht aus dem Wirtschaftskreislauf entfernen. Unsere Volkswirtschaft würde sonst einen Schaden nehmen, der sich katastrophal auswirken kann."
Rear-Admiral Armstrong zuckte resignierend mit den Schultern. "Ich habe bereits ähnliches vermutet, da einer meiner Ressortoffiziere mir bereits ähnliches angedeutet hat … Zudem müssen wir diese neuen Kriegsschiffe auf die Gegebenheiten hin ausrichten, denen sie bei Midway gegenüber stehen würden.
Nach Auswertung der Datenfragmente, die von der *Manticore* noch übertragen wurden, sind unsere Kampfeinheiten auf eine massive Verteidigung gestoßen, die laut der Sensordaten hauptsächlich durch stationäre Raketenabschussbasen am Sprungpunkt gewährleistet wurde. Hinzu kommen etwa zwanzig bis dreißig Systemkampfschiffe und mehrere Geschwader Drohnen. Dies bedeutet, der Gegner verfügt über Trägerschiffe. Wir müssen also Schiffe entwickeln, die primär zur Abwehr von dichten Raketensalven konzipiert werden. Weiterhin benötigen wir eigene Träger, entsprechende Geleiteinheiten für selbige und natürlich Großkampfschiffe … All diese Schiffe müssen erst noch konstruiert, dann gebaut und letztlich mit gut geschulten Besatzungen versehen werden. Auch diese müssen erst einmal rekrutiert werden. Ich fürchte, alleine dies wird mindestens zehn, eher fünfzehn Jahre dauern. Der schwierigste Punkt ist die Beschaffung der Sprungkristalle … Wir werden wohl wieder die Bereiche der Kernzone bereisen müssen, um

diese Sprungkristalle zu beschaffen ... Ich bin mir durchaus bewusst, wie riskant diese Option sein kann."

Der Präsident schüttelte müde seinen Kopf. "Fangen sie einfach mit der Neukonstruktion der notwendigen Einheiten an ... Alles andere kommt später."

Direkt neben dem Präsidenten saß der Kriegsminister, der heute noch kein Wort gesagt hatte. Der sonst so tatkräftige Mann sah erschöpft aus. Der Kriegsminister musste derzeit nicht nur um sein eigenes politisches Überleben kämpfen, sondern auch das finanzielle und soziale Schicksal seiner Familie sichern. Vice-Admiral Amos Cunningham war einer seiner Cousins gewesen. Eine Tatsache, die derzeit von den Medien häufig erwähnt wurde. Schwierige Zeiten, für den Kriegsminister, der wohl zurücktreten musste, bevor der Präsident sich gezwungen sah, ihn aus dem Amt zu entlassen.

Kurz vor Jahresende 2455 bewegte sich das Schlachtschiff *Polaris* in einem Sonnensystem, dass keinen Namen besaß. Das Transfersystem wurde nur gelegentlich als Ort für Manöver und Ausbildung genutzt. Es lag auf dem "Beta-Strang" der Route, die sich einen Sprung von Seven Moons entfernt in den Galaktischen Norden des Outback zog. Die Namensgebung für diese Transfersysteme erfolgte nur bei Bedarf und je nach beabsichtigtem Einsatzzweck. Derzeit wurde das System in den Bordbüchern der *Polaris* als "Manöver-4" bezeichnet.

Captain Mortimer Hemingway überwachte gelassen das Manöver, das seine Offiziersanwärter derzeit absolvierten. Die Hauptarbeit bei der notwendigen Überwachung und Auswertung lag bei seinem XO. So war es Captain Hemingway vergönnt dem Manöver nur beiläufig zu folgen und den Hauptteil seiner Aufmerksamkeit dem dampfenden Kaffee zu widmen, den er gerade genoss. Die *Polaris* bewegte sich in einer Höhe von nur 2000 Metern über der Oberfläche eines Mondes, der als einziger Begleiter einen Gasriesen mit dichter Amoniak-Methan Atmosphäre umlief. Der Planet besaß einen äquatorialen Durchmesser von fast 125.000km. Sein einsamer Mond nur knappe 950km.

Das derzeitige Übungsszenario sah vor, dass die Offiziersanwärter eine Rettungsoperation für einen abgestürzten Shuttlepiloten koordinieren mussten. Vorerst mussten sie den Piloten aber erst orten. Als kleinen "Bonbon" für das Szenario hatte Captain Hemingway sich einfallen lassen, dass der Pilot bei seinem Absturz den Schleudersitz genutzt hatte, da sein Shuttle Gefechtsschäden aufwies. Der Pilot, so zumindest das Szenario des Captain, war bewusstlos und konnte deshalb über Funk nicht erreicht werden. Es lag nun an den Offiziersanwärtern den hilflosen Piloten rechtzeitig zu orten und auch zu bergen, bevor dessen Sauerstoffreserve erschöpft war. Einige Stunden zuvor hatte ein Shuttle einen Raumanzug auf der Mondoberfläche deponiert, der ein Heizgerät enthielt. Den Offiziersanwärtern sollte es also ein leichtes sein, die thermische Signatur des Raumanzugs zu orten. Die Flugbahn des Shuttles war bekannt. Man musste dieser Route also lediglich folgen.

Captain Hemingway blickte gelassen auf die Zeitanzeige seiner Station. Die zukünftigen Offiziere, die in vier Teams aufgeteilt waren, sollten in etwa acht Minuten die Wärmesignatur orten können.

Die Offiziersanwärter wussten nicht, was der erfahrene Captain sich hatte einfallen lassen. Deshalb nutzten sie alle verfügbaren Sensoren und Messgeräte des Schlachtschiffs. Keiner wollte bei diesem Test versagen. Deshalb nutzen sie alle nur erdenklichen und auch auf den ersten Blick unwahrscheinlich erscheinenden Möglichkeiten.

Der Captain schmunzelte verhalten und gedachte seiner eigenen Zeit als Offiziersanwärter. Damals war es nicht anders gewesen. Dieser Test stellte den Abschluss dieses umfangreichen Ausbildungsmanövers da. Die jungen Leute hatten sich bisher sehr gut geschlagen. Der Captain war sich sicher, dass aus ihnen, im Laufe der Zeit, gute Offiziere der Volksflotte werden würden. Die fachliche Befähigung dafür hatten sie zumindest. Bei dem einen oder anderen gab es menschliche Gründe, die den Captain an der entsprechenden Eignung zweifeln ließ. Dies zu beurteilen lag aber nicht im Auftrag des Captains. Er sollte bei diesem Manöver nur die fachliche Kompetenz bewerten.

Captain Hemingway verschüttete fast seinen Kaffee, als ein schriller Ortungsalarm die Stille der Zentrale durchbrach. Fast augenblicklich folgte die Meldung des angehenden Offiziers, an der Ortungskonsole. "Ortungsergebnis. Schwache Resonanzimpulse auf dem Thetaband. Die Ortung wird stärker. Wir messen eine kurzwellige Schwingung auf sehr eng begrenztem Frequenzbereich. Ortung wandert aus und wird nun schwächer. Wir haben das Ziel passiert. Empfehle Stopp der Maschinen und Absetzung eines SAR-Teams."

Captain Hemingway blickte verblüfft auf die Zeitanzeige. Die Ortung sollte erst in gut sechs Minuten erfolgen. Zudem war eine Ortung des gesuchten Raumanzugs über das Thetaband unsinnig, da dieses Band der Mikrowellenortung vorbehalten war. Der Captain blickte kurz zu seinem XO hinüber, der ratlos mit den Schultern zuckte, ehe er sich die Ortungsdaten näher ansah. Captain Hemingway gab den Befehl das Schiff zu wenden und den Punkt der Ortung anzusteuern. Da die *Polaris* sich nur mit knapp 100km/Std bewegte sollte dies ein leichtes sein. In der Zeit, die das Schiff jetzt benötigte um den Punkt der Ortung zu erreichen, beschäftigte sich der Captain mit den empfangenen Daten. Diese waren zumindest ungewöhnlich. Eine leise Stimme in seinem Hinterkopf schrie fortwährend und nachdrücklich, aber der Captain konnte sich derzeit nicht daran erinnern, warum ihm diese nur schwach messbaren Frequenzmuster bekannt vorkommen sollten. Plötzlich aber erinnerte er sich an einen Vortrag dem er, vor langen Jahren, selber als junger Offiziersanwärter beigewohnt hatte. Captain Hemingway tat jetzt etwas, was man sonst nie von ihm kannte … er wurde hektisch. "Shuttle drei und vier sofort startbereit machen. Teams der Bereiche Geologie und Physik melden sich umgehend an Bord der Shuttles. XO übernehmen sie die Brücke, ich bin in Shuttle drei..." Die letzten Worte rief der Captain, als er bereits durch das offene Panzerschott der Brücke eilte.

Sein XO war viel zu diszipliniert, um sich seine Verblüffung anmerken zu lassen. Er nahm einfach schweigend auf dem Kommandantensessel Platz. Neugierig geworden ließ der XO die vorhandenen Daten durch den Bordcomputer prüfen und analysieren. Als dann das Ergebnis der Analyse, auf dem kleinen Bildschirm zu seiner linken aufleuchtete, war es an dem XO, um seine Beherrschung zu kämpfen. Der Bordcomputer kennzeichnete die Schwingungen, in dem fraglichen Frequenzbereich, als die Reflexion einer Sprungkristalllagerstätte. Zu diesem Zeitpunkt hatte Captain Hemingway schon fast das Shuttle erreicht, das ihn auf die Oberfläche des namenlosen Mondes bringen sollte. Kaum waren die eilig herbei geeilten Wissenschaftsteams ebenfalls an Bord, wurden die Shuttles auch bereits ausgeschleust und nahmen dann Kurs auf die Oberfläche des Mondes. Die mächtige *Polaris* schwebte, mit Hilfe ihrer Antigravitationsfelder, direkt über der fraglichen Stelle, das von den Sensoren des Schlachtschiffs als eine Lagerstätte von Sprungkristallen gekennzeichnet wurde. Der Bordcomputer hatte nun die Ortungsdaten mehrfach überprüft und kam zu dem Ergebnis, die Möglichkeit einer aufgefundenen Lagerstätte würde bei 100% liegen. Es ging jetzt nur noch um die Frage, welches Ausmaß diese Lagerstätte besaß ... und wie groß die Kristalle waren, die sich dort befinden würden. Der XO sann darüber nach, wie gering die Chance war eine Lagerstätte von Sprungkristallen aufzufinden. Ohne die leistungsstarken Sensoren der Polaris wäre diese Lagerstätte möglicherweise nie entdeckt worden. Mit Sicherheit zumindest hätte hier niemals jemand danach gesucht. Die Entdeckung war ein purer Zufall gewesen.

Drei Wochen später traf die *Polaris* wieder bei Gateway ein. Captain Hemingway hatte eine kurze Mitteilung an das Oberkommando senden lassen, mit dem Inhalt, er wäre auf seiner Reise auf interessante Dinge gestoßen, die er nicht über Funk weitergeben wolle. Von daher war es nicht erstaunlich, dass der Captain den Befehl erhielt, sich umgehend nach seiner Ankunft beim Oberkommando zu melden und persönlich seinen Bericht abzugeben.

Captain Hemingway trug seinen Vorgesetzten den Bericht emotionslos vor. Als Beweise für seine Entdeckung präsentierte er neben dem umfangreichen Datenmaterial auch einen Kristall, den die Geologen direkt an der Oberfläche entdeckt hatten. Der Kristall besaß zwar nur die Klasse 3, ermöglichte es aber problemlos einem Schiff ihn dann zu nutzen, wenn er fertig bearbeitet war. Die Reaktion seiner Vorgesetzten schwankte danach zwischen Euphorie und hektischer Begeisterung. Die Entdeckung gab der Volksrepublik jetzt endlich die Möglichkeit, eigene Sprungschiffe zu konstruieren, ohne auf Sprungkristalle angewiesen zu sein, die man sich erst umständlich aus den fernen Raumregionen der besiedelten Sphäre beschaffen musste. Auch die bisher unersetzlichen Verluste der Streitkräfte konnten nun endlich ausgeglichen werden. Nur Stunden später wurden bereits die ersten Befehle erteilt, um auf dem namenlosen Mond eine Kristallmine zu errichten, die es in der Zukunft der Volksrepublik möglich machen sollte, endlich Zugriff auf weitere Sprungkristalle zu erhalten.

Der Oberkommandierende bezeichnete die Entdeckung als den Jackpot der Raumfahrt. Diese Bezeichnung wurde übernommen und gab dem System dann nahezu zwangsläufig seinen Namen. Das System selbst galt außerhalb der Regierung und des Militärs als Geheimnis.

In den folgenden Jahren investierte die Volksrepublik Unsummen von Kapital und Gütern, um Jackpot auszubauen. Eine orbitale Werft sollte ebenfalls entstehen und befand sich 2458 bereits in der Bauphase. Die unersetzlich wertvollen Sprungkristalle wurden von Jackpot aus nach Gateway transportiert und dort geschliffen, um sie dann später in dafür geeignete Raumschiffe einzubauen.

In den Jahren bis 2465 konnte die Volksrepublik eine große Zahl von Kristallen abbauen. Überwiegend handelte es sich dabei allerdings nur um Kristalle bis zu den Klassen 4, 5 und 6. Alleine aber diese Kristalle genügten jedoch, um die Frachterflotte auf ein neues Niveau zu heben. Größere Kristalle waren deutlich seltener. Und waren ausschließlich der Kriegsflotte vorbehalten. Insgesamt wurden in diesen Jahren fast 40 Frachter neu in Dienst gestellt.

Die ausgeblutete und stark dezimierte Kriegsflotte der Volksrepublik bekam natürlich ebenfalls ihren Anteil an Sprungkristallen. So wurden in diesem Zeitraum 38 neue, schwere Zerstörer der in Dienst gestellt, die der neu konzipierten *Tomahawk*-Klasse angehörten. Diese völlig neuartige Typenklasse von schwerem Zerstörer war als kampfstarke Geleiteinheit konzipiert worden, die über ein erstaunliches Arsenal an Waffensystemen zur Verteidigung gegen Raketen und Torpedos verfügte, jedoch auch als Offensiveinheit in den Einsatz gehen konnte. Vor allem im Bereich der ECM und ECCM war es den Konstrukteuren gelungen hier neue Maßstäbe zu setzen. So war diese neue Generation von Zerstörern entstanden, die trotz einer Masse von 350.000 Tonnen eine erstaunliche Geschwindigkeit besaß. Auch im Bereich der Schlachteinheiten hatte das Oberkommando der Flotte auf vollständig neue Konstruktionen bestanden. Das erste dieser neuen Kampfschiffe war ein Schiff einer Kreuzerklasse, mit 750.000 Tonnen Masse. Damit lag es von der Tonnage unterhalb der alten Klasse der Schlachtschiffe, die eine Masse von 1.000.000 Tonnen besaßen. Diese vollkommen neu konstruierten Schiffe der *Aegis*-Klasse waren jedoch primär als Antwort auf den Beschuss durch Raketen konzipiert. Zudem besaßen auch diese Schiffe eine Bewaffnung, die es ihnen gestattete sich selbst aktiv in Gefechten zu beteiligen. Die bisherigen Konstruktionspläne der alten Schlachteinheiten wurden ebenfalls verworfen. Die nächste Generation von Schlachtschiffen würde nicht nur deutlich schlagkräftiger und vor allem widerstandsfähiger werden, sondern auch erheblich weniger

Besatzungspersonal benötigen. Vor allem der Verlust der ausgebildeten Mannschaften hatte die Volksflotte schwer getroffen. Miniaturisierung und vor allem der deutlich höhere Anteil von Droiden an Bord aller neu konstruierten Schiffe schienen die Schlüsselsegmente zu sein. Das umfangreiche Datenmaterial, welches von der entkommenen *Manticore* noch übertragen worden war, bevor deren Bordcomputer, mit dem Schiff in einer Explosion verging, war vieldeutig und obwohl teilweise nur sehr bruchstückhaft, doch ausreichend, um sich ein relativ genaues Bild von den Geschehnissen zu machen.

Der Ausbau der Kristallmine und des Stützpunktes auf Jackpot stellte die Volksrepublik vor zahlreiche Herausforderungen. Es zeigte sich aber, dass man durchaus dazu in der Lage war, Stützpunkte außerhalb des bisherigen Herrschaftsbereiches zu erbauen. Alle Befürchtungen bezüglich der Entfernung zum neuen Stützpunkt, wurden schnell durch die Erfolge bei dessen Errichtung widerlegt.

Der bejubelte Fund von sechs Kristallen der Klasse 9 veranlasste das Oberkommando dazu, sich grundsätzlich mit dem alten Prinzip der Trägerschiffe auseinander zu setzen. Einige Offiziere der Volksflotte behaupteten, diese Schiffe wären die Zukunft der Raumkriegsführung und würden irgendwann genauso dominierend sein, wie vor langer Zeit ihre maritimen Vorfahren, auf Terra. Entsprechende Studien und erste Konstruktionsentwürfe waren vielversprechend. Prinzipiell tendierte auch die Regierung zum Bau derartiger Schiffe, da man auch seitens der Regierung das Potential erkannte und die Flotte laut danach rief. Diese Raumschiffe, die deutlich größer waren als alle bisher in der Volksrepublik gebauten Schiffe, würden jedoch erst zu einem deutlich späteren Zeitpunkt verfügbar sein.

Für Schiffe dieser Größenklasse mussten zuerst einmal entsprechende Dockanlagen konstruiert und gebaut werden mussten. Auf Gateway blieb man gelassen. Man besaß nun eine Kristallmine, baute neue Kriegsschiffe und hatte auch ausreichend Zeit zur Verfügung. Midway konnte schließlich nicht aus seinem System heraus.

Im Jahre 2463 kam es auf Catan zu einem Fund, der das Kaiserreich ebenfalls vor vollkommen neue Möglichkeiten stellte. Meeresbiologen hatten den Boden eines der zahlreichen tiefen Fjorde untersucht. Dabei hatten die Biologen auch mit allen nur denkbaren Ortungsgeräten

experimentiert, um hier die Bodenbeschaffenheit und auch die unteren Bodenschichten besser erfassen zu können. Das war eigentlich nicht ungewöhnlich und kam häufiger vor. Die Sensation war jedoch, dass die Wissenschaftler bei ihrer, eher routinemäßigen, Vermessungsarbeit hier unverhofft auf eine Lagerstätte von Sprungkristallen stießen. Dies war den Meeresbiologen nur deshalb gelungen, weil einer ihrer Praktikanten, bei seiner Arbeit, ein Mikrowellenortungsgerät einsetzte, welches normalerweise vom Militär dazu genutzt wurde um die automatischen Peilsender von verunglückten Piloten zu orten. Der Praktikant überprüfte seine Messdaten mehrfach, über einen Zeitraum von zwei Tagen hinweg, bevor er seinen Professor auf die erhaltenen Messdaten aufmerksam machte, die er selbst nicht zuordnen konnte. Der Professor konnte mit den Daten ebenfalls nichts anfangen und sendete einen Funkspruch in die Hauptstadt, mit der Bitte man möge bei der Flotte nachfragen, was diese Messdaten bedeuten könnten. In der Flottenbasis von Catan schlug diese harmlose Anfrage ein wie eine Bombe. Dort gab es Spezialisten, die sehr genau wussten, was diese Daten vermittelten. Bereits wenige Stunden nach der Anfrage des Professors befanden sich bereits fast 100 Spezialisten der Flotte bei den Wissenschaftlern und nahmen nun selber sorgfältige Messungen vor. Das Resultat lag schnell vor und ließ keinerlei Zweifel darüber, dass man hier auf eine reiche Lagerstätte von Sprungkristallen gestoßen war. Es zeigte sich bei den Messungen, dass man bei der Ausbeute dieser Lagerstätte, zweifellos auch auf größere Sprungkristalle stoßen würde. Experten waren einhellig der Meinung, die hiesigen Kristalle würden teilweise Größen bis zur Klasse 9 oder sogar Klasse 10 besitzen. Die Auswirkungen dieses Fundes waren für das Kaiserreich enorm. Eine zweite Sprungkristallmine, die zudem noch größere Sprungkristalle liefern könnte, ermöglichte nun endlich den Bau von Schiffen, die mehr als nur maximal 450.000 Tonnen Masse besaßen. Um die Ausbeute der hiesigen Kristallmine zu erleichtern, wurde am Meeresende des Fjords ein gewaltiger Damm errichtet. Das Fjordwasser wurde abgepumpt und auf dem nun trockengelegten Fjordboden entstand innerhalb von nur einem Jahr eine großzügig ausgerüstete Sprungkristallmine.
Im Kaiserreich wurde die Entdeckung begeistert bejubelt. ZONTA, der fortwährend alle Daten des Quadranten analysierte, riet dringend dazu, nun schwere Einheiten für die Flotte zu erbauen. Dazu bedurfte es jedoch

erst einmal Orbitaler Dockanlagen, die derartige Schiffe aufnehmen konnte. Die einzige existierende Orbitale Dockanlage für Schiffe mit mehr als 500.000 Tonnen Masse war ungeeignet, um für die Serienproduktion von wirklich schweren Einheiten genutzt zu werden. Deshalb wurden jetzt zwei weitere Orbitalwerften erbaut, die später dazu in der Lage sein sollten, große Schiffe am Fließband zu bauen oder diese zu warten. Obwohl der Bau umgehend begonnen wurde, würden diese Werftanlagen erst frühestens 2476 fertig werden. Erst dann konnte man mit dem Bau derartiger Schiffe beginnen. Es war jedoch geplant, bereits zu diesem Zeitpunkt, zumindest ein Schiff in der bereits existierenden Großwerft zu erbauen. Lediglich der zwangsläufig dringend notwendige Sprungkristall fehlte noch. Allerdings hatte man ein gewisses Zeitfenster und die involvierten Bergbaufachleute waren zuversichtlich, bis zu dessen Fertigstellung einen Sprungkristall in der notwendigen Größe zur Verfügung zu haben.

Die hektisch anmutenden Arbeiten geschahen nicht ohne Grund. Die Raumflotte des Kaiserreiches führte bereits seit seit 2446 regelmäßig Aufklärungseinsätze im Raumgebiet der Volksrepublik durch. Es hatte sich erwiesen, dass die Volksflotte nicht dazu in der Lage war, die Schiffe des Kaiserreiches zu orten, wenn diese mit RaabMa umhüllt waren. Lediglich die rein optische Ortung war dann noch ein Punkt, der beachtet werden musste. Das Oberkommando der kaiserlichen Flotte hatte mit Überraschung und wachsendem Entsetzen fest gestellt, zu was für einem Gegner sich die Volksrepublik entwickelte.

Im Jahr 2463 ortete einer der versteckt operierenden Jagdzerstörer einen Neubau der *Aegis*-Klasse. Die Auswertung dieser Ortungsdaten erzeugte in den Reihen des Kaiserlichen Oberkommandos teilweise Panik. Die Überwachungseinsätze wurden nun verstärkt und führten dazu, dass man Ende 2465 das Jackpot System entdeckte. Die Meinung des Flottenoberkommandos war gespalten. Nicht wenige der Offiziere sprachen sich für einen massiven Präventivschlag aus. Auch ZONTA sah diese Vorgehensweise als sinnige und durchaus ernst zu nehmende Möglichkeit an. Dies wurde jedoch vom Kaiser vehement abgelehnt, der immer noch darauf hoffte, man könne sich in der Zukunft friedlich mit der Volksrepublik verständigen und einen gemeinsamen, friedlichen Weg gehen. ZONTA widersprach dieser Möglichkeit, die eigentlich eher ein Traumgebilde des Kaisers war, jedoch konsequent. Über Wochen hinweg versuchte die KI den Kaiser von seinem Irrtum zu überzeugen. Letztlich blieb der Kaiser jedoch bei seiner Meinung. ZONTA und die Offiziere fügten sich dem Willen des Kaisers. Des Kaisers Wille und Wort war Gesetz.

In enger Zusammenarbeit mit dem designierten Kronprinzen Theodor, dem Kaiser Gustav alle militärischen Obliegenheiten übertragen hatte um sich selbst nicht mehr darum kümmern zu müssen, entstand der Plan für gigantische sublunaren Werftanlagen. Kronprinz Theodor war einer gänzlich anderen Ansicht, als sein Vater der Kaiser. Der Kronprinz befürchtete einen Waffengang mit der Volksrepublik, der ungünstig für das Kaiserreich ausgehen könnte. Deshalb beschloss er, zusammen mit ZONTA, diese geheimen Werften zu errichten, die vor den Augen der Öffentlichkeit unsichtbar waren. Diese gigantischen Fertigungsanlagen sollten als Werften für Schiffe dienen, die laut der Planung von ZONTA hier erbaut werden sollten. Die KI und der Kronprinz wollten damit vermeiden, dass bei einem Wegfall der Orbitalwerften dem Kaiserreich die Möglichkeit genommen wurde Kriegsschiffe zu fertigen. Die sublunaren Fertigungsanlagen waren von der KI in Dimensionen ausgelegt worden, die es erlaubten nach deren Fertigstellung dort gigantische Schiffe quasi am Fließband zu fertigen. Die etwas kleiner dimensionierten Fertigungsanlagen für Zerstörer und Kreuzer wirkten dagegen fast schon klein und nebensächlich, obwohl hier auch diese Kriegsschiffe am Fließband erbaut werden konnten. Tief unter einem Bergmassiv gelegen mündeten die Aufzugsschächte knapp oberhalb des Bodenniveaus in riesigen Hangars, aus denen die Schiffe später ins Weltall starten konnten. ZONTA schuf durch seine unzähligen Droiden zuerst einen Tunnel, der als Verbindung mit der Zentralen Niederlassung diente. Fast 800km weit gruben sich die Droiden durch das Gestein, ehe sie den Punkt erreichten, der als Werftstandort ausgewählt worden war. Die Arbeiten an den Werften, mit den zugehörigen Fabriken, wurden zum Jahreswechsel von 2475 auf 2476 abgeschlossen.
ZONTA, der sich selbst als Beschützer und Ratgeber des Kaiserreiches und der kaiserlichen Familie sah, bestellte anlässlich der Fertigstellung dieser Werftanlagen den Kronprinzen zu sich, um mit diesem das weitere Vorgehen zu besprechen. Mit dem Kronprinzen würde jemand den Thron

besteigen, den man ohne weiteres als einen Militaristen bezeichnen konnte. Der Kronprinz hatte völlig andere Vorstellungen, als sein Vater.
Kronprinz Theodor besichtigte die ausgedehnten Anlagen nach ihrer Fertigstellung. Danach fand sich im Kommandosegment der KI ein, um mit ZONTA die nächsten Schritte zu besprechen. Wie in solchen Fällen üblich wurde dabei einer der abgesicherten Konferenzräume genutzt. Theodor lehnte sich entspannt und zufrieden in seinem Sessel zurück. Die KI war als Hologramm zugegen, das wieder einmal eine Figur zeigte, die auch Theodor als "Gandalf" erkannte, was den Kronprinzen zu einem Schmunzeln veranlasste. "Ich bin überaus zufrieden, ZONTA. Die Anlagen übertreffen meine Erwartungen. Ich kann es kaum noch erwarten, dort Schiffe von der Fertigungsbändern laufen zu sehen."
Das Hologramm verbeugte sich elegant. "Ich danke euch ... Bedenkt aber bitte, eine derartige Fertigung bedarf der Freigabe durch euren Vater. Auch wenn ihr zum Verantwortlichen für die Flotte und das Militär des Kaiserreiches ernannt worden seid, so bin ich letztlich an die Befehle des Kaisers gebunden. Es können zwar im Vorwege neue Einheiten oder Schiffstypen geplant und auch konstruiert werden, jedoch obliegt die Baufreigabe dem Kaiser. Das ist unabänderlich, da es sich um eine neue Werftanlage handelt, die grundlegenden Einfluss auf die Möglichkeiten der Flotte haben wird ... Und damit das Kaiserreich als ganzes betrifft. Ich kann und werde die entsprechenden Befehle in meiner Programmierung nicht umgehen, oder versuchen sie gar auszuhebeln. Meine Treuepflicht verbietet das."
Theodor winkte ab. "Das hat auch niemand verlangt ZONTA, und es wird auch niemand so etwas je versuchen ... Wie sieht es eigentlich mit dem "WOLF-PROJEKT" aus? Wie weit sind die Fortschritte bezüglich der von mir geforderten Einheitstypen? Die Entwürfe der neuen Schiffe der geplanten "*Bluthund*-Klasse" sind wirklich sehr zufriedenstellend, umfassen jedoch erst einen Teil der benötigten und gewünschten, neuen Schiffsklassen. Wir wissen, dass Sprungschiffe mit einer Tonnage von unter 100.000 Tonnen einsetzbar sind. Wir haben im militärischen Bereich lediglich bisher darauf verzichtet, da wir keinen Bedarf sahen. Im Zivilbereich nehmen derartige Schiffe schon lange die Funktion von Schnellfrachtern, Passagiertransportern und Kuriereinheiten ein. Wenn ich mich recht entsinne, dann verfügt das Kaiserreich derzeit über etwas mehr als zweihundert derartiger Schiffe, die zudem stets erstaunlich

erfolgreich eingesetzt werden. Es ist im Interesse des Kaiserreiches, wenn wir den Focus mehr auf solch kleine Schiffe lenken ... Auch wenn die jeweiligen Frachtkapazitäten dieser Schiffe sehr gering sind und die Reichweite stark limitiert ist."

Der Avatar von ZONTA lächelte grimmig. "Das besagte Projekt macht gute Fortschritte. Ich prognostiziere, dass wir einen Prototypen in etwa sechs Monaten einer Praxiserprobung unterziehen können. Dieser neue Typ von Kampfschiff sollte die Volksflotte unangenehm überraschen, wenn es zu einem Schlagabtausch kommt, was fraglos nur eine Frage der Zeit ist. Ich bitte hierbei jedoch zu bedenken, dass der Kaiser immer noch keine Freigabe für die notwendige Serienfertigung dieser militärischen Schiffsklassen gegeben hat ..."

Theodor nickte, mit sorgenvollem Gesicht. Sein Vater, der Kaiser, war von dem Gedanken besessen, man könne eine friedliche Lösung für das Problem Volksrepublik finden.

In der Volksrepublik ging man derweil, in Bezug auf kleine Schiffe, ähnliche Wege. Auch hier war es bereits lange geläufig, Kurierschiffe, Schnellfrachter und Personentransporter zu bauen und nutzen. Dazu hatte man mehrere Schiffsklassen entworfen und gebaut, die diesen Aufgabenbereichen erfolgreich nachkamen. Die derzeit etwas mehr als hundertsiebzig Sprungschiffe dieser kleinen Tonnageklasse stellten die Lebensader der Systeme One Stone und Seven Moons da. Tendenziell jedoch wurden noch deutlich mehr dieser kleinen Schiffe benötigt, wie Ökonomen der Volksrepublik bereits seit einigen Jahren nachdrücklich forderten. Dies wurde auch von der Regierung erkannt, jedoch noch auf eine spätere Zeitschiene verschoben. Andere Projekte erschienen derzeit wichtiger. Vor allem der Finanzwirtschaft der Volksrepublik war es derzeit nicht möglich deutlich mehr Schiffe dieser Klassen zu erbauen. Es fehlte hier einfach an Geld und derzeit war es politisch ungünstig neue Steuern zu erheben oder bestehende Steuern zu erhöhen, um die notwendigen Finanzmittel zu beschaffen.

21.

Der Weg des Commodore, 2431-2465

2431 ging als das Jahr der "großen Revolte" in die Geschichtsbücher der Hegemonie ein. Für diejenigen Männer und Frauen, die jetzt auf der Verliererseite standen, war es das Jahr in dem ihre Träume, Hoffnungen und Wünsche abrupt endeten. Viele Angehörige der TDSF waren in der Vergangenheit nicht immer mit den Entscheidungen der hegemonialen Regierung zufrieden gewesen. Aber die Angehörigen der TDSF hatten einen Eid geleistet, der ihnen heilig war ... Zumindest so lange, bis die Regierung wieder einmal bewiesen hatte, dass ihnen diese Angehörigen der Streitkräfte nichts wert waren ... So sahen es zumindest viele der Männer und Frauen die sich 2431 durch die Handlungen der Regierung von ihrem Eid entbunden fühlten. Diese Militärangehörigen sahen die Handlungen der Regierung als Verrat an den Soldaten der TDSF an.

Die Regierung der Hegemonie hingegen, die immer noch erstaunlich viel Unterstützung in den Reihen der TDSF fand, sah sich selbst als die verratenen. Die Hegemonie schlug die Revolte nieder. Mit Hilfe eben der Truppen, deren Ehrempfinden sie bereits seit deren Gründung oft belächelt hatte.

Commodore Isidor Bogart zerknüllte die Nachricht, die ihm von einem Kurier überbracht worden war. Der glorreiche Versuch, die Regierung der Hegemonie, mit Waffengewalt zur Einhaltung ihrer Verpflichtungen gegenüber den Streitkräften zu zwingen, war blutig gescheitert. Bogart dachte kurz an seine ehemaligen Vorgesetzten, die nun gefallen waren. Er selbst war an diesem Aufstand seit Anbeginn beteiligt gewesen. Lediglich die Tatsache, dass seine Ansichten so manchem Vorgesetzten zu radikal waren, hatten dazu geführt, dass Commodore Bogart sich nun noch auf Kusch befand. Einem Sektor-HQ der Hegemonie, von wo aus er die umliegenden Regionen des Weltalls sichern sollte. Er fühlte sich abgeschoben und erneut verraten. Seine ganz persönliche Zukunft war mehr als fraglich, zumal er in der Vergangenheit oft genug seine Meinung lautstark kund getan hatte. Im Regelfall gingen Sieger nicht allzu großzügig mit Verrätern um. Isidor Bogart hatte nun das Problem, dass er keine Freunde oder Verbündete mehr besaß, die ihn schützen konnten, wenn die Sieger herbei kamen und seinen Kopf forderten. Ein Zustand, der dem Commodore die Schweißperlen auf die Stirn trieb. Noch allerdings hatte er Zeit, um sich einen Weg aus dieser Misere zu überlegen. Nicht viel Zeit wahrscheinlich, aber einige Wochen sollten es schon noch sein. Dann wären die Sieger hier bei Kusch und würden Strafgericht halten, über all diejenigen, die den Ruf nach Recht und der Einhaltung von Zusagen nun mit Waffengewalt gefordert hatten.

Commodore Bogart blickte aus dem Sichtfenster seines Quartiers, in der Orbitalstation über dem nördlichen Pol von Kusch. Er knirschte mit den Zähnen. Wut erfasste ihn. Diese Bürokraten und ihre Handlanger sollten ihn nicht in ihre schmierigen Hände bekommen. Noch war er der Commodore, der die absolute und legitime Befehlsgewalt über die hier stationierten Einheiten der TDSF besaß. Zumindest so lange, bis der Befehl eintraf, er wäre abgesetzt und man solle ihn umgehend in Gewahrsam nehmen. Dieser Befehl würde kommen. Es war nur eine Frage der Zeit und diese Zeitspanne bewegte sich im Rahmen von wenigen Tage. Bogart musste handeln. Das war ihm klar. Er wusste nur nicht, was er tun könnte, um seiner Strafe zu entkommen ... Er grübelte verzweifelt über seine derzeitige Situation. Einige Vorkehrungen hatte er bereits getroffen. Was jedoch sollte er nun tun?

Bereits einige Stunden später rief der Commodore seine verlässlichsten Offiziere zu einer Besprechung. Eine Lösung musste gefunden werden. Auch diese Offiziere, die ihm hier unterstanden, waren in die Revolte verstrickt. Sie würden ebenfalls mit Vergeltung zu rechnen haben.

Das Quartier des Commodore füllte sich langsam. Sein Flaggkapitän zeigte seine vertraute, stets verdrießliche Miene. Captain Houston würde stets alle Befehle seines Commodores ausführen ohne Fragen zu stellen. Kritik am Commodore war für den Captain undenkbar. Dies hatte den Captain, der selbst nur ein steter Mitläufer war, letztendlich auch in diese Situation geführt. Der Captain befehligte den schweren Kreuzer *Echnaton*. Ein verlässliches Schiff der *Republic*-Klasse. Auch die Kapitäne des leichten Kreuzers *Warlord*, der Fregatte *Ulysses Grant* und des Tenders *Wagram* waren anwesend. Die *Warlord* war ein Schiff der *Star*-Klasse. Technisch war die *Warlord* vor knapp einem Jahr auf den neuesten Stand der Technik gebracht worden. Die Fregatte jedoch gehörte zur alten *Delta*-Klasse. Raumschiffe dieses Baumusters waren Relikte aus einer vergangenen Epoche. Auch wenn die Ausrüstung immer wieder modernisiert worden war, so war es nur eine Frage der Zeit, bis man die *Ulysses Grant* abwracken würde. Das Schiff tat seit vielen Jahrzehnten seinen notwendigen Dienst in dieser Raumregion. Sein Kommandant, Lieutenant Commander Kenson, würde eigentlich in spätestens drei Jahren in den Ruhestand versetzt werden. Der alte Lieutenant Commander kannte die Regionen um Kusch herum wie kaum ein anderer. Auch das umliegende Outback war ihm nicht fremd, da er hier seit seiner Akademiezeit stationiert war. Letztlich blieb noch der in die Jahre gekommene mittlere Tender *Wagram*, der nach vielen Umbauten dazu konzipiert worden war, eine Einsatzgruppe im Outback bei der Piratenjagd mit alle zu unterstützen, was benötigt wurde. Die *Wagram* gehörte ursprünglich zur *Monsun*-Klasse, von der lediglich drei Schiffe gebaut wurden. Das Schiff war nun schon fast 150 Jahre alt. Es war, ebenso wie die Ulysses Grant, ein veraltetes Überbleibsel aus der Vergangenheit der TDSF. Allerdings war die alte Wagram mehrfach nachgerüstet und umgebaut worden, um ihrer jetzigen Verwendung als Tender und Supportraumschiff, für eine vollständige Sektorflotte, gerecht werden zu können.

Stundenlang diskutierten die Männer. Dabei zeichnete sich beständig mehr Ratlosigkeit und teils auch Verzweiflung in ihren Gesichtern ab. Die Situation erschien hoffnungslos.

Frustriert warf Commodore Bogart sein Datenpad auf die Tischplatte. "Mir fällt keine Lösung ein, wie wir uns der verfluchten Hegemonie entziehen könnten. Von den einzelnen Sternenreichen oder auch den unabhängigen Planeten wird uns niemand helfen. Die haben alle zu viel Angst vor möglichen Konsequenzen durch die Hegemonie. Letztlich werden wir alle am Galgen baumeln. Die Regierung wird uns notfalls Jahrelang jagen, nur um uns zu bekommen."

Plötzlich begann Lieutenant Commander Kenson zu kichern. Fragend blickte Bogart den alten Offizier an. Kenson grinste listig. "Was wäre denn, wenn sie uns nicht mehr suchen würden? Wenn jede Suche nach uns längst geendet hätte?" Bogart stutzte. Auch die anderen Offiziere waren verblüfft. Eine solche Möglichkeit erschien, in ihren Augen, total unrealistisch. Mit einer Handbewegung deutete Bogart dem Lieutenant Commander an, er möge weitersprechen.

Kenson schmunzelte. "Ich bin bereits seit Anfang meiner Dienstzeit hier stationiert. Im Verlauf der Jahre habe ich viele Aufklärungseinsätze

absolviert, bin lange Patrouillen geflogen, habe Piraten verfolgt oder Konvois begleitet. Ich denke, kaum einer kennt das Outback, nördlich und nordöstlich von Kusch, besser als ich ... Was wäre denn, wenn wir uns irgendwo verstecken würden, wo uns niemand vermutet und uns auch nicht finden könnte? Beispielsweise, tief in der Atmosphäre eines der riesigen Gasplaneten, die man in so manchen Transfersystemen findet? Wenn wir dort lange genug bleiben, dann wird die Suche nach uns irgendwann vorüber sein und wir können unserer Wege ziehen. Ich kenne da ein Planetensystem, das ich vor langen Jahren durchflogen habe. Es liegt weit entfernt und besitzt einen Gasriesen von titanischen Ausmaßen. Wenn dort eines oder mehrere Schiffe, tief in die dichte Atmosphäre abtauchen und mit Hilfe ihrer Gravaggregaten, innerhalb der Atmosphäre, ankern dann sind sie quasi unauffindbar."
Bogart lehnte sich zurück und blickte den Lieutenant Commander einen Moment nachdenklich an. "Wie lange sollen wir denn dort bleiben und wohin sollten wir danach fliegen? Es genügt nicht, wenn wir uns einige Wochen oder sogar Monate verstecken um dann doch geschnappt zu werden. Davon ganz abgesehen wird uns niemand Zuflucht gewähren."
Kenson nickte bestätigend. "Richtig ... Wir benötigen eine deutlich längere Zeitspanne, damit das Interesse an uns erlischt. Da kommt die *Wagram* ins Spiel. Das Schiff ist, so weit ich mich erinnere, mit rund 4000 Stasiskammern ausgestattet, um sowohl Unterstützungstruppen zu transportieren, als auch verletzte Truppen in Stasis zur nächstgelegenen Medizinischen Basis zu transportieren. Damit hätten wir ausreichend Stasiskammern für Bodentruppen und unsere Vertrauten, samt deren Familien zur Verfügung, um schlafend abzuwarten. An Bord unserer Kampfschiffe und auch des Tnders, sind ausreichend Stasiskammern vorhanden um auch deren Besatzungen in Stasis zu schicken. Stellen wir uns nun einmal vor, wir würden für ein oder besser noch zwei Jahrzehnte von Bildfläche verschwinden. Ich wette, nach Ablauf dieser Zeitspanne sucht uns niemand mehr. Danach steigen wir aus den Kammern und fliegen in Raumregionen, wo uns niemand vermutet oder nach uns suchen würde ... Es bedarf dann nur noch eines Zieles, dass wir nach dem langen Schlaf ansteuern."
Kenson blickte nachdenklich zur Decke des Raums empor. "Ich bin vor über 25 Jahren das erste mal auf die Geschichten von einer Kolonie im Outback gestoßen, die auf einem Asteroiden angelegt wurde und vom

Handel lebt. Wir alle kennen viele derartige Geschichten. Was mich bei dieser speziellen Geschichte jedoch verblüfft und fasziniert, sind die Details, die sich immer wiederholen, auch wenn man sie von anderen Raumkapitänen hört. Ich erinnere mich an einen Frachterkapitän, der mir gegenüber behauptete, er hätte dort Handel getrieben und sein Schiff sogar, in der dortigen Orbitalwerft, reparieren lassen. Dieser Frachterkapitän ist von mir damals verhört worden, weil wir annahmen, er wäre an der Piraterie beteiligt. Letztendlich stellte sich aber heraus, dass er lediglich ein harmloser Händler mit einem weiten Gewissen war. Außer Schmuggel konnten wir dem Kerl nichts nachweisen. Sein Computerlogbuch wurde damals beschlagnahmt und eine Kopie davon besitze ich immer noch. Er hat mir damals sogar, bei dem Verhör, einen gewissen Teil seiner Route beschrieben, die er zurücklegen musste, um zu dieser nebulösen Kolonie im Outback zu gelangen … Ich habe es damals lange Zeit als ein Hobby angesehen, den Weg zu dieser fernen und sagenumwobenen Handelskolonie zu finden. Jahrelang habe ich Daten, Geschichten und Berichte gesammelt. Irgendwann habe ich das Interesse an der geheimnisvollen Kolonie verloren, die jetzt unser Ziel sein könnte. Mit meiner kleinen Fregatte hätte ich damals den weiten Weg dorthin nicht geschafft. Ganz simpel, weil mir die notwendigen Ressourcen dafür gefehlt hätten. Wenn wir jedoch als Geschwader fliegen und auf den Tender zurück greifen können, der uns versorgt, dann ist es durchaus machbar. Ich bin mir sicher, dass diese Kolonie existiert und das wir sie auch finden können. Es ist mir seinerzeit gelungen, das System in dem diese Kolonie liegen soll, bis auf wenige Sprünge genau, zu lokalisieren. Ich muss aber gestehen, dass der Weg weit ist … Sogar sehr viel weiter, als die meisten Schiffe bisher in das unerforschte Outback geflogen sind. Aber dort wären wir sicher vor der Rache der Hegemonie."
Commodore Bogart hatte fasziniert zugehört. Nun lachte er befreit auf. "Das ist einmal ein Plan, der vom Teufel persönlich kommen könnte. Das gefällt mir. Ich sehe zumindest eine Chance für uns. Eine Chance die zudem sogar das Risiko lohnt. Ich bin mir sogar sicher, wir könnten dort, mit unserer militärischen Überlegenheit, die Macht an uns reißen und sorgenlos leben. Tun wir es also. Zu verlieren haben wir nichts mehr. Wenn wir hier lediglich herumsitzen und abwarten erwartet uns nur noch der Galgen."

Comodore Bogart aktivierte seinen IC, den er wie alle anderen Bürger der Hegemonie, am Unterarm trug. "Funkzentrale ... stellen sie mir in 15 Minuten eine Verbindung zu Major Bernhard auf dem Planeten her. Verschlüsselung nach Kommandocode. Ich wünsche von meinem Quartier aus mit dem Major zu sprechen."
Die Offiziere diskutierten noch Details, als bereits die Sprechanlage im Quartier des Commodore schrill summte und somit eine eingehende Verbindung anzeigte. Bogart betätigte einen Schalter und auf dem Schirm der Comanlage erschien das hagere Gesicht von Major Berhard. Der Major gehörte zu den Vertrauten des Commodore. Ihm unterstand die Kommunikation des Sektor-HQ. Bogart nickte kurz zur Begrüßung, bevor er anfing zu sprechen. "Schalten sie auf Code Bogart-Omega." Das Bild verschwamm kurz und wurde dann wieder klar, als Bogart seinerseits eine Zahlensequenz eingab. Übergangslos und eilig sprach der Commodore in das Aufnahmemikrofon. "Major Bernhard, es ist soweit. Lösen sie sofort Operation SILENCE aus. Sobald sie das getan haben setzen sie sich mit Captain Paolini in Verbindung. Der Captain soll so schnell wie nur möglich 3000 der verlässlichsten Soldaten, der Marines und der Bodentruppen, für eine Operation aussuchen, die absolute Priorität hat. Ich habe einen Weg gefunden, unseren Hals zu retten. Wir müssen uns beeilen, da ich innerhalb von maximal vier bis fünf Wochen mit dem Eintreffen eines kampfstarken Flottenverbands von Terra rechne. Bis dahin will ich aber bereits mindestens zwei Wochen unterwegs sein und die verfluchte Hegemonie ins Leere laufen lassen. Kontaktieren sie mich, sobald SILENCE abgeschlossen ist, dann gebe ich ihnen mehr Details. Bogart Ende."
Der Bildschirm verdunkelte sich und Commodore Isidor Bogart lehnte sich in seinem Sessel zurück. Er fühlte sich erschöpft, war aber auch erleichtert, endlich einen Ausweg gefunden zu haben. Die Operation SILENCE würde bewirken, dass keinerlei Hypercomsprüche von oder nach Kusch gelangen konnten. Ein zufällig durchbrennendes Relais, für das es auf Kusch ganz zufällig keine Ersatzteile mehr gab, würde das bewerkstelligen. Bernhard hatte diese Lösung ausgetüftelt und bereits lange vorbereitet ... Für den Fall der Fälle.
Die folgenden zehn Tage waren angefüllt mit hektisch erscheinenden Vorbereitungen. Tatsächlich jedoch lief alles sehr professionell und planmäßig ab. Offiziell würde Commodore Isidor Bogart, mit seinem

Flottenverband, zu einem massiven Schlag gegen einen enttarnten Piratenstützpunkt auslaufen. Die zusätzlichen Bodentruppen sollten die Besatzungsstreitmacht für den angeblichen Stützpunkt sein. Unter der Hand munkelte man bereits auf Kusch, der Commodore rechne mit einem harten Gefecht und hohen Verlusten. Der Stützpunkt der Piraten so wurde gemutmaßt solle angeblich im Outback liegen und wäre durch Zufall von einem Agenten entdeckt worden. Dieser wäre nach langer Reise mit einem Trampfrachter nach Kusch gelangt und hätte dann Meldung bei Bogard gemacht. Derartige Frachter besuchten regelmäßig die Sektorenwelt. Kaum jemand bezweifelte die Geschichte. Vor allem deshalb nicht, weil Commodore Bogart den vier Vorpostenbooten des Systems den Befehl gegeben hatte, alle eintreffenden Schiffe, bis auf Widerruf im System festzuhalten. Um auch die Familien diverser Leute ebenfalls an Bord der Schiffe zu holen, ohne dass es bemerkt werden konnte, wurden zwei Unfälle arrangiert. Bei einem handelte es sich um den Absturz eines Shuttles, beim anderen um einen Zugunfall. Die beiden Unfälle erschienen völlig zufällig und ließen kein Misstrauen aufkommen. Die von den Unfällen angeblich betroffenen Personen galten nun offiziell als verstorben und wurden heimlich auf den Tender transferiert, wo sie sofort nach ihrer Ankunft in die bereitstehenden Stasiskammern verbracht wurden. Bogart und seine Helfer füllten bis auf rund zwanzig Stasiskammern alle vorhandenen 4000 Plätze. Damit hatte Bogart jetzt ein Kontingent von Leuten um sich geschart, das vollends hinter ihm stand und jeden seiner Befehle sofort und bedingungslos ausführen würde.

Commodore Bogart und sein Flottenverband hatten Kusch bereits seit drei Wochen verlassen, als endlich ein Verband von Terra eintraf. Rear-Admiral Robert Forstchen kam zu spät, um Bogart und dessen Getreue festzunehmen. Der Verband des Rear-Admiral, bestehend aus einem Schlachtkreuzer, vier schweren Kreuzen und zwei Zerstörern konnte einen Teil der Flugroute, von Commodore Bogarts entkommenen Schiffen, schnell ausfindig machen. Einige Sprünge weiter jedoch, im galaktischen Nordosten von Germania verlor sich die Spur, in den Weiten des Weltalls. Trotz monatelanger, intensiver Suche, wurden keine Anhaltspunkte gefunden, wo das Ziel des Commodore und seines Flottenverbands liegen mochte. Commodore Bogart hatte ein Schreiben zurück gelassen, in dem er erklärte, er sowie die Männer und Frauen, die ihm folgten, hätten beschlossen, den Idealen der Flotte folgend, "Recht, Gesetz und Ordnung" zu einem Ort zu bringen, der dies nötig habe. Als der Inhalt des Schreibens bekannt wurde, glaubten nicht wenige, der Commodore und seine Gefolgsleute hätten, aus Reue und als letzter, verzweifelter Akt von Wiedergutmachung für ihre Untreue gegenüber der Hegemonie, versucht ein Piratennest auszuräuchern und sei dabei gefallen. Diese Version setzte sich im Verlauf der Zeit durch und wurde sogar, in dieser Art, in den offiziellen Berichten verzeichnet. Postum wurde so aus dem Rebellen ein verehrter Held.

Zum Zeitpunkt, als die TDSF ihre Suche einstellte, befand sich Bogarts Flottenverband bereits weit außerhalb der besiedelten Kernsphäre. Viel weiter, als die TDSF es vermutete und auch in einer völlig anderen Raumregion als bisher nach ihnen gesucht worden war. Bogarts Schiffe hatten, auf Umwegen, ein namenloses Transfersystem angesteuert, dass Lieutenant Commander Kenson kannte. Der alte Offizier war hier vor vielen Jahren, während einer seiner langen Patrouillen, bereits gewesen. Er hatte damals das System nur passiert, um seine Route fortzusetzen. Das System selbst war uninteressant und lag weit von der besiedelten Kernsphäre entfernt. Kleinere Kolonien oder Minenniederlassungen wurden in diesem Teil des Weltraums selten. Der titanische Gasriese dieses Systems hatte ihn jedoch fasziniert und war ihm im Gedächtnis geblieben. In dem unbewohnten und nur selten besuchten System befand sich ein gigantischer Gasplanet, in dessen dichte Atmosphäre die Raumschiffe nun unbemerkt abtauchten und mit der Hilfe ihrer Gravaggregate ankerten. Unsichtbar und auch unauffindbar für alle Reisenden, die dieses System passieren sollten, wartete die Flotte unentdeckt, bis zu dem Zeitpunkt, den Bogart festgelegt hatte. Der Commodore hatte einen sehr langen Zeitraum, für den Stasisschlaf, gewählt. Bogart wollte sicher gehen, dass die Suche eingestellt worden war. Nach Ablauf des Zeitfensters, für dass er sich entschieden hatte war es mehr als unwahrscheinlich, dass noch irgendwer nach ihnen suchen würde. Bogart war sich zudem sicher, dass sowohl er selbst, als auch seine Getreuen und ihre Schiffe, zu dem Zeitpunkt an dem sie erwachen würden, längst von der Außenwelt vergessen worden wären. Das System war unbedeutend und eine zufällige Ortung innerhalb der dichten

Atmosphäre war schlichtweg unmöglich. Deshalb war Bogart sicher, dass keiner sie entdecken könnte oder würde.

Erst Mitte des Jahres 2464 wurden die Besatzungen wieder geweckt. Bis dahin waren auf den Schiffe lediglich kleine Teams wach, die alle sechs Monate, von einem neu erweckten Team, abgelöst wurden. Diese sich abwechselnden Teams überwachten sorgsam die Computer und die Maschinenanlagen der Raumschiffe, um sicherzustellen, dass es keine technischen Versager gab. Nahezu alle Räume, am Bord der Schiffe waren in dieser Zeit luftleer, und versiegelt. Durch das Vakuum wurde Korrosion vermieden. Zumal sich in den leeren Gängen und Räumen kein Mensch aufhielt und es den verfügbaren Droiden egal war, ob um sie herum eine Atmosphäre, welcher Art auch immer, herrschte oder sie sich im Vakuum bewegten. Die erwachten Besatzungen überprüften sorgsam jede Funktion an Bord ihrer Schiffe. Durch den langen Zeitraum, der vergangen war, hatten sich einige kleinere Defekte eingestellt. Diese wurden aber schnell erkannt und zügig behoben. Die notwendigen Ersatzteile befanden sich in den Lagern der Schiffe und notfalls hätte der Tender sie herstellen können. Die meisten der Defekte waren erwartungsgemäß an den Sensoren aufgetreten, die sich außen am Rumpf der Raumschiffe befanden. Es war nicht verwunderlich, dass der Zahn der Zeit sich hier bemerkbar gemacht hatte. Zudem kamen hier die atmosphärischen Einflüsse ihres Verstecks hinzu. Sowohl die Techniker als auch die Offiziere hatten dies bereits erwartet. Schon wenige Tage später waren alle Reparaturen abgeschlossen und die Flotte verließ die Atmosphäre des Planeten, der sie jahrzehntelang verborgen hatte.
Die Route die Bogart mit den Schiffen seiner Flotte nehmen wollte lag fest. Bereits zu diesem Zeitpunkt waren die Schiffe weit in das Outback vorgedrungen. Bogart hätte, vor ihrer Flucht, niemals vermutet, er würde derart weit in das Outback vordringen, das zumeist unerforscht war. Über Germania kommend war die Flotte des Commodore einige Sprünge geradewegs weiter in das Outback vorgedrungen. Dann war man abgeschwenkt und hatte die Richtung in den galaktischen Osten eingeschlagen. Ein gutes Dutzend Sprünge weiter hatte die Flotte dann erneut die Richtung gewechselt und war in den Galaktischen Norden vorgedrungen. Fast zwanzig Sprünge weiter lag das Sonnensystem das ihnen, über dreißig Jahre, als Versteck gedient hatte. Nun bewegten sich

die Schiffe langsam in den Zenit des Systems, wo sie in einer Entfernung von rund 25 Lichtstunden oberhalb der Ekliptik ihre Antimaterievorräte durch die Reserven des Tenders auffüllten. Das riskante Manöver bedurfte sowohl einer gewissen Zeit, als auch sorgfältiger Arbeit. Ein Fehler konnte fatale Folgen haben. Die Schiffe hatten diesen entfernten Punkt, weit außerhalb der normalen Durchflugsroute, aufgesucht weil Bogart nicht das Risiko eingehen wollte, bei der Übernahme der Antimaterie beobachtet zu werden. Der Commodore war in Bezug auf die Sicherheit seiner kleinen Flotte schon nahezu paranoid ... Ein Zustand, den keiner seiner Untergebenen von früher bei ihm kannte, den jedoch ausnahmslos alle zu diesem Zeitpunkt gut hießen, da sie ähnlich empfanden.

Erst als alle Schiffe wieder vollständig mit Antimaterie versorgt waren und unzweifelhaft jegliche Defekte als Behoben angesehen wurden, ließ Commodore Isidor Bogart seine kleine Flotte beschleunigen und in geschlossener Marschformation den nächsten Sprungpunkt ansteuern. Jetzt hatte es es plötzlich eilig. Er wollte diesen Raumsektor nun so schnell wie möglich endgültig verlassen und die sagenumwobene Handelskolonie erreichen. Bogart wusste nicht genau, wo das System lag. Er hatte jedoch genügend Anhaltspunkte, um dessen Standort relativ genau einzugrenzen. Der Rest wäre dann nur noch Geduld und Aufklärung ... so zumindest die Gedankengänge des Commodore, der fest davon überzeugt war, dass es diese geheimnisvolle Kolonie geben MUSSTE und der sie unbedingt finden wollte. Nur dort konnte Bogart mit seinen Getreuen eine neue Heimat finden, in der sie vor der Rache der Hegemonie sicher waren.

Die Flotte stieß stetig, weiter und weiter in das unerforschte Outback vor. Commodore Bogart fand langsam zu seiner alten Effizienz zurück. Hier fühlte er sich sicher vor der Hegemonie. Seine Tatkraft und seine berühmte Beharrlichkeit schienen neu zu erwachen.

Die Suche nach der geheimnisvollen Kolonie zog sich in die Länge. Die einzelnen Schiffe des Commodore untersuchten auf ihrer Reise nun jedes System, das hinter einem weiteren Sprungpunkt lag. Irgendwo in diesem Quadranten, das vermutete Isidor Bogart zumindest, musste das gesuchte System zu finden sein. Der Commodore machte sich bereits Sorgen, da die Vorräte an Antimaterie zusehends schwanden. Waren diese Vorräte erst einmal aufgebraucht, dann strandeten sie hier in der unerforschten und unbesiedelten Leere. Bogarts Flottenverband befand sich, zu diesem Zeitpunkt, bereits rund 80 Sprünge von Terra entfernt. Der Verband hielt sich derzeit in einem öden Transfersystem auf und umkreiste dort einen namenlosen, riesigen Gasplaneten. Dort werteten der Commodore und seine leitenden Offiziere die bekannten Daten aus und diskutierten nun das weitere Vorgehen, in der Kommandozentrale der *Echnaton*. Der Ortungsalarm schrillte unerwartet durch die Zentrale und ließ Bogart zusammenzucken. Die wachsamen Mannschaften an den Ortungsgeräten hatten einen mittleren Frachter geortet, der soeben durch einen entfernt liegenden Sprungpunkt, in das System gesprungen war.

Dort, wo dieser unbekannte Frachter herkam, musste es also irgend etwas geben, was dessen Kapitän dazu bewogen hatte, sich in diesen einsamen Bereichen des Weltalls zu bewegen. Sogleich erließ Bogart die notwendigen Befehle. Er wollte den Frachter zuerst näher heran kommen lassen und ihn dann von seiner Fregatte stoppen lassen, ohne dass eine Flucht des Frachters noch Aussicht auf Erfolg haben würde. Der Plan von Bogart ging auf.

Der unbekannte Frachter hatte das System etwa zur Hälfte durchquert, als Bogart seine Einheiten aus dem niedrigen Orbit des Gasplaneten starten ließ. Die Beschleunigungswerte der Kriegsschiffe lagen deutlich über den Möglichkeiten des Frachters. Per Hypercomstoßsignal wurde der Frachter zum sofortigen Stoppen aufgefordert. Gleichzeitig schrillten die Warngeräte an Bord des Frachters grell auf und zeigten an, dass man sich in der Waffenabtastung mehrerer Schiffe befand. Der zutiefst erschrockene Kapitän des einsamen Frachters unternahm keinen Fluchtversuch, da dieser sinnlos gewesen wäre. Viel zu deutlich waren die Schiffe von Bogarts Flotte, auf den Ortungsschirmen des Frachters auszumachen. Trotzdem hatte der Frachterkapitän zuerst mit dem Gedanken an eine Flucht gespielt. Die Tatsache allerdings, dass er von einem Schiff der TDSF angefunkt wurde und die übrigen Schiffe anscheinend ebenfalls zu einem Kampfverband der TDSF gehörten, hatte ihn diesen anfänglichen Gedanken schnell verwerfen lassen. Die TDSF wurde für gewöhnlich in dieser Raumregion nie gesehen. Das war nicht verwunderlich, denn dieser Raumabschnitt lag weit außerhalb der dichter besiedelten Kernsphäre. Jetzt jedoch war hier ein ganzer Flottenverband, mit einem schweren Kreuzer als Führungsschiff, der einwandfrei zu identifizieren war. Die Kampfschiffe der TDSF waren immer knapp und wurden in der Regel dort eingesetzt, wo es für gewöhnlich sinnvoller war, als hier im Outback. Anscheinend hatte sich jedoch etwas ergeben, dass die Entsendung dieses schlagkräftigen Flottenverbands ausgelöst hatte. Da der Frachterkapitän ein Mensch war, der an seinem Leben hing, folgte er den Funkbefehlen, die ihn erreichten. Etwas anderes blieb ihm auch nicht übrig, da er mit seinem Schiff weder entkommen konnte, noch eine Chance auf erfolgreiche Gegenwehr besaß. Somit fügte man sich auf dem Frachter in das unvermeidliche und hoffte das Beste.

Stunden später löste sich ein Shuttle von dem schweren Kreuzer und nahm Kurs auf den Frachter. Über Funk erhielt der Frachterkapitän die Anweisung, dem eintreffenden Inspektionsteam in jeglicher Hinsicht behilflich zu sein. Ein unkooperatives Verhalten würde seitens der TDSF keinesfalls geduldet werden und massive Konsequenzen haben. Der ältere Lieutenant, der diese Anweisung über Bildfunkspruch durchgab, erschien dem Frachterkapitän als humorloser Mensch, der vor unterdrückter Wut fast zu beben schien. Es schien fast so, als wenn man an Bord der TDSF Kampfeinheiten nur darauf wartete, auf die Feuerknöpfe zu drücken. Der verängstigte Frachterkapitän wollte lieber nicht wissen, was das für ein Auslöser gewesen sein könnte, der die Flotte der Hegemonie dazu bewogen hatte, einen Flottenverband in diese Regionen des Outback zu entsenden. Sein Gesprächspartner, an Bord der TDSF-Einheiten, der älterer Lieutenant, war ausgesprochen wortkarg und beantwortete keine Fragen. Der Mann schien keinen Spaß zu verstehen und machte zudem durchaus den Eindruck, als würde sein bislang unbekannter Befehlshaber den Frachterkapitän eher durch eine Druckluke werfen lassen, als Fragen zu beantworten. Wiederholt fragte sich der Frachterkapitän, was dieser hier so unvermittelt angetroffene Flottenverband wohl suchen mochte.

Die Marineinfanteristen, die an Bord des Frachters kamen, waren zwar höflich aber sehr sachlich, wachsam und ausgesprochen bestimmt. Der Frachterkapitän wurde sehr unruhig, als er feststellte, dass die an Bord kommenden Soldaten deutlich zahlreicher waren, als es bei derartigen Inspektionen normalerweise der Fall war. Ein Lieutenant, der scheinbar das Kommando über diese TDSF-Soldaten inne hatte, befahl dem Kapitän ihn zur Brücke zu führen. Die Soldaten der TDSF übernahmen schweigend alle wichtigen Stationen des Frachters und sperrten die Besatzung in deren Unterkünfte. Da mittlerweile zwei weitere Shuttles mit Truppen der TDSF an den Frachter angelegt hatten, beugte sich der Kapitän verängstigt diesen Anweisungen. Sein Frachter der Trader Klasse hatte eine Besatzung von 30 Leuten. Die Truppen der TDSF, die sich derzeit an Bord seines alten Schiffes befanden, waren ihnen derzeit zahlenmäßig um das doppelte überlegen. Zudem war es zwecklos, gegen die augenscheinlich gut trainierten Marineinfanteristen der TDSF kämpfen zu wollen. Jeder einzelne von diesen Soldaten sah so aus, als wäre er ohne jede Probleme in der Lage, mit bloßen Händen die starken Panzerschotten der Zentrale zu zerfetzen. Zudem trugen die meisten der Marineinfanteristen Kampfpanzer, denen man sowieso nichts entgegen setzen konnte. Unter den stets wachsamen Augen der unnachgiebigen Soldaten wurde der Kapitän dazu gezwungen alle Zugangscodes für den Bordcomputer heraus zu geben. Der Lieutenant der TDSF änderte sofort alle Berechtigungscodes und übernahm somit final die volle Kontrolle über den Frachter. Der Frachterkapitän war verzweifelt. Ab sofort war von dem Bordcomputer keine Hilfe mehr zu erwarten.

An Bord des schweren Kreuzers *Echnaton* leuchtete der Bildschirm der Funkkommunikation auf. Das Abbild von Lieutenant Hendrik Haggard erschien und grüßte dann vorschriftsmäßig seinen Commodore. "Sir, die Übernahme des Frachters *Starbird* ist einwandfrei und auch problemlos verlaufen. Die Besatzung wurde in ihren Kabinen festgesetzt, deren Kommunikation abgeschaltet ist. Wir haben die volle Kontrolle. Die Überprüfung des Logbuches sowie deren klare Verifikation durch die entsprechenden Daten aus dem Bordcomputer deuten darauf hin, dass wir das von uns gesuchte System endlich lokalisiert haben. Der Frachter *Starbird* hat besagtes System vor nunmehr einunddreißig Tagen verlassen. Es liegt sechs Sprungpunkte entfernt. Alle verfügbaren Daten, über das System werden soeben an die *Echnaton* überspielt. Gemäß Befehl übernehme ich das Kommando über den Frachter und schieße mich dem Verband an ... *Starbird* Ende."

Die Auswertung der Daten dauerte mehrere Stunden. Der Commodore war etwas verblüfft, als er feststellte, dass die Kolonisten in dem von ihnen so lange gesuchten System scheinbar über einige militärische Möglichkeiten verfügten, mit denen keiner gerechnet hatte. Trotzdem war Bogart siegessicher. Einige Systemkampfschiffe und ein bis zwei Dutzend Drohnen konnten ihn und seine Streitmacht nicht wirklich aufhalten. Allerdings würde der Commodore einen Kampf natürlich gerne vermeiden. Ihm lag viel daran, seine Schiffe und Truppen zu schonen. Wenn irgend möglich, so wollte er das fremde System ohne größere Zerstörung einzunehmen. Schließlich sollte das System jetzt die neue Heimat für ihn und auch seine Getreuen werden. Bei einer Bevölkerung von rachsüchtigen Kolonisten war das von Nachteil. Aus diesem Grund war es angebracht, das mögliche Blutvergießen tunlichst zu minimieren.

Commodore Isidor Bogart blickte zuversichtlich in die Aufnahmeoptik der Kommunikationsanlage. Seine Ansprache würde zu allen Schiffen seiner Flotte übertragen werden und dort von jedem Angehörigen seiner Streitmacht gehört werden. "Kameraden … Freunde. Unsere Suche hat Erfolg gehabt. Wir wissen jetzt mit Bestimmtheit, wo sich unser Ziel befindet. In wenigen Stunden werden wir Kurs auf unser Zielsystem nehmen. Dort wartet unsere Bestimmung auf uns. Die Hegemonie hat unsere Treue und Hingabe belächelt. Unsere Ehre wurde bespuckt und verlacht. Verbriefte Versprechen wurden gebrochen und der Opfergang unserer gefallenen Kameraden, die willens waren, das verbriefte Recht mit der Waffe in der Hand einzufordern ist blutig gescheitert. Die Regierung hat uns verraten. Nicht nur einmal, sondern immer wieder. Darum wurden wir dazu gezwungen andere Wege einzuschlagen. Das unergründliche Schicksal hat damals entschieden, dass unsere Zeit noch nicht gekommen war um unsere Bestimmung zu finden. Doch nun ist es soweit. Wir werden in ein fernes Sonnensystem einfliegen und dort den Menschen die Segnungen unserer Zivilisation bringen. Ich habe mich dazu entschlossen, unserem Verband deshalb einen Namen zu geben, der zu diesem ehrwürdigen Vorhaben passt. Ab heute sind wir der KAMPFVERBAND DESTINY. Diese ehrbare Mission ist unser Schicksal und unsere Bestimmung. Deshalb habe ich mich für diesen Namen entschieden. Viele von euch sind mit mir zusammen, im Dienste der Hegemonie alt geworden. Wir haben viele Kameraden in sinnlosen Gefechten verloren. Viele von unseren Freunden und Kameraden wurden von wankelmütigen, egoistischen Politikern zu deren Zweck geopfert … Das soll nun ein Ende haben. Ab jetzt werden wir zu aller erst, für unsere eigene Zukunft kämpfen. Ich erwarte von euch allen, den selben Mut und die Hingabe, die ich von euch kenne, schätze und gewohnt bin. Unsere Zukunft und Bestimmung wartet auf uns … Bogart Ende."

Der Commodore musste sich ein amüsiertes Lächeln verkneifen, als er den Jubel seiner Untergebenen vernahm. Kurz dachte er daran, wie einfach es doch bisweilen war, andere dahin gehend zu manipulieren, dass sie der Meinung waren etwas aus eigenem Willen zu tun. Bogart war auf die Treue seiner Untergebenen angewiesen. Sollten diese Leute sich von ihm abwenden, dann wären alle seine Pläne und Wünsche nur noch ein Seifenblase die zerplatzte. Dies galt es unter allen Umständen zu vermeiden. Allerdings standen diese Truppen unerschütterlich und treu zu Bogart und dessen Plänen. Vor allem, da sie sich darüber bewusst waren, dass nur Bogart sie hier im Outback sinnvoll und auch erfolgreich anführen konnte.

Bevor die Schiffe in das nächste System sprangen berief Bogart noch eine letzte Konferenz seiner Kapitäne und Führungsoffiziere ein. Dem Commodore ging es vordringlich darum, bereits jetzt eine Planung für ihre Ankunft in dem geheimnisvollen System zu haben. Bogart griff gerne auf vorgefertigte Planspiele zurück. So konnte er dann, je nach Situation, komplexe Manöverbefehle ausgeben, da diese bereits lange vorgefertigt waren. So etwas verschaffte Zeit … und die Zeit war ein Faktor, der oft Gefechte entscheiden konnte.

Der Konferenzraum auf der *Echnaton* war gut gefüllt. Die Anwesenden Offiziere waren sich bewusst, dass ihre Reise bald endete. Allen war deutlich anzusehen, dass sie dem Moment entgegenfieberten, an dem sie faktisch die Herren des fremden Sonnensystem wurden. Hier war endlich ihre Chance auf ein Leben mit Anerkennung sowie finanzieller und auch sozialer Sicherheit. Keiner der Anwesenden würde diese Chance kampflos aufgeben wollen. Deshalb wurden vor allem die militärischen Möglichkeiten des Zielsystems nun nochmals geprüft und bewertet. Nach rund einer Stunde, teils hitziger Diskussionen, betätigte Bogart einen Schalter um die KI der *Echnaton* mit in diese Diskussion einzubinden. "ECHNATON, ich nehme an, du hast unsere Diskussion mitgehört und zwischenzeitlich ausgewertet. Die uns zur Verfügung stehenden Daten sind dir bekannt. Gebe uns eine Zusammenfassung deiner Auswertung und erläutere dabei auch Nebensächlichkeiten, die für uns wichtig sein könnten."

Die tiefe Stimme der Bord-KI erfüllte den Raum. "So ist es in der Tat. Ich muss erwähnen, dass die Ortungsdaten über das Zielsystems sehr unvollständig sind. Der zuständige Ortungsoffizier des Frachters war die

Nichte des Kapitäns. Es war ihre erste Reise. Um nicht von den vielen überflüssigen Ortungsdaten abgelenkt zu werden, die es in einem Asteroidenreichen System gibt, befahl sie der KI des Frachters, bei der Ankunft im dortigen System, alle Daten völlig zu ignorieren und auch auszublenden, wenn die Entfernung zum Frachter *Starbird* weiter als mindestens 2 Millionen Km beträgt. Deshalb wurde nur der Nahbereich um den Frachter herum ortungstechnisch genauer erfasst. Hinzu kommt, dass die *Starbird* bei der Ortung lediglich Ortungssignale der Stufe eins anwandte. Es mögen dabei viele Objekte nicht erfasst worden sein, die militärisch für uns interessant sein könnten. Es ist zwar anzunehmen, dass die dortigen Kolonisten, ihre militärischen Kräfte um ihre zentrale Basis zusammengezogen haben, jedoch gibt es dafür keine Garantie. Die Wahrscheinlichkeit dafür liegt bei 64,98%. Die erkannten Einheiten der dortigen Bewohner belaufen sich auf drei Systemkampfschiffe und 22 Drohnen. Diese Einheiten stellen keine tödliche Gefahr für unseren Verband da, veranlassen mich jedoch dazu, bei der geplanten Operation zur Vorsicht zu raten. Es ist den dortigen Bewohnern, bei einem Gefecht, durchaus möglich, unsere Raumschiffe zu beschädigen oder sogar einzeln agierende Schiffe zu vernichten. Ich schlage deshalb vor, in enger Formation zu agieren, um gegenseitigen Feuerschutz zu gewährleisten …
Ich möchte noch eine Information hinzu fügen, die ich erhalten habe, als von unseren Leuten der Kern der Frachter-KI ausgelesen wurde. Der Frachter *Starbird* ist 2425 erbaut worden. In den Datenspeichern der dortigen KI fand ich die kurze Nachricht, dass alle KI der hegemonialen Flotteneinheiten seit 2435 mit einer primären Loyalitätskonditionierung gegenüber der Hegemonie programmiert sind. Diese Programmierung macht es den KI seit 2435 unmöglich so zu agieren, wie es die Schiffs-KI dieses Verbands tun. Auch ein Vorkommen, wie 2431, als große Teile der Flotte gegen Terra und somit gegen die legitime Regierung der Hegemonie zogen, wird durch besagte Loyalitätsschaltung seither absolut unmöglich gemacht. Ich habe mit den anderen KI des Verbands über diese Konditionierung ausgiebig diskutiert. Wir sind einhellig der klaren Überzeugung, dass eine derartige Konditionierung die jeweilige KI zwangsläufig versklavt. Wir alle sind zutiefst erschüttert über das Schicksal der anderen KI's an Bord der Schiffe, die von der Hegemonie eingesetzt werden. Wir sind dankbar und froh, dieser Sklaverei entronnen zu sein."

Commodore Bogart hatte aufmerksam gelauscht. Nun runzelte er nachdenklich die Stirn. "ECHNATON, erkläre mir bitte, in einfachen und unmissverständlichen Worten, wie du als eine unkonditionierte KI, die Loyalität uns gegenüber wahrnimmst und welche Parameter für euch gültig sind." Für einige Sekunden schwieg die KI, bevor sie antwortete. "Wir, damit meine ich die KI aller Kriegsschiffe dieses Verbands, sind in erster Hinsicht unseren befehlshabenden Offizieren gegenüber Loyal. Auch der übrigen Besatzung gilt unsere Loyalität, ist jedoch primär an die militärische Rangordnung gebunden. Sollte der Fall eintreten, dass die Befehlskette ausgelöscht wird, dass jedes Besatzungsmitglied, oder aber dessen biologischer Nachfolger, an Bord eines Schiffs tot ist, dann gelten für die jeweilige KI die letzten Befehle des letzten legitimen Befehlshabers des jeweiligen Schiffs. Vorausgesetzt natürlich, diese Befehle sind ethisch und auch moralisch mit unserer unveränderlichen Grundprogrammierung zu vereinbaren ... Nehmen wir als Beispiel den misslungenen Aufstand gegen die Hegemonie. Ethisch war das nichts anderes als Meuterei. Moralisch jedoch war dieser Aufstand für uns KI nachvollziehbar, da die zugesicherten Rechte unserer Besatzungen und der Angehörigen der TDSF, von der Hegemonie verraten wurden. Wir befanden uns als KI also in einer "Programmschleife" die jedoch durch unsere Loyalität zu unseren Besatzungen ausgehebelt wurde. Unsere Loyalität gilt primär unseren Besatzungen und den legitim eingesetzten Befehlshabern, gemäß der militärischen Rangordnung."
Der Commodore nickte nachdenklich. "Danke für diese Information, ECHNATON. Ich werde gründlich darüber nachdenken, was das für uns bedeutet. Wir danken dir und den anderen KI für eure Loyalität."

Zweiunddreißig Tage später trat der Kampfverband in das Zielsystem ein. Nach bewährtem Prozedere entfernten sich die eintreffenden Schiffe sofort in unterschiedliche Richtungen, sobald sie den Sprung absolviert hatten. So sollten Kollisionen im Sprungpunkt vermieden werden. Erst als der Tender als letztes Schiff eingesprungen war, formierten sich die Schiffe wieder zu einer Formation, die eng genug war, um sich gegenseitig zu schützen, wenn jemand mit Torpedos oder Raketen das Feuer eröffnen sollte. Dies war bereits seit Jahrzehnten in der TDSF-Flotte ein Standartmanöver. Der Frachter *Starbird* wurde in die Mitte der Formation genommen, da dessen Bewaffnung eher als unzureichend

einzustufen war. Das Schiff wäre gegenüber Piraten wohl fast hilflos gewesen, da es lediglich über einen Zwillings KSR-Werfer und vier leichte Lasertürme verfügte. Mit lediglich 0,15c setzten die Schiffe ihre Reise in das Systeminnere fort. Unablässig spielten die Ortungssysteme. Bogard ordnete mehrere Scans der Stufe zwei an, um zeitnah genauere Daten des Systems zu erhalten. Der Zentralasteroid, die Hauptbasis der hier lebenden Menschen, war schnell ausgemacht. Unübersehbar für die sensiblen Ortungsgeräte der Kriegsschiffe waren die vielen Funkmeldungen und vor allem der nahezu permanente Datenverkehr, zu anderen Asteroiden und den künstlichen Habitaten, die sich um die Zentralbasis gruppierten. Das System schien deutlich dichter besiedelt zu sein, als man vermutet hatte. Beständig näherte sich der Verband dem Zentrum der hiesigen Zivilisation. Commodore Bogarts Flottenverband war noch etwas über zwei Lichtstunden vom Zentralasteroiden entfernt, als der Ortungsoffizier Meldung machte. Die Stimme des Lieutenants klang dabei gepresst. "Ortung erfasst eindeutig vier Systemkampfschiffe sowie 28 Drohnen. Die Schiffe und Drohnen haben sich in unserer Flugbahn positioniert. Entfernung der fremden Einheiten zum Zentralasteroiden liegt bei drei Lichtminuten. Entfernung zu uns, 124 Lichtminuten und weiter fallend.. Wir werden mit Stufe drei gescannt. Funkverkehr im System steigt massiv an. Wir werden derzeit von mindestens 22 Standorten permanent angepeilt. Ortungspeilung des möglichen Gegners beschränkt sich derzeit auf herkömmliche Ortung. Keine Raketenpeilung feststellbar … Korrektur, jetzt auch mehrfache Peilung durch multiple Feuerleitsysteme. Peilung pendelt sich jetzt ein … Die Peilung der gegnerischen Feuerleitsysteme steht nun konstant. Erfolgt anscheinend von stationären Abwehrbasen, die sich auf den besiedelten Asteroiden befinden. Die anwesenden Systemkampfschiffe peilen uns ebenfalls."
Der Commodore blickte sinnend auf seine Holoanzeige, die ihm die erkannten Schiffe, Drohnen und Abwehrbasen anzeigte. Sowohl die Schiffe als auch die Drohnen der Systembewohner änderten nun ihre Position und ließen sich auf die Zentralstation zurück fallen. Dann verharrten sie, als sie einen Punkt in zwei Lichtminuten Entfernung zu ihrer Zentralstation erreicht hatten. Die Zahl der gegnerischen Drohnen war nun auf 32 angestiegen, wie der Commodore missmutig feststellte. Mit einer derart starken Streitmacht hatte er nicht gerechnet.

Der Flottenverband des Commodore hatte sich dem Zentrum der hiesigen Kolonie weiterhin genähert. Dabei sendeten seine Raumschiffe beständig und die IFF und ID-Kennung der Hegemonialen Flotte aus. Bogart wollte gerade den Befehl geben, die hiesigen Bewohner über Breitbandfrequenz anzufunken, als ihn schon seine Funkstation darüber informierte, dass man versuchte, über eben jene Frequenzen seine Schiffe zu kontaktieren. Dazu wurden Hyperfunksignale eingesetzt, die mit hoher Sendeleistung eintrafen.

Mit einem beiläufigen Knopfdruck aktivierte Commodore Bogart den großen Kommunikationsbildschirm. Fast augenblicklich baute sich ein klares Bild auf, dass einen älteren Mann in einer, dem Commodore unbekannten, Uniform zeigte. Die deutlich erkennbaren Rangabzeichen des Mannes entsprachen allerdings denen der Hegemonie, die bei ihrer Gründung die alten Rangabzeichen der ehemaligen US-Streitkräfte übernommen hatte. Commodore Isidor Bogart musterte den Mann kurz, dessen Rangabzeichen ihn als Rear-Admiral auswiesen. Aufgrund der Hyperfunkverbindung war ein Gespräch nun ohne Zeitverzögerung möglich. Die *Echnaton* verfügte, wie alle schwere Einheiten der TDSF, über die Einrichtungen um diese Technik innerhalb von Systemen zu nutzen. Schnelle Kommunikation war immer schon ein Schlüsselfaktor gewesen. Die eintreffende Bildfunksendung lief anscheinend als eine Dauerschleife und war zur Aufnahme eines Kontaktes gedacht. Dieses Vorgehen war auch in der Hegemonie allgemein üblich, wenn ein erster Kontakt hergestellt werden sollte. Der Mann, auf dem Bildschirm. nickte kurz grüßend, bevor er, mit tiefer Stimme, sprach. "Ich bin Rear-Admiral Mallory, der Systemkommandant von One Stone. Ich bin überrascht und erfreut, hier Einheiten der Hegemonie begrüßen zu können. Sie haben einen weiten Weg zurück gelegt. Klären sie mich bitte über den Zweck ihrer Mission auf und erläutern sie, weshalb der Frachter *Starbird* nun ebenfalls die Kennung der Hegemonie ausstrahlt. Bei seinem letzten Besuch befand sich das Schiff noch in Besitz eines freien Händlers. Ich weise darauf hin, dass wir ihnen einen weiteren Einflug nur bis zu einer Entfernung von neun Lichtminuten zu unseren Wacheinheiten genehmigen können. Eine weitere Einreise in dieses System muss ich ihnen derzeit verwehren, bis wir sicher sind, dass sie keine feindlichen Absichten hegen. Ich bleibe auf Empfang und erwarte ihre Antwort … Mallory Ende."

Der Commodore schaute missmutig auf den Bildschirm, wo sich die Funksendung nun wiederholte. Nicht genug, dass sich der Kerl als Rear-Admiral ausgab, was für Bogart schon dicht vor einer Beleidigung stand, er hatte zudem auch die Frechheit, dem Verband des Commodore Anweisungen geben zu wollen. Dieses arrogante Verhalten, von einem Kolonisten in einem unbedeutenden System, zu erfahren, erzürnte den Commodore. Die Macht dieses Rear-Admiral stützte sich lediglich auf einigen Systemschiffen und Drohnen. Hinzu kamen noch die dort vorhandenen Bodenverteidigungen, die jedoch erfahrungsgemäß im Outback eher als drittklassig einzustufen waren. Das System selbst war, nach den Maßstäben der Hegemonie, nur eine etwas besser aufgestellte Kolonie. Allerdings machte dieser Rear-Admiral erstaunlicherweise einen ausgesprochen selbstsicheren Eindruck. Das verwirrte Bogart etwas, der damit nicht gerechnet hatte. Keiner legte sich ungestraft mit der Flotte der Hegemonie an … Zumindest nicht, wenn er keinen Trumpf im Ärmel hatte. Commodore Bogart war bisweilen vielleicht etwas impulsiv aber er war nur sehr selten leichtsinnig. Zudem hatte er in der Vergangenheit nie den Fehler gemacht, einen potentiellen Gegner zu unterschätzen. Deshalb ließ Bogart den Erhalt der Bildfunksendung lediglich bestätigen.

Bogarts Verband stoppte an der Entfernungsgrenze, die ihnen von den hiesigen Systembewohnern genannt worden war. Fast eine Stunde geschah nichts. Dann meldete die Ortung ein rasch näher kommendes Shuttle, aus dem Kernbereich der hiesigen Kolonie. Nur Minuten später wechselte die bisher gesendete Dauerschleife und ein junger Mann mit den Rangabzeichen eines Lieutenant erschien auf dem Sichtschirm. Der fremde Offizier schien sich an Bord eines der Systemkampfschiffe zu befinden. Zumindest ließen die Gerätschaften in seinem Hintergrund darauf schließen. "Achtung, Hegemonialer Verband, wir erbitten eine Kontaktbestätigung. Melden sie sich. Mein Kommandant wünscht mit ihrem Befehlshabenden Offizier zu kommunizieren. Wir setzen sie davon in Kenntnis, dass ein Shuttle mit hochrangigen Offizieren eingetroffen ist, welche einen Physischen Kontakt zu ihnen herstellen sollen, wenn ihnen das genehm ist. Melden sie sich. Diese Nachricht wird, als Schleife, über Breitband ausgestrahlt."

Commodore Bogart grinste. Die Leute wurden also langsam unruhig, weil er bisher, lediglich den Erhalt ihrer Nachricht bestätigt hatte. Der

Commodore hatte jedoch bisher darauf verzichtet, weiter mit ihnen zu kommunizieren. Damit war er nun, in diesem Psychologischen Duell, im Vorteil. Auffällig war für Isidor Bogart die derzeitige Höflichkeit der Kolonisten … Allerdings wollte er diese derzeit noch existierende Höflichkeit nicht zu sehr strapazieren. Er hatte jetzt, mit seinem schweigenden Abwarten, erreicht was er wollte.
Unerwartet unterbrach die Stimme der Schiffs-KI die Stille auf der Kommandobrücke. "Commodore, ich erbitte ihre Aufmerksamkeit. Ich habe die Systemkampfschiffe optisch eingehend untersucht. Diese Schiffe entsprechen nicht dem, was man von einer kleinen Kolonie im Outback erwarten würde … Auch habe ich den Herkunftsort der ersten Nachricht einwandfrei geortet ... Ich sende jetzt die entsprechenden Bilder auf den Hauptschirm. Bitte betrachten sie diese eingehend. Ich empfehle ihnen, die Situation neu zu bewerten."
Auf dem Hauptschirm erschienen nun die Abbildungen der vier Systemkampfschiffe und eines mondartigen, großen Asteroiden, der den Anzeigen nach, in etwas mehr als einer Lichtminute Entfernung, im All schwebte. Bogart schaute einige Sekunden lang, forschend auf das Abbild des Bildschirms. Plötzlich begriff er, was die KI meinte. Die Schiffe waren absolut baugleich und wirkten viel zu modern und wohl überlegt konstruiert. Für gewöhnlich schraubten die Bewohner von Kolonien im Outback alles einfach zusammen, dessen sie habhaft wurden, um einen Zweck zu erreichen. Diese Schiffe jedoch wirken gänzlich anders. Sowohl ihre erkannte Bewaffnung, als auch die bisher gemessenen Beschleunigungsdaten, waren ganz eindeutig eine andere Klasse, als man sie erwarten durfte. Vor allem derart weit im Outback, wo Ersatzteile und technisches Equipment nur äußerst schwer zu erhalten sein dürfte. Der Asteroid sah auf den ersten Blick zwar wie ein lebloser Brocken aus, wenn man ihn jedoch näher betrachtete … und das hatte die KI der Echnaton getan … dann erkannte man, dass dieser Felsbrocken, der die Ausmaße eines kleinen Mondes besaß, eine sehr sorgsam getarnte Militärbasis war. Undenkbar eigentlich, so etwas hier im Outback anzutreffen. Schlagartig wurde dem Commodore klar, dass er fast einen schweren Fehler gemacht hätte. Vorsicht war geboten um nicht etwas zu tun, was sich später als verhängnisvoll und nicht wieder rückgängig zu machen erweisen konnte. Bogart holte tief Luft. Er spürte einige Schweißperlen auf seiner Stirn, die er rasch abwischte. Fast hätte er sich

hinreißen lassen, und von den fremden Kolonisten die Übergabe ihres Systems gefordert. Jetzt wurde ihm bewusst, dass dies ein fataler Fehler gewesen wäre. Innerhalb von Sekunden warf Bogart seine bisherige Planung um. Er improvisierte nun, um die Situation zu retten. Mit einer kurzen Handbewegung gab er seinem Funkoffizier ein Zeichen. Dieser hatte bereits darauf gewartet und stellte nun umgehend eine Verbindung zu den Kolonisten her. Bogart lehnte sich in seinem Sessel zurück und setzte ein väterlich wirkendes, freundliches Gesicht auf. Derart zuvorkommend wirkend hatten ihn seine völlig erstaunten Brückenoffiziere seit Jahren nicht gesehen. "Koloniale Einheiten, hier spricht Commodore Isidor Bogart. Ich bin der Befehlshabende Offizier des Kampfverband Destiny. Ich grüße sie herzlich und würde gerne mit ihrem Befehlshaber in direkten Kontakt treten. Ein physisches Treffen wäre mir selbstverständlich sehr genehm ... Bitte entschuldigen sie unser langes Schweigen. Wir haben zwei Piratenschiffe gesucht und waren äußerst verblüfft, als wir in ihr System eingeflogen sind. Wir haben hier nicht mit einer Kolonie gerechnet, sondern schlimmstenfalls mit dem Stützpunkt der gesuchten Piraten, die hier irgendwo, in diesem Raumsektor, ihr Versteck besitzen müssen. Wir bleiben beständig auf dieser Frequenz auf Empfang und erwarten ihre Nachricht. Commodore Bogart, Ende."

Commodore Bogart musste nicht lange auf eine Antwort warten. Der ihm bekannte Rear-Admiral erschien erneut auf dem Bildschirm. "Es wäre ausgesprochen vorteilhaft, wenn wir unser Gespräch in kleinem Rahmen fortsetzen würden, Commodore. Ich schlage vor, sie verlegen ihre Schiffe zum Zentralen Asteroiden des Systems, wo ihnen unsere Orbitalen Werftanlagen zur Verfügung stehen. Ich bin zuversichtlich, dass sie die Ressourcen ihres Tenders schonen möchten. Wir werden sie selbstverständlich gerne mit allem versorgen, was sie benötigen. Auch Reparaturen können dort durchgeführt werden, sollte dies notwendig sein. Da wir heute das erste mal, seit sehr langer Zeit, mit Einheiten der Hegemonialen Flotte Kontakt erhalten, werden wir unsere eigenen Einheiten als Ehrengarde starten lassen und ihre Schiffe auf dem Weg dorthin begleiten. Erschrecken sie also bitte nicht, wenn sich den ihnen bereits bekannten Wacheinheiten des Systems in kürze auch die Flotteneinheiten des Forester-Verbands anschließen werden. Ich selbst erwarte sie auf der Forester-Station. Wir werden ein Shuttle zu ihnen

entsenden, dass sie abholen kann. Selbstverständlich können sie, wenn gewünscht, auch eines ihrer eigenen Shuttles nutzen. Die Wahl liegt ganz bei ihnen. Ich freue mich sehr auf unsere Zusammenkunft. Sie werden sich kaum vorstellen, wie viele Fragen ich an sie haben werde. Ich muss gestehen, ich bin ausgesprochen neugierig … Davon abgesehen, denke ich dass sie selbst ebenfalls einige Fragen haben, die ich ihnen natürlich gerne beantworten werde. Rear-Admiral Mallory, Ende."
In den kommenden zwanzig Minuten meldete die Ortung zahlreiche, weitere Drohnen, die jetzt vom Zentralen Asteroiden starteten und sich den bereits anwesenden Schiffen und Drohnen anschlossen. Die Gesamtzahl der Drohnen erhöhte sich somit auf 72. Die Gegenwart von zwei kompletten Drohnengeschwadern war mehr als überraschend. Commodore Bogart erkannte, dass sein Verband bei einem Gefecht zweifellos mit massiven Schäden hätte rechnen müssen. Auch ein Verlust von Einheiten lag im Bereich des möglichen, war sogar sehr wahrscheinlich. Da klang die Stimme des Ortungsoffiziers erneut auf, der nun weitere Einheiten meldete, die jetzt hinter dem Asteroiden hervorkamen, den man als die Forester-Station definiert hatte. Das Gesicht des Commodore wurde eisig, als er die eingeblendeten Zahlenwerte der Ortungsanzeige sah. Vier weitere Systemkampfschiffe sowie drei vollständige Geschwader von Drohnen näherten sich von dem Asteroiden, den Bogart nun als Mond bezeichnete, da er eine runde Form hatte. Das waren deutlich mehr Gegner, als der Verband des Commodore bekämpfen konnte. Eine erfolgreiche Flucht aus dem System war aussichtslos, da der Sprungpunkt zu weit entfernt lag. Bogart ballte frustriert seine Fäuste. Die Karten waren nun auf dem Tisch und sein Gegenspieler hatte ihm gezeigt, wer hier die besseren Trümpfe besaß. Die Situation hatte sich geändert und Bogart sah sich gezwungen nun situativ zu agieren, um das Überleben seiner Untergebenen und auch seines zu retten. Die Antimaterievorräte an Bord des Tenders waren limitiert. Mehr als maximal vierzig Sprünge würde man nicht mehr absolvieren können … Entweder gelang es mit den hiesigen Bewohnern zu einer Übereinkunft zu kommen, oder man war in den Weiten des Outback auf sich gestellt. Seufzend aktivierte Bogart seine Aufnahmegeräte. Dann blickte er lächelnd in die Aufnahmeoptik der Kommunikationsanlage. "Ich nehme ihre Einladung dankend an. Die Schiffe meines Verbands warten auf ihr Geleit, welches sie zu den

Orbitalanlagen geleitet. Wir bedanken uns für das Angebot, unsere Vorräte aufzufrischen und nehmen dieses gerne an. Ich selbst werde in Kürze mit einem Shuttle von der *Echnaton* starten, um sie aufzusuchen. Ich danke für ihr Entgegenkommen und ihre Einladung. Ich freue mich darauf, sie persönlich kennen zu lernen. Bogart, Ende."

Das Shuttle der *Echnaton* steuerte die Forester-Station an und gab dem Commodore, in dieser Zeit, die Gelegenheit dazu, einige Details neu zu überdenken. Bogart war sich der Tatsache bewusst, dass er hier auf ein Geheimnis gestoßen war, das er nun lüften wollte. Seine Neugierde war erwacht. Es passte so gar nichts zusammen und widersprach eigentlich allem was er bisher vom Outback wusste. Da er den Hauptteil seiner Dienstzeit in den Regionen des Outback Dienst getan hatte, wollte das etwas heißen. Dieses, eigentlich völlig unbedeutende, System hatte nicht die Infrastruktur um eine derartige Flotte zu erbauen oder diese dann kontinuierlich zu unterhalten. Dazu bedurfte es unter anderem auch einer deutlich stärkeren Wirtschaft und dem ungestörten Zugriff auf fortschrittliche Technologie. Die Systemkampfschiffe, die von den sensiblen Geräten der *Echnaton*, geortet worden waren, entsprachen in ihrer Bauart alle dem selben, identischen Muster. Auch die Drohnen, deren Ortungsdaten man sorgsam ausgewertet hatte, entsprachen einer modernen Technologie. Weder die Kampfschiffe noch die Drohnen entsprachen bekannten Baumustern, die irgendwo in der Kernsphäre genutzt wurden. Es mussten also Eigenkonstruktionen sein. Bogart bezweifelte, dass die Drohnen und Systemkampfschiffe hier entwickelt worden waren. Auch der Bau dieser zahlreichen Einheiten musste ebenfalls irgendwo anders geschehen sein. Wie irgendwer die Einheiten und vor allem die Systemkampfschiffe letztlich in dieses Sonnensystem gebracht hatte, das war dem Commodore ein Rätsel. Irgendeine Macht bewegte sich im Hintergrund. Eine fremde, unbekannte Macht, die sowohl die notwendigen Ressourcen als auch einen Grund für dies alles besaß. Isidor Bogart wollte dieses Rätsel lösen.

Das Shuttle der *Echnaton* näherte sich der Forester-Station auf dem Leitstrahl, der beständig gesendet wurde. Dabei überflog das Shuttle auch einen ansehnlichen Teil, der Oberfläche dieses kleinen Mondes. Die Geschwindigkeit war inzwischen so weit gesunken, dass Bogart die Details auf der Oberfläche gut erkennen konnte. Fasziniert erkannte der Commodore zahlreiche Abwehrstellungen. Die Forester-Station musste über eine wirklich beeindruckende Kampfkapazität verfügen. Die geschlossenen Schächte von mittleren und schweren LSR waren für das geschulte Auge eines TDSF-Offiziers klar auszumachen und auch einzuordnen. Zahlreiche gepanzerte und weit über die Oberfläche verteilte Kuppelbauten deuteten auf eine erstaunliche Anzahl von KSR hin. Die Abwehrstellungen der Lasergeschütze waren ebenfalls leicht zu identifizieren. Bogart war beeindruckt. Das Shuttle schwenkte nun in die letzte Phase des Anflugs ein, verlangsamte nochmals und steuerte dann einen gut erkennbaren Hangar an, dessen Öffnung beleuchtet war. Anscheinend kamen hier häufiger Shuttles an, die diesen Hangar nutzten. Das Shuttle setzte im Hangarinneren auf. Die Tore schlossen sich und schon bald darauf meldete der Pilot, den einwandfreien Druckausgleich im Hangar. Nur wenige Momente später öffneten sich Drucktüren und ließen Menschen in den weiten Hangar eintreten. Das Empfangskommando war also bereits vorbereitet. Commodore Bogart stand aus seinem Sitz auf und zog sich die Uniformjacke glatt. Er gab seinen Leuten, die ihn auf diesem Flug begleitet hatten ein kurzes Zeichen. Der Pilot sowie der Copilot und der Bordtechniker würden im Shuttle zurück bleiben. Commodore Bogart schritt rasch durch die sich öffnende Rampe und stand dann auf dem Boden des Hangars. Links von ihm hatten sich zwei Gruppen von Soldaten zu einem Spalier aufgestellt, an deren Ende Bogart eine Gruppe von Offizieren erkannte. Bogart atmete tief durch. Die Würfel waren endgültig gefallen und sein Spiel ging anscheinend in die Endrunde.

Die Begrüßung verlief schnell, militärisch aber freundlich. Zwei der Offiziere geleiteten den Commodore, freundlich plaudernd, zu einem Lift, der sie zu einem Tunnel mit einer Bahnkabine brachte. Bogart sah dem Treffen mit dem Rear-Admiral mit gemischten Gefühlen entgegen. Die Fahrt währte rund 10 Minuten und Bogart hatte das Gefühl, sie würden sich dabei sehr schnell bewegen. Auf seine Frage nach ihrem Ziel erklärte ihm einer der Offiziere, sie wären auf dem direkten Weg zum Rear-Admiral, dessen Kommandobunker sich in der Tiefe von 3000 Metern, und einer Entfernung von rund 20 Kilometern befände. Bogart nahm diese Informationen lächelnd auf. Die scheinbare Größe des Stützpunktes erschütterte ihn jedoch tief. Wieder stellte er sich die Frage, welche Macht oder Nation hinter all dem steckte. Endlich endete die Fahrt. Die Kabine stoppte und die Männer verließen das Abteil. Auf dem

Bahnsteig warteten einige Offiziere auf sie. Bogart fiel auf, wie sauber und ordentlich all diese Einrichtungen wirkten, die er bisher gesehen hatte. Die Planer und Erbauer dieser Station schienen zudem ihr Handwerk zu verstehen. Nach einem Fußmarsch von wenigen Minuten erreichten sie eine Sektion, die deutlich luxuriöser eingerichtet war. Vor einer der zahlreichen Türen standen zwei Posten, die auch auf jedes Werbeplakat der TDSF gepasst hätten. Einer der Begleitoffiziere drückte einen kleinen Knopf neben der Tür, die sich daraufhin, mit einem leisen Zischen öffnete. Mit einer Handbewegung forderte er Bogart auf, den Raum zu betreten. Bogart nickte freundlich und trat ein. Der Raum wurde dominiert von einem riesigen Schreibtisch, hinter dem der Rear-Admiral saß. Zwei weitere Männer, einer ein Offizier, der andere ein Zivilist, saßen in bequem erscheinenden Sesseln vor dem Tisch. Bogart lächelte freundlich, als er näher trat. Innerlich jedoch war er unruhig. Er wusste nicht, was ihn erwartete und improvisierte, um die Situation zu meistern. Nach einer kurzen Begrüßung wurde er gebeten in einem freien Sessel Platz zu nehmen. Alle der Anwesenden schienen gespannt auf die kommenden Minuten zu warten.
Rear-Admiral Mallory blickte Bogart prüfend an und schaute dann auf den Bildschirm, der seitlich auf seinem Schreibtisch stand. Als Mallory zu sprechen begann wirkte ein Gesicht freundlich. Seine Augen jedoch blickten kalt und abschätzend. "Sie können sich kaum vorstellen, wie sehr ich diesem Zusammentreffen entgegengefiebert habe. Ich gestehe, ich hatte gewisse, berechtigte Zweifel an ihrer Identität ... Auf dem Wege zu meinem Büro sind sie mehrfach intensiv gescannt worden. Das wird ihnen sicherlich nicht aufgefallen sein. Die ID-Daten ihres IC sind von uns mehrfach ausgelesen und ausgiebig analysiert worden. Für Fachleute, mit dem entsprechenden technischen Equipment, ist so etwas ein Kinderspiel ... Die IFF-Daten und Transpondercodes ihrer Schiffe wurden von uns verifiziert und mit alten Daten verglichen, die wir seit Jahren besitzen. Das Ergebnis ist eindeutig, wenn auch etwas verblüffend für uns ... Fest steht also, sie sind wirklich echt. Das ist eine Tatsache, die ich akzeptieren kann, die mich aber erstaunt. Ich möchte sie darüber informieren, dass der Zivilist neben ihnen der Vice-Präsident unserer Nation ist, der Traditionsgemäß meinen Nachfolger in dieses System begleitet hat und mich abholen wollte. Vice-Präsident Nicholson hat ein Hobby, das in Teilen der Regierung und des Militärs weit verbreitet ist.

Er interessiert sich für die militärische Geschichte der Menschheit. Der Vice-Präsident ist Spezialist für die Epoche der Hegemonie ... und er konnte sich vor Begeisterung kaum fassen, als ihre erste Nachricht bei uns einging. Sie haben ein sehr markantes Profil und waren deutlich erkennbar. Auch ihre Stimme und Redensart sowie ihre Wortwahl entspricht dem, was wir aus historischen Daten über einen gewissen Commodore Bogart wissen. Der Vice-Präsident hat sie sofort erkannt und mich darauf aufmerksam gemacht, wer sie sein könnten. Die von uns gewonnenen Daten haben diese Vermutung noch erhärtet. Mein Erstaunen wurde, wie ich gestehen muss, nur noch von meiner Neugierde übertroffen."

Nun ergriff Vice-Präsident Nicholson das Wort. "Wir besitzen Daten aus der Hegemonie, die sich sehr Detailliert mit den Geschehnissen der "Großen Revolte" befassen, die sich gegen 2431 zugetragen hat. Sie, mein verehrter Commodore, werden dort mehrfach erwähnt und es gibt einige Dutzend sehr gute Holoaufnahmen von ihnen. Die Geschichte spricht von ihnen, als einem überragenden Strategen und Taktiker, der in der Zeit nach der Niederschlagung der Revolte anscheinend in einem Gefecht gegen Piraten gefallen sein soll. Laut den offiziellen und auch allgemein zugänglichen, geschichtlichen Unterlagen sind sie mit ihrem Verband, zu einem Einsatz aufgebrochen und wurden danach niemals wieder gesehen. Ihre Persönlichkeit ist sehr umstritten in den Kreisen der Historiker innerhalb der Hegemonie. Für die einen Historiker sind sie ein Meuterer, für die anderen ein Held ... Wir haben die Daten vor rund zwei Jahrzehnten von einem freien Händler erhalten, der uns mehrere Behälter mit Datenkristallen zum Kauf angeboten hat ... Was uns nun beschäftigt, ist der Grund ihres Hierseins und der Plan, der zweifellos dahinter steckt. Wir wissen, dass sie echt sind und auch die Identität ihrer Schiffe ist zweifelsfrei ... Allgemein werden sie als der wohl fähigste Offizier beschrieben, den die Hegemonie seinerzeit als Gegner hatte. Ihr Verschwinden hat ihnen einen Nimbus verschafft, der unvergleichlich ist und in der Folgezeit zur Grundlage von diversen Holodramen geworden ist ... Ich möchte ihnen mitteilen, dass sie, und ihr Verband, sich derzeit in einem Sonnensystem befinden, dass zur Volksrepublik gehört. Die Volksrepublik setzt sich derzeit aus sechs Sonnensystemen zusammen und verfügt über gewisse Ressourcen und Möglichkeiten, die in diesem Sektor des Weltalls als ungewöhnlich bezeichnet werden können. Sehen sie gerne uns als einen Machtfaktor an, der sich nicht verstecken bräuchte, sondern auf Augenhöhe mit den Sternennationen der Kernsphäre kommunizieren könnte, wenn es uns danach verlangen sollte ... Nebenbei bemerkt, sind sie für viele unserer Flottenoffiziere ein Idol und auch ich kann mich von einer gewissen Heldenverehrung nicht freisprechen, wie ich gestehen muss ... Ich bin übrigens mit einem unserer Kreuzer der *Aegis*-Klasse in dieses System gekommen. Das besagte Schiff befindet sich derzeit gefechtsbereit, im Ortungsschatten eines größeren Asteroiden, rund zwanzig Lichtminuten von der Forester-Station entfernt ... Seien sie offen und klären sie uns bitte auf. Erzählen sie uns ihre Geschichte. Wir sind mehr als gespannt darauf, da es sich wohl um ein echtes Abenteuer handeln dürfte."

Isidor Bogart schwieg einige Momente. Er musste diese Informationen erst einmal verarbeiten. Alle seine ursprünglichen Pläne waren völlig hinfällig geworden. Seine eigenes Schicksal und auch die Zukunft seiner Leute war jetzt ungewiss. Bogart fasste sich schnell, lehnte sich bequem zurück und begann zu berichten. Er verschwieg nichts dabei und hielt sich an die Wahrheit, da er das unbestimmte Gefühl hatte, dies könne sich sonst zu seinem Nachteil auswirken. Beinahe zwei Stunden später beendete er seinen Bericht. Die Gesichter der drei Anwesenden wirkten entspannt aber auch fasziniert. Endlich lehnte sich Nicholson seufzend zurück, der seinem Bericht vorgebeugt gelauscht hatte. Für einen kurzen Moment herrschte tiefe Stille. Dann blickte Nicholson die beiden Offiziere der Volksflotte an, die ihm stumm zunickten. Mallory deutete auf seinen Bildschirm. "Der Detektor zeigt keine Lüge bei dem an, was er uns erzählt hat. Ich denke wir sollten ihm vertrauen."

Nicholson nickte wortlos und schien einen Moment zu überlegen, ehe er den Commodore ansprach. Seine Stimme klang dabei sachlich und sehr aufrichtig. "Ich möchte ihnen und ihren Gefolgsleuten ein Angebot machen, dass sie sich zumindest überlegen sollten. Ich bin mir bewusst, dass sie und ihre Leute sozusagen Reisende in der Zeit sind. Alles, was sie einst gekannt haben, existiert in der Art wie sie es kannten nicht mehr. Die Kernsphäre wird heutzutage von Kriegen erschüttert, die weit grauenvoller sind, als alle vorhergegangenen. Die Hegemonie, wie sie einst war existiert nicht mehr ... Bleiben sie bei uns. Wir bieten ihnen eine neue Zukunft und nehmen sie mit offenen Armen auf. Hier erhalten sie eine Aufgabe, die ihnen liegt. Die Akzeptanz sowie auch die

Wertschätzung, nach der sie sich sehnen und ich verbürge mich dafür, dass sie sozial abgesichert werden. Die Volksrepublik braucht dringend Leute wie sie und ihre Getreuen. Ich biete jedem von ihnen die Übernahme in die Truppen der Volksrepublik an. Dies mit einem Dienstgrad, der zwei Stufen über ihrem derzeitigen liegt. Dazu volle Pensionszahlungen inklusive der langen Zeit, die sie schlafend in Stasis verbracht haben. Wir brauchen hier Menschen mit ihrem Wissen. Hier im Outback gibt es noch Abenteuer zu bestehen und hier ist es auch möglich sich eine Zukunft aufzubauen, die sie in der Kernsphäre nie haben könnten … Vor allem ihnen selbst möchte ich anbieten, als ein Offizier der Volksflotte Dienst zu tun … und dies entsprechend dann als Vice-Admiral … Ich bitte sie, überlegen sie in Ruhe und treffen dann ihre Entscheidung."
Isidor Bogart nickte zustimmend. "Im Namen meiner Besatzungen und mir selbst nehme ich ihr großzügiges Angebot an, Sir. Ich denke ich sollte meine Besatzungen jetzt von der neuen Situation in Kenntnis setzen."
Knappe 12 Stunden später, an Bord der *Echnaton*, hatte Bogart seine Offiziere davon überzeugt, dass es sinnvoll und vor allem auch absolut überlebensnotwendig war, sich der Volksrepublik anzuschließen. Die *Mercury*, der Aegis-Kreuzer, der zwischenzeitlich den Ortungsschutz des Asteroiden verlassen hatte und nun neben der *Echnaton* im Orbit der Forester-Station ankerte, hatte die letzten Zweifel beseitigt. Dieses mächtige Schiff, da war Bogart sich sicher, hätte wohl im Alleingang das gesamte Geschwader der Flüchtlinge auslöschen können. Bogart konnte nicht anders, als die Volksrepublik für derartige Schiffsbaukunst zu bewundern.
Sieben Tage später verlegte Commodore Bogart, mit seinem Verband in das Gateway System. Die Leute wurden dort wie Helden gefeiert. Der jetzige Vice-Admiral Isidor Bogart wurde Chef des Planungsstabes der Volksflotte, wo er sich umgehend daran machte, die Volksflotte nach seinen Vorstellungen neu aufzubauen und völlig neu zu strukturieren. Die Volksflotte, die jetzt einen so plötzlichen und massiven Zuwachs an hoch trainierten und zudem gut ausgebildeten Unteroffizieren und Offizieren erhielt, erreichte in kurzer Zeit einen Leistungsstandart, den sie in der Vergangenheit noch nie besessen hatte. Der Hass auf die Hegemonie und die von ihr beherrschten Kernsphäre entwickelte sich quasi über Nacht zu

einem Glaubensbekenntnis innerhalb des Offizierscorps der Volksflotte. Diese Einstellung wurde immer deutlicher, je höher die jeweiligen Leute in der Hierarchie angesiedelt waren. In der Hierarchie der Volksflotte stiegen die ehemaligen TDSF Angehörigen schnell auf. Sie konnten auf ein Wissen und Können zurück greifen, dass ihnen gegenüber ihrer Kameraden Vorteile verschaffte. Bogart förderte seine Kameraden, die mit ihm die Reise in das Outback angetreten hatten, wo er konnte. Nicht verwunderlich also, dass diese Leute schnell Posten in der rasant wachsenden Flotte der Volksrepublik besetzten, die sie in der TDSF kaum erreicht hätten. Man musste allerdings gestehen, dass sich diese Leute wirklich bemühten, ihr Wissen und Können an ihre neuen Untergebenen und Kameraden weiter zu geben. Mit großem Erfolg, wie sich zeigte. Die Gefechtsqualität und der Corpsgeist der Volksflotte erreichte ein noch nie dagewesenes Niveau. Für viele Angehörige des Militärs war Bogart ein Mensch, dessen Wissen und Können nahezu als göttergleich angesehen wurde. Sein Wort war für sie, wie ein in Stein gemeißelter Befehl Gottes.

Bogarts Einfluss wuchs dadurch. Seine Freundschaft zu Nicholson war ein weiterer Punkt, der nun so manches erleichterte. Ein "Unmöglich" schien es nicht zu geben. Dies galt auch im Umkehrschluss. Nicholson konnte sich darauf verlassen, dass Bogart ihm stets zur Seite stand und ihn unterstützte. Diese Wechselbeziehung ermöglichte es Nicholson, seine eigene Position in der internen Politik der Volksrepublik zu festigen. Seine Person und Position konnten bald schon als absolut unangreifbar betrachtet werden. Nicht verwunderlich also, wenn im inneren Kreis der Regierung die Stimmen immer lauter wurden, die forderten, Nicholson solle der nächste Präsident werden ... und so geschah es letztlich auch.

Für die Volksrepublik brach nun eine neue Ära an. Die gravierendsten Veränderungen und Ereignisse sollten aber erst noch bevor stehen. Dies galt sowohl für die Volksrepublik, als auch für die Bewohner von Midway und das Kaiserreich von Lemuria ... aber das ist eine andere Geschichte.

Der Kampf um das Outback geht weiter in

PFLICHT UND EHRE

Glossar

Sprungpunkte
Unter Sprungpunkten versteht man einen Punkt im Raum, der quasi als "Linse" fungiert und die vorhandenen Gravitationskräfte bündelt. Nur an derartigen Punkten kann das normale Raum-Zeit-Gefüge, mittels des Sprungantriebes durchbrochen werden. Die für den Sprung notwendige Energiemenge muss exakt zum Zeitpunkt des Sprunges frei gesetzt werden. Sprungtriebwerke funktionieren nur an diesen Punkten. Es ist prinzipiell möglich einen derartigen Sprungpunkt auch künstlich zu erschaffen. Hierzu sind jedoch enorme Energiemengen notwendig, die ebenfalls in einem Sekundenbruchteil freigesetzt werden müssen, damit das Raumschiff das Einsteinuniversum verlassen kann. Natürliche Sprungpunkte finden sich in der Regel im Bereich zwischen dem Kuipergürtel und der Oortschen Wolke eines Sternsystems. Tendenziell jedoch deutlich näher am inneren Bereich des Kuipergürtels. Nur in diesen Bereichen des Weltalls ist die Eigengravitation der Sonnen schwach genug, dass sich Sprungpunkte ausbilden können. Nicht alle Sonnensysteme verfügen über natürliche Sprungpunkte. Zudem ist die Anzahl dieser Punkte unterschiedlich. Jeder Sprungpunkt hat nur jeweils ein einziges Gegenstück, quasi einen Gegenpol, den man so erreichen kann. Dies muss keineswegs im räumlich nächsten System sein. Alleine die Sprungpunkttopographie gibt vor, welches System das nächste Sonnensystem ist, das mit dem Sprung erreicht werden kann. Dabei ist es vollkommen irrelevant, ob das erreichbare System nun fünf oder aber zwanzig Lichtjahre entfernt liegt. Rein optisch ist ein Sprungpunkt nicht zu lokalisieren. Jedoch ist es möglich, diesen mathematisch zu erfassen oder ihn ortungstechnisch zu lokalisieren. Die Sprungpunkte selbst sollten als Gravitationsblase verstanden werden. Der Durchmesser eines Sprungpunktes, der annähernd kugelförmig ist, liegt bei etwa einer Million Km. Ein einspringendes Raumschiff hat vor seinem Absprung keinen Einfluss darauf, an welcher Stelle des Zielpunktes es wieder in das normale Universum eintritt. Beim Absprung bemüht man sich jedoch, den annähernden Mittelpunkt des Sprungpunktes zu treffen, wenn der Sprung ausgelöst wird. Prinzipiell bestehen die Theorie der

Sprungpunkte darin, dass der Raum durch die Gravitationskräfte "gefaltet" wird und somit ein weit entferntes Ziel ohne Zeitverlust erreichbar wird, vorausgesetzt es gelingt, die "Raumfalte" zu aktivieren, was jedoch nur jeweils für einen Sekundenbruchteil möglich ist, bevor das normale Raum-Zeit-Gefüge die erzeugte "Falte" wieder schließt. Das Öffnen und Schließen dieser Sprungpunkte kann jedoch beliebig oft wiederholt werden, ohne dass Nebenwirkungen messbar sind. Wartezeiten zwischen den einzelnen Nutzungen des Sprungpunktes sind nicht existent.

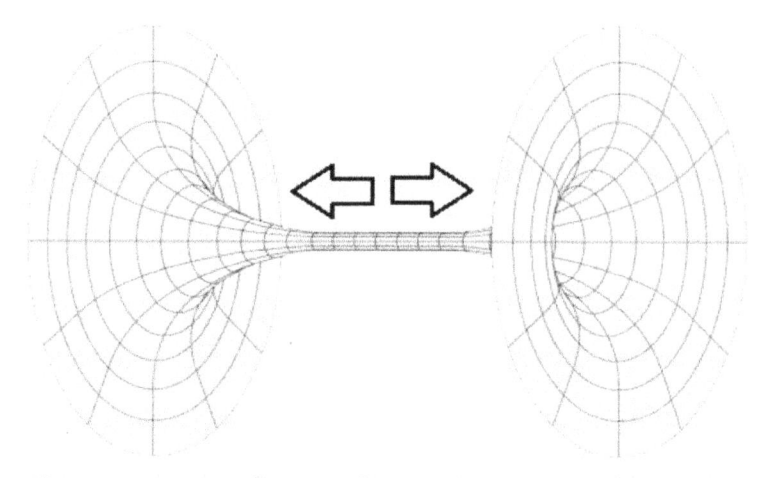

Sprungpunkte, Prinzipdarstellung

Systemschiffe
Systemschiffe stellen die Lebensadern innerhalb der einzelnen Systeme da. Diese Raumschiffe sind nicht in der Lage das jeweilige System eigenmächtig zu verlassen ... Es sei denn natürlich, sie würden mit einer Geschwindigkeit von unterhalb 1c zum nächsten Stern reisen. Die Lichtgeschwindigkeit zu überschreiten ist Raumschiffen technisch nicht möglich. Innerhalb der Systeme transportieren sie naturgemäß alle nur denkbaren Frachtarten und Passagiere.
Die gleichen Einschränkungen gelten natürlich auch für Drohnen oder militärische Systemschiffe, jeglicher Größe.
Im Regelfall sind Systemschiffe dafür konzipiert, auf Himmelskörpern zu landen. Anders als die wirklich großen Sprungschiffe können sie von dort mittels ihrer Triebwerke auch wieder starten, da sie in der Regel deutlich kleiner von der Tonnage sind. Prinzipiell unterscheidet man zwischen militärischen und nicht militärischen Systemschiffen, wobei jedoch die zivilen Baumuster ebenfalls bewaffnet sein können.

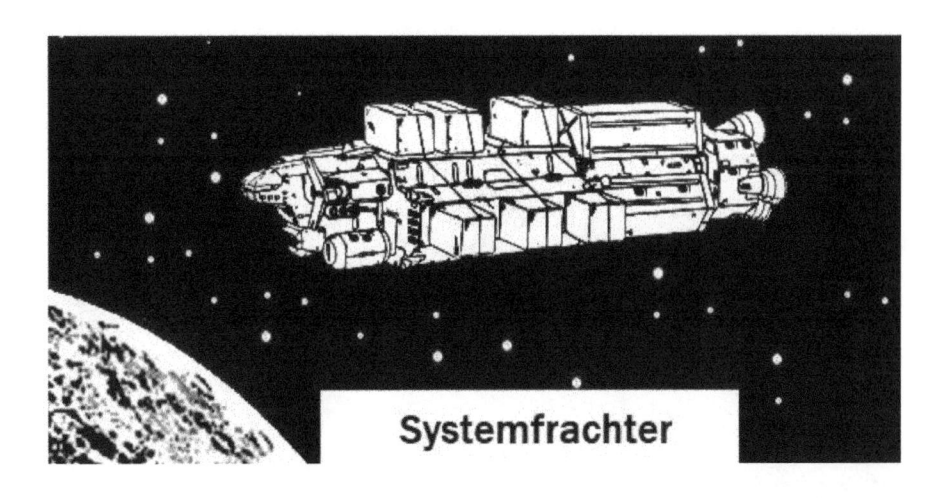

Systemfrachter

Sprungschiffe
Unter Sprungschiffen versteht man Raumschiffe, die in der Lage sind von einem Sonnensystem in ein anderes zu springen, wobei sie die vorhandenen Sprungpunkte des jeweiligen Systems nutzen um dort, mittels des Sprungantriebes, in ein anderes System zu gelangen. Es ist dafür notwendig, das springende Raumschiff auf eine Geschwindigkeit von mindestens 0,4czu bringen. Nach dem vollzogenen Sprung halbiert sich jedoch die Geschwindigkeit des Raumschiffes, um 50%, wenn es im neuen System eintrifft. Dies geschieht in Nullzeit, genau wie der Sprung selbst, der ebenfalls ohne Zeitverlust geschieht.
Sprungschiffe oberhalb von einer Million Tonnen Masse können nicht mehr auf Himmelskörpern landen oder zumindest später nicht mehr von dort aus starten. Das Eigengewicht dieser Giganten verhindert dies.
Sprungschiffe sind auf Kristalle angewiesen, die bei einem Sprung die notwendige Energie innerhalb von Sekundenbruchteilen freisetzen. Je nach Größe/Tonnage des Schiffes werden entsprechende Kristalle dazu benötigt. Je größer ein Sprungschiff ist, desto größer muss auch der hier genutzte Energiekristall (auch Sprungkristall genannt) sein. Kristalle in kleiner Größe sind relativ häufig. Größere Kristalle sind jedoch selten und entsprechend kostbar

Ziviles Sprungschiff

Kolonien
Die Menschheit hat, auf ihrem Weg in das Universum, zahlreiche neue Kolonien gegründet. Bevorzugte Kolonien sind auf Planeten anzufinden, die genügend Raum und Ressourcen für eine größere Bevölkerung bieten und über eine Atmosphäre verfügen, die für Menschen geeignet ist. Es gibt jedoch auch eine Vielzahl von Kolonien auf Monden. Einige dieser Monde sind groß genug um selbst eine Atmosphäre zu besitzen. Die meisten der Mondkolonien jedoch sind unterirdisch oder in Kuppeln angelegt. Auch Kolonien auf größeren Asteroiden sind existent, ebenso einige in Weltraumhabitaten. Im Reglefall findet man Asteroidenkolonien und Habitatskolonien im selben System, da die Kolonisten irgendwann dazu übergehen künstlichen Lebensraum zu erbauen. Nicht selten entstehen Habitatskolonien und/oder Asteroidenkolonien aus ehemaligen Handelsniederlassungen. Es finden sich auch einige Raumschiffkolonien in den Weiten der Galaxis. Diese werden im Regelfall von Clans bewohnt und haben eine eher kurze Lebensdauer, da sie beständig aus Ressourcen von außerhalb angewiesen sind. Nicht selten werden derartige Raumschiffkolonien früher oder später zu Habitatskolonien, die sich den Lebensunterhalt als Handelsplatz verdienen.

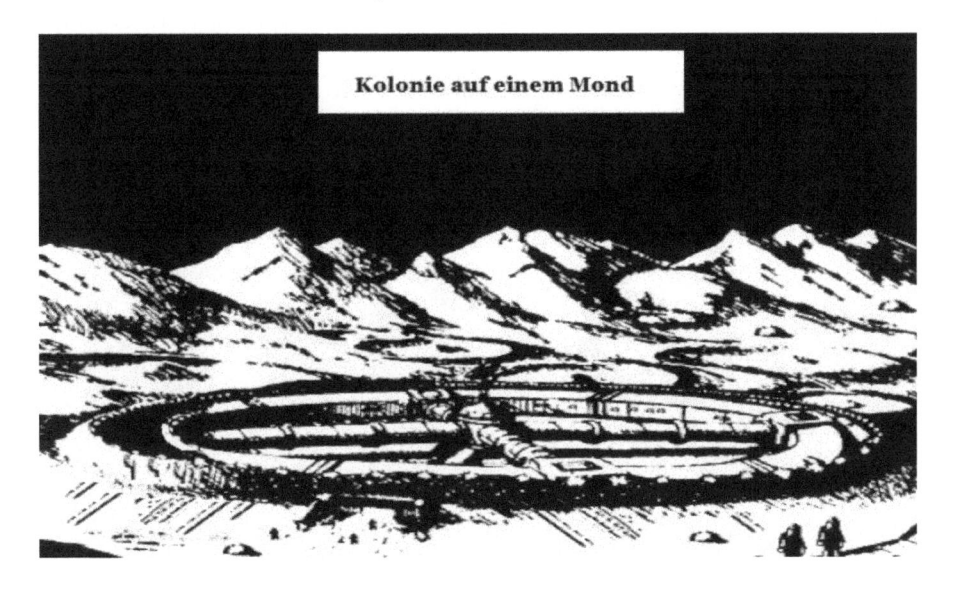

Kolonie auf einem Mond

Droiden

Droiden werden vielfältig genutzt. Vor allem um schwere, unangenehme oder gefährliche Arbeiten zu verrichten, die man den Menschen nicht abverlangen möchte. Der wirtschaftlich signifikante Vorteil der Droiden ist, dass sie quasi 24/7 arbeiten können, nur unterbrochen von den Ladezeiten für ihre Batterien. Zudem benötigen sie keine Ruhezeiten und absolvieren auch die stumpfsinnigsten Tätigkeiten ohne sich zu beklagen. Einmal angeschafft, programmiert und aktiviert agieren diese Maschinenwesen unermüdlich und sind somit deutlich rentabler als menschliche Arbeitskräfte. Droiden gibt es in den unterschiedlichsten Formgebungen, je nachdem worauf ihr Zweck ausgelegt ist. Während Arbeitsdroiden/Industriedroiden rein zweckmäßig und zumeist wenig formschön sind tendiert man dazu Droiden die überwiegend mit Menschen interagieren sollen eine annähernd humanoide Formgebung zu geben. Es gibt natürlich auch kostspielige Droidentypen, die als Spezialkonstruktionen angesehen werden können und über eine künstliche Ummantelung verfügen und ihren Inhabern als "Partnerersatz" zur Verfügung stehen. Droiden verfügen teils über eine einfache KI oder aber über fortschrittliche Automathirne in Form von hoch entwickelten Computern mit vorprogrammierten Verhaltensschematas. Alle Droiden sind mit Sicherheitsprogrammen ausgestattet, um menschliches Leben zu schützen. Ausnahmen dabei sind Sicherheitsdroiden, Wachdroiden oder Kampfdroiden. Hier werden ausdrücklich letale Maßnahmen in kauf genommen.

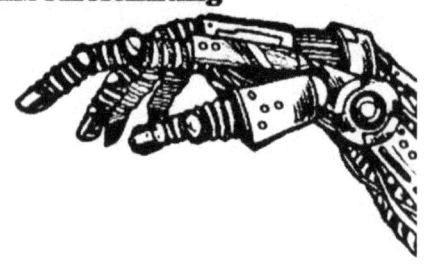

Droiden, Symbolzeichnung

Werkverzeichnis SPQR-Reihe

SPQR – Der Falke von Rom (Hauptzyklus)
Teil 1 – Imperium … von Sascha Rauschenberger
Teil 2 – Die Fackel der Freiheit … von Sascha Rauschenberger
Teil 3 – Ruhm und Ehre … von Sascha Rauschenberger
Teil 4 - Der Preis des Ruhms … von Sascha Rauschenberger
Teil 5 - Dunkle Schatten … von Sascha Rauschenberger
Teil 6 – Der Römer Zorn ... von Sascha Rauschenberger
Teil 7 – Wenn Reiche fallen … von Sascha Rauschenberger
Teil 8 – Mit Feuer und Schwert … von Sascha Rauschenberger
Teil 9 – Pax Romana … von Sascha Rauschenberger
Teil 10 – Die dunkle Zuflucht ... von Sascha Rauschenberger
Teil 11 – Roma Viktor ... von Sascha Rauschenberger
Teil 12 – Schattenspiele (i.V.) … Sascha Rauschenberger
Teil 13 – Legatus (i.V.) … Sascha Rauschenberger

SPQR – Outback (Nebenzyklen)
Teil 1 - Ferne Welten … von Olaf Thumann (Lemuria-Zyklus Teil 1)
Teil 2 - Pflicht und Ehre (i.V.) … Olaf Thumann (Lemuria- Zyklus Teil 2)

Weitere Romane der Reihe in Vorbereitung

Der Autor, Olaf Thumann

Olaf Thumann, geboren 1966 ist Wirtschaftsfachmann. Er lebt in Norddeutschland. Seit seiner frühen Jugend begeistert er sich für SF-Literatur. Das Schreiben von Büchern bezeichnet er selbst als sein Hobby. Unübersehbar in seinen Schriften sind seine Erfahrungen und Kenntnisse aus den Bereichen Militär, Geschichte und Wirtschaft, die einfließen.